唐诗鉴赏

TANGSHI JIANSHANG

王锺陵 主编

四川辞书出版社

图书在版编目（CIP）数据

唐诗鉴赏 / 王锺陵主编. —成都：四川辞书出版社，2019.1
ISBN 978-7-5579-0390-9

Ⅰ.①唐⋯ Ⅱ.①王⋯ Ⅲ.①唐诗－鉴赏 Ⅳ.①I207.227.42

中国版本图书馆 CIP 数据核字(2018)第 189874 号

唐诗鉴赏
TANGSHI JIANSHANG

王锺陵　主编

| 责任编辑 / 李小平　陈彦洁
| 责任印制 / 肖　鹏
| 封面设计 / 陈靖文
| 出版发行 / 四川辞书出版社
| 地　　址 / 成都市槐树街 2 号
| 邮政编码 / 610031
| 印　　刷 / 成都国图广告印务有限公司
| 开　　本 / 880mm×1230mm　1/32
| 版　　次 / 2019 年 1 月第 3 版
| 印　　次 / 2019 年 1 月第 1 次印刷
| 印　　数 / 1－5000 册
| 印　　张 / 21
| 书　　号 / ISBN 978-7-5579-0390-9
| 定　　价 / 68.00 元

- 版权所有，翻印必究。
- 本书如有印装质量问题，请寄回出版社调换。
- 发行部电话：(028)87734281　87734332

序

王锺陵

长城，在历史的丛山中，迎着漠北干渴的风，坚毅、凝重、沉滞、巍然地蜿蜒着。

而大地上的野草，在烽火和鲜血中，一片片，绿了又枯，枯了又绿。

于是，有了诗，有了词，有了这几千年交织着一个民族种种心态的深情吟唱：从屈原崇高悲苦的殉志沉江，到秋瑾悲秋风秋雨之愁杀于人，汪洋万汇、浑浩无涯的历史长河中，充满了多少骇浪惊涛、急湍回流！

像横亘时空的长城一样，一种独特的文化-审美心理建构，层积为我们独特的民族性：玄意、禅味、理趣，儒家的入世与独善，道家的乘物与游心，审美情趣之丽、秀、雅、逸的逐步推移……

以此，我们面对着新时代的八面来风。天地之炉冶，铸锻群品，煦春化育，玄冬肃杀，一个伟大的构建新文化的进程已在艰难地开始。

"在一个科技愈益高度发展的物化的世界环境中，文化-心理的因素，特别是审美的因素，将愈益突出。在东西方文化交流的背景下，对于民族性的探索，更是一个牵涉到世界文化发展的意义重大的课题。"[①] 对作为中国文学史主要部分的诗词之研究，在探讨这一课题上无疑有其特殊的优越条件。

长城辉映过灿烂的晨曦，呈现过一种具有博大深沉气韵的雄姿；长城也在万山苍茫中面对过一轮似血的落照。

诗词是民族历史的感性显现，是赖以构成民族特性的文化-审美心理之细腻而丰富的律动。世界将由此而窥见中国文化超乎象外的环中道心及其杳霭流玉、泠然希音的美，中国文化则由此而向世界展示其雄奇的山体、翱翔的鹏风、流水之采采、远春之蓬蓬。

李商隐《谒山》诗云："欲就麻姑买沧海，一杯春露冷如冰。"②渺无涯涘的中国古代文学之沧海，浓缩、凝聚而为这本小小的书，犹如春露之在于一杯。

当我们的视线从这本书中升起、远望、腾空、飞越、扬云气而出天外时，在无际太空的映衬下，地球缩小了；于是，如同李贺所曰："一泓海水杯中泻。"③这本书中一排排小小的铅行，复又从书中泻出，化而为大风卷水的江海波流。永远流逝着过去、现在和未来的地球，浸在这片文化-审美的波流中，像红湿的日轮似的浮动着。

更变千年如走马。海尘，又在蕞尔三山之下悄然生起。

---

① 王锺陵《中国中古诗歌史·前言》，人民出版社2005年版，第18页。

②《全唐诗》卷五百四十，第16册，中华书局1960年版，第6208页。

③《梦天》，［清］王琦等《李贺诗歌集注》，上海古籍出版社1978年4月新1版，第57页。

凡 例

一、本书采录唐、五代139位作家的诗歌作品326首,其中五代作家3人,作品3首。

二、本书中作家的排列,先以其主要活动年代划归某一历史朝代。在同一朝代中,以生年先后为序。生年无考者,则以其主要活动年代量情插入。同一作家的作品收录两篇以上者,尽可能按有关总集或个人别集的顺序排列。无名氏的作品则依其在有关总集中的位置加以处理。

三、本书每一篇作品均在时代及作者前列出两个字的概括语,用以概括所写内容,另有内容、特色、注释、赏析等栏目。对典故和难懂的字句,一部分在注释栏目中加以解释,另一部分随文串解;以赏析为重点,一作品一赏析。选出的佳句以突出形式摆放,一目了然。还列有部分作者的逸闻。

四、本书附有佳句索引和事类索引,以适应多方面的需要。事类索引即内容分类索引,便于检索比较本书中同样内容的作品在艺术上的异同和得失。佳句索引有助于把握本书诗歌中的佳句。

五、本书所收录的诗歌作品在标注作者时,一般只出本名,不出字、号、官名、郡望、谥号。作者本名不可考者,则按习惯以"无名氏"代之。作者本名不传,而以"某女""某夫人"行于世者,从其旧。

六、作者所处(或主要活动)的朝代、国别细分之,如五代各分国别。

七、历史纪年,一般用旧纪年,其后用括号夹注公元纪年的阿拉伯数字,不出现"公元""年"字样,如唐天宝十四年(755)。

八、古地名一般用括号夹注今名,但略去"省""市""县"字样,如江州(今江西九江)。

目 录

王 绩
  野 望 ·· （1）
  赠程处士 ·· （4）

杨师道
  还山宅 ·· （6）

上官仪
  安德山池宴集 ·· （7）

卢照邻
  宿晋安亭 ·· （10）
  长安古意 ·· （12）

骆宾王
  乐大夫挽词五首（其四） ······························ （18）
  早发诸暨 ·· （20）

李 峤
  送光禄刘主簿之洛 ···································· （22）

杜审言
  赠苏味道 ·· （24）

杨　炯
　　从军行 …………………………………（26）
　　战城南 …………………………………（29）

王　勃
　　滕王阁 …………………………………（30）
　　江南弄 …………………………………（32）
　　送杜少府之任蜀川 ……………………（34）

刘希夷
　　巫山怀古 ………………………………（36）
　　代悲白头翁 ……………………………（38）

崔　融
　　关山月 …………………………………（41）

宋之问
　　明河篇 …………………………………（42）
　　渡汉江 …………………………………（46）
　　新年作 …………………………………（48）

沈佺期
　　杂诗三首（其三）………………………（49）
　　早发平昌岛 ……………………………（51）

张若虚
　　春江花月夜 ……………………………（52）

陈子昂
　　登蓟丘楼送贾兵曹入都 ………………（59）
　　登幽州台歌 ……………………………（61）
　　岘山怀古 ………………………………（63）

贺知章
　　咏　柳 …………………………………（64）
　　回乡偶书二首（其一）…………………（65）

张九龄
　　望月怀远 ………………………………………（67）
王　翰
　　凉州词二首（其一）……………………………（68）
张　潮
　　江南行 …………………………………………（70）
王　湾
　　次北固山下 ……………………………………（71）
张　旭
　　春游值雨 ………………………………………（73）
王之涣
　　登鹳雀楼 ………………………………………（75）
　　凉州词二首（其一）……………………………（46）
孟浩然
　　留别王侍御维 …………………………………（80）
　　过故人庄 ………………………………………（81）
　　春　晓 …………………………………………（83）
　　宿建德江 ………………………………………（85）
李　颀
　　赠张旭 …………………………………………（86）
　　听安万善吹觱篥歌 ……………………………（88）
綦毋潜
　　过融上人兰若 …………………………………（91）
孙　逖
　　葛山潭 …………………………………………（92）
裴士淹
　　白牡丹 …………………………………………（93）
王昌龄
　　从军行七首（其一）……………………………（94）

　　从军行七首（其二）……………………………（96）
　　从军行七首（其三）……………………………（97）
　　从军行七首（其四）……………………………（99）
　　出塞二首（其一）………………………………（100）
　　芙蓉楼送辛渐二首（其一）……………………（102）
　　采莲曲二首（其二）……………………………（104）
　　闺　怨……………………………………………（105）
常　建
　　题破山寺后禅院…………………………………（107）
薛维翰
　　春女怨……………………………………………（108）
陶　翰
　　古塞下曲…………………………………………（109）
祖　咏
　　终南望余雪………………………………………（111）
刘眘虚
　　阙　题……………………………………………（112）
王　维
　　送　别……………………………………………（113）
　　过香积寺…………………………………………（114）
　　山居秋暝…………………………………………（117）
　　终南山……………………………………………（119）
　　观　猎……………………………………………（120）
　　汉江临泛…………………………………………（122）
　　使至塞上…………………………………………（124）
　　鹿　柴……………………………………………（126）
　　竹里馆……………………………………………（127）
　　辛夷坞……………………………………………（129）
　　相　思……………………………………………（132）

九月九日忆山东兄弟 …………………………………… (134)
送元二使安西 ………………………………………… (135)

李白

古风五十九首（其十九）………………………………… (136)
蜀道难 ………………………………………………… (139)
将进酒 ………………………………………………… (144)
行路难三首（其一）…………………………………… (147)
塞下曲六首（其一）…………………………………… (150)
静夜思 ………………………………………………… (151)
子夜吴歌·秋歌 ……………………………………… (153)
秋浦歌十七首（其十五）……………………………… (154)
当涂赵炎少府粉图山水歌 …………………………… (155)
峨眉山月歌 …………………………………………… (159)
赠汪伦 ………………………………………………… (161)
庐山谣寄卢侍御虚舟 ………………………………… (162)
梦游天姥吟留别 ……………………………………… (165)
黄鹤楼送孟浩然之广陵 ……………………………… (171)
宣州谢朓楼饯别校书叔云 …………………………… (172)
游泰山六首（其六）…………………………………… (176)
登金陵凤凰台 ………………………………………… (177)
望庐山瀑布二首（其二）……………………………… (179)
早发白帝城 …………………………………………… (180)
苏台览古 ……………………………………………… (183)
听蜀僧濬弹琴 ………………………………………… (184)
哭晁卿衡 ……………………………………………… (186)

高适

燕歌行（并序）………………………………………… (188)
封丘作 ………………………………………………… (193)
送李少府贬峡中王少府贬长沙 ……………………… (195)

崔 颢
题沈隐侯八咏楼 ································ (196)
黄鹤楼 ·· (198)

储光羲
咏山泉 ·· (201)

杜 甫
望 岳 ·· (203)
同诸公登慈恩寺塔 ···························· (206)
玉华宫 ·· (209)
饮中八仙歌 ····································· (211)
奉先刘少府新画山水障歌 ················· (214)
羌村三首(其一) ····························· (217)
石壕吏 ·· (218)
垂老别 ·· (220)
桃竹杖引赠章留后 ··························· (222)
丹青引赠曹将军霸 ··························· (225)
李潮八分小篆歌 ······························ (228)
春日忆李白 ····································· (230)
月 夜 ·· (232)
春夜喜雨 ·· (234)
闻官军收河南河北 ··························· (236)
绝句漫兴九首(其一) ····················· (237)
戏为六绝句(其一) ························· (239)
滕王亭子 ·· (241)
严郑公宅同咏竹得香字 ···················· (242)
绝句四首(其三) ····························· (244)
咏怀古迹五首(其二) ····················· (247)
秋兴八首(其七) ····························· (250)

6

皇甫冉
　　寻戴处士 ………………………………………（254）
刘长卿
　　逢雪宿芙蓉山主人 ……………………………（255）
　　送灵澈上人 ……………………………………（257）
　　晚次苦竹馆却忆干越旧游 ……………………（258）
张　谓
　　过从弟制疑官舍竹斋 …………………………（260）
岑　参
　　白雪歌送武判官归京 …………………………（261）
　　轮台歌奉送封大夫出师西征 …………………（263）
　　走马川行奉送出师西征 ………………………（265）
　　过　碛 …………………………………………（267）
包　佶
　　观壁画《九想图》 ……………………………（268）
裴　迪
　　孟城坳 …………………………………………（269）
元　结
　　贼退示官吏（并序） …………………………（271）
钱　起
　　省试湘灵鼓瑟 …………………………………（273）
张　继
　　枫桥夜泊 ………………………………………（276）
　　归　山 …………………………………………（278）
郎士元
　　酬二十八秀才见寄 ……………………………（279）
韩　翃
　　寒　食 …………………………………………（281）

7

严维
　　酬刘员外见寄 …………………………………………（284）
刘方平
　　春　怨 ……………………………………………………（285）
鲍防
　　杂　感 ……………………………………………………（287）
皎然
　　送邢台州济 ………………………………………………（288）
独孤及
　　和虞部韦郎中寻杨驸马不遇 ……………………………（290）
顾况
　　临海所居三首（其三）……………………………………（291）
　　题琅玡上方 ………………………………………………（293）
戎昱
　　霁　雪 ……………………………………………………（294）
　　塞下曲 ……………………………………………………（295）
崔峒
　　登润州芙蓉楼 ……………………………………………（297）
司空曙
　　过钱员外 …………………………………………………（298）
李端
　　赠康洽 ……………………………………………………（299）
耿沣
　　仙山行 ……………………………………………………（301）
戴叔伦
　　山居即事 …………………………………………………（302）
柳中庸
　　扬子途中 …………………………………………………（303）

任 华
怀素上人草书歌 …………………………（304）

韦应物
寄全椒山中道士 …………………………（308）
长安遇冯著 ………………………………（310）
滁州西涧 …………………………………（313）

畅 当
登鹳雀楼 …………………………………（314）

卢 纶
慈恩寺石磬歌 ……………………………（315）
和张仆射塞下曲六首（其二）……………（317）
和张仆射塞下曲六首（其三）……………（318）

李 益
江南曲 ……………………………………（320）
夜上受降城闻笛 …………………………（321）

寒 山
粤自居寒山 ………………………………（322）

护 国
题醴陵玉仙观歌 …………………………（324）

李 冶
从萧叔子听弹琴赋得三峡流泉歌 ………（325）

孟 郊
游子吟 ……………………………………（327）
登科后 ……………………………………（329）
秋怀十五首（其六）………………………（331）

王 建
凉州行 ……………………………………（334）
北邙行 ……………………………………（336）
望夫石 ……………………………………（337）

韩　愈
　　山　石 …………………………………………（338）
　　和虞部卢四汀酬翰林钱七徽赤藤杖歌 ………（342）
　　调张籍 …………………………………………（344）
　　读东方朔杂事 …………………………………（348）
　　春　雪 …………………………………………（351）
　　晚　春 …………………………………………（353）

张　籍
　　凉州词三首（其一）……………………………（354）
　　宫词二首（其二）………………………………（355）
　　酬朱庆馀 ………………………………………（356）

薛　涛
　　秋　泉 …………………………………………（358）

陈　羽
　　经夫差庙 ………………………………………（360）

刘禹锡
　　西塞山怀古 ……………………………………（361）
　　酬乐天扬州初逢席上见赠 ……………………（363）
　　竹枝词二首（其一）……………………………（364）
　　石头城 …………………………………………（365）
　　乌衣巷 …………………………………………（367）

白居易
　　卖炭翁 …………………………………………（368）
　　画竹歌（并引）…………………………………（370）
　　长恨歌 …………………………………………（373）
　　琵琶行 …………………………………………（377）
　　赋得古原草送别 ………………………………（381）
　　南湖早春 ………………………………………（382）
　　中　隐 …………………………………………（383）

初冬即事呈梦得 …………………………………（385）

李　绅
古风二首（其一）…………………………（387）

柳宗元
晨诣超师院读禅经 …………………………（388）
登柳州城楼寄漳汀封连四州刺史 …………（389）
酬曹侍御过象县见寄 ………………………（392）
江　雪 ………………………………………（393）
渔　翁 ………………………………………（395）

卢　仝
掩关铭 ………………………………………（396）

姚　合
武功县中作三十首（其十六）……………（398）
扬州春词三首（其一）……………………（399）

元　稹
遣悲怀三首 …………………………………（401）
行　宫 ………………………………………（405）
闻乐天授江州司马 …………………………（406）
赠别杨员外巨源 ……………………………（408）
小胡笳引 ……………………………………（409）

贾　岛
送无可上人 …………………………………（412）
忆江上吴处士 ………………………………（414）
寄朱锡珪 ……………………………………（416）
访隐者不遇 …………………………………（417）

李　贺
李凭箜篌引 …………………………………（419）
雁门太守行 …………………………………（421）
梦　天 ………………………………………（423）

天上谣 ·· (426)
　　浩　歌 ·· (427)
　　秋　来 ·· (431)
　　帝子歌 ·· (432)
　　秦王饮酒 ·· (434)
　　南园十三首（其一） ······································ (436)
　　金铜仙人辞汉歌 ·· (438)
　　昌谷北园新笋四首（其一） ································ (440)
　　官街鼓 ·· (442)
许　浑
　　金陵怀古 ·· (443)
　　凌歊台 ·· (446)
　　咸阳城西楼晚眺 ·· (448)
张　祜
　　登金山寺 ·· (450)
　　题润州鹤林寺 ·· (452)
　　题金陵渡 ·· (454)
章孝标
　　游云际寺 ·· (456)
殷尧藩
　　游山南寺二首（其一） ···································· (458)
庄南杰
　　湘弦曲 ·· (460)
　　雁门太守行 ·· (462)
　　阳春曲 ·· (464)
　　伤歌行 ·· (466)
雍裕之
　　宫人斜 ·· (467)

刘言史
　　潇湘游 …………………………………… （469）
　　观绳伎 …………………………………… （472）
　　王中丞宅夜观舞胡腾 …………………… （474）
张　碧
　　题祖山人池上怪石 ……………………… （476）
牟　融
　　写意二首（其一）……………………… （478）
杜　牧
　　念昔游三首（其三）…………………… （480）
　　过华清宫绝句三首（其二）…………… （481）
　　润州二首（其二）……………………… （482）
　　江南春绝句 ……………………………… （484）
　　赤　壁 …………………………………… （485）
　　泊秦淮 …………………………………… （486）
　　题宣州开元寺 …………………………… （488）
　　山　行 …………………………………… （489）
　　秋　夕 …………………………………… （490）
　　清　明 …………………………………… （492）
雍　陶
　　访友人幽居二首（其一）……………… （493）
　　喜梦归 …………………………………… （494）
　　天津桥望春 ……………………………… （496）
杨　发
　　宿黄花馆 ………………………………… （497）
赵　嘏
　　越中寺居 ………………………………… （499）
李群玉
　　伤　思 …………………………………… （500）

13

竞渡时在湖外偶为成章 ………………… (503)
卢　肇
　　成名后作 ……………………………… (505)
项　斯
　　梦游仙 ………………………………… (506)
李商隐
　　锦　瑟 ………………………………… (508)
　　乐游原 ………………………………… (513)
　　夜雨寄北 ……………………………… (515)
　　天　涯 ………………………………… (518)
　　杜工部蜀中离席 ……………………… (520)
　　无题二首（其一）……………………… (522)
　　（昨夜星辰昨夜风）
　　无题四首（其二）……………………… (524)
　　（飒飒东风细雨来）
　　隋　宫 ………………………………… (526)
　　落　花 ………………………………… (528)
　　无　题（相见时难别亦难）…………… (530)
　　嫦　娥 ………………………………… (533)
　　无题二首（其一）……………………… (535)
　　（凤尾香罗薄几重）
　　谒　山 ………………………………… (537)
　　利州江潭作 …………………………… (539)
温庭筠
　　芙　蓉 ………………………………… (540)
　　瑶瑟怨 ………………………………… (542)
　　碧涧驿晓思 …………………………… (544)
　　商山早行 ……………………………… (545)

曹 邺
　　官仓鼠 ……………………………………（547）
方 干
　　卢卓山人画水 ……………………………（548）
　　于秀才小池 ………………………………（550）
　　赠天台叶尊师 ……………………………（551）
周 繇
　　登甘露寺 …………………………………（553）
曹 唐
　　仙子洞中有怀刘阮 ………………………（554）
贯 休
　　题曹溪祖师堂 ……………………………（555）
　　书石壁禅居屋壁 …………………………（557）
罗 隐
　　江南行 ……………………………………（558）
　　感弄猴人赐朱绂 …………………………（560）
　　题磻溪垂钓图 ……………………………（562）
皮日休
　　汴河怀古二首（其二）……………………（565）
陆龟蒙
　　上 清 ……………………………………（567）
　　新 沙 ……………………………………（569）
韦 庄
　　台 城 ……………………………………（571）
黄 巢
　　不第后赋菊 ………………………………（572）
聂夷中
　　咏田家 ……………………………………（575）

15

司空图
　　早　春 ……………………………………………… (576)
胡　曾
　　瑶　池 ……………………………………………… (577)
章　碣
　　变体诗 ……………………………………………… (578)
钱　珝
　　未展芭蕉 …………………………………………… (579)
秦韬玉
　　贫　女 ……………………………………………… (582)
郑　谷
　　赠日东鉴禅师 ……………………………………… (584)
　　鹧　鸪 ……………………………………………… (586)
崔　涂
　　七　夕 ……………………………………………… (587)
王　毂
　　吹笙引 ……………………………………………… (588)
鱼玄机
　　卖残牡丹 …………………………………………… (590)
杜荀鹤
　　送人游吴 …………………………………………… (591)
　　乱后逢村叟 ………………………………………… (594)
　　再经胡城县 ………………………………………… (596)
王　驾
　　社　日 ……………………………………………… (599)
齐　己
　　耕　叟 ……………………………………………… (600)
荆　浩
　　题山水图答大愚 …………………………………… (602)

卢士衡
　　灵溪老松歌 …………………………………… （604）
张　泌
　　寄人二首（其二） …………………………… （605）
　　春晚谣 ………………………………………… （606）
金昌绪
　　春　怨 ………………………………………… （608）
唐温如
　　题龙阳县青草湖 ……………………………… （609）
西鄙人
　　哥舒歌 ………………………………………… （611）
骊山游人
　　题故翠微宫 …………………………………… （612）
崔仲容
　　赠歌姬 ………………………………………… （614）
无名氏
　　金缕衣 ………………………………………… （615）
王仁裕
　　荆南席上咏胡琴妓二首（其一） …………… （617）
韩　垂
　　题金山 ………………………………………… （618）
花蕊夫人徐氏
　　述国亡诗 ……………………………………… （620）
佳句索引 ………………………………………… （622）
事类索引 ………………………………………… （634）
跋 ………………………………………………… （649）

野 望

原文

秋野　　　　　　　　　唐·王绩

东皋薄暮望，徙倚欲何依。树树皆秋色，山山唯落晖。
牧人驱犊返，猎马带禽归。相顾无相识，长歌怀采薇。

内　容　这首诗写秋原景色与诗人孤寂的心情。
特　色　朴素真切，尽洗铅华。
注　释　薄暮：黄昏。徙（xǐ）倚：徘徊，流连不去。落晖：落照。犊：小牛。猎马：猎人所骑之马。相顾：相看。采薇：指希望见到自己所仰慕的人。典故出自《诗经·召南·草虫》："陟彼南山，言采其薇。未见君子，我心伤悲。"薇，一种野菜，古名巢菜，又称野豌豆。

赏析

　　王绩诗中，堪称唐代山水田园派的先驱而又几近于成熟的近体律诗的代表作，则当推《野望》。《野望》文字质朴，写景如画，冲淡萧散而不无惆怅，具见诗人之情性、风格。王绩由隋入唐，两度入仕，均无建树，嗜酒狂放，颇不合于时宜，才高位下，有愤于当世，消极避世，终流于颓放。故归隐东皋，纵酒吟诗，自求闲适，而终未免于彷徨，其诗作，也毕竟有别于南朝而潜入于唐了。

佳句
· 相顾无相识，长歌怀采薇。

　　《野望》，写的是望秋原景物及望时诗人心境。首联"东皋薄暮望，徙倚欲何依"。上句出地点，出时间，出情态；下句写心境。"皋（gāo）"是水边高地。诗人家在绛州龙门（今山西河津），自号东皋子，则东皋当是他家乡所在，时时游眺之地。傍晚时分，东皋漫步，随意眺望。然而，"徙倚欲何依"，颇有彷徨之感。"徙倚"，是徘徊不前的意思。"欲何依"，乃反躬

1

自问：想到哪里去呢？这正是作者落寞无着心理的反映。既求闲适，又怀惆怅，首联流露的复杂情怀，构成了全诗的基调。

中间四句，写望中所见。为上述心态所左右，诗人笔下的望中景物，也就既见平和闲恬之状，复笼黯淡厌颓之色。前两句写山野风光。"树树皆秋色"，既是对节令的补墨，又是对景物的点染。树呈秋色，当然是黄叶飘萧，再无浓绿。一带群山，遍染夕阳的返照，又正是薄暮时特有的景象。"皆""唯"二字，意义相反而又各尽其妙。"皆"为无所不包。树树皆秋，则秋林丛丛，无不萧瑟。又见暮山空廓，寂寂唯余落晖，暮色苍茫，则丛林黯黯，亦见凄清。"唯"乃独此无他之意。山、树、秋、暮，景象无多而境界全出，构成了萧瑟、空寂、清冷的秋原景象，静谧而又黯淡。而所见人物，乃活动于其中，暮色之中，放牧者驱赶牛犊，返于秋野；狩猎者携禽纵辔，归自层峦。"驱犊"，可见牛行之慢，想见人畜舒徐悠闲之状；"带禽"，则骑者之欣悦，马行之轻快。人的活动与秋林暮霭、霞光岚影融成一片，组成了一幅有光有色，有动有静，有远有近，充满田园风味、牧歌色彩，和平宁贴，而又不无清寂淡漠之感的秋晚归牧图。

但诗人毕竟不是渊明。他没有"久在樊笼里，复得返自然"（《归园田居五首》其一）的

自在心态，他深深地感到了孤独。平和恬淡的田园生活，无法抚平他心头的怅惘。"相顾无相识"句，正是这种孤寂心灵的反映。诗人于现实中既找不到倾吐的对象，那就只得"长歌怀采薇"，从他所仰慕的古之隐君子中寻找精神的慰藉了。伯夷、叔齐，于殷周交替之际，有愤于"以暴易暴"，景仰着"神农虞夏"，隐于首阳之山，采薇而食，悲叹着"命之衰矣"，"我安适归"（《史记·伯夷列传》）。他们不满于殷纣之昏暴，而又看不到以周代殷的意义。王绩之追怀二子，莫非亦犹夫二子，憎愤于隋炀之荒淫又不解于新唐之迭代欤？夫然，则诗人之抑塞，将无时或解。但诗人此诗，真率朴诚，备见情性；诗人之笔质朴自然，尽洗铅华。诗篇之始，情随言至，诗篇之中，融情入景，诗篇之终，亦复意蕴含蓄。于情性两亡、徒见脂香粉腻、燕叱莺呼的诗坛，此诗异军突起，令人耳目一新，实为振聋发聩之宏响。

依格律而言，尽管此时近体律诗尚有待成熟、定型，但王绩的《野望》已堪称一首成熟的五言律诗。诗起于野望，承以秋景，转于人事，合于思感。首句呼之以"欲何依"，尾句应之以"怀采薇"。起承转合，章法井然；首呼尾应，密合无间。调平仄，求粘对，起于"平平平仄仄"，终于"平平仄仄平"，各句的平仄位置，句间的对粘序列，都严守五律平起程式，一无讹误。讲对仗，则中间两联，全为工对。第一联"树树"对"山山"，名对名；"皆"对"唯"，副对副；"秋色"对"落晖"，偏正对偏正。第二联，"牧人"对"猎马"，都属偏正；"驱犊返"对"带禽归"，一样是动宾结构作动词的状语。考韵律，则双句押韵，一韵到底，"依、晖、归、薇"四字，均属上平声"五微"部。首句不入韵，是为正格。

王绩的《野望》，崛起于绮罗香泽之中，成熟于近体成型之先，号称名篇，岂虚语哉！

（吴立人）

赠程处士

原　文　　叙志　　唐·王绩

百年长扰扰，万事悉悠悠。日光随意落，河水任情流。
礼乐囚姬旦，诗书缚孔丘。不如高枕上，时取醉消愁。

内　容　此诗抒写诗人厌倦世事，鄙弃儒家观念，故取唯求适意的人生态度。
特　色　萧疏旷达，气格遒健。
注　释　扰扰：烦乱。悉：全，都。悠悠：众多的样子。姬旦：周公。相传周代的礼乐制度都是周公制定的。孔丘：孔子名丘。相传《诗经》《尚书》由孔子编选而成。

赏析　此诗题为赠人，实为叙志咏怀。借"赠程处士"而一吐胸中块垒，兼引程处士为同调。

在隋、唐两代都曾出仕的王绩，早年曾有襟怀抱负。自谓"弱龄有奇调，无事不兼修"，"明经思待诏，学剑觅封侯"（《晚年叙志示翟处士》）。但在隋唐之际的乱世，他所期待的诏书始终没有到来，"觅封侯"更谈何容易。中年逢丧乱后，便绝意仕进，归隐田庐，过他置酒烧枯叶，披书坐落花的生活去了。

首二句，先写"百年"，次写"万事"，以"百""万"两个约数接"扰扰""悠悠"，且以表示内在感情的"长""悉"相衔接，概括了时间、空间和人事的纷繁，显示出诗人厌烦尘嚣、追求解脱的心理。由于诗人在现实中到处碰壁，郁郁不得志，以致"才高位下，免责而已。天子不知，公卿不识，四十五十，而无闻焉"（《自撰墓志》）。因此，他不得不对自己原先以正统儒者自居，以周公、孔子为楷模，积极用世的人生态度进行深刻反思。反思的结果，使他觉悟到：正是"礼乐"囚禁了"姬旦"，"诗书"缚住了"孔丘"。囚禁、束缚二句，在前两句的映衬对比下，显得分外强烈、沉痛。日出日落尚且可以随意自然，洋洋河水尚且可以任情东流，何况是人呢？为什么要既受礼乐的束缚，又受人事的拘牵，在忧生嗟世中作徒然的努力？"日光""河水"一联，诗人以自然的景象与不自由的自我进行对比，至"礼乐""诗书"一联发而为愤激语。诗人决心皈依自然，过清静无为的生活。而皈依自然，归隐田庐，不仅永远做不了圣人，还必须放弃一整套与正统儒家思想相关联的处世准则。在这种情况下，就必须确立一种新的价值取向来对抗社会，以取得心理上的平衡。这种新的价值取向就是睡与醉。

"不如高枕上，时取醉消愁。"睡，代表不以世事为念的生活；醉，意味着对社会的消极反抗。这也就是诗人在《田家三首》《醉后》《过酒家五首》中所说的："阮籍生涯懒，嵇康意气疏""阮籍醒时少，陶潜醉日多""眼看人尽醉，何忍独为醒？"

史载王绩嗜酒，为六合县丞，即因嗜酒被劾去职；曾求为太乐丞。《全唐诗》今存王绩诗一卷，多绕酒气。如"琴伴前庭月，酒劝后园春""平生唯酒乐，作性不能无"（《田家三首》）、"风鸣静夜琴，月照芳春酒"（《山中叙志》）、"散诞时须酒，萧条懒向书"（《薛记室收过庄见寻率题古意以赠》）等。其诗题中亦多与"酒"相关，如《尝春酒》《独酌》《题酒店壁》《看酿酒》等。虽篇篇有酒，但无一醉语。在这首诗中表现出的，不仅有他所企慕的阮籍、陶潜的萧疏旷达之风，而且以自然的语言，遒健的气概，涤初唐排偶板滞之习，与他著名的《野望》诸诗一起，透露出唐诗未来的新曙光。

（曹 旭）

还山宅

原文 纪行　　唐·杨师道

暮春还旧岭，徙倚玩年华。芳草无行径，空山正落花。
垂藤扫幽石，卧柳碍浮槎。鸟散茅檐静，云披涧户斜。
依然此泉路，犹是昔烟霞。

内　容　此诗写暮春山中景色，表现一种自得与赏玩的心理。
特　色　移步换景，通体皆对。
注　释　徙（xǐ）倚：徘徊，流连不去。年华：时光。槎（chá）：木筏，诗中代指小舟。涧户：住在山涧的人家。泉路：可指流着山泉的路，也可指山泉或山中之路。泉，水也。

赏析　《还山宅》是诗人重回华阴旧居的见闻和感受，是一首纪行之作。"暮春还旧岭，徙倚玩年华"，首联对起，总写还山宅之行，交代时间——暮春，事实——还旧岭，途中情状——流连光景。此行非如迁贬转徙之有王程之限，又非如颠沛流离之有旅途之苦，而是一次轻松的郊游，故用"徙倚"状其情态，并启下文。次联写途中景物，芳草、落花扣首句"暮春"，使物候具体化。入山宅之径本来是有的，只因久无行人，遂被春草掩盖，眼前的无路正暗示昔日有路。以"落花"反衬空山之幽，隐然传出诗人心境的安闲

佳句
· 芳草无行径，空山正落花。

自适。"垂藤扫幽石，卧柳碍浮槎"，第三联写经行之处的景象，常青藤垂拂于幽石之上，一叶扁舟为卧柳所阻，横于水滨，这些景物不免勾起诗人对昔日栖迟山宅、徜徉山水的怀想。"鸟散茅檐静，云披涧户斜"，第四联展示山宅风貌，明写"鸟散"，暗传

人去屋空。"云披涧户斜"是自然景物，又是今昔所同。"依然此泉路，犹是昔烟霞"，这是诗人对山宅的认同，山宅既不负旧主，主人亦不负旧宅。此行像偿还了一笔不大的宿债，得到的是一种恬静的满足。

五律至初唐定型，常格是五言八句，中间二联对偶。超过十句，中间三联对偶的后世称为排律或长律。杨师道的《还山宅》是排律无疑，它不仅中间三联对偶，而且首尾两联也对偶；这种通体皆对的样式在初唐前期比较多见，优点是具有一种整饬华赡之美；缺点是显得单调板滞，反映了这种诗体未臻成熟的面貌。《还山宅》不仅对属精研，如以"无行径"对"正落花"；而且寓意丰富，如以"扫幽石"对"碍浮槎"。通篇有一种从容不迫的韵致，形式和内容结合得较好。

（杨　军）

逸　闻

杨师道为人清警有才思，工于诗歌，并善为草隶，每逢名士宴饮集会，常作诗以自娱。唐太宗十分欣赏他的诗，常常吟诵叹赏。一次宴会上，唐太宗有意试探他的才华，说："听说你每次酣饮之后挥笔作的诗都非常精彩，如同前日就已准备好的一样，今天你也随兴作一首给朕看看吧。"不一会儿，杨师道就写成了，不做一字修改，文采粲然。于是满座叹服。

（王晓丹）

安德山池宴集

原　文　　　　宴饮　　　唐·上官仪

上路抵平津，后堂罗荐陈。缔交开狎赏，丽席展芳辰。
密树风烟积，回塘荷芰新。雨霁虹桥晚，花落凤台春。
翠钗低舞席，文杏散歌尘。方惜流觞满，夕鸟已城闉。

内　容　此诗描写一次山池宴饮的情景。
特　色　形式规范，绮错婉媚。
注　释　上路：大路，通衢。《汉书·枚乘传》："游曲台，临上路，不如朝夕之池。"翠钗：即翡翠钗，这里代指歌女。流觞：即流觞曲水。古代习俗，每逢夏历三月上旬的巳日（三国魏以后定为夏历三月初三日），人们于水边相聚宴饮，认为可被除不祥。后人仿行，于环曲的水流旁宴集，在水的上流放置酒杯，任其顺流而下，杯停在谁的面前，谁就取饮，称为"流觞曲水"。

赏析　自建安肇始的"怜风月、狎池苑、述恩荣、叙酬宴"的宴饮诗，历经南朝齐梁流变，其慷慨磊落之气丧失殆尽，走向了对纤密之巧的追求。到了初唐宫廷诗人上官仪，形成了绮错婉媚的"上官体"。这于高唱发踪的汉魏风骨固然是一种背离，但于盛唐律诗的规范成型却是必不可少的桥梁。

本诗描述一次贵族文士在安德郡公杨师道山池的狎游宴饮。杨师道是隋朝贵胄，入唐后尚桂阳公主，除吏部侍郎，改太常卿，封安德郡公。许敬宗、李百药等朝宰名臣都有同题诗作，当是此次盛宴的参与者。诗的内容无非是赞颂池苑之美、宴饮之盛，主人招待之热情，反映当时上层文人豪奢生活的一个方面，无甚可取。但作者用排律来写，在结构上采取先破题，再铺排展开，最后收以情感的呼应。这种三部曲的写作模式，成了宫廷诗的定式，也影响到律诗，往往首尾流动散行，中间两联对偶工整。

首两句破题，写文人们赴会宴集。"上路抵平津"，用西汉时平津侯公孙弘开东阁招延贤人学士的典故称誉此次安德郡公的聚会。《汉书·公孙弘传》："时上方兴功业，屡举贤良，弘自见为举首，起徒步，数年至宰相封侯（平津侯），于是起客馆，开东阁以延贤人。""后堂罗荐陈"，荐陈，谓馐馔也。《周礼》"荐羞之实"，郑玄注曰："未食未饮曰荐，既食既饮曰羞。"中间四联展开，用华丽典雅的辞藻和错婉变换的偶句，极力铺叙宴席之丰盛、风景之优美、歌舞之动人。"缔交"，语出西汉贾谊《过秦论》："天下之士，合从缔交。"比喻朋友间亲密无间。"狎赏"，狎玩欣赏。"丽席"，丽，偶也，附也。此谓客人们并肩入席。"芳辰"，美好的时辰。"密树"二句描摹山池环境幽雅：茂密的树林风烟积聚，萦回的池塘荷菱（芰）清新。"雨霁虹桥晚"，语意双关，既说傍晚雨霁，天边出现了彩虹，而安德山池，也确有"虹桥"，参见李白药《安德山池宴集》"虹桥分水态"句。"凤台"，即凤女台。萧史善吹箫作凤鸣，秦穆公以女弄玉妻之，筑凤女台。后来夫妻双双乘凤凰飞升而去。事见《列仙传》。此正切合杨师道作为驸马的身份、地位。"翠钗"两句写歌舞音乐：歌姬们的轻歌曼舞，仿佛使宴席也随之上下起舞，悦耳的音乐，使雕花的杏木屋梁上也散落下歌尘。"文杏散歌尘"，分别用了汉司马相如《长门赋》"饰文杏以为梁"，和《列子·汤问》"余音绕梁欐（lì），三日不绝"的典故。最后两句以时间的消逝和个人情感的反应结束全诗。"流觞满"，觞即酒杯。"夕鸟"，黄昏归巢之鸟。"城闉（yīn）"，古代城门外层的曲城。客人们正在尽情飞觞痛饮，而夕鸟已归回到城闉上去了。意谓时间不早了，我们亦应打道回府了。"方惜"是作者对此次宴集赞美的情感反应，诗以此作流连盛会的衬托。

（黄益元）

宿晋安亭

原文 园林　　唐·卢照邻

闻有弦歌地，穿凿本多奇。游人试一览，临玩果忘疲。
窗横暮卷叶，檐卧古生枝。旧石开红藓，新荷覆绿池。
孤猿稍断绝，宿鸟复参差。泛滟月华晓，裴回星鬓垂。
今日删书客，悽惶君讵知？

内　容　此诗描写晋安亭内的景色及诗人凄惶的心情。
特　色　睹影知竿，委抒心曲。
注　释　藓：苔藓。参差：高低不齐。泛滟：浮光闪耀的样子。这里指月光浮动的样子。裴回：徘徊。讵（jù）：岂。

赏析　据任国绪《卢照邻集编年笺注》，本诗作于唐高宗咸亨元年（670）夏季。首四句叙述白天游踪及观感。"弦歌地"，语出《论语·阳货》："子之武城，闻弦歌之声。"此指晋安县。"穿凿"句，指流行于当地有关蟠龙山之奇闻轶事。"阆中有蟠龙山，在城东三里，望如蟠龙之状，贞观中望气者言：西南千里外有王气。令人入蜀，次阆中，果见山气郁葱，凿破山脉，水流如血……咸亨中徙阆中县于此，即今之锯山关也"（王嗣奭《杜臆》卷五）。照邻弃官，志在山水，今既闻阆中弦歌之美、穿凿之奇，便欣然一览。临玩之后，投宿在晋安亭内，果然连游览跋涉的疲劳也忘却了。那么，阆中胜景到底如何穿凿多奇，令人疲而忘归呢？诗人没有正面描述白天所见奇山妙水，而是以夜晚宿于晋安亭内所见所闻之景物声色加以侧面烘托，此谓背面敷粉、睹影知竿之法。

中六句即是这"背面"的展开，写阆中一隅晋安亭周围景色。"暮卷叶"，指合欢叶。南朝沈约《奉和竟陵王药名诗》："合欢叶暮卷。""古生枝",谓古树萌发新枝,这是窗前檐下所见。叶"横"树"卧",本为静态植物;然其"暮卷叶""古生枝",便于"静"中出"动"。旧石开出红藓,暗应了锯山"水流如血"之奇。而池塘之水,又是一泓新绿,并由新荷层层覆盖着。一"红"一"绿",色彩艳丽,令人称奇。一"开"一"覆",动感极强,互映成趣。"孤猿"两句,又由植物、山石、水池写到动物、禽鸟。夜深人静,只听到孤猿长啸,其声久远,渐渐(稍,逐渐)断绝;归巢的宿鸟,还在参差地展翅翻飞不已。以上六句,紧扣诗题写宿晋安亭所见所闻,阆中一隅夜景尚且如此奇绝多趣,则白天游览之乐更是妙不可言。"游人试一览,临玩果忘疲"两句,至此有了着落。

末四句即景抒情。"泛滟",月光浮动貌。"星鬓",指白发,见左思《白发赋》:"星星白发,生于鬓垂。""删书客",诗人以孔子自喻,称自己为去官从事著述之人。"悽惶",悲伤不安貌。月光如水,粼粼泛照大地;晋安亭院里,诗人彻夜徘徊,斑斑白发缀满双鬓。昔日的新都县尉,如今弃官而去,立志删书隐居,其愁其苦,其凄惶不安的心态,又有谁能够知晓?此四句勾勒出深夜朗月映照下彷徨孤独的诗人自画像。宦游半生的卢照邻,一旦作出了弃官归隐的决定和举动,其心绪岂能骤然平静?这个"裴回星鬓垂"的人物形象,又与上节欲静未静、动感极强的树木、山石、水池、猿禽等景物氛围糅为一体,加深了其心灵深处的矛盾痛苦。王夫之《姜斋诗话》云:"无论诗歌与长行文字,俱以意为主。意犹帅也,无帅之兵,谓之乌合……烟云泉石,花鸟苔林,金铺锦帐,寓意则灵。"卢照邻的这首五言古诗,以"悽惶君讵知"的不安心态作为全篇之帅,诗中的一切景物:暮卷的合欢叶、古树的新生枝、旧石上的红藓、新荷下的绿沺、长啸的孤猿、参差的宿鸟,乃至泛滟的月光、诗人的徘徊,便都统一成为凄惶心态的映现,可谓即景即情,景情合一,心曲委婉,触景而抒。

(黄益元)

长安古意

原文　　　　都市　　　　唐·卢照邻

　　长安大道连狭斜，青牛白马七香车。玉辇纵横过主第，金鞭络绎向侯家。龙衔宝盖承朝日，凤吐流苏带晚霞。百尺游丝争绕树，一群娇鸟共啼花。游蜂戏蝶千门侧，碧树银台万种色。复道交窗作合欢，双阙连甍垂凤翼。梁家画阁中天起，汉帝金茎云外直。楼前相望不相知，陌上相逢讵相识？借问吹箫向紫烟，曾经学舞度芳年。得成比目何辞死，愿作鸳鸯不羡仙。比目鸳鸯真可羡，双去双来君不见？生憎帐额绣孤鸾，好取门帘贴双燕。双燕双飞绕画梁，罗帷翠被郁金香。片片行云着蝉鬓，纤纤初月上鸦黄。鸦黄粉白车中出，含娇含态情非一。妖童宝马铁连钱，娼妇盘龙金屈膝。御史府中乌夜啼，廷尉门前雀欲栖。隐隐朱城临玉道，遥遥翠幰没金堤。挟弹飞鹰杜陵北，探丸借客渭桥西。俱邀侠客芙蓉剑，共宿娼家桃李蹊。娼家日暮紫罗裙，清歌一啭口氛氲。北堂夜夜人如月，南陌朝朝骑似云。南陌北堂连北里，五剧三条控三市。弱柳青槐拂地垂，佳气红尘暗天起。汉代金吾千骑来，翡翠屠苏鹦鹉杯。罗襦宝带为君解，燕歌赵舞为君开。别有豪华称将相，转日回天不相让。意气由来排灌夫，专权判不容萧相。专权意气本豪雄，青虬紫燕坐春风。自言歌舞长千载，自谓骄奢凌五公。节物风光不相待，桑田碧海须臾改。昔时金阶白玉堂，即今唯见青松在。寂寂寥寥扬子居，年年岁岁一床书。独有南山桂花发，飞来飞去袭人裾。

内　容　此诗写长安城内骄奢艳冶的生活状况，以及作者对此的感慨。
特　色　铺排自如，恣纵奔放。
注　释　狭斜：狭窄的小巷。斜即巷的别名。七香车：用多种香木制成的华美小车。玉辇：本指皇帝所乘的车，这里泛指贵人所乘的车。主第：公主的府第。侯家：王侯之家。龙、凤：是说车盖刻成龙凤形。宝盖：华美的车盖。流苏：一种装饰物，用彩色羽毛或绘绣结成球，缀以丝缕，使之下垂，叫做流苏。游丝：春天虫类吐在空中飞扬的丝。银台：原指仙境般的地方，此指贵人居所。复道：即阁道，连接楼阁的架高的通道，用木制成。交窗：用木条横竖交错制成的窗。作合欢：是说复道的结构和窗棂的图案做出合欢的形状。合欢，一种植物，即马樱花，羽状复叶，一个大叶由多个小叶组成，小叶夜间会合拢起来，故名。双阙：宫门两旁的望楼。甍：屋脊。讵：表示反诘，相当于"岂""难道"。借问：古诗中常见的假设性问语，一般用于上句，下句即作者自答。吹箫向紫烟：春秋时秦穆公女儿弄玉，嫁给善吹箫的萧史，后来夫妻双双乘凤凰飞去成了神仙。这里借指怀春的贵族青年男女。比目：即比目鱼，比喻情爱深挚的夫妻、情人。生憎帐额绣孤鸾：意思是说最怕过孤单的生活。生憎，最厌恶。帐额，帐檐。鸾，传说中凤凰一类的鸟。罗帷翠被郁金香：是指罗帷翠被薰以郁金香。罗帷，罗帐。翠被，织（绣）有翡翠纹饰的华美的被子。郁金香，一种植物，其香在花。行云：流动的云，比喻女子头发。蝉鬓：把鬓发梳成蝉翼般的样式，叫做蝉鬓。纤纤初月：是说涂作弯弯的月牙形。妖童：指市井间的轻薄少年。上鸦黄：古代妇女为了美观，在额上涂上鸦黄。鸦黄，唐代妇女涂额的黄粉。铁连钱：指马身毛色斑驳，有圆钱式的花纹。御史府中乌夜啼，廷尉门前雀欲栖：这两句是说，由于权贵骄恣不法，游侠横行，使得御史和廷尉并没有实际权利，不被人重视。御史，官职名，专司弹劾。廷尉，官名，掌刑狱。渭桥：桥名，秦始皇时所造。氛氲：气盛的样子。这里指妓女唱歌时所散发出来的浓郁的口脂香。北堂、南陌：均指唐宫廷附近的繁华地带。北里：唐代为妓女的聚居之处。五剧：指纵横的街道。交错的道路叫做剧。三条：指很多街道。通达的道路叫做条。市：商业繁盛的大街。翡翠屠苏鹦鹉杯：鹦鹉杯里盛着绿色的屠苏酒。

罗襦：绸制的上衣。**转日回天**：极言势力之大。**桑田碧海**：大海变成农田，农田变成大海。语本晋葛洪《神仙传·王远》："麻姑自说云：'接侍以来，已见东海三为桑田。'"后以"沧海桑田"比喻世事变化巨大。

赏析 这是一首历来为人们所称道的七言古诗。它铺排张扬，堂皇富丽，一气呵成，错彩镂金。尽管它还没有彻底脱掉宫体纤裳，却已然透出蓬勃坚劲的生命力量，为初唐诗坛吹来新鲜的空气，它的骇世惊俗恰在于其脱胎换骨般的内在生命气息。诚如闻一多先生指出的那样："在窒息的阴霾中，四面是细弱的虫吟，虚空而疲倦，忽然一声霹雳，接着是狂风暴雨！虫吟听不见了，这样便是卢照邻的《长安古意》的出现。"（《宫体诗的自赎》）

佳句
· 寂寂寥寥扬子居，年年岁岁一床书。

"古意"，类似于"拟古"一类托古咏今的诗题。这首诗表面上写的是汉代长安，实质上反映的是唐代长安的繁盛、闹热。全诗可切为三个段落，第一段止于"遥遥翠幌没金堤"，总写长安大街小巷之繁华，贵族们冶游之豪奢。作者极尽铺陈之能事，不惮于浓墨和重彩，反复渲染，再衬托，把个纸醉金迷、灯红酒绿的长安城描绘得鲜明生动，好不气派！前六句从车水马龙、熙熙攘攘的场面描写起，扑面而来，很有气势；大处着眼，细处点染，无异于一幅长卷。玉辇金鞭，青牛白马；香车华盖，龙衔凤吐。又衬以王侯之家、公主宅第之背景，加之起句大街小巷纵横连贯的总领，长安城的气象便被写得活灵活现了。这是大场景的总写，"镜头"运转幅度相当开阔，然亦不乏宝盖流苏的"特写"，而且写了朝日晚霞，主第侯家，时空都是流动的。且看作者挥动灵转之彩笔，一层层描绘出长安风貌。"百尺游丝"以下八句，"镜头"摇动速度加快，一句一景：晴绿绕树，娇鸟啼花，蝶戏宫门，绿荫白阶。这仿佛是实摹景物，细味之，晴绿乃在春时,绿阴方是盛夏,显然这不是实写。四时景观,汇为一处,笔调殊异,说它是写意笔法,以虚用实,庶几贴近。下面写雕花的窗棂,翘起的飞檐,画栋雕梁,危楼入云,亦是一句一景,令人目不暇接。"梁家画阁",借用东汉顺帝的外戚梁冀在洛阳大造豪华宅第事;"汉帝金茎"则用汉武帝在建章宫立铜柱二十丈,上擎仙人掌以接仙露事。这里不过泛指宅第之奢华而已。以上反复渲染的都是背景,突出的是豪奢骄纵,享乐有加。写富贵可谓写足了,甚至写到了极致。从写法上看,作者笔调奔放恣肆,气象万千,似乎毫不拘泥。实际上法度恰在层层敷色,远近纵横之中。从"楼前相忘"句始,出现了人物,"不相知""讵相识",都非常巧妙地写出了长安城的人海茫茫,摩肩接踵。马上墙头,楼前陌上,男女之间纵是相逢,亦难相知相得,表达的是一种对爱情生活的渴念和追求,特别是写出了闺中妇女的怨艾,对她们的心态作了含蓄的刻画。有人据"曾经学舞度芳年"句认为这里写的是歌儿舞女,怕是不确。唐人学歌舞,并不限于歌儿舞女,太宗、玄宗乃至他们的兄弟姊妹不是也习过歌舞吗?承上文,这里当是指贵族青年男女,他们以歌舞来排遣青春的苦闷。"借问"一句用弄玉萧史事来表达爱情理想。"得成比目何辞死,愿作鸳鸯不羡仙"二句,刘大杰先生据此指出"这种思想当是卢照邻病前之作,否则作品中的颜色,没有那么鲜明"(《中国文学发展史》)。这个推断是正确的,因为卢照邻病后曾于太白山中服丹,遂使病笃,终于不堪忍受,投水而死。那就有"羡仙"之嫌了。说这里是写贵族而非写一般的歌儿舞女的理由更在于下面的描写。"生憎"句是对孤守闺房的怨怅之词,倘若写歌儿舞女、妓家娼妇似无此一层苦闷。接下来细致描摹的居室、衣饰、打扮,也是一派富贵气。从华贵的车中走出的妇女虽娇态非一,却都是拥簇扶持、千呼万唤始出来的。妖童与娼妇相对,均指贵族妇女的随从,犹言男僮侍女。"铁连钱",指马;"金屈膝",指车中软屏,"屈膝"即合叶转关。"宝马铁连钱"乃是一物;"盘龙金屈

膝"同样指软屏上雕有龙的图案。总之，妖童娼妇皆是车中人之衬托，不能见了娼妇字样就望文生义。作者的确写了妓女，但在下面一段。此处描写的皆是贵妇，因为御史府、廷尉门她们都不屑瞅睬，以致使那里门庭冷落。非极富贵者何有此举？这一段收煞的两句写夜深之后，车水马龙的盛况才稍有收歇。"隐隐""遥遥"写出了动势，车行渐远，宫墙才显得模糊，翠幰（翠羽为饰的车帐）才连成一片掩盖了皇城外的河堤。这一大段除了铺排繁华之外，着重写了贵族青年男女们对爱情的热切渴望。因此，闻一多先生才说它较之梁简文帝的《乌栖曲》之类的宫体诗有着根本的不同，说它"有起死回生的力量"。这正是作品中"灵性"之所在。第一大段亦可分成两层，止于"汉帝金茎云外直"是第一层，重在写繁华气象；余为一层，重在写贵族游冶。

第二段止于"燕歌赵舞为君开"句。这里可真的是写贵族们的"堕落"了，作者写长安市中的各色人等，较多笔墨用在写娼家。"挟弹"，指飞鹰走犬辈的野外打猎。"探丸"，指刺客。《汉书·尹赏传》说，长安少年有专以谋杀官吏为人报仇者，设红白黑三色弹丸，探于囊中，得赤丸者杀武官；得黑丸者杀文吏；若持白丸，则负责行刺者丧事。此处写了射猎行侠、剑客结集，这些人临夜俱宿娼家，故借《史记·李将军列传》中"桃李无言，下自成蹊"意，言娼家居处人们纷至沓来，以致狎客云集，车马常喧，甚至时时尘土飞扬，热闹非凡。"北堂""南陌"连同"北里"，均指娼妓聚集之地。"北里"即平康里，在长安北门内。"人如月"，是喻娼妓之美丽；"骑似云"，乃指游客如云。"五剧三条"，犹言贯通大街小巷。"金吾"，就是执金吾，唐代设左右金吾卫，掌京师治安。负责治安的军官都到娼家来了，则官吏的堕落可知。"屠苏"，美酒名。这一段围绕娼家写了长安各色人物的穷奢极欲，在人欲横流之中，透现出长安当时的风气。在热烈的狂放之中，隐含着当新时代到来之时人们的一种迷醉，或像闻一多所说的"癫狂中有战栗，堕落中有灵性"，"如大梦初醒而心花怒放"。而作者是既在其中，又在旁观，相对还是清醒的。而这份清醒到了诗的末尾，才愈见透彻。

第三段写权贵们不仅骄奢，而且专横贪权，殊不知沧海桑田，一切在须臾之间，不若读书人守操厉节，纵贫寒倒也自乐。显然其中含着微讽，这也是以往宫体诗中所没有的。权贵们之间都以为自己有回天转日之力，彼此不肯相让。他们互相倾轧，争来斗去。"灌夫"，汉武帝时与丞相田蚡为敌，常使酒骂坐，后被田所诛。"萧相"，指汉高祖的丞相萧何。"青虬""紫燕"均是良马名。"专权"二句写尽权贵的骄横跋扈、排场气势。"自言"二句则谓富贵豪奢能得意于一时，却不可能一成不变，得意猖狂原是悟世不深的表现。"五公"，指汉代张汤、杜周、萧望之、冯奉世、史丹五人，他们都是当时炙手可热的权贵人物。"节物风光"以下四句，言兴衰隆替，只是瞬息间的事，旧日的金阶白玉堂，如今不过是黄土一抔，荒冢一丘。"青松"，代指墓地，因坟墓旁多植松楸一类乔木。这一段转入议论，内容上似已入另义，然而写骄奢，写车骑，写荣华富贵，享乐有加，终究要想到归结。细绎全篇，内在联系还是很紧密的。而"别有豪华称将相"，亦承上文的一种豪华而来，故看似转，实是承；明是换，暗是续，意脉并没有断。倒是结尾四句，来得似有些突兀。作者议论说：像扬雄那样，寂寞而居，以书为伴，倒也是一种

自得自悦；况能以文名传于后世，不似骄横权贵那样，虽一时得意，终是声名俱没。这里明显有以扬子自况之意。大约也受了左思《咏史》诗的影响，抒发了作者时不我遇的愤懑之情。左诗有"寂寂扬子宅，门无卿相舆""悠悠百世后，英名擅八区"（《咏史八首》其四）的句子，卢照邻正取此意。这几句半是讽喻半是自况，又以桂花香气袭人喻读书人的厉节守操，用意是很深的。闻一多先生认为结尾四句突兀而有蛇足之嫌，是"一点点艺术的失败"，但它丝毫不妨碍全诗的成功。事实上作者的清醒恰在结尾处，作为抒情诗的归趣，这样写似无不可。这四句为人们反复吟玩，成为千古名句，就很能说明问题。清人沈德潜评此诗颇有见地："长安大道，豪贵骄奢，狭邪艳冶，无所不有。自嬖宠而侠客，而金吾，而权臣，皆向猖家游宿，自谓可永保富贵，然转瞬沧桑，徒存墟墓，不如读书自守之为得也。借言子云，聊以自况云耳。"（《唐诗别裁集》）此评虽未明言，确可表明沈氏对卢照邻此诗谋篇布局并无异议，甚至以为全诗思路顺畅，自然成篇，不存在蛇足的问题。

　　从全诗来看，它气势恢宏，铺排自如；作者一气写来，激情饱满，且详略得当，又不乏精细之笔。如此巨制，前所未有，在唐代亦属罕见。明胡应麟甚至认为"七言长体，极于此矣"（《诗薮》内编）。总之，卢照邻无所顾忌，放声吟唱，宣告了宫体的涅槃，七古的再生。

（王星琦）

乐大夫挽词五首（其四）

原文　　　哀吊　　　唐·骆宾王

一旦先朝菌，千秋掩夜台。青乌新兆去，白马故人来。
草露当春泣，松风向暮哀。宁知荒陇外，吊鹤自徘徊。

乐大夫挽词五首（其四）

内　容　本诗哀吊乐大夫，抒发深切悼念之情。
特　色　情往会悲，文来引泣。
注　释　青鸟：指青鸟子，传说中的古代堪舆家，其善葬术。白马：古代以乘白马表示有凶事。宁知：哪里知道。荒陇：坟墓。

赏析　乐大夫，即乐彦玮，乾封元年（666）任御史大夫，他死时诗人正在京任明堂主簿，闻此噩耗，心慌意乱，哀痛不已，一连写了五首挽词，抒发对乐大夫的深切悼念之情。

古人云："悲莫悲兮生别离。"（《楚辞·九歌·少司命》）更何况是死别之恒痛？刘勰《文心雕龙·哀吊》云："哀辞大体，情主于痛伤，而辞穷乎爱惜。"因之，哀情是挽词主旨。这首挽词，首联即悲音突发，先声夺人，由"一旦"与"千秋"的强烈对比，写出生死永诀、存亡路隔的无穷悲痛。"朝菌"，喻短命，语出《庄子·逍遥游》。"夜台"，指坟墓。颔联连用二典，再发悲音，写青鸟卜穴（相传汉代青鸟子善相穴地，有《葬经》一书）、范张死别，点出诗人与乐大夫的生死厚谊。颈联写年年春晨，薤露垂泪，岁岁昏夜，松风哀歌；如高渐离之筑，刘越石之笳，奏出变徵之声，可以裂云；哀痛凄咽，深深笼罩，萦回人们心际，把哀辞推向极顶。尾联再作回旋往复，"吊鹤"，用丁令威化鹤归来哀吊之典（晋陶潜《搜神后记》），希冀乐大夫英灵不灭，永留天壤。至此，满纸已觉泪痕累累，涕泗涟涟。

《乐大夫挽词五首》（其四），全诗八句，体制短小，感情浓缩。哀、伤、痛、悲，杂集于中；凄恻缠绵，哀转不绝。真是墨点无多，泪点悬洒。它一句一恸，一字一哭，字字句句，血泪凝成；它呼天抢地，捶胸顿足，呼吸之间，如闻啜泣。赤诚情，哀戚意，化作挽词，达到了"情往会悲，文来引泣"（刘勰《文心雕龙·哀吊》）的感人地步。

（张永鑫）

逸闻

骆宾王为"初唐四杰"之一。幼聪颖,据说7岁就会赋诗,被称为"神童"。武则天当政时,因数次直言上疏被贬,弃职而去。后来,徐敬业起兵反对武则天,骆宾王为他写下了著名的《讨武曌檄》(曌,武则天造此字用作己名),文中他慷慨激昂地怒斥了武则天的暴行。据说,武则天读到这篇檄文时,先只是嬉笑,可当读到"一抔之土未干,六尺之孤安在"时,问道:"谁写的?"侍者回答说是骆宾王,武则天就说:"怎么能失去这样的人才呢?"   (王晓丹)

早发诸暨

原文　　　　旅思　　　唐·骆宾王

征夫怀远路,凤驾上危峦。薄烟横绝巘,轻冻涩回湍,
野雾连空暗,山风入曙寒。帝城临灞涘,禹穴枕江干。
橘性行应化,蓬心去不安。独掩穷途泪,长歌行路难。

内　容　此诗描写旅途的艰险,抒发诗人困厄不平之情。
特　色　凄戾清拔,匀称齐一。
注　释　诸暨:地名,今浙江省诸暨市。征夫:服役远行的人,此指诗人自己。凤:早晨。危:高。横:充满,遮盖。《礼记·祭义》:"夫孝,置之而塞乎天地,溥之而横乎四海。"绝巘:极高的山峰。涩:使不流畅。回湍:回旋的急流。禹穴:相传为夏禹的葬地,在今浙江省绍兴的会稽山。江干:江边,江岸。蓬心:比喻知识浅薄,不能通达事理。亦常作自喻浅陋的谦词。《庄子·逍遥游》:"今子有五石之瓠(hú,即葫芦),何不虑以为大樽,而浮于江湖,而忧其瓠落无所容?则夫子犹有蓬之心也夫!"

赏析 骆宾王平生萧瑟，沉沦下僚；但他英才磊落，卓荦嵚崎。发而为诗，勃郁清刚之气，在在皆是。《早发诸暨》应是诗人于永隆二年（681）夏贬职临海途中所作。其间曾留诸暨、探义乌，借旅途艰险之叹抒困厄不平之情。"帝城""灞涘"，指长安，写离京；"禹穴""江干"，指临海，写赴任（"禹穴"在会稽；临海属会稽郡）。诗人贬临海，经诸暨而早发。诗以此为基点，前则展望前程；后则回首往事。枢纽转运，脉络关合，最后收结。旅途本多哀思，更何况贬流？目逆经心，远近之间，诗人但见高峰插空，岚烟曳壁，回湍冰遏。人生历程不也坎坷崎岖，棘荆块垒，能不生乘风破浪遥遥几时之问？加之连空浓雾，遮天蔽日；山风挟寒，晓凉断肌，此去命运不也冥晦莫测？迷迷惘惘，能不起前景

黯然、鹏程何处之疑？驻足前瞻，诗人不免悲满丘壑，思尽烟波。旋首追昔，历经仕途沉浮，坎壈惆怅，鞅鞅失意。橘树迁北，则化而为枳，蓬心（固陋迂曲之心）自持，则难容世俗。前去贬所，怎不心怀懔懔！行进在险恶的世路上，真有阮籍穷途痛哭，古诗行路艰危的深痛之感！诗人随情倾吐，如金筑哀咉，木枕商声，清拔凄厉，足使枥马仰鸣，城乌俯咽。诗以此止，总束

全诗,直揭诗旨。感慨愤懑,力透纸背。

诗人的凄戾情,清拔气,却以均齐协调的韵律出之。《说文》云:"好,美也。"《方言》云:"凡美色,或谓之好。"《尔雅·释言》又云:"称,好也。"称即匀称、对称;"好"之所以为"美"为"美色",正因其匀整对称而呈其美。《早发诸暨》一起十句,均作二、一、二这样三顿;结末二句,又作二、二、一这样三顿,总体呈现出划一匀称之美。这种节奏、律动之变换,始终与旅途上踟蹰盘桓、抗力前进、跨越坎坷、冲风冒寒的苦况相应,亦与骐服盐车、负轭上坂、一步一蹶、一俯一仰、踉跄顿仆的陟降相合。它既写尽旅程行途之苦,又隐含人生途程之艰。一无琢炼之痕,却呈匠心之巧。

(张永鑫)

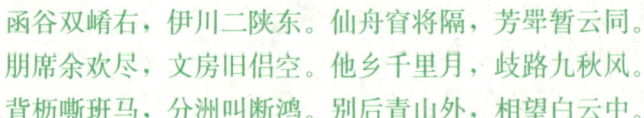

原 文　　送别　　唐·李峤

函谷双崤右,伊川二陕东。仙舟窅将隔,芳骍暂云同。
朋席余欢尽,文房旧侣空。他乡千里月,歧路九秋风。
背枥嘶班马,分洲叫断鸿。别后青山外,相望白云中。

内　容　此诗描写送别友人的情景,抒发对友人的深挚情意。
特　色　事意影带,铺排整饬。
注　释　主簿:官名,负责文书簿籍,掌管印鉴。之:往。侣:同伴。
九秋:秋季九十天。《初学记》卷三引南朝梁·元帝《纂要》:"秋曰白藏,亦曰收成,亦曰三秋、九秋。"断鸿:失群的孤雁。

赏析　李峤是初唐"文章四友"中的宿老,诗多应制、宴饮、咏物之作。题材虽狭窄,然尚骈偶,重格律,致有托其名的《评

诗格》倡"十体九对"之说。他是使格律诗整饬规范化的重要人物之一。

本诗是他送一刘姓光禄寺卿（官名，掌酒醴膳羞之事）赴洛阳任主簿的一首五言排律。

> **佳句**
> ·他乡千里月，歧路九秋风。
> ·别后青山外，相望白云中。

首联解题，点明送别地点及朋友此行去向："函谷"为秦地门户，崤山于此分劈为二，延伸于黄河、洛河间。长安在函谷关、双崤山之西，故为"右"（地理上以西为右）。伊水界分东西二陕，最终流至洛阳，而洛阳在伊川二陕之东，恰是朋友赴任之处。第二联承上写饯别："仙舟窅将隔，芳斝暂云同。""仙舟"，船之美称。"窅（yǎo）"，深远貌。"芳斝（jiǎ）"，酒器美称。正因为朋友即将登舟远去，使主客所居的长安与洛阳远隔，因此频频举杯，哪怕暂且一起多逗留一会也好。但天下没有不散的宴席。第三联随即写分手之际的情景："朋席余欢尽，文房旧侣空"，诗人沉浸在朋友宴饮聚会的欢乐中。但乐极悲来，余欢方尽，顿觉文房旧侣已空，意即朋友已登舟而去。以上三联为实写叙事，后三联则是虚拟达意。作者心驰神追，设想别后朋友在旅途上披星戴月、风餐露宿的种种艰辛。这种为远行之人设身处地想象的虚写，映射出诗人体贴入微的沉挚情意。"他乡"两句先概述朋友在他乡千里跋涉，唯有明月相随，而每逢歧路，更有凄厉的秋风相逼（九秋，言其极）。"背枥"两句承"歧路"延伸旅途景物情事："班马"，齐驱并进的马因分槽（背枥）而嘶鸣，在水流分开洲渚之处，断鸿又因失群而哀啼。这种种景况，怎不令人触景生情，黯然伤神。末联总收："别后青山外，相望白云中。"以别后青山白云间的久久颙望，结出诗人祈祷朋友平安无事，友情永存之意。

全诗由近及远，由别时写到别后，层层推衍，句句铺排。于章法上合乎《评诗格》"谓以事意相惬而用之也"的"影带"体；于句法上通篇对偶而又有句式变化，符合其"九对"之说。李峤其诗对律诗成型起了推波助澜的作用。

（黄益元）

逸闻

天宝末年安史之乱，唐玄宗避乱入蜀前，曾登花萼楼，命梨园弟子歌数阕。有歌者唱道："山川满目泪沾衣，富贵荣华能几时？不见只今汾水上，唯有年年秋雁飞。"玄宗听后不禁凄然泣下，问侍者："谁作此诗？"侍者答是李峤。玄宗叹道："李峤真才子啊！"竟不待曲终就离席而去了。

（王晓丹）

赠苏味道

原文 寄赠 唐·杜审言

北地寒应苦，南庭戍未归。边声乱羌笛，朔气卷戎衣。
雨雪关山暗，风霜草木稀。胡兵战欲尽，汉卒尚重围。
云净妖星落，秋深塞马肥。据鞍雄剑动，插笔羽书飞。
舆驾还京邑，朋游满帝畿。方期来献凯，歌舞共春辉。

内　容　此诗写边塞苦寒的战争环境及对友人的关怀和勉励。
特　色　排闼直入，高华雄整。
注　释　戍：防守。羽书：军事文书，插着羽毛表示紧急。春辉：春天的阳光。

赏析　杜审言是杜甫的祖父，与李峤、崔融、苏味道合称"文章四友"。其诗多应制、酬和及写景之作，格调虽不甚高，然韵律谨严，尤擅五律和骋才使气的长律，是一个致力于诗体探索、创造的作家。精练的词语锻锤和自如的句法转换，构成其诗主要的艺术特色。

本诗是寄赠给作者的挚友苏味道的一首五言排律，苏当时正

赠苏味道

随吏部侍郎裴行俭西征突厥，远在西北边陲。首联排闼直入，点明时地、缘由。"北地"，古郡名，辖地在今甘肃东南部和宁夏南部一带。"南庭"，当时西突厥乙毗沙钵罗叶护可汗所在地。"寒应苦""戍未归"，便是作者寄赠怀念朋友之由。二、三联渲染边地环境氛围，是"寒应苦"的具体化：边声、羌笛声乱成一片，朔气（即寒气）卷起了戎衣，雨雪霏霏使关山昏暗，风霜凛凛使草木稀疏。一系列边地特有的意象组合，极尽铺陈排比之能事；又分别贯以"乱""卷"两动词，收以"暗""稀"两形容词，顿使音响交浑、画面飞动起来，句脉整饬严密而不呆板。四、五联叙述边塞战

佳句
- 雨雪关山暗，风霜草木稀。

事，承"戍未归"而来。唐军（以汉喻唐，乃唐人边塞诗常例）重重合围，胡兵消耗殆尽。"云净妖星落"，暗喻胡运已不长久；"秋深塞马肥"，显出唐军兵强马壮，士气尤旺。第六联在上述铺叙排比蓄势已足的背景渲染后，推出近景特写镜头，用浓墨重彩想象苏味道在军中"据鞍雄剑动，插笔羽书飞"的戎马生活和英武形象。"据鞍"，靠着马鞍。"插笔"，即收笔。这两句言鏖战之隙，雄剑尚在颤动不已，他便据鞍疾写羽檄（羽书）。苏味道在裴行俭军中掌书记，这样写，切合其书生从戎的实际，又具飞动之势。诗人对朋友此行的赞颂怀想之情，溢于言表。南宋陆游《观大散关图有感》："上马击狂胡，下马草军书。"是这一形象的继承和发展。最后两联顺势推宕，结以凯旋时故交旧友在京畿热烈欢迎舆驾归来，载歌载舞庆祝胜利的盛况。这既是上述战事顺理成章的逻辑发展，亦是作者出自肺腑的殷切期望。全诗虽有对朋友处境寒苦的体贴关怀，但更多的是勉励倾慕，洋溢着初盛唐之际蓬勃向上的时代精神，不像一般的怀人之作充塞着一种缠绵悱恻的凄怆情调。末两联的"还京邑""共春晖"，分别照应了首联"寒应苦""戍未归"的叙事脉络和环境氛围，结出喜庆热烈的献凯场面，就章法而言，确是"高华雄整""家法宛然"（《诗

薮》内编)。

"排律用韵称妥,事不傍引,情无牵合,当为最胜",这是明代王世贞《艺苑卮言》中对排律创作的最高要求。杜审言在排律发轫滥觞的初唐,即具有如此高超娴熟的技艺,无怪杜甫要称"吾祖诗冠古"了。

(黄益元)

从军行

原文　　　征戍　　　唐·杨炯

烽火照西京,心中自不平。牙璋辞凤阙,铁骑绕龙城。
雪暗凋旗画,风多杂鼓声。宁为百夫长,胜作一书生。

内　容　此诗描写惊心动魄的战事,表达诗人慷慨从军的豪情壮志。
特　色　境生象外,飞动之趣。
注　释　行:古诗的一种体裁。行是乐曲的意思。唐代乐府诗题名为"行"的较多。烽火:古代边防为报警而点起的烟火。凋:凋落。

赏析　《从军行》是乐府诗的旧题。唐初北方时有抗击突厥贵族统治者的战争发生,这首诗写的就是这方面的战事。

佳句
・雪暗凋旗画,风多杂鼓声。
・宁为百夫长,胜作一书生。

"烽火"燃起,照亮了国都"西京"(长安)。第一句突出了军情的紧急。在这危急之际,一个有报国之心的热血壮士,自然会感到内心无法平静。兵贵神速,军队急忙离京出征。"牙璋"是调兵的信符,"凤阙"是帝王宫阙的泛称。在战场上,骁勇善战的精壮骑兵将敌人的城堡团团围住,一场恶战开始了。"雪暗""风多",刻画了战斗环境的艰苦。"凋旗画"是形容飞雪长时间猛打致使军旗上的彩画脱落。风声和鼓声夹杂在一起,更渲染了交战时气氛的激烈。末两句抒写了这位读书人的感受:他宁可战死疆场,也不在书斋中贪图安逸。"百夫长",泛指下级军官。沈德潜在《唐诗别裁集》中对这首诗作过这样的论断:"此泛言用武效力,胜于一经自守。"

不要说在这样一首短诗中,就是在长篇小说中要写尽战争场面的各种动态也是十分困难的。可是,这首诗在极其短小的篇幅中不仅表现了战斗场面和战场氛围,而且写出了主人公参战的全过程。所以能做到这一点,主要是作者能运用虚实结合的手段来创造意境。也就是说,诗人抓住了这场战争中某些具有典型意义的事物,对它们作真切、生动的描写,再借助某种暗示去引发读者的想象或联想。如诗中只抓住了富有特征性的"烽火"来显示战事的发生,可是我们却可以由此想象出情况紧迫、人心浮动等种种情景。在"雪暗"两句中,"雪""旗画""风""鼓声"都是实写的物象。如果把这几处刻画孤立起来看,是不可能组合成一幅意境深远的艺术画面的。现在诗人借助于这些实写物象的暗示作用,让读者展开联想,在实写物象的诱导、启示下,去创造一个虚写的境界。这个"虚写"的境界,是存在于实写的物象之外的更为广阔的艺术空间。这个空间是在上述物象刻画的基础上形成的,但因为已经过鉴赏者的再创造,它的内涵要比原来的物象丰富得多。譬如我们经过联想或想象,可能会从"雪暗"和"风多"的暗示中感受到北国的严寒、战地的苍凉、征戍的艰辛……从"凋旗画"和"杂鼓声"的形象中,可能会想象出当时双方交战的激烈、残酷、战争场面的声势浩大……这类合情合理的想象丰富了在物象的引发下所构成的意境内涵。宋诗人梅尧臣曾认为善诗者应做到状难写之景如在目前。战地的全景不可能一一展现出来,这里诗人只描写了其中的几个镜头,却能使整个空间景象仿佛呈现在我们面前。这就是"境生于象外"。在我国古代绘画理论中也有"实景"(真境)和"空景"(虚景)的说法。清人邹

一桂在《小山画谱》中就说过:"人有言:绘雪者不能绘其清,绘月者不能绘其明,绘花者不能绘其馨,绘人者不能绘其情。以数者虚而不可以形求也。不知实者逼肖,则虚者自出。故画《北风图》则生凉,画《云汉图》则生热,画水于壁则夜闻水声。谓为不能者,固不知画者也。"从这里可以得知,艺术意境的虚与实是不可分的;描绘实景要不囿于实,而能够从中幻出虚景。清代诗人王士禛认为作诗就像画龙,不必画出龙的全身,只要画出云雾中龙所显露的"一鳞一爪"就可以了。鉴赏者从这"一鳞一爪",可以想象到沽龙的整体。

这首诗的意境所展示的那个艺术空间,是当时惊心动魄战事的艺术表现,其再现于诗篇中,必然会显示出一种动态美。例如,"烽火"点燃时书生情绪激昂、决然从军的情态,"铁骑"包围"龙城"(匈奴的名城,这里借指敌军驻扎的要地)时所形成的情势,两军交战时所呈现的一片混乱、嘈杂、炽热的气氛,战事结束后书生所发出的感慨……这一切似乎我们都是能够看到、听到或触摸得到的。我们就像置身于那个无时无刻不在变动的战争环境中,面前闪过的种种景象令人激动、震慑和奋起!这就是"状飞动之趣"的动态美所具有的艺术魅力。

(查良圭)

战城南

原文 　　边塞　　　　　　唐·杨炯

塞北途辽远，城南战苦辛。幡旗如鸟翼，甲胄似鱼鳞。
冻水寒伤马，悲风愁杀人。寸心明白日，千里暗黄尘。

内　容　这是一首边塞诗，抒发了诗人向往边塞、渴望建功立业的思想感情。

特　色　慷慨激昂，出语惊人。

注　释　幡旗：旗帜。寸心：此指报国之心。

赏析　《战城南》为乐府旧题，见宋郭茂倩《乐府诗集》卷十六《鼓吹曲辞》一。唐吴兢《乐府古题要解》云："右其词大略言'战城南，死郭北'，野死不得葬，为乌鸟所食，愿为忠臣，朝出征战而暮不得归也。"杨炯此诗乃以旧题写新意，与旧题内容虽有些联系，但不是一回事。实际上它是一首我们通常所说的边塞诗。诗中抒发了向往边塞的慷慨之情，充满了建功立业的进取精神。

这首诗与作者有名的《从军行》一样，以气势雄阔和韵味浑厚著称。战旗若鸟翼垂空，茫茫一片；铠甲却如鱼鳞般闪闪发光。"幡旗"二句写出了军旅之威势，笔简意丰，情境如画。李贺《雁门太守行》中的首二句"黑云压城城欲摧，甲光向日金鳞开"，明显受到杨炯这两句的启发。"冻水"二句奇谲而耐人寻味。天寒地冻，行军艰难，受冻的首先是人，欲言人，却写马，巧思妙得，词语惊人。"悲风愁杀人"一句，终于写到了人的感受，这里的"愁"字主要指气候恶劣，于行军作战不利，非是厌战之愁。因为结句情调高昂，充满了奋激之慨。结二句乃全诗归趣所在，明心扬志，读来使人奋发。日之所以明，皆因报国心迹之明；而黄尘吹暗，那是自然界的现象，塞北风沙蒙不住情绪激昂的戍边将士那一颗颗赤诚之心！

佳句
· 幡旗如鸟翼，甲胄似鱼鳞。

杨炯向往边塞，渴望建功立业的思想感情在诗作中多有流露，如"丈夫皆有志，会见立功勋"（《出塞》）、"宁为百夫长，胜作一书生"（《从军行》）等。杨诗最突出的特点是想象奇特，出语惊人，此诗中间四句便是明例。其他如《从军行》中的"雪暗凋旗画，风多杂鼓声"、《送刘校书从军》中的"赤土流星剑，乌号明月弓"之类，也都很说明问题。这种诗风对后来的岑参、李贺等人影响颇深。

杨炯也善为对句，此诗几乎尽是工稳对仗。五律在杨炯手上趋于成熟，读此诗可自见。

（王星琦）

滕王阁

原文　　怀古　　唐·王勃

滕王高阁临江渚，佩玉鸣鸾罢歌舞。画栋朝飞南浦云，朱帘暮卷西山雨。闲云潭影日悠悠，物换星移几度秋。阁中帝子今何在？槛外长江空自流。

内　容　诗歌通过对滕王阁昔盛今衰的描写，抒发人事非的感慨。
特　色　大小结合，时空相映。
注　释　临：靠近。江渚：江边。渚，水边。佩玉：古代系于衣带用作装饰的玉。鸣鸾：卿大夫的车前的鸾铃，车走动便发出声响。画栋：装饰华美的屋梁。南浦：地名，在江西省南昌市西南，章江至此分流。西山：山名，在今江西省南昌市新建区西，一名南昌山，即古散原山。潭：这里代指长江。悠悠：久远。帝子：帝王之子，这里指滕王。

赏析 此诗是王勃的名诗，作于唐高宗上元三年（676）。滕王阁是唐高祖李渊之子滕王李元婴所建，诗中第七句中的"帝子"即指滕王。第二句"佩玉鸣鸾罢歌舞"者，正指昔日之歌舞今已消歇。全诗写物是人非的感慨，语意十分清楚，无需再加诠释。

我觉得最值得玩味的是三、四两句所表现的那种大与小，

佳句
- 画栋朝飞南浦云，朱帘暮卷西山雨。
- 闲云潭影日悠悠，物换星移几度秋。

近与远的结合。南浦云之于画栋，西山雨之于珠帘，本不相关。然而，王勃却将它们结合在一起。这种近景与远景的结合，不仅使读者产生了一种阔大的空间感，而且使读者产生了一种流动的时间感，一方面这种广阔的空间感和流动的时间感，因附丽于画栋珠帘而具象化了；另一方面人们从画栋珠帘上去透视和领悟这种空间感和时间感，因而赋予了画栋珠帘以一种全新的意义。这样，画栋和珠帘便呈现出一种既具体又阔大的意味，从而在秀美的感性形象中，隐现着一种深远的意味。

从南朝向唐代发展，诗人们确是愈益自觉地喜爱把大的空间纳入于小的空间之中，并从小的空间去领受大的空间；喜爱将长远的时间附着于具体事物的变化，又从具体事物的变化上去感悟久远时间的迁流。亦即是从有限去领悟无限，以无限灌注于有限，使大与小、有限与无限、静止与流逝交融在一起。这样所体现的一种艺术化了的自然，既深远又亲切。它一方面使深远的宇宙从具体的事物中显现出来，亦即是把广大的自然具象化、自我化；另一方面又把自我和眼前的具体事物提升到一个阔大的境界，亦即是把自我环境空远化、宇宙化。王勃此诗三、四句所表现的正是这样的一种时空观。

此诗五、六两句也写得很好。日悠悠的闲云潭影，与匆匆而去

的物换星移,形成鲜明对照。空间如斯而时间流转,自然亘古而人事代谢,一种无奈的喟叹存于其中。然而同六朝人之惊心于迁逝而大抒忧怀不同,面对日往月徂,唐人虽然有时也滴下几滴泪水,但更多的则是以一种宁静的心态回顾着时间之流的滔滔前行。同是迁逝,如果说六朝人注目于人生的短暂,则唐人会心处乃在历史的悠长。其实这一发展趋向在阴铿的《开善寺》一诗中便已露先兆。所以,此诗最后二句以"阁中帝子今何在"的人生短暂映衬"槛外长江空自流"的悠长历史,其中有无奈,但没有悲痛。

全诗大小结合、时空相映,所以境界开阔、情韵悠远。

(王锺陵)

逸 闻

王勃为"初唐四杰"之一。一次他路过南昌,恰逢都督阎公将滕王阁修葺一新,选定九九重阳之日大宴宾客。王勃以年青后辈的身份参加了这次盛会。席上阁公邀请众人施展才华,记录下当时的盛况。客人们都知道阎公已经让他的女婿事先写好了文章,便很知趣地推辞了。只有王勃毫不理会,欣然提笔。阎公十分生气,借故离席而去。同时,他又派人随时报告王勃写了些什么。最初,仆人传道:"南昌故郡,洪都新府。"阎公笑笑说:"不过老生常谈罢了。"接着报道:"星分翼轸,地接衡庐。"阎公便沉吟不语。当听到"落霞与孤鹜齐飞,秋水共长天一色"时,阎公不禁霍然而起,叹道:"真是天才啊,当永垂不朽!"连忙赶回宴席,宾主尽欢。《滕王阁序》也成为流传千古的佳作。

(王晓丹)

江南弄

原文  唐·王勃

江南弄,巫山连楚梦,行雨行云几相送。瑶轩金谷上春时,

江南弄

玉童仙女无见期。紫雾香烟渺难托,清风明月遥相思。遥相思,草徒绿,为听双飞凤凰曲。

内　容　全诗抒写青年男女相爱相思之情。
特　色　风情摇曳,意境要渺。
注　释　徒:白白地。

赏析　《江南弄》是梁武帝所制江南上云乐十四曲之一,弄即乐曲。王勃此诗为拟古乐府之作。

首句"江南弄"以咏叹兴起并无实在意义。二、三两句引用宋玉《高唐赋》中的传说,借楚王高唐梦遇巫山神女,旦为朝云,暮为行雨,抒写两个情人男欢女爱、难分难舍的感情。四、五两句写情人离散,无由相见。"瑶轩",有美玉装饰的马车。"金谷"即金谷园,晋石崇建于金谷涧的别墅,有清泉茂林之盛。"上春"即初春。"玉童仙女"这里借指两个情人。当人们在车马喧阗中前去游赏初春好景之时,这两个情人却各在一方,遥遥无相见之期。六、七两句写情人的思念之情。强烈的思念之情,靠不可捉摸的缥缈烟雾无法传递,只有在清风明月之下深深地思念。末段写无可奈何的无限惆怅。诗中"双飞凤凰曲"来自晋葛洪《西京杂记》"庆安世善鼓琴,能为双凤离鸾之曲"。因为爱情遭受阻隔,春花秋月已失去魅力,一年一度的春草绿茵只能空自消歇,但绵绵不尽的相思如何排遣呢?只有独自去听双飞凤凰曲了。春草空自绿,照应前面的相思杳无期。凤凰双飞曲,则蕴含着对往日爱情的追忆和对重新欢聚的憧憬。

佳句
- 紫雾香烟渺难托,清风明月遥相思。

全诗三言、五言、七言混合运用,节奏跳跃而轻快。描写男女相思之情,藻饰绚美而无六朝的脂粉气。高唐神女的传说、瑶轩金谷、玉童仙女以及紫雾香烟、清风明月这类用语,更给无望的相思增加了凄恻迷惘的情调,从而为本诗平添了摇曳的风致。

（徐　俊）

送杜少府之任蜀川

原文　　　　　送友　　　唐·王勃

城阙辅三秦，风烟望五津。与君离别意，同是宦游人。
海内存知己，天涯若比邻。无为在歧路，儿女共沾巾。

内　容　诗歌抒写送别友人的慰勉之词，表现出诗人达观的人生态度。
特　色　拓展时空，一笔两写。
注　释　少府：官名。唐代称县令为明府，称县尉为少府。之：去，往。城阙：指长安。三秦：秦亡以后，项羽三分关中，封秦降将章邯为雍王，司马欣为塞王，董翳为翟王，合称三秦。后指今陕西一带。这里泛指长安附近一带。五津：长江自湔堰至犍为一段五大渡口的合称。晋常璩《华阳国志·蜀志》："其大江自湔堰下至犍为，有五津。始曰白华津，二曰万里津，三曰江首津，四曰涉头津，五曰江南津。"五津皆在蜀中，因用以泛指蜀地。津，渡口。比邻：犹言邻居。古时五家相连为比。无为：不用，"无"通"毋"。歧路：岔路，此指分手之处。

赏析　诗人送别杜少府是在长安。这是一座怎样的都城呀——宫阙嵯峨、三秦拱卫、河山险固，好一派宏伟的气势！诗人看到身边的朋友，又自然地联想到他即将赴任的地方是遥远的蜀川（泛指蜀地）。抬头望去，自然无法看到蜀川的真面目。但想象中的蜀川，似乎在崇山峻岭、风烟迷蒙中若隐若现。（诗中用富有特征的"五津"——五个渡口，来指代蜀川。）知心朋友就要在此分手，从此关山阻隔、天各一方。想到这一点，怎能不令人依恋不舍和怅然若失呢？这种惜别之情，不仅诗人有，杜少府也有。然而，诗人开阔的胸襟、达观的思想，使他节制了自己的哀伤，并转换一个角度去洞察人生——他也许想到：有聚必有分，有事业的追求必有各自的前程。他以自己的处境来作比,说自己本是绛州龙门(今山西河津)人,现在滞留长安,是为了做官而奔走("宦游");你现在到蜀川去任职("之任蜀川"),也是为了自己的前途。既然"同是宦游人",我在长安与你去蜀川,彼此都有一种离别的感受,那你就不要为这次的远去而过于哀愁了。这是诗人用自己的切身体验来宽慰杜少府。再推开一层说:所谓"近"与

"远""咫尺"与"天涯",都是相对而言的。如果大家天天相见而貌合神离,那虽近犹远;如果你我遥隔万里而心志相通,那虽处"天涯"而若比于邻。诗人认为他与杜少府之间有着深厚的友情,这种友情能从精神上缩短两人的距离。诗人企望在分手的片刻,两人都没有眼泪,没有哀叹,没有失落感;有的只是诚挚的祝愿、深切的情谊和对未来的憧憬!

"送别"这个永恒的主题,常常会让人联想到悲悲切切、黯然神伤的情思;但这首诗却别开生面。它通过真正的友谊不会因为形迹的疏远而消减这层深意的表达,来赞美人世间友情深笃之可贵。诗情昂扬,境界开阔,显示出一种健康壮实的艺术美。

诗人以博大的胸怀铸成开阔的诗境,主要凭借了"拓展时空"这一美学表现手段。第一、二句,以一时而写两地。作者用"风

烟""望"两个词语，将现实中的长安和诗人想象中的蜀川连成一片，开拓出一个无比广阔的空间。第三、四句，则是就一地着笔又隐含时空之变迁。"与君离别"是在长安一地，而"同是宦游人"句又暗示诗人往昔的经历（过去生活环境所占有的时空）和友人将去的蜀地。这种时空的纵横交错，就使得诗的意象立体化了。第五、六句更是使时空的拓展达于极致——"海内""天涯"是空间的无垠；而任何时代的"海内""天涯"（即超越时间限制的一切空间），则是抽象意义上的时空交织的极限。最后两句，又收回到现实中"送别"的此时此地，在特定的时空中结束诗篇。

- 海内存知己，天涯若比邻。
- 无为在歧路，儿女共沾巾。

从这首诗中，我们看到了一个豁达、开朗、进取的王勃。可是我们知道，王勃只活了二十几岁，在短促的一生中走的是一条坎坷不平的道路。就在这样的境遇中，他仍有所追求，对友人能给予安慰。从这一点上，我们很容易联想到奥地利作曲家莫扎特的生平和创作。莫扎特也是命运残酷、英年早逝，但在他的作品中却不透露出痛苦的消息，他总是以乐观、天真的情调和温婉蕴藉的风格来歌颂友爱、幸福、和平。所以有的音乐史家说，莫扎特的作品所反映的不是他的生活，而是他的灵魂。在这方面王勃与莫扎特确有相似之处，这恐怕不是一种偶然的巧合。这种有趣而又发人深省的现象，也许可以成为世界文艺史上一个值得探索的课题。　　（查良圭）

巫山怀古

原文　　　　　怀古　　　唐·刘希夷

巫山幽阴地，神女艳阳年。襄王伺容色，落日望悠然。

归来高唐夜，金釭焰青烟。颓想卧瑶席，梦魂何翩翩。
摇落殊未已，荣华倏徂迁。愁思潇湘浦，悲凉云梦田。
猿啼秋风夜，雁飞明月天。巴歌不可听，听此益潺湲。

内　容 本诗写楚襄王与神女幽合之事，抒诗人对人世的沧桑之感。
特　色 融铸神话，贯通古今。
注　释 巫山：山名，在重庆、湖北交界处，以神女峰为最秀丽。伺：等候。容色：指神女。悠然：深远的样子。高唐：战国时楚国台观名。金釭：金质的灯盏、烛台。瑶席：供坐卧的席子的美称。翩翩：连绵不断的样子。摇落：凋残，零落。倏：极快地。徂迁：变化。潺湲：形容河水慢慢流的样子，此指泪水流淌。

赏析 刘希夷是个多才多艺的诗人，他善弹琵琶，妙解歌舞，不仅以写歌行、体闺情诗见长，而且其怀古之作，亦清雄遒丽，具有深沉的历史感，表现了高超的诗艺技巧，此诗即为其例。

佳句
• 猿啼秋风夜，雁飞明月天。

　　诗题《巫山怀古》，写楚襄王与神女幽合之事。最早记载这一古老而令人感兴趣的神话故事的，相传是宋玉作的《高唐赋》与《神女赋》。《高唐赋》记载说："昔者楚襄王与宋玉游于云梦之台，望高唐之观。其上独有云气，崒兮直上，忽兮改容，须臾之间，变化无穷。王问玉曰：'此何气也？'玉对曰：'所谓朝云者也。'王曰：'何谓朝云？'玉曰：'昔者先王尝游高唐，怠而昼寝，梦见一妇人。曰："妾，巫山之女也，为高唐之客。闻君游高唐，愿荐枕席。"王因幸之。去而辞曰：'妾在巫山之阳，高丘之阻，旦为朝云，暮为行雨。'"《神女赋》继续写道：这天晚上，宋玉寝，"果梦与神女遇，其状甚丽，玉异之"。此诗的前半部分八句，即隐括了《高唐》《神女》二赋中这一人神交合的神话故事。首句"幽阴"，指峡高遮日，自非亭午夜分，不见曦月的巫峡地理特点，亦与神女居巫山之阳，朝为云，暮为雨有关。故下

以"神女艳阳年"承接。"艳阳"二字修饰年华,既新且奇,与巫山巫峡的天气特点相关联,又与首句"幽阴"对举,乍阴乍阳,令人闭目可以想见巫山神女朝霞般焕发的容光,妙甚。故下句有"襄王伺容色","颓想卧瑶席"之举,并最终到达梦见神女,人神交合,"梦魂何翩翩"的境界。

后半部分八句,陡然一转,从"梦魂翩翩"的古艳事跌落到冰冷寂寞的现实之中。以"摇落殊未已,荣华倏徂迁"结束以上"怀古"的内容,并转入到诗人的感受上去。

同样置身巫山,同样是月夜,但已不复见襄王和神女,其千古情事也早已如过眼烟云。历史留下的,唯有"愁思"萦绕的"潇湘浦";唯有"悲凉"笼罩的"云梦田";唯有秋风夜,明月天,哀猿啼,孤雁飞。时或传来哀怨凄凉的巴歌,令人听而泪水沾巾。不说巴歌感人,却说"巴歌不可听,听此益潺湲"。在"巴东三峡巫峡长,猿鸣三声泪沾裳"的背景下,在衣襟濡湿之际,诗人结束了他的歌唱。

事实上,襄王与神女遇合只是文学作品中的传说描写,并不是古代的史实。但诗人仍借此而通古今之情,说明一切帝王事业及其风流韵事都将归于寂灭,从而给我们留下古今变迁的沧桑之感。

(曹　旭)

代悲白头翁

原文　　　叹逝　　　唐·刘希夷

洛阳城东桃李花,飞来飞去落谁家?洛阳女儿惜颜色,行逢落花长叹息。今年落花颜色改,明年花开复谁在?已见松柏摧为薪,更闻桑田变成海。古人无复洛城东,今人还对落花风。年年

岁岁花相似，岁岁年年人不同。寄言全盛红颜子，应怜半死白头翁。此翁白头真可怜，伊昔红颜美少年。公子王孙芳树下，清歌妙舞落花前。光禄池台文锦绣，将军楼阁画神仙。一朝卧病无相识，三春行乐在谁边？宛转蛾眉能几时？须臾鹤发乱如丝。但看古来歌舞地，惟有黄昏鸟雀悲。

内　容	诗歌从红颜女子写到白头老翁，抒发青春易逝、富贵无常的感慨。
特　色	音韵谐美，清丽婉转。
注　释	桑田变成海：即桑田沧海。晋葛洪《神仙传·麻姑》："麻姑自说云：'接侍以来，已见东海三为桑田，向到蓬莱，水又浅于往昔会时略也，岂将复还为陵陆乎！'"后因以"桑田沧海"喻世事的巨大变迁。红颜子：指年轻人。白头翁：白发老人。伊昔：从前。王孙：贵族子弟的通称。光禄：官名，即光禄勋，是掌管宿卫侍从的官。蛾眉：女子的秀眉，此处借指美女。须臾：片刻，一会儿。

赏析 此诗又题作《代白头吟》，是一首承古乐府旧题、摄古乐府神理的著名抒情诗。

诗的前半部，以洛阳城桃李花飘坠惹起女子红颜难驻的悲哀意绪发端，化用汉代宋子侯乐府歌辞《董娇娆》"洛阳城东路，桃李生路旁"及洛阳女儿折花、惜花，与花对话的构思，另铸新词，表现了女主人翁由花飘花落引起的感伤之情。首四句，"洛阳城东桃李花，飞来飞去落谁家？洛阳女儿惜颜色，行逢落花长叹息"，即在落花无主人相惜的叹息声中，逐步展现对女主人翁自己生命意识和时间意识的反省。惜花而自惜，伤春而自伤。而这种自惜自伤的感情，经过"今年落花颜色改，明年花开复谁在"的反问，然后以"松柏摧为薪""桑田变成海"所代表的时间概念，与短促的人生进行对比；再以"古人"与"今人"同在洛阳花下，面对同样的南风，却无法见面沟通的感叹为过渡，至

39

"年年岁岁花相似，岁岁年年人不同"而达到高潮。"年年岁岁"两句所以垂于不朽，千百年来为人传诵，不仅因为它概括了全

> 佳句
> • 今年落花颜色改，明年花开复谁在？
> • 年年岁岁花相似，岁岁年年人不同。

诗叹逝的主题，真切地反映了女主人翁无可奈何的心绪，更写出了人类共有的典型感情，使不同时代，不同国别的人，都会从中得到某种认同与共鸣。从语言形式上看，"年年岁岁"与"岁岁年年"两句，以"年""岁"两字，先互相重叠，再轻轻一翻转，然后与"相似""不同"两个极常见的字词搭配，在"人"与"花"的对比中，竟妙不可言地表现了对永恒生命意识和时间意识的思考。于单纯中见丰富，于质朴中见婉丽。《红楼梦》林黛玉《葬花词》"侬今葬花人笑痴，他年葬侬知是谁"意，均从此数句化出。

自"寄言全盛红颜子"至诗末，是诗的后半部。借时光荏苒，红颜难驻的感叹，转入对世人的告诫。

本诗运用乐府民歌中习见的互叠诗，交叉运用对比、对偶等修辞手段，形成轻便婉转，带叙事意味的抒情风格。诗中以红颜子——白头翁；白头翁——美少年；一朝卧病——三春行乐；宛转蛾眉——须臾鹤发，一一加以对照。说明公子王孙的冶游，芳树下的轻歌曼舞，连同"光禄池台""将军楼阁"，都最终归于寂灭。在浓重的感伤情绪中，以"但看古来歌舞地，惟有黄昏鸟雀悲"点明主旨，结束全篇。其音韵之和谐美妙，辞采之清丽婉转，皆令人赞赏击节。

相传，刘希夷作此篇，至"年年岁岁"两句，亦暗自惊心，以为不祥之兆。后此二句果被宋之问看中，要刘希夷让给他，刘不从，即被宋用土囊压死。传说不可信，但却有助于对此诗及其佳句的理解。

（曹　旭）

关山月

原文　　　边塞　　　唐·崔融

月生西海上，气逐边风壮。万里度关山，苍茫非一状。
汉兵开郡国，胡马窥亭障。夜夜闻悲笳，征人起南望。

内　容　这首诗描绘边塞之景，抒发征人思乡之情。
特　色　就题生发，融情于形。
注　释　逐：追逐，追赶。开：开拓。郡国：指疆土。郡，古代行政区域。窥：窥视。亭障：古代边塞要地设置的堡垒。笳：古管乐器，即胡笳，其音悲凉。征人：戍边的军人。

赏析　"关山月"是乐府旧题，唐吴兢《乐府古题要解》："关山月，伤离别也。"初唐"文章四友"之一崔融的这首《关山月》，在继承古乐府内容的基础上，于艺术上精心结构，达到了融情入景、悲壮浑成的境地。

前四句写景。紧扣诗题关、山、月，描绘出一幅辽阔苍茫的边塞图景。以"月"字发端，因为明月高悬，朗照九州，既能统摄边地全景，又是联结家乡的桥梁。"月生西海上，气逐边风壮"。"西海"，郡名，即金城郡。汉昭帝始元六年（前81）置，王莽时曰西海（在今青海）。《新唐书·西域传上》："吐谷浑……有青海者，周八九百里。"程千帆先生在《古诗考索》中认为："青海就是位于今青海省，古名鲜水或西海、仙海的内陆湖泊，今通称青海湖。"这两句诗撷取日暮黄昏，月生西海的瞬间，描绘出水汽浑灏蒸腾、边风凄厉悲壮的西北边疆特有的景象。"万里度关山，苍

佳句
- 月生西海上，气逐边风壮。万里度关山，苍茫非一状。

茫非一状"。前句系由《木兰诗》"万里赴戎机,关山度若飞"浓缩而来,其主语是承前省略的初升之"月"。明月跃上中天,仿佛一下子度过万里关山,此句点化前代诗句十分妥帖精到。而群山逶迤,水汽迷蒙,边风劲悍,这一切在明月朗照之下,蔚为苍茫万状的壮观。后句统摄前三句,给原来只是袭用旧题的"关山月"三字都赋予了有形有象的实景,并且融为一体了。

后四句叙事抒情。唐代边塞战争的性质比较复杂,有少数民族趁唐初建国未稳侵扰唐境的,亦有唐代边将好大喜功轻启边衅的。崔融此诗无征战本事可寻,诗的主旨也不在评判孰是孰非。诗人只是笼统写道:"汉兵开郡国,胡马窥亭障。"唐军要拓边开郡国,而胡马也时时伺机骚扰。在这年复一年无休止的边塞战争中,诗人关注的是远离家乡长期戍守边疆的征人们。"夜夜闻悲笳,征人起南望"。每至入夜,便传来阵阵胡笳的悲鸣,顿时使思乡情浓的征人们披衣而起,久久地向南面的家乡颙望。全诗无一字言及乡思之情和离别之意,但一种浓郁的乡情,又凝固在"征人起南望"的形象之中。可谓不言情而情自现。

本诗句法上依次为两句工对,两句散行,反映出向盛唐格律诗的过渡。

(黄益元)

明河篇

原文　咏物　唐·宋之问

《纪事》云:武后时,之问求为北门学士,不许,乃作此篇以见意。后见之,谓崔融曰:"非不知之问有奇才,但恨有口过耳。"之问终身耻之。

八月凉风天气晶,万里无云河汉明。昏见南楼清且浅,晓落西山纵复横。洛阳城阙天中起,长河夜夜千门里。复道连甍共蔽亏，画堂琼户特相宜。云母帐前初泛滥，水精帘外转透迤。倬彼昭回如练白，复出东城接南陌。南陌征人去不归，谁家今夜捣寒衣。鸳鸯机上疏萤度，乌鹊桥边一雁飞。雁飞萤度愁难歇，坐见明河渐微没。已能舒卷任浮云，不惜光辉让流月。明河可望不可亲，愿得乘槎一问津。更将织女支机石，还访成都卖卜人。

内　容　本诗歌咏天上银河和人间宫阙，表达自荐谋晋之意。
特　色　工细缥缈，隐喻托意。
注　释　晓：天刚亮，清晨。捣寒衣：秋季天气渐冷时，北方妇女将衣物放在砧石上捶打，使之松软，更能御寒。捣，捶打。鸳鸯机：织锦的机器。槎（chá）：木筏。津：渡口。

赏析

诗前小序引自南宋计有功《唐诗纪事》，实本唐孟棨《本事诗》。这首七言歌行的创作，既欲充分展示诗人的才学文采，又想寄寓其自荐谋晋之意。

诗人巧妙地将天上银河与人间宫阙结合起来交替吟咏，辞藻华丽，句脉流动，隐喻颇多。名咏银河，实颂朝廷。最终以乘槎访卜的神话结出自荐主旨。清人贺裳《载酒园诗话又编》说："《明河篇》，极沮丧之事也。《明河》事丑耳，诗固佳。"

全诗四句一节，共六节。首节即紧扣吟咏对象银河，概述其晶莹光明、昏晓运转。"八月凉风天气晶"，《全唐诗》注：一作"清"。仔细品味，着一"晶"字，给人以秋高气爽，晶莹澄澈的美感，较"清"字为佳。天空万里无云，河汉（即银河）分外光明。黄昏时于南楼望见它初升之时既清又浅，拂晓时又见它一夜运转后由纵变横，落下西山。其中，"昏见南楼清且浅"句，已暗用古诗《迢迢牵牛星》的"河汉清且浅，相去复几许？盈盈一水间，脉脉不得语"之意，为后文织女事埋下了伏笔。第二节就东都洛阳城阙高耸似与银河相接，巧妙地将天上银河与人间宫殿糅为一体。洛阳城宫殿门阙高耸入云，仿佛起自天中，银河夜夜在千门里穿梭萦回。宫殿间连接的天桥（即复道），连成一片的屋脊（甍，méng，屋脊）时而遮蔽住银河的星光，使它亏缺；而雕花的堂庑、美玉般的窗户，又特别适宜于银河星光穿行。这一节明写星光，实颂东都建筑巍峨，瑰丽无比。第三节继续写银河星光，逐渐由宫廷转向民间。"云母帐""水精帘"，都是宫廷用的豪华饰物，因其透明，故而能见银河星光如河水泛滥，逶迤流淌。"倬彼昭回"，语出《诗经·大雅·云汉》"倬彼云汉，昭回于天"。"倬（zhuō）"，大，著明。"昭回"，谓星辰光耀回转。唐孔颖达疏："见倬然而明大者，彼天之云汉，其水气精光，转运于天。"诗人在这里把倬然著明回环运转的银河又比喻成白练（白色的绸缎），它在照耀了城市以后，又去连接乡村（陌，田间小路。南北为"阡"，东西为"陌"）。这一节巧喻颇多，如"泛滥""练白"等，十分精到。但还有另一层暗喻，即皇恩浩荡，无微不至，普照天下。第四节承"南陌"写民间女子。银河光照南陌，南陌征人一去不归，只听见其家女子趁着星光捣寒衣。随即又照见一位女子在鸳鸯机上纺织鸳鸯，机旁有星星点点的萤火虫飞过。"乌鹊桥边一雁飞"，语意双关，既是星光下的乡间实景，亦暗含"织女七夕当渡河，使鹊为桥"（韩

鄂《岁华纪丽·七夕》注引《风俗通》语)的美好神话。这一节明写征人不归,思妇独处。实际上已由对天庭(朝廷)美好的赞颂转入到自身失意的咏叹。诗人如南陌思妇,茕茕独处;亦无由进入朝廷涉入银河,沐浴清辉。只能如疏萤,靠自身微弱的光亮徘徊;只能如孤雁,寂寞惆怅地从桥边飞过。于是,第五节接写此怨此愁难歇,纵有歆羡之情,徒看明河渐没,机遇坐失,惆怅怨艾之中,不免夹有对浮云流月的妒忌乃至鄙视之意,故而隐晦含蓄地写道:"已能舒卷任浮云,不惜光辉让流月。"流萤孤雁未能沐浴清辉,却让浮云流月占了便宜。言下之意,既憎恶浮云遮蔽明河,亦埋怨朝廷提携不公,但又不露痕迹。全诗吟咏至此,已将银河种种物象及隐义写足叙够,所以末节用"可望不可亲"对其加以议论和总结。这一总结,切合宋之问与当朝武后的微妙关系。"问津",即询问渡口。"乘槎",典出西晋张华《博物志》:"旧说天河与海通,近世有人乘槎而去……因还如期,后至蜀,问(严)君平。""织女支机石",见《太平御览》卷八引刘义庆《集林》:"昔有一人寻河源,见妇人浣纱,以问之,曰:'此天河也。'乃与一石而归,问严君平,云:'此支机石也。'"严君平,名遵,蜀人,西汉隐士,曾卜筮于今成都市,能预知过去未来。作者本节借用的乘槎问津、携石问卜两个典故,都归结到"还访成都卖卜人"上。至此,作者写作本篇的寓意也不言自明:亟盼圣上慧眼赏识,得以提携擢拔,忝列北门学士之职。这层自荐谋晋之意,含而不露。而乘槎、问津、支机石、问卜人,事事均与明河(天河)相关,全无半点游离枝蔓。一首咏物诗,写得如此穷形尽相,纵横捭阖,意脉流动,典雅华丽,确实显示出作者的"奇才"。

　　元人杨载《诗法家数》说:"咏物之诗,要托物以伸意。"清人吴雷发《说诗管蒯》则云:"咏物诗要不即不离,工细中须具缥缈之致。"前者说的是寄托立意,后者说的是严守咏物界限,不即不离。准此而言,宋之问的这首《明河篇》,隐喻托意,若

即若离,其约句准篇,如锦绣成文,确为极佳之作。　　　(黄益元)

渡汉江

原文　　　还乡　　　唐·宋之问

岭外音书断,经冬复历春。近乡情更怯,不敢问来人。

内　容　这首诗叙写诗人流亡生活及近乡时的不安心态。
特　色　片言百意,以少总多。
注　释　音书:书信,消息。复:又。情:指心情。

赏析　诗人被贬至边远荒僻的岭南(泷州),得不到家里的一点信息,长时间过着孤独不安的流亡生活。精神上的郁闷自不必说,而思乡之苦,则更加令人难熬。现在,他找到一个机会逃出岭南,渡过汉江(襄阳附近的一段汉水),快要接近家乡了,却反而感到"近乡情更怯"——愈是一步步走近家乡,愈是担心和害怕。迎面见到从家乡那边来的人,也不敢向他们打听一下家中的情况。天有不测风云,家中老人不知是否还健在?自己被贬,家人是否受到株连?战争的破坏,他家人会不会遇到不幸?与其被"来人"证实家中确实遭厄,还不如暂时不去弄明白一切,让这颗急切归乡的心仍存有一线希望为好。

　　诗题叫《渡汉江》,但诗中却没有一句提到"渡汉江"。作者只是用"近乡"两个字来暗指渡过了汉江。前两句是追述渡江前思念家乡与亲人的迫切心情;后两句着力揭示自己将要到家时忐忑不安的异常心态,这是前两句所写到的思想感情在特定情境中的另一种表

佳句
· 近乡情更怯,不敢问来人。

现形式和深化。诗人在急切的盼望中却又被另一种更为恼人的惧怕、忧虑的情思所纠缠。这就使得他处于"以往"和"未来"两种悲剧命运的交接点上，从而体现出这首诗深邃的内在含义——对于以往遭际的不堪回首和对于未来企望的惧怕忧虑。这种"内在含义"，实际上包含着这样一个"象征意蕴"——欲得与欲失相生，忧思与人生同在。这"象征意蕴"包容了许多人生经验。譬如，人的一生中总会有种种烦恼和忧思；也常常会有既追求某种事物而又担心得到他，愈是接近达到目的，内心愈是紧张不安这类复杂、矛盾的心理状态。

艺术的表现必须"以少总多"。为了达到这个目的，优秀的艺术家就常常挑选、浓缩、截取所谓"有包孕"的片刻（就是指最富有深意和吸引力，最能引起鉴赏者想象的瞬间或契机）来表现。这首诗的作者，选取了"近乡"这一处于矛盾交会点上的时机，来展示游子返乡时复杂的心理状态，并给人以深刻的哲理思考。

这首诗以极其有限的篇幅而能给人以极其深刻的启示，这是对科学、哲学、艺术三者所共同探索的一个普遍原理——极值原理的寻求。科学和哲学都是企图以最简练的形式去概括、包容最丰富的自然现象或大千世界，艺术也是如此。法国大画家米勒认为，每一幅风景画，不管是多么小的画面，都应该使人产生无限广阔的感觉……这是在绘画艺术中对极值原理的寻求。柴可夫斯基以一支俄罗斯民歌的简单曲调为主题，经变奏手法处理写成的《D大调第一弦乐四重奏》的第二乐章《如歌的行板》，曾使大文豪列夫·托尔斯泰听后大为感动，他说自己从这音乐中接触到了忍受苦难的人民的灵魂。这是音乐艺术对极值原理的寻求。"近乡情更怯，不敢问来人"，仅仅十个字，却能以数言统万形，真切、生动地概括古往今来无数游子回乡时的矛盾心理和复杂感情，并且更重要的还在于这两句诗所具有的象征意蕴，能在更大范围内概括人类在"得"与"失"之间存有的一种既矛盾又统一的普遍心态。这就是在诗歌创作中寻求极值原理的一个范例。

（查良圭）

新年作

原　文　　　　　　　乡思　　　唐·宋之问

乡心新岁切，天畔独潸然。老至居人下，春归在客先。
岭猿同旦暮，江柳共风烟。已似长沙傅，从今又几年？

内　容　这首诗抒写作者流放在外的凄苦之感。
特　色　以我观物，与心徘徊。
注　释　乡心：思念家乡的忧愁心情。天畔：天边。畔，边疆。潸然：流泪的样子。长沙傅：指西汉的贾谊。贾谊曾被贬为长沙王太傅。

赏析　心物感应，是艺术创作中审美主体（人）与客体（物）之间审美信息不断传递的过程。一方面是"随物宛转"，物激发心；一方面是"与心徘徊"（刘勰《文心雕龙·物色》），心驾驭物。优秀的作品，在于把两方面的矛盾统一起来，以物我对峙为起点，以物我交融为归宿。

宋之问的《新年作》，较好地体现了这一审美活动的全过程。宋之问因先后媚附张易之和太平公主，唐睿宗时被贬钦州（今广西钦州）。时逢新年，触物惊心，感时伤怀，写下了这首五律。

首联擒题，言乡心因新岁而触发。《文心雕龙·物色》云："献岁发春，悦豫之情畅。"诗人流寓天涯，潸然泪下，"独"与物候常情相悖。颔

佳句
• 岭猿同旦暮，江柳共风烟。

联继续延伸物我对峙:"老至居人下,春归在客先。"岁月不居,垂垂老矣,尚处窜贬之境;春色无情,已然归去,竟在客归之先!此联化用隋薛道衡《人日思归》:"人归落雁后,思发在花前。"颈联转折,以心驭物,独于春色中择岭猿同度旦暮、取江柳共沐风烟。此所谓"以我观物,故物皆着我之色彩"(王国维《人间词话》),至此,诗已达到心物交融之境。末联以被贬谪的西汉长沙王太傅贾谊自比,复应诗题诘问:"从今又几年?"结出忧愁凄苦之情和对于前途的担忧。

(黄益元)

杂诗三首(其三)

原文　　闺怨　　唐·沈佺期

闻道黄龙戍,频年不解兵。可怜闺里月,长在汉家营。
少妇今春意,良人昨夜情。谁能将旗鼓,一为取龙城。

内　容　此诗抒写闺阁之怨,表达反战思想。
特　色　叠影交辉,时空遥感。
注　释　解兵:撤兵,停战。可怜:值得怜爱。汉家:汉朝,这里代指唐朝。良人:古时妻子对丈夫的称呼。将:率领。旗鼓:代指军队。龙城:又称龙庭,汉时匈奴地名,每年五月匈奴在此聚集各部西长祭其祖先、天地、鬼神。此指敌方要地。

赏析　征戍之苦与闺阁之怨,历来即形影相随,不可分离。《诗经·伯兮》有"自伯之东,首如飞蓬"的深挚咏唱;建安时代有"边城多健少,内舍多寡妇"(陈琳《饮马长城窟行》)的触目惊心的对比。沈佺期的这首杂诗,提出了思良将、罢兵戎的较为积极健康的思想,同时又在感情上写得缠绵悱恻,真挚动人。虽作于初唐,实已具盛唐之音。

首联叙事,交代背景。以"闻道"发端,立足于内舍;黄龙戍(今辽宁开原)战事频仍,则是闺怨之由。颔联借高悬云天的一轮明月,闺中军中对举,虽人居两地,而情发一心。思妇望月,寂寞难挨长夜,仿佛此心早随此月远去,陪伴着汉家营中的丈夫。征夫望月,灵犀相通,似乎感到这轮在闺中与妻共同赏玩过的明月,载着妻的无限深情,长年在军中探望自己。继空间遥感之后,颈联进而在时间跨度上作今昔对举:闺中少妇今春此刻相思之意,便是军中良人昨夜所怀想的分手时的惜别之情,也就是说少妇和良人从分手到现在相互思念。今夜昨夜,去春今春,时间无限,相思无限,旷日持久,此情不衰。那么,何时方能了结此夜夜相思、春春伤怀之情呢?末联将双方的闺怨戍苦凝聚成一个共同的愿望,揭出全诗主旨:"谁能将旗鼓,一为取龙城。"感情深沉而又健康明朗。

本诗抒情传意之妙,在于围绕着既能朗照九州,又能代表时间迁逝的皎洁圆月,闺中军中,今春昨夜,对举遥感,回环往复。字面句句写月,诗底处处含情。其境界不妨借用温庭筠《菩萨蛮》"照花前后镜,花面交相映"句,即是少妇征夫在圆月这轮大明镜朗照下,此映彼现,叠影生辉。这种两地对举、时空遥感的巧妙构

佳句
- 可怜闺里月,长在汉家营。

思和表现方法,到了盛唐时代更是被运用得十分成熟,随处可见了。如李白《春思》"当君怀归日,是妾断肠时";杜甫《月夜》"何时倚虚幌,双照泪痕干"等,都是著名的例子。

(黄益元)

早发平昌岛

原文　　　　　　行旅　　唐·沈佺期

解缆春风后，鸣榔晓涨前。阳乌出海树，云雁下江烟。
积气冲长岛，浮光溢大川。不能怀魏阙，心赏独泠然。

内　容　诗歌描写流贬途中美景，以乐景写哀，表达哀怨忧愁之情。
特　色　乐哀反差，深层妙合。
注　释　发：出发。缆：系船的绳索。鸣榔：是击船以为歌声之节，犹叩舷而歌之义。榔，用以击打船舷发声的木棒。阳乌：指太阳。神话说太阳里有三足金乌。

赏析　清王夫之《姜斋诗话》说过："情景名为二，而实不可离，神于诗者，妙合无垠。"但同时又说："以乐景写哀，以哀景写乐，一倍增其哀乐。"这两个看似矛盾的命题，实际上是统一的。后者指的是利用美感的差异性来增强艺术效果，即以和谐融洽的景物形象（乐景），表现不和谐的内心忧愁怨艾。本诗便是这种情景反差的"妙合"。

唐中宗神龙元年（705），张柬之拥立太子显，杀张易之、张昌宗等，武后传位太子显。沈佺期因媚附张易之，被流贬驩州（今越南中部）。一路上跋山涉水，风餐露宿。在漂洋过海，向南海一个平昌小岛进发途中，写下了这首五律。

前六句叙事写景，紧扣诗题"早发"展开：一个春风披拂的美好清晨，舟人敲打着船舷，趁着早潮尚未涨起，解缆起航。不一会，太阳（阳乌）跃出海面，升上树梢；云雁自天而下，没入江烟。一

佳句
- 阳乌出海树，云雁下江烟。
- 积气冲长岛，浮光溢大川。

"出"一"下",顿给画面增添动感。再极目四望,海面积聚的水汽,蒸腾弥漫,直冲长岛;旭日初升的阳光映在水面,浮动摇曳,溢满大川汪洋。这是一派多么和谐优美、令人赏心悦目的南国春晨乐景!然作者系谪贬之人,落魄天涯,自然的美感与心灵的凄苦形成巨大的反差。于是,面对这南国旖旎风光,诗人十分动情地将此刻矛盾复杂的心绪归结为这样两句意味深长的诗句:"不能怀魏阙,心赏独泠然。""魏阙",本为宫门上巍然高出的楼观,代指朝廷。不能者,既有客观上"不准""不许"之意,更有主观上"不堪"之意。"泠(líng)然",轻妙貌。《庄子·逍遥游》有:"夫列子御风而行,泠然善也。""心赏",指诗人强遣流寓窜贬的忧愁哀怨,不仅用耳目感官,更用巨创后的心灵,去欣赏、去感应这赏心悦目的南国之春。这种泠然孤傲的神态,是在乐景哀情强烈的反差之后新的心理平衡,是景与情在更深层次上的"妙合"。

(黄益元)

春江花月夜

原文

江月　　唐·张若虚

春江潮水连海平,海上明月共潮生。滟滟随波千万里,何处春江无月明。江流宛转绕芳甸,月照花林皆似霰。空里流霜不觉飞,汀上白沙看不见。江天一色无纤尘,皎皎空中孤月轮。江畔何人初见月?江月何年初照人?人生代代无穷已,江月年年只相似。不知江月待何人,但见长江送流水。白云一片去悠悠,青枫浦上不胜愁。谁家今夜扁舟子?何处相思明月楼?可怜楼上月徘徊,应照离人妆镜台。玉户帘中卷不去,捣衣砧上拂还来。此时相望不相闻,愿逐月华流照君。鸿雁长飞光不度,鱼龙潜跃水成

文。昨夜闲潭梦落花,可怜春半不还家。江水流春去欲尽,江潭落月复西斜。斜月沉沉藏海雾,碣石潇湘无限路。不知乘月几人归,落月摇情满江树。

内 容 本诗描写晶莹凄迷的江月美景,抒写人生短暂而宇宙永恒的哲理,抒发游子思妇的离情别绪。

特 色 晶莹凄迷,空灵深邃。

注 释 海:指宽阔的江面。滟滟:动荡闪光的样子。宛转:弯弯曲曲。芳甸:遍生花草的原野。霰(xiàn):小冰粒,此以形容洁白月光照映下的花朵。空里流霜不觉飞:像霜一样的月光从空中流泻下来,而又不给人以像霜那样从空中向下飘飞之感。汀:水边平地,小洲。皎皎:明亮的样子。悠悠:指白云飘动的样子。青枫浦:地名,在今湖南省浏阳市。此指分别之地。扁舟子:飘荡江湖的游子。扁舟,小舟。明月楼:代指月夜楼中的思妇。徘徊:指月光移动。玉户帘中卷不去,捣衣砧上拂还来:意谓思妇的离愁无法排遣。玉户,玉饰的门户。砧,即捣衣石,捶打衣物时下面的垫具。月华:月光。光不度:飞不出月光。闲潭:幽静的水潭。碣石:山名。潇湘:水名。诗中以"碣石"指北,以"潇湘"指南。无限路:意指离人相距之远。落月摇情满江树:缭乱不宁的离情别绪,伴随着残月余晖散落在江边的树林里。摇情,缭乱不宁的离情别绪。

赏析 中国诗歌走过了漫长的道路,正当来到全盛的黄金时代时,产生了《春江花月夜》这首不朽的诗。在《全唐诗》中仅留诗二首的作者,因这一首诗便垂名永久了。《春江花月夜》至少应认为是初唐时期最好的杰作,说它是整个唐诗中最好的一首恐也不算过分。

这首诗共分三层:前十句为第一层,写江月;中六句为第二层,述哲理;后二十句为第三层,抒离思。

"诗人与'永恒'猝然相遇,一见如故,于是谈开了"(《唐诗杂论》),这是闻一多对《春江花月夜》哲理性的一个简洁提

53

示。不过,诗人与永恒的这种相遇其实并不"猝然"。远在汉末,感伤主义思潮兴起后,人们在怀古伤今中便强烈地感受到一种时间的流动:修林凋殒,茂草收荣,而人生则如朝日之瞬即西倾一样忽焉逝迈。理性主义精神在感伤主义思潮的包裹下,扫荡着羽化成仙的种种幻梦,积累着对有限与无限的思索,于是这才产生了诗人们具有宇宙意识的对于永恒的咏叹。

这种对于永恒的咏叹,在《春江花月夜》中,找到了一个最好的寄托物——月。月亮作为时间和生命的象征,具有极为久远的渊源。不将这一点揭示出来,我们对于《春江花月夜》这首诗中如闻一多所说的宇宙意识之由来,就难以有深入的理解。在辽远漫长的原始社会中,对于原始人来说,照亮了黑黝黝旷原的月亮是亲切的,他们以感性的诗意对之加以认识、体验。在又大又圆的似乎信心满怀的秋月下,他们舞蹈着,踏响了沉寂的大地。史前的荒野上,深遥地回响着他们粗犷的呼喊。对着羞涩而朦胧的春月,他们会想起远祖的图腾神话,感受到生命代代相承的神秘感应。月亮的盈亏,使他们

> **佳句**
> ● 江畔何人初见月?江月何年初照人?人生代代无穷已,江月年年只相似。不知江月待何人,但见长江送流水。

难以索解:一会儿丰满圆润,光华玉洁;一会儿病容恹恹,消瘦苍白。弯月似弓,一夜比一夜升得晚,最后猎人般地折弓死去;随后她又神奇地复生而盈,一天比一天升得高,直到如玉璧灿烂,荡漾中天,以致使整个大地都沐浴在她乳汁般的清晖中。这比之太阳热力的消长,更加突出地体现了宇宙中一种生与死的节律,一种死亡——复生、复生——死亡的循环。所以,不仅是张若虚,而且以后的李白,也忍不住以《把酒问月》为题来抒写其空悠的时间感受:"今人不见古时月,今月曾经照古人。古人今人若流水,共看明月皆如此。"毋庸为大诗人辩解,这几句在意脉上同张若虚的诗是相通的。不过太白到底是高手,名作在前,

仍能机杼不同。

　　当然，与永恒的对话固然是张若虚此诗精义之所在，然而如果仅仅止于此，《春江花月夜》还难以如此被传诵不衰，因为这一类诗篇历代多有。关键还在于张若虚是将这种对于永恒的思索，融化在一个晶莹而充满凄迷情思的意境中的。这一意境是由十分出色的月光描绘而形成的：明月在海面上随着潮水升起，滟滟随波，洒下一片空阔的银光！在这片空阔的银光中，还弥散开"芳甸"和"花林"的温馨。春的色彩和繁香，在"似霰"的月光中隐隐然满育着，这其实已写及了一种生的节律。生的气息宁静地流溢着，构成了诗的境界中最为丰润的底色。对此，似乎古今论者都忽视了。当然，若虚诗之境界最为显著的特色是"晶莹"二字："空里流霜不觉飞"，是说月光白如霜雪；"汀上白沙看不见"，说的是白沙罩在月光中无法分辨。天空水边，光色一片，而长天之中，朗月高悬，天净如水，一无星、云，唯见孤月一轮，独放光辉。

　　这是一个表里莹彻的境界，江天一色而无纤尘。沐浴在秀美温润的月光之中，一颗在世间的纷扰中烦躁困顿的心灵得到了休憩，卑小、委琐、机心在这莹彻的世界中都消散了，人也变得通

体透明了。于是,心灵向着辽阔的天宇飞翔,发出了悠远的叩问:"江畔何人初见月?江月何年初照人?人生代代无穷已,江月年年只相似。不知江月待何人,但见长江送流水。"多么深遥,又多么缱绻!若虚诗此六句所表达的乃是一种紧扣住江和月而发的理思。它所内含的是魏晋南北朝曾经十分普遍存在过的迁逝之悲,这种迁逝之感过江以来一直在削弱着,到这首诗中已经完全消释了悲哀,因而显出了一种于冷静中寻思的意味,表现了一种迷惘的色调。闻一多所说的"更复绝的宇宙意识!一个更深沉,更寥廓,更宁静的境界!在神奇的永恒前面,作者只有错愕,没有憧憬,没有悲伤"(《唐诗杂论》),正是这样来的。它的底蕴是一种消释了悲哀的迁逝之感,这种迁逝之感已经演化成一种宁静的理思。因有这种理思,前面"月照花林皆似霰"这一些对春江花月的工细的刻画,便获得了一个致远之思的哲理空间,从而全诗方才一方面显得"更寥廓",一方面又显得"更深沉",亦即是既空灵又深邃。

张若虚《春江花月夜》的意境,不仅富于哲理,而且还江流婉转地荡漾着一片凄迷的情思。"白云一片去悠悠",写游子之远去他乡。"青枫浦上不胜愁",不胜愁者思妇也。此句显然化用了《楚辞·招魂》"湛湛江水兮上有枫,目极千里兮伤春心"二句,此目极伤心之意,乃句外之秘响也。"谁家今夜扁舟子?何处相思明月楼?""扁舟子"扣着江,"明月楼"切住月。出以问句,则凄迷的情调已在弥散。曹植《七哀诗》中早有"明月照高楼,流光正徘徊"的名句,张若虚"可怜楼上月徘徊"句即化出于此。月光卷之不去,拂之还来,乃以喻愁思之无法解脱也。既无法解脱,故下文生想曰:"愿逐月华流照君。"古人藉雁足以传书,赖鱼腹以藏素,然而相隔辽远,鸿雁长飞而难达;鱼龙潜跃于水中,亦无法凭依。"光不度"三字,既回应了前文所勾画的空阔的月世界,又兼写了一种怨悱心理。"水成文"一语,表层写江景,深层则为映衬一种落寞心理也。"昨日闲潭梦落花,可怜春半不还家"。梦见落花，则迟暮之感具见；春半未还，则栖迟之叹弥深。"江水流春去欲尽，江潭落月复西斜"。不仅夜月欲落，而且春也且尽。凄凉的感情色调在加浓。雾气升起，月儿沉沉。碣石、潇湘，地北天南，"无限路"正见出无限恨也。"不知乘月几人归，落月摇情满江树"。全诗在情感表达的高潮中戛然结束，留下了一片遐思。

当游子思妇将离情放在"人生代代无穷已，江月年年只相似"的巨大时空背景下加以审视后，他们是否更看重于这短暂的人生幸福？抑或是从人生系列的悠远行进中升华了一种宇宙意识，从而对生活的缺憾有所释然？"乘月几人归"的遥问，虽表现了离子思妇之珍惜于芳馨的春色和诗意的月夜，然而这种珍惜似又难以实现，从而诗篇乃流泻出一种惆怅、一种凄迷。这种惆怅和凄迷，又复化入于人生系列之滔滔流动中：从江月初照人始，这种分离与相思，谁知道发生了多少次？正是在这种遐想中，情思与哲理交汇成一潭，短暂与永恒乃融为一体。

《春江花月夜》全诗中，只有发问，没有回答，呈现出一种如闻一多所说的迷惘和渊默，但更深呈现的则是一种沉思和吟咏，一种对于生活和历史的体味。沉思使诗富于哲理，吟咏使诗充满情意，而体味则更使此诗具有一种细腻和深沉。诗人的情感虽强烈，表现得却含蓄，总是扣合着具体形象来透现，决不作直接的议论。

全诗所写乃是一个晶莹、洁净、辽远的境界，向上飘扬着对宇宙的遐思，而遐思中又充溢着人世间的愁情，于是天人乃打成一片。人间事物经由宇宙意识的升华，因此它不是狭隘的；宇宙意识有着人间事物的充实，从而它亦不是空泛的。全诗在空灵中见出沉着，实在中着意于致远。这正是典型的唐调。这既不是汉人板滞堆垛式的充实，又不是空濛模糊的"米点山水"和神龙见首不见尾那种神韵派式的空灵。这乃是一种隐秀的境界，其中既有着状溢目前的描写，又有着复意为工的追求，它是物色尽和情

有余的统一。《春江花月夜》的成功,可以说正是它既具有十分工细的客观景物的刻画,同时这种景物刻画又十分完美地情思化了的结果。

这样一条艺术道路是从南朝伸展而来的。《春江花月夜》的产生,是张若虚对南朝审美情趣和写作技巧作了多方面继承的结果,南朝山水描写中形成了静态、清趣、光感三者相兼的审美心理结构,这首诗可以说是清趣和光感这两种审美情趣的十分集中的表现。

在张若虚之前,刘希夷就已经以上述文化——心理和时空感受方式写出过成功的名篇《代悲白头翁》:"今年落花颜色改,明年花开复谁在?已见松柏摧为薪,更闻桑田变成海。古人无复洛城东,今人还对落花风。年年岁岁花相似,岁岁年年人不同。"扣住花的开落写人事沧桑的感慨。这几句诗的精彩正在于,它是以无限灌注于有限,是从静止中见出流逝,是由不变中显示出连续不断地变化的,表现了一种从具象中抽象上升到一个思想高度的哲理性。

然而,刘希夷的《代悲白头翁》虽然比它所脱胎而出的汉人宋子侯的《董娇娆》诗之仅仅以花落可以复开来映衬美人的盛年逝去、欢爱相忘,大大增加了哲理性。但从全篇来说,因其后半部写得较为平浅直露,故含蕴尚欠深沉。《春江花月夜》沿着《代悲白头翁》的道路,不仅选择了更有利于开拓哲理的具象,而且全首浑然如一地形成了一种境界,并将显豁的议论转为凄迷的叩问和辽远的遐思,更为多方面地继承南朝的审美经验,因而大大迈越了《代悲白头翁》的成就,登上了闻一多所热情称誉的"诗中的诗,顶峰上的顶峰"(《唐诗杂论》)的高度! （王锺陵）

登蓟丘楼送贾兵曹入都

原文 登览　　唐·陈子昂

东山宿昔意，北征非我心。孤负平生愿，感涕下沾襟。
暮登蓟楼上，永望燕山岑。辽海方漫漫，胡沙飞且深。
峨眉杳如梦，仙子曷由寻？击剑起叹息，白日忽西沉。
闻君洛阳使，因子寄南音。

内　容
特　色 诗歌写登蓟丘楼的所见所感，抒发诗人有志难伸的抑郁之情。
触景生情，直抒胸臆。
注　释 蓟丘楼：也称蓟丘，即幽州台，在今北京市西南，唐时地属幽州。襟：指衣的前幅。孤负：即辜负，对不住。岑：山峰，山顶。杳：消失，不见踪影。曷由：即由曷，从哪里。因：依靠，凭借。

赏析 这是一首五言排律，全诗十四句，分作三层。首层四句，叙说隐居原是自己的素志，从军北征并不合自己的心愿。现在我违背了平生的志向，想到这里，激愤得泪下沾襟。因东晋名臣谢安曾一度隐居东山（今浙江上虞），后人遂以东山指代隐居。第二层八句，说在傍晚登上蓟丘城楼，久久地眺望燕山，远望辽东方向，一片茫茫，只见厚厚的尘沙漫天飞扬。回头西望故乡四川，杳渺迷茫如同梦境，峨眉山上的仙人又到哪儿去寻找呢？陈子昂耽爱黄老、《易》象，"仙子"可能指他的道侣。于是主人公不禁敲打着佩剑叹息起来，这时夕阳忽然向西坠落了。以上十二句写前半题登蓟丘楼的所见所感（请缨受挫，归隐不得）。末二句点明后半

佳句
· 击剑起叹息，白日忽西沉。

题,送贾兵曹入都:知道你出差回洛阳,托你寄个音信到南方。

这首排律全用赋体,直陈胸臆,文字平实自然,不假雕饰,只用了一个典故,意思显豁。与他的代表作《感遇》三十八首的风格相同。陈子昂一洗齐梁以来"采丽竞繁,而兴寄都绝"的靡靡诗风。他的好友卢藏用称赞他:"卓立千古,横制颓波,天下翕然,质文一变。"(《右拾遗陈子昂文集序》)杜甫称他:"有才继骚雅,……名与日月悬。"(《陈拾遗故宅》)韩愈称他:"国朝盛文章,子昂始高蹈。"(《荐士》)他历来被认定是唐初诗歌革新的开创者。

这首诗抒发了追悔、失望、抑郁的心情。陈子昂有政治抱负,又善于写作,所上谏章词意俱美,受到武则天赏识,被擢为麟台(即秘书省)正字(相当清代的内阁中书,七品官),后拜为右拾遗。武则天万岁通天元年(696)五月,契丹反,攻陷营州(今辽宁朝阳)。九月,朝廷委派建安王武攸宜统兵征讨。陈子昂在武攸宜幕中任参谋。武攸宜不娴将略,轻率寡谋,前锋败绩。陈子昂一再划策,请求分兵万人为前驱。武攸宜不仅没有采纳,反而把陈子昂降为军曹,只掌管文书。次年(697)子昂随大军到达蓟丘(今北京西南),登临吊古,写下本诗和千古绝唱《登幽州台歌》,以及《蓟丘览古赠卢居士藏用》七首。蓟丘是战国时代燕国故地,留下燕昭王设黄金台招贤、燕太子丹礼遇荆轲等许多古迹和故事。凭吊这些古迹,缅怀这些先哲,联系自身的怀才不遇,诗人自然感慨万千,牢骚满腹。本诗和同时期写下的其他诗篇,或多或少都抒发了这种失意怅惘的情绪。南宋大词人辛弃疾《水龙吟·登建康赏心亭》中的"把吴钩看了,栏干拍遍,无人会,登临意"与本诗中的"击剑起叹息,白日忽西沉"的意境全同,这种有才不得展,有志不得伸的愤懑,千载而下,犹令读者扼腕拊膺。

(丘幼宣)

登幽州台歌

原文 登览 唐·陈子昂

前不见古人,后不见来者。念天地之悠悠,独怆然而涕下!

内　容｜本诗抒发作者壮志难酬的苦闷心情。
特　色｜时空交织,天人互通。
注　释｜悠悠:形容遥远。怆(chuàng)然:伤感的样子。

赏析　诗的力量不在文字的藻饰,而在诗人生命力的激扬。当诗人用他全身心所追索的理想之火点燃诗情时,本色的朴实无华的语言同样能发出震撼人心的声响。陈子昂的这首诗便是一个范例。

　　这不是一首流连风光之作,通篇没有一句写景。构成诗的意境的主要特征,乃在于辽阔无垠而又浑灏流转的时空感。这里把空间和时间、历史和宇宙浑然交织成一片。当诗人喊出"前不见古人"时,幽州台(今北京)实际上已不复是一个具体的楼台,而化为纵览古今的历史见证了。正如诗人在同一时期所写的组诗《蓟丘览古赠卢居士藏用》七首中曾明言的,这里的"古人"不是泛指所有的逝者,而是专指像燕昭王、郭隗、乐毅、田光等曾在历史上建立了彪炳功业的英雄人物。"丘陵尽乔木,昭王安在哉?霸图怅

佳句
• 前不见古人,后不见来者。

已矣,驱马复归来"(《燕昭王》),正可为本诗的首句作注脚。诗人在对古人的追怀中,倾吐出对君臣知遇、风云际会、共展王霸雄图的理想的无限神往之情。而紧接着的第二句,又把目光转向对未来的展望。仅仅有第一句还可能只是发思古之幽情;有了第

二句才见出其中分明有执著的信念,那是一种对永恒理想的确认;它应当从过去绵延至将来。历史的理想既从"古人"通向"来者",则横亘其中的今天的价值也自在不言之中。然而这种信念却在现实中横遭阻隔。诗的头二句出现的"前不见"和"后不见",不是单纯地陈述古人已不可见、来者又未及见的事实,而是吐露了失落于现实之中的激愤情怀。如果躬逢盛世能一展理想怀抱,无异于与先哲后贤一同置身于建功立业的行列之中,于今却备受挫跌,壮志难酬,宏图夙愿,徒成空言。英雄失落,不由得悲从中来!于此,诗人在俯仰古今中所生的激越情怀,已呼之欲出了!

诗的第三句,"念天地之悠悠",是要从宇宙盈缩中探得变化的消息。陈子昂平素酷嗜《老》《庄》《周易》之学,这些学说里天人相通的宇宙论为其提供了思想渊源。在他的诗里曾多次提到"大运"和"大化",如"幽居观大运,悠悠念群生……大运自古来,旅人胡叹哉"(《感遇》十七)、"大运自盈缩,春秋迭来过"(《感遇》三十八)、"群物从大化,孤英将奈何"(《感遇》二十五)等,包含了同样的哲思。诚如他的友人卢藏用所说:"庶几见变化之朕,以接乎天人之际。"(《右拾遗陈子昂文集序》)我们透过其玄理化的表达方式,不难看出诗人上下求索的精神。一方面是炽热的理想追求,另一方面又是极清醒的现实感,两者紧张冲突,终于迸发为一掬巨人之泪而洒向人间!

这首诗的运思借诸于偌大的时空背景而展开,从中表现了主人公对自身价值的不倦追寻,以及对命运的深沉思索。诚然,这首诗也透露出一种孤独感,但这是一种在对时代理想人格的呼唤中,得风气之先的先行者的孤独感。因而它不同于一般的怀才不遇之作,而在悲怆中自具博大沉郁的内在力量。这不仅在六朝以来的诗坛上堪称空谷足音,而且它所昭示的精神也大大升华了唐诗的境界,预告了诗歌史上一个新时代的即将到来。(钟元凯)

岘山怀古

原文　　　怀古　　唐·陈子昂

秣马临荒甸，登高览旧都。犹悲堕泪碣，尚想卧龙图。
城邑遥分楚，山川半入吴。丘陵徒自出，贤圣几凋枯。
野树苍烟断，津楼晚气孤。谁知万里客，怀古正踟蹰。

内　容　此诗通过岘山怀古，抒发物是人非的深沉悲慨。
特　色　人景并写，苍凉沉郁。
注　释　岘山：在湖北省襄阳市南。秣马：饲马。苍烟：苍茫的烟气。
　　　　　踟蹰：徘徊。

赏析　我骑着马来到广漠的原野，登上高高的岘首山，纵观古老的襄阳城。人们至今见到羊祜的堕泪碑，还感到悲伤，也常常想起诸葛亮的功业。那襄阳城正当吴楚交界的地方，半数的山河进入吴地境内。只见丘陵依旧存在，几位贤圣却已经凋谢了。那青霭中断的地方耸现着哨所，渡口的城楼在暮色中屹然孤立。谁会知道我这个离家万里的孤客，正在这儿吊古徘徊呢。

据彭庆生编《陈子昂年谱》，本诗作于唐高宗调露元年（679），时陈子昂

佳句
·丘陵徒自出，贤圣几凋枯。

21岁，由故乡四川入京，途经湖北襄阳。这是一首五言排律，前五联对仗颇工整。全诗用赋体，写出登岘山见到的古迹、远近景物和怀古的情绪。首联直接点明骑马登岘山览古。次联怀念两位历史名人，一位是轻裘缓带，爱抚士民，以诚取信吴人的西晋名将羊祜。他死后，襄阳市民在他生前经常登临游览的岘山上建庙立碑。当地人见到这座碑，想起羊祜的功德便会泫然落泪，人们

称为堕泪碑。因为这句末尾须用仄声字,所以只好改称"堕泪碣"。另一位便是大名垂宇宙的诸葛亮。东汉末年,他曾隐居襄阳西郊的隆中,刘玄德亲临隆中三顾茅庐,诸葛亮在此提出三分天下这个著名的战略决策。"卧龙图"的"图",包括了诸葛亮的战略思想和全部功业。第三联写襄阳地方的地理形势。第四联抒发了山川依旧,人物已非的伤感情绪。第五联写眼前近处的景物:暮色苍茫中的哨所和城楼。第六联述说自己正在岘山吊古伤怀,结束全篇。作者正是把一个孤身的"万里客",置于"荒甸""旧都",形胜的"城邑",绵邈的"山川","苍烟""晚气""野树""津楼"的环境中,面对"堕泪碣","踯躅"怀念几位"凋枯"的"贤圣",因而使全诗笼罩着苍凉沉郁的情绪气氛,给读者以深沉的感染。

咏　柳

原　文　　　　咏柳　　　唐·贺知章

　　碧玉妆成一树高,万条垂下绿丝绦。不知细叶谁裁出,二月春风似剪刀。

内　容　此诗描绘二月春柳的美丽姿态,抒发作者对春天的欣喜之情。
特　色　妙喻巧思,清新自然。
注　释　碧玉:青绿色的美石,可制装饰品。绦(tāo):用丝线编织成的带子。

从来咏柳,多状其风神意态之美。此诗前两句,以"碧玉妆成"与"垂下绿丝绦"分写"一树"与"万条",既绘出早春嫩柳莹碧的色泽,更传出其柔曼的风姿,然尚属咏柳常境。

三、四句承"碧玉"专咏细叶,但不作静止的刻画描绘,而是借助诗意的想象,化实为虚,以妙喻寓巧思,将咏柳与赞春融为一体。既借此妙喻暗透嫩柳细叶之精巧绝伦,更借此妙喻渲染春风化育万物、裁剪春色的作用,使人于柳枝柳叶的歌咏中想见盎然春意与骀荡春光。两句一问一答,节奏轻快流畅,尤见诗人之淋漓兴会。如此咏柳,殆入化境。

佳句
- 不知细叶谁裁出,二月春风似剪刀。

三、四句设喻新颖工巧,"裁"字尤为妙,但并不流于雕琢。盖缘嫩柳之叶,既细而尖,莹碧鲜亮,化工之巧,令人自然联想到究竟是"谁裁出";而眼前柳枝于春风中摇曳飘拂的情景,又自然令人由"细叶"想到"春风",由"裁"想到"剪","二月春风似剪刀"之妙喻遂脱口而出。故虽极工巧尖新,仍不失自然风致。 (刘学锴)

逸闻

贺知章少时即以文辞知名,性情疏旷,善谈笑。当时的贤达之士都很倾慕他。贺知章在朝廷中身居高位,他良好的人品和文名也使他得与当时的许多诗人有所交往。他第一次见到大诗人李白时,就极其热情地称他为"天上谪仙人",还解下腰间象征官位的金龟换酒为乐。杜甫在《饮中八仙歌》中将贺知章与李白、李适之、张旭等八人并称为"饮中八仙"。晚年归乡以后,更加豪放纵诞、不拘礼度。因家乡有座四明山,自号"四明狂客"。 (王晓丹)

回乡偶书二首(其一)

原文 乡情 唐·贺知章

少小离家老大回,乡音未改鬓毛衰。儿童相见不相识,笑问

客从何处来。

内　容　诗歌抒写初到家乡时的久客伤老之情。
特　色　对照反跌,情趣幽默。
注　释　偶:偶然。乡音:家乡的方言。鬓毛:面颊两边的头发。衰:疏落变白。

赏析　诗人于37岁中进士前即已离乡,至天宝三年(744)86岁高龄时方休官回乡。此诗首句"少小"与"老大"之间一大片空白,包含半个多世纪的人生经历与体验,实为全诗抒情寓慨之总根。次句"乡音未改"反接"少小离家","鬓毛衰"正承"老大回",而"乡音未改"与"鬓毛衰"之间又构成对照,突出表现了诗人难以消磨的思乡恋乡之情和难以改变的乡风乡魂,以反跌下文之"不识"和"笑问"。三、四句紧承"回"字,集中笔

佳句
• 少小离家老大回,乡音未改鬓毛衰。

墨,描绘出一个极富幽默情趣而又内涵丰厚的戏剧性场景。不特显示出在悠长岁月中故乡与客子的巨大变化,以及诗人面对"不识""笑问"的情景时那种既熟悉又陌生、既真切又恍惚、既亲切愉悦又微感失落的丰富复杂感情,而且蕴含了更深沉而带普遍性的人生感慨。但这种"人事有代谢,往来成古今"(孟浩然《与诸子登岘山》)的感慨并不给人以沉重的悲伤感,而是充溢着轻松幽默的情趣。诗人似乎带着老人的达观与孩子的童心饶有兴趣地注视着眼前的一幕。"笑问"二字不仅画出儿童天真而稍带顽皮的情态,而且传出了诗人面对"笑问"的儿童时会心的微笑。喜剧性的场景和幽默的情趣,跟深沉的人生感慨的融合,正是这首诗的主要审美特征。

(刘学锴)

望月怀远

原文　　**相思**　　唐·张九龄

　　海上生明月，天涯共此时。情人怨遥夜，竟夕起相思。
　　灭烛怜光满，披衣觉露滋。不堪盈手赠，还寝梦佳期。

内　容：此诗写月夜对远人的缠绵相思之情。
特　色：情景相融，层次交错。
注　释：生：这里是出现、升起的意思。共此时：共有此时的明月光辉。情人：多情的人，这里是诗人自称。遥夜：长夜。竟夕：整个晚上。怜：爱怜，喜爱。滋：湿润。不堪：不能。佳期：相聚的日子。

赏析　此诗写月夜怀念远人，"怀"由"望"生，月与情在，情意缠绵，感人至深。

　　正面写月仅为首二句，意境开阔，起势雄浑。后苏轼《水调歌头》词中有"千里共婵娟"，与此同义。后虽句句有月，然皆从情人那颗颤动的心扉中感知出来。三、四句中，"怨遥夜"是因为月光撩动，情人无眠，故而通宵竟在相思之中。接下来进一步写人在月光中，月上人心头，达到了情景交融的妙境。熄灭烛光是因为怜爱这满室的月华清辉，披上衣服是因为凉夜已深，更感到了露水的滋润，有了寒意。由"披衣"和"露滋"，可知诗中人因月夜相思而无眠，转而怜爱那天涯共一轮的柔情脉脉的月儿，已经步出庭外举头望月了。此二句将感情写得十分细腻，且对偶极为工整。南朝宋·谢灵运《怨晓月赋》中有"灭华烛兮弄晓月"句，

佳句

· 海上生明月，天涯共此时。

"弄晓月"如何能及"怜光满"？前者是赏月，后者是爱月，蕴意更深。七、八句落到"怀远"上。此时此刻，唯有月光是联系两地两人的纽带，可爱的清辉，揽之盈手，可是却不能持之以赠，还是回到床上去，也许会做一个好梦，在梦中与你相会呢！诗已终了，思念的余韵犹自袅袅。南朝齐梁间人陶弘景《答诏问山中何所有》云："山中何所有，岭上多白云。只可自怡悦，不堪持赠君。"又晋陆机诗《拟明月何皎皎》有"照之有余辉，揽之不盈手"句。"不堪盈手赠"一句，乃从此中脱化而来。

全诗紧扣诗题，一、二句"望月"，三、四句"怀远"，五、六句"望月"，七、八句"怀远"，层次井然。望月、怀远迭相交错又不截然分开，做到句句有月，处处有情，达到了情景相融的绝妙境界。

（古　潭）

凉州词二首（其一）

原文　　　　　　边塞　　　唐·王翰

葡萄美酒夜光杯，欲饮琵琶马上催。醉卧沙场君莫笑，古来征战几人回。

内　容　诗歌描写戍边将士们的饮宴，展示将士们视死如归的豪壮情怀。

特　色　奇情壮采，偏锋取胜。

注　释　葡萄美酒：用葡萄酿的好酒。夜光杯：华贵的杯子。琵琶马上催：在马上弹奏琵琶催饮。古人有奏乐劝酒之俗。沙场：战场。君：尊称，泛指"您"。

赏析　王翰存诗一卷，仅十余首，这首《凉州词》以率真自然而深受人们的喜爱，成为千古传颂的名篇，在唐代的边塞诗中独

凉州词二首（其一）

树一帜。

盛唐之世，国力强大，戍边将士的生活虽然紧张艰苦，但是军中的饮宴（或壮行、或祝捷、或犒赏、或御寒）还是经常的。这里往往表现出将士们逸兴飞扬的豪迈性格。《凉州词》正是这种生活、这种性格的传神写照。"葡萄美酒夜光杯，欲饮琵琶马上催"。"酒"，是西域特产的葡萄酒。"杯"，是西域以白玉精制而成的"光明照夜"的夜光杯，侑酒的乐人演奏的琵琶是胡人的乐器，而且是按照当地的习俗在马上演奏，这就构成了浓厚的边塞风情和军旅特色。"葡萄美酒"，晶莹澄澈，浓艳芳香，诱人豪饮酣醉；"琵琶马上"，繁弦急管，金声玉振，使人情怀激荡，戍边的将士怎能不开怀痛饮，一醉方休呢？

后两句"醉卧沙场君莫笑，古来征战几人回"历来有些争议，有人说："作旷达语，倍觉悲伤"，清代施补华《岘佣说诗》云："作悲伤语读便浅，作谐谑语读便妙，在学人领悟。"我们觉得这两句既不是悲伤语，也不是谐谑语，而是豪壮语，与樊哙所云"臣，死且不避，卮酒安足辞"（《史记·项羽本纪》）异曲同

> **佳句**
> • 醉卧沙场君莫笑，古来征战几人回。

工。这两句是宴会上将士们互相劝酒之辞，表达的不是醉生梦死的颓废，而是视死如归的豪壮，是戍边将士开朗、勇武的胸怀的袒露，而且是在"葡萄美酒夜光杯，欲饮琵琶马上催"那样的欢乐宴饮的气氛下凸现出的英雄本色。

《凉州词》壮美、率真、自然的艺术魅力，正体现了盛唐边塞诗的主要特色。

（高志忠）

江南行

原文 怨情　　唐·张潮

茨菰叶烂别西湾，莲子花开犹未还。妾梦不离江水上，人传郎在凤凰山。

内　容　此诗写闺中少妇思念久别的丈夫。
特　色　曲折委婉，引而不发。
注　释　茨菰：多年生草本植物，生在水田里，叶子像箭头，开白花。
妾：旧时女子自称的谦词。郎：旧时女子对丈夫或情人的称呼。

赏析　这是一首闺中少妇伤离念远的诗。诗中人的丈夫也许是位"重利轻别离"的商人，故诗人把同情的砝码放在闺中人这一边。诗的首句记初别之时，茨菰叶烂，时当秋冬，诗中人送别丈夫于西湾。次句写怀人之时，莲子花开，已是今年的夏秋之交，远行的人还没有回来，一个"犹"字，将别后相思曲曲传出。而"茨菰""莲子"，并切江南风物；由茨菰叶烂到莲子花开，中间多少个日日夜夜，其别之久、思之深都尽在不言之中。不曰"荷花"而说"莲子花"，是因"莲"谐"怜"，"莲子花开"正是用谐音表达怀想丈夫之情。此深得南朝民歌风调。第三句承前二句写出思念之深，因在江上分手，故梦不离江水；又启下句，不知行人却在凤凰山也，寓"有梦也难寻觅"（《西厢记》）之意。张仲素《秋闺思》写丈夫从军漠北、久久不归，闺中人只听到说他在金微山，但梦里却"不知何路向金微"；虽不能去，并无怨良人之意。刘采春《啰唝曲》："那年离别日，只道住桐庐。桐庐人不见，今得广州书。"言夫婿去家益远，归期益无日矣。虽其怨也，得一书差可为慰。张潮这里所写江干一别，魂梦犹萦，意其远行，却在近处，所谓"常叹负情人，郎今果作诈"（《懊侬歌》）也。"西湾"在扬州瓜洲附近，"凤凰山"在江宁（今南京）南门内。诗中标举两处地名，正要人从其相近悟入，布局巧妙如此。前人未加深究，未免辜负匠心。　　（杨　军）

次北固山下

原　文　　　　　江行　　　　唐·王湾

客路青山外，行舟绿水前。潮平两岸阔，风正一帆悬。
海日生残夜，江春入旧年。乡书何处达，归雁洛阳边。

内　容　诗歌描写旅途景色，抒发诗人思乡之情。
特　色　层层生发，整炼工丽。
注　释　次：本指军队驻扎，此指停泊。客路：旅途，旅程。潮：此指定期涨落的江水。海日：海上日出的景象。乡书：家信。

赏析　王湾为盛唐诗人，约与苏颋、张说、王维诸人同时。此诗为其代表作。北固山在今镇江市北，三面临江，历代诗人墨客颇多吟咏，有缘景生情之唱，亦有登高怀古之作，但在唐代，却以此首最为有名，当时号为"大手笔"的张说，就曾将此诗中的"海日"一联"手题政事堂，每示能文，令为楷式"（殷璠《河岳英灵集》）。

诗的首二句以对偶发端，"客路"二字总领全篇，含义丰富，既指出客游身份，亦点明旅途之向前。为结尾之"乡思""归雁"埋下伏笔。"青山绿水"四字已将江南满面荡春光轻轻托出。次联承"客路"写景：江水潮涨，江面倍显宽阔，和风习习，船帆高悬于桅杆。"潮平""风正"虽为写外景，但已寓作者心旷神怡的"内境"。"海日"二句一点出时辰，一指明季节。时辰为"残夜"，是黎明将临之时，节序为"旧年"，正值冬末初春之际。当此"乍暖还寒"时节，客游之人，最易引动旅途凄凉之悲，但作者却以"海日生""江春入"翻出新意，点出大自然送往迎来、生生不息之理趣。这两句令人想见江南之春的勃勃生机、融融景象，并从时空变换中，给人以新陈代谢的启示。

>
> - 潮平两岸阔，风正一帆悬。
> - 海日生残夜，江春入旧年。

尾联仍承上写来，作者看到凌空飞过的归雁，忽然触动一缕淡淡乡思，于是想到大雁传书。"乡书"不仅与前"客路"映衬，而且作者用"乡书"而不用"乡思"或"乡愁"，其心境亦与前三联顺叙承接，十分自然。

全诗紧扣"客路"，层层生发，善写心境，首尾连贯，给人以水到渠成、自然推出之感，至于全诗对偶之整炼工丽，更足见作者善炼字句之艺术功力。

此诗最早由唐人芮挺章收入《国秀集》，而殷璠选入《河岳英灵集》时则题为《江南意》，文字有所不同，诗云："南国多新意，东行伺早天。潮平两岸失，风正数帆悬。海日生残夜，江春入旧年。从来观气象，唯向此中偏。"两者相比，自以前者为胜。

（宋效永）

春游值雨

原文　　春游　　唐·张旭

欲寻轩槛列清尊,江上烟云向晚昏。须倩东风吹散雨,明朝却待入华园。

内　容	这首诗写诗人期待天晴以春游的愿望。
特　色	等列物色,轻盈活泼。
注　释	值:遇到,碰上。明朝:明天。却:还,再。华园:华林园的省称,宫苑名,这里代指春游的地方。

赏析　似乎在盛唐时期,兴起了一种写法:将平常的风光物态拟人化,笔意轻盈活泼。张旭的这首《春游值雨》诗,便是用的这种写法。

本诗所写内容很平常,欲春游而值雨,于是希望明日天气能好起来,以不妨碍春游,但表现得很灵动。首句"欲寻轩槛列清尊",意为要找一个地方喝酒。"轩",有窗槛的长廊或小室;"槛",窗户下或长廊旁的栏杆。"尊",酒器;清尊者,清游之谓也。"江上烟云向晚昏",但傍晚却是烟云昏沉,细雨淅沥。这两句构成一组矛盾:愿望同天气的矛盾。第三句一转,"须倩东风吹散雨","须",必须;"倩",请。请得东风来吹散云雨。第四句交代目的:"明朝却待入华园。"运旋于四句中的是人与风光物态等列的一种情趣。

杜甫的《绝句漫兴九首》,使这一写法大大地放出了异彩。其第二首云:"手种桃李非无主,野老墙低还是家。恰似春风相欺得,夜来吹折数枝花。"所写仅花枝为风吹折一细事,但诗人的艺术表现却曲折腾挪。首句"手种桃李非无主",以"手种"

二字强调桃李之有主，有主而曰"非无主"者，特表一种嗔怪的语气耳。次句加重一层："野老墙低还是家"，田父野老之家虽墙垣低，也总是一个人家。不曰"自是家"，而曰"还是家"，方符野老墙低者之语气。"非无主""还是家"这种低调的辩释口吻，从结构上说为第三句中"欺"字的出现蓄好了势。"恰似春风相欺得"，意谓仿佛如同春风之有意相欺。末句托出原委："夜来吹折数枝花。"

其第三首表现这一特色也很明显："熟知茅斋绝低小，江上燕子故来频。衔泥点污琴书内，更接飞虫打著人。"江上燕子因熟知茅斋之十分低小，故频频飞来，衔泥点污琴书，飞虫亦来打著于人。这不仅仅是一种拟人化艺术手法的问题，更是一种视江燕、春风与人等列的襟抱，人不再高居于物之上主宰物，人也可以受小动物戏弄，煦煦春风对人也有无赖相欺的一面。诗章对于作者勃郁牢愁的鲜活表达，正是建立在这种襟抱的基础上的。由这种襟抱出发，产生了一种将形容人品性的词语状写到物上的修辞法。杜甫《绝句漫兴九首》（其五）末二句，在这一点上就十分典型："颠狂柳絮随风去，轻薄桃花逐水流。""颠狂""轻薄"二词，突破了从行动上拟人于物的传统，更赋予物以人的品性，这是更加深入了一层。这一修辞法开了以后诗词曲艺术手法的无数法门。

从渊源上说，这是上承南朝梁陈诗人刻画以趣的巧琢；从发展走向上说，这种轻盈的表达法经中唐而至晚唐，渐启词体的路径。关于诗词之间的这种转换，似乎还很少为论者们所指出。

当然，在诗中这一写法一直到清代都在延续。在《郑板桥全集》中便可以发现"草因地暖春先翠，燕为花忙暮不归""怜莺舌嫩由他骂，爱柳腰柔任尔狂""春风放胆来梳柳，夜雨瞒人去润花"这一类的联语，气韵虽不及杜诗之厚，但手法是一脉相承的。这一手法历来还少为诗论家所注意。

（王鍾陵）

逸闻

张旭是唐代著名的书法家。酷爱饮酒，擅长写飘逸潇洒的草书。据说，他每次都在醉后号呼狂走，然后才能下笔。有时候，他又将头发浸透在墨汁中，以头书写，酒醒之后，再来审视醉时所作，自以为神来之笔。他的直率痴狂的性格使得世人都称他为"张颠"。传说，他做常熟尉时，有一个老人连续两天都来呈递诉状请求判决，张旭不胜其烦，责问之下，老人才说道："看到您的书法十分精妙，我是想拿回家收藏罢了。"当时的人以李白的诗、张旭的草书、裴旻的剑舞为"三绝"。

（王晓丹）

登鹳雀楼

原文 　　登楼　　唐·王之涣

白日依山尽，黄河入海流。欲穷千里目，更上一层楼。

内　容　诗歌写登楼所见、所感，表现出诗人的阔大胸怀和进取精神。
特　色　景入理势，浑成壮阔。
注　释　依：依傍。穷：尽。千里目：谓远望之目。晋孙楚《之冯翊祖道诗》："举翮抚三秦，抗我千里目。"

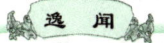　王之涣诗仅传六首，然而篇章卓特，气雄诗坛。他的身世，几乎湮没无考，《唐才子传》《全唐诗》中仅片言只语，尚有失实，然而，1932年发掘洛阳唐代墓葬群，竟又得其墓铭（刻石今藏北京），使身世大略，复睹人间，文史之作，终于得备其真。

六首诗中，《登鹳雀楼》以气象雄浑，含意深远著称，是他最被传诵的名篇之一。

鹳雀（一作鹊）楼在山西永济市，唐属河中府，楼址在黄河

中高阜处,可惜后世已被河水冲没。据沈括《梦溪笔谈》卷十五介绍,楼高三层,"前瞻中条,下瞰大河,唐人留诗者甚众"。显然,在唐代,它已是一处著名的登临胜地。

沈括说,在留诗中"惟李益、王之涣、畅当三篇,能状其景"。李、畅二作,确乎名篇,但李益的七律(鹳雀楼前百尺樯,汀洲云树共茫茫。汉家箫鼓空流水,魏国山河半夕阳,事去千年犹恨速,愁来一日即为长。风烟并起思归望,远目非春亦自伤。)较之王诗,李诗景象莽苍,但壮阔雄浑不如;虽羁愁牢落,而意境超远不逮。畅当的五绝(迥临飞鸟上,高出世尘间。天势围平野,河流入断山。)与王诗相比,固也壮阔,但诗随景止,意绪阙如,未免稍逊一筹。所以李、畅二作,终不及王之涣此诗脍炙人口,不是没有道理的。

• 欲穷千里目,更上一层楼。

本诗开头两句写望中景色,仅仅十字,便囊括了视野所及的万里河山,线条粗犷,词语质朴。群山起伏,落日依依,黄河入海,大河滔滔,极其概括而又高度形象地展现出广袤雄浑的河山奇观。雄词与伟景,浑然无间,堪称自然贴切,相得益彰。所勾勒的画面,又充分显示了居高临远的特色。与题面"登楼"二字丝丝入扣。而且白日"依"山,渐至于"尽",黄河"入"海,奔腾长"流",展示于我们眼前的竟是气象万千、动流不息的"影视"景象。

不仅如此,"白日依山尽"一句,从它包孕的时间推移中,我们几乎能捉摸出诗人久久凝立,流连忘返,直望到斜日依山、冉冉西沉的情态,更能体会到诗人对落日晚照的无限眷恋。尤妙的是,白日朝升暮落,本属自然,但一个"依"字,却收到了移情于物,借物生情的艺术效果,仿佛昊昊白日,也如诗人一般,不忍舍离这雄山峻岭而在迟迟我行。

次句"黄河入海流",既可想象其汹涌之状,又可仿佛听见其咆哮之声。在首句的相衬下,白日黄流,本就见色。两景交辉,更觉其有霞影波光、耀金泛彩之美,亦倍见其雄阔与妖娆之貌。鹳雀楼头,固然可见黄水东流,但数千里外的入海景象,毕竟是看不到的,可是,诗中"入海流"三字,却巧妙地借助于合乎真实的推想,由眼前之景延伸出了视外之景、意中之景。而此视外之景、意中之景,也不妨说是诗人的情中之景,它赋予黄河以执著的意志,

也显示了作者的阔大胸怀和进取精神。

后两句,是写感受。这两句与前半首前后相承,气脉贯穿,自然到几无印痕可求。前半首的伟景为后半首的发展作了很好的铺垫,而且从后两句可以推断,诗人吟咏时当还不在楼的最高层。此时,登临未尽,目力未穷,而眷恋神往之念正浓,"欲穷千里目"自是最必然的心态,"更上一层楼",又正是由此心态而必拟采取的行动。所以前后两半,有浑然一体之妙。这里,已非写景,却又含景。可以想象,翻高一层后的入目所见,必定更为广袤,更加奇丽。这里,没有写览景之情,但既经写出了更大陶醉的迫切情怀,则更上一层楼之后,其心旷神怡,襟抱大开,也自可想见。情景二者,都没有写,但两句所提供的特定的艺术氛围,却可以驱使读者去驰骋自己的想象,在充填和拓展

中,把诗篇的意境,推向比画面更辽阔、更超远、更昂扬的境界。

"欲穷千里目,更上一层楼",还呈现了一种浓郁的哲理气息。它启迪人们,立足点高,观察才会全面,才能深刻;要实现更高的目标,就必须作更大的努力。但它不是干枯的、抽象的、游离于诗境以外的说教,而是生动具体的、与诗境并存、自诗境抽取的感悟。这就是唐时日僧遍照金刚所说的"景入理势"(《文镜秘府论》)。它丰富了作品的思想内涵,也增添了作品耐人品味的魅力。

一首短诗,才二十个字,却写得气象恢宏,形神具备,情景交融,哲理深邃。以结构讲,上下两个层次,写所见、写所感;前后两联对仗,有工对、有流水。既精心结撰、字字匠心,又浑成自然,不见雕琢。对于读者,既有情的陶冶,理的启迪,又有美的享受。

(吴立人)

凉州词二首(其一)

原 文　　　　**边情**　　唐·王之涣

黄河远上白云间,一片孤城万仞山。羌笛何须怨杨柳,春风不度玉门关。

内　容｜此诗描写塞外风光,抒发诗人的思乡之情。
特　色｜壮心悲思,跌宕婉曲。
注　释｜仞:古代长度单位,周制为八尺,汉制为七尺。度:经过。

赏析　此诗写塞外边情。

首二句写塞外风光,而以一"孤"字传出边情。"黄河远上

凉州词二首（其一）

白云间",景极辽远阔大。"一片孤城万仞山",景极雄奇险峻。在这样的阔远与高峻中,"一片孤城"之孤和小,自然令人触目惊心。"孤城",这是塞外高山大漠中城堡之实景,亦是孤悬塞外守边将士之实情。城之孤而小,之所以见守边者之孤且危也。

黄河源远流长,将塞外和塞内联系起来。孤城虽在塞外,孤城中人却心系塞内。这样,黄河、白云、高山、孤城,虽在对比之中见出孤危之势,却在联系之中蕴含热烈之情。这是以壮阔之境,衬孤危之势,以此为背景,抒写征人之情。

三句即写征人怀思内地故乡之情。"杨柳",谓乐府诗中描写折柳赠别的《折杨柳歌辞》,意谓羌笛吹出此曲。这是戍边将士用以寄托和表达乡思之情。而"何须怨"三字,则又不以此种离别之怨情为然。这是以委婉之笔抒写怨情,在哀而不伤中,寓含的并非温柔敦厚之诗旨,而是为国干城者之怀抱。这里所表现的,是壮士的思乡之情。

羌笛杨柳是歌曲。它所感发的,既有离别之怨情,又有与塞内故乡相关的春天景色。因有这第二层含义,故自然引出"春风不度"一句。

"春风不度玉门关",明写塞外无柳色

> **佳句**
> · 羌笛何须怨杨柳,春风不度玉门关。

即无春色,而边塞之荒寒出矣。同时暗寓塞内之柳色即春色,而思乡之情怀亦出矣。盖当春风不度塞外之时,春色已遍于塞内矣。"春"字包含春之景与春之情。春之景烂漫而富生气,春之情绚丽而富诗意。感欣欣之春意,则塞外之荒凉愈觉不堪;发绚丽之遐思,则离别之怨情愈不可抑。然则这末句的怨情,是在三句"何须怨"之后,向更深沉处递进一层。至此,怨情遂转而为凄伤矣!

此诗意象及感情均甚丰富。就意象言,以云天和山川构成的苍莽阔远的绝大背景,衬出边地一座小小的孤城。这是在大小对比中极写其孤危。以春风杨柳之怀思,衬出荒寒寂寥之处境。这是在虚实对比中极写其孤苦。就感情言，征人不畏孤悬塞外之危险，却惊心于羌笛声中一曲伤别离的怨歌。虽理智上作出了否定，可又在难抑的乡思中将怨情推向了高潮。委婉曲折之中，而哀怨深深矣。

然而黄河白云那样莽苍苍的大背景所衬托的，虽是孤危之城，却也是屹立之城。春风杨柳那样蓬勃清新的景色，虽是存在于遐思之中，并反衬塞外之苍凉，但显然隐伏着生气与活力。故此诗的意象，荒旷中有着雄浑，并不衰飒；此诗的感情，孤寂中有着豪迈，并不消沉。故此诗不唯于对照中极写悲怨之情，而且以阔大的背景与青春的意象含蓄壮思。情虽哀怨，格却奇高，而气极豪雄。所谓悲情与壮志同在也。

此诗之令人慨然而又奋然者以此。

（古 潭）

留别王侍御维

原文　　　留别　　唐·孟浩然

寂寂竟何待，朝朝空自归。欲寻芳草去，惜与故人违。
当路谁相假，知音世所稀。只应守寂寞，还掩故园扉。

内　容　本诗写诗人落第后决定归隐的思想。
特　色　起结以淡，言浅意深。
注　释　侍御：即侍御史，负责监察或奉命外出执行指定的任务。寂寂：寂静无声的样子。芳草：这里代表作者归隐的理想。违：背，不见面。当路谁相假：意谓掌权的人没有谁可以依靠。当路，掌权的人。假，凭借，依靠。知音：能赏识自己的人。稀：少。扉（fēi）：门扇。

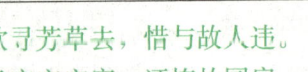唐玄宗开元十七年（729），孟浩然来到了长安应进士

试，但不幸名落孙山，悲愤之余，决意仍回故乡襄阳（今湖北）隐居，临行之际，他给好朋友王维留下了这首离别诗。

佳句
- 当路谁相假，知音世所稀。

首联描摹落第后之窘况。"寂寂"二字既写自己住所之景况，亦暗蕴愤懑之意绪，为下文"当路谁相假"之宣泄做好了充分铺垫。落第后冷落寂寞，无人相伴，长安城虽然繁华，还有什么可留恋的呢？故次联即向友人倾吐心曲：我本欲回乡隐居了，可是还有点舍不得你这位情谊深厚的老朋友。"惜"字既写出与王维情谊之深厚，又回应篇题"留别"二字。

三联仍继续倾诉内心感情。"当路谁相假"，为一反诘句，乃全诗之重心，此句既道出归隐之真正原因，亦倾泻了作者对冷酷现实之无尽愤懑。"知音"句则为下联情感转折埋下伏笔。尾联"只应守寂寞，还掩故园扉"，情感由激荡转为冷静，蕴含的则是愤怒之后的辛酸。"只应"二字，言外有悔不该进京应试之意，"还"字则令人想见作者借蓬门隐居以自慰的心境。

全诗明白如话，用语极浅，从开头之"寂寂"到结尾之"还掩"，情感似平和恬淡，但细味之，却是平淡之中寓愤懑，浅近之中含深意。作者以"自甘"之语写"不甘"之心情，以平和抒愤懑，孟诗冲淡浑融的风格特色由此可见一斑。

（宋效永）

过故人庄

原文　　田园　　唐·孟浩然

故人具鸡黍，邀我至田家。绿树村边合，青山郭外斜。
开轩面场圃，把酒话桑麻。待到重阳日，还来就菊花。

内　容	诗歌描写恬静优美的田园风光和淳朴的农村生活，赞美朴实真挚的友情。
特　色	平淡自然，韵味深厚。
注　释	过：拜访。具：备办。鸡黍：指农家待客的丰盛饭食。轩：窗户。场：打谷的场地。圃：种植蔬菜或花卉的园地。话桑麻：指闲谈农事。重阳日：即重阳节，九月九日为重阳节。就菊花：来赏菊。就，凑近。

赏析　孟浩然是盛唐著名的田园诗人。《唐音癸签》引《吟谱》云："孟浩然诗……宗渊明，冲澹中有壮逸之气。"此语道出了陶、孟之间诗歌发展的脉络和线索。他的田园诗，受陶诗影响而又形成了自己独特的艺术风格，开盛唐山水田园诗派的风气之先。

佳句
- 开轩面场圃，把酒话桑麻。

这首《过故人庄》是孟浩然诗中流传较广的名作，也是他诗歌中最接近陶诗的一首。全诗没有惊人之笔，娓娓道来，却又饱带深厚的情意：这里既有人与自然之间的情意，也有人与人之间的情意。开头二句，写"过故人庄"之由，毫无夸饰，却已经道出了故人"邀我"之情。"鸡黍"与"田家"十分切合，故人之身份，清楚明了。次二句写"故人庄"之景。青山绿树，生机蓬勃，自诗人悠然之眼望去，可谓得其神而遗其形。此之谓人与自然之情。颈联写在此情景中与故人之交谈，显出其志趣之相同，兴味之盎然。所谈之事，更切"田家"之身份。十字中，人与自然之情，诗人与故人之情，兼而有之。且借似陶之口吻而抒己之坦荡襟怀，既借鉴前人而又不失自身面目。尾联将此种感情推向高潮：客人反向主人提出重阳节再来的要求，足见交情之深厚及对自然环境之留恋。

全诗写眼前之景，用口头之语，完全是平淡自然之笔。然这些普普通通的事物，有机地组合在一起，却构成完整的意境。细细咀嚼，韵味深厚。

（朱宏恢）

春　晓

原文　　春晓　　唐·孟浩然

春眠不觉晓，处处闻啼鸟。夜来风雨声，花落知多少？

内　容｜这首诗描绘一幅生机盎然的春晓图，表达诗人喜春、惜春之情。
特　色｜情与景融，趣溢画外。
注　释｜晓：天刚亮的时候，清晨。夜来：夜里，昨夜。

赏析　这是一首意境很美的小诗。寥寥二十字中，含多少春意，寓多少春情，将读者带到了欣欣有生意的春之氛围中。它在艺术上的成功，一是情与境会。诗人笔下绘出了一幅春晓图，他是带着春情去写的，情景相生亦相融。"不觉"二字，透露出一种喜悦的情绪。"春眠不觉晓"与"处处闻啼鸟"，都是觉后之觉。不觉而觉，写春睡已足，一喜也；不觉而闻啼鸟，而感知春晓，二喜也。诗人于不觉而觉之时，胸中之春情即与户外无边之春意相会。究竟是触景生情还是因情生景，在这里是不能分辨的。"夜来"二句，由爱春转入惜春，惜春之情和风雨落花之景也是互相生发的。在这里，究竟是由夜来风雨引起惜春之情，还是由惜春之情忆起夜来风雨，也是不能分辨的。诗人的感情完全融入了春晓的景中，而诗情与画意一时俱出亦俱足矣。"诗中有画"之说，犹不足尽其妙处。盖"诗中有画"，乃由诗出画。而此诗即画，诗与画是一不是二。画是自然如画之春景，诗是自然泛起之春情。此所谓情与境相会，诗与画相生也。二是得自然之妙趣。盖全部春晓之景与情，皆领略于"不觉"之中也。此二字乃一篇诗眼，诗的真谛由此透出，二十字的神韵亦由此传出。读

此诗,须知诗人是"不觉"而起春晓之情,"不觉"而吟春晓之诗,纯乎天籁,通体自然。而诗人之风致悠然如在眼前矣。"不觉"是无意于觉而觉,处处鸟鸣是无意于闻而闻,夜来风雨是无意于忆而忆,花落多少是无意于知而知。这是主观方面。客观方面:春晓之

> 佳句
> • 春眠不觉晓,处处闻啼鸟。

来,春鸟之鸣,春风之吹,春花之落,又何尝不是自然而然。诗人主观上自然发生的情,大自然客观上自然出现的景,自然地融汇一起,自然地流到笔端,成为一幅表现自然美的绝妙图画。三是景趣、情趣、理趣相交织。春之晓、鸟之啼、风雨落花,是景趣;爱春、惜春,是情趣;感受到春天活泼的生趣和蓬勃的生机,领悟到花开花落、春来春去的造化原理,是理趣。有景趣,故可爱;有情趣,故生动;有理趣,故含蓄。这首小诗让人一看就爱,并且百读不厌,吟咏之间,但觉无限春光中蕴含无限情趣,秘密在此。四是在生动的情景中,寓含着一种宁静的意趣。"不觉"传出了喜悦之情,也传出了宁静之趣。处处鸟啼是动,但那是静极中的动态。况且,"鸟鸣山更幽",宁静的意味更浓了。夜来风雨已经过去,动复归静。"花落知多少",以不知为知,惜春之情是淡淡的,宁静的意趣依然。诗人以轻松的心态,赏春,爱春,惜春,显得超脱,不介于意,不萦于怀,任自然,随造化。让人读了,但觉这一幅春晓图娱心悦目;但觉画面上和画面外,洋溢着春的气息;但觉喜悦和轻松。这是一种没有任何精神负担的美的享受,就像春晓之来一样,就像诗人不觉而觉、不闻而闻、不知而知一样。

(王炎平)

宿建德江

原 文　　　　江泊　　　　唐·孟浩然

移舟泊烟渚，日暮客愁新。野旷天低树，江清月近人。

内　容　这是一首山水诗，勾画傍晚建德江的景色，流露出诗人惆怅失意之感。
特　色　迷蒙凄清，淡远含蕴。
注　释　宿：留宿。泊：停船靠岸。烟渚（zhǔ）：烟雾笼绕的小洲。渚，水中的小片陆地。月：此指水中之月。

赏析　孟浩然为盛唐诗人，与王维齐名，他的诗以浑融清淡的特色而见长。在唐代诗坛上，可以说，他与王维共同开辟了山水诗的新篇章。

　　此诗为诗人48岁入京应试失败后，出游吴越途中所作。"建德江"，指新安江流入建德（今浙江）的一段江水。傍晚时分，作者乘坐的小舟缓缓移向江中一个烟雾迷蒙的小洲，准备在这儿停宿了，傍晚的暮色使诗人心中涌出了一种新愁。"客愁新"句中的"新"字含意无穷：既包孕过去，也说明现在。作者此次吴越漫游本为应试失败后之排遣，其落第后曾有"当路谁相假，知音世所稀"（《留别王侍御维》）之愤懑，但江舟独行反更增添了他的落寞孤独之感。此即"客愁新"也。诗的首二句勾画出了令客生"愁"之客观环境，隐隐显现了一个惆怅失意的愁客的形象。

　　诗的次二句承上写下，在此愁客之眼中，旷野苍茫。远树与天边相接；江

佳句

· 野旷天低树，江清月近人。

水碧澄，月影落入江中分外清晰，月自天上移入江中，自然与人更加亲近。"野旷"句画出苍茫天地，给人以迷蒙之感；"江清"句则画出一凄清之近景。二句均为客观描摹，但"低""近"二字，却显然融入作者主观之情思。而结句用一"近"字，又在此苍茫孤凄之景况中沁透出一丝余温，留下一线慰藉。

此诗以主客观相交融，勾画了一幅"日暮泊舟图"，诗中有画。其诗语言则明白如话，于清新淡远之中，蕴含了无限丰富之美学意蕴。　　　　　　　　　　　　（宋效永）

赠张旭

原文

赠人　　　唐·李颀

张公性嗜酒，豁达无所营，皓首穷草隶，时称太湖精。
露顶据胡床，长叫三五声。兴来洒素壁，挥笔如流星。
下舍风萧条，寒草满户庭。问家何所有，生事如浮萍。
左手持蟹螯，右手执丹经，瞪目视霄汉，不知醉与醒。
诸宾且方坐，旭日临东城，荷叶裹江鱼，白瓯贮香粳。
微禄心不屑，放神于八纮。时人不识者，即是安期生。

内　容　这首诗具体、生动地描写了张旭旷达高逸的个性特征。
特　色　超旷高逸，笔致生动。
注　释　皓首：年老白头。穷：尽心竭力。霄汉：天空极高处。

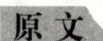　张旭是唐代著名的书法家，文宗时，"诏以（李）白歌诗、裴旻剑舞、张旭草书为三绝"（《新唐书·文艺中传》）。

开头四句一气蝉联，总领全诗。嗜酒，性格豁达，精于书法，这是张旭的最突出的特点。因其经常豪饮至醉，故其性情愈

显豁达；性情豁达又反过来使他万事不挂念，见酒即饮。因其好酒、豁达，故不知家财为何物，一生的精神都倾注在书法上，卓异的个性和书法上出神入化的艺术造诣使他的形象带上了一层独特的色彩，时人对他既叹服，又感到奇怪，以为他是来自太湖的精灵。"露顶"四句写其醉后作书。前两句传其醉后豪放之状，后两句言其得

> **佳句**
> · 微禄心不屑，放神于八纮。

意疾书之兴。《旧唐书·文苑传》说："吴郡张旭善草书，好酒，每醉后，号呼狂走，索笔挥洒，变化无穷，若有神助。"《国史补》《新唐书》本传还说他以头濡墨作书。李颀这里写的正是这种状况。"胡床"是胡地传入的一种坐具，脱帽露顶而据胡床，足见其豪放不羁的醉态。"下舍"四句写其"无所营"，庭户萧条，家徒壁立，生事像浮萍一样飘荡无保障。盛唐是一个富于浪漫精神的时代，他们欣赏一种旷达无拘的个性美，故李颀写张旭的家庭生计，其用意主要不是在强调张旭的贫穷，而是在以此衬托张旭的旷达。

"左手"以下四句将两个特定画面呈现在观者面前。这两个画面，尤其是前一个，不仅体现了张旭的个性特征。还表现了盛唐文人的典型的精神面貌。蟹螯与丹经（道家炼丹之经书）同举，现世享受与长生不老并重。追求享受中不带颓废，企谋长生中毫无忧戚。沉醉中似在思索宇宙人生的奥义，发玄想亦无妨烂醉如泥，这就是盛唐人的闲放与浪漫。当宾客们安坐席间时，憨态可掬的张旭突然出现在人们面前。他是那么的真气弥漫，犹如一轮带着晨雾的旭日升上城头。手里抓着荷叶包裹的新鲜江鱼，捧着装在瓦盆里的白米香饭（粳 jīng，粳米）。诗至此，这位"张颠"的个性特征已描叙得比较充分了。最后，诗人又以数笔作结。"微禄"一句，回应前文的"豁达无所营"和"下舍风萧条"等句，"放神于八纮"又与"执丹经""视霄汉"相关（八纮即八极）。两句进一步写出张旭性格的超旷与高逸。他是这么一个人，

87

难怪不识他的人以为他是蓬莱仙人安期生了。

  李颀是个颇善写人的诗人。他的《赠苏明府》《谒张果先生》等诗,都能给人以如见其人之感。这首《赠张旭》,抓住了人物的特点进行描写,生动传神,详略得当,层次清楚又浑然不露组织安排之迹,堪称李颀写人诗中的上品。

(沈金浩)

听安万善吹觱篥歌

原　文　　　　闻籥　　　　唐·李颀

  南山截竹为觱篥,此乐本自龟兹出。流传汉地曲转奇,凉州胡人为我吹。傍邻闻者多叹息,远客思乡皆泪垂。世人解听不解赏,长飙风中自来往。枯桑老柏寒飕飗,九雏鸣凤乱啾啾。龙吟虎啸一时发,万籁百泉相与秋。忽然更作《渔阳掺》,黄云萧条白日暗。变调如闻《杨柳》春,上林繁花照眼新。岁夜高堂列明烛,美酒一杯声一曲。

内　容　这首诗描绘了觱篥吹奏而出的美妙音乐,赞美了安万善的高超的吹奏技艺。

特　色　以声摹声,以曲摹曲。

注　释　觱篥(bìlì):古乐器名,用竹作管,形状像胡笳。汉代从西域传入。长飙:暴风。万籁:自然界的各种声响。岁夜:指除夕。高堂:富贵人家高大的厅堂。

赏析　李颀在盛唐诗人中,以边塞诗人著称。名作如《古从军行》,词气雄俊,思想深邃,音节清亮,章法整饰。精警处犹如电掣雷轰,震心骇目。然而李颀的诗,又决非边塞所能局限。

  这首《听安万善吹觱篥歌》,基调昂扬,气势开朗。在唐人听乐之作中,其构思立意,表达方式都有独到之处。清代章燮、近人喻守真以及此后的一些解析者，都以为诗人寄托于此诗的乃是异乡孤客，除夜伤感的意思，这是一种误解。

觱篥是一种簧管乐器。"以竹为管，以芦为首，状类胡笳而九窍"（《史记·乐书》）。现在称作"管子"或"头管"，有八孔、九孔两种。胡笳木质无孔，与它相类而有别。《通典》记载："觱篥出于胡中，胡人吹角以惊马，后乃以笳为管，竹为首。"《史记·乐书》说："所法者角音而已。"唐段守节《乐府杂录》云："本龟兹（新疆库车一带）国乐也。"汉代传入中原以后，曲调和吹奏技艺，均有演进，唐时入于胡部，已是燕乐——宴饮宾客时所用的音乐——主奏乐器了，所以称之为"头管"。

从诗篇末句可知，诗人听安万善吹奏，是在除夕之夜，燕宴之际，但是诗人有意突破一般叙述顺序，开端只写乐器、演奏者和听众，而把演奏时间、地点放到了诗篇的终端。开头六句自成一段，前四句是对乐器、演奏者的介绍。"南山截竹"，介绍乐器的材料和制作，"龟兹"介绍乐器的出处。而"流传汉地曲转奇"则是觱篥传入汉地后演进的概括。"转奇"，意为更加奇特。所以紧跟两句，写出听众的反应。觱篥呜呜，自有其令人兴悲的地方，离乡游子闻而垂泪，旁邻感染，亦多叹息。但诗人以为如忽

其高亢清亮之变,因其悠长呜咽之音而生悲叹,实未尽会此音之妙。

所以,诗人以"解听不解赏"陡然一转,写出自己的赏音之感来。听而有感,故曰"解听",但未尽会其妙,故曰"不解赏"。然后,诗人以种种比拟写觱篥音响。先以"长飙风中自来往"总写一句,那高亢之音,犹如扶摇直上的飙风在一片伴音之中往来自如,全无束缚。据《乐府杂录·胡部》,演奏时乐器除觱篥外,尚有琵琶、五弦、箜篌、笛、方响、拍板,合曲时亦击小鼓、铍子。而觱篥为"众器之首"(《文献通考》)。然后对之加以种种描述。其音尖锐急骤时,犹如寒风劲吹于丛林,飕飗作响;或如加于枯桑,音偏厚重;或如出自老柏,音呈尖细。当其浏亮清脆时,则如一母九雏,众凤和鸣于九霄;其音悠沉高弘之处,好像龙吟深渊、虎啸深山而同时并作;而其清越爽朗之处,则令人似入百泉飞进,万籁为秋之境。以上四句,诗人用以声摹声的手法,来刻画觱篥变化多端的音响,已见觱篥声音的美妙动人,远不止于怨嗟悲泣之哀音。往下诗人以"忽然"一转,又写出两种变调。而摹声的手法也随之而变,改用以曲摹曲的手法以生动的形象来比拟觱篥的吹奏。《渔阳掺》是鼓曲。《后汉书·祢衡传》记曹操大会宾客,命衡击鼓,衡为击《渔阳参挝》,"渊渊有金石声"。觱篥的吹奏,变出犹如鼓音,可见神奇。正是这种苍劲厚重而又宏阔的声音,使诗人眼前幻现出一片塞外黄云萧条、白日昏濛的壮阔景象来。而对于雄浑的音色,这又是最为确切的比拟。变调之二,写其轻盈婉转之声,又以似乎听到了充满春意的《杨柳》曲相比拟。《杨柳枝》是盛唐时期流行的一枝笛曲,唐玄宗就很爱吹它。所以晚唐诗人张祜有"莫折宫前杨柳枝,玄宗曾向笛中吹"(《杨柳枝》)之句。这一联想,使人们如同见到了汉宫上林苑中,春光烂漫,繁花竞艳,照眼新鲜的景象。而这又不能不使人想到青春的美好,反映了诗人昂扬进取,开朗乐观的精神世界。

最后，是诗人正面抒写自己的感受了。除夕之夜，高堂之上，明烛辉煌，嘉宾列座，这是多么热闹欢快的景象，面对美酒，耳聆妙曲，又是多么美妙的时刻。为什么要黯黯生愁，郁郁悲泣呢？

（吴立人）

过融上人兰若

原文　　　　　　　　**访僧**　　　唐·綦毋潜

　　山头禅室挂僧衣，窗外无人溪鸟飞。黄昏半在下山路，却听钟声连翠微。

内　容　此诗描写友人居处景色及友人间的深厚情谊。
特　色　写景见情，淡远清淳。
注　释　过：拜访。上人：对和尚的尊称。《南史·宋纪上》："尝游京口竹林寺，独卧讲堂前，上有五色龙章，众僧见之，惊以白帝，帝独喜曰：'上人无妄言。'"兰若：指寺院。梵语"阿兰若"的省称，意为寂静无苦恼烦乱之处。禅室：僧人居住的房屋或寺院。翠微：指青山。

赏析　《过融上人兰若》，一作"孟浩然诗"。融上人，即襄阳景空寺住持。《过融上人兰若》语浅旨深，意赅情永，写出了诗人与融上人的深厚情谊，读来韵味隽永。"山头禅室挂僧衣，窗外无人溪鸟飞"。前句从外入内，后句由内至外。一山、一庙、一室、一衣、一窗、一槛、一溪、一鸟，简约中见真韵，淡远中呈清淳，只写物，已见人。而且，廓然敞然，恬然坦然，幕天席地，山友林侣，悠悠白云，葱葱花草，小鸟飞飞，泉溪汩汩，未写情，已有情。一庙矗立翠围山绕间，一僧兀立碧流鸟声中；兰若轩昂，住持睿哲；寺圣僧高，尽在不言中。融上人的节概神韵

如此，诗人的胸怀情趣亦同。融公、诗人，主客之间，其间侃侃而叙，参禅诵偈，谈玄说理，品诗论文，竟不知日影西斜，黄昏降临，只得歇住话头。"黄昏半在下山路，却听钟声连翠微"，诗人与融上人依依道别后，披着苍茫暮色，踏着阵阵钟声下山归去。这时，细听钟声，浑厚清越，越过无垠广袤的翠微，伸向幽邃无际的苍穹。

（张永鑫）

葛山潭

原文　　　秋潭　　　　唐·孙逖

圆潭写流月，晴明涵万象。仙翁何时还，绿水空荡漾。
凉哉草木腓，白露沾人衣。犹醉空山里，时闻笙鹤飞。

内　容　此诗描写了深秋葛山潭的清美夜景。
特　色　清远含蕴，情景交叠。
注　释　写：同"泻"。腓：草木枯萎。白露：深秋寒冷的露水。笙鹤：仙人乘骑之仙鹤。汉刘向《列仙传》载："周灵王太子晋（王子乔），好吹笙，作凤鸣，游伊洛间，道士浮丘公接上嵩山，三十余年后乘白鹤驻缑氏山顶，举手谢时人仙去。"笙，管乐器名，由簧片、笙管、斗子三部分组成。

赏析　相传晋葛洪炼丹之处有十三处，或曰葛仙山、葛山，或曰云葛仙岭、葛店等。此诗中所指之处，应为浙江绍兴之葛仙山，因孙逖开元初曾任山阴（今浙江绍兴）县尉，故现存诗中亦有数首入浙或在浙游览的篇什。

诗的开头两句写景，上句写皎洁的月光泻在微波荡漾的潭水上，使人分不出是月使水在流，还是水使月在动。下句写天光云影，好似天地万物都包容到这湖光山色之中来了，意境幽美而静谧。由于是葛仙修炼之处，三、四两句不免兴起物是人非、时光荏苒之感，一个"空"字，蕴含着诗人的无限慨叹、无限惆怅，这是即景生情。五、六两句又写景，从联想回到现实，草木枯萎（腓 féi，枯萎），白露沾衣，无意悲秋而秋自现，有心寻仙而仙忽隐，这又是寓情于景。最后两句似乎听到仙境中笙鹤的飞鸣，主人公既陶醉于清美的夜景之中，又似乎对朦胧的仙境无限神往，意韵深远而悠长。

全诗写景真切，抒情自然，情与景交叠回旋，意境清远，含蕴深长。

（徐凌云）

白牡丹

原文 咏物 唐·裴士淹

长安年少惜春残，争认慈恩紫牡丹。别有玉盘乘露冷，无人起就月中看。

内　容｜诗歌赞美白牡丹，同时批判庸俗时风。
特　色｜托物寓意，以宾衬主。
注　释｜玉盘：比喻白色的牡丹花。乘露：沾上露水珠。就：凑近。

赏析 唐时长安、洛阳广植牡丹。牡丹之名贵者有所谓魏紫、姚黄等，一株值数万钱。牡丹开放于暮春百花凋谢之时，占尽风光，遂使富贵之家以争赏牡丹相夸耀，形成风气。白居易《秦中吟·买花》即讽其事。李肇《国史补》也有记载："京城贵游尚牡丹三十余年，每春暮，车马若狂，以不耽玩为耻。"

此诗前二句所写，纪当时之实。长安年少暮春争赏慈恩寺紫牡丹——名花植于名寺，于是赏者奔赴如恐不及，"争认"二字，传出红尘拂面、车马喧阗景象,活画出长安年少浅薄庸俗的心态。后二句展示白牡丹的风姿,玉盘乘露,倩影绰约;冰清玉洁,品格超逸。惜乎"无人起就月中看",与"争认"紫牡丹形成鲜明对照。"无人"者,并非真无一人,仅无俗人而已。能"起就月中看"白牡丹者,自是白牡丹超逸品格的同调。诗人既伤白牡丹之受人冷落,亦伤时风庸俗,并非为咏物而咏物也。从诗的结构上看,为突出白牡丹的孤芳自赏,先写长安年少之争赏紫牡丹,以宾衬主,对比鲜明,增强了艺术效果。

诗题一作《裴给事宅白牡丹》则咏白牡丹即赞其主人,暗蕴曲高和寡之义。又白居易《白牡丹》诗曰:"白花冷澹无人爱,亦占芳名道牡丹。应似东宫白赞善,被人还唤作朝官。"以白牡丹为喻,自怨自艾,作意相近。以"白"扣姓,思亦巧,可与此诗并读。

(杨 军)

从军行七首(其一)

原文　　　　边塞　　　唐·王昌龄

烽火城西百尺楼,黄昏独上海风秋。更吹羌笛《关山月》,无那金闺万里愁。

内　容　诗歌写边疆戍卒怀乡思亲之情。
特　色　氛围渲染,运笔委婉。
注　释　百尺楼:即置烽火的戍楼。羌笛:传说笛子是古代西域羌族人所制的乐器。《关山月》:汉代乐府横吹曲名,歌词多写边塞戍卒伤别怀乡之情。金闺:此指住在华美闺房里的少妇。闺,女子的卧室。

赏析　开元天宝之世,唐皇朝凭借强盛的国力,发动了旷日持

从军行七首（其一）

久的拓边战争。王昌龄被卷入时代潮流，亲临与吐蕃对垒的西北边塞，在兵戎战火之间借乐府旧题创作了这一著名的七绝组诗。按《乐府诗集》卷三十："《从军行》皆军旅辛苦之辞。"这正是王昌龄《从军行七首》的主题或基调之所在。

……广袤无垠的青海高原，一座烽火台，一片孤

佳句
- 更吹羌笛《关山月》，无那金闺万里愁。

城。黄昏时分，换岗了。一名戎装执戈的兵士迈着沉重的脚步登上城西高高的戍楼。战争间隙，天地间显得那么沉寂，那么苍凉，只有青海湖上吹来了腥涩的秋风。暮色中，孤城里，传出一阵高亢悠扬的竹笛声。它飞过戍楼，融入海空，那凄凉感伤的旋律在戍卒心里击起一片回响：又是令人销魂的《关山月》！他不禁和着笛声轻轻哼唱起来："关山三五月，客子忆秦川。思妇高楼上，当窗应未眠。星旗映疏勒，云阵上祁连。战气今如此，从军复几年？"是啊，征戍经年，边烽未熄，何日是归期？何处是归程？万里乡愁不觉随着风声笛声磅礴岔涌，塞胸揪心而不能自已了。

按《乐府诗集》卷二十三："《关山月》，伤离别也。"上引《关山三五月》一首，乃齐梁间徐陵所填歌词，这是现存《关山月》诸作中较著名的一首，恰好可视作是对王昌龄此诗的注脚。诗人在调动读者感觉功能和想象功能贯注于荒凉寂寥的边塞景观之同时，不露声色、不着痕迹地把他们领进了特定的诗歌意境中。殿句"无那"（无奈）二字包孕无穷，金闺之思相隔万里，愁何如之。这较之直截了当地去写如何思、如何愁、为什么难以排遣，无疑是更为委婉动人因而也更为成功的写法，尤其是在篇幅短小的七绝一体中。后此边塞名作如被推许为中唐绝句之冠的李益《夜上受降城闻笛》等，在意境构思上往往受此诗之影响。

（周　秦）

逸闻

王昌龄出身寒微，曾游西北边塞，亲历古战场，创作了大量的边塞诗。世乱之际返回家乡，路过河南时，刺史闾丘晓嫉妒他的才能，竟遭杀害。后来，张镐带兵进入河南，闾丘晓因误期当处以死刑。临刑时闾丘晓以家有亲老需侍养为名求情，张镐回答说："王昌龄的亲人又该交与何人去供养呢？"闾丘晓很惭愧，无话可对。王昌龄的诗在当时就有很高的名声，被尊为"诗家天子"。　　　　（王晓丹）

从军行七首（其二）

原文　　　　边塞　　　唐·王昌龄

琵琶起舞换新声，总是关山旧别情。撩乱边愁听不尽，高高秋月照长城。

内　容｜这首诗抒写戍卒强烈的思乡之情。
特　色｜即景托情，似脱实粘。
注　释｜关山：即《关山月》，汉乐府横吹曲名。《乐府诗集》所收歌词系南北朝以来文人作品，内容多写边塞士兵久戍不归伤离怨别的情景。边愁：戍卒对亲人的思念。

赏析　组诗的第二首自然是承接第一首写来的，故起句谓"换新声"，以下又有"总是""听不尽"云云。伴随着乐声从奔放高亢的"竹"转换到凄婉幽咽的"丝"，时间也从海风呼啸的黄昏推移到了明月高照的静夜，而征人的内心世界也在场景更换过程中得到了更为细腻，更为动人的描绘。

……天渐渐黑了，风渐渐止了。终于，悠扬凄清的笛声也停息了。在显得更为空旷寂寥的边塞夜空中，代之以起的是琵琶的低语。那琤琮清脆的琴声，一下两下，时断时续，如珠落玉盘，如泉流石上。屏息倾听，却依旧是那首催人泪下的《关山月》！将士惆怅了，迷惘了。诉不完的离愁，弹不尽的别恨，诚如这茫茫夜幕，无声无息，无边无际地滋长蔓延，顿时间，整个天地时空都为之弥漫笼罩，只留下悬浮在虚无缥缈间的一轮孤月，用它清泠泠朦胧胧的寒光，追踪勾画着蜿蜒起伏的万里长城……

我们且不忙考证唐代长城的确切地理位置，也无须

佳句
- 撩乱边愁听不尽，高高秋月照长城。

辩论青海湖上的秋月是否曾经照亮长城。绝对真实的是，思乡的士兵面前出现了这样的景观。或者说，随着《关山月》的反复变奏，他的整个思绪进入了这样的境界。一幅多么静谧迷人的关山秋月图啊！这是音乐的凝固，这是情感的升华。竹声变换为丝声而终归于万籁无声，此时之无声更胜于向来之有声。黄牧邨《唐诗笺注》卷八评论说："'撩乱边愁'而结之以'弹不尽'三字，下无语可续，言情已到尽头处矣。'高高秋月照长城'，妙在即景以托之，思入微茫，魂游惝悦，似脱实粘。诗之最上乘也。"这一评论颇为准确地道出了王昌龄此诗在艺术表现上的匠心独运之处。

（周　秦）

从军行七首（其三）

原文　　　　边塞　　　唐·王昌龄

关城榆叶早疏黄，日暮云沙古战场。表请回军掩尘骨，莫教兵士哭龙荒。

内　容　｜　本诗描写边关荒凉之景，抒写士兵强烈的思归之情。

特 色	明白如话,含蓄无尽。
注 释	表:臣下写给皇帝的奏章。教:使。龙荒:我国北部荒漠地区。

赏析 客游他乡的人们总是格外留意节候的变化,宋玉伤秋、王粲登楼、张翰归吴、庾信羁北,风凄鸿惊,霜飞叶下的萧飒秋景,对于游子的乡愁客恨几乎从来就具有一种不可抵御的催化作用。这首诗以边关将士眼见榆叶疏黄之景为发端,一个"早"字,不仅点明节令已是深秋,也隐约传出征人盼望东归的迫切心情。一叶落而见天下秋,诗笔一转,征人们的视野自然地扩大到了他们生活驻戍的整个天地。这是怎样的一种世界啊:"风悲日曛","蓬断草枯","浩浩乎平沙无垠,复不见人",这不正是同时李华笔下那个令人伤心惨目、毛骨悚然的"古战场"吗?"秦汉而还",迄于近代,有多少人在此魂寄锋刃,"骨暴沙砾",以至"往往鬼哭,天阴则闻"。尤其是又到"北风振漠,胡兵伺便"(以上引文均见《吊古战场文》)的深秋季节,或是明朝,或是后天,一旦阴森无情的云沙战场再度肆虐,张口吞噬血肉生灵,那么就有可能轮到许多今天正在怅望诅咒这片荒漠土地的活生生的将士!这是多么悲惨的噩梦,却又是多么严酷的现实!看似朴实随意的一笔写实,却把征人久戍思归的心情从隐处推向明处,从委婉流露发为大声疾呼:快上表请求班师回军吧,让我们同久别的亲人团聚,让我们老死在自己的家乡田园。在万里黄沙的边关疆场,士兵们正因怀乡思归而日夜恸哭!

"回军掩尘骨",多么沉痛的要求啊!对于厌倦了战争的人们来说,生还就是最大的和唯一的奢望。这也从反面提醒人们,十去从军九不回,死无葬身之地在战争中是再平常不过的事。从闻笛到琵琶起舞再到痛哭龙荒,边关将士的内心世界一步步得到更深刻、更鲜明、更有立体感的揭示,诗人的生花妙笔也随之低昂澜翻。而天意从来高难问,大唐天子是否愿意倾听来自边塞的呼声而回军弭兵,守在四夷呢?这就为组诗的下一首埋伏了悬念。

从军行七首（其四）

短短一首七绝，读来字字浅显，句句明白，而又确乎蕴含着如许丰富的内容。我们不得不由衷同意陆侃如、冯沅君二先生关于王昌龄诗"明白如话而含蓄无尽，所谓'深入浅出'者便是，所以是绝句中的'神品'"（《中国诗史》卷二）这样的评论。"深入浅出"，这正是"诗家天子"所不可企及之处。　　　　（周　秦）

从军行七首（其四）

边塞　　　唐·王昌龄

原文

青海长云暗雪山，孤城遥望玉门关。黄沙百战穿金甲，不破楼兰终不还。

内　容　诗歌写将士战功未立而不得归乡的悲慨。
特　色　绪密思清，诗中史笔。
注　释　金甲：铁甲，铠甲。破楼兰：意指消灭敌人。楼兰，汉时西域国名。

赏析

公元7世纪下半叶起，吐蕃日益强盛，不断在青海和西域对唐作战，成为唐西北边境的主要敌国。玄宗开元元年（713），增设陇右镇，所辖甘肃省东南部（含今青海东部地区），同原有镇守河西走廊的河西镇首尾衔接，东西呼应，在漫长的战线上与吐蕃对垒周旋。此诗前两句是对唐蕃战局形势的鸟瞰：从战场最东端青海湖边的孤城戍楼极目西望，只见无边的战云翻滚弥漫在绵亘千里的祁连山间，而山的尽头就是河西重镇玉门关了。旧注往往把"遥望"释为"回望"，这是不谙地理之故，须知征人未到玉门关西也。但诗中又确乎传出浓郁的思乡之情，"玉门关"一语双关，明指西疆重镇，暗用东汉班超"但愿生入玉门关"事。班超居塞上三十余年,终能立功生还,老死洛都。而诗中的主人公呢?百战之余,风沙竟磨损了将士们赖以护身的金甲,边战之艰苦久长可见一斑。金甲犹且如此,人何以堪?战争之残酷、牺牲之惨重尽可不言而喻了。但是"楼兰"未"破",战功未立,纵使乡思日亟,终究有家难回!"遥望"之遥,不光是指地理空间,尤在生入之遥遥无期。"终不还"者,是醉心功名而不愿还,还是因其他原因而不得还呢?联系前一首"表请回军"云云,作者立意是很明确的。《汉书·李广利传》云:李广利攻大宛,作战经年,死伤甚众,上书请班师,徐图再举。"天子闻之,大怒,使使遮玉门关,曰:'军有敢入,斩之。'"然则此诗与同时李颀《古从军行》所谓"闻道玉关犹被遮,应将性命逐轻车"两句出于一辙,是充满悲慨辛酸的。

佳句
- 青海长云暗雪山,孤城遥望玉门关。

  优秀诗人往往以诗为史。封建统治者的好大喜功使许多人遭受生离死别之苦,却巨料楼兰未破,中原先乱。曾几何时,安史乱起,唐皇朝苦心经营的西北边疆,其中包括王昌龄《从军行七首》所描写的青海、雪山地区,纷纷沦入吐蕃的势力范围。这就是唐代边战的悲惨结局,而王昌龄这些"绪密思清"(《新唐书》)的佳作,不幸成为边战结局的诗谶。这是后来年近六旬避乱于江淮之间的作者所始料难及的。

(周 秦)

出塞二首(其一)

原文　　　边塞　　　唐·王昌龄

秦时明月汉时关,万里长征人未还。但使龙城飞将在,不教

出塞二首（其一）

胡马度阴山。

内　容	诗歌写出战事的持久残酷，表达作者对良将的期盼。
特　色	发兴高远，意境雄阔。
注　释	秦时明月汉时关：该句为互文，即意思为秦时明月秦时关，汉时明月汉时关。长征：长途攻战。但使：只要。龙城飞将：汉武帝时善战的李广，被匈奴称为"飞将军"。这里指扬威北方边地的名将。胡：古代汉族称西北地区少数民族为胡。

赏析　在盛唐诗人中，王昌龄是写七言绝句的圣手。时人称之为"诗家天子王江宁"（辛文房《唐才子传》）。他的七绝，后人也给予高度评价，誉之为"神品"（王世贞《艺苑卮言》）。这首《出塞》曾被推为唐人七绝的压卷之作。

佳句
- 秦时明月汉时关，万里长征人未还。

《出塞》，原为乐府《横吹曲》的曲调名。据《西京杂记》载，汉高祖时已有此曲。唐代诗人用作吟咏边塞生活的题目。以此乐府旧题写的边塞诗，一般多是表现出征。唐代北方少数民族的统治集团，时常叛乱骚扰，使战祸不绝。唐王朝委用将帅，不得其人，以致边患加剧。本篇即表达了作者希望朝廷选贤任能，巩固边防，使国家和平统一、人民安居乐业的急切心情。

在艺术上，这首诗最明显的特点是：发兴高远，意境雄阔。特别是起句错举成文，互文见义，奇警遒劲，气势恢弘。举秦则兼汉，举汉亦包秦。说秦，虽只说到明月，但也包括关塞；说汉，虽只说到关塞，但也包括明月。"秦""月""汉""关"四字交错为句，言简意足，比直说秦汉明月秦汉关更有诗意，更为感人，更符合形象思维的规律，更易于唤起人们对悠远历史的丰富想象，使人们从眼前的明月和关塞，感念到秦汉以来烽火长燃、终古难变的事实，因而也更其深沉地统摄了下句以至全篇的情意无限的感慨。"万里长征"，本为豪壮之事，"人未还"，却寓感伤之意，全句暗含"纷纷几万人，去者无全生"（王昌龄《塞下曲》）的惨烈之痛！这一、二两句，在广阔的时空背景上，在抑扬顿挫的矛盾中展现出笼罩悲剧气氛的画面，并且以此为铺垫，通过"但使"一转，折入三、四两句，引出全诗要旨：只要有像李广那样的良将镇守边疆，制止"胡马"南犯，就可不必"万里长征"，埋骨荒外！全诗以秦月汉关之景入题，以胡马阴山之事作结，把对历史的悠久回顾和对现实的委婉讽喻有机地融汇在一起。诗的前幅豪阔雄奇，富于含蕴，后幅单刀直入，明快有力，抒情与议论铢两相称，浑然一体，耐人寻味，又启人遐思。

（陆 坚）

芙蓉楼送辛渐二首（其一）

原文 赠别 唐·王昌龄

寒雨连江夜入吴，平明送客楚山孤。洛阳亲友如相问，一片冰心在玉壶。

内　容｜诗人借写送别白明高洁之志。
特　色｜对面落笔，设喻新奇。
注　释｜芙蓉楼：故址在今江苏省镇江市。辛渐：作者的朋友。吴：地名。这里的"吴"与下句中的"楚"都是指江苏镇江一带的地方。平明：清晨。楚山孤：即孤峙的楚山。

赏析　在今存王昌龄的七十余首绝句中，赠别之作几近一半。他是唐代赠别诗写得多而且好的突出诗人之一。他的不少赠别诗不仅构思新颖，抒情深挚，而且往往表现出个性鲜明的自我形象。《芙蓉楼送辛渐》即是其中颇为出色的一篇。

王昌龄一生仕途坎坷，屈居下僚，甚至蒙受"谤枉"。他在

芙蓉楼送辛渐二首(其一)

《为张僓赠阎使臣》中说:"犹畏谗口疾,弃之如埃尘。"《唐才子传》和《河岳英灵集》也说他因"不矜细行","谤议沸腾,两窜遐荒"。这首诗是他两次被贬之间,一度出为江宁丞时所写。从题目上看,是为送别友人而作;但细味全诗,似有为而发。作者构思别出心裁,以比兴之法,借送别自明高洁之志。句句描写离情,却又处处暗寓胸臆。首句写夜雨饯别,次句述平明相送。那萧瑟的江风,深沉的夜幕,迷蒙的烟雨,无边的愁网,以及那孤峙于苍莽平野之上的楚山,诚然是握别时所见的景物,但也是诗人凄寒孤特情怀的外化。三句不直写自己对洛阳亲友的思念之情,也不直说自己身在异地的寄居之感,而是想落天外,从对方入笔,拟写洛阳亲友对自己的关心和询问。这样不仅比正面直写

佳句
· 洛阳亲友如相问,一片冰心在玉壶。

推进一层,而且为全篇最精彩的末句的出现创造了引人注目的气氛。末句是一个古老而又新奇的比喻。"冰心"二字见于《宋书·陆徽传》:"冰心与贪流争激,霜情与晚节弥茂。"形容表里澄澈。"玉壶"二字见于鲍照《代白头吟》:"直如朱丝绳,清如玉壶冰。"象征品格高洁。这两个比喻,很多诗人用过。唐朝甚至有以"清如玉壶冰"作试帖诗的题目。但王昌龄作了更富创造性的化用,他赋予陈言以新的表达方式,新的形象和意境。"冰心"和"玉壶"都突出了"清"的程度,比喻自然生动,但其本身还构不成一个完整的艺术形象。将"冰心"与"玉壶"巧妙地连在一起,并铸成"一片冰心在玉壶"的诗句,一个孤特傲岸、冰清玉洁的狷介之士的形象就突现出来。联系作者的境遇,这不止是对洛阳亲友的深情告慰、廉明奉公的自我表白,更是他对谤议攻讦的蔑视,对高洁品行的自信。

(陆 坚)

采莲曲二首(其二)

原文 情思 唐·王昌龄

荷叶罗裙一色裁,芙蓉向脸两边开。乱入池中看不见,闻歌始觉有人来。

内　容 诗中描绘了一幅生动美丽的少女采莲图。
特　色 丰满充实,泼墨重彩。
注　释 芙蓉:荷花的别名。乱入:混入,杂入。

赏析 魏晋至唐,"采莲"佳作,堪称伙颐沉沉,不可胜举。这些诗作,大多是情诗;而其主角,又多是采莲女。王昌龄的这首《采莲曲》,重彩泼墨,神思奇想,独出一帜。试看,一鉴方塘,十里荷池。荷叶相覆,莲花相接,铺苍堆黛,盘嫣叠绯。那拄的叶,或倾、或仰、或倚,亭亭娟娟;那擎的花,或苞、或坼、或放,艳艳蔚蔚。风过处,翠盖曳曳,红花颤颤,宛若一位半拖湖绿纱裙、一双星眸灼灼的少女;莲枝依依,妍花款款,仿佛一位身系碧纱罗裙、满脸笑靥甜甜的倩女;圆叶漾漾,团花摇摇,宛如一位轻铺草色细裙、时时颔首微微的丽人;而那叶香花馨,冉冉冽冽,又宛若豆蔻年华、生机勃勃般红颜女郎的馥郁青春与芬芳气息……荷似裙,花如人。人影花影婆娑,叶影裙影徘徊。荷叶罗裙一色,玉面芙蓉两似。这就是《采莲曲》首二句"荷叶罗裙一色裁,芙蓉向脸两边开"为人们描绘出的一幅采莲

佳句
· 荷叶罗裙一色裁,芙蓉向脸两边开。

图!不由得使读者沉浸在她中有荷、花中有伊、扑朔迷离、真假莫名的画图中!而在那"闻歌始觉有人来"时,《采莲曲》的主

角——采莲女才伴着藕塘深处扬起的几曲清歌声姗姗而来。此际，你也许会吟起"制芰荷以为衣兮，集芙蓉以为裳"（《离骚》）的诗句，讴歌濡秽不浊、涅污不滓、叶魄花魂、金相玉质的采莲女，也许会在菱歌四唱、采莲祁祁的美景中感受到金秋季节收获硕果的喜悦，会用全身心发现、体味那诗情画意的采莲场景。《采莲曲》（其二）正是对美好事物追求的一曲赞歌。

《孟子·尽心下》云："充实之谓美。"短短一首《采莲曲》，令人在联想与想象中目接缤纷，耳聆激越，鼻闻清芬，身临胜境，意想美景，集眼、耳、鼻、身、意诸觉于一体，写得语曲意丰。《采莲曲》真可谓是一首"充实美"的杰作。

（张永鑫）

闺　怨

原文　　　闺怨　　　唐·王昌龄

闺中少妇不知愁，春日凝妆上翠楼。忽见陌头杨柳色，悔教夫婿觅封侯。

内　容　这首诗表现初春之时少妇思念从军赴边的夫婿的心理。
特　色　反起急转，曲折细致。
注　释　凝妆：盛装，着意打扮。翠楼，即青楼。古代富贵人家妇女居住的楼房。陌头：路旁，大路边上。夫婿：丈夫。《玉台新咏·古乐府（陌上桑）》："东方千余骑，夫婿居上头。"觅封侯：指从军边疆立下军功，以期取得封侯的爵赏。

赏析　作为"诗家天子""七绝圣手"，王昌龄是以反映边塞生活和描写妇女心态的作品为最高成就并驰骋争胜于盛唐诗坛的，其中前一类如《从军行》《出塞》等，后一类如《西宫春怨》《长信秋词》等，都是千古传唱的名篇。而《闺怨》一绝，曲折细致地表现青年妇女对边塞战事的思索感受,可以说是王昌龄诗两大题材的一个聚焦点。

诗中主人公是一个不识愁滋味的贵族

佳句
- 忽见陌头杨柳色,悔教夫婿觅封侯。

妇女。可不是吗?生当盛世,家族华贵,丈夫之建功立业看来只是时间问题,可谓前途无量。自己又美貌风流,对此撩人春光,不由兴致勃发。着意梳妆打扮,又换上最时兴的春装后,她独自登楼,卷帘倚栏,漫不经心地俯瞰楼下车水马龙的长安街市。好热闹啊,几天不见,路边的杨柳树都返青抽条了,春意已经很浓了……一片阴云飞过心头,一种说不出的惆怅顿时袭来:"多无聊啊,我真不该让他到边关去!"

"闺怨"就这样无声无息地忽然降临了,伴着青春的杨柳。至于它是怎样降临的,是因折柳赠别的往事的感触所致?抑或是对青春流逝的感伤使然?诗人没有点明,读者自可遐想解索。但有一点似乎是可以肯定的:曾几何时,无忧无虑的天真少妇已经识尽愁滋味了,先前的那种幸福感是建立在多么虚幻、多么靠不住的基础上的啊!这不正形象地概括了王昌龄乃至一代人对于盛唐边战的痛苦反思吗?自来天子之师,有征无战,从军赴边当然是博取功名利禄的可靠途径,王昌龄就曾高吟过"封侯取

一战,岂复念闺阁"(《变行路难》)这样的豪言壮语。但是,年复一年,旷日持久,"纷纷几万人,去者无全生"(《塞下曲四首》其三),天真的人们终于发觉仗并不那么好打,侯也决非那么好封。于是,呼应征人"表请回军掩尘骨"(《从军行七首》其三)的心声,思妇们也发出了"悔教夫婿觅封侯"的哀叹。因此,从"不知愁"到"悔",这看似轻描淡写的一转一结,其实饱含着古人对于生活的深深思索,个中情味是颇耐寻绎的。

全诗前二句反起,第三句急转直下,末句结出题旨。

(周　秦)

题破山寺后禅院

原文　　　　禅院　　　唐·常建

清晨入古寺,初日照高林。竹径通幽处,禅房花木深。
山光悦鸟性,潭影空人心。万籁此俱寂,但余钟磬音。

内　容　诗歌描写古寺幽静的景色,传达出浓郁的禅意。
特　色　因心造境,借境传意。
注　释　禅房:僧人居住的房屋,也指寺院。但:只。

赏析　常建是唐开元时进士,与王昌龄同榜,长安人,只做过盱眙尉,仕途失意,后隐居于鄂州武昌。其诗在当时颇著名,多为五言,常以山林寺观为题材。本篇即为其代表作。破山在江苏省常熟市,寺指兴福寺,建于南齐,故称"古寺"。

这是一首五言律诗,从写景入手,层层深入,因心造境,借境传意,禅意浓郁。首联写初入古寺所见,顺便交代时间是朝日初升的清晨,地点是深入丛林中的古寺。初日、高林、古寺交相辉映,环境气氛是宁静的。次联深入一步,写寺院深处之景,这是个特写镜头:一条竹林小径通向幽远的禅房,那里花木葱郁茂盛。竹林花木都各得其时,无忧无虑地生长着,这已隐含禅意。宋代的欧阳修很欣赏此联,自谓学之未能。三联在《河岳英灵集》中被殷璠赞为"警策",更是"参禅"之句,"山光"句写所见的自然界色相,鸟儿在这美好的晨光中欢叫着,享受着山林生活的自由与乐趣。"潭影"句则因"色"悟"空",那清澈如镜、一尘不染的潭水倒映着山光林影,使人的心灵也净化了,仿佛摆脱了一切尘俗的烦恼,达到了返朴归真的境地。这两句在景色转换中写出空有一如的感悟,禅意愈浓。尾联又扩展到整个山林,诗人此时全身心都已"入禅",他感到周围万籁俱寂,心中也已万虑俱灭,整个世界只剩下寺院中那悠长的钟磬之音。他觉得自己的心灵只和佛陀在一起了。这样,尾联就对全诗作了极好的收结,意境高度融浑,末句尤有"余音绕梁"之效。

综观全诗,是在曲折层深的描写中,一步步写

> 佳句
> - 竹径通幽处,禅房花木深。
> - 山光悦鸟性,潭影空人心。

出在游寺过程中对禅意的体验和契悟来。山林古寺中可写的物事颇多,诗人却依自身的体悟作了筛选,整个境界可摘取"幽""深""空""寂"四字作概括,可见诗人是因禅心而造禅境,又借禅境而传禅意,成为一种特定的情景交融,它把抽象而神秘的禅意表现得真切具体、可感可触,真可谓妙入化境。 (张兴璜)

春女怨

原 文　　怨情　　唐·薛维翰

白玉堂前一树梅,今朝忽见数枝开。儿家门户重重闭,春色

因何入得来？

内　容	此诗写少女怀春之情。
特　色	托物起兴，巧用反诘。
注　释	白玉堂：高官大吏的署衙或住宅，此指少女的住宅。儿：少女自称。

赏析　此诗写少女怀春之情。起句平淡，近乎口语，画面单纯明朗。第二句紧承上句，语气贯穿，二句实为一句。"忽见"二字写出春悄然而至使人惊喜的感觉，三、四句转锋一拓，巧用反诘，一位纯真少女呼之欲出。她似在春情撩拨、烦躁不安之中埋怨春的到来，破坏了昔日平静无邪的心境。然而她真是"怨"春么？恰恰相反，她内心盼望着春日到来，憧憬着那没有经验的神秘的爱情，咀嚼着这全新的、陌生的感觉和欲望。但由于她还只是纯情少女，对即将到来的爱情只能一则以喜，一则以惧了。所以，她的"怨"，实际是渴盼、恐惧、新鲜、憧憬等矛盾心理的反映，"怨"中有甜蜜，有苦涩，有烦恼，更多的是惊喜。正是这独具内涵的一"怨"，把纯真、半含羞涩与欣喜的少女写活了。"重重"二字尤妙，少女在恼人的春天面前的恐惧心理与向往之情，以及其焦躁不安，尽皆写出。有的版本把"重重闭"作"寻常闭"，诗味因之顿减，实不足取。

（杨　军）

古塞下曲

原文　边塞　　唐·陶翰

进军飞狐北，穷寇势将变。日落沙尘昏，背河更一战。
骅马黄金勒，雕弓白羽箭。射杀左贤王，归奏未央殿。

欲言塞下事，天子不召见。东出咸阳门，哀哀泪如霰。

内　容　诗歌叙写一位边将凯旋却遭冷遇的故事，揭露了统治者的刻薄寡恩。

特　色　叙事含情，对比反衬。

注　释　更：再。未央殿：即未央宫，汉高帝七年建，常为朝见之处，故址在今陕西省西安市西北长安故城内西南隅。

赏析　"倾向应当从场面和情节中自然而然地流露出来"，这是恩格斯论人物典型化的著名美学原则（《致敏·考茨基》）。晚唐诗歌美学家司空图《诗品》则说："不著一字，尽得风流。"陶翰这首《古塞下曲》，正是这一美学原则的体现。

全诗叙述一位边将驰骋疆场，功勋卓著，归来却遭冷遇的典型事例，未加半点主观评论，深刻揭露了统治者的刻薄寡恩，自然流露出对边将不幸际遇的深切同情。

诗分出征、决战、凯旋三层，每层四句。前四句交代战场形势，预示一场恶战在即。"飞狐"，在今河北涞源县北，为汉代北扼匈奴的门户。中四句着力突出将军威武骁勇的形象，叙述其赫赫战功。"骍马"，即赤色马，配以黄金鞍勒，再加上雕弓白羽箭，形象十分鲜明！"左贤王"，匈奴首领。一箭中鹄，射杀敌酋，其武艺何其高强！至此，诗人对将军的颂扬之情臻至极盛，亦照应了首节的"势将变""背河更一战"，完成了对战事的完整叙述。末节承上写"归奏未央殿"：边将耿耿忠心，欲言塞下戎事；天子蒙昧昏庸，竟不召见。孰是孰非，诗人不作评述，仅以边将沮丧下殿、东出咸阳门，哀泪如霰（xiàn 小雪珠）的脸部特写结束全诗，诗人愤激哀叹之情亦凝于此。

（黄益元）

终南望余雪

原文 咏雪 唐·祖咏

终南阴岭秀,积雪浮云端。林表明霁色,城中增暮寒。

内　容 诗歌写终南山上余雪及其给人的寒意。
特　色 睹影知竿,意尽韵长。
注　释 终南:即终南山。阴岭:山岭的北面。秀:秀丽。积雪:即余雪。林表:树林的顶端。霁色:阴雨初晴阳光乍露的景色。

赏析 此为开元十二年(724)作者应进士试时所写的试帖诗。按规定须赋五言六韵(十二句),而"祖咏赋四句,即纳于有司。或诘之,曰:'意尽'"(《唐诗纪事》卷二十)。历代传为美谈。此诗佳处,在侧面着笔,有睹影知竿之妙。前二句写遥望南山北岭,森秀之色在目;唯山顶积雪未融,若浮于云端。"秀""浮"二字,正从侧面暗透所望见者唯峰顶之"余雪",次句尤具画意。第三句写望中林端霁色,着一"明"字,而晴光与雪光相映射之状如见,盖"霁色"之愈"明"即缘雪光之激射。末句归到远望的立脚点——

佳句
· 林表明霁色,城中增暮寒。

城中,笔墨从视觉转到触觉与心里感觉上。雪后晴暮,气候寒冽,遥望山顶积雪皑皑,益感森寒逼人。虽为"余雪",而严威凛然。此种感受,直摄"南山余雪"与"望"之神。诗写至此,虽无一字正面道及"余雪",而"余雪"之位置、形状、光亮、寒意以及望者之诸种感受均已写足,故曰"意尽"。然落句所传出之"余雪"严威,则砭肌浸骨,直透身心,显现出一片寒意萧森之氛围,则又虽意尽而有余韵也。祖咏与王维交谊颇深,诗亦

省净而有韵味,此诗正可体现其风格。 （刘学锴）

祖咏少年时即与王维友善。王维贬谪济州时寓居在官舍,有诗赠祖咏说:"结交二十载,不得一日展。贫病子既深,契阔余不浅。"可见祖咏的处境亦流落不遇,极为可伤。他的名作《终南望余雪》据说是他参加考试时所作。当时按规定应写六韵十二句的五言体,但他只写了四句就交卷了。考官们都很惊异,他却说:"意已尽。"（王晓丹）

阙　题

原文　　山居　　唐·刘眘虚

道由白云尽,春与青溪长。时有落花至,远随流水香。
闲门向山路,深柳读书堂。幽映每白日,清辉照衣裳。

内　容　此诗描写山中别墅的幽美景色,抒发诗人对生活的愉悦之情。
特　色　外围着笔,高洁雅秀。
注　释　闲门:很少有人出入的门。深柳:茂盛的柳树。幽映:隐约的日光。

赏析　刘眘虚为盛唐诗人,存诗不多,大多以描摹自然景物见长。

此诗描绘了一幽深之山中别墅,通篇写景,可为刘眘虚之代表作。诗名"阙题",是原诗题目失落,二字显然为后人所加。

首句以白云为意象,谓通往别墅之路直向白云尽处,虽不言山高,而山之高峻已在其中。次句以"青溪"将"春"字点活。着一"长"字,令人想见一路上山清水秀,正值春暖花开,春色弥漫。此句点明季节,亦给人留下无尽想象之天地。诗首二句大笔勾勒，已写出别墅坐落之时空环境。

次联由上联之大笔勾勒转为工笔细描，写落花流水。作者以花落水中流水飘香的描写，为全诗定下了欣喜自适的基调。三联由面及点，写出别墅之所在。"闲门"与"深柳"二词，不仅写出别墅之寂静，而且写出所居之幽深，至此作者已绘出一幅深山别墅图。

尾联写别墅之光照，谓阳光因山深林密，为树荫所遮掩，变得清幽了。二句正如同绘画之涂色饰彩，其中虽未写人，而人已隐然映乎其中。

• 闲门向山路，深柳读书堂。

全诗写读书堂未写堂内，只写堂外山景，纯从外围着笔，于此堂读书之人，其襟抱之高洁雅秀，亦尽在不言中矣！ （宋效永）

送　别

原文　　　送别　　　唐·王维

下马饮君酒，问君何所之？君言不得意，归卧南山陲。
但去莫复问，白云无尽时。

内　容　这首诗写送友人归隐，流露出对现实不满的愤懑。
特　色　离象得神，披情著性。
注　释　饮：使之饮。之：去，往。陲：边地。但：只，仅仅。

赏析　在中国古代文学创作中，送别为一重要题材。王维此诗送别归隐之友人，故而具有独特之情感基调。

诗的首句"下马饮君酒"即点出是饮酒饯别。"下马"二字，令人想见送别之匆匆，确定了这一送别的情感基调：这里既没有

"杨柳岸、晓风残月"（柳永《雨霖铃》）的温情旖旎，也没有"送君南浦，伤如之何"（江淹《别赋》）的凄苦哀婉，故而在下句迅速转入了朋友的对话：你要到哪里去呢？这就自然引出"君言不得意"的回答。"不得意"三字正是友人归隐之原因。但如何不得意？作者并未叙述，其虚白处亦给读者提供了展开想象的广阔天地：是仕途坎坷之打击？还是对官场黑暗之厌恶？是空怀报国之志难遇知音？还是其他的人生挫跌？从下句"归卧南山陲"视之，则不难体味此中有对现实不满的愤懑。

诗之结尾透露出作者此时此刻为归隐友人送别之心境。"莫复问"三字，既有因对方"不得意"之回答，触及了自己心灵的隐痛而不忍再问之意，亦有对"归卧南山陲"生活之熟悉，故而无须再问之含义。结句以"白云无尽时"沉入对归隐生活的无尽企羡与遐想之中，这既是对友人痛苦失望心灵的深情安慰，又何尝不是诗人无计摆脱世俗羁绊的一种自我慰藉。

此诗用语似乎直而无奇，但却情深意浓。结尾承上收转，使诗之韵味大增。此正是古典美学中所谓含不尽之意见于言外、言已尽而意无穷者。

（宋效永）

过香积寺

原文　　寻寺　　唐·王维

不知香积寺，数里入云峰。古木无人径，深山何处钟。
泉声咽危石，日色冷青松。薄暮空潭曲，安禅制毒龙。

内容　此诗描写香积寺的幽静景色，表达了诗人乐于佛门的思想。
特色　空际着笔，心与境寂。
注释　钟：指钟声。危石：高险的山石。安禅：即入定，安静地打坐

过香积寺

赏析 唐代是佛教禅宗迅速传播的时期。王维出生于一个悉心奉佛的家庭，本人也栖心禅学，造诣颇深，其友人苑咸在答王维诗序中曾称他为"当代诗匠，又精禅理"（《王右丞集注》卷十）。他的一部分作品具有"以禅入诗"的倾向，由本诗即可见其一斑。

佳句
- 泉声咽危石，日色冷青松。

在中国古典诗歌中，佛寺和佛境之写始于东晋时期，在佞佛之风弥漫朝野的梁陈之际尤为盛行。这类诗初起时也不免有将寺景和佛理截分两橛的现象，尔后渐渐互相渗透融合。王维此诗，不著形相而境界全出，较之以往的篇什又更胜一筹。

香积寺，据《长安志》载："在（长安）县南三十里……永隆二年建。"诗人出手便不同凡响：诗虽以过寺为题，首句却以"不知"领起，第二句又将镜头往高处、远处推开，极写山寺的虚无缥缈之致。"数里"写远离人境，"云峰"表迥出人寰，二者都是遥望，写出若有若无、高蹈出世之概。

颔联、颈联四句，俱承首句"不知"迤逦而下，展开寻寺过程，诗人只选取了古木、危石、山泉、青松稍加点染，就将深山密林幽邃清冷的氛围托出。这两联都分别由视、听形象所组成，但形象的意蕴并不相同。颔联侧重写时空感受：盘纠屈曲的古树和罕有人迹、草深苔侵的小径，意味着一个历时久远的存在；而回旋荡漾于山谷间的钟声，又烘托出寥廓旷远的空间。按前人描写佛境之诗，也每喜借声响突出空间效果。如六朝诗歌中的："事属天人界，常闻清吹空"（王乔之《奉和慧远游庐山诗》）、"清霄扬浮烟，空林响法鼓"（谢灵运《登石室饭僧诗》）、"暗谷留征鸟，空林彻夜钟"（江总《入龙丘岩精舍诗》）等。而王维则以"何处钟"更加摆落形迹，用疑词加强了"空中之音"含不可测的感染力，仿佛是首句"不知"的嗣响，颈联又进而写入于山林幽密处对声光色影的微妙感受，并从中透露出某种"禅悟"

来。这两句的关键在于"咽""冷"二字,赵殿成云:"下一咽字,则幽静之状恍然;著一冷字,则深僻之景若见。"(《王右丞集注》卷七)这种状难写之景如在目前的效果,其实乃是借助于通感的手法取得的。"泉声咽危石",写的是由于巨石耸立所产生的凝重感,仿佛在其压抑下流水的声音也变得低沉幽微了。谢灵运曾有"日末涧增波"(《登上戍石鼓山诗》)之句。那是由视觉的收敛(日暮)而造成听觉的放大(增波),王维这首诗却反之,是由视觉的扩张造成听觉的缩小。"日色冷青松",则写出林木的幽暗使投射进来的日光也变成了冷色调,这又是由明暗视差向冷暖感觉的挪移。总之,声为静所吞,色为淡所化,一切无不归于空寂淡泊。而这,又正契合了禅意。禅宗认为色不离空,空不离色,色即是空,空即是色,这种观点渗透在王维的审美趣味里,就使他的一些诗表现出对空寂境界的偏嗜。这首诗的五、六两句在全诗中算是最具体最实在的了,可是仍不免归于寂和淡,就表现了这种趣味,置身于此,又怎么能不冥契于心,有所感悟?所谓"心与境寂,道与悟深"(《宋高僧传》卷十),由此过渡到最后两句。

诗的尾联写薄暮时分，诗人抵达寺旁，此时心空如潭，进入虚明澄静的安禅境界。"空潭"既是景语，又喻指心空，也即常建《题破山寺后禅院》所云"潭影空人心"之意。"毒龙"比喻妄心欲念，语出《法苑珠林》："西方有不可依山甚寒，山中有池，毒龙居之……槃陀王学婆罗门咒，就池咒龙。"又见《涅槃经》："但我住处，有一毒龙，其性暴急，恐相危害。"诗以禅语收束，从凄清幽冷的空山佛寺，最后落实到禅悟的精神境界上来。

这首诗以"寺"为主角，可是这个主角在诗中却如神龙藏首藏尾，不见正身。诗人通篇只就山寺周遭环境的高迥幽寂反复烘染，这种避实就虚、空际着笔的写法，即赋予了佛寺以天人之界、清凉之境的品格，又是和诗人的禅学世界观互为表里的。本诗的意境过于萧瑟凄冷，这也正是诗人晚年厌倦世事，一心遁向空门的精神状态的写照。

（钟元凯）

山居秋暝

原文 秋景 唐·王维

空山新雨后，天气晚来秋。明月松间照，清泉石上流。
竹喧归浣女，莲动下渔舟。随意春芳歇，王孙自可留。

内　容 诗歌描绘清新优美的山居秋天晚景，表现出诗人归隐山林的意愿。

特　色 素笔白描，隐含兴寄。

注　释 山居：山中的住所。暝（míng）：黄昏。浣（huàn）女：洗衣女子。王孙：指隐士。淮南小山《招隐士》云："王孙游兮不归，春草生兮萋萋。"

 王维的山水景物之咏或寓禅意,或照品格,或映志趣。在这首诗里,秋日山间向晚的景致如一泓清泉在作者笔下自然流出,明净澄澈,绝去形容雕饰,纯用素笔白描。写景中又隐含兴寄,表现出对俊杰品格和纯净自然生活的追慕。

"山居"的"居"首先提供了作者观照景物的视点,言身在山中。首联总冒环境节候,笼罩诗题。静寂的山林刚经过一番雨水洗涤,空气格外清新。夜幕开始降临,暑热退去,凉爽宜人中见出秋意已浓。在这个背景下,颔联具体勾画秋暮山间的典型景致:向晚山林光线暗淡,衬出一轮新月格外明亮,笼罩着松林的月光,透过交错的枝叶泻下,辉映着洁白如练的清泉从石面上淙淙流过。简洁鲜明的画面静谧,安宁,清新,俊爽,可谓骨秀神清。颈联着笔于动。竹林里一阵喧闹声打破了夜的静寂,原来是洗衣姑娘们嬉笑着回来了;随即亭亭如盖的荷叶向两边披开,又是捕鱼的小船荡过。两句洗练明快,极有次序。先写"竹喧""莲动",音节短促突然,再接以"归浣女""下渔舟",节奏平缓舒朗,准确地传达了从沉寂中惊觉省悟的状态神情。尾联卒彰显其志,表现了诗人归隐山林的意愿。春天的花草随意消歇,秋日的美景已自可以使人留住山中。

佳句
- 明月松间照,清泉石上流。

作者所描绘的清新优美的自然环境已然构成自足的审美对象,但这还只是表层。人对自然的审美观照使后者成为人化的自然。从这个意义上说,人对自然品格的注目,正是人自身品格追求的确证。在人和自然传统的关系中,明月、松树、泉石常常是人的俊洁品格的象征,山野静寂对应于尘世喧闹,林泉清净对应于官场污浊。作者倾心于清静美好的自然,透露出他对官场龌龊生活的厌恶,对俊洁品格的追求。"浣女""渔舟"在作者笔下显然是自然的一部分,显示着他对健康、活泼、纯洁的自然生活的向往。这样，个人品格和生活理想的美的追求，就不仅揭示于末句的"王孙自可留"中，也早已隐含于对自然美的描写之中了。

（钱仲联　魏中林）

终南山

原文　　　　　　山水　　　　　　唐·王维

太乙近天都，连山接海隅。白云回望合，青霭入看无。
分野中峰变，阴晴众壑殊。欲投人处宿，隔水问樵夫。

内容特色　本诗描写终南山的壮丽美景，抒发诗人对大自然的热爱之情。变换视点，移步换景。

注释　终南山：秦岭山峰之一。近天都：指山高与天相连。接海隅：到海边。这是夸张形容山脉之长。回望合：四望如一。霭：云气。入看无：走进去看又什么都不见了。分野：与星次相对应的地域。古以十二星次的位置划分地面上州、国的位置，与之相对应。就天文说，称作分星；就地面说，称作分野。如：以鹑首对应秦，鹑火对应周，寿星对应郑，析木对应燕，星纪对应吴越等。《国语·周语下》："岁之所在，则我有周之分野也。"韦昭注："岁星在鹑火。鹑火，周分野也，岁星所在，利以伐之也。"

赏析　终南山总体形态是高峻阔大，要概括出这个"真面目"，显然"身在此山中"不行，因此视角要选在平地远眺，与对象拉开距离。"太乙"为终南山别称。前两句分写其高峻和阔大，平地远眺，目光与山峰构成一仰角，山峰看去似乎直摩苍穹，所以"近天都"是视觉把握极有分寸的客观描述，但峰峦起伏，连绵延伸的尽头却非目力能及。这就要借助想象补充视觉的不足。

"接海隅"就是视觉的合理延伸。

　　三、四句移步山中，写终南近景。林草泉石，花鸟禽兽皆撇去不问，集中笔力描摹终南奇景——云雾。举步向前，回头一望白云在身后合拢起来。远看青青一片，走进去却又不见。"回""入"两字属对精工，刻画了云雾迷漫、神妙奇幻的境界。

> **佳句**
> ・白云回望合，青霭入看无。
> ・分野中峰变，阴晴众壑殊。

　　五、六句笼括总貌，但视点与首联不同。前四句平居远眺，是仰视；立足"中峰"，是俯瞰。"分野中峰变"言其南北以"中峰"为界，景致相异。"阴晴众壑殊"是说阳光照射在山峦上明暗浓淡不同。

　　全诗至此都在写景。从开始的平居远眺，中经入山中云雾，再登上中峰四顾，视点的跳跃暗示了人的行踪，那么末两句的点出人物就十分顺理成章了。"投宿"说明作者游兴未足，要住在山中明日再游，投宿而需隔着深沟大涧向打柴的樵夫询问，虽非景语，却与前面景物描写相通。

　　变换视点写出不同侧面，谓之移步换景。本诗正是这样为终南山传神写照的。

观　猎

原文

田猎　　　　　　唐・王维

风劲角弓鸣，将军猎渭城。草枯鹰眼疾，雪尽马蹄轻。
忽过新丰市，还归细柳营。回看射雕处，千里暮云平。

内　容　本诗叙写将军的射猎活动，塑造了一位威武豪迈的将领形象。
特　色　逆起得势，形炼神放。

观 猎

注释 角弓鸣：指拉弓发箭。以兽角为饰的弓称角弓。渭城：即咸阳故城。疾：敏捷。忽：急速地。新丰市：地名，在今陕西省西安市临潼区东。细柳营：地名，在今陕西省咸阳市西南。细柳营得名于汉代名将周亚夫的军营曾驻此地。射雕处：即涉猎处。雕，一种健飞的猛禽。暮云：日落时的云霞。平：平静。

赏析 本诗记叙将军射猎的过程。全诗气韵生动，流走传神，凝而不滞，炼而不束，于精粹中具纵骑博兔之势，形炼而神放。

"风劲角弓鸣"，起句先声夺人。旷野劲风中，紧绷的弓弦铮铮作响，一派射猎气势已然凛凛逼人。未及人而先写劲风、硬弓以造声势，是为"逆起得势"。逆起之所以有这样的艺术效果，在于打破顺序思维的定式，以突如其来之笔震撼读者的注意力，故方东树曰："起手贵乎突兀，王右丞'风劲角弓鸣'……直如高山坠石，不知其来，令人惊绝。"（《昭昧詹言》）朔劲风，挽强弓，射猎者雄姿意态已呼之欲出，次句缓步从容，就势推出射猎主体和地点："将军猎渭城"。

佳句
・草枯鹰眼疾，雪尽马蹄轻。

"草枯""雪尽"四字省净凝练，点出节候在冬春之交。"疾""轻"两字下得工细传神，从发现猎物到纵骑驰逐的过程，不着痕迹地隐含于场景描述中。

将军射猎效果如何？从以上场景气势已不难想见，故完全略过。五、六句转写猎归。"忽过""还归"直承"马蹄轻"而来，意脉上跳跃空间很大，语面上却承接得丝丝入扣。"新丰市""细柳营"均是汉代地名，前者属临潼，后者属长安。诗人以地之错隔状猎罢呼啸而返的迅捷。两句铢两悉称的工对中又飘忽流走，透着人物意兴遄飞的神态。

末联写将军驻马，以景语收篇。"回看"是将军看。"暮云平"遥接篇首"风劲"，表现出猎与猎归的气氛变化，篇法圆紧。

以格律精严的五律描写纵博驰突的射猎活动,无异戴镣舞蹈。但作者却能舞得潇洒自如,让人不觉束缚,"炼"与"放"对立冲突的两极在作者笔下化作了和谐的统一。（钱仲联　魏中林）

汉江临泛

原文　　　山水　　　唐·王维

楚塞三湘接,荆门九派通。江流天地外,山色有无中。
郡邑浮前浦,波澜动远空。襄阳好风日,留醉与山翁。

内容特色　诗歌描写汉江壮丽的景色,抒发作者对襄阳的热爱之情。
以我观物,锥形结构。

注释　汉江:即汉水,长江最大的支流。发源于陕西省宁强县,至湖北省武汉市流入长江。楚塞三湘接:意谓汉江接楚塞三湘。楚塞,楚国的边界。春秋战国时湖北一带属楚国。三湘,湘水的总称,湘江有三条支流。这里指湘江流域及洞庭湖地区。荆门九派通:意谓汉江通荆门九派。荆门,山名,在湖北省宜都市西北,位于长江南岸。九派,指长江支流多。派,江河的支流。郡邑:指位于汉江两岸的城市。浦:水边,河岸。襄阳:汉水南岸的大城市,在今湖北省的襄樊市。

赏析　说这首诗"诗中有画",倒不只由于诗歌形象的生动逼真,还在于作者状描景致中所显示出的经营布局上的丹青手眼,以及对景观的视觉效应的强调。全诗以汉江泛舟为基本视点,目光由远及近,渐次回收,景致随之层层展现,恰如一幅阔大的山水画远近疏密地取势经营。

首联概括汉江水域总的形势:与漓、蒸、潇三条湘水在楚地边界接应,又汇合荆江同长江的九条支流贯通。由尾联可知,作

汉江临泛

者是在汉江襄阳一段临流泛舟，"楚塞""荆门"距之尚遥，非目力所能及。因而"三湘接""九派通"乃是知性对目力的合理延伸。这两句总冒汉江走势，以错落的地理位置和众水的关系传达出对象的浑灏苍莽，构成全诗的背景。次联写远景。"天地外""有无中"，着色

佳句
- 江流天地外，山色有无中。
- 郡邑浮前浦，波澜动远空。

极淡，重在传达作者主观的视觉感受。前者见出水势的浩渺壮阔，后者更准确传神地把握了南国水乡空气中湿度与光线造成的远视效应。"天地外"似乎比"楚塞""三湘"更为辽远，但这里写的是即目直寻的经验感觉，在视野之内，而前者是知性把握，在视野之外。前后两联的关系是由外收向内。

颈联视野继续回收，写近景。"郡邑""远空"，分别作为远近两个参照物表现出江上泛舟波澜起伏的动感。身置舟中，浪涌波翻，人在动中看去，一座襄阳城也浮动了；"远"应释作高远，波涛上举而又前冲，直欲拍天，顺势望去，那高远的天空似乎也晃动起来。

末联收束到中心——人。"襄阳"点出所居位置。"山翁"指晋人山简。《晋书·山简传》载，他任征南将军镇守襄阳时，经常到风景优美的习家池上醉饮。

作者要像山简一样醉,表达出对襄阳风物的歆羡,洋溢着临流泛舟触发起的愉悦乐观的心情。这两句以情语结尾,主体是人,不难想见其逸兴遄飞的神情姿态,与景物描写构成统一和谐的画幅。

从背景、远景、近景,步步收束到人,是一个锥形结构;如果倒过来看,又是以人为中心视点逐层扩大,表现为扇形散射结构。无论怎样体味,这首诗都仿佛一幅色调淡远、清新灵动、意境开阔的山水画。(钱仲联 魏中林)

使至塞上

原文 边塞 唐·王维

单车欲问边,属国过居延。征蓬出汉塞,归雁入胡天。
大漠孤烟直,长河落日圆。萧关逢候骑,都护在燕然。

内 容 这首诗描写边塞的壮丽风光及使边的过程,流露出诗人孤寂凄凉的心绪。

特 色 以景蕴情,将画入诗。

注 释 使:出使。单车:谓驾一辆车。形容轻车简从。《史记·魏公子列传》:"今单车来代之,何如哉?"问边:到边疆去察看。居延:古代地名,在今内蒙古自治区额济纳旗境内。征蓬:被风卷起远飞的蓬草,此处借指诗人自己。汉塞:这里指唐代的关塞。大漠:无边的沙漠。孤烟:边塞报警燃起的燧烟。长河:黄河。萧关:古关名,在今宁夏固原市东南。候骑:担任侦察、通讯的骑兵。都护:官名,唐时是都护府的长官。此指河西节度使。燕然:山名,即今蒙古人民共和国境内杭爱山。后汉窦宪击匈奴,破北单于,曾至燕然山,勒石纪功而还。此处代指最前线。

赏析 首联交代行踪并点题。"属国"为秦汉时"典属国"官职的简称,这里代指使臣,即王维本人。王维此行出塞慰军。"居延"在今甘肃省张掖市北。"过居延"表明已行至塞上。

颔联既是景语,又是情语。"征蓬""归雁"都是塞外春季的典型物象。词面写景乃是即目直寻。蓬草枯后根断,因风逐转,在古代文学作品中已成为积淀着漂泊不定含义的意象。"征蓬出汉塞"正写出出使塞外不能自已的抑郁之情,"归雁入胡天"更见出孤寂凄凉的心绪。诗人因情择物,即景会心,将千里行程凝聚于典型物象之中,而在物象中又注入情感,写来十分自然贴切。

佳句
· 大漠孤烟直,长河落日圆。

如果说颔联是一路行程纵的概括,那么颈联则以雄浑之笔横向展示了塞外所独有的壮阔图景。这两句诗历来为人们所激赏,其独特处在于以总体构图的布局传达了身临其境的直觉感受。"大漠"构成画面的背景向远方无尽铺展,开阔广袤;一柱狼烟冲霄矗起。"孤""直"正是塞外荒凉新异感受的直觉把握。"直"是劲直,透着上耸的力度,在布局上与"大漠"组成面与线的多维空间。有这一柱狼烟,"大漠"愈显其大,而在"大漠"背景中,"孤烟"愈见其孤,浑阔中透着苍凉,与作者的心绪异质而同构。"长河"在大漠中流过,是平面上无限延长的线,它将大漠切割为两段,又同"孤烟"这条竖起的直线形成对比,增添了构图的活泼性。夕阳落在长河与远天交界的地方,摇摇晃动的水波被涂上金红的色彩。"圆"字用来修饰"落日"合情合理,落日失去了刺目的光辉,显得柔和近人,方见得它的圆形。这两句诗前后相得益彰,前者重在写大漠的浑阔孤寂,后者用长河落日装点,愈见出大漠的壮丽景色。无愧为塞外朔漠传神写照的不易之笔。

尾联以叙述所遇结篇。在"萧关"(今宁夏固原)碰到骑马

的侦察兵,得知战胜吐蕃的河西节度副大使崔希逸(都护为都护府长官,此处指崔)率兵尚在"燕然"前线,显然作者仍需驱车前往,此句笔收而意延。

此诗中间两联写景,前者流走,重在借景喻人,取象贴切,物我两契;后者浑阔,倾力刻画直觉化了的自然奇观,逼真如画,使读者真切领略了塞外风光的壮美。　　　(钱仲联　魏中林)

鹿　柴

原文　　　园林　　　　唐·王维

空山不见人,但闻人语响。返景入深林,复照青苔上。

内　容　这首诗描写鹿柴的空灵景色。
特　色　空灵境界,无情有性。
注　释　鹿柴:王维辋川别墅内的地名之一。但:只。返景(yǐng):反照的阳光。景,阳光。

赏析　王维这首小诗,是描写其私家园林辋川别墅景点之一——鹿柴风光的。诗中境界的美学特色有三:一曰空寂,二曰灵动,三曰无情有性。

传为王维的《山水诀》有云:"渡口只宜寂寂,人行须是疏疏。"这符合王维笔下的诗、画境界。"空山"之"空",并非无物,实乃无人。"山寂寂兮无人"(王维《送友人归山歌》),就必然是一派清空寂静的景象。因此,《鹿柴》起句继"空山"之后点明"不见人",就能倍增读者审美心理上的空寂感。然而,太"空"又可能走向虚无。视觉上的"空",往往要借助听觉来确证。钱锺书说:"寂静之幽深者。每以得声音衬托而愈觉其深。"(《管锥编》第一卷）王维为了强化空寂感，又补出"但闻人语响"，构成一个空寂而有声的境界。"不见人"的"人语响"，使境界中"人"的因子飘忽于虚实有无之间，它有声可闻，无迹可求，令人扑朔迷离；而视听相通，见闻互补，则益感山林之空寂。

空寂，不是死寂，而是显现出灵动流闪。在寂静的空间，由声伴奏的光和色成了活跃的主角。夕阳的光束才穿入深林，接着又映照在青苔之上。随着风吹叶动，幽暗的林中闪烁着亮色，青绿的苔藓跃动着金光，生化出流转明灭的光谱色阶，令人联想起西方印象派油画上跳荡着物性之光的笔融，此之谓"灵"。

诗中空寂和灵动两个镜头，又是互摄互映的："人语响"，空谷传音，这

佳句

- 空山不见人，但闻人语响。

也是灵动；返景复照，也是清空寂静的无人之境，而且也是不甚动情的"无我之境"。诗人以超然物外的静观态度写空寂灵动，还带有虽无情而有性的特色，这就指向了禅悟。流行于隋唐的佛学天台宗"无情有性"（湛然《金刚錍》）之说，把"禅性"普泛地消融于自然万象之中。晚年长斋的王维，其笔下的某些诗歌境界也有类于此。《鹿柴》之境虽取向于无我无情，但"性"却无处不在，山水景物妙含悟性，空寂灵动深得禅机。正因为如此，它使人感到意象不易捉摸，理趣难以渗透。

（金学智）

竹里馆

原文 闲适 唐·王维

独坐幽篁里，弹琴复长啸。深林人不知，明月来相照。

内容 这首诗描写诗人清静闲适的生活。

特 色 心物交融,得意忘言。

注 释 幽篁:幽静的竹林。长啸:指吟唱。

赏析 这首诗是王维《辋川集》里的一首。《旧唐书·王维传》云:"(维)晚年长斋,不衣文采。得宋之问蓝田别墅,在辋口。……与道友裴迪浮舟往来,弹琴赋诗,啸咏终日。"本诗就是其晚年生活态度的自我写照。

王维在他的《饭覆釜山僧》诗中说:"已悟寂为乐,此生闲有余。"为了寻找这种寂的乐趣,他的辋川诗往往从人境之外涉笔,这首诗也是如此。诗的首句即已云"独坐",第三句又复云"人不知",正表现了对孤寂体验的自适自得之情。这种寂的乐趣,一方面固然得之于对烦嚣尘事的逃遁和解脱,另一方面更得之于在自然中以我之神接物之神的"物我合一"境界的完成。所谓"物我之相未泯,而物我之情已契"(钱锺书《谈艺录》),这首诗就是在对自然的静穆观照中,在心与物的彼此交流和感应中,遗貌得神,臻于化境的。

诗的前两句,以自然环境中的风篁成韵和主人公的弹琴长啸,交织成一片清响流溢的世界。幽篁之"幽",兼写竹林之深密、光线之冥晦、气氛之清幽。置身于如此深杳的环境中,看竹影之婆娑,闻天籁之希声,使人身世两忘,万念俱寂,仿佛进入了原始初生、天机自运的境界。在这远离尘嚣的地方,人们尽可摆脱世间的

佳句
· 独坐幽篁里,弹琴复长啸。

各种羁绊缧绁,脱下假面,而还我以真的本性。"弹琴复长啸",就正表现了这种任性自由的悠闲和欢快。同样写"独坐",这和那种"独坐悲双鬓,空堂欲二更"(王维《秋夜独坐》)的情味是迥然不同的。琴声啸声,一丝一肉,这里仿佛和风篁一并化为天籁。这天籁之声和主人公任真放情的意态辉映成趣,透露出心的虚空澄明;而人与物的更深交融,又正有待于一个契机的出现。

诗的后二句，乃以明月之朗照充实和深化了诗的意境。按杜甫有《夜宴左氏庄》诗云："风林纤月落，衣露净琴张。"也是写的在林中月下弹琴，但那是表现筵集的高雅情致，着眼处在人事；而王维这里要表现的，却是在脱略人事处，与宇宙、自然的亲切晤对。"人不知"三字，排除了一切干扰，为天人相通、物我相契提供了必要的条件。一旦达到了心的绝对虚静，与宇宙的对话也就开始了。你看，那来相照的明月，不就深得我心吗！本来是人对宇宙的静观，这里却说成是明月对人的关照，而这种契合无间的交流和对话，又是无须言说的。诗至此，便出现了无言独化之境。这里的明月非关乡思，不是离情，它不代表任何具体的情思，而是传送随缘任运的宇宙消息的象征。所谓"流水昨日，明月前身"（司空图《二十四诗品》），明月在这里乃成了沟通天人之际的契机。从"幽篁"到"明月"，诗境一变而为空明澄朗，而主人公虚融冲淡的情怀也在此呼之欲出，并化为一缕淡淡的、纯净的喜悦。

清人王士禛说："唐人五言绝句，往往入禅，有得意忘言之妙。"（《香祖笔记》）说这首诗表现了超然物外的得意忘言之境是对的，一定要将它说成入禅之作则未必。中国士大夫文人在物我交融中领略真的感悟，是自晋以来就已出现的传统文化心态，又何待禅学兴起后才有呢？

（钟元凯）

辛夷坞

原文 咏花 唐·王维

木末芙蓉花，山中发红萼。涧户寂无人，纷纷开且落。

内容 诗歌歌咏辛夷花，体悟自足自得的禅理、禅趣。

| 特　色 | 藉花悟禅，道因象发。
| 注　释 | 发：出芽，开放。萼（è）：裹在花朵外部的叶状薄片。

赏析　这是一首公认体现了佛教思想而在艺术上又十分完美的诗。

唐代诗人受宗教的浸染，大约有这样几个层次：一是道士释子之善于诗者如无可、皎然、吴筠、吕岩等人，直接跻身诗坛，二是出入于僧俗道凡之间者如贾岛、曹唐等人，三是居士如王维者，四是连居士也不是或亦虔心向于佛道，或仅于有意无意之中受佛道之影响者。

就所受影响之路数而言：以劝化为目的产生了寒山、拾得诗，以俗味写仙界或以仙趣写世俗则产生了曹唐等人的一些诗，以寒寂苦僻入诗者为贾岛，以静趣澄复创造了艺术高境者为王维。

本诗是王维《辋川绝句》第十八首。辛夷即木兰。《嘉祐本草》云："辛夷正二月花开紫色"，早春之时，先叶开花。"辛夷花未开时，苞上有毛，尖长如笔"（《本草衍义》），故又名"木笔"。辛夷紫苞红焰，亦有白色者，人呼为"玉兰"。

首句"木末芙蓉花"已入题。木末即木杪，辛夷花苞生于枝条顶端，开花时枝枝上举，因花形大，故王维以"芙蓉"相喻。此句短短五字即写出了辛夷开花的特征。次句"山中发红萼"，交代这是写的

佳句
・涧户寂无人，纷纷开且落。

山中辛夷，扣住了诗题上的"坞"字。坞者，四面高而中间低的山地。"发红萼"，写花之初发。一、二两句流水而下，至第三句一顿，转而对"山中"二字作点染："涧户寂无人"，不仅拓开了意境，而且写出一种幽静的气氛。末句"纷纷开且落"，是说前花已谢后花复开，这是写花开盛期，然而诗已戛然而止了，给人们留下深永的回味。

木兰花高高地开放在枝条的顶端,仿佛是枝条高举着花,一枝又一枝,簇拥了一树。在蓝天白云之下,它是那样地豁人眼眸,引人作高远的瞩望,尤其是通体白色称为玉兰(俗称木玉兰)者,更予人以一种纯洁的遐思。

然而这却是山中的辛夷,没有人倾动于它的美丽,它默默地开着,也默默地落着,它无心而任运,不喜不忧,美丽是它的本性,它不假外求,亦不外售其美,它自足自得地拥有着自己,一颗恬淡、高雅、莹彻的心,存在于一片宁静的氛围中。花开是有、是生,花落是无、是死,而"开且落"者,则是方开方落、前后相续。它既不是"有",又不是"无",既不仅仅是"生",又非仅仅是灭。它虽有开落之动,然而归于无心之静。

王维诗的此种意蕴和禅宗理论是息息相通的。王维的母亲崔氏"师事大照禅师三十余岁,褐衣蔬食,持戒安禅,乐住山林,志求寂静"(《王右丞集笺注》卷十七)。大照禅师即普寂,为神秀的弟子。王维本人曾受神会的请托写了《能禅师碑》。能禅师指惠能,为开创南宗的禅宗六世祖。惠能云:"一切万法,尽在自身中,何不从自心顿现真如本性。"(《坛经》)这是讲的见性成佛,佛在自心之中,"三世诸佛,十二部经,亦在人性中本自具有"(《坛经》)。王维此诗所写辛夷花之自足

自得地拥有自己,不正是返身而求于自性?辛夷花方开方落亦有亦无之超于有无,又正是不偏于有无二边之中道思想的表现。诗中创造了静境,在静中之悟道,便正是习禅。

当然,应该说明的是这样一种返求内心的思想是来自于玄学的,禅宗本即是披了袈裟的玄学。并且,儒家对于知识分子之行事是早有达则兼济、穷则独善的两端要求的,"一箪食,一瓢饮,在陋巷,回也不改其乐"(《论语·雍也》)。因此,本诗所写辛夷花,又可看作是虽失意而穷处,却能独善其身、心境宁静的知识分子的形象写照。

这首诗,意蕴如此深永,但在表现上却如此单纯,极度的单纯,却又极度的丰富。自然之至,从容之至,水影镜像,玲珑剔透,这不仅是人性修养的高境界,也是艺术上炉火纯青的标志。

(王鍾陵)

相 思

原文 　　　情爱　　　唐·王维

红豆生南国,春来发几枝?劝君多采撷,此物最相思。

内　容 这是一首情诗,写少女对男子表达爱慕之情。
特　色 载体传导,通体作比。
注　释 红豆:指红豆树、海红豆及相思子等植物种子的统称。其色鲜红,文学作品中常用以象征爱情或相思。南国:指南方。撷(xié):摘下,取下。

赏析 《相思》是咏赞爱情美的名篇。黑格尔指出:"在爱情里最高的原则,是主体把自己抛舍给另一个性别不同的个体。"(《美学》第二卷)王维这首诗就出色地表现了这一原则,并为爱情美的抛舍找到了最适称的传导载体——红豆。

"爱情在女子身上特别显得美,因为女子把全部精神生活和现实生活都集中在爱情里和推广为爱情"(黑格尔《美学》第二卷)。从接受美学的视角看,《相思》所咏主体可认为是妙龄少女,她希望通过红豆把自己抛舍给另一个性别不同的个体——"君"。

诗从生于南国的红豆落笔。在中国文化传统中,红豆有其自然性,它形扁圆,色艳红,有光泽,小巧可爱,呈现出赏心悦目的形式美;红豆又有其社会性,被喻称为"相思子",历史地沉积着爱的情愫,曾多少次成为青年男女缔结情缘的最佳中介!"春来发几枝?"问得曲折虚灵而不板实,特别富于情爱的启发性。作为主体的少女把"君"的审美目光引向红豆树春天新发的枝条,也就是将爱情美由己及物地推广到枝头,让"君"领受到少女春来萌生的一片情愫,此为绝妙的传导。

红豆树秋季开花,冬春结实。在诗的后二句,少女进而将甜蜜的爱情由

> **佳句**
> - 红豆生南国,春来发几枝?

萌生的新枝推广到红艳圆润的果实——红豆,并劝对方趁着大好春光多多采撷,因为此物满载着主体全部的相思之情。她希望通过对方采撷红豆的行为反过来将异性的情爱抛舍给自己,她也只有在对方关于红豆的认同意识中感到自己是自为的存在。

《相思》妙在未写"君"的采撷行为。于是,在审美接受的空间里,人们顺着诗歌的逻辑,可看到少女和"君"在会心地采撷、互赠,"双方在这个充实的统一体里才实现各自的自为存在,双方都把各自的整个灵魂和世界纳入到这种同一里"(黑格尔《美学》第二卷)。这个"同一",就是作为传导载体的红豆及其美学意蕴。

(金学智)

九月九日忆山东兄弟

原文 　　　　　　思亲　　　　唐·王维

独在异乡为异客，每逢佳节倍思亲。遥知兄弟登高处，遍插茱萸少一人。

内　容　诗歌表达了诗人对家乡亲人的深挚思念之情。
特　色　真情直陈，悬想对方。
注　释　忆：思念，想念。异客：异乡的客人，这里是作者自称。佳节：好节日，此指九月九日重阳节。倍：更加。知：料知。茱萸（zhūyú）：一种木本植物。古人有重阳节佩带茱萸避邪的习俗。

赏析　阴历九月九日重阳节，古人有饮酒高会的习俗。作者家乡蒲州（今山西永济）位于华山之东。一个17岁的少年为博取功名客居长安，又逢重阳佳节，对故乡亲友的思念自然格外击撞心头——诗题首先点明了这一特定情景。

游子漂泊在外，最深切的感受恐怕莫过于孤独了。首句以"独"字开篇，连下两"异"字，正是对这孤独陌生感受的重笔强调。在重阳佳节，一方面周围的人们邀饮高会，而自己却孑然无与；另一方面想到昔日家乡友朋相聚的情景，衬托着此时此地的寂寞孤独，这样的双重触发和映照，便将思亲的感情推向极致，作者用一"倍"字表达，既准确又传神。这后一层意思同时为后面设下伏笔。"每逢佳节倍思亲"以平实朴质的语言道出了许多人常有的情感体验，单刀直入地拨动了读者的心弦。

后两句以"遥知"领转，悬想对方。古代重阳高会有佩戴茱

佳句
· 独在异乡为异客，每逢佳节倍思亲。

茱萸囊去邪避恶的风俗。"遥知"首先说明以往重阳之时自己是与"山东兄弟"们在一起高会的,而今又逢重阳,"山东兄弟"们都佩戴了茱萸囊登高会饮,突然发现少了一人,他们该是多么遗憾。明明是作者在"忆",却出以对方之"忆",似乎遗憾的不是我而是对方。我忆与对方之忆双向沟通,连带"遥知"所显出的自信,委婉曲尽地传达了彼此亲情的浓厚。

我"思"与"遥知"上下两层跨度很大。前者着笔于"我",直诉真情,朴实深切;后者落墨于"山东兄弟",悬想对方,曲折有致。四句小诗,感情深挚,写来又富于变化,读来深契人心。

(钱仲联 魏中林)

送元二使安西

原文　　　送别　　　唐·王维

渭城朝雨浥轻尘,客舍青青柳色新。劝君更尽一杯酒,西出阳关无故人。

内　容｜诗歌写客舍送别友人,抒发惜别之情。
特　色｜情含景中,截取细节。
注　释｜使:出使。客舍:驿馆,旅社。更:再。西出:向西走。故人:老朋友。

赏析　"元二"当是作者友人。为友人送别,且是出使荒远的边塞之地安西(今新疆库车附近,唐时设安西都护府),其主旨自然在别情。本诗前半渲染送别坏境,情含景中;后半剪取典型细节,以少总多,舒缓自然,含蓄蕴藉而能曲尽别情,故被谱入乐府,末句反复叠唱,称"阳关三叠",流响极广远。

"渭城"即秦代咸阳故城。唐时为从长安西去者送行多于此饯别。"浥"是湿润的意思,清晨一阵细雨飘过,沾湿了浮尘。次句"客舍"是送别的具体场所。一个"新"字准确地描摹出杨柳经"轻雨"洗润后青翠欲滴的姿色。"客舍"与行旅有关,"柳色"又涉折柳送别的习俗。作者选取物象关合了送人远行的意思。这两句写环境宛如清丽的画面,渲染了清新宜人的氛围,这就使寻常景物浸润了依依惜别的情调,富有浓郁的抒情意味。

> 佳句
> · 劝君更尽一杯酒,西出阳关无故人。

环境的渲染只是整个送别过程的开始,后面一系列场景该需多少笔墨去描绘?作者匠心独运,举重若轻,只截取相别之际一个劝酒的细节包举一切,"更尽"的"更"暗示出前此推杯换盏,殷殷话别的过程。当对方起程的时刻终于来临时,作者将深厚的友情注入酒杯劝慰:阳关西去就见不到老朋友了。简单的运笔,自然流出的话语在临别的情境下极富表现力。"阳关"在今甘肃敦煌西南,出安西经阳关西去,将备尝艰辛。"无故人"不独有依依惜别的深情,也包含了对对方前程的关心,体现的是友情的深重。诗到这里戛然收束。

明代李东阳《怀麓堂诗话》评论说:"王摩诘'西出阳关无故人'之句,盛唐以前所未道……后之咏别者千言万语殆不能出其意之外,必如是方可谓之达。"

(钱仲联 魏中林)

古风五十九首(其十九)

原文 游仙 唐·李白

西上莲花山,迢迢见明星。素手把芙蓉,虚步蹑太清。

古风五十九首(其十九)

霓裳曳广带,飘拂升天行。邀我登云台,高揖卫叔卿。
恍恍与之去,驾鸿凌紫冥。俯视洛阳川,茫茫走胡兵。
流血涂野草,豺狼尽冠缨。

内 容 这首诗从游仙生活写到安禄山作乱的残暴现实,表达了诗人憎恨叛军和同情人民的真实感情。

特 色 对立联想,突接急转。

注 释 莲花山:即莲花峰,西岳华山的最高峰。迢迢:遥远的样子。明星:指华山仙女。素手:洁白的手。把芙蓉:拿着芙蓉。芙蓉,莲花的别名。虚步:凌空而行。蹑:踏。太清:天空。霓裳:以云霓为衣裳,仙人所穿。曳(yè):拖,牵引。云台:华山东北的高峰。高揖:高拱双手作揖,是平交的礼节。卫叔卿:汉武帝时中山人,传说服云母石成仙。汉武帝派人寻求他的踪迹,终于在华山绝岩之下,望见他与数仙人在石上下棋。见《神仙传》卷四。恍恍:意同恍惚,隐约不清,难以辨别。凌:升高,登上。紫冥:紫色的高空。茫茫:繁多。胡兵:指安禄山的叛军。涂:附着在物体上。豺狼尽冠缨:安禄山建立伪政权后,大封官职。唐朝官吏投降的极多。豺狼,指叛党和从逆的人。尽冠缨,都成了官员。缨,系冠的带子。

赏析 天宝十四年(755),惊破唐王朝统治阶级长治久安美梦的安史之乱爆发了。这时,李白正避地江南,巨大的社会变动,震颤了诗人的心灵,使他猛醒过来。《古风》(其十九)一诗,艺术地表现了诗人从求仙的幻想中回到现实人生的真切感受。诗里提到"洛阳川""走胡兵""尽冠缨",可以知道这首诗当作于大宝十五年安禄山在洛阳建立大燕伪政权以后。

佳句
· 流血涂野草,豺狼尽冠缨。

《古风》(其十九)是一首游仙体的五言古诗,它不仅以精到的思想深度,更以惊人的艺术魅力,称著于我国诗坛上,成为《古风》五十九首中的佼佼者。诗的前十句,纯是幻想世界,诗人想象自己登上华山的最高峰莲花山，远远地看到了华山仙女"明星"，"明星"又邀约他去灵台拜会仙人"卫叔卿"。后四句，诗意陡然急转。正当诗人于恍惚间跟随仙人"驾鸿"飞翔太空的时候，他偶尔俯视人间，却看到了一派凄惨的情景：洛阳川有数不清的叛军在奔跑窜动，他们惨无人道，到处杀戮，人民的鲜血涂满野草，那些豺狼们（指安史叛军的大小头目，也包括那些从逆的唐臣）都带上官帽，穿上官袍。诗人猛地从羽化超逸的情趣中惊醒过来，直视人生，关心现实，用对句"流血涂野草，豺狼尽冠缨"结穴，将安史之乱的后果，概括为人民生灵涂炭、伪官弹冠相庆的对立。全诗托意于游仙，"词含寄托"（陈沆《诗比兴笺》），充分表现出诗人无比同情苦难人民和无比憎恨残暴叛军的真实情感。

　　本诗的艺术力量，建立在对立联想的基石之上。诗人将两种迥然不同的题材内容、诗境、风格、情调，采用"突接"的结构手段

组合起来，构成意象群的鲜明比照，形成心理上的强烈反差感，从而突现题旨。一方面，诗人表现自己追随神仙飞升太空的游仙生活，诗句呈现飘逸清奇的风格。他用生花妙笔，描绘仙女穿着洁白的霓裳衣，曳着宽广的长带，纤纤素手捧着芙蓉花，衣袂迎风飘举，神游于高高的太空。诗人尽力创造一个缥缈、洁净、优美的神仙境界，用以展现自己的悠闲超逸的情趣和追求自由的精神。另一方

面，诗人表现了安史叛军占据洛阳的现实生活，诗句呈现沉郁悲愤的风格。这是一个豺狼当道、人民遭殃、杀人如麻、血流成河的人间世界，充满残暴、污秽、苦难的丑恶境界。美与丑两两对照，诗意急速转换，心理感受的反差愈益明显，就愈益表现出诗人憎恶丑恶现实的强烈情感。强烈的激情唤起了诗人的社会责任感，他放弃了隐逸生活，毅然参加了永王李璘的军队，抒发出"但用东山谢安石，为君谈笑静胡沙"（《永王东巡歌》其二）的豪语来。虽然后来李白成了唐宗室内部斗争的牺牲品，但是，他的爱国举动、顾念生民的精神，是永远值得我们钦佩的。

（吴企明）

逸 闻

李白字太白。有一次，唐玄宗命李白草拟诏书，把他找来时却已是烂醉如泥。李白趁醉让玄宗的宠臣高力士为他脱靴，杨贵妃为他捧砚，他援笔成文，婉丽精切，受到玄宗的赏爱，但却因此引来高力士和杨贵妃的嫉恨。据说，高力士曾摘取李白《清平调》中将杨贵妃比作赵飞燕的诗句，在杨贵妃面前挑拨，说是李白对她的恶意中伤。此后，玄宗每次想要召见李白，就被贵妃所阻。李白也自知他的狂放不羁的性格不能见容，于是恳请放还离京，玄宗答应了他的请求，赐黄金，诏放归。此后浮游四方，寄情山水。传说他曾在一个月夜穿着华美的宫锦袍，和崔宗之乘一叶扁舟，从采石矶直至金陵，傲然自得，旁若无人。他的死因众说纷纭，最美丽的说法是，他在一次酒醉之后想要捞起水中的月亮，不幸溺水而卒。

（王晓丹）

蜀道难

原文　　　　　山水　　　唐·李白

噫吁嚱，危乎高哉！蜀道之难，难于上青天！蚕丛及鱼凫，

开国何茫然。尔来四万八千岁，不与秦塞通人烟。西当太白有鸟道，可以横绝峨眉巅。地崩山摧壮士死，然后天梯石栈相钩连。上有六龙回日之高标，下有冲波逆折之回川。黄鹤之飞尚不得过，猿猱欲度愁攀援。青泥何盘盘，百步九折萦岩峦。扪参历井仰胁息，以手抚膺坐长叹。问君西游何时还？畏途巉岩不可攀。但见悲鸟号古木，雄飞雌从绕林间。又闻子规啼夜月，愁空山。蜀道之难，难于上青天，使人听此凋朱颜。连峰去天不盈尺，枯松倒挂倚绝壁。飞湍瀑流争喧豗，砯崖转石万壑雷。其险也如此，嗟尔远道之人胡为乎来哉！剑阁峥嵘而崔嵬，一夫当关，万夫莫开。所守或匪亲，化为狼与豺。朝避猛虎，夕避长蛇，磨牙吮血，杀人如麻。锦城虽云乐，不如早还家。蜀道之难，难于上青天，侧身西望长咨嗟！

内　容	这首诗写开辟、攀登蜀道之难以及居留蜀地之难，流露出诗人对国事的忧虑。
特　色	风骚极致，以气行文。
注　释	噫吁嚱（yī xū xī）：三字都是惊叹词，蜀地方言。蚕丛、鱼凫：传说中古蜀国开国的两位国王。何：多么。茫然：渺远的样子，意谓远古事迹，茫昧难详。尔来：从那时以来。四万八千岁：意指年代久远。秦塞：指秦地。塞，山川险阻之地。通人烟：相互来往。西当太白有鸟道，可以横绝峨眉巅：意谓由秦入蜀，西面有太白山拦着，没有人路只有鸟道。西当，西面面对着，这是以长安为中心而言。太白，山名，在今陕西省眉县东南。鸟道，指高入云霄险仄的山路，只有一条鸟才能飞过的山路。横绝，横渡。峨眉，山名，在今四川省峨眉山市。巅，顶峰。地崩山摧壮士死，然后天梯石栈相钩连：意谓地崩山塌壮士牺牲了，然后秦、蜀之间才有路可通。壮士死，古代神话传说，当秦国开发蜀地时，秦惠王答应把五个美女嫁给蜀王，蜀王派五个力士去迎接，回到梓潼，遇到一条大蛇钻进山洞，五个力士共同拉住蛇尾，想把它拉回来，结果把山拉倒，五个

力士和美女都被压死，山也分为五岭。神话见《华阳国志·蜀志》及《艺文类聚》引《蜀王本纪》。天梯，指高峻的山路。石栈（zhàn），在山崖间凿石架木而建成的栈道。钩连，连接起来。六龙回日：古代神话，羲和驾着六条龙拉的车子，载着太阳在空中运行，到了这里也只有把车子从高峰旁边绕弯而过。高标：指山的最高峰。冲波：冲激起来的波浪。逆折：波浪回旋曲折。回川：旋涡。黄鹤：即黄鹄，健飞的大鸟。猱：一种猿类动物，善攀缘。愁攀缘：以攀缘为愁，意谓难以攀援而上。青泥何盘盘，百步九折萦岩峦：意谓由秦入蜀，经过青泥岭时，转来转去，都是山峰。青泥，岭名，在今陕西省略阳县西北。盘盘，回旋曲折的样子。百步九折，指在极短的路程内，就要转许多弯。百、九，都是虚数。扪：摸。历：经过。参（shēn）、井：两星宿名。据古代天文学家所说，秦属参宿的分野，蜀属井宿的分野。仰：仰头。胁息：屏住呼吸。抚膺：摸着胸口。膺，胸口。君：泛指入蜀的人。畏途：可怕的路途。巉（chán）岩：险峻的山岩。但：只。悲鸟：叫声凄厉的鸟。号（háo）古木：即在枯树上哀鸣。子规：即杜鹃，又名杜宇，蜀地最多的一种鸟，啼声哀怨动人，相传为蜀古望帝魂魄所化。啼夜月：子规在月夜之下哀啼。愁空山：愁于空山之中，游人在空山之中听到子规哀啼而发愁。此：指"子规啼夜月"的凄凉情景。凋朱颜：使青春红润的容颜为之衰退。这是极度的夸张形容。连峰：峰连着峰。去：距离。盈：满。倚：靠着。绝壁：陡绝的岩壁。飞湍：如飞似的急流。瀑流：瀑布。喧豗（huī）：哄闹声。砯：水击岩石的声音。转：翻滚。壑：山谷。嗟（jiē）：叹词，相当于"唉"。尔：你。远道之人，路远而游蜀地的人。胡为：即为胡，为什么。乎、哉：这里兼有疑问、感叹两种语气。剑阁：在今四川省剑阁县北，即大剑阁山和小剑阁山之间的一条栈道。峥嵘（zhēngróng）：高峻的样子。崔嵬：高险而突兀不平的样子。当关：把住关口。或匪亲：假若不是可靠的人。或，假若。狼与豺：指残害人民的叛乱者。猛虎、长蛇：都是比喻蜀地可能出现的叛乱者。吮（shǔn）血：吸血。如麻：像麻一样多。锦城：即锦官城，成都的别名。云：说。侧身：因忧惧不安而立身反侧。西望：因担忧而西望蜀地。这仍然是李白立足在长安而言的，与前文"西当太白""西游"照应。长咨嗟：长叹息。

赏析　《蜀道难》是李白的传世名作，也是中国诗歌史上最引人瞩目的奇构佳制之一。殷璠在《河岳英灵集》的评语中，特地标出此篇云："至如《蜀道难》等篇，可谓奇之又奇。然自骚人以还，鲜有此体调也。"这里将其引为楚骚的同调，是颇有见地的。李白此诗，正采用了《离骚》般瑰丽奇谲的形式：一方面是绚烂飞动令人目迷神眩的画面联翩而出，一方面是壮怀激烈的呼号鸣响不已，两者汇合成不同凡俗的境界，给人以崇高的美感。

《蜀道难》之奇，首先表现为意象的恢奇。诗人笔下的蜀中山水气势宏阔，呈现出一种惊心动魄的伟观。蜀道本以险峻著称，而在诗人飞动斡旋的用笔下，就更显得精神辈出。诗在远古的传说中拉开序幕，对地理形势的追溯乃突出了蜀道蛮荒的色彩，而烈士殉身的故事又赋予蜀道以悲壮的风神。诗一起便拓开局势，宕出远神。紧接着又以摇曳的用笔，波澜迭起地展开一幅山水长卷。"上有六龙回日之高标"以下八句，极写蜀山之高，诗人以鹤难飞、猿难度、攀星宿、人坐叹等夸饰手法，反复烘染，为蜀山的嵌奇磊落造型。"问君西游"以下六句，转而用富有生活实感的听觉形象描写悲鸟号古木，子规啼夜月，以山鸟凄切

佳句

- 蜀道之难，难于上青天！
- 蚕丛及鱼凫，开国何茫然。
- 上有六龙回日之高标，下有冲波逆折之回川。
- 一夫当关，万夫莫开。

的啼号衬托出山林的空寂和幽邃。如果说这几句写景，给蜀山染上了一层凄迷神秘的悲凉之雾；那么"连峰去天不盈尺"以下出

现的枯松倒挂、飞流争喧，则是着眼于峥嵘阻绝处以显示力的冲突。视觉和听觉形象的此伏彼起，使全诗的写景并不是只作平面的展开，而是以抑扬有致的节奏、刚柔相济的笔触，多侧面地表现了蜀道的性格，从而声色俱现，蔚为壮观。

《蜀道难》之奇，更表现在诗中的意象和情绪，有着不同寻常的离奇组合。诗中瑰奇伟美的自然形象一直是和诗人疾痛惨怛的呼号穿插、交织在一起的。诗人一开头就发出"蜀道之难，难于上青天"的咏叹，随着画面的展开，诗人不是愈发兴高采烈，而是忧心如焚、呼号不已。诗人一曰"问君西游何时还？畏途巉岩不可攀"，再曰"其险也如此，嗟尔远道之人胡为乎来哉"，三曰"锦城虽云乐，不如早还家"，直如后浪推前浪，一步步逼出"胡不归"的决绝意念来。与此同时，壮美的自然景象也一变而为"朝避猛虎，夕避长蛇，磨牙吮血，杀人如麻"的可怖画面。

显然，这首诗的情绪迥异于李白其他的写景诗，它既非如"仰观势转雄，壮哉造化功"（《望庐山瀑布》之一）那样对自然力惊喜交加地单纯礼赞，也不同于"相看两不厌，只有敬亭山"（《独坐敬亭山》）那般物我两忘的怡然自得，更不同于李白写景诗中常见的"登高壮观天地间，大江茫茫去不还"（《庐山谣》）那种略无滞碍的舒心快意。诗人在他酷爱的自然景物面前所表

现的失常的竦惧感，和他一再发出的却步抽身的警告，欲言又止、吞声踯躅的情愫，说明在"蜀道之难，难于上青天"的喟叹后面，包含有极大的隐痛。

这首诗奇险惝怳的特殊风格，和李白的《梁甫吟》《远别离》等诗相近。联系天宝年间专制强化、执政诛杀异己的政局特点，很可能是诗人借闪幻可骇之词以寄托巨哀，用扑朔迷离的手法来挥斥幽愤。诚如李白在另一首《赠韦侍御黄裳》诗中所说的："见君乘骢马，知上太行道。此地果摧轮，全身以为宝。"这种以奇兴托讽手法揭露险象丛生的政治变态的方式，既是当时特定情势下的斗争产物，也是和楚骚的艺术表现相一致的。不同的只是楚骚更多地借用了神话材料，而《蜀道难》则取诸山水形相。宋代的李廌在《师友记闻》中说："李太白《远别离》《蜀道难》……风骚之极致，不在屈原之下。"也是看到了两者在精神上的相通之处的。

《蜀道难》在语言上也和楚骚一样趋于散文化。全诗为杂言体，最短为三言，最长至十一言，其间四言、五言、七言、九言等句式参差错落，极尽变化之能事，突出表现了以气行文的特点。这在素称纵放的歌行体中也可谓是戛戛独造、别开生面的。

（钟元凯）

将进酒

原文　　　咏怀　　　唐·李白

君不见黄河之水天上来，奔流到海不复回！君不见高堂明镜悲白发，朝如青丝暮成雪！人生得意须尽欢，莫使金樽空对月。天生我材必有用，千金散尽还复来。烹羊宰牛且为乐，会须一饮

将进酒

三百杯。岑夫子,丹丘生,将进酒,杯莫停。与君歌一曲,请君为我倾耳听。钟鼓馔玉不足贵,但愿长醉不复醒。古来圣贤皆寂寞,惟有饮者留其名。陈王昔时宴平乐,斗酒十千恣欢谑。主人何为言少钱,径须沽取对君酌。五花马,千金裘,呼儿将出换美酒,与尔同销万古愁。

内　容　这首诗表达了诗人怀才不遇的愁闷和悲愤。

特　色　气概雄豪,神韵宕逸。

注　释　将:请。君不见:是乐府中常用的一种套语,意谓你没看见吗?君,泛指你。天上来:黄河发源于青海,因那里地势极高,故云。高堂:高大的厅堂。悲白发:因白发而生悲。青丝:形容发黑。青,黑色。得意:高兴的时候。须:应该。金樽:华美的酒器。空:白白地。且为乐:姑且作乐。会须:应该。三百杯:意谓饮酒之多,表示痛饮,并非实指。岑夫子:即岑勋。丹丘生:即元丹丘。岑和元都是李白的好友。与君:给你们,为你们。歌:唱。倾耳听:侧着耳听,即认真地听。钟鼓馔(zhuàn)玉:这里用作富贵福禄的代称。钟鼓,指权贵人家的音乐。馔玉,形容饮食精美,享受豪奢。不足贵:不值得重视。但愿:只希望。寂寞:指默默无闻,得不到朝廷重用。惟有:只有。饮者:饮酒的人。陈王:指曹植,曾被封为陈王。宴平乐:在平乐观宴请(即请人吃酒饭或聚在一起吃酒饭)。曹植《名都篇》云:"我归宴平乐,美酒斗十千。"平乐,即平乐观,汉宫阙名。斗酒十千:一斗酒值十千钱,意谓美酒昂贵。恣欢谑(xuè):尽情地欢乐嬉笑。主人:李白自称。何为:即为何。径须沽(gū)取:应该毫不犹豫地去买酒。沽,买。五花马:毛色呈五种花色的马,此指名贵的马。千金裘:价值千金的狐裘。将出:拿出。尔:你们,指元、岑俩好友。万古愁:形容愁闷之多。

赏析　沈德潜说过:"读李诗者,于雄快之中,得其深远宕逸之神,才是谪仙人面目。"(《唐诗别裁集》)能镕铸进诗人的性格

感情，体现出诗人艺术个性的诗篇，便是谪仙人的真面目。《将进酒》是许多表现"谪仙人真面目"的诗歌中一篇比较有代表性的作品。

《将进酒》约作于天宝十一年（752），当时，他与岑勋正在嵩山好友元丹丘的颍阳山居作客，李白有《酬岑勋见寻就元丹丘对酒相待以诗见招》，作于同时。本诗提到的"岑夫子，丹丘生"，便是这两位好友。杨齐贤说岑夫子是岑参，误。《将进酒》原是"汉鼓吹铙歌十八曲"之一，大抵以"饮酒放歌"为意。李白擅长古乐府，他借用这个古题，取"饮酒""放歌"的本意，略事夺换，以"抱用世之才而不遇合"（萧士赟《分类补注李太白集》）为诗脉，淋漓酣畅地表达自己怀才不遇的愁闷和悲愤。

诗人想落天外，用两组排比句发端，突兀惊人，以雄豪奔放的气概，不同凡响的艺术构想，具有象征意义的意象群，抒发了自己对时光飞逝、人生短暂的无穷感叹。这种开篇的方法，诗人是常用的，比如《宣州谢朓楼饯别校书叔云》的首句，沈德潜认为"这种格调，太白从心化出"（《唐诗别裁集》），确是道出了李白艺术个性的真谛。"人生得意"以下十句，诗意急转，由开端的悲叹翻作纵情享乐，极写趁此友朋聚首的良辰美景，定应举杯痛饮，及时行乐。"人生得意须尽欢"，太白何尝得意？"天生我材必有用"，富有才华的诗人何曾得到重用？这些诗句都是反话，是抱才不用的失意者从心底发出的愤激语。有了这种愤激语，才能明白诗人放歌痛饮，不过是为了排遣内心难以平抑的痛苦而已。"与君歌一曲"以下八句，是诗中之歌，乃是神来之笔，叙说古往今来，圣贤不足道，荣华不足贵，富贵功名皆成尘土，只有像曹植那样"归来宴平乐，美酒斗十千"（《名都篇》）恣意欢乐的人，才能流芳百世。古代善饮的酒徒很多，为什么李白偏偏要举出"陈王"曹植来呢？曹植怀"八斗之才"，却备受曹丕、曹叡的猜忌排斥，有才志而难以施展。诗人之遭际，与之相似；诗人之心志，与之相通，所以他要在这首诗里特别标举曹植。最

行路难三首（其一）

后一层六句诗，宕开一笔，写出"主人何为言少钱，径须沽取对君酌"，李白反客为主，连连呼出僮儿，将"五花马""千金裘"卖掉，换来美酒，与两位好友开怀痛饮，长醉方休。结穴处"与尔同销万古愁"，与开端遥相呼应，总绾全篇，力敌万钧。"万古愁"，既指人生不得意之"愁"，又指我材未用之"愁"，既指五百年前曹植之"愁"，也指我和元丹丘、岑勋之"愁"，只有醉酒尽欢，才能消除那深邃广袤的"万古"之"愁"。

本诗打破传统的温柔敦厚的诗教，诗人将内心郁结已久的愤懑，尽情地倾泻出来，抒发的感情非常强烈，因而诗篇展现出雄放

> **佳句**
> - 天生我材必有用，千金散尽还复来。
> - 古来圣贤皆寂寞，惟有饮者留其名。

豪迈、痛快淋漓的气势。诗笔几度跌宕，几度转折，诗情由悲而乐，进而转向狂放，逐步透露出诗人的雄才难展、政治上不得意的深沉愁绪，使全诗蕴含深远宕逸的神韵。全诗以七言为主体，或间以十言长句，或间以三言短句，句式参差错落，用韵平仄相间，急遽更换，音节清亮而富于变化。奔放自由的语言形式，与抒情的雄快，章法上的大开大合密切配合，和谐一致。在理想和现实的矛盾冲突下，必然孕育出李白这种矛盾复杂的思想和任达放浪的性格，李白要表达自己的真感情、真面目，必然运用雄快宕逸的诗格，《将进酒》便是这两个"必然"的产物。　　（吴企明）

行路难三首（其一）

原文　　咏怀　　唐·李白

金樽清酒斗十千，玉盘珍羞直万钱。停杯投箸不能食，拔剑四顾心茫然。欲渡黄河冰塞川，将登太行雪满山。闲来垂钓碧溪

上,忽复乘舟梦日边。行路难,行路难!多歧路,今安在?长风破浪会有时,直挂云帆济沧海。

内　容	诗歌抒写诗人政治上遭遇挫折后的愤激心情以及对理想追求的信心。
特　色	中锋达意,排宕振动。
注　释	玉盘:华美的菜盘。珍羞:珍贵的菜肴。"羞"同"馐"。"直"同"值"。投:掷下。箸:筷子。四顾:向四面张望,形容不知所措。茫然:渺茫而无着落的神情。太行:即太行山,在今山西、河北、河南三省边界。长风破浪:比喻宏大的抱负得以舒展。《宋书·宗悫传》:"悫年少时,炳(悫叔父)问其志,悫曰:'愿乘长风破万里浪。'"云帆:指航行在大海里的船只。因天水相连,船帆好像出没在云雾之中。济:渡。沧海:此泛指大海。沧,通"苍",水青绿色。

赏析　《行路难》是乐府古题,"备言世路艰难及离别悲伤之意,多以'君不见'为首"(吴兢《乐府古题要解》)。古辞亡,南朝诗人鲍照写过《拟行路难》十八首,其中有些诗篇,是脍炙人口的名篇。李白继承鲍照的艺术传统,写成《行路难三首》,本诗是第一首,抒写自己在政治上遭遇挫折以后的愤激心情,吐露自己的心愿和希望。

　　这首诗的题材内容,与古题相仿,但重点在表现"世路艰难",并借题抒情,而"离别"只是一个由头。全诗按诗意可分三层。第一层四句,诗人心中充满着难以排遣的烦恼,所以面对着友朋为他设下的离宴,"金樽美酒""玉盘珍羞"等精美食馔,却难以下咽,他停杯、投箸、拔剑、四顾,心意茫然。"停杯投箸"二句,自鲍照《拟行路难》(其六)"对案不能食,拔剑击柱长叹息"化出,然而有"青胜"之妙。"停杯投箸"用连续的细节,使内心感情变化外露,比"对案"更具形象性;"四顾心茫然"比"长叹息"更能深沉地表达诗人无所适从的意绪,且与下

行路难三首（其一）

文"多歧路"遥相呼应。

第二层四句，紧承上文，对"行路难"作正面描写，中锋达意，点出"四顾心茫然"的政治原因。前二句为排比句，明朱谏说："黄河与太行，水陆之要冲，天下之达道也。将欲渡黄河欤？则冰塞而不可渡；将欲登太行欤？则雪满而不可登。"（《李诗选注》）这种解说还属皮相之见，实则这二句用比兴手法，以冰雪塞路，喻奸佞当道，以道途难行，喻世路艰难，寓意很清楚，抒发了诗人仕进道路受阻，济世安民理想无法实现的苦闷。李白不甘心于仕途蹉跎，他还想在艰难的世路上继续前进，"闲来垂钓"二句，借历史人物忽受重用的事实，表述了自己的愿望。"闲

- 长风破浪会有时，直挂云帆济沧海。

来"句，用姜尚典，姜尚未遇周文王以前，曾在渭水滨溪旁垂钓（《水经注》卷十七）。"忽复"句，用伊尹典，伊尹曾梦见自己乘舟在日月边经过，不久便被商汤重用（《宋书·符瑞志上》）。刘咸忻解说"溪上梦日边"的深层诗意是"身在江湖，心存魏阙"（《风骨集评》），很有见地，可见，当时李白对唐玄宗还存有幻想。

诗的最后六句，诗意从"闲来垂钓"二句转来。姜尚、伊尹巧遇明主的盛事，固然给诗人迷茫的心田里投进一丝希望之光，但当他的思路回到现实人生的时候，又感到世道多艰，因而连用四个三字句，节奏短促，声调低抑，表明前途渺茫，方向不明，反复咏叹"行路难"，唱出无穷忧虑的心声，现出焦灼不安的情绪。毕竟诗人对未来还没有失去信心，因此，结句笔锋一转，隐括宗悫的话，表达自己对美好理想境界的执著追求：终有一天能乘风破浪，冲开险阻，远渡沧海，达到理想的彼岸。

本诗篇幅虽然不长，却具有长诗的波澜起伏、气势跳荡的艺术特色。诗人巧铸灵运，将自己的失望与希望、抑郁与奋发、茫然与激愤的种种心态，写入诗中，并急遽地迭相变换，使诗思不

断跳跃，呈现出排宕振动、超迈豪荡的气势。再间以长短句、排比句，恰当地反映了诗人感情迭变的心路历程，表现出他在人生道路上的苦闷、迷茫、愤慨却又充满信心、执著追求理想的复杂内心世界。《唐宋诗醇》以为本诗"尚未决志于去也"，因而推断它是作于天宝三年初离长安以后"被放之初"的述怀抒情诗，从全篇诗思的解析着眼，这种说法是有道理的。

（吴企明）

塞下曲六首（其一）

原 文　　　　　　边塞　　　唐·李白

五月天山雪，无花只有寒。笛中闻折柳，春色未曾看。
晓战随金鼓，宵眠抱玉鞍。愿将腰下剑，直为斩楼兰。

内　容｜此诗抒写战地之生活，表达为国立功之壮志。
特　色｜时空差异，意象拼接。
注　释｜晓：天刚亮，清晨。金鼓：以金镶饰的战鼓。玉鞍：用玉镶饰的马鞍。

赏析　五月的内地已为仲夏，但天山（今新疆）上还是一片白雪，当然是无柳可折的了，可偏偏笛子却在吹奏着《折杨柳》的歌曲，没有看过春色的人是多么想念春天啊！可是战事十分频繁，"晓战""宵眠"都伴随着"金鼓"和"玉鞍"。"楼兰"为汉代西域国名，在今新疆鄯善县东南一带，诗中代指楼兰王。西汉昭帝时，楼兰国王屡次遮杀汉朝通西域的使者，傅介子奉大将军霍光的命令，计杀楼兰王。诗中用此典故以表明立功绝域的决心。

此诗前四句所表现的是因为地域的不同而带来的季节观的差

异。李白从这种差异中去表现塞外生活,因而在他这首诗的意境中,空间因素便明显地同时间因素(季节因素即是一种时间因素)对照着,诗因而显得有一种耐人咀嚼的意味。岑参最为脍炙人口的名句是"忽如一夜春风来,千树万树梨花开"(《白雪歌送武判官归京》)。对于八月即飞雪的胡天来说,是根本没有春色的,可诗人偏要以内地春天梨花盛开的景象来比喻塞外大雪。这儿正是将地域季节造成的差异拼接到一起,因而写出了令人耳目一新的奇句。李白、岑参的这种写法的实质乃在于感觉意象的交融,地域虽然分割,季候虽然迥异,但在感觉上,分割的可以接拢,迥异的可以相融,思可接于千载,而视可通于万里。不是就一地写一地、就一时写一时,而是将异地异时交融在一起,感觉、思维的流动,产生出具有多种感觉和思维成分的意象,于是这一意象乃十分新颖而又含蕴丰富。

佳句
- 五月天山雪,无花只有寒。笛中闻折柳,春色未曾看。

虽然"无花只有寒",虽然日夜征战,但将士们仍怀抱斩楼兰的壮志,这正是唐代边塞诗的典型音调。　　　　(王锺陵)

静夜思

原文　　　乡思　　　唐·李白

床前明月光,疑是地上霜。举头望明月,低头思故乡。

内　容　诗歌写作者乡思之情。
特　色　不假雕琢,纯为天籁。
注　释　举头:抬头。

赏析　这是一首家喻户晓的名诗。短短二十字,字字浅近,句句明白，不但无意于求工，而且似乎无意于做诗，率口而出，是自然的心声。杜甫说李白"天真"（《寄李十二白二十韵》）。这诗的好处，就在于体现了李白诗特有的"天真"美。

第一句，是极平常的一句话，同时却又是极突兀的一句话。"床前明月光"，何等平常。然而，明月之下，何处没有月光，为什么偏说床前的月光呢？原来诗人是躺在床上。明月初升，不会照到床前。苏轼《水调歌头》说："转朱阁，低绮户，照无眠。"月照床前，已是深夜。诗人久睡无眠，辗转久了，进入一种似睡非睡的状态。忽然睁眼，不禁惊异于满室的清辉，于是不觉脱口吐出这五个字。这五个字，活画出诗人恍惚惊觉的神情。

"疑是地上霜"，一个"疑"字，就很传神，形象地表现了久睡不眠者迷离惝恍的情态，补足并加深了上一句的意思。这一句是说，诗人在恍惚的瞬间，竟然将月色误认作霜色了。为什么有此误会？除却月色如霜，还因为他感到了寒意。这寒意，在于身者由于夜已深沉，在于心者由于客居孤凄。至此，宁静月夜的孤寂情景，都已写出；而"思"字也就呼之欲出了。

"举头望明月"，是承，也是转，由床前的月光写到天上的明月。"举头"二字，静夜之思如画。《子夜四时歌·秋歌》云："仰头看明月，寄情千里光。"张九龄《望月怀远》云："海上生明月，天涯共此时。"月下怀思，月下寄情，原是古人的一种普遍的感情。不过月下传情，毕竟只是主观想象。而实际上，并不能感觉到对方

佳句
- 举头望明月，低头思故乡。

的呼应。这么一想，也就由积极的"举头"，转为消极的"低头"，由望明月以寄乡思，转为俯首独自哀伤。"举头"已是乡思，而"低头"乃是黯然。一举一低之间，乡思更见深沉。到这里，诗是完了，但那绵绵不尽的乡思却没有完。

此诗成功的奥妙，在于诗人以自然之舌，言自然之情，不假雕琢，纯为天籁。

（王炎平）

子夜吴歌·秋歌

原文 　　闺情　　唐·李白

长安一片月，万户捣衣声。秋风吹不尽，总是玉关情。
何日平胡虏，良人罢远征。

内　容　诗歌写女子秋夜对出征丈夫的思念之情。
特　色　情深词显，玲珑剔透。
注　释　捣衣：洗衣时用木杵在砧上捶击衣服，使之干净。北周庾信《夜听捣衣》："秋夜捣衣声，飞度长门城。"玉关情：指思念远在玉门关外戍守的丈夫的离别之情。玉关，即玉门关，故址在今甘肃敦煌西北小方盘城。汉武帝置，汉时为通往西域各地的门户，因西域输入玉石时取道于此而得名。平：平定。胡虏：指侵犯边塞的敌人。胡，古代对我国西部和北部少数民族的泛称。良人：指丈夫。罢：停止。

赏析　六朝乐府《清商曲·吴声歌曲》有《子夜四时歌》，李白仿之而作组诗《子夜吴歌》，亦分春夏秋冬四歌。

此首写秋闺怀远之思。前四句写月夜捣衣。月色溶溶，秋风阵阵，砧杵声声，渲染出一片空明阔远、玲珑剔透而又蕴含浓郁情思的意境。"一片""万户"，既见境之浩渺空阔；"不尽""总是"，复透情之悠长无尽。不仅远近起伏之砧杵声，而且连朗月秋风，亦尽化为无限情思。"只眼前景，口头语，而有弦外音，味外味，使人神远"（沈德潜《说诗晬语》卷上）。末二句由"玉关情"生出，寄和平团聚生活的渴望于"平胡虏"的前提下，情切而词婉，无逼仄危苦之音，反映出盛唐诗的时代特征。

此诗情深词显，深入浅出。语言明净自然，意境玲珑剔透，与思妇怀远的似水柔情高度和谐，最能体现李白诗"清水出芙蓉"的美感特征。

（刘学锴）

秋浦歌十七首（其十五）

原文　　　愁思　　　唐·李白

白发三千丈，缘愁似个长。不知明镜里，何处得秋霜？

内　容｜本诗抒写诗人因怀才不遇、壮志难伸而发出的愁思。
特　色｜逆挽手法，极度夸张。
注　释｜秋浦：唐县名，在今安徽省池州市西。市西南有秋浦河。缘：因。个：这样，这般。秋霜：指白发，形容头发如秋霜般白。

赏析　《秋浦歌》十七首，是李白在天宝后期漫游秋浦（今安徽池州）时写成的组诗。这组诗，清婉可爱，抒情味醇郁，描绘了秋浦的山川景物和民俗风情，在淡淡的忧伤中，透露出诗人忧国伤时的心绪和身世漂泊的悲叹。

"白发三千丈"是一首反映愁思的抒情小诗。联系诗人这时期的生活、思想和《秋浦歌》的前后情思，便能明白这是一种什么样的"愁思"。李白自天宝三年离开长安以后，一直在梁宋、齐鲁、吴越等地漫游，已有十余年，壮志难酬，怀才不遇，所以他借着宁戚和苏秦未遇时的遭际，唱出"寒歌宁戚牛""泪满黑貂裘"（其七）的诗句，摅写内心的深深感慨。诗人到处漫游，漂泊无定，极容易惹起羁旅客愁，"猿声碎客心"（其十），声声猿鸣，竟然破碎了他的心。该如何来形容这种种愁绪呢？诗人们常常喜欢用高山、大海来比喻愁之深重，而李白却别出机杼，用极度夸张的手法，写出奇句"白发三千丈，缘愁似个长"，这种出乎常情，无人敢道也无人能道的诗句，真正将李白的又深、又

长、又强烈的愁绪，表达得非常透彻，遂成千古名句，常在人口。

全诗采用逆挽手法写成。对照明镜，才能见到头上的白发，诗人偏偏先说白发，再说照镜，诗意倒装，造成突出、强调首句的艺术效果。王琦评这首诗，说："起句怪甚，得下文一解，字字皆成妙义。"（《李太白全集》卷八）诗的后半首，"不知明镜里，何处得秋霜"，便是呼应首句"白发"的，秋霜色白，即指白发，语义看似重复，而诗意却深进一步，更含悲怆的色彩。这里的诗眼正在一个"得"字上。如此深重的愁思，如此长长的白发，从何处得来的呢？诗人清楚地知道，它们是坎坷遭际的印记，是飘零生涯的标志，是被理想无法实现、抱负难以施展的痛苦煎熬出来的。"何处得秋霜"？完全是一种激切、愤懑的语调，进一步申足首句"白发三千丈"的诗意，暗示出"愁思"的深刻社会意义，使人感到这种极度夸张的艺术手法，是合情合理的，符合生活的真实性。

佳句
· 白发三千丈，缘愁似个长。

（吴企明）

当涂赵炎少府粉图山水歌

原文　　　咏画　　　唐·李白

峨眉高出西极天，罗浮直与南溟连。名工绎思挥彩笔，驱山走海置眼前。满堂空翠如可扫，赤城霞气苍梧烟。洞庭潇湘意渺绵，三江七泽情洄沿。惊涛汹涌向何处？孤舟一去迷归年。征帆不动亦不旋，飘如随风落天边。心摇目断兴难尽，几时可到三山巅？西峰峥嵘喷流泉，横石蹙水波潺湲。东崖合沓蔽轻雾，深林杂树空芊绵。此中冥昧失昼夜，隐几寂听无鸣蝉。长松之下列羽客，对座不语南昌仙。南昌仙人赵夫子，妙年历落青云士。讼庭无事罗众宾，杳然如在丹青里。五色粉图安足珍，真山可以全吾身。若待功成拂衣去，武陵桃花笑杀人！

内　容　诗歌赞美友人赵炎的粉图山水画作及其高洁的品格，同时也表达了诗人隐退避祸的思想。

特　色　纵横挥洒，以画作真。

注　释　空翠：指山色空明苍翠，此意谓厅堂上充满了苍翠的山色。洄沿：谓逆流而上与顺流而下。征帆：指远航的船只。峥嵘：形容山势高峻。合沓：重叠。羽客：指神仙。北周庾信《邛竹杖赋》："和轮人之不重，待羽客以相贻。"丹青：代指绘画。武陵：指桃花源。陶渊明《桃花源记》曰："武陵人捕鱼为业。"

赏析　赵炎，当涂尉，天宝十五年春由当涂流放南方。李白与他交游，并作诗赞咏他的粉图山水，当在天宝后期赵炎流炎方以前。

李白写过不少题咏图画的诗歌和赞文。本诗落笔纵横，挥洒自如，将自然山水之美与绘画艺术之美，绘画美与诗艺美，画境与仙境、诗境，描绘山水图的内容与抒发自己观图的感受结合起来，融通起来，产生了摄人心魄的艺术魅力，是李白许多题画诗中艺术造诣较高的一篇力作。

赵炎的山水粉图最引人注目的是"山"，诗也便从写山开篇。前六句，用"峨眉、罗浮、赤城、苍梧"诸名山比喻和赞咏图上的山势和山色。峨眉山位于我国西部，山势高峻，故云"西极天"；罗浮山在我国南部，地近南海，故云"南溟连"。"名工"，有名的画工，指赵少府。经过他不断地精心构思，挥动彩笔，驱遣高山大海入画幅，好像置于眼前。"扫"，与杜甫"闻君扫却赤

佳句
- 名工绎思挥彩笔，驱山走海置眼前。

县图"句中之扫字同义,即是指画家挥笔作画。赤城山土多红色,蔚如云霞,故云"赤城霞气";苍梧山又名九嶷山,山多云烟,故云"苍梧烟"。"满堂空翠"二句,意谓厅堂上充满了苍翠的山色,赤城的霞气和苍梧的云烟,都是赵炎用纯熟的笔法画出来的。

次六句写水。"洞庭",湖名;"潇湘",二水名。"三江七泽",泛指众多的河流湖泊。"洞庭潇湘"二句,形容画面上的水景像洞庭、潇湘那样浩瀚无际,像三江七泽那样纵横交错,也写出了诗人观画时生出的渺茫绵远、回旋荡漾的情思,这里,水景的再现与人情的抒写,融为一体。"惊涛汹涌向何处"以下四句,由观水景进而欣赏画面上的船只,因为波涛汹涌,船只迷失方向,故云"迷归年"。画面上的"征帆"固然"不动""不旋",然而,随着观画者的推想,似乎它随风飘到水天交接的远处。这六句抓住江、河、湖、海的水景特点,写出了画面上的水势及其美学特征。

"心摇目断兴难尽"以下十句,由画境联想到仙境,又从仙境回到画的实境中去。赵炎的粉图山水产生"心摇目断兴难尽"的艺术效果,使人感发兴会,引起了诗人乘船到海上神山"三山"的奇思遐想。这种艺术联想,是从上文

"飘如随风落天边"的"征帆"申发出来的。诗人由观画而进入了仙境,这里,高峻的西峰喷出泉水,被纵横不齐的山石阻挡着,潺湲地流淌,发出清幽的音响。东面的山崖重重叠叠,被轻雾笼罩着;深林里的树木生长茂盛,蔓衍绵密。在这个境界里,幽暗得分不出白昼和黑夜,寂静得听不到蝉鸣;只有高大的松树下列坐着两位仙人,面对面不讲话,其中一人便是赵炎。"南昌仙",汉成帝时,梅福任南昌尉,王莽专政,他便入山修炼,后得道成仙,事见《汉书·梅福传》,本诗借指当涂尉赵炎。李白笔下的山景,是仙境,抑是画境?长松羽客,是画中人,而南昌仙又是作画的人。诗人纵笔写意,将仙境、画境交融起来,达到出神入化的境地。

以上二十二句诗,均用平声先韵。"南昌仙人"以下八句,突然换韵,前四句用上声纸韵,后四句又改用平声真韵,显然分成二层诗意。由画上的"南昌仙",联想到作画的"南昌仙人",他年华正富,胸怀坦荡,是个高雅之士。他为政清明,官衙无事,延请众多宾客,谈诗论画,悠然自得,宛如画中的羽客。这四句从赞画转而赞人,与前文"名工绎思"二句遥遥呼应,既赞赵炎的画艺,又赞其品格。最后四句,写出诗人观画后的感想。"粉图",不是画在粉壁上的图,而是以色粉作图。"五色粉图",指赵炎用五色彩笔画成的山水图。"五色粉图安足珍"句,与上文赞画诗句并不矛盾,却是反跌出退隐入真山的诗意。左思说过"功成不受爵,长揖归田庐"(《咏史诗》)。李白翻了他的案,写出"若待功成拂衣去,武陵桃花笑杀人"。如果等到功成再退身,未免太晚,要受到桃花源里桃花的讥笑,表达了诗人因观画而产生的早早退隐、全身远祸的思想。

题画诗常见的表现手法是"以画作真",本诗赞咏赵炎山水图,使用的基本方法也是如此。不过,李白艺术腕力惊人,运用这种艺术手段时,能别开生面,变化多端。他既能以画作真,又能以真作画,画中山水与真山水,难以分辨,并且推开一层,由画面联想到真实人生,饶有情趣。诚如《唐宋诗醇》所评:"写画似真,亦遂驱山走海,奔辏腕下,'杳然如在丹青里',文以真作画,各有奇趣。"本诗的艺术想象如行云舒卷,诗的思路以连接联想的方式展开,上下文气衔接十分自然,间或运用顶针格修辞手段,如"南昌仙人"句。因而,用纵横挥洒的笔势写沛然的诗思,有条不紊,层次分明,诗脉清晰。

(吴企明)

峨眉山月歌

原文　　　　**友情**　　唐·李白

峨眉山月半轮秋,影入平羌江水流。夜发清溪向三峡,思君不见下渝州。

内　容　这首诗通过月景的描写,表达诗人对友人的深深怀念和诚挚情谊。
特　色　熔情入景,巧铸地名。
注　释　平羌江:即青衣江,大渡河支流。在四川省中部。清溪:即清溪驿,在峨眉山附近。君:对对方的尊称,犹言"您",此指诗人的朋友。下:去,到。渝州:州名,在今重庆市。

赏析　不少读者以为李白《峨眉山月歌》是一首赏月诗、写景诗,不!它是李白离家乡经峨眉、渝州出蜀途中寄给友人的绝句诗,是通过写景表达思念友人意绪的抒情诗。

"月"是理解李白这首诗的关键。

诗的前二句,诗人着意造境,创造一个月夜优美静谧的诗歌意境。半轮散发着清辉的秋月,镶嵌在深蓝色的夜幕上,月光将雄伟秀丽的峨眉山的山影,倒映在澄静的平羌江水上。诗境中有人在,吴乔说:"诗而有境,有情,则自有人在其中。"(《围炉诗

话》卷一）昔日，李白和友人（"君"）曾在峨眉山下赏月，两人共同欣赏月夜的美景，友情也就在宁静清秀的意境中交融、净化、升华。诗的后二句，仍然从夜月着笔。今夜，诗人乘舟从清溪出发，向乐山（今四川）的黎头、背峨、平羌三峡进发，准备到渝州（今重庆）去。当扁舟行进到小三峡的时候，眼前的蜀山蜀水和山月，触发诗人的情思，于是诗人脑海里浮现出昔日与友人在峨眉山下，平羌江畔赏月的情景。尽管地点变了，但是山景依然，水景依然，月色依然，这怎能不令诗人怀念起友人呢？于是，诗人无可奈何地发出"思君不见下渝州"的感叹，含情凄婉，表达他对故友的深深怀念和诚挚情谊。"月"是贯串全篇诗意的意象，在全诗中成为艺术想象的媒介、感情发展的纽带。

  这首诗，连用五个地名。如果是一般诗人，将五个地名写入二十八字的小诗里，容易造成堆垛的弊病。李白以如椽巨笔，熔铸地名到诗意中去，"天巧浑成，毫无痕迹"（《唐诗选脉会通》）。峨眉山、平羌江，点出昔日赏月的地点，又成为被描写的景物，是构成优美静谧诗境不可缺少的意象。清溪、三峡，点出今日月夜行舟的所在地，这里的山水胜景，与峨眉山、平羌江有相似之处，所以才能引起诗人的相似联想，由此时此地联想到彼时彼地。巧铸地名入诗，使地名成为表达情思、创造意境的要素。

  苏东坡很懂得李白这首诗的诗意，他写了一首《送人守嘉州》的诗，云："峨眉山月半轮秋，影入平羌江水流。谪仙此语谁解道，请君见月时登楼。"这是告诉友人张嘉州，如果见到月亮升起，请登上高楼眺望，思念远方的我，因为我也在月下思念着你。东坡诗可以帮助我们理解《峨眉山月歌》，它确是一首怀念友人的抒情诗。

（吴企明）

赠汪伦

原文 　　友情　　　　唐·李白

李白乘舟将欲行,忽闻岸上踏歌声。桃花潭水深千尺,不及汪伦送我情。

内　容 诗歌抒写作者与友人汪伦的深情厚谊。
特　色 即地起兴,转换见妙。
注　释 赠:送给,奉送。踏歌:歌唱时以踏地为节拍。及:比得上。

赏析　　真诚、深挚的友情,价值比金钱更为宝贵。李白是一位富有感情的诗人,他追求"人生贵相知,何必金与钱"(《赠友人》)的人间真情,他也善于感知并珍重这种诚挚的友谊。语浅情深、脍炙人口的《赠汪伦》,便是一首表现李白和朋友间坦率、恳切情感的好诗。

佳句
・桃花潭水深千尺,不及汪伦送我情。

天宝十三、四年(754、755),李白往来于宣城(今安徽)各地,与泾县汪伦交往甚密,《过汪氏别业二首》,就是为汪伦写的。本诗则是离开汪伦时写下的赠别诗。诗的开端"李白乘舟将欲行",直叙其事,点明诗人即将离开泾县。次句运用曲笔,写主人汪伦送客的情景。未见其人,先闻其声,诗人并没有描写主人的容貌、形态或情思,却表现他带领村人踏地为节拍、唱着当地的歌谣来送行的情景。面对主人的盛情,诗人的内心十分激动,诗的转、合两句,借助于眼前的一泓潭水,赞美了汪伦的送别深情,也抒发了自己由衷的感激之情。

泾县的泾川,河水清澈,山明水秀,景色优美,泾川中有一段地方,河面阔,水特别深,当地人称它为"桃花潭"。李白的行舟,便停靠在这如画的环境里。正当诗人告别汪伦,准备开舟远行之际,他忽然即地起兴,唱出这首诗来,以水之深喻情之深,以水之清喻情之真,巧妙地将送别地点与友情勾连起来,真挚地赞美了汪伦的深情厚谊。沈德潜评说这首诗:"若说汪伦之情比于潭水千尺,便是凡语,妙境只在一转换间。"(《唐诗别裁集》)沈氏此解,极有见地。诗人不说汪伦的友情像桃花潭水一样深,却说"深千尺"的"桃花潭水"还不及汪伦的情深,那么,汪伦的友情该有多深呢?如此表情,语虽尽而意无穷,给读者留下了丰富的想象余地,愈益耐人寻味。 (吴企明)

庐山谣寄卢侍御虚舟

原文 山川 唐·李白

我本楚狂人,凤歌笑孔丘。手持绿玉杖,朝别黄鹤楼。五岳寻仙不辞远,一生好入名山游。庐山秀出南斗旁,屏风九叠云锦张,影落明湖青黛光。金阙前开二峰长,银河倒挂三石梁。香炉瀑布遥相望,回崖沓嶂凌苍苍。翠影红霞映朝日,鸟飞不到吴天长。登高壮观天地间,大江茫茫去不还。黄云万里动风色,白波九道流雪山。好为庐山谣,兴因庐山发。闲窥石镜清我心,谢公行处苍苔没。早服还丹无世情,琴心三叠道初成。遥见仙人彩云里,手把芙蓉朝玉京。先期汗漫九垓上,愿接卢敖游太清。

内　容　本诗描绘庐山和长江的雄奇风光,同时表达了诗人归隐求仙的思想。
特　色　笔势开合,脉理细密。
注　释　五岳:我国五座名山,即泰山、华山、衡山、恒山、嵩山。太清:天空。《鹖冠子·度万》:"唯圣人能正其音,调其声,故其

德上及太清,下及太宁,中及万灵。"陆佃注:"太清,天也。"

赏析 卢虚舟,字幼真,范阳(今北京大兴)人。肃宗时,任殿中侍御史,"操持有清廉之誉"(贾至《授卢虚舟殿中侍御史制》)。乾元二年(759),李白流夜郎遇赦获释,还至江夏,上元元年(760),游庐山,兴发而写成此诗,寄给友人卢虚舟,表明自己的心迹,并企望与虚舟共作仙境之游。

诗从题外写来。开端六句,表述自己游山寻仙的心愿,虽说还没有写到题面"庐山"上来,但却是全诗的序曲,也是总冒,具有统摄全诗的作用。"我本楚狂人,凤歌笑孔丘",诗人用了《论语·微子》接舆嘲笑孔丘热衷于做官的典故,直抒自己的胸怀。孔子曾到楚国游说楚王,楚国狂人接舆(即陆通)在他的车旁唱道:"凤兮凤兮,何德之衰。往者不可谏,来者犹可追。已而!已而!今之从政者殆而!"李白以楚狂人自况,表明自己对政治前途丧失信心,决心去游山寻仙,退隐林泉。"手持绿玉杖,朝别黄鹤楼",李白拄着嵌绿玉的仙人使用的手杖,离开武昌黄鹤楼,踏上了寻仙游山的道路。诗篇一开始就蒙上了一层神仙色彩,确如沈德潜所说的那样:"笔下殊有仙气。"(《唐诗别裁集》)以下的无数诗意,都是由此而生发出来的。

"庐山秀出南斗旁"以下十三句才应题写庐山,前九句押干声阳韵,正面描写庐山的秀丽风光;后四句转为平声删韵,写登高所见,描绘了长江的雄奇景观。"南斗",星宿名,是豫章郡的分野。"秀出南斗旁",是说庐山秀丽挺拔,坐落在南斗分野的边沿。"屏风九叠",即庐山屏风叠,它像锦绣般的云霞在天际展开。"明湖",即鄱阳湖。"影落"句,意谓庐山雄伟的倒影映在明丽的湖水里,分外清秀。这三句句句押韵,运化"三句体"入诗,用鸟瞰的方式,从整体上描写了庐山明秀瑰丽的景色。"金阙",山名,即石门山,慧远《庐山记》:"西南有石门山,其形似双阙,壁立千余仞,而瀑布流焉。""三石梁",即三叠泉,山

势三折而下,瀑布如银河挂在石梁上。这里的瀑布,与香炉峰的瀑布,遥遥相望,回峰叠嶂,高凌苍穹。以上四句诗,分别具体地描绘了庐山中金阙崖、三石梁、香炉峰等处的奇绝景观。至此,诗笔忽然一宕,又总写庐山的全貌。"翠影",苍翠的山岚;"红霞",满天的彩霞。早晨旭日的光辉,与山岚、云霞相映,整座庐山绚丽无比。山势高峻,鸟飞不到,站在顶峰远望,空间寥廓阔远。庐山一带,春秋时属吴国,故云"吴天"。"登高壮观"以下四句,诗的题材、诗韵虽然变换,但诗意还是从上文蝉联下来的。诗人登高远眺,仰视时,看到了"鸟飞不到吴天长"的壮观景色,俯视时,便看到了长江,于是,他发出了"登高壮观天地间"的感叹,接着便描写滚滚东去的长江。"九道",长江至浔阳附近,分出九条支流;"雪山",白浪汹涌如山。长江在万里黄云飘浮的背景里奔流,挟带着惊人的风声,白浪滔天,好像雪山在流动。诗人摄取了长江壮美景色,写入诗句里,气象万千,气势雄伟。

大自然的美,陶醉了诗人,也启发了他的诗兴,因而乘兴挥笔写下《庐山谣》。"好为庐山谣,兴因庐山发",真实地揭示了本诗艺术构思的奥秘。诗人沿着谢灵运走过的道路登山。"石镜",山名,在庐山东,有一圆石,可以照见人形,故名。谢灵运曾经入彭蠡湖口,登庐山,写下"攀崖照石镜"(《入彭蠡湖口》)的诗句。诗人也悠然自得地照照石镜,清爽心神;可是当他看到"谢公行处"为苍苔所掩没时,内心感到阵阵震颤,人生无常的苦恼袭上心头,不免产生出寻仙访道的意念。由此可见,这四句诗起着承上启下的作用,是由"游山"到"寻仙"的过渡诗段。

诗篇在寻仙访道的狂热幻想中完成了自己的使命。"还丹",道家烧炼水银成丹,认为服食后可以成仙。"琴心三叠",道家术语,指修炼身心达到心和神悦的境界。诗人想象自己饮食仙丹,摒弃世俗之情,修炼成仙以后,便进入神仙世界里:"遥见仙人彩云里，手把芙蓉朝玉京。先期汗漫九垓上，愿接卢敖游太清。""玉京"，道家称元始天尊的居处。"汗漫"，不可知的神，语出《淮南子·道应篇》："吾与汗漫期于九垓之外。""九垓"，九天之外。"卢敖"，《淮南子》中记载的神仙人物，本诗因同姓而借指卢侍御虚舟。诗人追随着手捧莲花的仙人，翱翔于彩云里，朝玉京飞去；他又与不可知之神汗漫相约在九天之外会面，并愿意接待卢虚舟同游太空，共同到达神仙境界去。诗尾燃起了自由和幻想的火花，袒露诗人摆脱黑暗现实的强烈愿望。

本诗想象奇特丰富，境界阔大，气魄豪迈。一方面，诗人

佳句
- 五岳寻仙不辞远，一生好入名山游。
- 登高壮观天地间，大江茫茫去不还。

运用参差错落的句法，开合变化、跌宕有致的笔势，迅速变换的诗韵，舒卷自如地写出自己游山寻仙的种种感受，与《梦游天姥吟留别》一样，被人们称之为"别调"。一方面，李白用极为细密的诗脉，贯通全诗，按"游名山"和"寻仙"两条线索组织诗料，前后转接、呼应，颇费匠心。

（吴企明）

梦游天姥吟留别

原文　　　纪梦　　　唐·李白

海客谈瀛洲，烟涛微茫信难求。越人语天姥，云霞明灭或可睹。天姥连天向天横，势拔五岳掩赤城。天台四万八千丈，对此欲倒东南倾。我欲因之梦吴越，一夜飞度镜湖月。湖月照我影，送我至剡溪。谢公宿处今尚在，渌水荡漾清猿啼。脚著谢公屐，身登青云梯。半壁见海日，空中闻天鸡。千岩万转路不定，迷花倚石忽已暝。熊咆龙吟殷岩泉，栗深林兮惊层巅。云青青兮欲

雨，水澹澹兮生烟。列缺霹雳，丘峦崩摧。洞天石扉，訇然中开。青冥浩荡不见底，日月照耀金银台。霓为衣兮风为马，云之君兮纷纷而来下。虎鼓瑟兮鸾回车，仙之人兮列如麻。忽魂悸以魄动，恍惊起而长嗟。惟觉时之枕席，失向来之烟霞。世间行乐亦如此，古来万事东流水。别君去兮何时还？且放白鹿青崖间，须行即骑访名山。安能摧眉折腰事权贵，使我不得开心颜。

内　容	此诗描写梦游天姥所见，表达对理想世界的追求及对黑暗现实的憎恶。
特　色	惝恍莫测，因梦生意。
注　释	吟：诗体名，歌行体当中的一种。海客谈瀛洲，烟涛微茫信难求：意谓海外三神山（蓬莱、方丈、瀛洲）之说，并不可信。三神山之说见于《史记·封禅书》。海客，来自海外的客人。微茫，依稀仿佛，模糊不清的样子。信，确实。越人语天姥，云霞明灭或可睹：意谓越人说到的天姥山的景象万千，是真实而可能看到的。或，或许，可能。拔五岳：超出于五岳。五岳，我国五座大山的总称，即东岳泰山、西岳华山、南岳衡山、北岳恒山、中岳嵩山。掩赤城：掩盖了赤城。赤城，山名，在今浙江省天台县境内。天台四万八千丈，对此欲倒东南倾：天台山面对着它西北的天姥山，显得低了，好像要向东南倾倒。天台，即天台山，在浙江省天台县北。因之：即因越人关于天姥的谈话。梦：梦游。吴越：是偏义复词，指越地。镜湖：湖名，在今浙江省绍兴市。剡溪：即曹娥江的上游，在今浙江省嵊州市。谢公：谢灵运。渌水：清澈的流水。屐：木鞋。青云梯：指高峻入云的山路。天鸡：见《述异记》：“东南有桃都山，山上有大树名曰桃都，枝相去三千里，上有天鸡。日初出照此木，天鸡则鸣，天下之鸡皆随之鸣。”千岩万转路不定：山石千回万转，山路曲折不定。迷花：留恋奇花。倚石，欣赏异石。倚，靠，这里有欣赏、游玩之意。暝：昏暗。熊咆龙吟殷岩泉，栗深林兮惊层巅：意谓岩泉发出巨大声响，犹如熊咆龙吟，使得出入于森林层巅的山中游人战栗惊恐。殷（yīn），象

声词,形容雷声。青青:黑沉沉的样子。澹澹:水波动荡的样子。生烟:水汽蒸腾。列缺:闪电。霹雳:雷声。崩摧:倒塌。洞天:道家称神仙所居处为洞天。扉:门。訇然:大声的样子。青冥:天空。浩荡:广大的样子。金银台:神仙所居的宫阙。霓:雨后天空有时会出现两条圆弧,颜色较淡的一条叫霓。云之君:云神。此指从云中下降的群仙。鼓:弹奏。瑟:古代的一种弦乐器。回车:拉车。悸:心惊。恍:神情不定的样子。向来:以前,指梦中。东流水:比喻事物去而不返,转瞬即逝。君:作者东鲁的友人。且放白鹿青崖间,须行即骑访名山:意谓将归隐名山,学道求仙。白鹿,传说中仙人的坐骑。摧眉折腰:低着眉头,弯着腰。事:侍奉,伺候。

赏析 《梦游天姥吟留别》,殷璠《河岳英灵集》题作《梦游天姥山别东鲁诸公》。天宝三年(744)春,李白离开长安,先在梁宋一带漫游,与杜甫、高适相遇,后在东鲁家中住过一个时期。四年,诗人离开东鲁,将南游越中,临行前,写成本诗,向东鲁朋友们咏怀抒志,表白自己的心迹。

杨泉《物理论》说:"会理乱丝,方可读诗。"要深入理解李白这首诗,确乎必须先从分析全诗的艺术结构和细绎诗思脉络入手。

从韵律变换和诗思发展看,本诗可以分成三个段落。第一段,自"海客谈瀛洲"到"对此欲倒东南倾",共八句,是全诗的引言。东鲁濒海,诗以"海客谈瀛洲"发端,从题外写来,它是陪衬之笔,由海上仙山引出"越人语天姥"二句,方才点到题面上来。"天姥连天向天横"以下四句,具体描写天姥山之高拔雄峻。"连天",形容山之高,"向天横",形容山之雄伟。诗人交替使用虚笔、实写、反衬等艺术手段,以"五岳""赤城""天台"诸名山,烘托出天姥山的高峻。

第二段三十句,从"我欲因之梦吴越"起到"失向来之烟霞"。七次换韵,经多次转折,诗意分成七层,表现了"梦游天姥山"的全过程，是全诗的主干部分。"我欲因之梦吴越"二句，是过渡句。上句承第一段，"因之"的"之"，便是上文"越人语天姥"之天姥山，下句"一夜飞度"，开启以下许多变幻梦境。"湖月照我影"以下八句，由过渡句仄声月韵换成平声齐韵，描写梦中登山的所见所闻。诗人沿着当年谢灵运的游踪，登上天姥山，眼见银湖月、东海日，耳闻清猿啼、天鸡鸣，境界清邈、色彩明丽、气象恢宏，充分体现出天姥山景色美的特征。"千岩万转路不定"二

> 佳句
> - 海客谈瀛洲，烟涛微茫信难求。
> - 安能摧眉折腰事权贵，使我不得开心颜。

句，换仄声径韵，诗人本意不在描写山景，所以他叙述从早到晚游山，很简单，一笔带过。"熊咆龙吟殷岩泉"以下四句，又换平声先韵，诗意突然转入傍晚山中雷雨来临前的恐怖境界。山中泉瀑聚会，奔流腾跳，声响如熊咆龙吟，连森林也为之战栗，层巅也为之惊动，青云、烟水都蒙上阴郁的色彩，环境氛围的描写与诗人心态的刻画、感情的抒发，非常协调。"列缺霹雳"以下六句，再换平声灰韵，这时，奇境突现，在雷声隆隆、电光闪烁间，石门洞开，出现了一个神仙世界——金银台。"霓为衣兮风为马"以下二句，换仄声马韵，描写神仙纷纷降下，"虎鼓瑟兮鸾回车"以下六句，陡换平声麻韵，前二句紧承上文，仍写神仙来会的盛况。众多的神仙集合在金银台，身穿彩虹衣裳，驱长风以为马，驾鸾凤以为车，虎为之鼓瑟，五彩缤纷，光怪陆离。后四句写梦醒，正当诗人为眼前众神会合的奇景惊心炫目的时候，他忽然从梦中惊醒，一切美景、仙境，都随之消失，只剩下睡觉时的枕席，诗人徒然为之欷歔长叹而已。吴山民评"惟觉时之枕席"二句是"篇中神句"，起着"结上启下"的结构作用（《唐诗选脉会通》）。这一大段，由入梦写到出梦，描写了一个迷离惝恍的梦境。

第三段为最后七句，因梦生意，点明全诗题旨。"世间行乐

亦如此"二句，承上段诗意，抒发感叹，方东树说："'世间'二句入作意，因梦游推开，见世事皆成虚幻也。"(《昭昧詹言》)诗人从梦里仙境的突然出现又倏然幻灭，联想到人世间"行乐"也是如此，深深感慨"古来万事东流水"，这是他对人生的总结，反映出他当时的真实思想。"别君去兮何时还"三句，向友人表明自己的去向和心迹，遥扣题面"留别"之意。三句一意，句句同押删韵，为运化三句体入诗之体制。最后二句，诗意似从天外飞来，但是这种"安能摧眉折腰事权贵"的精神品格，却贯串全诗，贯串诗人的一生。

《梦游天姥吟留别》，不是记游诗、山水诗，它是一首带有浓厚浪漫主义色彩的记梦诗、游仙诗，全诗将山境、梦境、仙境融为一体，表达了诗人对名胜山川和神仙境界的热烈向往，对理想世界的执著追求，对腐朽政治和黑暗现实的强烈的憎恶，抒发了诗人在理想破灭后的无限感叹，反映出诗人的美学理想和傲岸不羁的反抗精神，是李白诗中思想、艺术方面都颇有代表性的作品之一。本诗更多地体现了道家思想对李白的影响，诗中描写众仙来降的场面，由奇诡瑰丽的仙境所构成的诗歌意境，寄寓着诗人追求神仙世界的激情。全

诗多处运用道家典籍和前人游仙诗的成句,如"天台四万八千丈",出自《云笈七签》引陶弘景《真诰》;"鸾回车",出自《上清诀》(《太平御览·道部》);"风为马",出自傅玄《吴楚歌》;"日月照耀金银台",出自郭璞《游仙诗》。诗人在天宝四年初于齐州紫极宫受"道箓",从崇信道家思想,向往求仙访道,进而成为名副其实的道教徒。本诗写在此后不久,因此,诗篇深受道家思想影响,是不言而喻的事。

这首诗充分表现出李白的浪漫主义艺术风格,他以变幻惝怳的艺术结构,灵活多变的句式和迅速变换的韵律,恰当地表达了自己奇特的艺术想象、炽热的情感和强烈的理想追求。诗人驰骋想象力,他一忽儿追攀南宋诗人谢灵运,一忽儿又迎来了"霓为衣"的云神和"鸾回车"的仙人;他一忽儿在东鲁,一忽儿到了镜湖,完全超越了时间、空间的限制,自由地、尽情地抒发自己不满黑暗现实的激愤心情和追求理想世界的炽热感情。全诗采用大开大合,纵横变幻,奇峰突起的结构手法,先写天姥山中的美景,突然笔锋一转,写到山中的惊恐氛围,忽又开出奇境,出现了众神纷纷来降的场面,将全诗推到一个新的高潮。神仙世界,在现实生活中毕竟是不能存在的,于是,诗人掉转笔头,写到梦境的破灭,章法上多一层变幻。尽管全诗"惝怳莫测",但贯串着一根主线,这便是结句的"安能摧眉折腰事权贵"。正因为诗人不愿"事权贵",所以好入名山游,迷恋天姥山清秀景色,乐而忘返;正因为不愿"事权贵",所以向往和赞叹瑰丽的神仙境界。整首诗,外形狂放,实则首尾呼应,脉理极细。诗人采用长短参差、灵活盈动的句式,以七言为主体,间以四、五、六、九言,骚体兮字句,有对偶句,有散句,有隔句体,有对而不整饬者,多种语言形式妥帖地交叉在一起,犹如一曲和谐的交响乐。全诗随着想象的飞跃,感情的自由抒写,配以迅速变换的韵脚,平、仄声韵交替使用,押韵字数,或多或少、变化无故常。

(吴企明)

黄鹤楼送孟浩然之广陵

原文 送行 唐·李白

故人西辞黄鹤楼，烟花三月下扬州。孤帆远影碧空尽，唯见长江天际流。

内　容　诗歌描写送行时的景色，表达友人间的深厚情意。
特　色　语近情遥，含吐不露。
注　释　黄鹤楼：在今湖北省武汉市西黄鹤山上。之：往。故人：老朋友。西辞：从西面辞别。烟花：喻指美丽的春景。下：指沿江东下。唯：只。

赏析　李白的《黄鹤楼送孟浩然之广陵》，虽说只写送行时的眼前景色，而深挚的友情，蕴于象外，含吐不露，意境深远，令人神往。

　　诗的前半首，就题写来。"故人"，就是好友孟浩然，他辞别天下名胜黄鹤楼，辞别楼前的诗人，东去扬州，故云"西辞黄鹤楼"。"烟花三月"，是杨花飘扬、满城风絮、烟雾迷蒙的暮春时节。"扬州"，又称广陵郡，是唐代名闻天下的繁华都市。全句是说孟浩然将要到阳春烟景笼罩下的名城扬州去，诗境具有清丽之美，孙洙称誉它是"千古丽句"（蘅塘退士《唐诗三百首》），诚不虚言。前两句诗点明送行的地点、节令，扣住题面，写尽题意，充满诗情画意，为全诗深邃、优美的意境创造开了先路。

　　本诗的婉转变化功夫，全在第三句，"孤帆远影碧空尽"，着力描写诗人送行后登上黄鹤楼所见的景色，景中融着深情，诗的情思，完全蕴含在水天一色、白帆与碧空相映成画的诗境中。诗人送走故人后，还不忍离去，凭依在黄鹤楼的栏前，目送一叶扁舟远去、远去……他全神贯注地凝视着孟浩然的客船，江中其他船只都不在眼里，故云"孤帆"。船渐渐远去，只能望见白帆的影子，最后连"远影"也消失在碧空里。一个"远"字，一个"尽"字，写出空间的遥远，时间的推移，也写出了诗人长时间的伫立凝望，更写出了他对孟浩然的深厚情意。第四句申足上

佳句
- 故人西辞黄鹤楼，烟花三月下扬州。

文诗意，正因为"孤帆远影"，所以只能看到滚滚东去的长江，好像在天际流动。诗人的心神，追随着客船远去，追随着滚滚江水东流，进一步抒写了他对好友的深厚情谊。结句语尽而意不尽，韵味悠长。

沈德潜评论李白七言绝句"妙绝千古"，说他们的美学特征是："语近情遥，含吐不露。"（《唐诗别裁集》）李白此诗，在写景中抒情，不着一字，尽得风流，意蕴深远，诗境优美，确是绝妙好诗。

（吴企明）

宣州谢朓楼饯别校书叔云

原文 赠别 唐·李白

弃我去者，昨日之日不可留；乱我心者，今日之日多烦忧。长风万里送秋雁，对此可以酣高楼。蓬莱文章建安骨，中间小谢又清发。俱怀逸兴壮思飞，欲上青天揽明月。抽刀断水水更流，举杯消愁愁更愁。人生在世不称意，明朝散发弄扁舟。

内　容　这首诗主要抒写诗人怀才不遇、壮志难伸的忧愁，其间仍可见诗人对理想的追求。

特　色　逸兴标举，跌宕转折。

宣州谢朓楼饯别校书叔云

注释 饯（jiàn）别：设酒食送行。校（jiào）书：官名。唐代秘书省及弘文馆都有校书郎，负责校勘书籍，订正讹误。酣：尽情畅饮。蓬莱：指代校书李云。中间小谢：这里指代李白。中间，指从建安到唐之间。清发：清新秀发，指谢朓的诗风。俱：都。逸兴：超逸的兴致。壮思：壮志。不称意：不适意，不如意。称，适合。散发弄扁舟：意指避世隐居。暗用范蠡"乘扁舟浮于江湖"的典故，见《史记·货殖列传》。散发，指脱去簪缨，不受拘束。

赏析 李白怀着施展抱负的热望，应召入长安。然而，事与愿违，黑暗的社会现实无情地撞击并破灭了诗人的美妙幻想。长安三年，诗人清醒地认识到：晚年的唐玄宗贪图享受，不理政事，自己被征召入京，不过供奉翰林，成为文学弄臣而已，玄宗毫无重用贤能，让自己辅弼朝政的意思；当时，政治腐败、佞幸当道、权贵得势、排斥贤能。所以，李白离开长安以后，陆续写下了许多怀才不遇的诗篇，揭露、抨击了当时的黑暗现实，表达了自己傲岸不羁的思想性格。《宣州谢朓楼饯别校书叔云》作于天宝后期，便是表现这类题旨的著名诗作。

佳句
- 蓬莱文章建安骨，中间小谢又清发。俱怀逸兴壮思飞，欲上青天揽明月。
- 抽刀断水水更流，举杯消愁愁更愁。

谢朓楼，又称北楼、谢公楼，是南朝齐代诗人谢朓任宣城郡太守时所建，故址在今安徽省宣城市境内。天宝末，李白漫游于宣州一带，在谢朓楼饯别秘书省校书即族叔李云。诗人既同情李云的遭际，也有感于自身的不幸，因而这首赠别诗，别有一番深意，与一般的抒写离情别绪的作品不同。诗题一作《陪侍御叔华登楼歌》，因此也有人以为这首诗是赠给李华的。

全诗十二句，前后都用平声尤韵，中间插入入声月韵，明显看出诗意是以四句为一层的。"弃我去者"两句，起势突兀，想落天外,破空而来,诗人将郁积胸中的满腔悲愤,一下子倾泻出来。"昨日之日",指过去,"今日之日",指现在。两句诗艺术地概括了诗人长期以来的政治遭遇和心理状态,这与《将进酒》里所说的"万古愁"相一致,具有相同的艺术概括力。为了排遣内心的无限"烦忧",所以诗人与校书叔云携手登楼,共对那万里长空,目送秋雁远去,酣饮烂醉于酒乡中。诗的第四句才"倒煞到题"(高步瀛《唐宋诗举要》引吴汝纶语),开始扣到题面"谢朓楼饯别"上来。

中间四句是就题写来,紧扣饯别的处所和饯别的人,摅写酣饮高楼的豪情逸兴。"蓬莱文章"句,是从校书叔云一方落笔的。"蓬莱",海中仙山名,传说神仙界的秘籍都藏于此山。汉代的东观,是朝廷藏书的地方,学者称它是"道家蓬莱山"。本诗用以指李云校书的秘书省。"建安骨",即建安风骨,是由曹氏父子和建安七子所倡导而形成的刚健清新的文风。全句称誉李云校书蓬莱,文章有建安风骨,"中间小谢"句,是从诗人一方落笔的。"小谢",即谢朓,后人称谢灵运为大谢,谢朓为小谢。他的诗清丽秀发,李白十分钦佩他,诗中常常提及。今天,诗人和李云特意登上谢朓楼,自然会有"临风怀谢公"的兴会。全句意谓从建安时代到天宝时代,中间有谢朓诗,清发多奇,最受人称美。这一句诗人以小谢自许。李白和李云,都有惊人的文才,酣饮高楼,豪情满怀,"俱怀逸兴壮思飞,欲上青天揽明月",一个"俱"字,将主客两人的命运、心境紧紧地联在一起。酒酣情畅,意满兴发,壮志凌云,想飞上青天去揽取明月。诗写到这里,健笔飞举,充分地表现出诗人和李云对高洁的、美好的理想境界有着共同的追求。

诗人满怀上天揽月的壮志,翱翔于想象的王国,但是,当他的思绪一回到现实社会的时候,遭际坎坷的抑郁,怀才不遇的苦闷,便一齐涌上心头,更使他强烈地感受到理想与现实有着不可调和的矛盾,于是,满腔愤懑便喷薄而出。"抽刀断水水更流,

宣州谢朓楼饯别校书叔云

举杯消愁愁更愁",水流,是眼前景,谢朓楼前有宛溪水,终年不断地流着,是无法切断的,诗人即地取喻,妥帖地形容内心烦忧之多之长,因而借酒是难以消除这深长的愁闷。诗人看到,在黑暗的社会里,人生在世,诸事都不会称意。两人怀才不遇的共同命运,固然是不称意的,两人难得欢聚一起却又要匆匆分离,这也是不称意的。结句"明朝散发弄扁舟",既回应了题目,点到"别"字上,也写出诗人的深深感喟,他以为在这万事不称意的人生道路上,只有"散发弄扁舟",遨啸烟水间,才是一条摆脱烦忧的出路。

本诗首句既不写饯别,也不写高楼,其艺术意想却似破空而来,不可端倪。中间"蓬莱文章"句,突然插入,横亘而出,转接出乎意外。全诗在极写因人生在世不称意而郁结起来的无限愁思和烦忧的同时,又抒发了酒酣高楼的豪情和上天揽月的壮志。因为"心烦忧",所以要酣饮高楼、抒逸兴;因为豪兴勃发,却又感发出无限的烦忧,诗意由"愁"而转"豪",又由"豪"而入"愁"。这种起落无端、跌宕转折的抒情特征和结构技巧,为全诗逸兴标举、奇想横出的艺术风貌,增添了光彩。与此相适应,诗人采用真率、自然的语言,表现瞬间迭变的思想情感。开端连用二个散文化的排比句式,形容忧愤心绪郁结过久、充塞心胸不可抑制的情状，十分恰当；全篇连续采用叠字复沓的句式，如'昨日之日'"今日之日""抽刀断水水更流""举杯消愁愁更愁"等句，不厌其烦地比状烦忧的深广和强烈，有助于造成全诗豪迈自然的气势。

（吴企明）

游泰山六首（其六）

原文　　　游仙　　　唐·李白

朝饮王母池，暝投天门关。独抱绿绮琴，夜行青山间。
山明月露白，夜静松风歇。仙人游碧峰，处处笙歌发。
寂静娱清晖，玉真连翠微。想象鸾凤舞，飘飖龙虎衣。
扪天摘匏瓜，恍惚不忆归。举手弄清浅，误攀织女机。
明晨坐相失，但见五云飞。

内　容　诗歌描写奇幻的仙境，表达诗人憎恶黑暗现实和追求理想世界的思想。

特　色　时序为线，奇之又奇。

注　释　暝：日暮，夜晚。天门：天宫之门。歇：停止。清晖：明净的光辉，此指月光。玉真：道观名。唐景云二年五月改西城公主为金仙公主、昌隆公主为玉真公主，乃置金仙、玉真两观，为公主入道修养之所。事见《旧唐书·睿宗纪》。翠微：指青山。扪：摸。匏（páo）瓜：星名。《史记·天官书》："匏瓜，有青黑星守之。"清浅：指银河。语出《古诗十九首·迢迢牵牛星》："河汉清且浅，相去复几许？"

赏析　王母池又名瑶池，其水甘洌如醴，是泰山脚下的著名景点。诗人登泰山，所以说"朝饮瑶池，暮至天门"。在静待日出之际，诗人浮想联翩，由王母瑶池，想象登天遇仙。明月如璧，白露如珠，青山朗秀，松涛憩息。这时，天门顿开，仙人联袂而至，笙歌阵阵，鸾舞龙腾，同娱清晖，同餐山色。诗人不知不觉拨动了绿绮琴，跻入了众仙的行列。忘情地手扪青天，摘来匏瓜星；濯手银汉，误触织女之机。优游神游，怡然陶醉。忽然日出东方，彩霞满天，仙景俱灭，不觉若有所失，留下无穷的怅惘。诗人李白长得仙风道骨，人称"谪仙"；他接受道家遗世独立、返朴归真的思想，栖隐山水，寻仙访道，因此多有"游仙"之作。但是李白"好神仙非慕其轻举"，只是"将不可求之事求之"（李传正《唐左拾遗翰林学士李公新墓碑序》）而已。人们定会从这首诗所写的

佳句

· 举手弄清浅，误攀织女机。

突现于长夜中的光明仙境里，从诗人醉心于仙境和失去仙境的惆怅里，感受到伟大诗人那种傲岸不羁、蔑视权贵、不满现实、渴慕自由的灼热情怀。殷璠《河岳英灵集》曾说李白《蜀道难》诸诗，"奇之又奇，然自骚人以还，鲜有此体调也"。以这首《游泰山》诗言，诗人借着奇幻的神话与传说，以惊人的想象、夸张的言辞，按时序的线索、登临的方式，勾出一幅令人眼花缭乱、目不暇接的全景，对现实生活作超现实的艺术描写，以反映诗人那种强烈憎恶黑暗现实和执著追求理想世界的思想感情。　　（张永鑫）

登金陵凤凰台

原　文　　登览　　唐·李白

　　凤凰台上凤凰游，凤去台空江自流。吴宫花草埋幽径，晋代衣冠成古丘。三山半落青天外，一水中分白鹭洲。总为浮云能蔽日，长安不见使人愁。

内　容	诗歌感慨历史变迁，抒发忧国情怀。
特　色	气摄神行，浑然一体。
注　释	金陵：今江苏省南京市。幽径：偏僻的小路。晋代：指东晋。衣冠：代指掌权的豪门大族。三山：山名，在南京市西南长江边。白鹭洲：古代长江中的沙洲名，在今南京市西南。

赏析　凤凰台在金陵，传刘宋升平中有鸟集此地，文采似孔雀，时人传谓凤凰，遂于其地起凤凰台。本篇当为天宝十三年（754）诗人南游时作。

此诗首联点题，颔联怀古，颈联写景，尾联慨今，表面上似不连属，读来但觉浑然一体，略无拼合之迹，盖缘气摄神行，故能一气流注，笼盖一切。所谓"气""神"，即诗人登览之际那种纵览古今、横越时空的宏阔气度和豪壮神采。起联连用三个"凤"字，固可造成一气贯注的宏放气势，而"凤去"句总起以下三联，涵盖一切，而潇洒自得之神采自见于言外。颔联承

佳句
- 凤凰台上凤凰游，凤去台空江自流。
- 吴宫花草埋幽径，晋代衣冠成古丘。

"凤去台空"，谓吴宫繁华、晋代衣冠均成陈迹，慨而不伤，正是典型的盛唐怀古音调。以上四句，一气呵成，略无停顿。颈联似另起一意，然不但遥承次句"江自流"，且自登览言之，由城内而城外，由神驰而目注，亦复顺理成章。两联间构成人事代谢、江山永存之鲜明对照，正所谓语断神连。此联写景，阔大壮丽，透出"江山留胜迹，我辈复登临"（孟浩然《与诸子登岘山》）之胸襟气度。尾联忽转而抒愁，又似与前三联脱榫。然"长安不见"、浮云蔽日固登览遥望，而江水长流之景象与吴宫花草、晋代衣冠之淹埋亦复触动古今相接之联想；人事代谢、江山永存之对照更易连及大唐帝国的命运，故尾联落到慨今，亦势所必然，唯有神无迹，读来不觉耳。

李白极少写七律，而此首及《鹦鹉洲》均仿沈佺期《龙池

篇》、崔颢《黄鹤楼》体格，盖因此种古风或七律气势宏畅，最宜于表现其不受羁束的情思与个性。　　　　　　　　（刘学锴）

望庐山瀑布二首（其二）

原文　　　　瀑布　　　唐·李白

日照香炉生紫烟，遥看瀑布挂前川。飞流直下三千尺，疑是银河落九天。

内　容｜描写庐山壮丽的瀑布美景。
特　色｜气势飞动，色彩明丽。
注　释｜香炉：即香炉峰，山名，是庐山北部的名峰。奇峰突起，像座香炉，故称香炉峰。附近有瀑布多处，十分壮观。紫烟：山上雾气在日光照射下，变成了紫色，故云。落九天：即落于九天，从九天落下。九天，形容天极高。

赏析　《望庐山瀑布》是李白登上庐山香炉峰遥望瀑布时写下的名篇，原题二首，一为五古，一为七绝。

香炉峰，在庐山的西北面，"其峰尖圆，烟云聚散，如博山香炉之状"（宋乐史《太平寰宇记》）。李白登上香炉峰，首先映入眼帘的便是云雾缭绕中的峰石，于是，诗人便由此落笔，"日照香炉生紫烟"，着一"生"字，将云雾依着岩石冉冉上升，从香炉峰涌出的情状，刻画得惟妙惟肖。陶渊明有"云无心而出岫"（《归去来兮辞》）的名句，李白的诗意，与之有异曲同工之妙。接着，诗人的视野落到挂在前川石壁上的瀑布，诗的第二句，也便扣到题面"庐山瀑布"上来。三、四句，具体摹写瀑布宏伟壮丽的景象。"飞流直下三千尺"，形容石壁高峻陡峭，瀑布自高处飞泻下来，势不可挡。这种气势，震慑了诗人的心灵，他

从眼前景推想开去，想象它是从天上银河里倾泻下来的，因而写出"疑是银河落九天"的结句，恰当地表现出自己在观赏瀑布雄壮美时所产生的心理感受。

> **佳句**
> · 飞流直下三千尺，疑是银河落九天。

诗人领略、发现并捕捉住了庐山瀑布景观中的动态美和色彩美，将它们转化成为气势飞动、色彩明丽的诗歌意境。诗篇里绚丽的日光、紫色的云烟、银白色的飞瀑，和谐地组合在一起，相互映衬，富有色彩美。尤其是首句的色彩描写，更值得注意。云雾本身是白色的，它飘浮在峰峦间，受紫褐色山石的反射，又受到明丽阳光的照射，改变了本色，形成"紫烟"这种新的色彩，这在绘画技巧上被称为"条件色"。诗人站在香炉峰顶，随着云烟的升起和飘动，自然会产生飘飘然凌空飞升的感觉，宛如置身于仙境之中。透过轻盈袅娜的云雾，遥望飞流翻腾的瀑布，使缓慢的动态和迅捷的动态，构成了美感上的强烈反差，愈益衬出瀑布飞落时迅猛异常的气势。经过诗人的灵运巧裁，一幅绚丽多姿的庐山飞瀑图，一首意境灵动壮美的山水诗，便呈现在读者面前，给人以沁心融神的美的享受。苏轼以诗人兼画家的慧眼，很赞赏这首诗，写出"帝遣银河一派垂，古来唯有谪仙词"的诗句来称美它（胡仔《苕溪渔隐丛话后集》卷四），实在是真知灼见。

（吴企明）

早发白帝城

原文　　　　　迅舟　　　唐·李白

朝辞白帝彩云间，千里江陵一日还。两岸猿声啼不住，轻舟已过万重山。

内 容	本诗抒写诗人遇赦后回归江陵时轻松愉快的心情。
特 色	欲走姑留，精神飞越。
注 释	发：出发，起程。朝：早晨。白帝彩云：白帝，城名，即白帝城，在今重庆奉节县白帝山上。因地势高峻，从山下仰望，如在云中。早晨云霞变幻多彩，故曰"彩云"。江陵：地名，即今湖北江陵县，古代相传距白帝一千二百里，这里"千里"，是举其整数。啼不住：意谓猿声此落彼起，连绵不绝。万重山：即万座山。

赏析 李白一生曾两度经三峡顺江东下，第一次是青年时代，他"仗剑去国""辞亲远游"，从长江水路出川，寻求政治出路；第二次，因坐永王李璘案，在流放夜郎途中，遇赦返回江陵，这时正是唐肃宗乾元二年（759），诗人已经59岁。本诗便是返回江陵时写成的。这首诗，不同于普通的写景诗、记游诗，它借助于长江水流之湍急浩荡和舟行之轻捷倏忽，抒发了诗人遇赦后的欢快心情，千百年来，传诵不绝，是一首被人誉为"绝唱"的抒情小诗。

诗篇是在优美的景色描写中开端的。"朝辞白帝彩云间"，李白带着难以抑制的欢乐，辞别了这座美丽的城市。白帝城的故址在今重庆市奉节县东的白帝山上。早晨，云雾缭绕着山上的古城，灿烂的阳光照射着云雾，绚丽多彩，从江边抬头望去，古城宛如在彩云里。诗人受主观情感的支配，布景设色，使明丽的诗歌意境里，蕴含着自己获释自由后的轻快感受和极度兴奋的心绪

"千里江陵一日还"句，描写舟行迅快。刘宋盛弘之的《荆州记》曾记载过："朝发白帝，暮宿江陵，其间千二百里，虽乘奔御风，不为疾也。"诗人两次经过这里，有真切的亲身体验，他将空间的"千里"之遥，与时间的"一日"之短，组合在一个诗句里，比照强烈，极力形容舟行之快速，千里瞬间，简练有力，且平仄声调相间，抑扬铿锵，富有诗意，所以前代有人

评说:"盛弘之谓白帝至江陵甚远,春水盛时,行舟朝发暮至。太白述之为约语,惊风雨而泣鬼神矣。"(《唐诗选脉会通》)杨慎亦有类似的评语(《升庵诗话》卷四),都是针对这句诗而言的。

从奉节到江陵,中间经过三峡,两岸连山叠嶂,有猿发出凄厉的啸声,特别容易引起羁旅之人的伤感,当地人有歌谣,唱道:"巴东三峡巫峡长,猿鸣三声泪沾裳。"李白当日遇赦返回江陵,心绪愉悦飞扬,所以尽管两岸猿声络绎不绝,悲鸣不已,

佳句
• 两岸猿声啼不住,轻舟已过万重山。

却并不能引起诗人"泪沾裳"的心理反响。历代诗论家都很称赏这句诗,为什么呢?因为全诗如果只写舟行飞快,不写猿声,文势就显得平直无味,写了这一句,就有欲速姑缓,欲走姑留的情趣,沈德潜说:"入猿声一句,文势不伤于直"(《唐诗别裁集》),正是讲的这个道理。两岸猿声一掠而过,瞬息间"轻舟已过万重山",与隔句"千里江陵一日还"相呼应,描写轻舟顺流东下,飞快地穿越猿鸣声声的万重山。这里,"轻舟"的轻字,炼得神妙,它既能表现舟船在激流中飞快行驶时的轻快感,也十分传神地表达了诗人轻松愉快的心情。

全诗神采飞扬,气势灵动,"快"是它的精神所在。诗人将主观情感的抒发与客观事物的描写,紧密绾合起来,既写舟行轻捷,也写心绪畅快,浑然天成,不着痕迹。桂馥称赞本诗"通首精神飞越"(《札朴》卷六),恰是深中肯綮的评论。 (吴企明)

苏台览古

原文 怀古　　　唐·李白

旧苑荒台杨柳新，菱歌清唱不胜春。只今唯有西江月，曾照吴王宫里人。

内　容 通过历史上人事的变迁，说明荣华富贵不能久长的道理，并讽刺纵情享乐的唐代统治者。

特　色 曲笔侧锋，词婉意深。

注　释 苑：园林。胜：尽。只今：如今，现在。西江：唐人多称长江中下游为西江。

赏析　苏台，即姑苏台，在今江苏苏州市西南的姑苏山上，相传为春秋时吴王夫差所建，供自己游乐。李白游苏州时，登临姑苏台，览古阅今，写成这首咏古诗。

诗的前三句，写今日的"衰"。首句，诗人就眼前景着笔，经过历史风雨吹刷的吴苑、苏台，残破废旧，荒芜凄凉，麋鹿卧游其上，只有杨柳依旧抽芽成"新绿"，年年如此。诗人以不变的自然景物，有力地反衬出人事的迭变、盛衰之无常。次句"菱歌清唱不胜春"紧承首句，仍写苏台荒凉。"菱歌"，采菱女子唱的歌；"清唱"，没有音乐伴奏的徒歌；"不胜春"，歌声中包含着不尽的春意。昔日吴王宫里歌响遏云、鼓吹动天的盛况，早已销声匿迹；剩下充满生机的采菱歌声，至今还回荡在苏台上空。这句诗没有直接描写吴宫荒凉，却以菱歌反衬，采用的是曲笔侧锋的手法。今天，唯有西江上的迷蒙月色，照在这"旧苑荒台"上，益发见出荒凉凄清；西江月是历史见证人，它曾经照见过吴王夫差、西施以及其他妃嫔宫女，照见过昔日繁华豪富的吴王宫殿。诗到了第四句，才转入正题，醒明本意，打破了一般绝句诗的结构特征，显示出李白雄健的笔力。全诗三句说衰，一句说盛，构成今衰昔盛对比的诗意，借历史上人事的变迁，指出封建君王的荣华富贵，不能久长，鞭挞他们的腐朽生活，并对唐代统治者沉湎于歌舞声色的享乐生活提出了警告，词婉意深，含吐不露，使人神远。

李白另一首作于越州（今浙江绍兴）的《越中览古》诗，题材、题旨与本诗相似，诗云："越王勾践破吴归，战士还家尽锦衣。宫女如花满春殿，只今惟有鹧鸪飞。"两诗都以今昔盛衰构意，但是艺术手法不同，前者由衰溯盛，后者由盛转衰。前三

> **佳句**
> · 旧苑荒台杨柳新，菱歌清唱不胜春。

句写越王勾践灭吴归来后豪华的气派，最后一句，跌出正意，说越王宫殿里到处飞舞着鹧鸪，极写今日衰飒之状。二首览古诗，一种格调，一种旨意，而纵横变化，更可见出李白艺术腕力的灵活和艺术技巧的多变。

（吴企明）

听蜀僧濬弹琴

原文 技艺 唐·李白

蜀僧抱绿绮，西下峨眉峰。为我一挥手，如听万壑松。
客心洗流水，遗响入霜钟。不觉碧山暮，秋云暗几重。

内　容 这首诗描写蜀僧濬弹琴的高超技艺和美妙的琴声。
特　色 一气挥洒，用典巧妙。
注　释 峨眉：山名，在今四川省峨眉山市。壑：山谷。客心：离家远游人的情绪。客，指诗人。遗响：指琴的余音。

听蜀僧濬弹琴

赏析 这是一首表现听蜀地来的法名濬的和尚弹琴,描写演奏技艺的诗。"僧濬",有人以为就是李白《赠宣州灵源寺仲濬公》诗里的那位仲濬和尚,那么,本诗当写成于宣城一带。

李白自幼生长蜀地,对蜀中的风土人情倍感亲切,尤其是离开蜀地的时间愈长,这种乡情也愈加强烈。本诗首两句就题写,一开始就点明了怀乡的情思。"绿绮",古琴名,傅玄《琴赋序》:"司马相如有绿绮,蔡邕有焦尾,皆名器也。"司马相如便是蜀人。"峨眉峰",在蜀地西部。蜀僧抱着蜀中著名文人的琴,从蜀地的名山下来,弹奏给生长在蜀地的人听,这对诗人李白来说,该是件多么惬意的事呀!

唐诗里描写音乐的名作很多,通常运用生动、贴切的比喻,形容音声的美妙,如李贺的"昆山玉碎凤凰叫"(《李凭箜篌引》),白居易的"大珠小珠落玉盘"(《琵琶行》)。李白在本诗里则采用多种手法,多侧面地描写蜀僧濬的演奏技艺和琴声。"为我一挥手",将蜀僧弹琴时的气度和他的纯熟技法,一下子显现在读者面前。"挥手"一词,出自嵇康《琴赋》:"伯牙挥手,钟期听音。""如听万壑松",用从四面八方奔涌而来的松涛声,比况气势磅礴、激越洪亮的琴声,喻象生动恰当。颈联二句,从多种侧面表现琴声。"客心洗流水",琴声的节奏骤然从急遽转向舒缓,它或如叮咚泉流,或如汤汤江水,听后使人心神愉悦、畅快,可以洗涤因客愁而生出的种种烦恼。这里,还蕴含着一则典故。《列子·汤问》:"伯牙善鼓琴,钟子期善听。伯牙鼓琴,志在高山,钟子期曰:'善哉,峨峨兮若泰山。'志在流水,钟子期曰:'善哉,洋洋兮若江河。'"借着这则古老的传说故事,诗人自喻为琴师的知音者。这句诗,既用流水声形容琴声,又以音响效果,描写技艺的高超,还通过典故,表现出诗人对蜀僧濬的钦敬情意,它多层面地发挥了自身的艺术功能。"遗响入霜钟",一曲弹罢,余音袅袅,不绝如缕,与远处寺庙里的薄暮钟声融和起来，在空谷里回荡。"霜钟"，自《山海经·中山经》"有九钟焉，是知霜鸣"句中化出，点明节令，与下句"秋云"暗合。这句诗，用听琴人聆听余响，沉浸在艺术享受中的神情，衬托出琴声的美妙动听，逗人入迷。尾联进一步用琴声的艺术效果表现蜀僧濬出神入化的琴艺。"不觉碧山暮，秋云暗几重"，诗人完全陶醉在琴声里，连时光的流逝也感觉不到，待听完琴曲后，才发现山头秋云重重叠叠，暮色笼罩着青山。两句诗没有写到弹琴，而蜀僧技艺之高超，琴声之美妙，都在言外得之。秋高气爽，本来不会有流云凝聚，尾句暗示读者，流云因为听到蜀僧精妙的琴音而留滞山头，诗人巧妙地运用了《列子·汤问》里秦青抚节悲歌"响遏行云"的典故，稍后的李贺也写过"空山凝云颓不流"（《李凭箜篌引》）的诗句，具有异曲同工之妙。李白运化典故，自然妥帖，不露痕迹，不精心体味诗意，难以发现。全诗用写景结尾，境界阔大，含蕴深邃，将弹琴者的演奏活动和听琴者的主观感受，糅在一起，绾合到赞扬蜀僧濬琴艺的题旨上。

高步瀛评说这首诗："一气挥洒，中有凝练之笔，便不流入轻滑。"（《唐宋诗举要》卷四）精当地指出了李白这首五律的特点。本诗清新俊逸，下语明快，承转自然，用典巧妙，律对看似不费力气，颔联也不太严整，但颈联对仗工整，琢句凝练，因此尽管全诗一挥而就，一气呵成，却没有轻滑的弊病，充分反映了李白诗歌崇尚自然的审美特征。

（吴企明）

哭晁卿衡

原文　　伤悼　　唐·李白

日本晁卿辞帝都，征帆一片绕蓬壶。明月不归沉碧海，白云愁色满苍梧。

内　容　此诗抒写对日本友人晁卿衡的哀悼之情。
特　色　清丽哀婉，情韵悠长。
注　释　帝都：指唐都城长安。征帆：指远航的船只。明月：代指晁卿衡。苍梧：山名，即九嶷山，在今湖南省宁远县南，相传舜葬于苍梧之野。

赏析　这是一首记载唐代中日人民友情的名诗。

　　晁卿衡，即晁衡，又作朝衡，"卿"是对其任卫尉卿的尊称。他原名阿倍仲麻吕，日本奈良人，于唐玄宗开元五年（717）三月，随日本第九次遣唐使团抵长安留学，学成后仕唐，先后任左拾遗、左补阙、秘书监、卫尉卿等职。天宝十二年（753），随日本第十一次遣唐使团归国，途中遇风，传说溺死海中，李白闻讯十分悲恸，遂作这首伤悼之诗。其实，当时晁衡并未死亡，而是漂至安南驩州（今越南安城），于天宝十四年（755）六月回到长安，最终仕至左散骑常侍、镇南都护，大历五年（770）卒于长安。

　　首句叙晁衡辞别帝都长安，"日本"二字，点明晁衡国籍。"辞帝都"，包含着朝野上下隆重欢送的热烈场面：玄宗亲自饯行,御笔题诗,诗友王维、储光羲、包佶、赵骅等题诗送行。次句描绘晁衡一行扬帆东渡之景,点明是海上舟行,"征帆"在浩渺无际的大海中只是"一片",极写海之大、舟之小,暗示旅途艰险。"蓬壶"指传说中海上仙山蓬莱、方壶。"绕"字点出航道曲折而不平坦,"绕蓬壶"已隐含漂泊不定、前程未卜的悬念,景中已寓忧情。

第三句,隐喻晁衡遇难溺死海中,深寄怅惋之情。"明月"即明月珠,《楚辞·九章·涉江》:"被明月兮佩宝璐。"王逸注:"言己背被明月之珠,腰佩美玉。"此处喻指人品高洁、才华出众的晁衡。"明月不归沉碧海",诗人有意识地将晁衡遇难之凶事,借明珠沉海之喻写出,创造了一种清丽哀婉的境界,情景相生,使人深感惋惜和哀痛。此句明为写景,实为叙事,更是抒情,笔法绝妙。末句"白云愁色满苍梧",以哀愁之景写伤悼之情,寓情于景,情谊无限。诗人将丧友的哀痛,通过白云传愁、苍梧变色的拟人手法,烘托出云天、碧山、沧海与人同悲的氛围,于缥缈景色中寄寓哀悼之情,情韵悠长。

全诗四句未出现"哭"字,但融情于景,寄托对异邦良友的哀伤,却比"哭"的悲痛更深几层。

(郁贤浩 倪培翔)

燕歌行(并序)

原文 边塞 唐·高适

开元二十六年,客有从御史大夫张公出塞而还者,作《燕歌行》以示适。感征戍之事,因而和焉。

汉家烟尘在东北,汉将辞家破残贼。男儿本自重横行,天子非常赐颜色。摐金伐鼓下榆关,旌旆逶迤碣石间。校尉羽书飞瀚

海,单于猎火照狼山。山川萧条极边土,胡骑凭陵杂风雨。战士军前半死生,美人帐下犹歌舞!大漠穷秋塞草腓,孤城落日斗兵稀。身当恩遇恒轻敌,力尽关山未解围。铁衣远戍辛勤久,玉箸应啼别离后。少妇城南欲断肠,征人蓟北空回首。边庭飘飖那可度,绝域苍茫更何有。杀气三时作阵云,寒声一夜传刁斗。相看白刃血纷纷,死节从来岂顾勋?君不见沙场征战苦,至今犹忆李将军!

内　容	诗歌叙写一次战争的全过程(实际涉及多次战争),表达了呼唤良将结束战火的愿望。
特　色	高屋建瓴,全景辐射。
注　释	**横行**:纵横驰骋,扫荡敌寇。**挝金伐鼓**:意指行军时金鼓和鸣。挝,撞击。伐,敲击。**榆关**:山海关,在今河北省秦皇岛市东北。**碣石**:山名,在今河北省昌黎县西北。此泛指东北海滨地带。**校尉**:军职名,此泛指统兵的将领。**瀚海**:大沙漠。**单于**:匈奴人称君长为单于,此指北方民族首领。**猎火**:打猎时为了驱赶野兽而燃起的火,此指战前的军事演习而燃起的火。**狼山**:即狼居胥山,在今内蒙古自治区五原县西北黄河北岸。**极边土**:直到边疆的尽头。**帐下**:指军帅的营帐之中。**穷秋**:深秋。**恒**:常常。**玉箸**:本指玉制的筷子,筷子的美称。这里喻指眼泪。南朝梁·简文帝《楚妃叹》诗:"金簪鬓下垂,玉箸衣前滴。"**城南**:指少妇的住处。**断肠**:形容悲伤到极点。**蓟北**:指征人所在地。**三时**:指历时很久。三,约数,指多。**刁斗**:军中巡更、煮饭两用的铜器。**死节**:指为国而献身。**君不见**:这是歌行诗在开头或者结尾常用的一种提示语。

赏析　《燕歌行》是唐代边塞诗中著名的鸿篇巨制之一,亦是后人对其主旨的理解众说纷纭乃至迥然相左的诗篇之一。举其荦荦大者,就有明唐汝询《唐诗解》的"此述征戍之苦也"。又有刺张守珪、刺安禄山的歧见。而施蛰存先生则在《唐诗百话》中明确指出:"高适作此诗,决不是有讽刺之意。"这些不同意见的

产生，在于"诗序"本身的种种不同记载，以及"客"是谁？"客"作的湮没无存。如诗序中"开元二十六年"一句，《又玄集》作"开元十年"，《河岳英灵集》作"开元十六年"。"御史张公"，明活字本《高常侍集》则作"元戎"。诗文本身亦有种种不同的版本差异。学者们根据不同的记载，各自引用有关的历史背景资料来证明自己的论点，这种争论恐怕还会长期继续下去。

・战士军前半死生，美人帐下犹歌舞！

我们认为，马克思在肯定古希腊艺术"永久的魅力"时指出："困难不在于理解希腊艺术和史诗同一定社会发展形式结合在一起。困难的是，他们何以仍然能够给我们以艺术享受，而且就某方面说还是一种规范和高不可及的范本。"（《马克思恩格斯选集》第二卷）作为历史第一重存在的背景考证固然有助于准确把握诗人创作的本意，然而，当它已消失在时空日益增厚的层累之中时，历史便获得了第二重存在，也即被作品"永久的艺术魅力"所激发、所复现的存在。其广度深度甚至涵盖和超越了前者。故本文仅依《全唐诗》本作美学描写分析。

开元二十年（732），高适曾有过北上蓟门之行。嗣后，曾在瓜州有过赫赫战功的幽州节度使张守珪经略东北边事：二十二年六月，大败契丹；十二月，斩契丹王屈烈及可突干；二十三年二月，赴东都献捷，赏赐甚厚；二十四年三月，他使安禄山击奚、契丹，败还；二十五年二月，他再破契丹于捺禄山（《资治通鉴》卷二百一十四）。高适将自身边塞生活的体验与从"客"所闻"征戍之事"结合起来，便写下了这首不限于一事一地、囊括古今的宏作名篇。如果我们囿于一隅之见，便无法理顺蓟北、榆关、碣石等写实的系统和大漠（即沙漠）、瀚海（今内蒙古中、西部大沙漠）、狼山等比拟的系统。因为后者与奚、契丹全然无涉。"按照唐人从沿海进军的道路，是不可能也不必要飞羽书于瀚海的"（程千帆《古诗考索》）。

燕歌行(并序)

全诗四句一韵,两韵一层,依次写边将出征、受挫被围、两军相持、殊死决战等作为一个战役的全过程,把边策弊端、主将骄淫、敌骑猖獗、士卒血战、思妇悬念等一系列军中矛盾和征戍之苦渗透其间,最后结以思良将、罢兵戎的良好愿望。举凡古今边塞诗作所涉及的一切重大主题和复杂情感,几乎都可在本诗中找到,可说是集大成之作。

第一层八句写战争起因、出征形势。"汉家",指唐代,以汉喻唐,乃唐边塞诗通例。"烟尘",烽烟和尘土,指敌人入侵。"东北",点明方位。"残贼",指契丹余寇,原不必大动干戈。但是,"男儿本自重横行,天子非常赐颜色"。这就揭出了天子恣惠、主将"横行"、轻启边衅的一面。"横行",语出《史记·季布栾布列传》:"愿得十万众,横行匈奴中。"唐军㧐(chuāng,撞击)金伐鼓,旌(jīng,旗之一种)旆(pèi,旗的垂旒)高举,耀武扬威地向东北边关挺进。前线则羽书(插有鸟羽的军用紧急文书)频传,报告说敌酋宵猎,骑火照亮狼山,气焰极度嚣张。这样,一方是"残贼"燃"烟尘","猎火照狼山";一方是"天子赐颜色",主将欲"横行"。一场恶战,势在不免。

第二层八句写唐军初战受挫,力尽被围。

唐军长途跋涉,穿越萧条山川,方才抵达边土;胡骑却以逸待劳,占有天时地利,像狂风骤雨似的杀将过来。"凭陵",指倚仗某种有利条件去侵凌别人。战士们在阵前奋力作战,死伤过半;将军们却在帐中寻欢作乐,听歌赏舞。军中苦乐如此不均,将军们如此骄奢轻敌,势必导致斗兵日稀,力尽被围,退守孤城。作者在描述这场恶战时,插以"大漠穷秋塞草腓"(腓,féi,枯萎)、"孤城落日"等边塞特有的阴惨景色,很好地烘托出唐军初战受挫后心境的凄凉。"身当恩遇恒轻敌",尖锐地揭示了初战失败的心理因素:恃宠轻敌冒进,焉有不败之理?

第三层八句写两军相持,旷日持久。征夫的铁衣远戍引起思妇的悬念悲泣;少妇的城南断肠又激发起征人的频频回首。然而,战事一日不结束,城南少妇和蓟北征人的别离相思总是徒然,难以消释。边庭飘摇,难以飞渡;绝域苍茫,更是一无所有。白日杀气腾腾,历时甚久;寒夜刁斗声声,令人心碎。诗人在战事中插进诸多景物描写和后方情事,决非可有可无的闲笔,而是为了更好地渲染战争的残酷无情,同时也使文势张弛有致。

最后一层写殊死决战,但又故意只出四句而不揭示结局。战士们白刃血战,视死如归,决非为了个人的功勋!那么,将军们却是如何呢?诗人故意不作正面回答,而是宕开一笔收束:"君不见沙场征战苦,至今犹忆李将军!"有如此英勇作战的士兵,战争胜败的关键就在于能否有像飞将军李广一样身先士卒、爱护部下的良将了。原来,诗人写作本篇的主旨本不在具体记叙某次战争的胜败得失,而是呼唤良将出、罢兵戎,永远结束"沙场征战苦"啊!

(黄益元)

封丘作

达怀　　　　唐·高适

原文

我本渔樵孟诸野，一生自是悠悠者。乍可狂歌草泽中，宁堪作吏风尘下？只言小邑无所为，公门百事皆有期。拜迎长官心欲碎，鞭挞黎庶令人悲。悲来向家问妻子，举家尽笑今如此。生事应须南亩田，世情付与东流水。梦想旧山安在哉？为衔君命且迟回。乃知梅福徒为尔，转忆陶潜《归去来》。

内　容　诗歌写为官时内心深刻的矛盾和痛苦，表达了诗人弃官归田的思想。

特　色　气骨琅然，偶散交互。

注　释　渔樵：打鱼采樵。期：期限。黎庶：平民。妻子：妻子儿女。举家：全家。世情：世俗之情，此指做官。衔君命：奉君命。迟回：指徘徊。徒为尔：只是为了这个缘故。尔，此。

赏析

出仕与隐居，兼济天下与独善其身，历来是封建文人矛盾心态的两面。两者激烈撞击迸发的火花，足以使有独立思想的豪杰之士以惊世骇俗的毅然举动，完成其主体人格的自我完善：或如屈原那样愤怼沉江，以身殉国；或如陶潜那样挂印封金，辞官归去。

高适写《封丘作》时，正处于进退仕隐的矛盾漩涡中。据新、旧"唐书"记载，高适早年落魄困顿，五十岁左右方由宋州刺史张九皋举荐中有道科，然而因李林甫擅权，仅得授封丘县尉（从九品）的微职。进不能大展雄才，拯济苍生；退无由挣脱羁绊，傲岸江湖，于是赋诗明志，倾吐衷曲。

全诗十六句，每四句为一节。首节直抒胸臆，表明闲散傲物、不堪作吏的人生态度。高适出仕前曾长期客居隐耕于宋城

(今河南商丘),故曰:"我本渔樵孟诸野,一生自是悠悠者。""孟诸",故泽名,在今河南商丘东北。"悠悠",语出《诗经·小雅·车攻》:"悠悠旆旌。"朱熹集传:"萧萧、悠悠,皆闲暇之貌。"本诗指一种游荡轻物的态度。"言我本悠悠之徒,只可草泽狂歌,岂堪风尘作吏也。"(张相《诗词曲语辞汇释》)在退隐与出仕的选择中,作者的情感流向无疑是倾向于前者。那么,诗人怎么会违背初衷陷入今日的两难境地呢?于是,第二节便申述

- 拜迎长官心欲碎,鞭挞黎庶令人悲。

个中原委:"只言小邑无所为,公门百事皆有期。"当初只以为邑小官闲,清静无为,姑且俯身屈就,聊以养家糊口;却不料一入公门,便婴罗网,百事侵扰,均有期限相逼,令人心烦。更何况对上须有"拜迎长官"的屈辱,对下则须有"鞭挞黎庶"的暴虐,令人心悲欲碎。这两句诗体现出作者傲岸倔强的个性和高洁正直的操守,也侧面透露和抨击了官场的黑暗腐败。第三节承"悲"字转向家中妻室儿女询问,企求理解,岂料遭家人的耻"笑"。他们说当今世态本就如此,何必大惊小怪坐立不安呢?这一"悲"一"笑",衬出诗人的率真正直,也坚定了他弃世情、事南亩的决心:"生事应须南亩田,世情付与东流水。""生事",即谋生之事。"应须",《文苑英华》本作"须依"。"南亩",见《诗经·七月》:"馌彼南亩。"后泛指田亩。末节言因归隐之念而梦魂萦绕故乡旧山,但现实却是"县职如长缨,终日检我身"(王昌龄《送韦十二兵曹》),故有"为衔君命且迟回"之叹。"衔君命",指受命担任封丘县尉,身不由己。"乃知梅福徒为尔,转忆陶潜《归去来》。""梅福",字子真,九江寿春人,曾做过南昌尉,后弃官。但仍不忘国事,数次上书进言,终不被采纳,最后弃妻而去,得道成仙,事见《汉书·梅福传》。"《归去来》",指陶潜弃官时作《归去来兮辞》。诗人决意摒弃梅福式的徒劳竭忠(徒为尔),仿效陶渊明的高风亮节,一去不归。事实上,高适果

真不久便弃官而去，完成了诗品和人格的完整塑造。

殷璠《河岳英灵集》评高适诗"多胸臆语，兼有气骨"。本诗便是不假矫饰，直抒胸臆，坦陈厌宦趋隐的心态历程。章法上高屋建瓴，一气盘桓后急落直收。每节前两句散行，后两句对偶，交互回环，富有节律。磊落遒劲的琅然气骨，确是高适其人其诗总体风貌的特征。"拜迎长官心欲碎，鞭挞黎庶令人悲"，与李白"安能摧眉折腰事权贵，使人不得开心颜"，同样具有振聋发聩的巨大精神力量。

（黄益元）

送李少府贬峡中王少府贬长沙

原　文　　　　送别　　　唐·高适

嗟君此别意何如？驻马衔杯问谪居。巫峡啼猿数行泪，衡阳归雁几封书。青枫江上秋帆远，白帝城边古木疏。圣代即今多雨露，暂时分手莫踟蹰。

内　容　这首诗写送别友人，表达对友人的同情和宽慰。
特　色　嵌镶地名，一诗两写。
注　释　君：指李、王二少府。意何如：心情怎么样。衔杯：指饮酒。谪居：指谪贬的地方。青枫江：地名，在今湖南省长沙市。古木疏：指秋天树叶脱落。圣代：圣明时代。即今：如今，现在。雨露：比喻恩泽。踟蹰：犹豫。

赏析　本诗系同时分送两位县尉（即少府）贬峡中和长沙，此即题意。故首联总起设问，"嗟"的语气口吻，"驻马衔杯"的举动，主客兼顾，离情别意俱现。颔联颈联，就两少府贬去的所在，左右开弓，交替变幻四地名风物，"以我径寸心，从君千里外"（南朝梁·沈约《饯谢文学离夜》）。诗人驰骋想象，横跨地域，仿佛随朋友远赴长沙，直下三巴，此一层意也。闻猿啼而涕下，见雁回而生思。情随物迁，虽隔千里而相通，此又一层意也。又青枫江水天旷远，气象阔大；白帝城古木稀疏，天穹毕现。秋气固悲，然更有物我相通、开拓心胸的另一面，此又一层深意也。于是，末联慰以皇恩常施，起用有期，暂时之离切莫踌躇不安，可谓水到渠成，诗题做足。同情、伤感、眷恋、宽慰，抒尽友朋之谊。

佳句
· 青枫江上秋帆远，白帝城边古木疏。

送别诗源远流长。代行人设想立意，亦可追溯至《诗经·卷耳》。高适此诗在极有限的篇幅内纵横捭阖，多方兼顾，显示出他除擅长沉郁的七古之外，亦能驾驭规矩凝练之七律。当然，以四地名镶嵌于工对之两联中，"究为碍格"（纪昀《瀛奎律髓刊误》），陈子昂《度荆门望楚》起首四句及李白《峨眉山月歌》绝句之用四地名，则更为流动不羁。　　（黄益元）

题沈隐侯八咏楼

原文　　题楼　　唐·崔颢

梁日东阳守，为楼望越中。绿窗明月在，青史古人空。
江静闻山狖，川长数塞鸿。登临白云晚，流恨此遗风。

内　容　诗歌写登八咏楼时所见所感。
特　色　古今含汇，情景融铸。
注　释　青史：古代以竹简记事，故称史籍为"青史"。古人：指沈约。狖（yòu）：古书上说的一种长尾猿。流恨：犹遗恨。遗风：某个时代流传下来的风气。此指功成身退之风。

赏析　沈隐侯，即梁代著名诗人沈约。隆昌元年（494），约以

题沈隐侯八咏楼

吏部郎出为东阳（今浙江金华）太守，尝登玄畅楼题《登台望秋月》等八首诗，称为"八咏"，时号绝唱，后人因更玄畅楼为八咏楼。楼以诗名，诗借楼传，那才情风韵，尤让爱诗的唐人倾倒。"明月双溪水，清风八咏楼"（严维《送人入金华》），每每激发起唐人的诗兴。崔颢此诗，触景生情，深得后人称道。

佳句
- 绿窗明月在，青史古人空。

"起句自在"（方回《瀛奎律髓》卷三十五）极了，"梁日东阳守，为楼望越中"，纯用赋笔，把一个历史镜头拉回到人们面前。史载玄畅楼是沈约守土东阳时所建（据《一统志》），为何构筑此物，不得而知，而作者径称其"为楼"的目的乃是"望越中"，显示出东阳太守浓厚的诗人气质，别具情趣。

"绿窗明月在，青史古人空"二句，写作者心旌摇荡，喟然感叹。当年东阳太守"望秋月，秋月光如练"（沈约《八咏诗·登台望秋月》），如今月光透过绿窗徘徊楼台，而伊人却冥然而逝。这两句，诗笔旋折，形成对比映照。天地之永恒与人生之短暂，本是自然规律。但此时此地，由"明月在"所唤起的"古人空"的消逝感毕竟令人黯然神伤。一个"空"字，凝重肃穆，而将其与"青史"镶嵌，悲凉中又生出几分仆卧古松的美感，故赢得纪昀"浑含甚妙"（《瀛奎律髓刊误》）的赞赏。

"江静闻山狖，川长数塞鸿"两句，诗人别开生面。伊人登高览胜的画面淡出，化入作者兀立高楼的情景。此时因已入夜，万籁俱寂，江面悄然无声，唯有不时传来的几声猿啼回荡在江面，凄戾悲怆。此句深得"蝉噪林逾静"（王籍《入若邪溪》）的动静相生之妙。"江静"二字极平淡，几声猿啼惊人心魄，一个"静"字便声息可感，形成了沉哀悲凉的艺术氛围。这时，诗人把目光投向了苍莽凄迷的高天，天上塞鸿点点，在长江汩汩东流的背景下，显得格外鲜明。一个"数"字，是"诗眼好处"（方回《瀛奎律髓》卷三十五）所在：夜阑人寂，独立楼台已见孤寂，数点鸿雁，看似百无聊赖；秋之将尽，鸿雁归飞，如唤旅人，数点愈切，愈见游子心曲。隐侯之咏，尝"怨别鸿"。逝者如斯，心数目送，而生怀古之情。情景融铸，古今含汇，具有令人玩挹不尽的情味。

至此，诗人以"登临白云晚，流恨此遗风"两句关合全篇，就水到渠成了。"白云"一语，出自刘霁《八咏·被褐守山东》诗末："秩满归白云，淹留事芝髓。"喻功成身退。此处作者巧妙地将之点化入诗，毫无牵裾之感，只在"流恨此遗风"中，才显出心灵深处的隐痛。

唐人登高怀古之作甚多，用事精妙，便称佳构。而此诗除用事之外，处处切合《八咏》原作，取宏用精，创造出浑融的意境，倾吐游子积愫。在唐人怀古题咏之作中，是很有特色的。

（罗时进）

逸 闻

崔颢青年时期所作的诗，词意浮艳，有失轻薄。当时的名士李邕听说了他的才名，曾特意邀请他。崔颢登门后献诗，第一句就是"十五嫁王昌"，李邕当即呵斥他："小儿无理！"后诗风突然转变，创作了一些风骨凛然，饱含豪迈之气的边塞诗。据说他十分注意推敲字句，有一次因为生病，形容消瘦，朋友揶揄他说："我看你不是因为生病才瘦成这样，倒是整日苦吟的结果吧。"《黄鹤楼》是他的名作。据说李白游览黄鹤楼时，感慨地说："眼前有景道不得，崔颢题诗在上头。"

（王晓丹）

黄鹤楼

原文　　　　　登临　　　唐·崔颢

昔人已乘黄鹤去，此地空余黄鹤楼。黄鹤一去不复返，白云

黄鹤楼

千载空悠悠。

晴川历历汉阳树,芳草萋萋鹦鹉洲。日暮乡关何处是,烟波江上使人愁。

内　容　本诗抒发诗人登楼的感慨和浓重的乡愁。
特　色　开阖纵擒,虚实相生。
注　释　黄鹤楼:在今湖北省武汉市。《南齐书·州郡志》说仙人子安乘黄鹤经过这里,因以名楼。《寰宇记》说费文祎(yī)登仙,曾驾黄鹤在这里休息,故名。昔人:指子安或费文祎。悠悠:飘动的样子。汉阳:地名,武昌的西面,与黄鹤楼隔江相望。萋萋:茂密的样子。鹦鹉洲:黄鹤楼东北长江中的小洲。乡关:故乡。

赏析　崔颢《黄鹤楼》一诗在唐人诗歌中有很高的知名度,如同提到《枫桥夜泊》就想起张继一样。崔颢为开元十一年(723)进士,《全唐诗》收有崔颢诗一卷,而以《黄鹤楼》最负盛名。虽说《唐诗纪事》《唐才子传》均谓崔颢"有文无行"及"行履稍劣",但此诗名重一时,传唱千古却是个事实,"唐人七言律诗,当以《黄鹤楼》为第一"(严羽《沧浪诗话》)。

《黄鹤楼》全诗可分"吊古""怀乡"两部分,前四句写"吊古",后四句写"怀乡"。首联"昔人已乘黄鹤去,此地空余黄鹤楼"。以虚拟之笔切入题目,将读者视线引到仙人骑黄鹤的审美意象上去,仙人或谓子安,或谓文祎,仙人黄鹤已去,空存楼台于此,感慨无限。颔联紧承上述意脉,"黄鹤一去不复返,白云千载空悠悠",黄鹤去后不返,空余白云悠悠。两联之中两点"空"字、三提"黄鹤",思绪浩渺,表现诗人对昔时仙人的追慕,也掺有诗人颇感世事微茫飘忽的意绪。前四句中两次提到的"空"字为此诗题旨之机栝,《黄鹤楼》全诗主要写诗人登楼远眺时蓦然潜注心底的空虚之感,借黄鹤飞逝,楼台空空,寄寓自己无可排遣的忧愁。诗人徜徉楼头,形影孑然,此处明写"空"

字。颈联"晴川历历汉阳树,芳草萋萋鹦鹉洲",急趋直下转而描绘楼上所见景观:碧空万里,对岸在望,江中洲地,芳草如茵。"萋萋",芳草茂密的样子,化用《楚辞·招隐士》"王孙游兮不归,青草生兮萋萋",诗人以此形容思归之情之滋生。尾联由此顺势落脚,"日暮乡关何处是,烟波江上使人愁",由暮色苍茫想到故土,而乡关却沉在浩渺烟波之中。这里诗人见江景起"愁",与前面睹空楼叹"空",遥相呼应。此两联尾额相扣,重合起始诗境之浩渺思绪。

《黄鹤楼》一诗,以诗歌的格局理脉而言,古今合璧,开阖纵横。此诗前半"吊古",后半"怀乡",前因企盼黄鹤不至而撩起愁绪,后由怅望乡关不见而产生愁绪,均属"空"之意境。浓缩今昔时空的"吊古"之思与"怀乡"之愁,互为呼应与碰撞,使全诗题旨更为集中,氛围更为浓烈。有此中心意境遂使全诗间架结构忽张忽弛,不拘定格。首联由昔人已去略收至空余鹤楼,随后一纵为颔联"白云悠悠",颈联又急转猛羁收束为眼中所见之晴川芳草,尾联日暮烟波再作纵弛,且开且合,亦纵亦擒。全诗谋篇布局有纵擒跳宕笔法,《黄鹤楼》之格律、气势亦不同凡响。胡应麟谓此诗"实类短制,仍称近体"(《诗薮》内编),前二联完全是古风格调,不讲严格律诗的平仄对仗,韵律流走一气,黄鹤三致意焉亦难觉察,跳动着一种极富有魅力的诗歌旋律美感。行至颈联,声势、格调、色泽、节奏大不同,随着内容由抒发"吊古"之情转移为怀乡之思,气势由溅溅飞涛转为泠泠瀑流,格调由散调改为整饬,色泽由朦胧不明变为明丽清晰,节

> **佳句**
> ·昔人已乘黄鹤去,此地空余黄鹤楼。
> ·黄鹤一去不复返,白云千载空悠悠。

奏亦由急促趋于和缓,诗陡然进入相反的格调中,形成大跌宕,形成矛盾对立的审美效果。杨载《诗法家数》云:"颈联或写意,或写景,或书事,用事引证,与前联之意相应相避。要变化,如疾雷破山,观者惊愕。"此诗"晴川历历"一联与"黄鹤一去"

一联意趣相迥,使用的正是这种"疾雷破山"式的"惊愕"之笔。而诗歌气韵仍从头直贯到底,于此不过换一种写法罢了。作者出神入化地充分利用此时律诗尚有掺入古风的特点而写出卓绝千古的诗章。就这首七律的诗歌意境来说,情景交融,虚实结合。诗歌意境往往关涉虚实,刘禹锡所说"境生于象外",即指艺术意境所具"境"与"象",亦即"虚"与"实"之两个不同层次。此诗以虚实相生的手法创造出独特的意境。由远古的神话传说写到现实的景物,又由绿茵芳草地转到乡关浩渺处。白云深处漂浮着仙去楼空的怅惘,烟波江上氤氲着思乡不见的烦忧,时远时近,忽情忽景,亦虚亦实,是景语也是情语,虚实相间,情与景凝成一个深邃的"空"的意境,达到"境"与"象"、审美感情外化和审美对象人化的统一。可见,《黄鹤楼》这首诗无论诗歌意境或气势章法均独臻一格,取得了极大成功。　　(虞德懋)

咏山泉

原文　　　咏泉　　唐·储光羲

山中有流水,借问不知名。映地为天色,飞空作雨声。
转来深涧满,分出小池平。恬澹无人见,年年长自清。

内　容　诗歌描写了恬静明秀的山泉,流露了诗人脱俗淡泊的情怀。
特　色　水月镜色,象外有寄。
注　释　恬澹:清静淡泊。

赏析　这首诗以白描手法,用朴实冲淡的语言,描写了山泉的恬静明秀,流露了诗人脱俗淡泊的情怀。

诗开头两句,看似不经意的平淡叙述,却颇自然流转,饶有情味。"流水"的"流"字用得特别妙。如果写成山中有泉水，或山中有溪水，感受会大不一样，泉、溪固能为景，却没有"流"字传达得灵动，这里用"流"修饰"水"，极生动地表现了山泉湍湍不息、奔跳不定的天趣，充满生机，给人一种轻快愉悦感。"借问"二字流露出诗人探幽访胜的兴趣，而"不知名"的自答则表明这是一条不为人知的山泉。

佳句
• 恬澹无人见，年年长自清。

中四句诗人以饱满的笔触对山泉作了多方面的描写。各句开头都以动词领先，突出了山泉的"流"态。"映""飞""转""分"，既写出水流的多姿，又写出山的地形变化，这里山因水而秀，水因山而美，当水流在一段较平缓的山路上匀速流淌时，水面是平滑的，像一面镜子，映着天光，衬着山色，碧水青天融为一体，顿有空明之感。"飞空作雨声"，是说水流沿山势奔去，猛然从断岩处跌落下去，空谷数丈，玉碎珠裂，水星四溅，哗哗之声久响不绝，颇给山林添加几分喧闹，幽而不寂。"转来深涧满，分出小池平"二句，写出了一种悠闲、自在的意态，山泉在山中曲折流转，在低洼处则集聚成池，所以是"分出"。"满""平"两字，含有不尽的意趣，诗人乐山乐水的惬意似全盈蓄于其中了。

"恬澹无人见，年年长自清"，这最后两句进一步写出山泉的精神气质。"无人见"照应"不知名"，虽隐于深山，人迹罕至，但洁身自好，年年自清自碧，不污于尘俗。这里虽仍在咏泉，但已是写诗人对理想人格的喻寄。

全诗句句看似咏泉，其实是借山泉来抒写一种内心空明、涵育天地、任运随化、脱凡出俗的精神境界，这是隐居文人沉埋山野而又不求闻达的精神境界。

"泉"是"象"，理想人格与精神境界则是"象"外之"寄"。"寄"之于"象"是那样的不着痕迹，此所谓水中月、镜中色也，这正是此诗高明之所在。

（竹　屏）

望 岳

原文　　　游山　　　唐·杜甫

岱宗夫如何？齐鲁青未了。造化钟神秀，阴阳割昏晓。
荡胸生层云，决眦入归鸟。会当凌绝顶，一览众山小。

内　容　此诗描写泰山雄奇神秀的景观，表现了诗人博大的胸襟和积极进取的精神。

特　色　境中有我，神余象外。

注　释　岳：古代指名山，此指泰山。岱宗：指泰山。泰山旧谓居五岳之首，为诸山所宗，故称。岱，山名，指泰山。齐鲁：泰山在今山东省泰安市，山北古为齐国地，山南古为鲁国地。造化：指大自然。钟：聚集。北魏郦道元《水经注·济水二》："泽水淼漫，俱钟淮泗。"阴阳：阴指山北，阳指山南。割：划分。昏晓：指明亮和阴暗。荡胸：心胸像经过洗涤一般。荡，涤。决眦：形容极度地使用目力。决，裂开。眦，眼眶。会当：应当。凌：登上。绝顶：最高峰。

赏析

开元二十四年（736），杜甫到洛阳应进士考落第，挫折并没有使他失掉"饮酣视八极，俗物多茫茫"（《壮游》）的少年自负与盛气，他开始了东游齐赵、裘马轻狂的生活。这首诗就是他漫游到山东望见东岳泰山时所作。泰山为五岳所宗，拔地擎天，岿然屹立，被誉为"天下名山第一"。然而血气方刚、胸怀大志的年轻诗人却是要借山写我，通过描绘泰山的雄奇神秀的天下壮观来抒发自己睥睨尘世、雄视一代的凌云豪气。故诗人有意没有采用通常那种直接客观描绘山景的审美视角，而是从"我"的"望"中写"山"，从我的主观心理感受上写岱岳，这就使诗人获得了超越物理时空飞入心理时空中驰骋的审美自由。他的

"望"是一种多视角的散点透视、平视、远视、近视、俯视、仰视,随意变化,推移转换,空间的展现与时间的流动明暗叠合,直到我与山最终在从望岳到登岳的心理升腾中同体为一。

> 佳句
> • 会当凌绝顶,一览众山小。

起首高兀一问,已倾注了诗人对泰山的全部惊叹和仰慕。当年汉武帝登泰山后惊叹说:"高矣,极矣,大矣,特矣,壮矣,赫矣,骇矣,惑矣。"(《史记·封禅书》)杜甫的"夫如何"三字,已经囊括尽全部这些强烈的"高峰体验",一个"夫"字表面好似为了调整音节(夫,语助词,但有"究竟"的口气),实际凝聚着诗人初见泰山时骤然涌起的全部激情与感受,虚字千斤,造句奇特。诗人未登山已情满于山,心游万仞,更奇特的是诗人并没有正面回答,而是在心理时空中对泰山的广袤无垠展开

想象驰骋:"齐鲁青未了。"泰山横亘于北齐南鲁之间,莽莽苍苍,连绵不断。诗人并未登山,由低处"望"岳,极目所见有限,也不可能同时"望"到泰山一南一北向天际延伸的景象,然而在诗人的心理时空的凌空俯视中,北齐南鲁青山起伏迤逦远去的壮丽景观却可以同时一齐收入眼底。只此一笔粗抹,已写出了泰山磅礴浩大的气势。

接着二句"造化钟

神秀,阴阳割昏晓",由俯视快速切入仰视,由横的鸟瞰一变为纵的上探。诗人惊叹于造化(大自然)的鬼斧神工,竟把全部神奇秀丽会聚于泰山(钟,聚集),那巨峰高耸入云,万仞壁立,有如摩天的利剑,把天地劈成一昏一晓、一明一暗两个世界。山南向日的一面为阳,山北背日的一面为阴,一个"割"字,写出山之险,山之高,山之峻。从低于泰山处"望"泰山,事实上是无法同时看到山前山背的,但这又确实是诗人望岳的最真切的感受,在心理时空的多视角转移的"散点透视"下,诗人似乎既可以透视到泰山的每一个侧面,又可以收望到泰山绵亘无边的全部胴体,意象之奇,均从此生。

"荡胸生层云,决眦入归鸟",又转向了细部的特写镜头,诗人之我与泰山已经浑融一体,息息相通。这仍然是从心理感受上写望岳:山间云气重叠翻涌,仿佛胸中也顿生万重云气,舒卷激荡,襟怀为之洗涤;飞鸟投林,渐渐没入杳冥高远的云天,诗人睁大眼睛久久凝望,眼界为之开阔。这是写山,更是写人,王嗣奭说:"'荡胸'句状襟怀之浩荡,'决眦'句状眼界之空阔。"(《杜臆》)从泰岳的巍峨雄伟写到胸怀的坦荡博大,诗人不着痕迹地暗中又实现了一次由写"山"到写"我"的视角转移。

于是诗最后把"我"凸现出来:"会当凌绝顶,一览众山小。"这是心理时空的大跨度的跳跃,是大山精神的人生哲理的升华,是从对山的颂扬转为对人的礼赞的飞腾:既然泰岳如此巍峨高大,气势磅礴,那么人们必当攀登上它最高的峰顶,才能领略到"一览众山小"的无限风光,具有同泰山一样气吞日月、一小天下的磅礴胸怀与气魄。注家们多把最后两句解释为是对泰山崇高的赞美,或者以为是表现作者登山的意愿,以致后来还发生了一场杜甫究竟有没有登泰山的争论。其实杜甫东游齐赵时,其父杜闲正作兖州司马,他有充分的时间登览泰山,岂有已望山而不登山之理?诗末也不是写登山的愿望,而是篇终奏响,诗人之心在心理时空中展开了更自由的翱翔,想象登上了泰山日观峰顶，俯视群山，"矫首望八荒"，感悟到一种深刻的人生哲理。这就把诗歌对泰山奇景的描绘变成了对泰山精神的赞美，表现出的是年轻杜甫那种同巍巍泰岳一样的博大心胸气魄。

显然，我们不能把这首诗简单看成是一首咏泰山的诗。此诗描写泰山意境雄浑阔大，粗笔勾抹与工笔细描结合，虚实映带，动静相衬，构成一幅气象浑灏高远的立体的东岳图。在诗人笔下，这崇高的泰山又是一种象征意象，它寄寓了一种精神，一种哲理，诗人杜甫也把自己对坦荡博大的崇高人格的追求印在了泰山身上，可谓景外有意，境中有我，神余象外，韵味无穷。杜诗精深博大、沉郁顿挫的审美风格，在他年轻时期就已开始形成了。

（景 南）

逸 闻

杜甫字子美。幼时好学，出口成章。天宝六年（747），唐玄宗诏告天下，凡有一技之长的都可以去应试。杜甫也参加了这次考试。但在把持朝政的李林甫的阴谋操纵下，竟"无一人及第"，却还上表称贺皇帝说："野无遗贤。"天宝十年（751），玄宗举行盛大的祭祀活动，杜甫趁机献上三篇礼赋，得到玄宗的赏识，虽未获职，却成为杜甫一生的荣光。安史之乱时，只身投奔逃亡在外的肃宗。中途被叛军俘虏后冒险逃离，终于到达了皇帝所在的凤翔，被授予左拾遗（皇帝近前的谏官）。晚年漂泊西南，在成都西郊的浣花溪盖了所草堂。生活潦倒，受到严武等人的资助。严武死后，他继续漂泊，据说在一条小船上去世。杜甫的诗歌，深刻地反映了当时的社会现状，被称为"诗史"。

（王晓丹）

同诸公登慈恩寺塔

原文　　　　　登塔　　　唐·杜甫

高标跨苍穹，烈风无时休。自非旷士怀，登兹翻百忧。

同诸公登慈恩寺塔

方知象教力,足可追冥搜。仰穿龙蛇窟,始出枝撑幽。
七星在北户,河汉声西流。羲和鞭白日,少昊行清秋。
秦山忽破碎,泾渭不可求。俯视但一气,焉能辨皇州?
回首叫虞舜,苍梧云正愁。惜哉瑶池饮,日晏昆仑丘。
黄鹄去不息,哀鸣何所投。君看随阳雁,各有稻粱谋。

内　容　诗歌写登塔所见、所感,寄寓忧时伤世之思。
特　色　另开眼界,独辟思议。
注　释　高标:指塔顶。跨:超越。旷士:旷达之士。兹:这,指慈恩寺塔。象教:释迦牟尼离世,诸大弟子想慕不已,刻木为佛,以形象教人,故称佛教为象教。足可追冥搜:意谓可以穿窟出幽,登高及远地搜寻胜境。枝撑:指塔内的木架。幽:指幽暗之处。七星:指北斗。《史记·天官书》:"北斗七星……以齐七政。"河汉:银河。羲和:古代神话传说中的人物,驾驭日车的神。鞭白日:指日轮转动很快,天色将晚。少昊:相传为黄帝之子,古人认为是秋天之神。行清秋:行秋令,此指秋天日短。破碎:意谓峰峦出没,大小错杂,好像破碎似的。泾渭:二水名,泾浊渭清。不可求:意谓凭高望远,已分不清清浊,故说"不可求"。皇州:指长安。黄鹄去不息,哀鸣何所投:意谓忧国之士预感时局将乱而离去。黄鹄,健飞的大鸟。君看随阳雁,各有稻粱谋:意谓趋炎附势的小人,专为个人打算。随阳雁,雁是候鸟,春天北飞,秋天南飞,赶着温和的地方来去。稻粱谋,指对生计的营求。

赏析　这首诗作于天宝十一年(752)秋。慈恩寺为唐代登览的形胜之地,当时高适、岑参、储光羲诸人均有同题之作,而杜甫此诗却别树一帜。诗人在登临送目之际,还在诗中寄寓了忧时伤世之思,感慨生平之怀,立意深厚,沉郁悲壮,堪称独步。

全诗组织严整:头四句总提,次四句写登塔之状,中间八句写登塔所见,最后八句写登塔所感。

诗一起便有峻嶒之势。高标烈风,既写出寺塔高耸凌风之状,又为诗人悲凉激荡的情怀起兴。"烈风"出自古乐府:"暮秋烈风起",即秋风。自宋玉发现了"悲哉,秋之为气也"之后,秋风在古诗中每带悲壮的气息,汉魏诗人笔下的"高台多悲风""高树多悲风""惊风飘白日""朔风劲且哀"等,便无不是借风来一吐慷慨之气的。杜甫以救世悯人怀抱作登高之举,其忧危之心无时不在搏动,一如劲吹不已的烈风。故三、四两句顺势点出登高写忧的题旨。这是全诗的安身立命之处,全篇境界也由此而生发。

前四句的由景起情,由塔及人,似已提示了全诗的章法步骤。第五句以下,先写塔景。"方知象教力"两句,点明佛塔身份。下面以"龙蛇窟""枝撑幽"比喻塔中磴道的盘曲之状,以及由幽晦至豁然开朗的攀登过程,用字奇崛而略带神秘感,与上句的"冥搜"相吻合。"七星在北户"以下八句,从俯瞰仰视的不同角度,进一步拓开意境。八句之中,前四句写天象,后四句写地理。写天象纯为想象之词,诗人将白昼夜晚的景观融入同一个画面之中,大有"日月之行,若出其中。星汉灿烂,若出其里"(曹操《观沧海》)之慨。写地理却又极富生活实感:山因俯瞰而显得琐屑支离,水因远望而难分清浊,至于城阙楼观,更是散散点点隐没在烟霭中而无从辨认了。经此点染,塔之高危尽在不言之中。诗人虚写时不妨想落天外,以无为有;实写时又别具慧眼,遗形得神。仇兆鳌以为此诗仰观于天,俯视于地,"总是极摹其高";其实从诗的整体构思看,这种从大处着眼、眼界空阔的景观描写,不仅是着眼于塔,而且也是和下文对国事安危的重大思考铢两相称的。

从"回首叫虞舜"以下,转而抒情。这一部分是全诗最见精神处,诚如仇氏所云:"杜于末幅,另开眼界,独辟思议,力量百倍于人。"诗人在这部分全用比兴手法出之。前四句借神话典故以托讽:虞舜为传说中古代的贤君,是政治清明的象征,屈原在《离骚》中曾用"就重华(舜的号)而陈辞"表达对美政理想的追怀，这里的用意略同。"回首"语出王粲《七哀诗》"南登灞陵岸，回首望长安"，用在此更加强了悼往伤今的语气。瑶池为周穆王与西王母宴饮之所，这里喻指玄宗的沉湎酒色、荒淫失政。后四句以黄鹄鸿雁对举寄意，意谓朝政昏暗，贤人风波失所，自己纵有报国之志，遭遇反不如那些追求利禄的庸俗小人。"黄鹄哀鸣"和"苍梧云愁"，乃正表达了诗人对时局深深的危机感。和杜甫其他的许多诗篇一样，这首诗也是"篇终接浑茫"，在个人身世遭际和国家命运的交织中发出悲怆的呐喊。具体的比兴手法容纳了如此深刻的历史内容，真可谓是"其称文小而其指极大，举类迩而见义远"（《史记·屈原列传》）了！

佳句
- 七星在北户，河汉声西流。
- 俯视但一气，焉能辨皇州？

这首诗以首四句的"高标""百忧"为纲，结构章法已如上述，而在承接处又用笔灵动。如诗首总冒之后，第五句掉头另起，用字上却以"方知"承接上句的"登兹"，可谓势转笔连；下文在"焉能辨皇州"一句之后，紧跟着出现"回首叫虞舜"，"皇州"之写和朝政之想，又可谓是笔断势连。诗的修辞炼字也颇新颖，如"羲和鞭白日"之"鞭"字，"秦山忽破碎"之"忽"字，表现都峭拔有力；至如"河汉声西流"所用曲喻手法，前所未有，当为以后李贺名句"银浦流云学水声"（《天上谣》）之所本。这些都可见出老杜手段，是很可取法的。

（钟元凯）

玉华宫

原文　　　行旅　　　唐·杜甫

溪回松风长，苍鼠窜古瓦。不知何王殿，遗构绝壁下。

阴房鬼火青,坏道哀湍泻。万籁真笙竽,秋色正萧洒。
美人为黄土,况乃粉黛假!当时侍金舆,故物独石马。
忧来藉草坐,浩歌泪盈把。冉冉征途间,谁是长年者!

内　容　这首诗描写玉华宫的荒废景象。

特　色　音声跌宕,情思凄黯。

注　释　粉黛假:指殉葬木偶人。藉(jiè):坐卧在某物上。浩歌:放声高歌,大声歌唱。《楚辞·九歌·少司命》:"望美人兮未来,临风恍兮浩歌。"盈把:满把。把,一手握取的数量。冉冉:匆忙的样子。长年者:即长寿者。

赏析　诗为至德二年(757)秋杜甫自凤翔行在还鄜州时途经宜君县北凤凰谷玉华宫作,与同时作的《九成宫》是姊妹篇。两诗"用意各别"。玉华宫建于贞观二十一年(647),"务从菲薄,更令卑陋"(《旧唐书》),永徽二年(651)废为寺。九成本隋之永寿宫,宫制壮丽,贞观间更名,后转衰败。两诗一"因衰起兴",一"由盛及衰"(浦起龙《读杜心解》),写法迥异。

此诗写于安史之乱爆发后两年。纪行之诗,却带反思性质,历来推为杜甫早期五古名作。高宗不善体其父"卑陋"遗意,即位两年,废宫为寺。已堪发慨。玄宗前期励精图治,后期杨、李弄权,贵妃擅宠,华清奢靡,远甚高宗,导致安史之乱,更宜警醒。此诗前八句"直写废宫",后八句"抚迹增慨",诗人的反思,可用"因衰起兴"四字概括。

先说第一点。前半,"溪回"二句写废宫人迹罕见。"不知"二句,分明贞观"遗构",却问"何王殿"宇,横插妙极。"阴房"二句写"阴房"唯见"鬼火","坏道"但"泻""哀湍"。对仗殊工。"万籁"二句点缀音响、色泽,与当时"笙竽"俱鸣,恰成对照。后半,"美人"二句,叹喟物岂如人。"当时"二句又由"故物"独存"石马",太息人讵如物,随"辇"旧臣尽皆物故,"忧来"四句以途经废宫感叹身世作结。前二写"忧来""藉草""浩歌""泪盈"之状。后二感"征途"冉冉,叹世无"长年",自慨亦兼慨人。

诗人的兴慨,都由途经废宫引起。前半的溪回、风长,苍鼠、古瓦、何王、遗构、阴房、鬼火、坏道、哀湍、万籁、秋色,音节具跌宕之美。后半由美人、黄土引出粉黛假物,宫前石马,慨人感物,节奏极顿挫之致。结末叹喟征途,恨无长年,跌宕顿挫,风格尤显沉郁。

次说第二点。前半写废宫"冷色逼人"(浦起龙《读杜心解》)。松风长、苍鼠窜,"凄黯殆难为怀"(刘辰翁《批点杜工部诗》)。"不知"二句,见本朝旧物,一旦荒凉,痛叹天宝之奢,因怀贞观之俭。"阴房"二句以鬼火、哀湍形阴房、坏道,"万籁"二句回映当时荣华,情思均极凄黯。后半念美人为黄土,睹故物而增悲,叹长年之谁是,感征途而泪盈。安史之乱,不知何时平息?家人骨肉,不知何日团聚?结句凄黯情思,更令人难以为怀。

全诗仅十六句,从"音响节奏"到思想感情,都极跌宕顿挫,凄黯沉郁之美。张耒誉为"风雅鼓吹"(《容斋随笔》),邵长蘅赞其"以少许胜人多许"(杨伦《杜诗镜铨》),绝不是偶然的。

(陶道恕)

饮中八仙歌

原文 　　　　人物　　　唐·杜甫

知章骑马似乘船,眼花落井水底眠。
汝阳三斗始朝天,道逢曲车口流涎,恨不移封向酒泉。
左相日兴费万钱,饮如长鲸吸百川,衔杯乐圣称避贤。

宗之潇洒美少年，举觞白眼望青天，皎如玉树临风前。
苏晋长斋绣佛前，醉中往往爱逃禅。
李白一斗诗百篇，长安市上酒家眠。
天子呼来不上船，自称臣是酒中仙。
张旭三杯草圣传，脱帽露顶王公前，挥毫落纸如云烟。
焦遂五斗方卓然，高谈雄辩惊四筵。

内　容	本诗勾勒八位"饮者"的醉中狂态，反映了踔厉风发的盛唐风尚。
特　色	异趣横生，创格恢奇。
注　释	朝天：朝拜天子，即上朝。曲车：拉酒母的车，这里指酒车。移封：改换封地。酒泉：郡名，在今甘肃省酒泉市，传说城下有金泉，泉水味美如酒。乐圣：指左相李适之，他曾自称"乐圣"。李适之受李林甫排挤罢相后作诗云："避贤初罢相，乐圣且衔杯。"觞：酒杯。斋：斋戒。草圣：张旭善草书，有"草圣"之称。卓然：不同于众，卓越的样子。

赏析　这是杜甫为开元、天宝年间八位著名的"饮者"传真写照的诗篇。饮者自古有之，而唐人的饮酒却集中表现出脱略小节、豪荡使气的时代精神风貌。豪饮酣酒因能激发意气而被视作盛事，醉中狂态也因是意气的酣畅外现而被认为可嘉。所谓"相逢意气为君饮，系马高楼垂柳边"（王维《少年行》），"一生大笑能几回，斗酒相逢须醉倒"（岑参《凉州馆中与诸判官夜集》），"三杯吐然诺，五岳倒为轻。眼花耳热后，意气素霓生"（李白《少年行》）等等，都表现了那个时代特有的浪漫的人生态度。因此，杜甫的以诗为饮者立传，实际上是对磊落不羁的性格美的热情礼赞，同样体现了盛唐踔厉风发的一代风尚。

为了在篇制不长的诗中同时容纳下八个人物，诗人采用了写意手法。写人不作精细勾勒，只以画龙点睛之笔妙肖神情，而且风采各异，情趣盎然。八个人物可分为三组：贺知章、李琎、李

饮中八仙歌

适之为朝中显贵；崔宗之、苏晋为名士；李白、张旭、焦遂为才人。诗的用笔随人物的不同身份而不断变换重点。写显要，故有骑马、移封、费万钱之写，颇具富贵气息；写名士，故有白眼、修禅之写，风姿自为不俗；写才人，则分别点明酒仙、草圣和谈客，突出其卓荦才具。这就使全诗散中有整，看似信笔挥洒而实则叙写的重心行进有序。

诗人善于在人物醉酒之时，眼明手快迅速捕捉其个性的闪光，写得兴高采烈、妙趣横生。首节写贺知章，这位德高望重的老人，醉后自得竟一如孩提般天真。骑马若船，已是憨态可掬；落井后安眠水底，更是无中生有。昔顾恺之为人画像，欲传神不妨颊添三毛，此处机杼略同。二节写汝阳王李琎，以郡王之贵，而活画出其流涎模样，用笔谐谑，令人忍俊不禁；而移封"酒泉"的奇想，更用文字之趣平添

佳句
- 饮如长鲸吸百川。
- 天子呼来不上船，自称臣是酒中仙。
- 脱帽露顶王公前，挥毫落纸如云烟。
- 高谈雄辩惊四筵。

了韵味。三节写左相李适之，除以长鲸吸川极言其纵饮豪侈外，还连带暗示其政治遭遇。"衔杯乐圣称避贤"一句，乃隐括适之本人诗句"避贤初罢相，乐圣且衔杯"而成，时适之受李林甫排挤罢相，而"贤""圣"二字在此又双关酒清和酒浊，于是仿佛个人的荣辱得失，在杯酒之间都化作一笑。以上所写，都出以调侃口吻，而又辅之以文字谐隐之趣。

四、五两节写名士之饮，也各饶风致。写崔宗之醉态，乃以魏晋风度状之。"白眼"本阮籍事，《晋书》本传云："阮籍任性不羁，见礼俗之士，以白眼对之。""玉树"语出《世说新语·容止》："魏明帝使后弟毛曾与夏侯玄共坐，时人谓'蒹葭倚玉树'。"妙在用事于有意无意之间，而人物的脱俗神态愈见丰满。写苏晋则于人物行为自相抵牾处着眼，平日长斋，醉中逃禅，则真居士乎，假居士乎？于发人一噱中透露出唐人摆落一切，听任

情感自由流露的开放襟怀。

最后三节写才人之饮,每节首句分别以"一斗""三杯""五斗"领起,着重表现其借酒力所迸发的狂放性格和惊人才华。写李白,一则写其诗情喷涌,一则写其谑浪万乘、平交王侯的傲岸性格。写张旭,重在描状其如痴如癫的创作风格。写焦遂,又以一布衣之身,高谈雄辩,语惊四座,真有旁若无人之慨。酒不曾使他们颓唐沉迷,却反倒激扬起创造的活力,他们的狂放性格乃是和创造活动联系在一起的。因此,与其说这是对酒的颂歌,不如说是对饱满充盈的精神力量的讴歌,是充满人生之恋的生命礼赞。这首诗的魅力其实主要在于此。

这首诗的语言形式和所表现的骏利奔放的青春意气互为表里。章法上无起无结,只是一路写来,全诗八节,或长或短,除首、尾、中腰各以二句为一节,其余或三句,或四句,夭矫变化,似随兴漫笔所至。全诗一韵到底,韵位甚密。又不避重韵,节奏轻快活脱,声调铿锵悦耳,历来论者称为"创格"。盛唐人们在生活上敢于充分地追求行事、立功和享受,艺术上敢于无畏地开拓和创新,说这是一个天才创造的时代,诚然。 (钟元凯)

奉先刘少府新画山水障歌

原文 题画 唐·杜甫

堂上不合生枫树,怪底江山起烟雾。闻君扫却赤县图,乘兴遣画沧洲趣。画师亦无数,好手不可遇。对此融心神,知君重毫素。岂但祁岳与郑虔,笔迹远过杨契丹。得非玄圃裂,无乃潇湘翻。悄然坐我天姥下,耳边已似闻清猿。反思前夜风雨急,乃是蒲城鬼神入;元气淋漓障犹湿,真宰上诉天应泣。野亭春还杂花

奉先刘少府新画山水障歌

远,渔翁暝踏孤舟立。沧浪水深青溟阔,欹岸侧岛秋毫末。不见湘妃鼓瑟时,至今斑竹临江活。刘侯天机精,爱画入骨髓。自有两儿郎,挥洒亦莫比。大儿聪明到,能添老树巅崖里。小儿心孔开,貌得山僧及童子。若耶溪,云门寺,吾独胡为在泥滓?青鞋布袜从此始。

内　容　诗歌赞赏刘少府山水障的神奇逼真,流露诗人隐居避世的情趣。
特　色　画法入诗,乘兴遣意。
注　释　障:屏障,即屏风。怪:以之为怪,意动用法。底:唐代方言,相当于何。扫:下笔挥洒。赤县图:指另一幅画。沧洲趣:指屏中山水画。青溟:指海。斑竹:一种茎上有紫褐色斑点的竹子,也叫湘妃竹。晋张华《博物志》卷八:"尧之二女,舜之二妃,曰湘夫人,帝崩,二妃啼,以涕挥竹,竹尽斑。"天机:犹灵性,指作画灵感。貌:绘画。

赏析　《文苑英华》本诗注曰:"奉先尉刘单宅作。"唐时称县尉为少府,刘单即刘少府。天宝十三年(754)秋,杜甫因贫困乏食从长安送家眷往奉先(今陕西蒲城)寄居。这首题刘单所画山水屏障的诗当是其时所作。王嗣奭说此诗"以画法为诗法"(《杜臆》卷一),体现了作者在观赏过程中的再创造。

全诗分为三段。第一段从开头到"笔迹远过杨契丹"。"堂上"二句突兀而起,以画作真,江山烟雾,尺幅千里,开篇想象奇特而富有气势。"闻君"二句谓刘单所绘长安及奉先一带赤县山水蕴含有隐居避世的情趣。"画师"以下六句用隋唐时著名画家杨契丹、祁岳、郑虔陪衬刘单,称赞其融化心神于山水障。此段"乘兴遣画沧洲趣"一句乃全诗主脑。透过一层看,其实不只谓刘氏画中有隐趣,而且也是杜甫自己乘兴遣意之所在。下文俱循此生发。

第二段从"得非玄圃裂"到"貌得山僧及童子",用几种笔

调描述山水障的神奇逼真。"得非"以下八句先以大写意笔调对画中山水展开遐想。玄圃在西方昆仑之巅为仙人所居之处，潇湘系南方之水乃迁客骚人行吟之所。仕途蹭蹬的诗人在赏画中乘兴遣意，如王嗣奭所说："不为奉先所局，乘兴自遣，遂写沧洲。"（《杜臆》卷一）仙人的自由，骚人的善感进而引起他对年轻时壮游吴越的回忆。当他注目画中山水时仿佛又重游天姥山，画中的猿猴竟使他产生似闻猿啼的幻觉。这里运用想象、通感等手法将读者引入其境，令人感到神奇而又真切。因山水障新作，墨迹未干，诗遂由"障犹湿"联想到鬼神之行风雨，上天之感而泣矣。这里运用了想象、曲喻等手法赞美山水障生动感人的艺术力量。精于画理的诗人通过观赏进行了丰富的再创造，诗的意境已大大超越了原画的意境。"野亭"以下六句转用工细之笔摹写画中景物：野亭春花、渔翁孤舟、欹岸侧岛、江岸竹林，无不形象逼真，气韵生动。"刘侯"以下八句再赞美刘单及参与作画的刘单二子。至此，诗已具体生动地再现了刘单山水障形神兼备的风貌和韵致。

最后四句为第三段。"若耶溪，云门寺"系越中胜景。"青鞋布袜"是隐者穿着。此乃乘兴遣意的再度发挥，如浦起龙所说："末忽因画而动出世之思。"（《读杜心解》）象外之象，景外之景，耐人寻思。

诗人赏画题诗的美学要求在于形神兼备，只有观赏者会心自遣进行艺术的再创造，才能臻乎此境。沈德潜评此曰："题画诗开出异境，后人往往宗之。"（《唐诗别裁集》）所见正是。

（周建国）

羌村三首（其一）

原文 返家 唐·杜甫

峥嵘赤云西，日脚下平地。柴门鸟雀噪，归客千里至。
妻孥怪我在，惊定还拭泪。世乱遭飘荡，生还偶然遂。
邻人满墙头，感叹亦歔欷。夜阑更秉烛，相对如梦寐。

内 容 此诗叙写刚到家时妻儿、邻居悲喜交集的情状，反映了安史之乱给人们带来的灾难。

特 色 镂出肺肠，婉转周至。

注 释 峥嵘：原指山高峻的样子，这里形容赤云层叠之状。赤云：夕阳把暮云映得鲜红，故曰赤云。日脚：从云层下斜射到地面的阳光。柴门：用树条编扎的简陋的门。归客：作者自称。妻孥（nú）：妻子和儿女。《诗·小雅·常棣》："宜尔家室，乐尔妻孥。"遂：遂愿，即如愿。歔欷：抽泣。夜阑：即夜深。秉：持。

赏析 肃宗至德二年（757）四月，杜甫冒死从叛军中逃出，投奔朝廷。五月，被任为左拾遗。时房琯罢相，杜甫因疏救房琯，触怒肃宗。八月，被放还鄜州羌村（今陕西富县）探家。《羌村三首》即其时所作。本篇列第一首，写刚到家时惊喜交集的情景。

这首以作者自己为主角的叙事诗，以从容舒缓的节奏展开故事情节,通过几个细节以小见大地反映了动乱时世的社会悲剧。

前四句叙写主人公历经艰辛到达家门的情景。前二句点出时间,次二句交代家住乡野,"鸟雀噪"再呼应时间已至黄昏,雀鸟归巢,也暗示出乱世中农村的凋敝,门庭冷落,则门前草深树茂,雀鸟声喧也。

后八句描写与家人、邻里相见时悲喜交集的情状。

佳句
- 夜阑更秉烛,相对如梦寐。

"世乱"二句为全诗主脑,揭出自己流离飘荡的原因,内涵极其丰富。杜甫此前曾被俘逃亡,复于兵荒马乱中被放还鄜州。乱世中竟得生还,岂非偶然!诗用见面时的三个细节,以简驭繁地描述了凄楚悲凉的时代。第一个细节是妻子乍见到杜甫时先惊后悲的反常情态,联系当时社会的动荡以及杜甫历劫经难的遭遇,我们便会感到这一描写是如何真切传神。第二个细节是邻里闻讯在矮墙外围观,他们为这一家团圆感叹悲泣。这中间自含有触景生情的意味,从而渲染了乱世的悲剧气氛,涵括了安史之乱给人们带来的灾难。第三个细节是夜深人静,烛光摇曳,一家人相对如在梦中。"生还"的幸福显得那样飘忽不定,从而衬托出广大人民的悲哀。

诗人用平易朴素的语言写出一片至性至情,如王慎中所说:"一字一句,镂出肺肠,才人莫知措手;而婉转周至,跃然目前,又若寻常人所欲道者。"(杨伦《杜诗镜铨》)。

(周建国)

石壕吏

原文 兵役 唐·杜甫

暮投石壕村,有吏夜捉人。老翁逾墙走,老妇出门看。吏呼

石壕吏

一何怒,妇啼一何苦。听妇前致词:"三男邺城戍。一男附书至,二男新战死。存者且偷生,死者长已矣。""室中更无人,惟有乳下孙。有孙母未去,出入无完裙。""老妪力虽衰,请从吏夜归。急应河阳役,犹得备晨炊。"夜久语声绝,如闻泣幽咽。天明登前途,独与老翁别。

内　容　诗歌叙写吏人在石壕村抓丁事件,表达了诗人对人民的同情。
特　色　以听写事,烘云托月。
注　释　投:投宿。逾:越过。一何:多么。三男:指三个儿子。邺城:在今河北省临漳县西南。附书:托人带信。且偷生:姑且活一天是一天。乳下孙:正在吃奶的小孙子。河阳:在今河南省孟州市。幽咽:形容哭泣声低沉、轻微。登前途:踏上征程。

赏析　乾元二年(759)三月三日,围安庆绪于邺城的郭子仪、李光弼等九节度使兵溃城下,郭子仪退守河阳。头年冬末回洛阳探望亲友的杜甫,这时赶忙重返华州贬所,途中目睹人民的苦难,深有感愤,就写了《石壕吏》《垂老别》等六首诗。诗人途中在今河南陕县东石壕村借宿,见吏人抓丁而作此,故名。诗一开头简单交代了投宿不久便有吏人来抓丁,接着纯以听觉写事写人,手法别致而效果绝佳。老翁是户主,自忖留在家里难免有被抓去以"老"充"丁"的危险,便慌忙翻墙逃走,没料到事情竟出在老妇身上!杜甫是官人,虽不怕被抓去抵数,但也无法过问,只得待在

佳句
· 吏呼一何怒,妇啼一何苦。

里屋静候事态的发展。"吏呼"二句省去了多少言语,却渲染了情绪,有助于很快展开情节。"三男"十三句全是诗人听到的老妇诉吏之词。细细品味,不难发现这十三句话不是老妇一口气说出的,而是在"吏呼一何怒"的步步进逼下一层深似一层的对答之词。开头老妇以为只要讲出他们家对这次邺城战役所作出的贡献与牺牲:"三男邺城戍""二男新战死",即使得不到吏人的尊

敬，也足以免除无谓的烦恼，但这些吏人毫无心肝，仍逼问家里尚有何人可当兵。老妇这才说出"室中更无人"这四句话。这时她无疑是被激怒了，话中带刺。可是吏人还是不放过她，逼得她愤然表示愿随吏人入河阳军中抵数。"急应"二语说得何等的有担当有血性，耐人寻味！老妇的三次致辞，既简括又带有强烈感情色彩地介绍了老妇全家悲惨的遭遇和境况，也逐步显示了老妇机智、勇敢而又深明大义的性格。最有趣的是，除了"吏呼一何怒"，更无一语直接讲到吏人，但诗人却巧妙地借老妇很有针对性的对话，烘云托月地将吏人作威作福、鱼肉乡民的凶狠嘴脸和蛮横言辞于无文字处显现出来了。"夜久语声绝，如闻泣幽咽"。按常情，老妇虽是那么说，也不一定真给抓走。听了许久，不再有说话的声音了，她到底给抓走了，诗人感到惘然，耳际仿佛传来幽咽的哭声。这是感情受到强烈刺激后产生的幻觉？不，这真是有人在低泣。就这样，诗人挥动艺术魔杖，一下子便幻现出老妇那儿媳的凄苦身影，而一场震撼人心的冲突过后的悲凉境地也随之呈现了，"天明登前途，独与老翁别"。戛然而止，感慨万千！这诗的艺术构思和写人写事所取的角度和所用的白描手法，很有今天短篇小说的特色。仇兆鳌说："古人有兄弟，始遣一人从军。今驱尽壮丁，及于老弱……惨酷至此，民不聊生极矣。当时唐祚亦岌岌乎哉！"（《杜诗详注》）

（陈贻焮）

垂老别

原文　离别　唐·杜甫

四郊未宁静，垂老不得安。子孙阵亡尽，焉用身独完！
投杖出门去，同行为辛酸。幸有牙齿存，所悲骨髓干。

垂老别

男儿既介胄，长揖别上官。老妻卧路啼，岁暮衣裳单。
孰知是死别，且复伤其寒。此去必不归，还闻劝加餐。
土门壁甚坚，杏园度亦难。势异邺城下，纵死时犹宽。
人生有离合，岂择衰盛端？忆昔少壮日，迟回竟长叹。
万国尽征戍，烽火被冈峦。积尸草木腥，流血川原丹。
何乡为乐土，安敢尚盘桓？弃绝蓬室居，塌然摧肺肝！

内　容　此诗写一个老人愤而参军临行时的种种感慨，抒发诗人忧国忧民的深沉感情。

特　色　千回百折，声吻逼肖。

注　释　垂老：年老体衰的人。投杖：扔下拐杖。同行：指同行的人。介胄：本指铠甲和头盔，这里指披甲戴盔。上官：地方上的官吏。土门：即土门口，险要的关口。迟回：徘徊。盘桓：留恋不前。蓬室居：指茅草屋。塌然：哀痛的样子。

赏析

此诗写一个"子孙阵亡尽"的老人愤而参军临行时的种种感慨，与《石壕吏》作于同时。《礼记·曲礼上》："四郊多垒，此卿大夫之辱也。"四郊，指王城之外，近郊五十里，远郊百里。战火重新又蔓延到东都洛阳的四郊，老人虽非卿大夫，也不能不有所感愤，加之子孙都已阵亡，故有从戎之举。作如是观，老人似乎是不全为子孙豁出老命一条了。《汉书·周亚夫传》载周亚夫持兵揖曰："介胄之士不拜。""男儿"二句写得很有意思：别看老头筋骨衰竭大非昔比，一旦披挂就列，仍能抖擞精神，不失军人风度。神

佳句
- 万国尽征戍，烽火被冈峦。

气活现，俨然一倔强老头，可悯亦复可敬。"夫伤妻寒，妻劝夫餐，皆永诀之词"（仇兆鳌语）。以细节写老夫妻缱绻情深，所以感人。"土门"，不详，当在河阳附近。"杏园"，杏园渡，黄河渡口之一，在今河南省。"土门"四句是宽慰妻子的话，意谓河阳外围防御壁垒坚固，形势与邺城之围迥异，即使不免一死，时间

还很宽裕。明知必死，却以离死期尚远相劝，更觉可悲。"人生"句以下是老人的自叹自慰：人生在世离合悲欢总是难免的，哪管你正当盛年或已衰老？想起了我少壮时度过的太平岁月，不禁徘徊不前喟然长叹。全国各地征戍频繁，烽火燃遍了高冈层峦。积尸熏腥了草木，流血染红了川原。何处是人间乐土，我怎敢还在这里流连？但一旦离开茅屋真走了，我又感到痛苦万分五内俱碎。蒋弱六说："通首心事，千回百折，似竟去又似难去。至土门以下，一一想到，尤肖老人声吻。"（杨伦《杜诗镜铨》）汉乐府民歌"感于哀乐，缘事而发"，建安诗人曹操等"借古题写时事"，到杜甫则"即事名篇，无所倚傍"，创作了大量像《石壕吏》《垂老别》这样反映民生疾苦的名篇，开了中唐元稹、白居易新乐府的先声。

（陈贻焮）

桃竹杖引赠章留后

原文　咏杖　唐·杜甫

江心蟠石生桃竹，苍波喷浸尺度足。斩根削皮如紫玉，江妃水仙惜不得。梓潼使君开一束，满堂宾客皆叹息。怜我老病赠两茎，出入爪甲铿有声。老夫复欲东南征，乘涛鼓枻白帝城。路幽必为鬼神夺，拔剑或与蛟龙争。重为告曰：杖兮杖兮，尔之生也甚正直，慎勿见水踊跃学变化为龙！使我不得尔之扶持，灭迹于君山湖上之青峰。噫！风尘澒洞兮豺虎咬人，忽失双杖兮吾将曷从？

内　容　此诗歌咏桃竹杖之珍贵，对章留后不臣的用心表达规劝之意。
特　色　设想横奇，寄意深婉。
注　释　尺度足：指长短适宜。东南征：指将去吴、楚。风尘：指离乱。豺虎：喻指盗寇。

桃竹杖引赠章留后

赏析 杜甫有盛唐歌行大家之称。此诗是杜"集中仅见"的前半七言,后半"长短句"(杨伦《杜诗镜铨》)相间的一种创体。此诗形式上的这一特点,与它内容上的特点恰好合拍。

诗是广德元年(763)冬,杜甫由阆州转梓州时作。从诗题看,此诗包括"桃竹杖引"和"赠章留后"两个部分,亦即咏物托讽两个层次。诗人的创作意图,当如朱龄鹤所说:"盖借竹杖规章留后也。"(《杜诗辑注》)

此诗设想横奇的特点,在前后部分都有表现,不过前半十二句"一原杖,一感赠,皆属叙事"(浦起龙《读杜心解》),这特点尚不显著。如前六句对杖的刻画:一、二句写竹杖生于江心蟠石之上,受"苍波喷浸",长短适度;三、四句写人们对竹杖的喜爱,斩削后色如"紫玉",水上神仙想护"惜"而"不得";五、六句写章以杖遍赠宾客,一束解开,满堂尽皆嗟叹。再如后六句写章的赠杖和自己之拟携杖出峡,恐中路相失,故深加爱护;七、八句写章所赠之杖,拄地铿然有声,从音响上想见其坚实;九、十句想象东游时将乘涛荡枻(枻 yì,短桨)于白帝城下;十一、十二句写杖在途中,恐为鬼神、蛟龙夺去。"拔剑"句化用《吕氏春秋》次非于中流刺蛟卫剑故事。

223

其中"江妃"句和"路幽"二句凌空设想，对后半起了伏根引绪作用。后半九句用辞赋中习惯用语"重曰"起头，则总结前文，意在突出诗的深层内涵。"杖兮"三句既与前面"江妃"及"路幽"二句照应，更融会《后汉书》费长房"以杖投陂，顾视则龙"的故事。封建时代用龙象征人君。这里告杖尔生"正直""慎勿""变化为龙"，与"使我"二句借竹杖化龙，喻说自己不得它的"扶持"而东游，设想都很横奇。结尾三句绾合时事，写了"失杖"后之危惧感。时吐蕃侵长安，代宗幸陕。风尘弥漫，寇盗横行，我"忽失杖"，"将何从"走出西蜀——这豺虎的窟穴？设想更是横奇。

托讽深婉的特点，在后半部分表现得很集中。但前半的"江妃""水仙"和"鬼神""蛟龙"，与后半的尔生"正直""见水""灭迹"，仍有呼应作用。后半开头的"重为告曰"，犹云进而有所告白。这是"借告杖以告章"（浦起龙《读杜心解》）。"杖兮"三句意在讽戒章彝：你本"正直"之臣，"慎勿见水踊跃"，妄"学变化"，以"龙"自拟，而有"不臣心迹"（浦起龙《读杜心解》），否则"必至得罪"（施鸿保《读杜诗说》）。"使我"二句，则深感章的"不安臣节"，我"不得"你的"扶持"，怎能出峡东游？"噫"以下二句与时事绾合，托讽就更明显。西蜀动荡不安，我忽然失去你的扶持，"将何从"离开这豺虎窟穴呢？"以踊跃为龙戒之，又以忽失双杖危之，其微旨可见"（《杜诗辑注》）。

需要指出：此诗对章彝的讽戒，是通过咏桃竹杖来体现的。当时杜甫客居梓州，章彝为东川节度留后，大权在手。杜甫虽察觉他"不安臣节"（《读杜诗说》），却不便指明。因此以受杖为由，于咏杖诗中含蓄表达规劝之意。由原杖、感赠到借告杖以告章，诗人的情感在诗行中不断起伏。此诗托讽深婉，与诗人的选题是大有关系的。

与前面二特点相联系，此诗在句式和押韵上的变化多样，是它在艺术上获得独特成就的一个原因。诗共二十一句：前半十二句,全用七言,后半九句,一、四、七、八、九、十、十一言错综互用。词语打破诗歌常例,杂糅骚体、散文,"字字腾掷跳跃"(沈德潜《杜诗偶评》)。又此诗前半六句一韵,凡两换韵。前六句句押韵,后六"路幽"句不押韵。后半共用一韵,只"慎勿""灭迹""忽失"三句押韵,押法松散。这种错综互用的句式和错落用韵的做法,同诗人创作时情感的变化转折,有机地取得了一致。

(陶道恕)

丹青引赠曹将军霸

原文　　画艺　　唐·杜甫

　　将军魏武之子孙,于今为庶为清门。英雄割据虽已矣,文采风流今尚存。学书初学卫夫人,但恨无过王右军。丹青不知老将至,富贵于我如浮云。开元之中常引见,承恩数上南薰殿。凌烟功臣少颜色,将军下笔开生面。良相头上进贤冠,猛将腰间大羽箭。褒公鄂公毛发动,英姿飒爽来酣战。先帝御马玉花骢,画工如山貌不同。是日牵来赤墀下,迥立阊阖生长风。诏谓将军拂绢素,意匠惨澹经营中。斯须九重真龙出,一洗万古凡马空。玉花却在御榻上,榻上庭前屹相向。至尊含笑催赐金,圉人太仆皆惆怅。弟子韩干早入室,亦能画马穷殊相。干惟画肉不画骨,忍使骅骝气凋丧。将军善画盖有神,偶逢佳士亦写真。即今飘泊干戈际,屡貌寻常行路人。途穷反遭俗眼白,世人未有如公贫。但看古来盛名下,终日坎壈缠其身。

内　容　诗歌赞美曹霸高超的画技,慨叹曹霸晚景的凄凉。
特　色　传神写照,以画传人。
注　释　丹青:原指绘画所用的颜料丹砂和青䨼,这里指绘画。引:一种曲调名。**庶**：庶人，即平民。**清门**：寒门。**引见**：指由内臣带领，朝见皇上。**进贤冠**：古时朝见皇帝的一种礼帽，原为儒者所戴，唐时百官皆戴用。**大羽箭**：装有羽毛的长箭。**玉花骢**：马名。**貌**：描绘。与下文"屡貌寻常行路人"中"貌"同义。**赤墀**：宫殿中红色台阶。**迥**：指神态迥异。**阊阖**：原指天门，此处代指宫门。**拂绢素**：指作画。**至尊**：皇帝。**写真**：即画像。**坎壈**：遭遇不顺，困顿失意。

赏析 这诗是杜甫广德二年（764）回成都后所作。曹霸，谯郡（今安徽亳州）人。三国魏曹髦（曹操曾孙）后裔，官左武卫将军。擅画马，笔墨沉着，神采生动；也工肖像。成名于开元中，天宝间曾画"御马"，并修补凌烟阁功臣像。论者谓唐代画马，以曹霸及其学生韩干最为杰出。曹霸曾于玄宗末年得罪，削籍为庶人，所以说"于今为庶为清门"。杜甫宗蜀汉，以曹操为"割据"，但对他的"文采风流"还是很称许的。卫夫人（272～349），东晋女书法家。姓卫，名铄，字茂漪，河东安邑（今山西夏县）人，汝阴太守李矩妻，人称"卫夫人"。工书法，师钟繇，正书妙传其法。大书法家王羲之少时，曾从她学书。王羲之，曾为右军将军。曹霸初学卫夫人所传书法，以不及王羲之为憾，所以就改学绘画。这是一种语气委婉，又富于艺术意味的说法。《论语·述而》："其为人也，发愤忘食，乐以忘忧，不知老之将至云尔。"又："不义而富且贵，于我如浮云。""丹青"二句即化用其语，意谓曹霸不顾年老，不慕荣利，而潜心于美术创作。《资治通鉴》载，贞观十七年（643）二月戊申，诏图画赵国公长孙无忌等功臣二十四人于凌烟阁，鄂国公尉迟敬德第七，褒国忠壮公段志玄第十。阁在西内三清殿侧。开元中曹霸因善画多次承玄宗召见于南内兴庆宫中的南薰殿。本诗先写其修补凌烟阁功臣像。"开生面"一句为总评，交代了全过程；然后画龙点睛地以"进贤冠"显良相，以"大羽箭"显"猛将"；而末谓褒公、鄂公

毛发飞动,仿佛正来酣战一般,不仅写活了人,也写活了画。写曹霸画马一大段是篇中着力刻画处。"先帝"指玄宗。"玉花骢",名色便好。王嗣奭说:"至'先帝天马'以下,真神化所至,只'迥立闾阖生长风'七字,已夺天马之神,而'惨澹经营',貌出良工用心苦。'含笑催赐金',宛然帝王鉴赏风趣。公之笔又不减于曹之画矣。"(《杜臆》)"九重"(指宫廷)之上哪会有真龙(指名马)出现?原来是画!可见逼真之至。"圉人",为皇帝掌管养马刍牧的官吏。"太仆",掌管皇帝车马的官吏。"圉人"句意谓惊讶马画得似真,非忌妒画家的受赏。韩干,蓝田(今陕西蓝田)人,少时曾为酒肆送酒,得王维资助,学画十余年。擅绘菩萨、鬼神、人物、花竹,尤工画马。初师曹霸,重视写生,自成风格。天宝中,玄宗召入宫廷,他取材于内厩名马,画"玉花骢""照夜白"等,形象壮健雄骏,独步当时,后官太府寺丞,建中(780~783)初尚在。存世作品有《照夜白图》。诗人先肯定曹霸的入室弟子韩干画马技艺甚高,接着又指出"干惟画肉不画骨"为其所短,这其实是为了衬托曹霸,但也见出诗人强调画马须"画骨"的美学观点。末段慨叹曹霸不遇、乱世飘零。从前为佳士写真,如今竟落到替路人画像糊口,还要遭世俗的轻视,可见他的贫困和地位已低下了。结语借曹霸以自鸣不平,无限感伤。这首诗写得很有气势。

(陈贻焮)

佳句
- 丹青不知老将至,富贵于我如浮云。
- 但看古来盛名下,终日坎𡒄缠其身。

李潮八分小篆歌

原文　　　书法　　　唐·杜甫

　　苍颉鸟迹既茫昧，字体变化如浮云。陈仓石鼓又已讹，大小二篆生八分。秦有李斯汉蔡邕，中间作者寂不闻。峄山之碑野火焚，枣木传刻肥失真。苦县光和尚骨立，书贵瘦硬方通神。惜哉李蔡不复得，吾甥李潮下笔亲。尚书韩择木，骑曹蔡有邻。开元已来数八分，潮也奄有二子成三人。况潮小篆逼秦相，快剑长戟森相向。八分一字值百金，蛟龙盘拏肉屈强。吴郡张颠夸草书，草书非古空雄壮。岂如吾甥不流宕，丞相中郎丈人行。巴东逢李潮，逾月求我歌。我今衰老才力薄，潮乎潮乎奈汝何。

内　容　这首诗赞美李潮绝妙的八分书法。
特　色　以文为诗，借宾定主。
注　释　八分：汉字书体名，即八分书，也称分书。字体似隶而体势多波磔（zhé）。相传为秦时上谷人王次仲所造。关于八分的命名，历来说法不一，或以为二分似隶，八分似篆，故称八分；或以为汉隶的波磔，向左右分开，"渐若八字分散"，故名八分。见唐张怀瓘《书断》。近人以为八分非定名，汉隶为小篆的八分，小篆为大篆的八分，今隶为汉隶的八分。骑曹：官职名，全称为骑曹参军事，掌杂畜簿账和养牧等事。奄：包括。

赏析　这是杜甫晚年流寓巴东时应其甥八分书家李潮请求而作的题书诗。本篇叙写结合议论，处处衬示李潮书法的工绝，可按三节来分析。

第一节从开头到"书贵瘦硬方通神"，以简练之笔叙述了书法演变的过程，并提出自己贵瘦硬、轻肥厚的审美意

佳句
・书贵瘦硬方通神。

趣。相传仓颉造字类物象形，字体是从最初鸟迹般的字体变而至大小篆，又变而至八分的。"陈仓石鼓"即用大篆刻写，据考为秦刻石。"峄山之碑"为李斯所书小篆。"苦县光和"二碑为东汉蔡邕等所书八分。诗人认定"瘦硬"方是篆分存古意的本色。此以"肥失真"反衬"贵瘦硬"，为下文称赞李潮书法作了铺垫。

第二节从"惜哉李蔡不复得"到"丞相中郎丈人行"。这节主要运用借宾定主的方法来褒奖李潮书法的神妙。其中直接描写其甥篆分艺术的只有"况潮小篆逼秦相"四句。"快剑长戟""蛟龙盘拿"等语形象生动地刻画出其书法瘦硬的气韵。诗更多地用间接衬托之笔推重李潮书艺。首先说李斯、蔡邕之妙不可复得，唯"吾甥"下笔与李蔡为"亲"，以示其书学渊源所来有自。接着，再说当时著名八分书家韩择木、蔡有邻与李潮比肩齐声。经过二重陪衬，后面复以张旭"草书非古空雄壮"反衬"吾甥"篆分的神妙入古。如此衬示并非无视张旭，诗人在《饮中八仙歌》里原已极赞"张旭三杯草圣传"，此处则有奖掖后进之意。

第三节最后四句说明作诗缘由。杜甫自谦才力薄弱，反衬其书高妙难以形容。全诗或陪衬，或反衬，运用恰当，成为本篇一个鲜明的特色。

从文化史意义上说，"篇中述书学源流，最委悉矣"（浦起龙《读杜心解》）。其论书贵瘦硬轻肥厚的主张，则如范文澜所说："这是颜书行世之前的旧标准；苏轼诗：'杜陵评书贵瘦硬，此论未公吾不凭'，这是颜书风行之后的新标准。"（《中国通史》）

从诗歌史意义上说，本篇夹叙夹议，议叙结合，五七言交错运用，长者九言，开合变化，是典型的以文为诗之作。它对后来韩愈、苏轼等以议论为诗的作品有深远影响。

（周建国）

春日忆李白

原　文　　　怀友　　　唐·杜甫

白也诗无敌，飘然思不群。清新庾开府，俊逸鲍参军。
渭北春天树，江东日暮云。何时一樽酒，重与细论文。

内　容　本诗高度评价李白的诗歌成就，表达对李白真挚的怀念之情。
特　色　传神写照，即景见情。
注　释　无敌：没有对手。清新、俊逸：均指作品的风格。庾开府：指北周文学家庾信。开府，官职名。鲍参军：指南朝的诗人鲍照。参军，军队中的官名。渭北：渭水之北。江东：长江下游江南地区。当时李白正浪迹东吴。樽：盛酒器。论文：评论诗文。

赏析　天宝四年（745）杜甫客游齐鲁时就与李白交契甚厚。后杜归长安，李去越州。此天宝六年（747）杜在长安忆李之作，这是一首五律名篇。

"此篇纯于诗学结契上立意"（浦起龙《读杜心解》），打破了一般怀人诗的框架，带有极大创新意味。

李白在诗歌艺术上的伟大成就，最使杜甫忆念。为李白写照传神是此诗主要特点。前四句专为诗人造象。它从《礼记·檀弓》拈出"白也"二字作为首句发端，借旧语，扬清芬，不仅突出李白大名，更觉古香袭人。它与"诗无敌"三字紧紧相连，便把李白"无敌"于诗坛的特殊地位和杰出贡献作了充分肯定。"自是阅尽甘苦，上下古今，甘心让一头地语"（杨伦《杜诗镜铨》）。次句着重指出李诗艺术风格和情趣的特色。"飘然"指飘逸雄奇的风格，"思不群"指卓尔不群的情趣。钟嵘《诗品》称曹植"粲溢今古，卓尔不群"，这里隐然以曹拟李。三、四句用

春日忆李白

诗史上两位大家相比。庾信是北周一位很具开拓型的作家,以"清新"著称;鲍照在南朝诗人中最长于乐府诗,以"俊逸"擅誉。李白能兼有二家之胜,是他所向无敌的重要原因,也是他创作精神的典型体现。

前四句通过为李白写照,对李白艺术成就与特色作了生动概括,真是呼之欲出。明代王嗣奭赞赏"前四句真传神手,至今李白犹在"(《杜臆》),可谓妙解此诗。

后四句进而表现了杜甫"重与"李白"樽酒""论文"的向往之情。五、六句写己在"渭北",李在"江东"的实况。七、八句写"何时"重逢,"细论"诗艺的离怀。春树、暮云,只是怀李的诱因,而所以怀之者,欲与论文也(《杜臆》)。共研诗艺,才是怀李的衷情。"方其聚首称诗,如逢庾鲍,何其快也,一旦春云迢递,'细论'无期,有黯然神伤者矣"(浦起龙《读杜心解》)。浦起龙的解析,是善于从总体上对此诗加以把握的。

> **佳句**
> - 清新庾开府,俊逸鲍参军。
> - 渭北春天树,江东日暮云。

此诗写于春天,作者把此时彼我所寓之地,所见之景,如实写出,便显示出即景见情的特点。两年前作者与李白樽酒论文,"共被""同行"(《与李十二白同寻范十隐居》)的往事,历历在目,而今各在天涯,想念为劳。作者在渭北春树、江东暮云的景物描绘中,融化进与李白的深厚情谊,这种情谊是两位诗人在艺术创作上共同探讨、相互尊重的过程中结成的。作为前一特点的重要补充,后四句在突出作者与李以诗结契时,特通过"渭北"一联的景物描写来寄情托意。"春天树""日暮云"互文见义,工巧是于平淡中显出的。"写景而离情自见"(《唐诗别裁集》),这是景物描写的最佳范例。"日暮云"化用江淹"日暮碧云合,佳人殊未来"(《拟休上人怨别》)句意。它与末联重与论文的衷心期望结合起来,"离情"的具体内容便得到显现。令人遗憾的是,杜、李二人再也没有重逢的机会,樽酒论文的希望也落空了。此

231

诗由于有了第三联，渭北、江东、春树、暮云等等词语，遂成为以诗结契的千古诗坛佳话。

此诗"四十字一气贯注，神骏无匹"（浦起龙《读杜心解》）。把它割裂开来，认为一、二、四联为怀其文，三联为怀其人的说法，无疑是片面性的。

（陶道恕）

月 夜

原文　　忆妻　　唐·杜甫

今夜鄜州月，闺中只独看。遥怜小儿女，未解忆长安。
香雾云鬟湿，清辉玉臂寒。何时倚虚幌，双照泪痕干。

内 容　这首诗写诗人月夜对妻子的深切思念。
特 色　言情深挚，命笔曲折。
注 释　鄜（fū）州：在今陕西省富县。闺中：指闺中人，即妻子。怜：怜爱。解：懂得。忆长安：想念在长安的父亲。香雾：妇女的发香透入雾气，故云"香雾"。云鬟：指妇女的头发。清辉：清亮的光辉，这里指月光。倚：靠着。虚幌：轻薄透明的帷幕。

赏析　杜甫是盛唐律诗大家，以题材宽广闻名。人们对杜甫忧国忧民的名章巨制十分重视，对他表现家庭生活的作品却较少注意。此诗突出描写伉俪之情，是古今传诵的名篇，它生动地证明：杜甫正是一位写闺情诗的圣手。

此诗是至德元年

佳句
・香雾云鬟湿，清辉玉臂寒。

（756）杜甫被安史叛军所俘后，在长安忆妻之作。人虽异处，月则同瞻，杜甫在兵戈骚屑之际，与妻子隔绝，生死莫测。月明之夜，遐想长思，形于诗什，是十分自然的。

此诗善言夫妻之情。首联写身在长安，忆妻在鄜州"看"月。次联写"小儿女""未解忆"父，只有妻子相"忆"。三联想象妻子美丽孤独之体态。四联期望与妻子团圆，悲喜之余，同干泪眼。诗人"纯从对面着笔"（纪昀《瀛奎律髓》）。他不说自己忆妻，却说妻忆自己。不说妻忆自己悲伤，却说小儿女未解忆父。不说此时妻子当窗流泪，却说他日重逢，同倚虚幌，月光照干你我的泪痕。诗人和妻子的感情，在诗中融为一体，打成一片，正因杜甫道出夫妻间感情深挚相通共感的独特体会，所以才有"心已驰神到彼，诗从对面飞来"（浦起龙《读杜心解》）的妙语，此评是很能把握这首诗言情深挚的特点的。薛雪推尊此诗第三联为"千古杜陵佳句"（《一瓢诗话》），对它妙于言情之美，深有领解。

与言情真挚结合，此诗还以命意曲折见称。前人评诗有"忌直贵曲"之说。这一艺术要求在五律诗中较易得到有效发挥，在此诗中更有充分体现。诗人的艺术构想，在诗中不断变换。由妻闺中看月相忆，引出儿女不解忆父，更引出妻看月时之身影，最后以期望夫妻团圆，一同望月作结，"可谓无笔不曲"（施补华《岘庸说诗》）。与之相配合，在

艺术表现上也采取了多种技法。首先是旁衬的笔法。如首联借妻"独看",旁衬自己月下忆妻。次联借小儿女未解忆父旁衬妻之相忆,都是适例。在诗律上,次联用了流水对法。句意连贯而下,内涵丰富:小儿女不解忆父,一由不解父之苦忆,二由不解母之深忆。三联则用了工对法。雾湿云鬟,辉寒玉臂,对妻子形象作了精雕细刻。"湿""寒"二字写夜深不寐光景,尤能传妻深情久望之神。雾本无香,香从膏沐中生耳。云鬟玉臂,"语丽而情更悲"(王嗣奭《杜臆》),确是浓艳非常。特别在不断换意中,诗人没有忘记前后映照,如首尾都紧紧相应。次句"独看"与末句"双照","照"应"月","双"应"独",妙在"语意玲珑,章法紧密",无怪黄生要作出"五律至此,无忝称圣"(《杜诗说》)的崇高评价了。

(陶道恕)

春夜喜雨

原文　　春雨　　唐·杜甫

好雨知时节,当春乃发生。随风潜入夜,润物细无声。
野径云俱黑,江船火独明。晓看红湿处,花重锦官城。

内　容　此诗描绘春夜雨景,表达了作者喜悦的心情。
特　色　体物工切,摹写入微。
注　释　当春:正当春季。红湿处:被春雨湿润而开满花的地方。红,借指红色的花,这里指各种颜色的花。重:花枝饱含雨水而显得沉重,故曰重。南朝梁·简文帝《赋得入阶雨》:"渍花枝觉重。"锦官城:成都的别称。成都古为织锦业发达之地,官府曾在此设专门管理机构,故称锦官城。

赏析　此诗写春雨精妙入微。前四句主要写春雨的特点,后四句写雨中物象，有传神之韵。

　　首联说："好雨知时节，当春乃发生。"这里，雨本无知，却偏说有知，赋予了人的感情，分明透露出诗人见到春雨降临的喜悦心情。次联用"潜"和"细"字状出春雨的绵绵细细。你看它悄悄地随着风进入夜里，那么细，那么软，以至听不到一点儿声响，可是渐渐地，万物却被滋润了。"润"，正是春雨带来的好处，没有春风的温暖，春雨的滋润，哪来万物的复苏呢？"润"字，也极写了春雨的细柔。细柔的雨丝儿是慢慢地、一点儿一点儿地湿进山林田野中去的。首联用拟人化的手法，说春雨知时，次联承之，用"潜"字说它悄悄地随风进入夜里，多么叫人喜欢的春雨啊！

- 随风潜入夜，润物细无声。
- 野径云俱黑，江船火独明。

情之所至，兴始生发，诗人就在喜悦和兴奋的情绪下接着描写了雨中的景色。清人浦起龙论此诗曰："起有悟境，从次联得来。于'随风'、'润物'悟出'发生'，于'发生'悟出'知时'也。五、六句拓开，自是定法。"（浦起龙《读杜心解》）五、六句所写乃雨夜所见。既是雨夜，自然没有月与星光，"野径"（地）与"云"（天）俱为黑色。本是什么也看不见的漆黑夜晚，却偏偏看见了"江船火独明"的景色。诗人运用一暗一明的反衬手法，获得了强烈的效果，读者读至此，眼前不由得一亮，春雨轻轻地洒，绵绵地下，明晨又是什么景色呢？末二句是诗人想象的情景：被细雨濡湿的花，鲜红的花瓣儿应是沉甸甸的吧？也可以说一夜和风细雨滋润，明晨的锦官城，花儿开得格外灿烂、鲜润动人，该是一片花的海洋吧？这里仍然切着细雨，否则将是"花落知多少"（孟浩然《春晓》）的另一番景象了。

　　方回《瀛奎律髓》卷十七纪昀批："此是名篇，通体精妙。"这与诗人杜甫久住成都，对自然景物体察入微是分不开的。故而全诗给人以真实、美好的感受。

（古　潭）

闻官军收河南河北

原 文　　　闻捷　　　唐·杜甫

　　剑外忽传收蓟北，初闻涕泪满衣裳。却看妻子愁何在？漫卷诗书喜欲狂。白日放歌须纵酒，青春作伴好还乡。即从巴峡穿巫峡，便下襄阳向洛阳。

内　容｜此诗抒写诗人听到捷报后惊喜欲狂的心情。
特　色｜仓促造状，节奏急促。
注　释｜官军：唐朝军队。却：再。妻子：妻子儿女。漫卷：胡乱地卷起。青春：指春天的季节。

赏析　广德元年（763）杜甫主要是在梓州（今四川三台）度过的。开春，他一听到史朝义自缢、官军收复河南河北的喜讯，真是欢喜欲狂，吟成此诗。当人们忽然遭到巨大惊喜的袭击时，只有那倾盆大雨似的滚滚热泪，才能发泄出这种强烈的感情。何况诗人这滚滚热泪中，还饱含着往日因战乱而忧国忧民的痛苦和流离失所、辗转道路的辛酸。他稍为平静下来，定了定神，原来他的妻子儿女都在身边，个个喜形于色，往日那布满在他们脸上的愁云早已消失得干干净净。"余田园在东京"（篇末原注），我真想马上结束这长期痛苦的流浪生活，回老家去安居乐业啊！在这样一个强烈念头的冲击下，他又沉入了兴奋状态中。当他看到房里到处散乱地放着打开的书卷时，就把它卷起来，收拾好，准备要走。想走哪能马上就走，这不过是"喜欲狂"时的一种下意识动作。所以说是"漫卷"，就是不经心的意思。这样写不仅生动地传出了他当时那种乐不可支的神情，而且还反衬出听到喜讯之前他客居无聊、以诗书吟咏遣愁的生活环境和精神状态。诗人越想越兴奋,不禁放声高唱起来,还要借酒来表达他满怀的欢乐。想到现在严冬已过,春光明媚,正好和亲友们结伴回乡,就更加心旷神怡了。"巴江经峻峡中谓之巴峡"(《三巴记》)。巫峡在

• 白日放歌须纵酒,青春作伴好还乡。

重庆巫山县东。李白"朝辞白帝彩云间,千里江陵一日还"(《早发白帝城》)。从白帝城到江陵,走的就是"从巴峡穿巫峡"的水路。在长江上游顺水行舟确乎神速,但水流之速、舟行之速终赶不上诗人归心之速。"巴峡""巫峡""襄阳""洛阳"是沿途相距不近的四个地点。诗人标出它们,然后用"即从""穿""便下""向"这样一些表示快速的字眼将它们串联起来,就不仅从意思上,也从急促的节奏上将行旅的神速和渴望还乡心情的急迫表现出来了。可叹的是,他的这个叶落归根的心愿最终没有实现。

(陈贻焮)

绝句漫兴九首(其一)

原文 咏春 唐·杜甫

眼见客愁愁不醒,无赖春色到江亭。即遣花开深造次,便教莺语太丁宁。

内容 这首诗用拟人手法赞美了花开莺语的春天,形象地表现出大自然陶冶情性的作用。

特色 拟人对举,随兴纵笔。

注释 即:就。遣:派遣。造次:仓猝,匆忙。

赏析 杜甫绝句中组绝颇多。随兴所到,纵笔成篇。杂以古

体、竹枝,时辍偶语对句,"不拘声律""新奇可爱"(胡仔《苕溪渔隐丛话》)。别是一种风趣,独成一家格调。此与《江畔寻花七绝句》,均草堂前期代表作,同属对春天的赞美诗。

组绝从不同侧面,对春作了生动刻画,散发出消愁解闷的艺术魅力。此诗描绘春色所特具的驱散客愁的活力,是组绝压卷之作。其艺术特点是用了拟人和对举两种方法。

首先是拟人法的运用。春为岁始,是生命的象征,自然法则的体现。一、二句对春作了人化。"春"天有"眼",不知何时从天上地下悄悄来到人间。"春色"虽"到江亭",却长醉"不醒"。春自到,客自愁,一似了不相关,实则推拒不得。"无赖"犹言正在无可奈何之际。"客愁二字乃九首之纲"(杨伦《杜诗镜铨》),对诗人创作意图虽有体会,但他确认此诗是"骂春色",则属皮相之见,不免大杀风景。三、四句从动态上对春色作了形容:"即遣花开","便教莺语",真有花须连夜发的雷厉风行势头。虽然"愁"人"深"感"造次"(仓猝),"太"嫌"丁宁"(叮咛),但乘着东风强劲,满"眼""春色"的繁荣景象,会迅即出现。"眼见"句是从《胡笳十八拍》的"谓天有眼"和《焦氏易林》的"忧来叩门"等奇思妙想中推演提炼而成的,是杜甫艺术灵感的最佳闪现。与"春风花草香""泥融飞燕子"(《绝句二首》),都是对春天的礼赞。只不过那里是喜上眉头时所见日丽风和之春景,这里是"客""愁不醒"时所见之春色,都与《闻官军收河南河北》时,"白日放歌""青春作伴"的"喜"极"欲狂"心态不同。

其次,与拟人法有机结合的是对举法

> 佳句
> • 即遣花开深造次,便教莺语太丁宁。

的运用。前两句是"客愁"与"春色",即人与自然对举。"客愁"虽生于"春色到"来之前,"春色"实有助"客"驱"愁"之力。句带古体,更近竹枝,"赖"字又不守律法,颇见随兴纵笔之趣。后两句是"花开"与"莺语"对举,实际仍归因于"客愁"与"春色"。因"花开""莺语",原是春"遣"春"教"的。而从"愁"人看来,却已"深"感过于"造次""丁宁"了。这里环绕花开莺语展开工整对句,便显示出由对举而产生的委曲用意。杜甫虽是一位热爱生活的诗人,但值"客愁""不醒"之时,要他用主观去拥抱客观,毕竟得有个过程。诗人形象地表现出大自然陶冶人们情性的潜移默化作用。由于接受了花开莺语的明媚春光洗礼,诗人愁结是会逐渐解开,愁心是会逐渐驱散的。

(陶道恕)

戏为六绝句(其一)

原文 诗论 唐·杜甫

庾信文章老更成,凌云健笔意纵横。今人嗤点流传赋,不觉前贤畏后生。

内　容 诗歌肯定了庾信后期的创作,指出论文当观全人,批评后人不客观的评价。

特　色 高下相形,庄谐相间。

注　释 庾信:字子山,南阳新野人。早年出入于梁朝宫廷,善作宫体诗,风格华艳。梁元帝时出使西魏,梁亡后被强留在北方。这时的作品表现出浓厚的乡关之思和羁宦北国的悲愤感情,风格也变得苍劲沉郁,和前期有显著的不同。成:功夫的成熟,即下句所说的健笔凌云,意境纵横开阔。嗤点:嗤笑而指点。不觉前贤畏后生:意思说前贤(庾信)并不觉得后生可畏。

赏析　《戏为六绝句》这组诗是杜甫在成都草堂时对学习和创作经验所作的艺术总结。用组绝形式评论古今作家,自述创作旨趣,这在中国诗史上,是一个创举。针对当时诗坛存在好古遗近,盲目

自大的不良风气,组绝"持论极平,着眼极正"(张溍《杜诗注解》)。诗题以"戏"字冠首,意在避用训诫口气,淡化批评色彩,实则"中有刀尺"(郭知达《九家集注杜诗》),很见学养。

此为组绝之第一首。对庾信的创作发表创见,对庾信作了充分肯定。

首先是高下相形笔法。前两句以居高临下之气势,热情赞扬庾信的杰出成就。上句指出"庾信文章"到"老"才"更"加"成"熟,取得"更"大的"成"就。下句进而说明:这种成就的生动体现,是通观古今,以"凌云健笔",表达"纵横"万里的深广含"意"。后两句则对唐代论家任意贬低庾信的做法表示不满。"前贤"指庾信,"后生"指论家。这里用《论语》"后生可畏"语意,借以表达自己的看法:论家对庾信的"嗤"笑指"点","不觉"应了《论语》这句古语,但这样的"后生",貌若"可畏",我是并"不觉"其可"畏"的,因为他的批评很不客观。以高形下,是非自见。

佳句
• 庾信文章老更成,凌云健笔意纵横。

其次是与前者紧密结合的庄谐相间的语调。前两句以严肃态度对庾信下了历史性定评。后两句用诙谐语调,对论家作了规讽。一庄一谐,映带成趣。在调色上增加了亮光,品味上添进了幽默感,显得"别有风致"(《唐宋诗醇》)。自从此诗问世,评定庾信才有了正确尺度。当时"论家"随意"嗤点",盲目自大的不正之风,才得到一次有力清扫。

这是杜甫长期创作实践中用心血凝成的艺术精品。透过它的表层,不难看出:杜甫对庾信的评论中也渗入自我创作评估的潜在成分:杜甫诗作不也是经过安史之乱,到"老"才"更"加"成"熟,"成"就"更"大,以"凌云健笔","纵横"命"意"雄视百代,而死前却"百年歌""苦","未见""知音"(《南征》)的吗?

(陶道恕)

滕王亭子

原文　　怀古　　唐·杜甫

寂寞春山路，君王不复行。古墙犹竹色，虚阁自松声。
鸟雀荒村暮，云霞过客情。尚思歌吹入，千骑拥霓旌。

内　容　诗歌描写滕王亭子的寂寞景象，抒发作者的昔盛今衰之感。
特　色　嵌入虚字，逗露情思。
注　释　竹色：竹子的色泽。歌吹：歌声和乐声。霓旌：缀有五色羽毛的旗帜，为古代帝王仪仗之一。

赏析　据浦起龙的《读杜心解》，此诗作于广德二年（764）。诗发端即以"寂寞"二字标出全诗情感的基调。所谓"寂寞"，一指其地景象之清冷，一指昔人已逝之岑寂。"春山路"，写景；"君王不复行"，则为怀人。中间二联扣住景展开，颔联写人去楼空，松竹依旧。一个"犹"字和一个"自"字，二个虚字各嵌在两个实词之中，便表达了一种感受时间变迁的情思。颈联则更为拓开去写景：

佳句
・古墙犹竹色，虚阁自松声。

鸟雀、荒村、日暮、晚霞，用以加浓对寂寞的"过客"之"情"的渲染。末二句以对昔日滕王（唐高祖李渊之子李元婴）在此宴乐的盛况（"歌吹""千骑""霓旌"均状盛况）之想象，来反衬今时的冷寂。全诗十分注重对眼前事物的细致刻画，而在这种刻画中则又深深渗进了一种昔盛今衰、繁华落去的时间流逝之感。

同魏晋人对于时间的流逝采取一种十分伤悲的态度不同，唐人对时间的流逝则要平静得多，当然陈子昂的《登幽州台歌》确实流动着一股怆然的情怀，然而同魏晋人那种撕裂人心的痛楚相比，已经钝化得多，也"理思"得多了，所以在风格上方才表现为一种孤独的沉郁，要说痛楚也已经是一种类似哲人的痛楚了，因而他的《登幽州台歌》对于时间流逝的表达，才不再像魏晋人那样从金乌运晷倏如流电上来着眼了，而是开拓出一片悠悠天地的寥廓境界来，所表达的不再是对于"死"的恐惧和悲痛，而是一种对于"生"之孤独的咏叹。张若虚的《春江花月夜》已不再表达任何痛苦，他在江月的描写中所融进的是思妇游子那一脉凄婉的情思。王勃的《滕王阁》诗和杜甫此诗，则更是连凄婉的情思也隐到了字句的深处，诗人对于时间流逝的感受化为一种寂寞情怀的表达。正是这种情感的隐入，形成了杜甫此诗以虚字逗露情思的写法。

(王钟陵)

严郑公宅同咏竹得香字

原文 咏竹　　　唐·杜甫

绿竹半含箨，新梢才出墙。色侵书帙晚，阴过酒樽凉。
雨洗娟娟净，风吹细细香。但令无剪伐，会见拂云长。

内　容 本诗歌咏严宅生机盎然的新竹，寄托着诗人自己的期望与抱负。

特　色 贴切时地，兼有寄托。

注　释 箨（tuò）：竹笋上一片一片的皮。娟娟：同"涓涓"，细流。指雨落在竹子上形成细流。

赏析 广德二年（764）严武第三次镇蜀。此诗为杜甫入严幕任节度参谋时作。安史之乱，杜甫忍受了十年的苦难。入蜀后两度依从严武，交情很厚。但杜居幕中，不免为礼数所拘，同官所

严郑公宅同咏竹得香字

谮（zèn），亦有不得意处。"束缚酬知己，蹉跎效小忠"（《遣闷奉呈严公二十韵》），便是他此时心态的艺术表白。

> 佳句
> ·雨洗娟娟净，风吹细细香。

此诗与《严郑公阶下新松（得沾字)》是姊妹篇。二诗分咏新松新竹，秀色俊美，清词丽句。

前人曾说"咏物诗有两流"，一是把作者"放顿在里面"，二是让作者"站在旁边"（李重华《贞一斋诗说》）。此诗把两种写法结合起来，虽是从旁咏竹，但诗人自我仿佛就在诗行中跃动。它的特点是贴切时地，兼有寄托。

此竹种植在严宅，分咏在春天。诗从不同侧面对它加以刻画，好处是一一贴切时地。首联写竹之生态：绿竹种在宅边墙畔，"含箨"，"新梢"，"出墙"，"半""才"二字犹如用尺寸测量出春天的足迹，使人立即感觉到盎然生意。次联写竹之色泽：满院竹阴，掩映日华，入"侵书帙"，"阴过"筵席，似觉天"色"向"晚"，乍感"酒樽"生"凉"。恰是宅中分咏时实景。"晚""凉"二字，真当得上一个妙字。三联写雨后风前之竹，雨洗风吹愈显竹之洁净、清香，偶对已极自然。更加选

字"娟娟""细细"的形容，益发秀色逼人，清香扑鼻。尾联写竹需人护惜。诗人写道：但使无人翦伐，此竹行见上拂青云，与天比长。全诗主要写新竹的生长，却更对它的美好前景作了展望。结尾二句颇带浪漫味。

此诗写严宅竹，却在一定程度上寄托着诗人自己的期望与抱负。首联绿竹含箨，新梢出墙，咏的是新竹，却又含有作者新入严幕的生活折光。"雨洗"而"娟娟"然，愈觉洁净；"风吹"而"细细"地透出清"香"，这或许又是作者高洁品格的寓托。至于"但令"二句更分明"自喻幕中效职，不能无望于郑公之培植"（张溍《杜诗注解》）。它与《遣闷奉呈严公二十韵》的"宽容存性拙，翦拂念途穷"，同为输情推诚之语。

此诗与《严郑公阶下新松（得沾字）》的"弱质岂自负，移根方尔瞻"，"何当一百丈，欹盖拥高檐"，并属"自喻"之辞。浦起龙曾指出："二诗皆寓依人意"，但又各有特点："松诗""何当"二句，显得"负气不凡"；"竹诗""但令"二句则给人"托意又婉"（浦起龙《读杜心解》）的印象。

（陶道恕）

绝句四首（其三）

原文　　写景　　唐·杜甫

两个黄鹂鸣翠柳，一行白鹭上青天。窗含西岭千秋雪，门泊东吴万里船。

内　容　本诗描写作者住处草堂的壮伟秀丽春景，流露出对生活的喜悦之情。

特　色　壮丽相宜，偶对成采。

注　释　黄鹂：即黄莺。西岭：泛指岷山，岷山位于成都西，古称西岭。

绝句四首(其三)

泊:停泊。东吴:泛指古吴地。大约相当于现在江苏、浙江两省东部地区。

赏析 这是杜甫住草堂后期的七言组绝之一,是广德二年(764)春自阆州返成都后之作。它与前期的《绝句漫兴九首》《江畔寻花七绝句》的写法不同:前期为春传神,为花写照,多从微观着眼。后期为草堂风物剪影描容,多从宏观落笔。这是诗人在不同心态影响下的艺术结晶。杜甫绝句独创一格,有"音响稍谐"和"词气奇僻"(潘德舆《养一斋李杜诗话》)两种类型,此诗属于前者。

一年前杜甫在梓州"闻官军收河南河北"时,即拟出峡,曾写出"白日放歌""青春作伴"的欢快诗篇。现在,草堂春色重新唤起他出蜀的念头。这是诗人特为草堂留下的艺术录像。时隔千年,仍然是脍炙人口的佳作。

佳句
• 两个黄鹂鸣翠柳,一行白鹭上青天。

把草堂风物交织成一幅壮美的图画,是本诗一大特点。全诗四句,每句各出一景,不是彼此孤立,而是相互结合。它把壮伟、秀丽等不同景色,艺术地摄入一首小诗中,是堪称"绝句创调"(潘德舆《养一斋李杜诗话》)的。前两句写草堂近景。"两个黄鹂"和"鸣翠柳","一行白鹭"直"上青天",艺术家对草堂自然景色是有取舍的。他不只精心挑选了黄、翠、白、青这样一些耀眼的字面,在为黄鹂、白鹭组成二部合唱和一列横队时,更注意到音响效果和数码编排。尤为难能可贵的,是那"一行"飞"上青天"的"白鹭",不只当时曾使诗人为之神往,至今还能引起读者类似的感受。它突出表明:诗人借助听觉与视觉来实现其创作意图,是极生动自然的。前人一面贬抑它为"拙句",一面称道它是"奇作"(《漫叟诗话》),这并不奇怪。后两句写草堂远景。"窗"之"含"山,犹口之含物,"含"字很富形象感。雪山在成都之

"西",因积雪千年不化得名,又称西山。易山为"岭",出于平仄的考虑。"千秋雪"三字连用,很见气魄。上句不只显出草堂的壮观,主人翁的高洁襟怀从中也不难想见。旧时蜀人入吴皆从合江亭登舟,万里桥在其西。草堂门前正停泊着东下入吴的客船,下句虽是写实,但诗人出峡东下的意向,无形中已经暗示出来。这是一种意在言外的表达方式。万里之路,始于此桥,本是万里桥得名的由来。西山雪溶,春水方生,岂不是即将出峡的象征?"闻道巴山里,春船正好行"(《绝句三首》),杜甫同时之作,"正好"作为末句的注脚。此诗前后四句把壮伟秀丽的草堂风物艺术地加以集纳,它与今天影视艺术中的剪接手法,颇有近似之处。"一句一绝"的写法,并不始于杜甫。杨慎曾对它的渊源作过考查。但杨慎看到此诗"意连句圆,未尝间断,便有神圣工巧"(《升庵诗话》)的特点,却很可注意。

把全诗构成两组偶句,贴切自然,情共采生,这是小诗的另一特点。前一组偶句描绘草堂景物,先耳后目,由下而上,十分讲究色彩的谐美。但"黄鹂""翠柳","白鹭""青天",如果没有"两个"与"一行","鸣"与"上"等词语的组接,就无法生动地显示出春天的丽色。后一组偶句图写江山形胜,先远后近,由西向东,特别追求雄阔的意境。但"窗"与"门","西岭"与"东吴",如果没有"含"与"泊","千秋雪"与"万里船"等词语的组接,也难以形象地表现出草堂的壮观。黄鹂鸣翠柳,已使人产生春意盎然的感觉,白鹭上青天,更叫人触发为之神往的意念。窗中饱览西岭的千秋积雪,门外正泊东吴的万里归船。在两组联辞结彩的偶句中,贯穿着同一的喜悦情调,这正是此诗的艺术魅力所在。杨慎曾举杜甫此诗作为"绝句四句皆对"的典范,并从理论上作了解说:"字句虽对,而意则一贯。""然不相连属,即是律中四句也。"但胡应麟却声称:以律诗中四句作为绝句,这种写法是"以律为绝",讥之为"断锦裂缯"(《诗薮》)。这是他的一种偏见,是不足为训的。

(陶道恕)

咏怀古迹五首（其二）

原文　　　怀古　　　唐·杜甫

摇落深知宋玉悲，风流儒雅亦吾师。怅望千秋一洒泪，萧条异代不同时。江山故宅空文藻，云雨荒台岂梦思？最是楚宫俱泯灭，舟人指点到今疑。

内　容　诗歌写对宋玉的怀念和对自身的感慨，表达了作者对宋玉的理解和同情。
特　色　怀贤寓感，文有两面。
注　释　萧条：遭遇冷落。空文藻：意谓人已不在，只有其作品留下。岂梦思：难道真是说梦吗？言外之意指有讽谏的意思。

赏析　《咏怀古迹五首》"借古迹以见己怀"（王嗣奭《杜臆》），与箴规武将的《诸将五首》，都是杜甫"以一身之全力""竭"尽"心思"（卢世㴶《杜诗胥钞》）完成的七言组律巨作。它们同《秋兴八首》俱为杜甫在夔州时期对律诗的创造性贡献。

组律分咏古代杰出作家庾信、宋玉，有牺牲精神的王昭君和三国时期君臣际会的刘备、诸葛亮。王嗣奭认为一、二首怀庾、宋，有"以斯文为己任"之意，是善于领会诗人创作意图的。杜甫遭安史之乱，经历逃窜被俘，拜官获谴，弃官由陇入蜀的漂泊生涯；与庾信遭侯景之乱，奔江陵，聘西魏，长留北周的丧乱流离生活颇为近似。杜甫到夔州后，继关辅时期再次出现艺术高峰；与庾信由南入北后，写出以《哀江南赋》为代表、具有划时代意义的艺术作品的创作历程尤为相同。由于杜甫在生活与创作上能同庾信唤起共鸣，故组律（一）首先咏到了他。但杜甫由宋玉归州故宅而生起对宋玉为人，特别是文采风流的倾慕与怀念，

在组律（二）中更显示了杜甫在创作上以宋玉自许的意向。它的特点是怀贤意重，寓感情悲。

卢世㴶说杜甫"为古人写照"，这一特点在诗行中表现很突出。首联从宋玉《九辩》首章"悲哉秋之为气也，萧瑟兮草木摇落而变衰"的"摇落""悲"三字作头尾，"坎壈""悲愁"的情志，便蕴蓄其中。王逸曾说宋玉"闵惜其师（屈原）忠而放逐"，故作《九辩》"以述其志"（《楚辞章句》）。杜甫认真研读宋玉作品后，对他作深刻认"知"，是有别于泛泛发慨的。杜甫客寓成都时，就在《戏为六绝句》中发表过"亲风雅""攀屈宋"的著名见解。在杜甫心目中，宋玉地位仅次于屈原。"风流"指宋为人，"儒雅"指宋文学造诣。"亦"字很有分寸。杜甫认为，在风流儒雅两方面，宋玉也是堪为"吾师"的。次联写对宋玉的"深知"。诗人因宋玉名垂不朽，而在"千秋"之后"怅望""洒泪"。又因宋玉"萧条"身世与己相同而发出"异代"暌隔，"不"与"同时"的叹恨。三联就宋的风流儒雅作了刻画。归州、荆州都有宋玉宅，此指前者。因它位于长江三峡中，故以"江山"二字概括。上句说宋玉虽往，而"江山"依旧，"故宅"犹存，"文藻"长留，"空"字是对人而言。下句就宋玉讽谏楚襄王的《高唐赋》的意义作了深刻阐发。他把楚襄王游高唐，梦见神女，自言"在巫山之阳，高丘之阻，且为朝云，暮为行雨，朝朝暮暮，阳台之下"的传说，锻冶成句，并下了著名论断。行云行雨，阳台荒忽。宋玉的创作目的是"以讽淫惑"，"乃假托之词"，"非真有梦也"（《唐诗别裁集》）。顾宸称赞"岂"字用得"妙"。怀王"何曾有是梦"，不过"文人之寓言耳"（浦起龙《杜诗心解》）。对高唐神女的传说，历来就有不同理解。杜甫探索宋玉作赋本旨，从崇高意义上给予评价，不愧为"深知"宋玉的伟大作家，而杜甫愿奉宋玉为"师"的原因正在这里。尾联特以"楚宫"与宋玉"故宅"对照。前者"俱""灭"，而后者独存。行"舟"之"人"到今"指点""楚宫"，表示怀"疑"。相形之下，宋玉故宅

咏怀古迹五首（其二）

却灵光岿然。诗人有意借楚宫"抬托"（浦起龙）故宅，抑扬之意是十分清楚的。它同李白以"屈平词赋"对照"楚王台榭"，一则如天"悬日月"，一则"空"剩下"山丘"（《江上吟》），用意是相同的。

在诗行中更能引起读者兴趣的是后一特点。杨伦说：《咏怀古迹五首》"咏古即咏怀，一面当作两面看"，堪称善解。宋玉因"摇落"而为"秋"气兴"悲"，但"萧瑟"秋气，仅仅是触发"悲"感之外因。杜甫"深知"宋玉"悲""秋"源于对国事的关怀。宋玉能为屈原述志抒情，故杜甫对他的"风流儒雅"极表倾慕，而这种情志正是杜甫平时所怀抱的。

> **佳句**
> • 怅望千秋一洒泪，萧条异代不同时。

首联"宋玉悲""亦吾师"等字包含着他的多少"悲"愁。"怅望千秋"，"一洒"悯惜之"泪"，身世"萧条"，自恨"不"与"同时"。次联最能深刻表达"以文章同调相怜"（杨伦《杜诗镜铨》）的情怀。由于用流水对法，诗人的悲感如江波沿流直下，他为自己开出一条倾泻感情的艺术渠道。江山故宅，唯见文藻长留，云雨荒台，岂有梦思可托。本为讽谏，全属寓言。诗人由后人误解宋玉作品，"玉之心有不白于千秋异代者"，而"有感平生著述"（《杜诗镜铨》），难遇知音，顿兴悲情。最后杜甫以楚宫俱灭与故宅犹存相形。他深知：代表时代和人民的作品决不会"泯灭"，也相信千秋之后自己的创作终会遇到解人。这就是他在诗末寓托的"己怀"。

"文章千古事，得失寸心知"（《偶题》）。杜甫一面对宋玉表示敬重与悼惜，一面透露自伤与自信。他把这两种情思艺术地统一在为宋玉"写照"的诗作中，从而推出以《咏怀古迹》为代表的崭新诗歌艺术品种。他"以斯文为己任"的创作意图，是很明显的。

（陶道恕）

秋兴八首（其七）

原文 感怀　　唐·杜甫

　　昆明池水汉时功，武帝旌旗在眼中。织女机丝虚夜月，石鲸鳞甲动秋风。波漂菰米沉云黑，露冷莲房坠粉红。关塞极天唯鸟道，江湖满地一渔翁。

内　容　诗歌描写长安遭兵乱后的苍凉景象，抒发诗人的忧国之情和漂泊之感。

特　色　意象营构，造语灵幻。

注　释　虚夜月：空对月夜。菰（gū）米：菰之实。一名雕胡米，古以为六谷之一。菰，多年生草本植物，生长在池沼里，地下茎白色，地上茎直立，开紫红色小花。莲房：即莲蓬。

赏析　清人顾嗣立曾云："杜诗《秋兴》八首，《瀛奎律髓》止选'闻道长安似弈棋'一首。历观选家，自南宋以来，万历以下，皆独选此首，殊不可解。"（《寒厅诗话》）这一疑问，明末清初人冯舒也说过。他们所不解者，可能在于《秋兴》八首均甚精美，选家何以只见其一？"闻道长安似弈棋"，为组诗中的第四首，选家垂青于此首，大约为其感慨时事之沉痛。沈德潜评曰："前半指朝廷之变迁，后半指边境之侵逼，北忧回纥，西患吐蕃，追维往事，不胜今昔之感。"（《唐诗别裁集》）从艺术上说，此首为直书，用史笔。无论是"王侯第宅皆新主，文武衣冠异昔时"之叹人事变化，还是对"直北关山金鼓震，征西车马羽书驰"之忧征战不断，均用凝练的语句加以现实的勾勒，此乃《三吏》《三别》这一脉诗路的沿承。

　　本书所选"昆明池水汉时功"一首，极写苍凉景象，在意象的营构和造语的灵幻上颇具匠心。在杜诗中，此诗和《奉先刘少

秋兴八首(其七)

府画山水障歌》《桃竹杖引赠章留后》这些诗气韵相类。唐代诗人承南朝传统,热衷于句法。杜甫亦然,其自述云:"为人性僻耽佳句,语不惊人死不休!"(《江上值水如海势聊短述》)子美又曾在《寄高三十五书记》诗中发问道:"佳句法如何?"可见他对于句法的重视。唐人所谓句法,音律而外,有一个重要的方面,即是在意象经营的基础上对于造语的讲求。从这首诗中,我们可以领略杜诗在这方面的特色。

首句"昆明池水汉时功",昆明池为汉元狩三年(前120)所凿,目的是为训练水军和解决长安水源不足,故址在今西安市西南斗门镇东南。次句"武帝旌旗"一语,即写当年训练水军之事。首联二句由今而昔,又由昔而今,用"在眼中"三字化实为幻,便见出感怀之情,而句中之意,则又为以汉武之隆功喻写本朝盛时之状况也。"在眼中"三字,从表层上说是写想象之幻,从深层上说则是象征一种盛景之幻。这便回应了《秋兴》组诗上面几首中所写"百年世事不胜悲"(其四),"回首可怜歌舞地"(其六)的意思,但表达得比较含蓄。这两句作为全诗的发端,其表层所写昔日之盛,适成二、三两联极写今日之苍凉的反衬,此可谓欲抑先扬;而其深层的悲慨,则为全诗之统摄。

对于中间两联,明人杨慎曾有过说明:"隋任希古《昆明池应制》诗曰:'回眺牵牛渚,激赏镂鲸川',便见太平宴乐气象。今一变云:'织女机丝虚夜月,石鲸鳞甲动秋风',读之则荒烟野草之悲见于言外矣。《西京杂记》云:'太液池中有雕菰,紫箨绿节,凫雏雁子,唼喋其间',《三黄旧图》云:'宫人泛舟采莲,为巴人棹歌',便见人物游嬉,宫沼富贵。今一变云:'波漂菰米沉云黑,露冷莲房坠粉红',读之则菰米不收而任其沉,莲房不采而任其坠,兵戈乱离之状具见矣。杜诗之妙,在翻古语,《千家注》无有引此者,虽万家注何用哉!"(《升庵诗话》卷六)"杜诗'波漂菰米沉云黑',言人不收取而雁亦不啄,但为'波漂'、'沉云'而已,见长安兵火之惨极矣!"(《升庵诗话》卷九)这两段话指出了"织女"以下四句的出处及其化用之妙,但对其意象经营及造语灵幻的特点却一无涉及,并且在字句的解释上也还有些错误。杨慎将"杜诗之妙",归结为"在翻古语",这是以江西诗派"点铁成金""脱胎换骨"的眼光来看待杜诗了,这仅是一种掉书袋的眼光。

昆明池中有东西相望的织女、牵牛两石像,又有石刻之鲸鱼,所谓"牵牛渚""镂鲸川"者即由此而来。牵牛、织女二像,《西都赋》和《西京赋》都写到。《西京赋》云:"乃有昆明灵沼,黑水玄沚。周以金堤,树以柳杞。豫章珍馆,揭焉中峙。牵牛立其左,织女处其右。"杜诗写此名胜的手法大大迈越汉赋,诗人以假作真:织女而有机丝在杼,鳞甲而动于秋风之中;并且还进一步以景象写之,织女星夜出,故织女机丝而沐之于夜月之中,一"虚"字见出昆明池之寥落荒凉,牵牛、织女之景无人玩赏而为徒然也。秋风拂过石鲸,一种物在人非的意韵弥满诗句。这两句以假作真,写出一种意境来,仍是用的幻笔。

佳句
· 波漂菰米沉云黑,露冷莲房坠粉红。
· 关塞极天唯鸟道,江湖满地一渔翁。

石像写过,转写湖面。菰米为多年生水生宿根草本植物,叶似蒲苇,基部有肥大的嫩茎,即茭白。结实名"菰米",又称"雕胡米",色黑,故波漂菰米,黯黯然其若黑云之沉沉。杨慎所说"菰米不收任其沉",是将用作形容词的"沉"字视为动词了,这可能是忽略了菰米为黑色,成片菰米水中漂浮似黑云,而予人以沉沉之感。诗人以此抒写沉重心绪,非谓菰米之沉也。至于杨升庵所说:"莲房不采而任其坠",则更为错误,因为荷花谢后花托膨大形成莲蓬,即诗中所谓"莲房","坠"说的是"粉红",即荷花,甚明。粉红之坠象征着繁华之落去,一"坠"字何其沉重!"露冷莲房",渲染了一种寂凉的情韵。

因此,有人认为这四句主要是一种意象的营构,其目的不在于"具见""兵戈乱离之状",它主要是诗人心灵感受的具象式的

秋兴八首（其七）

外化，而非对客观事物的摹写，它具有象征性，造语灵幻，而又气象华严，在都苑景象之中透出一股苍冷。

这种着意于意象营构的特色，在尾联中表现得更突出。《秋兴》八首，为杜甫在夔州北望长安而作，其第二首即明言："夔府孤城落日斜，每依北斗望京华。"远望秦中，连天关塞，唯有鸟道可通。李白《蜀道难》云："尔来四万八千岁，不与秦塞通人烟。西当太白有鸟道，可以横绝峨眉巅。"亦写川陕间交通之极度困难。然而，太白虽以淋漓酣畅的笔触夸张写之，但仍属于镂刻山水的模型取神之笔。子美以"极天"二字形容"关塞"之弥漫，则主旨乃在抒写其内心感受——蜀中之闭塞、世路之艰难。"江湖满地一渔翁"，造语亦同此。满地江湖，则无陆地矣！"一渔翁"，明其茕独。苍苍大水之中，孤舟转徙。严武死后，杜甫买舟东下，迟滞夔州，故有渔翁之比。上有弥天之关塞，则抑郁之情见；下有满地之江湖，则寂寞之意跃然纸上。沈德潜谓"结意身阻鸟道，迹比渔翁，见还京之无期也"（《唐诗别裁集》）。这一解释还过于着实，必须深入到营构意象以表达一种感受和情绪这一层次上，才算是把握到了这首诗的精髓。

以此诗尾联同颔、颈二联相比较，意象之主观营构的色彩明显加浓，特别是"江湖满地"一句，更是从对漂泊生活的感叹出发的造语。

全诗无一语及情而无处不在写情，情化入景中，出而为意象。以假作真的幻笔，着意于内心感受的写景，工笔之外兼以写意，细镂之余更以泼墨，使此诗在丰满的视觉形象之中甚饶深永的意蕴。

杜甫诗在造语上往往有这样两个特色：一是意象密集，比如这首诗中的五、六两句，每句均有三种物项："波""菰米""沉云"，"露""莲房""粉红"。物项与物项之间以动词"漂""坠"使之流动，又用形容词"黑""冷"加以着色。这种造语唯其实，是以健。二是用字警动有表现力，如此诗颔联中的"虚"字和

"动"字。杜诗在语言艺术上的高度成就，后代诗人均赞佩不已。

从诗歌史的角度说，杜甫这类着意于意象营构和造语灵幻的诗，无疑对于中晚唐新诗风的孳育，提供了汩汩灌沃的灵泉。

（王鍾陵）

寻戴处士

原文 寻人 唐·皇甫冉

车马长安道，谁知大隐心。蛮僧留古镜，蜀客寄新琴。
晒药竹斋暖，捣茶松院深。思君一相访，残雪似山阴。

内 容 这首诗描写处士生活，表达对处士的思慕。
特 色 诗味淡逸，言彼顾己。
注 释 处士：本指有才德而隐居不仕的人，后亦泛指未做过官的士人。此指后者。《孟子·滕文公下》："圣王不作，诸侯放恣，处士横议，杨朱、墨翟之言盈天下。"大隐：指身居朝市而过隐居生活的人。斋：房舍。

赏析 处士，指没有当官经历的士人。诗以对比反衬的方式起笔。当许多人在"大车扬飞尘，亭午暗阡陌，中贵多黄金，连云开甲宅"（李白《古风五十九首之二十四》）的长安求官谋爵的时候，这位戴公却居家不出。两者相较，愈见处士的禀性清高，迥异流俗。众人不知大隐之心，而"我"今来寻之，说明"我"知之，言语之中寓含了诗人对处士生活方式和人生价值观的认同、理解和赞赏。颔联和颈联单写处士的生活，物以类聚，人以群分，处士所交往的人也是方外人物或江湖散人。僧是蛮僧，南方远处的僧人，客是蜀客。他们"留""寄"的是"古镜""新琴"，镜可以鉴人，还可以降妖魅，蜀桐所制之琴是琴中之上品，处士所居是竹斋松院,所事是晒药捣茶,见其清幽淡泊。诗最后点出题中"寻"字,并又以双写处士与"我"的笔法,拢束全诗。"残雪似山阴",盖用晋王徽之访戴逵事。《世说新语·任诞》曰:"王子猷居山阴,夜大雪","忽忆戴安道,时戴在剡,即便夜乘小船就之,经宿方至,造门不前而返,人问其故,王曰:'吾本乘兴而行,兴尽而返,何必见戴?'"戴逵是东晋时的隐士,品格颇高,史载他善鼓琴,武陵王司马晞曾招他为鼓琴,逵对使者摔碎其琴,说:戴安道不能为王门伶人(见《晋书》本传)。这里诗人用戴逵事,既切合于处士之姓,又含蓄地赞扬了戴处士的高人品格,并表达了作者对处士的思慕。

佳句
· 晒药竹斋暖,捣茶松院深。

全诗首尾呼应,彼此兼顾,属对工整,诗味古淡,选择描写对象具有典型性。《全唐诗》皇甫冉小传说"冉诗天机独得,远出情外",于此诗中可略见一斑。

(沈金浩)

逢雪宿芙蓉山主人

原文 羁旅 唐·刘长卿

日暮苍山远,天寒白屋贫。柴门闻犬吠,风雪夜归人。

内 容 这首诗写一位旅人暮宿山家的情景。
特 色 情随景转,超以象外。
注 释 白屋:指以白茅覆盖的房屋,为古代平民所居。

赏析 这首诗写一位旅人暮宿山家的情景。全诗由三幅图像构成:其一,暮色苍茫中,旅人跋涉于漫长的山路上;其二,路遇投宿人家；其三，主人风雪夜归。这几幅凄婉清切的画面虽很单纯，但却颇耐寻味，它能使读者体会到画面之外的情思，启迪读者的联想。这种手法，可谓之"超以象外"。

首句"日暮苍山远"，一个"远"字，便暗示出这孤寂的旅人，在迢迢遥远的山路上疲惫行进的情形，由此，读者可以推想他急于投宿的心情。诗的第二句，从画面看，是描绘止宿人家简陋的茅屋，可见其境况贫寒，这又从侧面衬托出抒情主人公旅况的艰辛，令人品味那凄凉的羁人之思。

"柴门闻犬吠，风雪夜归人"。诗人笔势一转，勾勒出听觉形象。天色已晚，户外之景不复清晰可辨，故写主人夜归，先从犬吠声着笔。作者描绘犬吠人归，仿佛只是交代一个客观的情事，并没有正面直写旅人的主观情感，惟其如此，才为读者提供了较大的联想空间，使读者可以根据自己的生活体验去补充。不妨做些推想：旅人山路借宿，夜不成寐，忽闻主人归来，他于卧榻之上，便可听到

> 佳句
> ·柴门闻犬吠，风雪夜归人。

院内家人亲切的问答，小犬兴奋地吠叫，这温馨的家庭气氛，当使旅人愈觉环境的陌生和自己的孤寂。或者，旅人投宿的是朋友家，彻夜难眠，辗转床褥，正期盼主人归来，好联床共话，忽听柴门小犬吠叫……

总之，本篇只是选取了几个场景平实写来，而旅人投宿前后的心理波澜却表现得层次分明，而这些心理体验又无不是借诸目击耳闻的画面，委婉透出，遂使全诗含蓄蕴藉，所谓味在"咸酸之外"（司空图《与李生论诗书》），此正得作诗之三昧。（曾永辰）

送灵澈上人

原　文　　　送僧　　　唐·刘长卿

苍苍竹林寺，杳杳钟声晚。荷笠带夕阳，青山独归远。

内　容｜本诗描写送别时的景物，抒发依依惜别之情。
特　色｜模山范水，置动于静。
注　释｜上人：对僧的敬称。苍苍：茂盛。《诗·秦风·蒹葭》："蒹葭苍苍，白露为霜。"毛传："苍苍，盛也。"杳杳：隐约。荷笠：背着斗笠。

赏析　这首诗是刘长卿为送灵澈上人自竹林寺归浙江而写的。灵澈（746～816），是中唐时期与皎然齐名的一位诗僧。刘禹锡《澈上人文集纪》云："上人生于会稽（今浙江绍兴），本汤氏子，聪察嗜学，不肯为凡夫，固辞父兄出家，号灵澈，字源澄。"灵澈出家的本寺为会稽云门寺，竹林寺在润州（今江苏镇江），乃灵澈游方的歇脚之处。刘长卿还有一首《送灵澈上人归篙阳兰若》诗，其与灵澈相遇相别于润州大约在大历四、五（769～770）年间。是时长卿自南巴贬所归来，灵澈诗名未显，云游在此，二人的心境是完全相同的，灵澈将归浙江，长卿写诗相送。

　　这首送别诗，字面上一不写折柳送别之景，二不写曷胜依依之情，而是从大处落墨，模山范水，把送别诗写成山水诗，而送别之意，别后之情尽寓其中。前两句纯写景物，竹林苍苍，寺院若隐若现，晚钟杳杳，声音似有若无，纯以寂静清幽之环境氛围衬托别情。后两句"荷笠带夕阳，青山独归远"，有景有人，夕阳中

佳句
- 苍苍竹林寺，杳杳钟声晚。

行人荷笠，独自归远，既写出行人已经走远，又写出一凝睇远眺的送行者。行人从竹林寺出走，行行重行行，直到向晚，夕阳尽处是青山，行人更在青山外。而诗人一直在神送挚友，竟不觉时之将暮。诗中所写的不仅有眼前景，而且有心中景，景显其真，情见其切。《对床夜语》卷三云："'风定花犹落，鸟鸣山更幽'，前辈谓上句置静意于动中，下句置动意于静中，是犹作意为之也。刘长卿'片云生断壁，万壑遍疏钟'，其体与前同。然初无所觉，咀嚼既久，乃得其意。"此诗置动于静，手法高妙，权德舆谓刘长卿自以为"五言长城"（《秦征君校书与刘随州唱和集序》），盖不虚也。

（高志忠）

晚次苦竹馆却忆干越旧游

原文

旅愁　　唐·刘长卿

匹马风尘色，千峰旦暮时。遥看落日尽，独向远山迟。
故驿花临道，荒村竹映篱。谁怜却回首，步步恋南枝。

内　容　这首诗抒写羁旅之愁。
特　色　情景交融，互文反衬。
注　释　次：留宿。迟：缓慢，这里指步履缓慢。临：靠近，接近。回首：回想，回忆。

赏析

刘长卿和杜甫同时，但其创作活动主要在中唐，诗风也跟年辈较后的大历十才子相类，因此文学史把他划归中唐。他以诗驰名上元、宝应（761年前后）（《唐诗纪事》卷二十六）年间，集中五言诗占十之八九，自诩为"五言长城"（权德舆《秦征君校书与刘随州唱和集序》），题材多为羁愁别恨和闲情逸致，其中

晚次苦竹馆却忆干越旧游

不乏佳篇。

此诗作于大历末年（779）由睦州（今浙江建德）司马迁随州（今湖北随州）刺史途中。诗人途经绍兴，留宿苦竹馆，馆在县南二十九里，是当年越王勾践伐吴归来封范蠡子的苦竹城旧址。干越亭在江西余干，前瞰琵琶洲，后枕恩禅寺，林麓森郁，千峰竞秀。刘长卿上元元年（760）由长洲（今苏州）尉贬官南巴（今广东茂名）尉时，曾在此地结识李白等酒朋诗友。"匹马风尘色，千峰旦暮时"，首联对起，以"匹马"劳顿于"千峰"之间，"旦暮"不辞"风尘"之色，概述旅途苦况，两句有笼括全篇之势。"遥看"一联，分别从时间、空间两方面揭示"晚次苦竹馆"之际的感受：遥看西天，落日衔山，瞻望前路，孤身一人，步履迟迟，日暮途远，具体写出诗人此时此地的复杂心情。而这"情"又是借对行人的举止（"遥看""独向"）和自然景物（"落日""远山"）的描摹传达的，达到了景与情的自然融合。"故驿"一联扣

佳句
- 匹马风尘色，千峰旦暮时。
- 遥看落日尽，独向远山迟。

题中苦竹馆，"花临道""竹映篱"既是江南习见实景，也反衬出羁愁别恨的难以平复。"谁怜却回首，步步恋南枝"，尾联扣题中"忆干越旧游"，那些在患难中结交的友人，天各一方，久无消息，怎不令人悬想（例如李白，已谢世有年；至于那位韦苏州，竟不知宦海浮乎沉乎?），步步回首，却恋南枝，此意无人能解，诗人用一个动态描写和"谁怜"的反问，把"忆"字写得活灵活现。整首诗气韵流畅，音调谐美，是上乘之作。

"遥看落日尽，独向远山迟"一联是诗中佳句。落日衔山之际，最容易引发旅游者对家庭温暖的渴望，从而更深切地感到羁旅之苦，"遥看"一联传达的正是这种情绪，故读来亲切有味。诗人特别喜欢用"苍山""落日"这一组意象来抒写旅愁，除这一联外，尚有"日暮苍山远"（《逢雪宿芙蓉山主人》）、"青山欲暮时"（《瓜洲道中送李端公南渡后归扬州道中寄》）、"落日青山

江上看"(《使还七里濑上》)"落日孤舟去,青山万里看"(《却赴南巴留别苏台知己》)、"楚国苍山古,幽州白日寒"(《穆陵关北逢人归渔阳》)……这样的句子,不下百十例。重见迭出,这就是高仲武所批评的"大抵十首以上,语气稍同……此其思锐才窄也"(《中兴间气集》卷下)。文艺创作不同于机械制作。意境雷同,用事造句重复,正是这位"五言长城"留给后人的教训。

(杨 军)

过从弟制疑官舍竹斋

原 文　　　　　官舍　　　　唐·张谓

羡尔方为吏,衡门独晏如。野猿偷纸笔,山鸟污图书。
竹里藏公事,花间隐使车。不妨垂钓坐,时脍小江鱼。

内　容　此诗描写从弟晏如美好的吏务生活,表现出诗人对此生活的企慕之情。
特　色　情趣生动,宕笔有致。
注　释　不妨:表示可以、无妨碍之意。脍(kuài):原指细切的肉、鱼,这里用作动词,当烹饪解。

赏析　张谓是盛唐诗人,其诗不事经营,常有冲淡自然之情趣。
　　此诗为访友之作,友人乃作者之堂弟,故而语气很亲切。诗之首二句,作者对堂弟于吏务纷繁之中却能过着衡门晏如类似隐居的生活表现出企慕。衡门,隐者之居。《诗经·陈风·衡门》:"衡门之下,可以栖迟。"晏如:安然,此句寓隐居乐道之情趣。次联承"晏如"写来,"偷""污"二字采用拟人手法,形象逼真地写出了与野猿、山鸟为伴侣的天真野逸的生活情趣。"竹里"

二句描绘堂弟于此幽静美好之竹里花间处理公事。

结尾作者宕开一笔，翻出新意：既然堂弟之官舍竹斋如此优美，那么，

佳句
- 野猿偷纸笔，山鸟污图书。

此处亦正是垂钓烹鱼宴饮的好场所了。作者于此流露出得其所哉的欣悦之情，其身心亦由"企慕"而转为融入其间了。

全诗语言亲切自然，活泼有趣，于平易中蕴意味，于淡泊中孕情思。

（宋效永）

据李白《泛沔城南郎官湖》诗序记载，张谓与李白等人在沔州相遇，夜饮于城南的湖上。当时，水月如练，清光可掇。对此美景，张谓环顾四周，感慨地对李白说："自古以来，游览这南湖的贤达豪士不计其数，然而这湖上的佳景，却依旧寂寥无闻。我们何不为它起一个名字，使它传之不朽呢？"李白听完，就举酒酹水，因张谓曾官为尚书郎，就将南湖命名为"郎官湖"。

（王晓丹）

白雪歌送武判官归京

原文　　边塞　　唐·岑参

北风卷地白草折，胡天八月即飞雪。忽如一夜春风来，千树万树梨花开。散入珠帘湿罗幕，狐裘不暖锦衾薄。将军角弓不得控，都护铁衣冷难着。瀚海阑干百丈冰，愁云惨淡万里凝。中军置酒饮归客，胡琴琵琶与羌笛。纷纷暮雪下辕门，风掣红旗冻不翻。轮台东门送君去，去时雪满天山路。山回路转不见君，雪上空留马行处。

内　容　本诗描绘北国寒冬的奇丽雪景及送别友人的情景。

特　色 | 体物细致,结有余味。
注　释 | 珠帘:嵌有珠宝的帘子。罗幕:丝绸制的帐子。衾:被子。不得控:拉不开。控,开弓。着:穿。瀚海:大沙漠。阑干:纵横的样子。惨淡:阴暗无光。掣:拽动。翻:翻动。

赏析　岑参此诗作于天宝末年,当时他在北庭都护、伊西节度使封常清幕府中任职。武判官也是幕中僚属。诗中"轮台"在今新疆乌鲁木齐北,为唐军驻守之处。诗人从戎万里,固然时有思乡之念,但并无消沉之感。边地冰封雪冻,生活艰辛,诗人却醉心于山川风物之奇丽。以此诗而言,本是送别之作,行人所去乃是繁华的京都,也是诗人曾长期居住之地,但诗中并无感伤低回之意,而是以鲜明的色彩、开朗的笔调,描绘北国寒冬的奇观,使人读后精神一振。

诗的前半写雪景。"北风"四句从飞雪写起。"白草",西域所产牧草,性坚韧,居然也为风所吹折,可见北风之烈。八月飞雪,并未使诗人惊心于塞外苦寒,反使他感到新奇。"忽如"二句即表现了其惊喜之情。"散入"四句写军营中的奇寒。"将军角弓不

得控,都护铁衣冷难着",读之但觉寒气透心彻骨。"瀚海"二句,画面由营内转向辽阔的天地之间,画出了雪花纷飞的背景——一个被彤云和坚冰凝固了的世界。

诗的后半写送客,在送行中又进一步写雪景。"纷纷"二句点明送别时间。茫茫暮雪映衬出一面红旗,色彩醒目。由于飞雪已久,红旗由沾湿而冻结,在呼啸的风中已不能翻飞。此句受虞世基《出塞》"霜旗冻不翻"启发,但体物更细致,有诗人自身的观察体会,不是简单的模仿。最后四句的写法,本为离别诗中所常见;但这里扣住雪景来写,具体地写出了积雪的山径、雪地上的蹄痕,而行人已走出画面之外,故尤其显得意境深窈,令人回味。

佳句
- 忽如一夜春风来,千树万树梨花开。

从全诗看,虽以送别为题,但诗人的兴趣主要不在于抒写离情,而在于描绘景色。岑参集中这样的歌行体诗有好几首。其他唐代诗人的送别诗也有以大量篇幅写景的,而且也是歌行体,如李白《西岳云台歌送丹丘子》《鸣皋歌送岑征君》等。这是一个颇有趣的现象,表现了诗人们爱好山水的审美情趣。

(杨 明)

轮台歌奉送封大夫出师西征

原文 边塞 唐·岑参

轮台城头夜吹角,轮台城北旄头落。羽书昨夜过渠黎,单于已在金山西。戍楼西望烟尘黑,汉兵屯在轮台北。上将拥旄西出征,平明吹笛大军行。四边伐鼓雪海涌,三军大呼阴山动。虏塞兵气连云屯,战场白骨缠草根。剑河风急雪片阔,沙口石冻马蹄

脱。亚相勤王甘苦辛,誓将报主静边尘。古来青史谁不见,今见功名胜古人。

内　容　诗歌主要描写大军西征时的雄壮声威,赞扬封常清报效国家的高洁品格。

特　色　纵放顿挫,一气回旋。

注　释　旄(máo)头:星宿名。《史记·天官书》:"旄头,胡星也。"旄头星象征胡人。羽书:插有羽毛以示紧急的军书。渠黎:汉代西域国名,在今新疆轮台县南,这里泛指边塞。金山:即新疆阿尔泰山,这里泛指边塞。戍楼:边塞的烽火楼。汉兵:指唐兵。拥:持。旄:即旄节,古代皇帝赐给大臣以表示身份的凭证。伐鼓:击鼓。虏塞:敌人的边塞。兵气:士兵的杀气。剑河、沙口:西北边塞两地名。勤王:勤劳于王事。静边尘:平定边患。

赏析　此诗与《走马川行奉送出师西征》系同时所作,所咏为同一事。时封常清摄御史大夫,故称封大夫。诗末"亚相"亦指常清。汉代御史大夫为三公之一,位仅次于丞相,故称。

　　开头六句写敌我双方形势。"轮台"二句言轮台一带驻扎唐军,号角声穿破夜色,清厉辽远,令人感到军容之整肃。又观察星象,见胡星(旄头)坠落,知胡兵将要覆灭。这两句已内含着我军必胜的气势;三、四句言告急军书由西方传来,敌人已经临近;五、六句言敌军更近了,戍楼瞭望,已见烟尘滚滚。渲染出战前的紧张气氛。"上将"以下八句写大将出征和战场景象。其中前四句写出征的气势:大军于清晨出发,拥旄吹笛,给人以气度恢宏而从容不迫之感,与前面的紧张气氛形成反差。战鼓震天,雪海为之波涌;呼声撼地,阴山为之动摇。雪海、阴山离轮台很远,这里都不是实指,而是用以形容我军声威之壮大。诗的开头处所包孕的强大气势,至此喷发而出。接下来"虏塞"四句想象战场的肃杀、凄凉和北国的严寒。大军已深入敌境,急雪飞旋，风号石冻。"马蹄脱"的细节颇为生动。这四句使诗的描写出现顿挫；仍然具有力度，但由奔放，转为坚凝、深沉。最末四句颂扬封常清，在昂扬而雍容的气度中结束全诗。全诗纵放顿挫，一气回旋。

（杨　明）

走马川行奉送出师西征

原文　　　边塞　　唐·岑参

　　君不见走马川行雪海边，平沙莽莽黄入天。轮台九月风夜吼，一川碎石大如斗，随风满地石乱走。匈奴草黄马正肥，金山西见烟尘飞，汉家大将西出师。将军金甲夜不脱，半夜军行戈相拨，风头如刀面如割。马毛带雪汗气蒸，五花连钱旋作冰，幕中草檄砚水凝。虏骑闻之应胆慑，料知短兵不敢接，车师西门伫献捷。

内　容　诗歌描写环境的恶劣和行军的艰苦，歌颂了出征将士大无畏的英勇气概并预祝出师胜利。
特　色　细节传神，节奏跳荡。
注　释　走马川：今名车尔成河，在新疆西北部。雪海：唐代西北边境地名，故址在原苏联境内，距伊塞克湖不到百里。金山：即阿尔泰山。汉家大将：指封常清。五花：将马鬃剪成五朵花瓣的样式，此处指马鬃。连钱：指马身上的斑纹。幕：帐篷。草：起草。檄：古时用以晓谕或征讨的文书。车师：安西都护府所在地，在今新疆维吾尔自治区吐鲁番市。

赏析　此诗也是在封常清幕府中所作。封常清出师西征，岑参作此诗送之。

　　开头六句写走马川、轮台一带景色。前三句写沙漠。以"君

不见"这样的反问句式发端,有力地振起全篇。

"黄入天",以表示色彩的"黄"字作动词用,使读者如见一片苍茫无际的土黄色铺天盖地而来。后三句写狂风,大石随风乱走,形象夸张而生动。这六句雄浑、粗犷,充满一种野性的力量。"匈奴"以下九句写出师和行军。先写敌人乘着草黄马肥,发动进攻,我军出师迎敌。次写夜间行军。"戈相拨"这个细节增强了真实感:夜色沉沉,加以行军急速,所以兵器才互相碰撞。没有戎旅生活的亲身经历,怕很难写出这样生动的细节。"风头"句与前面"风夜吼"呼应,写出行军的艰苦。再写气候严寒,"马毛带雪汗气蒸"的细节也十分真实。如此寒冷的夜晚,战马却汗气蒸腾,可见行军何等急速;顷刻间汗气复结为冰花,又表明严寒之甚。"幕中草檄砚水凝"说的是在行军暂歇的途中赶作檄文,砚水也顷刻结冰,既写出气候之冷,也见出军情的紧迫。这一节写行军,真是有声有色。最后三句预祝将军凯旋。"车师",指汉代车师后王国,其地相当于唐代的金满县,是北庭都护府所在地。当时岑参正在该城,所以说自己停立车师西门,等待大军胜利归来。

此诗是七言歌行,雄迈奔放。其节奏跳荡,三句一转韵,平仄韵交替,

佳句
· 轮台九月风夜吼,一川碎石大如斗,随风满地石乱走。

与全诗紧张热烈的气氛非常协调。甚至起首三句的平声韵,也似与莽莽沙漠的平远相应;下面"吼""斗""走"三字为上声,其调值的不稳定则似与风行石走之状相合;再下面"脱""拨""割"是短促的入声,又像是急行军的马蹄声、兵器的撞击声。我们试高声吟唱,便不难感受到那急促而昂扬的气势,为之精神振奋。

(杨 明)

过 碛

原文 　　　行旅　　　唐·岑参

黄沙碛里客行迷,四望云天直下低。为言地尽天还尽,行到安西更向西。

内　容 这首诗通过在沙漠中行走的感受,展示出一幅茫无边际旷远壮美的沙漠图。

特　色 语奇体峻,意亦造奇。

注　释 碛(qì):沙漠。

赏析 英国哲学家培根曾把艺术简捷地定义为"人与自然相乘"(朱光潜《文艺心理学》)。在主体心灵(人)与客观世界(自然)的际会遇合中,艺术家"形象的直觉"(《朱光潜美学文集》第一卷),即美感经验,凝铸构筑成艺术创造的生命。

天宝八年(749),岑参初次出塞,赴安西(今新疆库车)任节度使高仙芝幕府掌书记。远离喧嚣狭小的都市,置身莽苍无垠的大漠,诗人蓬勃焕发的生命活力和阔大的胸怀得以酣畅恣肆地表现。于是物我相契相融,凝铸成一幅旷远壮美的画面。"碛",沙漠。"过碛"即经过沙漠。"黄沙碛里客行迷,四望云天直下

佳句
- 为言地尽天还尽,行到安西更向西。

低"。诗人在空阔无边的黄沙漠里行走,不禁对行进的方向迷惑起来。举头四望,本应高悬的云天,仿佛与茫无边际的沙漠在远处连成了一片,给人以渐远渐低的感觉。"为言地尽天还尽,行到安西更向西"。如果说此刻我已走到了天地的尽头,但过了这片沙漠,到达安西,向西望去,仍有无边无际的天地。

全诗将一次沙漠行走中所见的物之形象("黄沙碛""云天""天地")与自己的心之直觉("迷""低""尽")等融为一体,自然化"我","我"化自然,达到了凝神观照、物我两忘的境界。殷璠《河岳英灵集》评岑参诗"语奇体峻,意亦造奇"。杜甫说:"岑参兄弟皆好奇。"(《渼陂行》)其实,语奇意奇,艺术创造的成功,也正在于物我相契时对直觉的捕捉。

(黄益元)

观壁画《九想图》

原 文　　悟禅　　唐·包佶

一世荣枯无异同,百年哀乐又归空。夜阑乌鹊相争处,林下真僧在定中。

内　容　这首诗写作者羡慕佛教徒摆脱一切荣枯哀乐相烦扰的境界。
特　色　由图生发,不落言筌。
注　释　荣枯:喻人世的盛衰、穷达。《后汉书·冯异传》:"结死生之约,同荣枯之计。"夜阑:深夜。定:即入定,佛教语,谓佛教徒闭目静坐,不起杂念,使心定于一处,多取跌坐式。

赏析　包佶,润州(今江苏镇江)人,润州诗派包融的儿子,官至秘书监。晚年信佛,他在《近获风痺之疾题寄所怀》一诗中就有"久来从吏道,常欲奉空门"的话。

"九想"这个名字是出于佛教的,佛经说对于人的死尸作九种形与相的想法叫九想,总之,是把人看成是虚幻的意思。诗人观看的正是壁上画的"真僧"九想坐禅图,所以产生钦羡佛法的兴趣。

第一句说:"一世荣枯无异同",这里"一世"指人生的一世间,他认为人生一世所经历的、所看到的升沉荣枯现象古往今来没有什么差异。白居易《赋得古原草送别》诗云:"离离原上草,一岁一枯荣。"那是指自然界的草木,年年如此,这里则指人事。王维《重酬苑郎中》诗云:"荣枯安敢问乾坤",用法与此处相同。这句是讲荣枯从来是幻梦般的,有荣有枯,终归消灭。

第二句讲:"百年哀乐又归空",是说人生不过百年,其中哀乐的事,也转眼成空。百年指一生的极限,魏文帝《与吴质书》云:"谓百年己分,可长共相保。"但哀乐又常互相转化,魏文帝《与吴质书》也说:"乐往哀来,怆然伤怀。"人总是要死去的,一切哀乐又归"空无"。上二句讲的是证明一切皆空,这正是佛教的宗旨。

第三句写:"夜阑鸟鹊相争处",这句是写画上的图景。图上反映夜深人静时,树上有鸟鹊相争,这也暗喻人间的争名夺利。

第四句是:"林下真僧在定中",则是写图中林下的"真僧"坐禅入定的形象,就是说世上一切纷扰斗争都是空的,无谓的,远不如树林之下,一位真正的高僧入定,进入万有皆空的境界。坐禅,是思想中要求脱离尘世间的欲念,入定则有了定力来断除尘念,入定才能获得禅悦,获得佛家所说的真谛。

这首诗和壁上画一样,是用暗示方法表达禅理,皈依佛法空无哲理,尽在不言中。是反映佛学思想的诗作中较为不落言筌的一首。

贯休也有"伊余心不在荣枯"(《春》)之句,那就嫌浅露了。

(王达津)

孟城坳

原文 　　　　　理趣　　　唐·裴迪

结庐古城下,时登古城上。古城非畴昔,今人自来往。

内　容｜诗歌写古城今昔之变，抒诗人兴衰之感。
特　色｜情淡语质，意象简约。
注　释｜结庐：构造住宅。畴昔：以前，过去。

赏析　王维有咏其隐居胜地辋川庄二十个景点的五言名诗《辋川集》二十首。裴迪曾同王维浮舟往来，弹琴赋诗，啸咏终日，也有和诗二十首。这首《孟城坳》与另一首《竹里馆》，便是裴迪的和诗。

孟城坳，又名"孟城口"，原是初唐宋之问的别墅，后宋两度贬谪，客死异乡；至王维接受这份产业时，已是萧飒苍凉，不堪回首。王维想起王羲之所说的悲喜无常、盛衰无定的话，不禁感慨忉怛，这种感慨一齐倾注在他的那首《孟城坳》里。裴迪的和诗正由此而发。

首句款款而叙，透出欣羡仰慕之情，对"古城"有所初识。二句切入诗旨，时时登临涉足，由识而熟，由表及里，对"古城"已窥全貌。三句水到渠成，和盘托出，"古城非畴昔"，直抒梗概。前二句，各个上截言今，下截言古。"古"与"今"、"人"与"城"，对比强烈，暗寓感触。而"结庐城下""时登城上"之一"上"一"下"，既比照鲜明，又拓宽时空，因而逼出第三句"古城非畴昔"，如重锤响鼓，铿锵有力。而且三句连出三次"古城"，不避重复，今昔之变，兴衰之感，便随蕴其间。在如此一而再、再而三的烘染下，终于结出"今人自来往"句，仿佛在前三句的万钧积压下，忽以扛鼎之力打挺而起，笔力穿壁，以一当十。至此情理俱呈，意象毕显。全诗情淡语质，意象清和简约，与王诗对读，不啻珠联璧合，相得益彰。

（张永鑫）

贼退示官吏（并序）

原文　　　刺世　　唐·元结

癸卯岁，西原贼入道州，焚烧杀掠，几尽而去。明年，贼又攻永破邵，不犯此州边鄙而退。岂力能制敌欤？盖蒙其伤怜而已。诸使何为忍苦征敛？故作诗一篇以示官吏。

昔岁逢太平，山林二十年。泉源在庭户，洞壑当门前。井税有常期，日晏犹得眠。忽然遭世变，数岁亲戎旃。今来典斯郡，山夷又纷然。城小贼不屠，人贫伤可怜。是以陷邻境，此州独见全。使臣将王命，岂不如贼焉？今彼征敛者，迫之如火煎。谁能绝人命，以作时世贤。思欲委符节，引竿自刺船。将家就鱼麦，归老江湖边。

内　容　诗歌通过贼寇与官吏的对比，抨击了官吏们横征暴敛的暴行，表达了对苦难百姓的深切同情。

特　色　盛气直述，对比照应。

注　释　诸使：指收敛赋税的租庸使等人。井税：田税、赋税。日晏：天色已晚。亲戎旃（zhān）：亲自参与军事。戎旃，军旗，这里代指军事。典：掌管。山夷：古代对聚集山中的武装力量的贬称。这里指西原贼。纷然：骚乱。时世：当代。委符节：指抛弃官职。委，抛弃。符节，指凭证。符节有两片，可合在一起，一片给使臣用作凭证。刺船：撑船。

赏析　元结是中唐时期重要的现实主义诗人，新乐府运动的先驱。他主张文学为政治服务，要能够"极帝王理乱之道，系古人规讽之流"（《二风诗论》），达到"上感于上，下化于下"（《系乐府序》）的目的。他反对"拘限声病，喜尚形似"（《箧中集序》）的形式主义，提倡质朴古雅的诗风。《春陵行》和这首《贼退示

官吏》就是诗人实践其文学主张的代表作。

这首诗可以分成四段。前六句为第一段,写昔日太平岁月的安定生活。"山林二十年",表明诗人对自然的夙好,为下文写其弃官归隐埋下伏笔。"井税有常期",收税有依据,有时限,也与下文征敛者的肆意勒索形成强烈对比。

由"忽然"句至"此州独见全"为第二段,写出今日之世变与贼寇之纷扰。

佳句
- 谁能绝人命,以作时世贤。

诗人当时出任道州刺史,在世乱中担负起守地的职责,故曰"亲戎旃"。适遇"山夷"侵扰,攻陷邻近州县,却独独舍此地而去,原因是连"山夷"也知道这里的百姓已一贫如洗,这一笔为下文对官吏的鞭挞蓄足文势。

第三段,从"使臣将王命"到"以作时世贤",是全诗的重点,有力地抨击了官吏们横征暴敛不恤民命的暴行,可谓"盛气直述"(魏泰《临汉隐居诗谱》),"使臣将王命,岂不如贼焉"?这充满激愤的质问,体现了诗人对虎狼之吏的深恶痛绝,对陷于水火之中的百姓的深切同情。那些横行霸道的恶吏,怎么忍心用"绝人命"来博取朝廷的褒扬?这一有力的诘责,对不惜以生灵涂炭染红自己纱帽的"时世贤"们,给予了有力的讽刺和鞭挞。这一段以"绝人命"的"时世贤"与前面"伤可怜"的"贼寇"形成强烈的对比,体现了诗人对黑暗现实强烈的义愤。

第四段,诗人面对黑暗的现实,宁愿挂冠弃印,归隐江湖,表示了一个有良心的正直文人对统治者的强烈抗议。杜甫曾有诗赞誉他说:"道州忧黎庶,词气浩纵横。"(《同元使君舂陵行》)看来,元结是当之无愧的。

(张 钧)

省试湘灵鼓瑟

原文　　　　　鼓瑟　　　唐·钱起

善鼓云和瑟，常闻帝子灵。冯夷空自舞，楚客不堪听。
苦调凄金石，清音入杳冥。苍梧来怨慕，白芷动芳馨。
流水传湘浦，悲风过洞庭。曲终人不见，江上数峰青。

内　容　此诗描写湘灵弹奏的感天动地的幽怨之音。
特　色　清和冲远，水穷云起。
注　释　省试：唐宋时由尚书省礼部主持的考试，又称礼部试，后称会试。帝子：指帝尧二女娥皇、女英。楚客：遭贬谪或客居楚地的游子。杳冥：指天空，高远之处。战国楚宋玉《对楚王问》："凤凰上击九千里，绝云霓，负苍天，翱翔乎杳冥之上。"

赏析　钱起，居大历十才子之首。为中唐著名诗人。他诗风清丽，词秀调雅，的确迹近王维。虽写拘束之作如"试帖诗者"，仍能不失其风调，结撰出为人倾仰，视如楷模的佳品，这就是《省试湘灵鼓瑟》。

　　省试，这是唐代士人入仕的重要途径。唐制省试进士科，除经、策外，还须试诗赋各一。其题目、用韵、体制均有严格规定。诗为五言六韵，谓之"试帖诗"。这类敲门砖式的作品，除限制森严外，还要揣摩主司大员的口味，迎合君上的意旨，谀时颂圣，当然难有杰作可言。而钱起却能于森严的限制中驰骋想象，以清丽之句，高雅之调，写出悠悠之思，此所以难能可贵。

　　题目《湘灵鼓瑟》，摘自《楚辞·远游》中"使湘灵鼓瑟兮，令海若舞冯夷"之句。湘灵，湘水之神，据杂见于古籍的古老传说，帝尧有二女娥皇、女英，下嫁于舜，是为二妃。舜南征三苗，崩于苍梧之野。二妃从之不及，溺于湘江，成为湘水之神，于是她们长留于洞庭之山,出入于潇湘之浦。二女是善鼓琴瑟的。那么,成神之后,所鼓之音,也必充满幽怨。正是依据这些传说,诗人驰骋自己的想象,结撰出优美的写帝女调瑟的名篇。

按试帖诗的规矩,首句是必须概括题旨的,诗人开首两句十分自如地、完满地实现了这一要求。"云和",山名,以产琴瑟著名。云和之瑟,当然非凡品可比,而弹奏者又为善鼓之神,即已透露瑟音必然佳妙的信息,为具体描述暗下伏笔。下句补足前言,推出鼓瑟者。"常闻"则向往已久,而今得闻,其欣慰之情,溢于言表。"灵"字则神之灵验,技之灵巧,音之灵动,兼而有之,意蕴丰富,耐人寻味。上句点"鼓瑟",下句出"湘灵",严守程式而语气灵活,心态如见。落笔即笼起全篇,确属起句不凡。

佳句
- 曲终人不见,江上数峰青。

中间四联,极力摹写瑟曲的情韵。诗人神驰八极,思入杳冥,以瑰丽多姿而又清和冲远的笔调淋漓尽致地传送了充满幽怨的瑟曲之音。"冯夷空自舞",正是从题目所摘之句的"令海若舞冯夷"中引发而出,优美的音响已使水神冯夷欢然起舞了。对于曾遭贬谪或客居楚地的游子来说,瑟曲的哀怨,震撼了他们的心灵,颇觉不堪忍受。由此,冯夷的欢舞,对他们也将是徒然的。这一反一正,写出音乐的感人力量。第二联是对瑟音的正面描绘。诗人以浪漫的想象,竭力渲染音响的神效。那苦调清音,弥散于上下四方,在下,则本属无情的金石,也为之凄然生感。在上,则凄清之音,穿入杳渺的青冥,苍天神灵该也不会没有忧戚。于是诗人神思飞扬,又有了第三联。二妃的哀怨之曲,定会飞到那苍梧之野,而长眠于九嶷(即苍梧山之又名)山头的帝舜之灵,也定会听到,定会比任何人、神都更被二妃的幽恨深情所打动。你听,遥空之中不正传来了他深沉怨慕的惋叹之声吗?诗人这里用舜的怨慕,紧扣本事,轻轻点出瑟曲幽怨之因,匪夷所思而又十分贴切。白芷是香草,它也因为瑟曲所感而吐出了更多的芳馨。滔滔的湘水,正把这深沉哀婉的乐曲传向湘浦两岸,而长空的悲风也正把它送到更加遥远的八百里洞庭之外。这里,诗人又巧妙地暗示了瑟音的悠扬远逝,暗伏了结尾的"曲终"。使全诗在结构上前联后挂,缭绕纠结至密不可分的程度。排律格律森严,除首联和尾联外,中间各联必须两两成对,平仄和谐,粘对无误。而诗人居然无对不工,无字平仄不妥,无句粘对不协。

最后一联,是本诗最为人激赏之句。按试帖诗的要求,"曲终"结"鼓瑟","人不见"点"灵",此其所以是"神"而非"人"。"江上数峰青",落实"湘"字,这收束真是点滴无遗,尽善尽美。但其妙处,当然远不止此。"曲终人不见,江上数峰青",这是在对瑟曲之奏作淋漓尽致的渲染之后的神来之笔。它是如此传神地刻画出了诗人倾倒备至的心态,如此美妙的瑟曲消逝了,多么想见见这位鼓瑟女神的风姿啊!然而,美丽而神秘的女神却全无踪迹可求。入目所见,唯有滔滔的湘水和远处淡淡的青峰。真是恍如入梦一般,一种扑朔迷离的惆怅之情,一种向往倍增而又颇有失落之感——而失落了什么,恐怕诗人自己也说不清楚的心态,简直可从字里行间呼唤出来。而滔滔湘水,隐隐青峰,毕竟还是真实的存在。那么,江,是否即湘灵所游;峰,是否即湘灵所居?不见了的湘灵,是否正在那缥缈的云峰之上,告终的瑟曲,是否会时而又起?是耶,非耶!又给人以杳渺的希冀。真是悠悠不尽,给人以绵绵不绝的思念。而"曲终人不见,江上数峰青",又勾勒了一种多么淡雅清空的境界。如果说,中间四联,诚如鲁迅先生所说,渲染哀怨,颇近于所谓衰飒,那么,末联更为清空之笔,又正好冲和了这种气息而使人迷醉于这如诗如画、似真似幻的"静穆"的诗境之中。

结句之妙,殆至不可以言传,难怪会留下神话似的传闻。

(吴立人)

> **逸闻**
>
> 钱起,"大历十才子"之一。传说,有一次他住在京口(今江苏镇江)的旅店中,月夜闲步,忽然听见户外有人吟诗道:"曲终人不见,江上数峰青。"等他出去看时,却没有发现人的踪影。后来他参加省试,试题是《湘灵鼓瑟》。钱起就将上面的十字落句。当时的主考官非常赞赏,认为这首诗必定是有神助,将结尾二句称为"绝唱"。
>
> (王晓丹)

枫桥夜泊

原文　　　　写景　　　　　　唐·张继

月落乌啼霜满天,江枫渔火对愁眠。姑苏城外寒山寺,夜半钟声到客船。

内容 诗歌描写枫桥夜景,抒发诗人羁旅客愁。
特色 兴象浑厚,清迥自然。
注释 枫桥:地名,在今苏州市城西。姑苏城:苏州的别称。寒山寺:寺名,在今苏州市城西,距枫桥约三里。

赏析 至德年间,张继客游吴越,路过苏州,泊舟枫桥。在深夜寂寞孤独的环境中,诗人油然生出羁旅客愁,萦绕脑际,难以入睡,写下这首千古传诵的七绝名篇。

诗家摅写情思,常常以情取景,以"我"的感情作为选景的标准。起句"月落乌啼霜满天",写眼前景。夜已深,残月渐渐沉落,栖鸦受惊后不时啼叫,夜空里充满着迷蒙的雾气,好像是满天的"清霜",带来阵阵侵入肌肤的寒意。月落,写所见,是视觉意象;乌啼,写所闻,是听觉意象;霜满天,写诗人的感受,是感受意象。诸种感官的感受融通起来,组成意象群,真实地表现出月夜凄清空濛的境界。次句"江枫渔火对愁眠",紧承首句,进一步描写眼前景物。前代有人解释"愁眠"为山名(见毛先舒《诗辨坻》),这是误解。"愁眠",是指因客愁而睡不着的人。诗人躺在客船里发愁,面对江边的枫树和远处的渔火,彻夜无眠。它和首句的景色一样,都出自愁人的眼中。宋人郭附诗云:"钟到客船未晓,月与渔火俱愁。"(《吴郡志》引)诗的意境与张诗前半首相似。乌啼与江枫这些意象,都很容易逗起愁思,如庾信《乌夜啼》:"讵不自惊长泪落,到头啼乌恒夜啼。"崔信明残句:"枫落吴江冷。"严武《巴陵答杜二见忆》:"江头赤叶枫愁客。"张继选取这些景物,写出自己的兴会,透露客愁的心绪。诗的后半首,两句一意,作一句读,意谓夜半时分,苏州城外寒山寺的一阵阵钟声,送到客船上来。夜半钟声,回响在寂静的江空上,愈益触发并增添无寐的羁客游子的无限乡愁。后半首的诗意回应起承二句,构成全诗完整的诗境。

佳句
· 姑苏城外寒山寺,夜半钟声到客船。

本诗语言清迥自然,毫无雕饰,即景抒情,兴象浑厚。诗人巧妙地选取、组合许多江南水乡的景物,以客愁贯串全诗,加上时序的变移,声响的烘托,景物富有色彩和层次感,渲染了空濛凄清的氛围,创造了月夜清幽的诗境,不尽的愁思也就在这清美的诗境中透示出来。高仲武评张继诗"不雕自饰""诗体清迥"(《中兴间气集》),本诗完全符合这种美学特征。

范成大说过:"枫桥在阊门外九里道傍,自古有名,南北客经由,未有不憩此桥而题咏者。"(《吴郡志》卷十七)经过历史的淘汰,题咏枫桥的诗篇存留不多,而张继的《枫桥夜泊》常在人口,可见这首诗的艺术造诣高超绝人。枫桥、寒山寺的胜景,感发过张继的诗思;《枫桥夜泊》一诗的传播,也为枫桥一桥、寒山一寺增加了知名度,名闻海内域外。名胜古迹与名篇佳构的

相依相存，这在我国文化史上真可传为美谈。　　　　　（吴企明）

归　山

原文　　　　归隐　　　　唐·张继

心事数茎白发，生涯一片青山。空林有雪相待，古道无人独还。

内　容　诗歌描写山归道中所见之景，抒发诗人隐遁山林之想。
特　色　意象连缀，象中寄喻。
注　释　数茎：相当于许多的意思。茎，量词，用于长条形的东西。

赏析　这是一首即景感怀诗。题作《归山》，有两层意蕴：一为纪实，写山归道中的所见之景；二为象喻，抒发隐遁山林之想。一虚一实，交相辉映，而又互为生发。

诗的前两句，交代了何人归、归何处及为何归。归者是一个霜鬓微染、心事重重的人。以"白发"和"心事"连属，词微而旨丰。自古言愁催白发，诗中虽未点明是何种"心事"，但那白发则已透出历经沧桑之感。"数茎"形容"白发"，虽无李白"白发三千丈"的气势，然其胸中蕴藏的抑郁愤懑的情愫已跃然纸上。二句言归宿处乃在青山之中，点出题面。"白发"与"青山"，一为有限的生命，一为恒久之自然。两相比照，心期之所在不言自明，从而暗示出因何而归的旨趣。故此处"青山"已不仅作为客观的实景而存在，也是一种生活理想的物化和写照。"生涯一片青山"，意即将余生托于青山，立意与陶渊明"少无适俗韵，性本爱丘山"（《归田园居五首》其一）同。按张继另有《安公房问法》诗云："流年一日复一日，世事何时是了时。试向东林问禅伯，遣将心地学琉璃。"表现出对世事的厌倦之情。可见此处的"白发"与"青山"的对比，已隐然映现出作者由世俗步入归隐之路的生涯。

后两句进而写山归途中所见之景，渲染出特定的环境氛围。"空林"言其空寂，"雪"言其洁净，"古道"言其荒疏，它们所组成的素洁空寂的境界，无异更是一幅典型的深山隐逸图。"空林有雪"的期待，正是隐逸生活的呼唤。而"古道无人独还"正是这种感召力在诗人心中所激起的反响与抉择。"独还"二字颇有分量。"独"字既写出了归山时孑然一身的孤独与冷清，也揭示出主人公辞世的决绝态度。"还"字是点睛之笔，有此一字，前面所呈各景皆连成一片，而纪实性的归山与象喻性的归隐也在此得以互相绾结。

> 佳句
>
> • 心事数茎白发，生涯一片青山。

诗中流露出的孤独与感伤，是封建时代知识分子常有的心态。柳宗元笔下独钓寒江的簑笠翁、刘长卿诗中的青山独归远的僧人，等等，无不属于此类。

（钟元凯　李正春）

酬二十八秀才见寄

原文　　唐·郎士元

昨夜山月好，故人果相思。清光到枕上，袅袅凉风时。
永意能在我，惜无携手期。

内　容　本诗写友人对自己的思念与关怀，抒发诗人对友人的深情厚谊。

特　色　清雅含蓄，幽清绝伦。

注　释　清光：清凉明净的光辉，这里指清凉明净的月光。袅袅：微风

注　释　吹拂的样子。南朝宋·鲍照《采菱歌》之四："袅袅风出浦，容容日向山。"意：思念，放在心上。

赏析　高仲武说郎士元的诗风"清雅"，颇中肯綮。诗题"二十八秀才"，《唐人行第录》无考，因漏其姓，无法排比稽查。诗人因为接阅故人来书，被故人的深情所感动，便以诗答谢。但故人来书谓何？何以见思？却一无交代。全诗只是先从首二句"山月"一词略略透出个中奥微。月下寄思，乃常事常情。一轮皓月，升清质之悠悠，降澄辉之霭霭。长空一碧，流光溢彩，不正是天上月圆、人间情好、轻烟柔梦、寄情千里、最为相思之时？但月儿冉冉初升之时形大，高极山巅之时形小，由"初月"至"山月"，则月已中天，时近夜分，时间之长，全在"山月"一词中。诗人读罢来信后那种万叠心潮、彻夜难眠、久久不能平静的激动心情便尽溢于字里行间。接着三、四句的"清光""凉风"二词再对故人来书内容揭其大端。清光溶溶，铺满枕席，凉风袅袅，凄神寒骨。景清意凉，幽倩绝伦。诗人是否正处在意兴萧萧、心绪落落、境遇寂寂之中？是仕途蹭蹬，蒿目时艰抑或邪曲攸加、世态炎凉所致？若果其如此，今有故人投以肺腑热肠之语，能不感动之至？至此，人们从"山月""清光""凉风"所织就的清雅、含蓄的意境中终于看到了故人那一颗无价的赤诚之心。《诗·邶风·北风》云："惠而好我，携手同行。"故人同诗人的友谊如明月永存，山高水远，天地之间，两心相知，即使携手无期，也无所惋惜了。王国维《宋元戏曲考·元剧之文章》云："何以谓之有意境？写情则沁人心脾，写景则在人耳目……"满纸月情月意的《酬二十八秀才见寄》，足可当之。

（张永鑫）

寒 食

原文　　　刺政　　　唐·韩翃

春城无处不飞花，寒食东风御柳斜。日暮汉宫传蜡烛，轻烟散入五侯家。

内　容　诗歌描写寒食节两种反差景象，讽刺中唐时期宦官专权的黑暗政治。
特　色　托讽婉至，画面反差。
注　释　御柳：御苑中的柳树。

赏析　"寒食"是节令名，寒食节是古代的一个传统节日。一般在冬至后 105 天，清明前两天（一说前一天）。按风俗，在节日里白天不举火，夜晚不点灯，只吃现成冷食。家家还折柳插门以示纪念，因此诗中又写到垂柳。诗一开始就从总体上一笔写出寒食节长安城的春光浓丽——柳树枝头的白絮随风四处飘散。当然，依据这首诗的诗境，我们似乎也可以把"飞花"想象成色彩缤纷的花瓣随风四处飘散。因为寒食在暮春，正是落花时节，是会有这种花飞万点、落红遍地的景象。这就像电影中拍摄的一个远景，展现了环境的全貌，给人以整体的美感。接着，把取景的范围缩小，将镜头对准

佳句
· 春城无处不飞花，寒食东风御柳斜。

城中御苑的一角——只见那里的柳枝在和煦的"东风"吹拂下向一侧斜飘轻舞。这是一个中景。这两个镜头的画面，使人感到春色的迷人、美好。傍晚，宫廷里便派人把蜡烛挨家挨户分送到那些显贵者的家中，寒食节本应家家户户禁绝烟火，可是显贵者得到了皇帝的许可却可以例外。就从这样一件小事中，也可以看出王公贵族的

特权。"五侯",原指东汉桓帝同时予以封侯的五个宦官;这里借汉事指中唐以后宦官权势极盛的现实。上一句的"汉宫"也是以"汉"代"唐"。"轻烟散入"是一种比较形象、婉曲的说法。那袅袅轻烟徐徐飘散,写出传烛分火的场面。

这是一首借汉喻唐的讽刺诗,诗的主旨在于讥讽唐代宦官专权,可是全诗却"以轻丽之笔,写出承平景象"。这就显示出一种含蓄美。含蓄美是一种"不言之美"(司空图《诗品》中说的"不着一字,尽得风流"),它是诗美中的一种。诗的含蓄,就是指诗的意象所给予人们的暗示性和启示性。这首诗含有托讽之意,但诗人对宦官擅权的种种事态并不从正面着笔。全诗仅用"五侯"点到即止。我们在通读全诗后所以能悟到诗人的作诗意图,主要是从寒食节同时出现的两幅画面之间所产生的巨大反差中获得信息的;其次是"五侯"的点出,也增强了"言外之意"的指示性。这两幅画面,一幅是寒食帝都风俗画,另一幅是寒食节宫中传烛图,一方面是寒食节必须禁绝一切烟火,而另一方面却又是"特敕宫中许燃烛"(元稹《连昌宫词》),而且是"近幸者(按:指宦官)先得之"(黄叔灿《唐诗笺注》,转引自《千首唐人绝句》上册)。这样,读者自然能从上述画面的暗示中懂得作者讥讽宦官的用意。当然,由于诗人是借助于意象描写来表达自己的思想感情而不是用直接议论来提出创作意图的，因此在诗的思想内涵上就具有一定的不确定性。比如换一个角度去看，这首诗似乎也可能被理解成对皇帝恩泽的颂扬。难怪唐德宗因读了这首诗而非常赏识韩翃（孟棨《本事诗》）。契诃夫曾经说过一句话："我的秘诀就是好和坏都不叫出声来。"这一经验之谈，可以说是对构成含蓄美的奥秘作了最好的说明。

"春城无处不飞花"是名句。诗人不是孤立地去突出暮春长安的某些局部的细节美，而是站在高处，把整个帝都看作是一个有生命的实体，一下子就展示了它沐浴在春光中的整体美！记得黑格尔说过这样的话，整体好比一个有生命的人，其身体的各部分是有机地结合在一起的。如果把人的手、脚、头从人体中截下来，虽然还有头手脚的外形，却已失去了生命力……所以文学、艺术史上的那些巨匠，都是十分强调表现整体美的。法国雕塑艺术大师罗丹将他的杰作"巴尔扎克"塑像的两只手砸掉（因为这两只手塑造得实在太好，过分引人注意，从而破坏了塑像的整体美），就是极端的一例。再如在诗中同是写雪景，老舍认为王维的"隔牖风惊竹，开门雪满山"在艺术表现上就胜过韩愈的"随车翻缟带，逐马散银杯"（老舍《福星集》）。其他像"山雨欲来风满楼""满城风雨近重阳""南山塞天地"这类名句，也都是整个儿地将景象显示出来，而没有那种枝节琐碎的雕琢、形容，因而也都具有一种充满生命活力的整体美。

（查良圭）

唐德宗时，朝中有制诰一职待缺，中书两次将备选的人名上奏给皇上，都没有批复。当大臣们再次请示时，皇帝才简略地批复道："给韩翃。"恰巧当时另有一位江淮刺史也叫韩翃，大臣们没有办法，只好再次请示，究竟赐予哪个韩翃？于是御笔复批曰："'春城无处不飞花'韩翃也。"由此可见其诗名之盛。

（王晓丹）

酬刘员外见寄

原文 酬答 　　唐·严维

苏耽佐郡时，近出白云司。药补清羸疾，窗吟绝妙词。柳塘春水漫，花坞夕阳迟。欲识怀君意，明朝访楫师。

内　容 诗歌叙述诗人自己的生活近况并表达对刘员外的想念之情。
特　色 华而不靡，精而不刻。
注　释 清羸：清瘦羸弱。疾：疾病。漫：水满溢出，流溢。花坞：四面如屏的花木深处。楫师：船工。

赏析 诗题中的"刘员外"，指的是当时被贬为睦州（今浙江淳安）司马的刘长卿。刘在睦州时期曾与严维、李嘉祐等人以诗互相唱酬。

首联中的"苏耽"是一个神话人物，晋葛洪《神仙传》记苏耽随白鹤升空而去，后化鹤归来，诗人借以喻己；"白云司"是刑官的代称，严维当时任诸暨尉，即刑官。前四句合在一起，是在简要叙述诗人自己的生活近况：作为新近就任的一县之尉，公务之余，在山庄中饮药疗疾，当窗吟诗，任性所至，倒也颇为闲适。这种概述

佳句
・柳塘春水漫，花坞夕阳迟。

虽无具体景象的鲜明生动，但也不难看出诗人随遇而安，自在悠然的心境。颈联两句是全诗中最精彩的地方：泱泱春水，在翠柳环抱的池塘中碧波荡漾；烂漫山花，在夕阳的映照下耀眼夺目。两句纯用白描，极其传神地勾勒出一幅春意盎然的山水图。"漫""迟"两字落笔无痕，却把春天万物竞发的勃勃生机充分表现出来。这两句诗历来备受诗家青睐。"柳塘春水漫，花坞夕阳迟"

之句,以为天容时态,融和骀荡,如在眼前。谢榛说:"此联妙于状景,华而不靡,精而不刻。"(《四溟诗话》卷二)最后两句比较平淡,表示诗人对刘员外的怀念、思慕,可说是落于酬答诗的俗套。

(石　耀)

春　怨

原文　　宫怨　　唐·刘方平

纱窗日落渐黄昏,金屋无人见泪痕。寂寞空庭春欲晚,梨花满地不开门。

内　容　这首诗描写一个深闭幽殿的宫女的悲哀。
特　色　反复烘托,借物象喻。
注　释　金屋:华美的宫室。无人:指没有临幸的人。

赏析　全诗采用反复烘托的手法对宫女的心境加以渲染。"一日之愁,黄昏为切;一岁之怨,春暮居多。此时此景,宫人最感慨也"(唐汝询《唐诗解》)。正因为如此,诗人把抒情主人公放到"黄昏""春暮"的特定背景下进行心理透视。

有唐一代,后宫陈列甚多,"无用宫人,动有数万"(《唐会要》卷七)。她们"虽入秦帝宫,不上秦帝床"。有些虽然侥幸,但团扇秋捐,与世暌隔,同样一片悲凉。在孤寂之中,"纱窗"便成为她们的"漏刻",日升日落,总从这里报道消息。因而,宫人对"纱窗"特别敏感。诗人破题也便从"纱窗"落笔,扣住纱窗的明暗变化进行渲染。阳光,是孤寂宫人相为尔汝的唯一伙伴了,但此时,最后一道夕阳即将从纱窗退出,这住室将充满昏暗,全诗在纱窗的变化中定下了悲凉的基调。

　　第二句对宫人黄昏的悲哀加以具体描写。汉代以来,"金屋"这一辉煌的字眼已成为幽闭深宫的特定符号。这里,诗人用"金屋"一词一下子便把"黄昏"那岑寂的气氛化染开来。"三千宫女胭脂面,几个春来无泪痕"? 有泪若被人看见,或许还能赢得一丝怜悯,但在这"金屋"中,纵然泪下涟涟也无人得见,无人垂怜。何其哀哉! 这一句短短七字,蕴意极其丰富,女子特有的痴、怨、妒、悔、恨种种感情表现得淋漓尽致。

> **佳句**
> · 寂寞空庭春欲晚,梨花满地不开门。

　　继而,诗笔转入"春晚"之境,借春暮之景,抒迟暮之怀。一个"空"字最为紧要。"金屋无人"是空间的旷寂,化为寂寞无依的意念,则是心理的旷寂。屋内无人是一生遂向空房宿,私情无所寄托,庭中无人,则连美人相并立琼轩也不可能,简直无人可与絮谈。"空"字里饱含着寂寞凄惶与酸楚。"春欲晚"也是一个凝聚着诗人哀毁之情的重要意象。春天,阳光中腾着生命的灼热,但现在,只身孤影,春华流如逝川,不难体味,这里的"春晚"是时序之笔,亦是象喻之笔,景光变迁是年华流逝的委婉表达。

　　至此,全诗经过纱窗暮色、金屋徒空、泪痕斑斑、庭院旷寂、春残花凋等景况的反复擞写,层层渲染,徽足了寂寞宫人的幽怀,最后轻轻一笔,用"门掩黄昏"的镜头定格作结,盘马弯弓,引而不发。宫人闭门必当自怜,但如何自怜呢? 这漫漫长夜如何熬过呢? 一切尽在不言之中,使全诗更加深曲委婉,哀感顽艳。

(罗时进)

杂 感

原文

刺时　　唐·鲍防

汉家海内承平久，万国戎王皆稽首。天马常衔苜蓿花，胡人岁献葡萄酒。五月荔枝初破颜，朝离象郡夕函关。雁飞不到桂阳岭，马走先过林邑山。甘泉御果垂仙阁，日暮无人香自落。远物皆重近皆轻，鸡虽有德不如鹤。

内　容　诗人对贵远贱近、重貌轻德的统治者表现了强烈深沉的感慨。
特　色　铺陈对比，结句冷峻。
注　释　汉家：汉朝，代指唐朝。承平：太平。戎：指我国西部各少数民族。天马：骏马的美称，这里指异国所进的骏马。苜蓿：又称怀风草、光风草、连枝草，豆科植物，一年生或多年生。汉武帝时，张骞出使西域，始从大宛传入。葡萄：落叶藤本植物，其果多为圆形和椭圆形，是常见的水果，亦可酿酒。此指该植物的果实。《汉书·西域传上·大宛国》："汉使采葡萄、苜蓿种归。"象郡：郡名，治所在今广西壮族自治区崇左市。秦始皇三十三年置，汉因之，汉昭帝元凤五年废。桂阳：汉郡名，在今湖南省桂阳县。

赏析　这是一首寓言之作。诗从开头到"马去先过林邑山"为第一层。作者欲抑先扬，浓笔重墨地铺陈了统治者搜求远方异域之物不遗余力的情形。"汉家海内承平久，万国戎王皆稽首"。开首两句总写朝廷威慑四方，海内晏平，群夷臣服的局面，为下文铺陈打下基础。三至八句，以剪影式的笔法，选择典型事例，极写朝廷向远方索贡的情形。三、四句写西北，一一列举天马、苜蓿、葡萄，状其求物之多，"常衔""岁献"，写其求索之频繁。五、六句写西南，以夸张的笔法，写其求取之急于星火，暗指飞骑传送荔枝以供杨贵妃食用的故实。七、八两句紧承上文,写统治者搜求远物,无所不至。雁飞不到之处,亦走马不息,其他地方可想而知。

第九、十两句为第二层。诗人忽转笔

> **佳句**
> ·远物皆重近皆轻,鸡虽有德不如鹤。

锋,写统治者对身边贵物的贱视。甘泉乃汉代宫名。著名赋家扬雄曾有《甘泉赋》描绘其宏伟壮丽,此处以甘泉代皇家苑囿。禁城池苑近咫尺,其中颇多珍物。可是,皇家对此近在宫掖的"御果"却视而不见,这种轻贱之态与前文所写的不远万里竭力搜求形成强烈的对比,诗人的感慨溢于言表,议论自然水到渠成。

最后两句,诗人以富于哲理的语言,抒写感慨,十分冷峻。"远物皆重近皆轻",一句括尽上文,结句"鸡虽有德不如鹤",比喻形象,深化了主题。鸡虽不辞辛苦地啼鸣报晓,但它因是"近物"受到人们的贱视,反不如华而无用的鹤备受珍爱。联系社会生活,这种舍近求远,一味满足一己之嗜欲而置德行于不顾的做法,不就是诗人对黑暗时代统治者的针砭么!

(张 钧)

送邢台州济

原文

赠别　　唐·皎然

海上仙山属使君,石桥琪树古来闻。他时画出白团扇,乞取天台一片云。

内　容　诗歌写名胜天台山的美丽风光,表达了对邢济的企慕之情。
特　色　才巧意精,偷势运思。
注　释　使君:对州郡长官的尊称。

赏析

唐德宗建中四年(783),邢济被任命为台州(今浙江临

送邢台州济

海）刺史，皎然作此诗送之。

诗人围绕台州境内的名胜天台山进行构思。在道教传说中，天台山被视为仙境，有许多美丽的神仙故事。东晋时佛教流布很广，于是它又涂上了佛教色彩，这从孙绰的《游天台山赋》中即可以看出，当时名僧支遁也曾作有《天台山铭》。孙绰说那里既有仙人乘鹤飞举，又有罗汉挥舞锡杖，蹈虚而行。孙绰此赋很有名，本诗所说"琪树"（玉树）便出于该赋："琪树璀璨而垂珠。"至于石桥，孙绰赋中也曾写到，为天台山名胜之一。据说其桥宽不盈尺，长数十步，下临深涧，桥上又长满莓苔藓，非常难走。但要入山求仙，便须经此桥。皎然作为一名僧徒，又是爱好奇山异水的诗人，当然对此山心向往之。第一句说其山今属邢济所有，已见企慕之情。三、四句更通过巧妙的构思，表达了热烈的向往之情：希望邢济能将天台胜境画在白团扇上赠送给自己。白团扇为晋宋士大夫所常用，是名士风流的象征；如果再画上美好的山水，成为一件精美的工艺品，又寄托着友人的情谊，那真是妙不可言！"乞取天台一片云"，立意颇巧，也有典故：齐高帝曾诏问茅山隐士陶弘景："山中何所有？"陶答诗曰："山中何所有？岭上多白云。只可自怡悦，不堪持赠君。"皎然这里反其意而用之，说通过欣赏画扇，可分享山水的美好。

佳句
• 他时画出白团扇，乞取天台一片云。

皎然是著名诗僧，也是诗歌评论家，所著《诗式》在诗歌美学发展史上有一定地位。他论诗主张"情多、兴远、语丽"，含蓄有致。《送邢台州济》在一定程度上做到了此点。他又强调巧思，认为学习前人作品，"偷语"最下，"偷意"次之，而"偷势"，却值得赞赏。所谓偷势，即从前人诗中获得启发，经过精巧的运思，化而用之，不露痕迹。本诗"画出白团扇"，发想隽异，新鲜有致，但其实有所借鉴。江淹《杂体诗》中拟班婕妤团扇一首曾写到画扇："画作秦王女，乘鸾向烟雾。"为皎然所激赏，认为别出心裁。本

诗的构思,当受其影响,也可算是"偷势"的一例吧。 （杨　明）

和虞部韦郎中寻杨驸马不遇

原　文　　　　访人　　　唐·独孤及

金屋琼台萧史家,暮春三月渭州花。到君仙洞不相见,谓已吹箫乘早霞。

内　容｜诗歌写作者和友人访杨驸马不遇。
特　色｜善于运思,典故关合。
注　释｜金屋:华美之屋。琼台:玉饰的楼台,亦泛指华丽的楼台。谓:以为。

　独孤及是盛唐文学家,他的显著成就在于提倡和写作古文,其文章以"宪章六艺,能探古人述作之旨"（李舟《独孤常州集序》）而驰声文坛,但他同时又能写诗。

这是一首和友人访杨驸马不遇的诗,诗的题目已明确揭示了其内容。

全诗之最大特点在于通篇以典故关合所写具体情事。首句"金屋琼台萧史家"即已引出此故实。据《列仙传》,萧史乃春秋时人,"善吹箫,能致孔雀、白鹤于庭,（秦）穆公有女,字弄玉,好之,公遂以女妻焉。日教弄玉作凤鸣。居数年……皆随凤凰飞去"。作者比杨驸马为"萧史",不但合其身份,而且喻其爱情婚姻生活的美满幸福。"金屋琼台"四字描写杨驸马府邸之富丽堂皇,金屋又有暗用汉武帝宠爱陈皇后"金屋藏娇"之意。诗之次句则宕开一笔,点明自己同朋友来访的时间,正是在暮春三月渭州花开之时。三、四句承上与首句关合,谓来到了杨驸马居处，却没有见到主人，或许主人家夫妻二人已经跨着鸾凤、吹着箫、乘着早晨的云霞升仙去了。"仙洞""吹箫乘早霞"与首句回应，使此诗收到首尾一体，回环照应之功效。

全诗巧妙地将典故和情事关合为一体，用美好的神话传说把平凡的生活情节诗化了，从而给人以美感。诗写得自然贴切而无牵强之迹，表现了诗人善于运思的特点。

（宋效永）

临海所居三首（其三）

原文　　　　隐居　　　唐·顾况

家在双峰兰若边，一声秋磬发孤烟。山连极浦鸟飞尽，月上青林人未眠。

内　容　本诗描绘作者临海所居的极美极静的境象，表现其心迹双清的隐士本色。

特　色　对句倒装，境象清绝。

注　释　兰若：寺院。梵语"阿兰若"的省称，意为寂静无苦恼烦乱之处。磬：寺院中召集众僧用的云板形鸣器或诵经用的钵形打击乐器。

赏析　顾况做过著作郎，以后便隐居了。他是苏州人，隐居在江苏句容，他曾去过天台山，住过临海。临海，在今浙江临海市境内，接近天台等名山，有一条江通向海口。这组诗的第二首就是描写天台赤城山的，赤城是古代人想象为仙人所居的地方。

这首诗写诗人心迹双清，"心"无尘俗的念头，"迹"是无仕宦和不依靠有地位人的行止，十分清净地住在这宁静的山区。他用诗画出他所居处的极美极静的境象，诗人的审美观是喜爱大自然的宁静美。

首句"家在双峰兰若边",是说他自己住在临海的双峰山的僧寺旁边。"兰若"即僧寺,六朝时即有此称,古代名寺常在名山深处,与世俗隔离。这原是为了形成一种禅悦的境界,而顾况诗首句就抓着这一特点。

次句"一声秋磬发孤烟",是写诗人黄昏时的耳所闻、目所见。他以有声写无声,时已值秋,他只听到从寺里传出的一声清肃的磬声,他所见只是寺中升起的一缕炊烟。这同王维《鹿柴》"空山不见人,但闻人语响"一样,都是写空寂的景象。

诗最后两句用对句,杜甫的七绝就喜欢用对句。同时他这两句在层次上都是倒装:"山连极浦鸟飞尽,月上青林人未眠。"前句是说暮色苍然,鸟已归飞,才注意看那寂静的山峦,蜿蜒东去,接连海口。江入海可藏舟的港湾叫浦,极浦就是遥远的浦口。此句造语类似李白《独坐敬亭山》:"众鸟高飞尽,孤云独去闲。"写动后之静。后句写到夜深人(自己)还未睡,才得见明月移向中天照入苍郁的茂林中。这也近似王维《竹里馆》"深林人不知,明月来相照"那样的空净。

所以这首诗从临海所居的环境,并依照从黄昏到夜静的时间层次,又分别借视觉、听觉和内心直感,写出山中的空寂之感来,是刻画山中空寂美的好篇章;同时也是表现出诗人心迹双清的隐士本色的好作品。它确是一篇令人能享受山中清绝美感的佳作。

(王达津)

逸 闻

白居易初到长安时,曾带着诗卷谒见顾况。顾况看了姓名后,开玩笑说:"长安的米价很贵,想长期居住可不容易。"等到他看到白居易的诗,第一篇就是《赋得古原草送别》:"离离原上草,一岁一枯荣。野火烧不尽,春风吹又生。"大为赞赏,说道:"道得个语,居即易矣。"白居易也因此声名大振。

(王晓丹)

题琅玡上方

原文

怀古　　　　唐·顾况

东晋王家住此溪，南朝树色隔窗低。碑沈字灭昔人远，谷鸟犹向寒花啼。

内　容　此诗借东晋王导家的变迁感兴，抒写人世沧桑，感慨历史人物被遗忘。

特　色　以景寄情，意在言外。

注　释　沈：没入水中，消失。昔人：古人，从前的人。

赏析　"题琅玡上方"就是题琅玡寺上方，上方是佛寺殿后高处，风景优美。上有亭台楼阁，可登眺下方。白居易有《留题开元寺上方》诗云："东寺台阁好，上方风景清。"

东晋宰相王导，本是山东琅玡（邪）人，过江后，曾在建康城东北江乘县（今南京）侨设南琅玡郡。当年这里有一条青溪（今已并入秦淮河），王导家世世代代住在这里。传说他们住在乌衣巷，刘禹锡有《乌衣巷》诗云："旧时王谢堂前燕，飞入寻常百姓家。"似乎是叹息时代变迁，贵贱转化。

首句"东晋王家住此溪"是说登上琅玡寺上方楼上看到青溪，想到那是东晋王导家所在地，如今遗迹已无，感兴便由此而来。

次句"南朝树色隔窗低"是说树色是南朝树色，思古幽情很深，也表明江山如旧，风景依然。这句写景色之美依然，是为了更好地衬托出下句的意思。

第三句转入悼念历史人物。"碑沈字灭昔人远"，是说古碑已沉入水中，纪功文字也磨灭了，昔人离我们已遥远。一个远字，含有无限凄婉。

末句加强这一感慨。"谷鸟犹向寒花啼",寒花开在青溪遗迹间,山谷中的鸟飞来对着寒花啼唤,再没有人注意这一关系东晋存亡的历史人物了。

顾况是在安史之乱未完全平定的唐肃宗至德二年中进士的,在大局安定的几年后,平定安史之乱的功臣如郭子仪、李光弼等,也就在人们心目中淡忘了,何况世代久远的东晋王家呢?

王羲之的《兰亭集序》中说:"后之视今,亦犹今之视昔。"只追寻眼前功利,而遗忘前人功业,是很难继承前人的功业。诗人的言外之意深远,南朝树色虽值得欣赏,而一代历史英雄人物却不应被遗忘!

（王达津）

佳句
- 碑沈字灭昔人远,谷鸟犹向寒花啼。

霁 雪

原文 雪晴 唐·戎昱

风卷寒云暮雪晴,江烟洗尽柳条轻。檐前数片无人扫,又得书窗一夜明。

内 容 | 诗歌写霁雪之景。
特 色 | 诗胜于画,饶有情趣。
注 释 | 霁(jì):雨后或雪后转晴,这里指后者。

赏析 诗题"霁雪",本身就包含由雪天到初晴的景物变化和时间推移。它既是空间的,又是时间的。莱辛说过:"诗是时间的艺术。"(《拉奥孔》)戎昱此诗,就充分显示了诗胜于画的艺术特色,把时间的推移和画面的变化有机地统一了起来。

白天，纷纷扬扬，雪花飘了一天。黄昏时分，一阵阵风吹来，把寒云卷走，天色重又放晴。夕阳残照，把江上弥漫的烟雾洗尽。柳条上的积雪开始融化了，又逐渐恢复了她原来轻盈飘拂的身姿。这两句诗的描摹，极简练地勾勒出由"雪"至"霁"的景物变化和时间推移。

然而，夕阳不能将檐前的积雪全部化

佳句
- 檐前数片无人扫，又得书窗一夜明。

尽。随着夕阳西下，檐前尚存的数片残雪，又无人打扫，必将残留一夜，直到天明。这层意思，作者并不明说，而是诙谐地暗用晋孙康的典故："又得书窗一夜明。"显得饶有情趣。本诗诗题，《全唐诗》又作《韩舍人书窗残雪》，或许还兼有赞扬韩舍人刻苦攻读的意思在内。

全诗时间跨度包含有白天—暮—夜—天明；景物转换有飞雪—风卷—夕阳—夜色。它们都统统容纳于诗人的匠心布置之中，做到诗中有画，诗胜于画。

（黄益元）

塞下曲

原文　　　　边塞　　　唐·戎昱

汉将归来虏塞空，旌旗初下玉关东。高蹄战马三千匹，落日平原秋草中。

内　容　诗歌写唐将率部自玉门凯旋的威武雄壮的行军场面（这是对日益萎缩的汉唐强悍国力的追怀和呼唤）。

特　色　侧面剪影，婉转寄意。

注　释　汉将：指唐将。唐代诗人常常以汉喻唐。旌旗：旗帜的总称。这里借指军士。

唐诗

赏析 安史之乱是唐帝国由盛及衰的界标，亦是唐诗由豪迈高华变为沉郁顿挫的转捩（liè）。即以边塞诗而言，响遏行云的"但使龙城飞将在，不教胡马度阴山"（王昌龄《出塞》），正在逐渐衰变为凄情苦调的"不知何处吹芦管，一夜征人尽望乡"（李益《夜上受降城闻笛》）。然而，处在盛中唐之交的诗人戎昱，却仍然高唱着边塞凯歌，实在耐人寻味。

本诗没有正面展示紧张激烈的两军厮杀，却以轻松欢快的笔调，采撷汉将率部自玉门关外归来悠然自得、气势非凡的行军镜头，从侧面反映出这场战斗取得了空前的胜利。

前两句特写，突出队伍前导的旌旗和从容大度的将军。战胜归来，虏塞一空，说明边患已除，胜利空前。"初下玉关东"，暗示征战旷日持久，艰苦卓绝。后两句烘托，衬之以威武雄壮的马队和旷远深邃的背景。秋草平原，辽阔无边，高蹄战马沐浴在落日

佳句
• 高蹄战马三千匹，落日平原秋草中。

余晖之下，更显得气象万千、壮美无比。全诗在轻松愉悦的氛围中，处处洋溢着难以抑制的豪情。景事高度和谐统一。

以"汉"喻今，是唐诗的惯用手法。然就戎昱所处时代及其边塞经历而言，均无法找到诗中所言的大捷。因此，与其说此诗是实录，倒毋宁说是一种良好的愿望，是对日益萎缩的汉唐强悍国力、阳刚之气的追怀和呼唤。在这个意义上说，本诗主旨和表现手法，均属清人刘熙载《艺概·诗概》所说的"正面不写写反面，本面不写写对面、旁面"的"睹影知竿"之法。 （黄益元）

登润州芙蓉楼

原文

登楼　　　　　唐·崔峒

上古人何在？东流水不归。往来潮有信，朝暮事成非。
烟树临沙静，云帆入海稀。郡楼多逸兴，良牧谢玄晖。

内　容　诗人登楼写景，感叹人事短促。
特　色　景有个性，情有寄托。
注　释　沙：水旁地，滩。逸兴：清闲脱俗的兴致。良牧：贤能的州郡长官。

赏析　此诗是一首登临即景寄情之作。自《诗经》《楚辞》以来，登临之作，浩如烟海。但景有个性，情有寄托，二者兼及，却非易事。据《元和郡县图志》卷二十五《江南道·润州》云，楼系晋刺史王恭改创西北楼而得名，地在镇江。《中国地名大辞典》注湖北，误。

首联暗写登临，却从大江似带、水流东去的俯视中暗暗写出。前句设问，古人何在？后句自答，似水而尽。"上古人"的短暂与"东流水"的永恒形成对比。俯仰古今，心绪沉郁，流露出诗人登临后的怅惋。

佳句
- 往来潮有信，朝暮事成非。

诗以此为基调，涵盖而下。颔联抒怀。紧承首联意境，江水淘尽古人，便自然引及潮水有信、人事成非的感触，再以"江潮"的永恒与"人事"的短促比并，生出感叹。经过首联的铺垫，颔联的强调，诗人的抑郁心情已达于极点，于是转换一个角度，出现江山胜景的摹写，接出颈联之览胜：江树含烟，静静地临沙而立；白帆如云，入海远去，渐渐消失。一静一动，状物工细，于恬淡中透着飘逸之气。把登临芙蓉楼才能见到的独特景物写得极有个性。但江无静树，川无停流。眼前的胜景，使诗人联想起曾为晋安王镇北咨议、南东海太守、行南徐州事的谢朓所留下的名句："余霞散成绮，澄江静如练。"他的声名将著称后世，永垂史册，这就进一步强化了诗人在短暂与永恒对比下渴望永驻美名的愿望。全诗由登临而抒怀，由览胜而寄情；前二联低沉、压抑，后二联激扬、开朗；感情发展自然，情绪变化妥帖；景有个性，情有寄托，在登临诗中有其特色。　　　　（张永鑫）

过钱员外

原文　　　　写人　　　唐·司空曙

为郎头已白，迹向市朝稀。移病居荒宅，安贫著败衣。
野园随客醉，雪寺伴僧归。自说东峰下，松萝满故扉。

内　容　全诗赞美钱员外淡于名利、安贫守困、与人友善的高洁品质。
特　色　直陈铺叙，诗格清华。
注　释　市朝：指争名逐利之所。《战国策·秦策一》："臣闻争名者于朝，争利者于市。今三川、周室，天下之市朝也。"著：穿。败：破烂，破旧。扉：屋舍。

赏析　钱起于大历中为司勋员外郎，大历后期为考功郎中。故诗题称"钱员外"。司空曙与钱起友善，故互相过访。高仲武《中兴间气集》说"（钱起）芟齐、宋之浮游，削梁、陈之靡嫚，迥然独立，莫之与群"。并说，"右丞没后，员外为雄"。这是对钱起在文学上所取得的成就的推许。但钱起还有他的另一面，这就是司空曙在《过钱员外》诗中以钦佩的口气所赞美的钱起的品格。钱起淡于名利，厌于倾轧。他白头为郎，不趋市朝；同汲汲利禄与趋炎附势者异。钱起能安贫守困，或居荒宅，或著败衣，生计萧瑟，恬然自适。他或结客野园，相知尽醉；或伴僧雪寺，长随相亲。"自说东峰下，松萝满故扉"。那终南山东峰下的小小故居，苍松漫掩，藤萝垂覆，那里有山间的清风，林中的明月，正是员外最惬意的归宿。《全唐诗》曾说司空曙"诗格清华"，这首诗便是明证。全诗均用赋体，格律平整，遣词造句熟练圆润，得心应手，真正体现了大历诗人的风格。

> **佳句**
> ・野园随客醉，雪寺伴僧归。

（张永鑫）

赠康洽

原文　　写人　　唐·李端

黄须康兄酒泉客，平生出入王侯宅。今朝醉卧又明朝，忽忆故乡头已白。流年恍惚瞻西日，陈事苍茫指南陌。声名恒压鲍参军，班位不过扬执戟。迩来七十遂无机，空是咸阳一布衣。后辈轻肥贱衰朽，五侯门馆许因依。自言万物有移改，始信桑田变成海。同时献赋人皆尽，共壁题诗君独在。步出东城风景和，青山满眼少年多。汉家尚壮今则老，发短心长知奈何？华堂举杯白日晚，龙钟相见谁能免？君今已反我正来，朱颜宜笑能几回？借问朦胧花树下，谁家畚插筑高台？

内　容　诗歌在追昔思今的慨叹中充满了人生易老、岁月蹉跎的惆怅与无奈。
特　色　淋漓写心，浑成流转。
注　释　恍惚：倏忽，瞬息之间。苍茫：渺茫的感觉。轻肥：轻裘肥马。

门馆：旧时权贵招待宾客、门客的馆舍。南朝·梁沈约《冬节后至丞相第诣世子车中作》："廉公失权势，门馆有虚盈。"因依：倚傍，依托。献赋：作赋献给皇帝，用以颂扬或讽谏。《西京杂记》："相如将献赋，未知所为。"题诗：就一事一物或一书一画等，抒发感受，题写诗句。多写于柱壁、书画、器皿之上。汉家尚壮：朝廷重视壮年人。汉家，即汉朝，这里指唐朝朝廷。尚，重视。龙钟：老年体弱，步履维艰。君今已反：您（康洽）现已决定返回西域。畚锸：即畚锸。畚，盛土器；锸，起土器。泛指挖运泥土的用具。

赏析　李端是大历十才子之一，这首《赠康洽》作为一首送别诗，着意抒发的不是惜别感怀之情，也不是激励壮行之意，而是在追昔思今的慨叹中充满了人生易老、岁月蹉跎的惆怅与无奈，比较鲜明地体现出大历诗坛凄婉衰飒的风格特征。

这首诗可以分为三个层次。前十句为第一层，概述了主人公康洽的坎坷身世。这位来自西域的黄髯诗客曾经有过出入侯门、对酒长歌的潇洒。也曾有过诗名远播、超过鲍照的声誉。然蹭蹬一生，流年似水，年过古稀，仍"空是咸阳一布衣"！第二层由中间十句组成，主要写其晚年的萧瑟生活。一边是轻车肥马的后生，一边是衰颜龙钟的老者；一边是趾高气扬的轻狂，一边是寄人篱下的颓丧。这里有怀才不遇的憾恨，有人生如梦的慨叹！感慨"同时献赋人皆尽"，有往事依稀的眷念，有无可奈何的排遣。主人公的一生坎坷、半世蹉跎全在这人生与历史、瞬间与永恒的融合中化作一缕轻烟，汇入那斗转星移、生生不息的宇宙之中。最后三联是对主人公命运的感慨，它既像是对诗人自己的嘲讽，

佳句
- 声名恒压鲍参军，班位不过扬执戟。
- 步出东城风景和，青山满眼少年多。

又像是对康洽的宽慰：既然红颜易老，龙钟难免，那么还有什么值得留恋，还有什么值得感伤的呢？

大历诗人一般少作歌行，李端也仅以律诗见长，但是这首歌行却一气呵就，气韵浑成，既无斧凿之痕，也无拖沓之累。全诗以人生如寄、沧海桑田的喟叹为基调，把恨穷伤老而又无可奈何的凄凉、疲惫表现得淋漓尽致。　　　　　（石　耀）

仙山行

原　文　　　游仙　　　唐·耿湋

深溪人不到，杖策独缘源。花落寻无径，鸡鸣觉近村。
数翁皆藉草，对弈复倾尊。看毕初为局，归逢几世孙。
云迷入洞处，水引出山门。惆怅归城郭，樵柯迹尚存。

内　容　这首诗描写仙境和仙人生活，悲叹现实人世的短暂，宣扬摒弃尘世的思想。

特　色　行云流水，用韵精巧。

注　释　杖策：拄杖。杖，持，拿着。策，手杖。初为局：犹言第一局。柯：斧柄。

赏析　王嘉《述异记》云，晋王质入山伐木，见童子数人弈棋而歌，便置斧听之。童子与一物如枣核，含之不饥。不久，童子催归，质起视斧柯已烂尽。既归，去家已数十年，亲故殆尽。《仙山行》似乎是《述异记》王质遇仙传说的诗化，以此来衬托现实人世的短暂，宣扬摒弃尘世的思想。诗一开始四句，写探觅仙境。溪深一碧，落英满径，写静。独杖策探源，闻鸡鸣近村，写声。动静有致，声情并茂，为一处虚无缥缈的人间仙境着色。"数翁"二句，写迷入仙山。垂老相亲，耆艾情浓。白发藉青草（藉，垫。藉草，即坐在草上），潇洒；棋枰设白黑，悠闲；铜尊斟澄酒，自得。落笔无意，实富情韵。此情此景，绝非辛苦恣睢、奔波驰驱、辗转迫厄的人生所能及，更见出仙境远远超出于人世。以下写归返之情状。一局棋毕，世已几代。天上人间，尘世仙山，悠隔如此，能无恍惚怅惘之叹！身已践人世，心却留仙域。顾瞻来路，但见云锁烟迷，失却了入洞之处，随水流指引，恍恍然出了山门。徬徨，惆怅，迷惘，失望。仙山一行，怎不对尘世的苦辛

佳句
- 看毕初为局，归逢几世孙。

酸楚发出深深的喟叹！《仙山行》出语一无乖碍，流转自然，行止有序，不冗不蔓，如行云流水，随意挥洒。加之用韵精巧，写人世句，用音沉浑重浊；写仙山句，用韵柔和轻逸；一像尘世喧喧，浊气腾腾；一拟仙山渺渺，仙境蒙蒙，使行云流水之行文更增风采。

（张永鑫）

山居即事

原文　　　　　山居　　　　唐·戴叔伦

岩云掩竹扉，去鸟带余晖。地僻生涯薄，山深俗事稀。
养花分宿雨，剪叶补秋衣。野渡逢渔子，同舟荡月归。

内　容　诗歌描写诗人自得闲适的山居生活，流露出恬淡的情趣和安贫乐道的思想。
特　色　随意点染，冲淡成趣。
注　释　晖：阳光。生涯：生活。渔子：捕鱼的人。

赏析　戴叔伦是唐大历年间的著名诗人，他作诗强调要有韵味，其"诗家之景，如蓝田日暖，良玉生烟，可望而不可置于眉

睫之前"（司空图《与极浦书》），被后来讲求象外之象、韵外之致的神韵派诗人奉为诗家三昧。其实，就戴叔伦本人的诗作而言，所谓韵味，主要还是指一种不待直陈的言外之情，并不像后人所说那样虚渺。《山居即事》就是一个明显的例子。

首句"岩云掩竹扉"，点明山居。二句"去鸟带余晖"，似从陶渊明《饮酒》诗"山气日夕佳，飞鸟相与还"中化出，而把两句简化为一句，透露出闲适意味。然而，紧接的两句"地僻生涯薄，山深俗事稀"却又在避俗的自得中慨叹拙于生计的困窘，表现出比较复杂的意绪。五、六两句承三、四句生发，以隔日所积的雨水浇花，可见"俗事稀"，以叶补衣，可见"生涯薄"。诗的最后两句，忽又拓开去，以与渔夫同舟归来的镜头，传达出山居的相得之乐。全诗在生活场景的更迭变换中，流露出恬淡的情趣和安贫乐道的思想。

佳句
- 野渡逢渔子，同舟荡月归。

（石　耀）

扬子途中

原文

秋渡　　　　唐·柳中庸

楚塞望苍然，寒林古戍边。秋风人渡水，落日雁飞天。

内　容　诗歌描写于扬子途中所见秋景，表达诗人的乡思旅愁。
特　色　情在景中，言简意远。
注　释　苍然：空阔辽远的样子。寒林：秋冬的林木。

赏析　此诗言简意远，意境十分优美。

由诗名"扬子途中"看，盖写于扬子县，此县设于唐高宗永淳元年（682），县治在今江苏仪征市东南，扬州附近。

"楚塞"，楚国的国塞。唐朝的扬州一带是战国时楚国与东部九夷接壤的边界。"古戍"，古代的戍守之地。扬州是古代战略要地，隋末杜伏威等曾置戍守于此。诗人行进在扬子途中，极目远方，楚塞苍然，落日斜阳之中，风吹寒林，黄叶翻飞；戍楼颓垣，依稀可见。古津渡外，秋风吹拂的水面上，渡船正在驶向苍茫的对岸，乘渡的人也许正是诗人自己。仰望夕阳西下的苍天，南归的大雁正鸣叫着急速前行。

佳句
- 秋风人渡水，落日雁飞天。

在这首诗中，秋意笼罩了所有的描写对象，这一方面固然是由于诗人是行进在秋色连天的扬子途中，但另一方面，无疑也是由于此时诗人的心头，正浮涌着一种秋一般深沉苍凉的感觉。触景生情，以情观景，二者双向作用而形之于言，所构写的意境也就充满秋意了。诗人此时感觉到了什么呢？也许：苍然楚塞，古戍寒林，这些自然荣衰，历史变迁引发了诗人内心深处的怀古意识，在对人去物换、沧海桑田，历史无情、人生有限的宇宙体悟中，他感到了生活的孤寂。而秋水渡舟，落日飞雁，又是那么容易引起天涯断肠人的乡思旅愁。

（沈金浩）

怀素上人草书歌

原文　草书　唐·任华

吾尝好奇，古来草圣无不知，岂不知右军与献之？虽有壮丽之骨，恨无狂逸之姿！中间张长史，独放荡而不羁，以颠为名倾荡于当时。张老颠，殊不颠于怀素。怀素颠，乃是颠。人谓尔从

怀素上人草书歌

江南来，我谓尔从天上来。负颠狂之墨妙，有墨狂之逸才。狂僧前日动京华，朝骑王公大人马，暮宿王公大人家。谁不造素屏？谁不涂粉壁？粉壁摇晴光，素屏凝晓霜，待君挥洒兮不可弥忘。骏马迎来坐堂中，金盆盛酒竹叶香。十杯五杯不解意，百杯已后始颠狂。一颠一狂多意气，大叫一声起攘臂。挥毫倏忽千万字，有时一字两字长丈二。翕若长鲸泼剌动海岛，欻若长蛇戍律透深草。回环缭绕相拘连，千变万化在眼前。飘风骤雨相击射，速禄飒拉动檐隙。掷华山巨石以为点，掣衡山阵云以为画。兴不尽，势转雄，恐天低而地窄。更有何处最可怜，袅袅枯藤万丈悬。万丈悬，拂秋水，映秋天；或如丝，或如发，风吹欲绝又不绝。锋芒利如欧冶剑，劲直浑是并州铁。时复枯燥何襜襹，忽觉阴山突兀横翠微。中有枯松错落一万丈，倒挂绝壁蘑枯枝。千魑魅兮万魍魉，欲出不可何闪尸。又如瀚海日暮愁阴浓，忽然跃出千黑龙。夭矫偃蹇，入乎苍穹。飞沙走石满穷塞，万里飕飕西北风。狂僧有绝艺，非数仞高墙不足以逞其笔势。或逢花笺与绢素，凝神执笔守恒度。别来筋骨多情趣，霏霏微微点长露。三秋月照丹凤楼，二月花开上林树。终恐绊骐骥之足，不得展千里之步。狂僧狂僧，尔虽有绝艺，犹当假良媒。不因礼部张公将尔来，如何得声名一旦喧九垓！

内　容　本诗描绘和赞美了怀素草书的风致神韵。
特　色　比喻迭出，气势跳宕。
注　释　倏忽：顷刻。掣：牵拉。袅袅：纤长柔美的样子。欧冶剑：春秋时著名剑工欧冶子所铸的剑。相传他曾为越王铸五剑，为楚王铸三剑。浑是：简直是。并州铁：古时并州所产的铁器，此形容书法刚劲有力。翠微：青山。蘑：接近，迫近。魑魅(chīmèi)：古谓能害人的山泽之妖怪。亦泛指鬼怪。魍魉(wǎngliǎng)：古代传说中的山川精怪、鬼怪。夭矫：纵恣的样子。偃蹇：婉转委曲、屈曲。三秋：即秋天。骐骥：良马。假：凭借。九垓：九层，指九重天。

赏析 与李、杜同时的任华不是一个著名诗人,《全唐诗》仅存诗三首,是分别题赠李白、杜甫与怀素的,从中我们得以窥见任华诗歌的艺术特点:多用七言歌行体,造成一种铺排夸张、雄肆奔放的气势,而且多咏人物,亦可看出一时之风习。唐代诗人喜欢以一种灵动的笔意,通感、比喻之修辞,描摹艺术大师的创造力。如李颀有《听董大弹胡笳声兼寄语弄房给事》《赠张旭》、李白有《草书歌行》、杜甫有《丹青引》《观公孙大娘弟子舞剑器行》、中唐韩愈有《听颖师弹琴》、李贺有《李凭箜篌引》等等,多咏书家、画家、音乐家、舞蹈家。这种现象可说是魏晋人物品藻美学的延伸与衍化,他们的笔致已经从一般人物走向了艺术家,并从审美角度展现他们的艺术风姿和神采。任华这首《怀素上人草书歌》虽鲜为人知,却也出于同一手眼。当时的李白与苏涣都为怀素草书写了诗,这三首诗的内容及用语颇多相似。任诗以体验真切,描摹入骨为胜。

全诗可分三部分。第一部分从开头到"负颠狂之墨妙,有墨狂之逸才"。以王羲之父子与草圣张旭为陪衬,引出怀素。李白、苏涣之诗亦以张旭等人烘托怀素,可以看出时人对怀素的器重。任诗评价怀素为"逸才",透射出

怀素上人草书歌

唐代以来人们的审美追求。唐代李嗣真《书后品》以逸品为书法之最。"逸",本来指一种超凡脱俗的精神风貌,它之进入于书法领域,意味着书法艺术由再现向表现的转化。第二部分从"狂僧前日动京华"到"不得展千里之步",即以"逸"为中心,具体描状怀素草书的风致神韵。从"狂僧前日动京华"到"挥毫倏忽千万字",写怀素以草书得意京华及其狂逸之态。由酒醉到颠狂到墨狂,铺展开怀素草书的生成过程。接下来以酣畅淋漓的散文笔法入诗,以比喻、通感、夸饰的修辞,尽情铺排其草书的逸狂之态。首先以长鲸与长蛇摹写草书的字长丈二、回环缭绕,并以联绵词"泼剌""虺律"壮其声色。而以"千变万化在眼前"一转,引出"飘风骤雨相击射"的内在情绪律动,转入对华山巨石为点,衡山阵云为画(即"划")的点划刻摹。比喻、夸张的修辞张扬出草书磅礴的生命力。当欣赏者的感受被调动到最高点时,诗人忽然轻轻一转:"更有何处最可怜",转到对枯涩之笔的描绘,大起大落、举重若轻,是大手笔。对枯涩之笔的描绘又极为形象,比为"袅袅枯藤万丈悬""风吹欲绝又不绝"。中国书法艺术讲究虚实相生,笔断意连,而常以飞白、渴笔、枯笔体现之。明代杨慎云:"徐浩真书多渴笔,怀素草书多枯涩,在书法以为妙品。"(《历代诗话续篇·升庵诗话附录》)可谓知言。任华赞美怀素枯笔尤为神妙:其细如丝如发,其劲如铁如剑,刚柔相济,虚实相间,达到书法艺术的巅峰。接下来再以"时复枯燥何褵褷,忽觉阴山突兀横翠微"三转,"枯燥何褵褷"承上。"褵褷",毛羽始生貌,这儿喻指枯笔才出又突现"阴山突兀"的浓墨挥洒,转入到对浓墨间枯笔的神境摹写。继之以两组形象的对比加以勾勒渲染,或比为阴山横翠中枯松错落,或比为瀚海日暮中黑龙夭矫,多用联绵词如闪尸、夭矫、偃蹇,造成一种疏密相间的建筑美与疾徐相生的音乐美。闪尸者,暂见之貌也。这儿动态地展示出浓墨中枯笔隐现,如魑魅魍魉、欲出不出,意境朦胧幽瑟。再以"非数仞高墙不足以逞其笔势"总括上文,章法森

然。下面宕开一笔,描写小巧境界,比为月照凤楼、花开上林。又叹息恐非本色,终绊骥足,一片惋惜之态充溢字里行间。这些描状疏密有致,张弛有度,极见工力。最后五句,写礼部张公对怀素的推荐奖掖,结束全篇。

这首诗还大量运用了散文化的句式,这种句式既有利于动荡不羁地表现出怀素草书的狂逸之态,又为后人"以文为诗"导夫先路,是一种值得注意的文学现象。

(孙维城)

寄全椒山中道士

原文

寄怀　　　唐·韦应物

今朝郡斋冷,忽念山中客。涧底束荆薪,归来煮白石。
欲持一瓢酒,远慰风雨夕。落叶满空山,何处寻行迹?

内　容　这首诗表达了作者对山中友人的怀念之情。
特　色　虚构怀想,文气飘忽。
注　释　斋:房舍。白石:传说中神仙的粮食。汉刘向《列仙传·白石生》:"白石生,中黄丈人弟子,彭祖时已二千余岁……尝煮白石为粮。"

赏析

这首诗是韦诗中的名篇,写诗人怀念山中客而欲持酒拜望,终未成行,于是写下此诗寄托自己的情怀。这首诗,高步瀛评说"一片神行",沈德潜说"化工笔",苏轼也很欣赏,曾极力模仿之(《唐宋诗举要》卷一)。那么,究竟这首诗妙在何处呢?关键在于诗人运用艺术虚构技巧,轻灵深长地表达了自己怀念友人的感情。

虚构是诗人编织诗的重要手段,朗格在《情感与形式》一书

中指出,诗歌是"虚幻的生活",即使是提及实人实地的"接近普通经验"的诗,也是虚构,她引用了韦应物的《赋得暮雨送李曹》一诗作为例证。《寄全椒山中道士》也遵循了"虚构"这一创作原理。"郡斋冷""山中客""涧底束荆薪""煮白石""一瓢酒""风雨夕""落叶""空山""行迹"这一系列的生活中的材料,写入诗内就成了诗的因素。而这些材料又是具有虚幻色彩的,汉末方士所撰《列仙传》中就记有白石先生,居白石山中,常煮白石为粮。可诗人所思念的"山中客"这时究竟是否在"涧底束荆薪",

佳句
- 欲持一瓢酒,远慰风雨夕。

或者是"归来煮白石",都不得而知,"欲持一瓢酒"也只是诗人没有付诸行动的设想,但为什么要虚构这些事情?因为这样构成的虚幻生活的片断,虽是诗人的主观想象,却也由之形成了诗。诗人任着思想和情绪的漂流而行笔,因而写得似不经意,但描绘的隐居生活却是那样的典型,感情又是那样的飘忽而绵绵不尽,浸透着深深的寂寞感,于是这首诗便耐人咀嚼,遂成绝唱。

(朱野坪)

韦应物出身世宦,曾祖做过武则天的宰相。少年时好任侠,颇为放浪不羁。安史之乱后悔过,发奋读书。从此,他的思想、性格发生了很大的变化。据说,他鲜食寡欲,总是在焚香扫地之后才坐下,举止俨然高人雅士。放情出园山水,还多次辞职闲居在佛寺中。诗有盛名。他出任苏州刺史时,常与顾况、刘长卿等人唱酬往还,写下了不少诗歌。后来,白居易也到苏州做官时,特意将他非常欣赏的韦应物的一首《郡斋集中与诸文士燕集》刻在石头上,并作《吴郡诗石记》,让这段逸事传之不朽。

(干晓丹)

长安遇冯著

原 文　　遇故　　唐·韦应物

客从东方来，衣上灞陵雨。问客何为来，采山因买斧。
冥冥花正开，飏飏燕新乳。昨别今已春，鬓丝生几缕？

内　容　本诗写作者与故友冯著重逢时的欣悦之情和慰藉之语。
特　色　一气旋折，委曲婉转。
注　释　飏飏：自若的样子。鬓丝：鬓边的白发。

赏析　《韦苏州集》载赠冯著诗共四首，此为其中之一。冯著，河间（河北献县）人。对于他的情况，我们知之甚少。大略他曾在长安、洛阳做过小官，经历过安史之乱，又曾为广州录事，官终于左补阙。据韦诗，冯著家颇清贫，亦曾入隐，至长安后，颇负文名，但

佳句
- 冥冥花正开，飏飏燕新乳。

仕途不利。去广州约在大历四年（769），韦应物曾有诗赠别。但在广州，仕进亦复不利，乃于十年后复返于长安。其时当在大历十三年（778）前后。诗当作于此时。

十年长别，旧友重逢，诗人的心情，自是特别愉悦，十年之后，故交依然，诗人的内心，又难免隐痛。于是欣悦之情，慰藉之语，一气旋折而来，构成了此诗既亲切明快，又委曲婉转，既诙谐多趣，又隐生感慨的特殊风格。

诗篇起句就写得亲切而又俏皮，轻松而又热烈。"客"当然是指冯著。首句构成一个判断的意念，次句形成判断的依据。翻译一下，那就是："啊！您一定是从东方来的。看，你的衣襟上还残留着灞陵风风雨雨的痕迹呢。"灞陵是在长安东郊的山区。

汉代灞陵山是著名的隐逸之地,梁鸿、韩康都曾隐居于此。灞陵,又是唐代送客东行,折柳赠别之所,灞水流淌于兹,灞桥架临于兹。所以郑谷有"和烟和雨遮敷水,映竹映村连灞桥"(《小桃》)之句,郑綮有"诗思在灞桥风雪中、驴子上"(《北梦琐言》)之言。衣染灞陵烟雨又俨然是对冯著的誉扬:"老友啊,十年不见,您居然仍是一副名士风流、隐者飘逸的风度。"这种誉扬,真切显见老友之间热情洋溢、无拘无束的情态,丝毫不见做作。那么,是否诗人不知冯著从广州失意而返呢?当然不是。送客东行,要经由灞陵,客返长安,自然也要经由灞陵,如此说,妙在避实就虚,化实为虚,以誉扬友人的风度避开了尚非官身的难题。

三、四句即从第二句开出新意,通过自问自答,对旧友之来作调侃打趣语。"采山"一词,出自左思《吴都赋》:"煮海为盐,采山铸钱。""隐者"处于岩穴,藏身草莱,生活自是清苦的。那么,您到长安来,莫非是因为忽发奇想,要买斧开山,采铜铸钱吗?当然,对此说者、听者都会意识到这只是友好的、诙谐的逗趣。而正是这种逗趣,会使友人于哈哈一笑中排解其仕途不遇的积郁。友好之间融洽无间的气息,别后重逢之欢快,也就洋溢于中了。诗人不作慰

安之语,而力图使友人一开抑塞之深心也自婉转于言外。其妙尤在与上文连接之紧,一见之下,滔滔汨汨,妙语连珠,正不容客人置喙。其热切,其欢愉,如闻如见。客人于此,也将深会老友之用心而无所用于低回的倾吐了。

五、六句转而谈景。写得春光明媚,生机蓬勃。"冥冥",幽深茂密之貌;"飏飏",自在飞翔之态。诗人把冯著的视线,导向窗前檐下生机盎然的春景。请看,浓绿丛中,春花正在怒放,檐前新乳的雏燕,也已展开稚嫩的双翅,在春光中上下飞翔。正应顺时放目,舒我逸兴,自当一洗尘俗,开我心怀。诗人把朋友导向赏春,这是一种排解,一种劝慰,又是一种启迪。大钧运化,荣衰有序,际会之来,万象回春。人生何尝不是如此。今日固尚属不遇,他日,必有展我襟抱、遂我素心之时,正不必为暂时的失意而块垒满腹。这既是对冯著意味深长的劝勉,又是对冯著充满信念的鼓舞。诗是移步换景了,但诗人的深心却一线如注,贯于上下。

于是紧承上文,诗人又以十分关怀体贴之语,与冯著一起追溯别离之情。"昨别今已春",往年分别的情景,还清晰如同昨日,而今又已是别后重逢的春朝,岁时匆匆,未免生慨。于是诗人动问:"您鬓边的白发生出了几缕呢?"一别十年,岁月的流逝,当在彼此体态上留下印痕。更何况十年中冯著的境遇并不如意。所以"鬓丝生几缕"之间,包含着诗人对冯著的深深理解,深厚同情,而体贴的询问,又是对冯著劝导的继续。可以想见诗人之动问友人鬓丝有几,自是因友人两鬓已见白发之故,而鬓发霜染,岁时迁流,当为忧伤。因此诗人之动问,也就隐含告诫:再不能抑塞于中,徒自折磨。末两句相连,又尚有勉励鼓舞之意。"鬓丝生几缕",则白发无多,盛年未衰,长安"已春",则客人之返,条件已有异于"昨"日,机遇之来,当复不远,正宜振作精神,以备大用。诗句的结尾,堪称深情宛宛,用心良苦。

综观全诗,上下八句,一气旋折而下,通篇读来,几无可以休顿之处。犹如流水汤汤，清漪层翻，荡漾不息。诗中厚意深情，又如溪水之行，一路曲折，蜿蜒翻腾，绵绵不绝，而诗篇轻快诙谐的笔调，清雅明艳的色彩和浓重的乐府风味，则仿佛溪边怒放的奇葩异卉，使曲溪清流，信添风采。在友情之作中，确为特色鲜明、风格卓异的作品。

（吴立人）

滁州西涧

原文 山水 唐·韦应物

独怜幽草涧边生，上有黄鹂深树鸣。春潮带雨晚来急，野渡无人舟自横。

内　容｜这首诗描写滁州西涧优美而孤寂的春景，表现出作者闲适恬淡的情趣。
特　色｜意新语工，平易畅达。
注　释｜滁州：在今安徽省滁州市。当时作者任该州刺史。独怜：偏爱。幽草：幽深茂密的草。深树：树丛深处。野渡：郊外的渡口。

赏析 韦应物是我国中唐时期成就比较突出的山水诗人，他和孟浩然一样，既学陶，又有自己的风格特点。这首《滁州西涧》诗，脍炙人口，流传千古，就是因为有其独有的特色，这就是意新语工，平易畅达。

说其意新，是因为他创造了一个孤独而又并不寂寞的意境。试想作者西涧独往，看到涧边青青的幽草，茂密的林木，涨满的涧水，听到清脆悦耳的鸟声，感受到急雨的洗沐，怎不令人爱怜！末句"野渡无人舟自横"写出了孤舟漂浮之神态，将这一环境的孤独强调到了顶点，也将作者的喜悦爱怜之情强调到了顶点。这是一种对幽意的爱好。说其语工,是因为这首诗的用词都能一以当十,含蕴丰富,而又不可更易。如草幽,便带给读者恬静、深远的境界,更显得韵味深长。再如"横"与"自"相连,将雨急潮涨孤寂无人之状突现了出来。全诗圆转流润,声情并茂,没有用词造语之工是办不到的。

佳句
- 春潮带雨晚来急,野渡无人舟自横。

说其平易畅达,是因为诗中所写都是平常的景物,作者也仿佛是寓目即景,信手所写。首二句写草、写鸟、写树,三、四句写雨、写潮、写船,这些普通事物都形象鲜明,气韵生动,读时略无滞碍之感觉,而一经点染,却成为一个十分完整融浑之意境,诗情画意,融为一体。

(朱宏恢)

登鹳雀楼

原文 登览 唐·畅当

回临飞鸟上,高出世尘间。天势围平野,河流入断山。

内　容　诗歌描写登楼所见景观,展现鹳雀楼的雄伟气势。
特　色　变换视角,牢笼万有。
注　释　回:旋转,这里指楼之四围。临:由上看下,居高面低。天势:天空的情态。平野:平坦广阔的原野。汉晁错《言兵事书》:"平原广野,此车骑之地,步兵十不当一。"断山:陡峭壁立的高山。

赏析　鹳雀楼故址在蒲州(今山西永济)的黄河中高阜之上,沈括在《梦溪笔谈》中写道:"鹳雀楼三层,前瞻中条,下瞰大河。唐人留诗者甚多。"畅当在这首诗中以登楼所见为脉络,从两个不同的视角展现了鹳雀楼的雄伟气势及其周围的景观。前两句的视角为俯瞰：孤楼飞峙，傲临万物，连飞鸟都只能盘旋其下。后两句写居高远望：天穹如盖，环抱着辽阔的原野，大河汹涌，从连绵如嶂的群山间夺路而下，奔腾东去。其中"围""入"二字富有动感，生动传达出高天、大河的恢宏气势。

这首诗既无用典设事，也不铺彩摛色，而在高目即景之中，自有一种牢笼万有的气概。所谓抚四海于一瞬，此之谓也。但此诗偏重于写目击之景，而于诗人襟怀，终隔一间，此诗之所以逊于王之涣的同题诗，原因就在于此。　　　　　　（石　耀）

慈恩寺石磬歌

原文　　　　咏磬　　　　唐·卢纶

灵山石磬生海西，海涛平处与山齐。长眉老僧同佛力，咒使鲛人往求得。珠穴沉成绿浪痕，天衣拂尽苍苔色。星汉徘徊山有风，禅翁静扣月明中。群仙下云龙出水，鸾鹤交飞半空里。山精木魅不可听，落叶秋砧一时起。花宫杳杳响泠泠，无数沙门昏梦醒。古廊灯下见行道，疏柳池边闻诵经。徒壮洪钟秘高阁，万金费尽工雕凿。岂如全质挂青松，数叶残云一片峰。吾师宝之寿中国，愿同劫石无终极。

内　容　本诗描绘了石磬的来历和叩打时的效果、景象，充满了奇幻的色彩。
特　色　神佛色彩，幻境奇谲。
注　释　咒：祷告。木魅：旧指老树变成的妖魅。秋砧：秋日捣衣的声音。唐王维《送从弟蕃游淮南》："江城下枫叶，淮上闻秋砧。"沙门：出家的佛教徒的总称。

赏析 慈恩寺在长安,系唐高宗李治做太子时为其母所建。寺中有大雁塔,高僧玄奘所立。

诗先写石磬来历:它原生于西方佛国波涛汹涌的海底,老僧施展法力,使鲛人前往求得。"灵山",灵鹫山,释迦佛说法处。"鲛人",传说生于海底,泣泪成珠。"珠穴"二句说,此磬生于海底明珠辉映的洞穴中,海浪在它上面沉积了层层碧色波痕;又经诸天之人以衣拂拭,故润泽而晶莹。这美丽的想象为石磬平添了瑰丽的色彩。接着想象击磬时发生的景象,写石磬的巨大法力,又分为两层:"群仙"四句说磬声能感动仙人和龙、凤、仙鹤,又能震慑山精木魅。"落叶秋砧"是刷色之句,使得那奇幻的境界又具有明净凄清的色调。"花宫"四句说磬声唤醒了无数沙门。"花宫"指佛寺,佛说法时天上降下花雨,故以"花宫"称寺庙。深杳的寺院,古老的回廊,稀疏的池柳,清冷的磬声与诵经声交响,这一切融在夜色中,形成一个深沉、略带神秘的境界。然后以洪钟与石磬相对照:人们徒然称颂那费尽万金、人工制成的大钟,它哪里比得上这天然浑朴、不经雕琢的石磬?石磬悬挂在青松之上,衬托着数叶残云、一片碧峰,远胜于洪钟的深藏高阁。最后说老僧宝爱石磬,祝祷国泰民安,

使中国与劫石同寿。佛家以天地生成至毁灭为一劫,其石历经劫难而不毁,故曰"劫石",这里可能就是指石磬而言。

此诗不对石磬的形色声响作细致描绘,而是重在以奇特想象写其来历和叩击时的效果、景象,造成一个如真似幻的谲异境界,令人目不暇接。以类似手法写音乐的,在唐诗中颇有其例。如卢纶之前,李颀有《听安万善吹觱篥歌》《听董大弹胡笳声兼寄语弄房给事》,不过尚不如此篇奇谲;卢纶之后,李贺有《李凭箜篌引》,则通篇都是神话境界。它们异曲同工,各擅胜场,都给读者以美好的享受。　　　　　　　　　　（杨　明）

和张仆射塞下曲六首（其二）

原文　　　　　　　边塞　　　唐·卢纶

林暗草惊风,将军夜引弓。平明寻白羽,没在石棱中。

内　容　诗歌借汉李广引弓射虎事,颂扬了将军的威武勇健。
特　色　典故裁剪,写照传神。
注　释　引:拉弓射箭。没:箭镞嵌入石棱。

赏析　诗题一作"塞下曲",是卢纶唱和张姓仆射（尚书省长官）《塞下曲》之作。张诗未见。卢诗一组六首,分别写出征动员、将军勇武、雪夜破敌、庆功野宴、射猎打围、班师回朝等军戎情事,相互关联,又各自独立成篇。

此诗为第二首,旨在颂扬将军的威武勇健。如何在五言四句短诗中巧妙地凸现将军的英姿,诗人不禁想到了西汉名将李广戎马倥偬生涯中的一个典型情节:"广出猎,见草中石,以为虎而射之。中石没镞,视之石也。"（《史记·李将军列传》）并将这典型细节凝

化成两个特写镜头:"林暗草惊风,将军夜引弓。"幽幽密林,急风掠过,草木披靡,惊颤不定,夜幕之下,将军镇定自若,从容不迫,引弓待发。"平明寻白羽,没在石棱中"。拂晓天明,将军搜寻箭镞,发现它竟已没入有棱角的巨石中,只露出尾部装饰的白羽。这两句十个字,形象地隐括了散文叙述的全部情节。而草惊风动,自然令人联想到藏身深山密林、来去如疾风的猛虎。将军处危不惊,引弓待发,是为选择狩猎的最好时机。夜黑看不分明,凭经验判断,静止不动棱角分明的巨大黑影当是猛虎,故而射之。这些画面之外的逻辑联系,以及将军的沉静老练,孔武神力,读者自可思而得之。

　　融化典故,捕捉形象,写照传神,显示出作者高度的艺术概括和再创造能力。

(黄益元)

和张仆射塞下曲六首(其三)

原文　　边塞　　唐·卢纶

月黑雁飞高,单于夜遁逃。欲将轻骑逐,大雪满弓刀。

和张仆射塞下曲六首（其三）

内　容　这首诗描写雪夜敌军遁逃，我军追杀的场面。
特　色　精心摄景，明暗对比。
注　释　单于：汉时匈奴君长的称号，这里代指敌军。轻骑：轻装快速的骑兵。

赏析　这是卢纶《塞下曲》组诗中唯一反映敌我战事的一首。两军对阵，杀气如云，血流漂杵，写下如"万箭千刀一夜杀，平明流血浸空城"（岑参《献封大夫破播仙凯歌六首》（其五））等诗句，固然惊心动魄，蔚为壮观。但毕竟令人毛骨悚然，缺乏一种幽雅深邃的意境和美感。

本诗避开腥风血雨全景式的正面描绘，而是撷取"月黑雁飞高"和"大雪满弓刀"两个意境优美的画面，以及敌酋连夜遁逃和我军轻骑欲逐的行动，两相对照，从容优雅地揭示出白天一场殊死决斗后战局的必然结果。画面之一：月黑风急，本宜偷营袭寨；敌军反而掩黑潜逃，足见军心已散。此为对照。而寒雁飞高，单于夜遁，景事又和谐相契。画面之二：轻骑欲逐，却遇大雪骤降，天时不利。此为反衬。

佳句
・欲将轻骑逐，大雪满弓刀。

我方同仇敌忾，弓如满月，刀刃闪光，再披上一层雪装。又是何等雄壮！再将两画面连贯视之，敌人狼狈鼠窜，衬以昏天黑地。我军乘胜追逐，伴以一片雪光。色彩、明暗对比多么强烈！唯其入侵者随黑夜一同消遁，才换取晶莹透彻的和平世界。其逻辑联系又是多么顺理成章！全诗主题亦由此升华。

精心摄景取材，处处对照联系，才使这首反映激烈战事的短诗写得如此充满诗情画意。

（黄益元）

江南曲

原文　　　　　　　闺怨　　　唐·李益

嫁得瞿塘贾，朝朝误妾期。早知潮有信，嫁与弄潮儿。

内　容　这首诗写一个女子对丈夫久盼不归的怨情。
特　色　活脱明快，怨情真切。
注　释　瞿塘：即瞿塘峡。为长江三峡之首，也称夔峡，西起重庆奉节县白帝城，东至巫山大溪。潮有信：潮水定期涨落，很有规律。弄潮儿：乘潮涨之时于潮头表演技艺的青年。

赏析　在众多的闺怨诗中，李益的这首《江南曲》以其手法明快、语言质朴而独具特色，广为传唱。

"嫁得瞿塘贾"，诗的起首一句直截了当地点明了主人公的身份：一个商人之妻，她的丈夫常为逐利而离家外出，奔波于长江各埠之间，这种特定的身份也就决定了她特定的命运："朝朝误妾期"，独守空闺的寂寞、盼归不得的无奈，借用李益《长干行》中的两句话便是："去来悲如何，见少离别多。"这里着一个"误"字，便把青春少妇的几多怨愁、几多凄楚栩栩如生地展现在读者面前。

诗的三、四两句突然笔调一转，女主人公信口吐出她的隐衷心曲：早知道江潮有期，还不如嫁给一个弄潮的水手。潮汐有涨有落，自然也难免有聚有散，但聚散有时，总比现在这般来去不定、浪迹萍踪要强。后两句诗虽出乎意料，却令人信服地勾画了一个积盼生怨、怨极思变的心理过程。所以，这两句诗历来多受诗家激赏。钟惺说："荒唐之想，写怨情真切。"（《唐诗归》）黄叔灿说："不知如何落想，得此急切情至语。"（《唐诗笺注》）诗话家们都从女主人公的大胆口语中体认到一种至真之情。

大凡闺怨诗,每每托词委婉,于不尽的缠绵中寓以缕缕愁绪。但本诗则

佳句
- 早知潮有信,嫁与弄潮儿。

借鉴民歌风格,把深切的思念与怨望用质朴无华的口语明白道出,毫无扭捏遮掩之态,遂于明快的节奏之中,活脱脱地表现出这位少妇天真可爱的性格来。

(石 耀)

夜上受降城闻笛

原文　　　　边塞　　　唐·李益

回乐峰前沙似雪,受降城外月如霜。不知何处吹芦管,一夜征人尽望乡。

内　容 诗歌写边塞征人的思乡之情。
特　色 兴在象外,声色兼备。
注　释 回乐峰:山峰名。芦管:即胡笳,我国古代北方民族的管乐器。征人:指出征或戍边的军人。尽:全。

赏析 此诗以气势宏阔、境界广大而饮誉千载。起首两句,笔力雄健,极其传神地勾勒了一幅月下的画面:在澄澈的月光辉映下,无垠的戈壁积沙白亮如雪,孤城上下如沐秋霜。"雪""霜"二字,不仅表现了月下戈壁的那种空廓和凄清的氛围,而且传达了几许彻骨的寒意,从中透出沁人心脾的悲凉。这种在可以直接感知的物象中,包孕了某种精神情调的写法,正是唐人所谓"兴象"的一个成功范例。

蓦然,寂静的戈壁上飘来隐约的芦管之声,幽怨哀婉,如泣

如诉，静谧被打破了。芦管作为一种民间乐器，富于表现一些哀婉悲凉的曲目。于是，悲凉的月夜之景和幽怨的芦管之声融成一片，从视觉和听觉两方面给读者以强烈的感染与震撼。诗的最后一句"一夜征人尽望乡"，如点睛之笔，把全诗主旨呼出。因有前三句的渲染衬垫，所以这一句显得水到渠成，分外有力量；而前三句也因有了这一句而意思显豁，不至于成为无根的闲笔。

佳句
· 不知何处吹芦管，一夜征人尽望乡。

前人曾把大历诗风和盛唐比较，认为是"神情未远，气骨顿衰"（《诗薮》内编）。李益的这首七绝却兴象气骨兼备，可谓是盛唐边塞诗的嗣响。

（石　耀）

粤自居寒山

原文

隐逸　　　　唐·寒山

粤自居寒山，曾经几万载。任运遁林泉，栖迟观自在。
寒岩人不到，白云常叆叇。细草作卧褥，青天为被盖。
快活枕石头，天地任变改。

内　容　诗歌写作者快活的隐居生活，表达了自由超脱的人生情怀。
特　色　理趣入诗，意趣闲放。
注　释　任运：谓听凭命运安排，一任自然。《宋书·王景文传》："有心于避祸，不如无心于任运。"栖迟：游息，犹行止。叆叇（àidài）：飘拂的样子。枕石头：枕于石上。这里喻指隐居山林。三国魏曹操《秋胡行》之一："遨游八极，枕石漱流饮泉。"

赏析

人生不免有烦恼痛苦，于是便寻求解脱的法子。古代哲人创立的种种学说以及宗教，如先秦的《庄子》，魏晋的玄学，来自古印度的佛教，便都包含解脱的内容。虽然形形色色，其大归都是求取精神对现实的超越。诗歌领域中也有不少反映，游仙诗、玄言诗、佛理诗等都是。寒山此诗也是一例。

佳句
· 快活枕石头，天地任变改。

诗人自称居于寒山已经几万年了，任从天地变改，他却始终过着自由快活的隐居生活。与其说这是大言夸口，不如说是一种自我陶醉，陶醉于长生不老的幻想中，获得了暂时的精神高扬。"任运遁林泉"的"任运"，是《庄子》中反复阐述的思想，即任从宇宙运化，安时处顺，一任自然。这样就处处恬静安适，不会有烦恼苦闷了。"观自在"则是佛家的话头。佛教认为万物的本质皆空，人也是由种种元素因缘聚合而成，其本质也是一个"空"字。如果通过修习观照，真正懂得了这种色即是空、色不异空的道理，便能解除一切烦恼，获得"自在"。"任运"二句表明寒山借助于传统的和外来的哲理教义，使自己获得超脱。而这佛、道两家的修习领悟，都具有直觉的、非理性逻辑的色彩，而且从晋宋以来，常常是和对大自然的审美观照结合在一起的，文人和僧徒，都在对和谐、宁静的大自然进行观照的过程中体道畅神。寒山此诗中用简练的线条、明朗的色彩勾画出山中景色，也正体现了这种倾向。细草为茵，青天作被，使人感到一种回归自然、拥抱自然，以造化为友，又以天地为小的情绪。《庄子·列御寇》说，庄子将死，遗命弃尸荒野，说是以"天地为棺椁"，"万物为赍送"，魏晋时竹林七贤之一的刘伶，也说自己"幕天席地，纵意所如"（《酒德颂》）。寒山这里的意思与之相近。至于"枕石头"一语，出自魏晋人描述隐逸生活时常说的一句话"枕石漱流"，也体现了与大自然融洽无间的情趣。

《庄》理、佛学、长生久视的幻想、魏晋高士的放达，对于自然山水的热爱，许多复杂的文化心理的积淀，熔成了这样一个自由超脱而色彩明朗的诗的境界。

（杨　明）

题醴陵玉仙观歌

原文　　仙观　　唐·护国

　　王乔一去空仙观，白云至今凝不散。苔垣松殿几千秋，往往笙歌下天半。瀑布西行过石桥，黄精采根还采苗。路逢一人擎药碗，松花夜雨风吹满。自言家住在东坡，白犬相随邀我过。松间石上有棋局，曾使樵夫烂斧柯。

内　容　诗歌咏赞王子乔的仙人遗迹。
特　色　众星拱月，不板不滞。
注　释　王乔：即王子乔，传说中的仙人名。汉刘向《列仙传·王子乔》："王子乔者，周灵王太子晋也。好吹笙作凤凰鸣。游伊洛间，道士浮丘公接以上嵩高山。三十余年后，求之于山上，见桓良曰：'告我家：七月七日待我于缑氏山巅。'至时，果乘鹤驻山头，望之不可到。举手谢时人，数日而去。"垣：矮墙。笙：管乐器名，由簧片、笙管、斗子三部分组成。天半：犹言半空中。黄精：药草名，多年生草本，为求仙者所食。擎：举。斧柯：斧柄。

赏析　护国是江南僧人，大历间以诗著称。王乔即王子乔，相传为周灵王太子，喜吹笙作凤鸣，后修炼成仙，升天而去。本篇一作《题王乔观》，即为咏赞他的仙迹的诗。

　　首句点题，总冒全篇。王乔一千多年前成仙而去，一去不返，唯余此仙观。首句即推宕开去，突出仙人之一去而不可复睹，从第二句到全诗结尾则收束回来，突出仙人遗迹随处可见。全篇构思开阖自如。二、三、四句写所见所闻，仙人腾云升天去后，至今仙观上空白云犹聚而不散，几千年来（极言久远），苔墙松殿之间，常能听到笙歌仙乐自天而降。这几句重在渲染气

氛,显得神秘奇幻,以见仙人灵气犹在。诗人瞻仰过仙观后又游览瀑布、溪涧、石桥,它们承仙人灵气,无不清奇灵秀。桥头路边有一株黄精,此物向为求仙者所食,今长于此,弥足珍贵,故一枝一叶不忍相弃,连根带苗俱采而归(本只食根)。无独有偶,诗人路逢一位采松花者,他以仙观周围的松花为食以求仙,一夜风雨,松花纷坠,落满药碗,其人高擎药碗而行,自得之状可掬。他将诗人引为同道,盛情相邀去家做客。仙人多骑白鹿,此公则携白犬,亦自不俗。他还指引诗人观看松间石上的棋局,当年王乔与另一仙人在此下棋,樵夫旁观,不知山中方一日,世上已千年,才看不久而斧柄已朽。全篇以此遗迹和传说收结,更加浓了诗的"仙味"。

此诗不是以枯燥无味的说教来颂扬仙道,而是叙写具体,形象生动,一如引人入胜的游记小品,而所写的一切又无不从咏赞王乔的仙迹而生发。正因王乔仙观在此,才使一切均具"灵气"。此即众星拱月手法,除首句外更无一字及于王乔,实则无往而不在写王乔,不但二、三、四句是气氛上的直接渲染,而且全篇所写都是间接的点染,故而使得全诗旨趣十分集中。

本篇很切合"歌"体特点,不仅语言通俗流畅,而且频频换韵,整齐中有变化,平韵仄韵兼用,转换自然,不板不涩,如急管繁弦,明快悠扬,富有音乐感。

(张兴璀)

从萧叔子听弹琴赋得三峡流泉歌

原文　　　音乐　　　唐·李冶

妾家本住巫山云,巫山流泉常自闻。玉琴弹出转寥复,直是当时梦里听。三峡迢迢几千里,一时流入幽闺里。巨石崩崖指下生，飞泉走浪弦中起。初疑愤怒含雷风，又似呜咽流不通。回湍曲濑势将尽，时复滴沥平沙中。忆昔阮公为此曲，能令仲容听不足。一弹既罢复一弹，愿作流泉镇相续。

内　容　此诗赞咏了琴师高超的弹奏技艺。
特　色　情生气动，善用博喻。
注　释　寥夐（xiòng）：空旷。濑（lài）：急流。滴沥：水下滴。

赏析　诗篇开始用宋玉《高唐赋》典：楚王游高唐，梦见神女曰："妾在巫山之阳，高丘之阻，且为朝云，暮为行雨，朝朝暮暮，阳台之下。"此处诗人以巫山神女自喻，以使下文对琴声的描绘能进入神奇般的境界。

琴声伊始即攫住诗人心弦，它空阔高远，飘忽惝悦，使人沉醉，宛如在梦境之中。诗人神驰想象，把洋溢的琴声比作三峡中奔流的长江水，从远处传来，时而高亢激越，如"巨石崩崖"，时而清脆悠扬，如"飞泉走浪"。在这忽急忽缓的骤变中，诗人再次飞驰想象：疑是风雷愤怒，流泉呜咽。"疑"字写出其被琴声吸引，如醉如痴之情态。当琴声幽咽低鸣时，忽又似"回湍曲濑势将尽，时复滴沥平沙中"，像回旋急流从沙石上流过，随即又趋平缓，如水之稀疏下滴。此写曲终时回环婉转、渐微渐止之势。"三峡流泉"八句，作者用崩崖、激流、风雷、湍濑、滴沥等具有声响之词汇，形象而又细腻地描绘出琴声高低起伏、抑扬顿挫之变化：初为昂扬，继而低咽，忽又回旋，终至幽抑，从而把琴声写得气势飞动，有声有色，显见作者非凡的艺术才力。钟惺赞曰："观其情生气动，想其流美之度。"（《名媛诗归》）

最后四句，诗人追忆琴曲之作者为阮籍，此系诗人记忆之误。据《琴集》载："三峡流泉，晋阮咸所作也。"仲容，阮籍侄，阮咸之字。"听不足"，形容琴曲之高妙魅力，借以表达诗人对其喜爱之情。结二句总收全篇，愿琴声像三峡流泉那样永远连续不断。此与开篇以巫山流泉作喻遥应，"首尾照应有情，状曲声如画"(周珽《唐诗选脉会通评林》)。

全诗想象丰富,描绘形象,善用博喻,又杂用神话传说、历史故事,从而使诗歌曲折生动且又富浪漫色彩,韩愈写有《听颖师弹琴》诗、李贺有《李凭箜篌引》。而李冶与陆羽、刘长卿同时,长韩愈一辈,早李贺半个世纪,她的创作对后世作家无疑有着影响。

(苏者聪)

游子吟

原文 母爱 唐·孟郊

慈母手中线,游子身上衣。
临行密密缝,意恐迟迟归。
谁言寸草心,报得三春晖。

内 容 本诗写出了深沉博大的母爱,抒发了作者对母亲的无限感激之情。
特 色 奔迸表情,悬绝对比。
注 释 游子:离乡客居在外的人。寸草:小草,此喻指游子。三春:春季共三个月,故曰三春。晖:阳光,此喻指母爱。

赏析 孟郊作诗力求吐奇惊俗,以矫当时诗风的平滑浅露,因此有些诗不免有冷僻艰涩之弊。本诗却以明白晓畅的语言,抒写了深沉凝重的感情,成为千百年来永不凋零的绝唱。

孟郊50岁时才得到溧阳县尉这样一个卑微的官职。但他仍专心于诗歌创作,以至县令分其半俸另委人代理事务。世态的炎凉使他倍感母爱的伟大,亲情的珍贵。胸中蓄之已久的体验终于在母子重逢之际喷发而出,铸成名篇。

前四句以人所常见的场面表现出人所常历的生活细事。游子身上的一针一线，都凝结着母亲的千分情、万分爱。"临行"而仍"密密缝"，仓促中见出慈母对游子的无限爱怜。"意恐迟迟归"，又把慈母对游子奔走之劳、风霜之苦、孤寂之悲的深沉哀悯表现得无比感人。

最后两句采用比兴和反问句式，强有力地结出主旨。"春晖"与"寸草"的悬绝对比，既突现了母爱的伟大博厚，也表达出世间儿女们对母亲的炽烈感情。这两句诗质朴而诚挚地传达出普天下人们都能体验到的母子之间的那种至性至情，所以它一经道出，便激起了世世代代人们的强烈共鸣。这正如前人所说："读至此，欲令普天下游子，同声一哭也。"（《历代诗评注读本》）

佳句
- 谁言寸草心，报得三春晖。

这种直率的情感表现，是人在情感突变关头的一种奔迸的表情法。在这种时候，含蓄蕴藉是一点也用不着的。浓烈深厚的感情迸裂在字句中，与作者的生命合而为一。这一类的文字往往在不假思索中直达人的真情、深情，愈朴愈真，愈直愈深，具有万古常新的艺术价值，堪称情感文中之圣。

（周蕙）

逸闻

孟郊屡试不第，直到46岁时才登进士第。他掩饰不住内心的喜悦，有诗《登科后》云："春风得意马蹄疾，一日看尽长安花。"一生潦倒失意，自称"贫孟""穷老""病叟"。工于诗歌，诗思愁苦奇僻，在当时有盛名。与韩愈为忘年之交，友情甚笃，常以诗歌唱和。

（王晓丹）

登科后

原文　　　登科　　　唐·孟郊

昔日龌龊不足夸，今朝放荡思无涯。春风得意马蹄疾，一日看尽长安花。

内　容　诗歌抒写作者登科后春风得意、忘乎所以的欢悦情怀。
特　色　真于情性，得于自然。
注　释　登科：科举时代应考人被录取。今朝：指目前，现今。春风得意：在春风轻拂中洋洋自得，此指读书人考中后的得意心情。疾：轻快。

赏析　孟郊一生穷愁潦倒，仕途坎坷。他曾两次应试落第；直到46岁才中了进士，这是他一生中唯一得意的时光。登科后，他以为从此可步入仕途，改变自己的社会地位，顿觉踌躇满志，于是便写下了这首诗，以抒写自己当时那种得意洋洋、忘乎所以的欢悦情怀。

诗的前两句写自己对今昔不同处境的认识和感受：以往那种令人沮丧、困厄的苦日子是不值得一提的。"龌龊"，原意是局促，拘于小节，这里用来形容诗人登科前的那种因失意而感到拘束的情态。今天换了人间，可以敞开心胸，无拘无束，任凭自己的思想驰骋。"放荡"的意思是"恣意放任，没有检束"，这里用来形容诗人中试后那种思想上没有压力，自由自在、毫无拘束的情态。这两句诗两两相对："昔日龌龊"与"今朝放荡"相对；"不足夸"与"思无涯"相对。"夸"，说。从艺术表现上来看，是用昔日的压抑、失落来反衬出今朝的昂奋、得志。这就为下两句突出地抒写自己的欢快心情作了有力的铺垫。按唐制，殿试登第者的发榜是在次年春天,这时长安城里以及城郊的芙蓉园、曲江池等游览胜地已是繁花似锦。所以诗中所说的乘春风骑马观花,的确是写出了当时诗人的真实情况。

佳句
• 春风得意马蹄疾,一日看尽长安花。

这两句中,除了"得意"一词是由于诗人实在按捺不住狂放欣喜的心情而直截了当地吐出自己的真情外,余者都是通过烘托的手法来渲染那种轻快得意、兴奋欢跃的情态的。如以"春风""繁花"来点染和煦的春光,再以春光的烂漫来烘托诗人心情的舒畅;以奔马之"疾"和观花之"速"这类动作来烘托诗人情流的奔腾跃动。当然,诗人不一定真能做到"一日看尽长安花",这里有夸张的成分;但惟其如此,才更能突出诗人当时那种特有的心情。

"春风得意"两句诗,是广为传诵的佳句。究其原因,有这样两点可以谈:

一、这两句诗在语词上不作任何雕饰,节奏轻快,是诗人在特定情境中真情的自然流露。科举制度将读书、应考和做官紧密地联为一体,造成了读书人得意于"金榜题名时"的那种特殊心态,再加上孟郊不同寻常的经历,这就使得他一旦入彀,在情感上的震动就格外强烈。他从现实生活中深切地体会和意识到这次"青云得路"对改变他的处境和今后的人生道路会带来怎样的影响。有了这种感受,就升华为那种"春风得意"的独特情致。这种来自心灵深处的情致通过特定的意象体现出来,其中就蕴涵着艺术的真谛。在这种艺术的真美中所饱含的诗人激情,诚而无伪、毫不矫饰,因而能叩击人们的心灵,引起读者在情感上的共鸣。

二、诗人写诗,是用文字符号来再现经过自己心灵折射的生活内容的。而鉴赏者读诗则艺术形象必须转化为能表现自己的经历和情感内容的符号,才能沟通彼此间的心灵,引起情感上的共振。懂得了这个道理,就能揭开许多佳句名篇具有不朽艺术价值的奥秘。就以"春风得意"这两句诗来说,孟郊创作时,无疑是融入了他折桂后那种特定时刻的独特感受的。登科后的欢悦现代人当然不可能还会有,可是这十四个字的符号功能,用来表示人们在历经磨难终于得到巨大的收获或成功之后所产生的扬眉吐气、顾盼自雄的神情是非常适切的。所以,只要人们还有欣喜若狂的情态,这两句诗的生命力就永远不会终止。

(查良圭)

秋怀十五首(其六)

原文　　　老病　　　唐·孟郊

老骨惧秋月,秋月刀剑棱。纤辉不可干,冷魂坐自凝。
羁雌巢空镜,仙飙荡浮冰。惊步恐自翻,病大不敢凌。
单床寤皎皎,瘦卧心兢兢。洗河不见水,透浊为清澄。
诗壮昔空说,诗衰今何凭?

内　容　诗歌通过对阴冷、病态、令人恐惧的秋月的描写,反映了作者苦难而悲惨的人生境遇。

特　色　心物相契,意象奇险。

注释 老骨：指衰老的身体。干：干犯，冲犯。巢：居住。仙飙：仙风。飙，指风。惊步：快步走路。惊，迅疾。病大不敢凌：意思是说大病不敢患。凌，这里是患的意思。皎皎：明白的样子。兢兢：恐惧的样子。

赏析 《秋怀》共十五首，是孟郊在河南尹幕中充当下属僚吏时所作的一组诗。

孟郊诗集中以叹老嗟卑、啼饥号寒、诉病吟弱之作最见特色。对此，前人颇多非议。孟郊一生穷愁潦倒。他宦途困顿，又"拙于生事"，"一贫彻骨，裘褐悬结"的物质生活使他对饥寒冻馁体会至深，"性介不谐合"（《唐才子传》）又使他的处境更见孤独。物质和精神两方面的沉重压迫，使诗人对苦难和悲惨产生出一种异乎寻常的感受能力。为此，他能以罕见的敏感深刻体验到为常人所难以想象的那种达到生存的极限状况的生命危机感。"一个作家的风格是他的内心生活的准确标志"（《歌德谈话录》）。孟郊那些生涩僻奥、突兀森耸的诗句正是他处于极度悲观绝望境地的生命意识的外化。本诗即一典型范例。

在一般诗作中，秋月总是以玲珑可爱、晶莹幽美的形象出现。在老病穷愁的孟郊眼中，它却显得阴森冷酷，令人望而生畏。缺月的两头尖尖，竟被孟郊视为寒光逼人的刀剑锋芒。开篇伊始，孟郊就把自己"心灵的定性"（黑格尔语）深深契入秋月，使其呈现出使人惊心骇目的独特意象。如果说一、二句是以心中的感觉来写秋月，那么三、四句则更具体地调动起官能的感受来表现秋月的阴冷。秋月虽柔光纤弱，但它却以冷若冰霜自卫，保持自己不可侵犯的尊严。枯坐在秋月下的人，魂魄都被冷却了，身体都冻结凝固了。

五至八句从形象着笔描绘秋月。"羁雌"指嫦娥，在孟郊看来，嫦娥之自我囚禁于月宫，是因为"人间本自无灵匹"（《婵娟篇》）。这两句写秋月像孤独的嫦娥家所藏的一面弃置不用的镜

秋怀十五首（其六）

子，又像天风中一块晃荡着的浮冰。七、八句即从第六句中的"荡""浮"生发出秋月的动态描绘。这两句将自身的病态赋予秋月：虚弱至极的秋月似怕跌倒而战战兢兢地不敢举足交步。这种凄惨欲绝的生命忧患感，在《秋怀》之十一中写得更直截："幽苦日日甚，老力步步微。常恐暂下床，至门不复归。"

"单床"句复写月光给予的惊悸感。"瘖皎皎""心兢兢"是诗人由自身的孤危而产生的过敏性恐惧感：在阴森森的月光下，连逃向睡梦都办不到。尽管如此，孟郊还是感到秋月与他的心灵正相契合而加以肯定。"洗河"句写月光似水而无洗涤之用，但它却能穿透夜色的昏沉浑浊，使秋夜变得清明澄澈。

最后两句是诗人对自己诗作的回顾，他似乎也为自己竟然写出如此肃杀衰颓的诗篇而惊诧不已：过去诗情豪壮是少不更事时的纸上空谈，那么如今诗风一衰如此又是为了什么呢？

孟郊以奇特的艺术创造出险奥塞涩的诗情，在一个特殊的领域内把对生命苦闷的表达推向了极致。他对人生忧患的深刻而独特的表现，使不满于他的苏轼，也不得不承认其诗的力量："诗从肺腑出，出辄愁肺腑。"（《读孟郊诗二首》）在孟郊诗歌中表现出来的对一种崭新的审美价值取向的大胆开拓，是值得我们加以重视的。

（周 蕙）

凉州行

原文　　　　　　　　边塞　　　唐·王建

凉州四边沙皓皓，汉家无人开旧道。边头州县尽胡兵，将军别筑防秋城。万里征人皆已没，年年旌节发西京。多来中国收妇女，一半生男为汉语。蕃人旧日不耕犁，相学如今种禾黍。驱羊亦著锦为衣，为惜毡裘防斗时。养蚕缫茧成匹帛，那将绕帐作旌旗？城头山鸡鸣角角，洛阳家家学胡乐。

内　容　诗歌写唐朝国势衰微的景象。
特　色　细笔铺陈，寓议于事。
注　释　皓皓：盛大的样子。汉家：这里指唐朝。在唐歌行体诗歌中往往以汉代唐。旌节：古代使者所持的节，以竹并饰以羽毛制成，以为凭信。这里借指使者。《周礼·地官·掌节》："货赂用玺节，道路用旌节。"西京：指唐代都城长安。收妇女：掳掠妇女。生男：强壮的男子。蕃人：我国古代对外族或异国人的泛称。蕃，通"番"。毡裘：指古代北方游牧民族以皮毛制成的衣服。防斗时：指防御和打仗之时。角角：拟声词，形容鸡叫声。

赏析　中唐时期，唐王朝国力衰微，陇西、河右一带旧地尽被吐蕃所占。诗人感慨于国势之衰微，借汉喻唐，发于吟咏。

诗的开头六句，写出了唐朝国力之衰微。首句"凉州四边沙皓皓"，展现了西北边疆地区茫茫丘沙、寂寂荒漠的凄凉景象。这凄苦荒凉，正是"无人开旧道"所致。昔日故地，今日沦于外族，可见国力虚弱，无力营边。一"旧"字，溢出无限眷恋与痛惜之情。全诗皆承此二句展开。"边头州县尽胡兵"，紧承上句，暗示了唐代宗广德年间吐蕃尽取陇西、河右之地的史实。一

"尽"字，写出其占地之广，兵将之众和横行自如。在侵扰威逼之下，唐廷边将不得不弃旧城，避锋芒，节节退让，另筑防寨，同时侥幸于怀柔感化，希图以"年年旌节发西京"来求得暂时安宁。

中间八句，写吐蕃加紧侵扰，掳掠妇女，并由此抛弃刀耕火种、茹毛饮血之陋习，学会耕田种粟，养蚕织布，但仍然毡裘不改，随时准备进犯，居然将丝帛做成许多绕帐而插的旌旗。"那将"，有居然的意思。

末二句，从汉族居民反受胡人影响着笔，写其民族意识逐渐淡薄模糊，感慨深沉，与元稹的"自从胡骑起烟尘，毛毳腥膻满咸洛。女为胡妇学胡妆，伎进胡音务胡乐"（《法曲》）同慨。

综上分析，可见这首诗的特点在于寓感慨于叙事之中。从字面上看，此诗句句叙事，无一字涉于议论感慨，实际上却寓感愤于叙事之中，形象鲜明，感情激越，不失为忧时刺世的杰作。

（张　钧）

据说，唐宫中的太监王守澄和诗人王建是同族，常常和他闲谈起内宫一些不为人知的事。王建就依据这些素材写了《宫词》百首，流传很广，很多人都会背诵。但其中有不少讥讽之词，引起王守澄的不满。在一次宴会上，王守澄就威吓他说："内廷深邃，与人禁绝，弟所作的《宫词》所讲的事，却是从哪里听说的？明日我要禀明皇上。"王建不慌不忙，提笔写诗致歉，最后两句是："不是姓同亲说向，九重争得外人知？"王守澄听后，惧怕连累自己，便不再提上奏的事了。

（王晓丹）

北邙行

原文
墓地 唐·王建

北邙山头少闲土，尽是洛阳人旧墓。旧墓人家归葬多，堆着黄金无买处。天涯悠悠葬日促，冈坂崎岖不停毂。高张素幕绕铭旌，夜唱挽歌山下宿。洛阳城北复城东，魂车祖马长相逢。车辙广若长安路，蒿草少于松柏树。涧底盘陀石渐稀，尽向坟前作羊虎。谁家石碑文字灭，后人重取书年月。朝朝车马送葬回，还起大宅与高台。

内　容　诗歌通过作者在古墓地北邙山的所闻所见，抨击王侯公卿腐朽的生死观。

特　色　平实质朴，委婉讽刺。

注　释　铭旌：竖在灵柩前标志死者官职和姓名的旗幡，多用绛帛粉书，品官则以衔题写曰某官某公之柩，士或平民则称显考显妣，另纸书题者姓名粘于旌下。大敛后，以竹杠悬之依灵右，葬时取下加于柩上。祖马：指出殡时驾灵车的马匹。书：刻写。

赏析

这是一首讽喻诗。北邙山在洛阳城北。洛阳是东汉、三国魏、西晋的帝都，唐置为东都。东汉、魏、晋许多王侯公卿的坟墓置于北邙山。

这首诗展现的是一幅热闹非凡的丧葬场面。你看，在冈坂崎岖的山路上，在洛阳的城北和城东，车轮滚滚，争先恐后。山上，山下，车水马龙，踩出一条条宽广的街道。围绕在铭旌的周围，一顶顶白色帷幕星罗棋布，夜里的挽歌此起彼伏，送葬的人群返回山下留宿。新死者的魂车，与墓地的石雕祖马不时相逢。这里较少荒凉的蒿草，而多常青不老的松柏。盘陀石由于被雕成墓前的石羊、石虎，日见稀少了。哪一家墓地碑文模糊了，旋即被后人取走刻上自家的新碑文。诗人批判显贵权要们挥霍民脂民膏、穷奢极侈的腐朽:"朝朝车马送葬回,还起大宅与高台。"

如果说李白的乐府歌行,擅长于酣畅的抒情,汪洋恣肆的想象,那么王建、张籍的乐府歌行却以平实的描写著称。这首诗寓讽喻于叙事之中。北邙古墓地送葬的情景,具体地、平实地展现在你眼前,不夸张,不着色,逼真得像实在发生的事情一样,而对王侯公卿追求享受的讽刺,却已隐藏在事实的描写之中。这是张、王乐府的显著特色之一。

(黄炳辉)

望夫石

原文　　　　　　　　离思　　　　唐·王建

望夫处,江悠悠。化为石,不回头。山头日日风复雨,行人归来石应语。

内　容　这首诗刻画了一个对爱情忠贞不渝的坚定而倔强的妇女形象。
特　色　衍化传说,透过一层。
注　释　悠悠:辽阔无际。行人:指丈夫。语:说话。

赏析　《望夫石》是根据一个古老而又动人的民间传说写成的一首小诗。古时候,有个女子送她的丈夫远行。到了江边,丈夫上船离去,她柔肠百转,凝咽无语,急忙奔上旁边的山头,目送征帆。帆影渐渐地消失在碧空的尽头,她还在翘首凝望。她伫立着、等待着,风风雨雨,她的身体变成了石头,仍在望着。诗人在这首诗里,还望夫石以人的生命和情感,刻画了一个对爱情忠贞不渝的坚定而倔强的妇女形象。

开头两句"望夫处,江悠悠",写出了望夫石所在的环境,用江水的奔流不息，喻明时间的长河千载已逝。刘禹锡《望夫石》诗亦有："望来已是几千载"，从而为下联写望夫女的坚贞不渝的爱情创造出浓烈的感情氛围。

"化为石，不回头"。把读者从眼前景物带回到了千万年前。日日月月，月月年年，凄风苦雨把她吹打成了石头。但身虽成石，心志不移，她一如既往，永不回头。诗人的赞美同情，蕴涵其中。

"山头日日风复雨"，承上启下，既是对"化为石"的过程中历经风雨饱尝辛酸的描绘，也是对望夫石今后在伫立中仍将遭受风吹雨打的想象。最后宕开笔锋，以"行人归来石应语"作结，推想祝愿，动人心魄。这种写法可谓透进了一层：望夫女为爱情出生入死，过去因望而不得化为坚石；及至行人归来，望夫女即死而复生，坚石变人。行人归来对妻子说些什么？是刻骨的相思还是生活的酸辛？诗篇至此戛然而止，把这些留给读者去想象，含蓄不尽，余味无穷。

这首诗以民间传说为题材，吸收了歌谣体的质朴风格，语言平淡自然，而又含蕴无穷，体现了王建诗歌通俗朴素的特点。

（张　钧）

> 佳句
> ・望夫处，江悠悠。化为石，不回头。

山　石

原文　　纪游　　唐·韩愈

　　山石荦确行径微，黄昏到寺蝙蝠飞。升堂坐阶新雨足，芭蕉叶大栀子肥。僧言古壁佛画好，以火来照所见稀。铺床拂席置羹饭，疏粝亦足饱我饥。夜深静卧百虫绝，清月出岭光入扉。天明

山 石

独去无道路，出入高下穷烟霏。山红涧碧纷烂漫，时见松枥皆十围。当流赤足踏涧石，水声激激风吹衣。人生如此自可乐，岂必局束为人鞿？嗟哉吾党二三子，安得至老不更归？

内　容　叙写游山的所见、所闻、所感，表达对官场的厌倦之情。
特　色　随步换景，清峻高古。
注　释　升堂：登上厅堂。疏粝：粗糙的食品。粝，粗米。烟霏：流动的烟云。涧碧：指溪水。烂漫：光彩照人的样子。枥：树名，一种落叶乔木。激激：拟声词，形容急流声。局束：即拘束。为人鞿：为别人控制。鞿，马缰绳。吾党二三子：指那些和自己志趣相同的友人。

赏析

本诗是一篇游记，取首二字为题。它记述了诗人某日游山，在寺夜宿，次日早晨离寺出山的见闻感想。

全诗根据诗人之游踪展开叙写，层次极为清晰。

佳句
・山石荦确行径微，黄昏到寺蝙蝠飞。

开头四句，写到寺即景。第一句七个字，概括了到寺前的行程。山道静寂，游人稀少，路上高低不平〔荦（luò）确，山石险峻不平之貌〕，小径如草蛇灰线一般在林间坡上延伸。诗人到寺已是暮霭苍茫的黄昏了。"到寺"两字，既写了诗人的行为，引起下文，也使第一句无人之境变成了有人之景。由于夕光暗淡，远处景色已经朦胧，故诗人只写蝙蝠飞。蝙蝠飞既体现了黄昏的特征，又体现了环境的幽静。三个字即让人感受到山寺的总体气氛。诗人因远足而劳累，故到寺后即升堂而坐阶，而当他们坐下来歇脚时，又看到了甘雨初霁的寺院内那滋滋地吸着水分、撑着肥大嫩绿的叶子的芭蕉和流动着晶莹水珠的栀子花。"僧言"以下四句，写到寺后之事：虽然时间不早了，但僧人还特意打着火把引他们去参观佛画。只是时间已久，画面色彩已剥落，所见无多了。这两句虽然是写诗人与寺僧的活动，但从字里行间亦可看出这是一座古雅的山寺。卧具和饭菜已准备好了,虽是出家人的粗粝素食,但诗人还是吃了个饱。当夜深人静,秋虫也停止鸣叫的时候,诗人却还醒着,看着山岭的山月和照进窗来的清冷光辉。韩愈此番所游是洛阳北面的惠林寺,时在贞元十七年(801)农历七月二十二,月亮是下弦月,在夜半以后出来,故月出山岭时,已是"百虫绝"了。因是新雨后,故月亮愈"清"。夜深静卧,明月入室,这是一个引人遐想的环境。"天明"以下六句写次日离寺出山。诗人早晨很早起床离寺,山里雾气弥漫,本来就没有什么路,雨后一夜之间草树长了许多,更加看不清道路了。诗人走在山中,上山又下山,出此山又入那山,随兴行走着。随着时间的推移,太阳出来了,远近景色变得清晰,高山低涧,纷红漫绿,色彩变化无穷。一路上不时看到粗壮高大的松树、枥树,日久年深,老树树干已有十围。新雨之后,山间清澈的小溪流淌着,发出激激的水声;清新寂静的秋风掠过山涧,吹拂着他的衣裳。自由自在地行走在这样清新宁静的环境中,欣赏着令人目不暇接的美丽景色,诗人陶醉了。他不禁感叹道:人生如此,不是很快乐吗?何必受人束缚呢?我们这几个同游人啊,怎样才能永远畅游在这充满自然美、人情美的乐境中,不再

回去啊？韩愈游惠林寺前，曾在宣武节度使董晋幕下当观察推官，后来又到徐州节度使张建封幕下当节度推官，此时刚回洛阳，诗中表现了他对官场生活的厌倦。此次游寺，同行者有李景兴、侯喜、尉迟汾。诗中有"独去"之言，盖为突出强调一种气氛。虽有从人而仍言独，这在古诗文中是允许的。

  本诗的写法非常独特，这种独特性主要表现在以散文的笔法写诗和与此相关的造语的古朴顺畅。韩愈在散文领域发动了一场务去陈言，反对浮靡骈俪，主张向三代两汉学习的古文运动，作诗也追求高古奇伟，刚健生涩。他的古诗不尚对偶，专以散文笔法单笔运之。由于韩愈才高学厚，故他的尝试往往成功。本诗即是一个很好的例子。诗写山景，不像李白《梦游天姥吟留别》、杜甫《望岳》等作品那样纵横挥写，而是切实地按照行踪逐步展开，犹如山水游记，而剪裁得当，不枝不蔓，文如行云流水，又细针密线，前后照应。对不同时间、不同地点的景物特征：光感、湿度、音响的把握都极为准确。且因其直书即目，无意求工而文自至，造语清峻，反而给人一种高古博大的感觉。其中"僧言"等词，语言颇似散文，但在本诗中却使读者更深刻地感受到境界的淡泊宁静，诗风也更显得古朴。

  元好问《论诗绝句》曾将此诗与秦观《春雨》相较，说"有情芍药含春泪，无力蔷薇卧晓枝，拈出退之《山石》句，始知渠是女郎诗"。秦诗是否为女郎诗另作别论，不过从这一比较中也可看到，韩诗堪称是雄强奇杰诗风的典型。

（钱仲联　沈金浩）

和虞部卢四汀酬翰林钱七激赤藤杖歌

原文　　咏杖　　唐·韩愈

　　赤藤为杖世未窥，台郎始携自滇池。滇王扫宫避使者，跪进再拜语喔咿。绳桥拄过免倾堕，性命造次蒙扶持。途经百国皆莫识，君臣聚观逐旌麾。共传滇神出水献，赤龙拔须血淋漓；又云羲和操火鞭，瞑到西极睡所遗。几重包裹自题署，不以珍怪夸荒夷。归来捧赠同舍子，浮光照手欲把疑。空堂昼眠倚牖户，飞电著壁搜蛟螭。南宫清深禁闱密，唱和有类吹埙箎。妍辞丽句不可继，见寄聊且慰分司。

内　容｜赞咏一根赤色藤杖并表达了友人间亲密的情谊。
特　色｜造语奇杰，诗思恢诡。
注　释｜窥：看见。滇池：在今云南省昆明市西南。造次：匆忙。羲和：古代神话传说中的人物，驾驭日车的神。瞑：日暮，夜晚。

赏析　这首诗赞咏了一根赤色藤杖。首四句言藤杖之来历。赤藤杖出自南诏（今云南，《白居易集》卷十六《红藤杖》："杖出南蛮"，首句云"南诏红藤杖"），系台郎从南诏带回。台郎即尚书郎，指卢汀。这根赤藤杖身价很高，乃是滇王（南诏之地，汉时为滇国）献赠的礼物。唐使者来到前，滇王特地洒扫了宫殿，使者进来时，他还作了回避。进献藤杖时跪着行至使者前，操着夷语两次叩头。喔咿（wàyī），夷语也。作者特意强调了滇王对使者的尊重，来衬托藤杖的身价。

　　"绳桥"以下十句，写藤杖跟着使者回来的经过。唐时通往南诏的路上，许多江河山谷都架以绳桥，以便行人通过，不习惯

和虞部卢四汀酬翰林钱七徽赤藤杖歌

的人在这种桥上行走非常危险。故台郎回来时，靠拄着这根藤杖而免于翻入江中。藤杖"世人未窥"，"途经百国"也无人识得，故一路上小国家的君臣都出来追逐着使者的旌旗围观，人们因不识，故种种传说、猜测都出来了。很多人说是滇池水神的贡献物，它本是龙须，被拔下来做了杖，以致龙血淋漓。又有人说它本是羲和驾车时所用的鞭子（古代传说，日乘车，驾以六龙，羲和御之）。它驾太阳到了西极，睡觉时遗忘后被留下了。就这么一路上被人追逐围观着，于是台郎干脆加上题署，严严实实地包起来，不因它的珍怪而在荒夷之国炫耀。"几重"两句，清代何焯认为与上文"途经百国"两句有点矛盾，但如果把它看作是不同时间发生的事，也就不矛盾了。

在描述了赤藤杖曲折离奇的来历后，"归来"以下四句，点了题意，并对赤藤杖本身作了精简的描写。归来所捧赠的同舍子，即题中的"翰林钱七"。赤色藤杖浮光照手，使同舍子欲接还缩手。主人在空堂上昼眠时，把它倚在门窗旁，杖的赤光熠熠闪烁，倒映在壁上，就像飞电蛟螭一般。（蛟螭，均为龙类动物，传说雷电交集时，此类动物会飞去。）

最后四句表达了诗人、卢四、钱七相互间的友情。南宫是卢所官之处，尚书诸曹，唐代统称南宫；禁闱是钱为官之处，翰林掌机密，在宫禁中，故称禁闱。"吹埙篪"语出《诗·小雅·何人斯》"伯氏吹埙，仲氏吹篪"〔埙（xūn），陶制乐器；篪（chí），竹制管乐器〕，在这里言卢、钱关系亲密有如兄弟伯仲。诗人自谦地说，卢、钱兄弟般唱和的妍词丽句他难以为继，而收到他们的诗，倒能慰我因分司而带来的对他们的思念。此诗旧题云《元年四月分司东都员外郎作》，唐代以洛阳为东都，分设在东都的中央官员称分司。韩愈时任都官（刑部）员外郎，故诗云"慰分司"。

清代方东树论此诗曰："只造语奇一法。叙写各止数语，笔力天纵。"的确，构思奇，造语奇是本诗的突出特点，而这本来也是韩愈的特长。诗人咏赤藤杖,却只有"浮光照手"数语写杖,而不像白居易的《红藤杖》那样以主要篇幅描写杖的形状等等。作者善于从各个角度进行描写,充分发挥了他诙诡的想象,为杖的来历构想了一个富于传奇色彩的故事,着意渲染了藤杖产地和来唐路上的异国情调,使这个来自远方的赤藤杖身价倍增,如稀世珍宝。诗人的想象极富夸张性,一根藤杖,会起到扶持性命的作用,又能引来沿途各国君臣的追逐聚观。言其光彩,曰:"浮光照手欲把疑""飞电著壁搜蛟螭",言其来历曰"赤龙拔须血淋漓""瞑到西极睡所遗"。诗思上天入地,捕逐八荒,想人之不敢想,言人之不能言。这种建立在纵横驰骋、出人意表的想象基础上的造语,大大拓宽了诗境,使诗境充满了神秘浪漫气息。

(钱仲联　沈金浩)

调张籍

原文

论诗　　唐·韩愈

李杜文章在,光焰万丈长。不知群儿愚,那用故谤伤?
蚍蜉撼大树,可笑不自量。伊我生其后,举颈遥相望。
夜梦多见之,昼思反微茫。徒观斧凿痕,不瞩治水航。
想当施手时,巨刃磨天扬。垠崖划崩豁,乾坤摆雷硠。
惟此两夫子,家居率荒凉。帝欲长吟哦,故遣起且僵。
剪翎送笼中,使看百鸟翔。平生千万篇,金薤垂琳琅。
仙官敕六丁,雷电下取将。流落人间者,太山一毫芒。
我愿生两翅,捕逐出八荒。精诚忽交通,百怪入我肠。
刺手拔鲸牙,举瓢酌天浆。腾身跨汗漫,不著织女襄。
顾语地上友,经营无太忙。乞君飞霞佩,与我高颉颃。

调张籍

内　容　诗中作者高度评价李、杜诗歌并表达了对他们的仰慕之情。
特　色　腾身汗漫，捕逐八荒。
注　释　调张籍：调侃张籍。蚍蜉：大蚂蚁。施手：施展本领。起且僵：一时起来，一时仆倒。这里喻指升沉不定，苦乐相仍的命运。六丁：道教认为六丁（丁卯、丁巳、丁未、丁酉、丁亥、丁丑）为阴神，为天帝所役使；道士则可用符箓召请，以供驱使。流落：流传于世。刺手：反手。汗漫：漫无边际，这里指天空。

赏析　正如晋宋文坛并不重视陶渊明一样，中唐人论李、杜，也是褒贬不一。李、杜诗歌的艺术成就在当时还未受到充分的重视与肯定。著名诗人元稹、白居易就曾根据他们的诗学观，在某些场合表达过一些贬抑李、杜的观点。元、白这些有文学眼光的人尚且如此，其余贬低李、杜的议论想亦不少。有感于此，韩愈写了此诗给自己的门生，那位在诗学观上部分近元、白的张籍，表达了他对李、杜诗歌的理解和衷心向往。

　　开头六句，诗人即以坚定豪迈、不容置疑的口吻表达了自己对李、杜诗歌的推崇，对贬低李、杜诗歌的人作了毫不留情的嘲笑和讽刺。韩愈为人刚直不阿，言事直截不讳，这六句诗也体现了他这种性格特征。他把贬低李、杜者称为群愚，把他们的言论比为"蚍蜉撼大树"，指斥他们是故意谤伤，并以李、杜的"光焰万丈"与群愚的"蚍蜉撼树"式的谤伤对比，突出李、杜的伟大。

　　在明确、简沽、有力地表达了自己的取舍后，紧接着诗人表示了自己对李、杜的深情倾慕。他恨自己与之生不并时，只得举颈相望。由于衷心思之，故痦痳思服，夜梦见之。遗憾的是，由于没能谋面，故夜梦倒可以幻见其形，而白昼思维受理智支配，反而微茫难见了。读他们的诗歌，能感其逼人的光焰，卓尔不群的艺术水平，却不能知其原委，不见其创作时的风采，就如观大禹治水之绩，只见他挥动巨刃劈山开道时留下的痕迹，而看不到他当年渡水越山的经过。"垠崖"犹言高无边际的巨崖,"雷硠",山崩的巨响(左思《吴都赋》),他想象李、杜兴酣笔落笑傲凌沧洲之情景,一定也像当年大禹之治水,白光闪处,丘峦崩摧,洪水奔腾而出,天地间翻滚着山崩地裂的巨响。

> 佳句
> ·李杜文章在,光焰万丈长。
> ·蚍蜉撼大树,可笑不自量。

如此辉煌灿烂的文章,他们是怎么做出来的呢?"此曲只应天上有",他们都是谪仙下凡。家居荒凉,生事萧条,这是天帝的安排,因为他们才气博大,天帝也知道诗穷而后工,为了要他们作出美文,"故遣起且僵",故意让他们名扬当时却又怀才不遇,"僵"者,喻其人生际遇坎坷,步履维艰。"金薤",古有薤叶书,极珍贵。诗中比喻李、杜文章如金石垂世,琳琅满目。现在能看到的只是泰山一毫

芒而已,他们的千万篇天才之作都早已被天兵驭雷挟电取回天上了。

诗至最后,表现了自己学习李、杜及其所得。诗人上天入地,捕逐八荒,孜孜求索,终于精诚贯通。他得到了李、杜谪仙般的个性与灵魂:反手拔出长鲸的利齿,举杯畅饮天宫的琼浆,腾身遨游在广袤的天空,用不着乘坐织女的车驾(襄:驾)。他悟到了,天才的诗思是什么样的一种境界。于

是他劝张籍，也告诉其他作诗的人，不要苦心经营了，还是与我一起，飞动"霞佩"（疑即霞帔，古代披肩之一），去追踪李、杜的创作灵魂，翱翔（"颉颃"犹言上下飞动）于广阔的碧空长天吧。

本诗不仅是韩愈对李、杜诗歌的评价，也是韩愈学习李、杜心得的自白。而此诗本身的艺术手法和风格特征也显示了韩愈确实是一位学习李、杜而获得成功的诗人。李白的诗思往往上天入地，精骛八极，思接千载，杜甫诗风沉雄壮伟，韩愈兼采两者，镕铸自己的风格，力大思雄。想象诙诡近李，硬语盘空是沿杜甫之路而继续发展。在这首诗中，作者以万丈光焰言李、杜诗歌的成就，笔力千钧。将李、杜作诗与大禹治水相比，想象奇特而又切近，突出了李、杜的非常人可比的成就。描写大禹治水，掀天揭地，波澜壮阔。读者通过对这一境界的感知体悟，即可领略到李、杜诗歌的非凡气势。

本诗论李、杜，已被后代广泛接受。韩愈之所以慧眼先识，用如此壮美的语言评论李、杜诗歌，主要缘于他对李、杜的深刻理解，"精诚交通"。他不仅准确地把握了李、杜尤其是李白的风格特征，认识到他们天才的一面，也看到了现实生活对两位诗人的创作所起的作用。"李白一斗诗百篇"（杜甫《饮中八仙歌》），这是天才的表现，就像大禹治水一般。然而，"大道如青天，我独不得出"（李白《行路难》），"杜陵野客人更嗤，被褐短窄鬓如丝"（杜甫《醉时歌》），不也是"浩歌弥激烈"（杜甫《自京赴奉先县咏怀五百字》）高歌有鬼神的原因吗？诗中治水一喻及"惟此"一段，正是表达了韩愈对李、杜这两个方面的理解。诗的最后部分字面虽写"我肠"，却同样体现了韩愈对李、杜理解的深刻性。因为腾身汗漫，捕逐八荒，正是李白谪仙风格的典型特征。李白不是也有"先期汗漫九垓上，愿接卢敖游太清"（《庐山谣寄卢侍御虚舟》）之类的瑰想吗？这种对李、杜的深刻理解，认真学习，和韩愈本人所具有的才学相结合，终于导致了这篇

《调张籍》——评不朽之作之不朽之作的出现。　（钱仲联　沈金浩）

读东方朔杂事

原　文　　　刺政　　　唐·韩愈

严严王母宫，下维万仙家。噫欠为飘风，濯手大雨沱。
方朔乃竖子，骄不加禁诃，偷入雷电室，輷輘掉狂车。
王母闻以笑，卫官助呀呀。不知万万人，生身埋泥沙，
籑顿五山踣，流漂八维蹉。曰吾儿可憎，奈此狡狯何？
方朔闻不喜，褫身络蛟蛇，瞻相北斗柄，两手自相挼。
群仙急乃言，百犯庸不科？向观睥睨处，事在不可赦，
欲不布露言，外口实喧哗。王母不得已，颜嚬口赍嗟。
领头可其奏，送以紫玉珂。方朔不惩创，挟恩更矜夸。
讠志欺刘天子，正昼溺殿衙。一旦不辞诀，摄身凌苍霞。

内　容　诗歌借写西王母宠护东方朔的传说，讽刺昏庸的唐宪宗及恃宠专横的宠臣承璀。

特　色　点染传说，奇险变幻。

注　释　严严：威严、威重的样子。噫欠：呼气和打哈欠，泛指吐气。濯手：洗手。竖子：宫中小臣。禁诃：呵喝制止。呀呀：拟声词，形容笑声。踣（bó）：跌倒。八维：指四面八方。蹉（cuō）：跌倒，倾倒。狡狯（kuài）：狡猾。科：审理狱讼，判刑。睥（pì）睨：傲慢。布露：公布，揭露。嚬（pín）：同"颦"，皱眉。《韩非子·内储说上》："吾闻明主之爱，一嚬一笑，嚬有为嚬，而笑有为笑。"赍：持，送，这里是发出的意思。摄身：犹引身，抽身。凌：乘，驾驭。苍霞：青云。

东方朔是汉武帝的近臣，关于武帝和朔，后人曾经附以

许多神仙传说。本诗题中的"杂事"即属此类。韩愈本不好佛,亦不喜仙,诗言东方朔西王母事,乃点染传说以讽刺时事。

对于诗中所刺对象,历代注家曾作不少猜测考证,有曰讥弄权者,有曰刺天后时事者。清陈沆认为,"此为宪宗用中官吐突承璀而作也"。

诗以"方朔乃竖子,骄不加禁诃"为主旨,就东方朔、西王母、群仙及其相互间的关系、纠葛展开叙写。

诗以写仙宫开头。这里是一个神仙居住的世界。《十洲记》曰:"积石圃南头,是西王母居,真宫仙灵之所宗,天人济济,不可具记。"又曰:"生洲上有仙家万数。"这个地位隆崇的西王母宫殿,下面环绕着万千仙家,对凡境具有无比的威力,宫里一聚气或张口,下界即有旋风飞卷,一蘸水洗手,凡境即大雨滂沱。

就在这样一个威力无比的地方,竟有一个无赖小子东方朔,他骄横恣肆、为所欲为,而王母却不加管束。仗着王母的宠护,他偷偷潜入雷电之室,拨弄雷电行天时所用的车轮,车轮动了,发出轰然巨响。"鞺鞡(hōnglēng)",形容东方朔调弄狂转车轮所发出的巨大轰鸣声。王母听到后,非但不发怒呵斥,反而报以笑脸,王母的卫官也附和谐笑。不幸东方朔这么一动,给下界带来了深重的灾难,山峰簸顿崩摧,大地漂散跌宕,千百万人因此葬送了生命。而王母对此只是佯作嗔怒,似乎对这个顽皮小子无可奈何。

尽管王母只是略表不悦,方朔还是很不高兴,他脱身〔褫(chǐ),夺脱〕用蛟蛇绕在自己身上,显出张牙舞爪的样子,还搓着两手〔挼(ruó),两手相搓〕,企图摘取北斗("瞻相"犹言省视)。在此情况下,群仙实在忍无可忍,他犯罪如此之多,怎可不加论处(庸不科),胆敢觊觎北斗,更是罪不可赦。对此局面,王母本来还想包庇他,无奈群情沸腾,众怒难犯,颦眉咨嗟久之,"颜啁口赞嗟",形容西王母忧容嗟叹的神态,不得已只好答

应群臣的奏请,将他外遣,但仍赐以紫玉珂(一种挂在颈部的玉饰),以示宠爱如故。

方朔既知王母无意惩治他,更加横行不法,竟随意捉弄汉家天子,因汉家刘姓,故曰"刘天子"。又于光天化日之下在朝廷小便,外出时也不加告别,掉头便走。

全诗通过方朔的三件事讥刺时事,言在此而意在彼,手法极为巧妙。作者对野史传说与正史作了适当的选择剪裁,然后将它们有机地组合起来,使之与现实中的事相合,不露痕迹地讥刺了时事。史载吐突承璀率兵讨王承宗,丧师失将。诗中特意写了方朔弄雷电及其恶果,巧妙地插入了万万人埋泥沙的沉痛事实。承璀在宫中恃宠专横,诗言方朔瞻相北斗,即暗喻宠臣欲篡国柄。诗人言王母迫于群仙舆论不得已而外遣方朔,而当时朝廷正有与此相类之事,元和八年,李绛极言承璀专横,宪宗初怒,继而从之,出承璀为淮南监军,谓李绛曰:"此家奴耳,向以其驱使之久,故假以恩私。"

诗讥刺之妙不仅在有事可以落实,也表现在若即若离的泛写。如开篇以王母宫喻朝廷,字面上看确实是写仙家,然又何尝不是凡境。帝王朝廷于人民百姓,不也同样具有生杀予夺的权力,一言误带来万民祸吗?诗的最后写方朔遗溺殿上,虽然承璀未必如此,但这种行为不正是恃宠骄横者的典型表现吗?历来注

家对诗本身所刺对象的众说纷纭的猜测,正反映了它对封建时代的昏君骄臣具有普遍的讽刺作用。

本诗的语言也颇能反映韩愈的特色。韩愈作诗强调语必己出,他善于用生涩雄强的语言、构想奇险变幻的境界。诗中以"簸顿五山踣,流漂八维蹉"言方朔拨动雷车的结果,想象阔大,惊心动魄,以"褫身络蛟蛇""两手自相挼"状宠臣骄横无赖之貌,使人物如立纸上。全诗通篇都以神仙之事敷衍,更显示了韩愈的非凡想象力和利用史事传说的高超水平。 (钱仲联 沈金浩)

春　雪

原文　　咏雪　　唐·韩愈

新年都未有芳华,二月初惊见草芽。白雪却嫌春色晚,故穿庭树作飞花。

内　容　此诗歌咏春雪的灵性和趣味,表达诗人对早春的喜悦之情。
特　色　构思新巧,风调流快。
注　释　芳华:芳草鲜花。初惊:刚到惊蛰季节。

赏析　纵观韩诗,似可发现,韩愈对春雪怀有特殊的兴趣。集中有数首诗写春雪,描情摹态,穷工极变,且每于卒章处见其喜爱之情,或言其增阴饶景,或言其与梅共春。本诗写春雪之灵性与趣味,避开其余几首的赋陈铺排之法,而以七言四句出之,雪有灵趣,诗亦有灵趣。

诗一开头,作者并不直接写春雪,而是以一陈述句写一般景色。新年第一天即阴历正月初一,每年立春,均在初一前后,自此日起,季节上算是进入春天了。然而尽管寒冬渐去,一个多月

来,大地上还是光秃秃的,没有什么芳草鲜花。"都"既言范围:百草众卉;又言时间:一个多月以来。从"都"字中还可看出诗人始终在关心、盼望春天的到来,否则,他怎么冲口便说"都未有芳华"呢?这一句看似与雪无甚联系,实则是一个必要的铺垫和蓄势。有了这一句,三、四句的"飞花"联想才不显得突然,第二句也能按时间顺序承接出来。二月已到惊蛰季节,蛰伏于地下的草虫从冬眠中醒来,尽管寒意料峭,但毕竟大地已在解冻,一场细雨之后,稚嫩而倔强的草芽率先顶起头上的泥土,向大地报告春来的消息。自新年以来一直在关心着春天到来的诗人看见草芽破土而出,惊喜交加。韩愈对草芽初见的早春之爱甚于对采繁竞丽的浓春之爱。第二句所写虽然亦非雪,在诗中却甚为重要,它为全诗定下了一个基调,既为雪的出现提供了一个富有生命力的环境,也透露了诗人作此诗时的心境。本来,无芳华、

• 白雪却嫌春色晚,故穿庭树作飞花。

春色晚之类,都与寒冷不肯退去、白雪去后复来有关,诗人是应该怪罪白雪的,但由于有了第二句的情调铺垫,白雪反而显得那么有灵性了,似乎她是一个有知的精灵,也和诗人一样喜爱春天,因为春色迟迟不来,故以自己飘洒纷扬的舞姿,来为春天增色。岑参曾以"忽如一夜春风来,千树万树梨花开"(《白雪歌送武判官归京》)来描写胡天八月的雪景,而本诗的三、四两句,比岑诗还多了一层意思,他不仅将雪与花联系起来,还将化冷为热,化静寂为热闹作为白雪的一种自觉行为来写,这二句虽无岑诗之气派,却灵秀别致,全诗的调子也因所写对象的活泼可爱而显得轻快流转。

韩诗本以崇高壮美见长,本诗却清新优美,显示了韩诗的另外一种风格。

(钱仲联 沈金浩)

晚 春

原文　　　春景　　　唐·韩愈

草树知春不久归，百般红紫斗芳菲。杨花榆荚无才思，惟解漫天作雪飞。

内　容　本诗描绘美丽的晚春景色，表现出诗人玩赏的心态。
特　色　赋知于物，诗旨耐玩。
注　释　斗：比赛，争胜。芳菲：花草的芳香。惟解：只知道。

赏析　韩愈集中有一些小诗描写游城南时的见闻感想，这首《晚春》即是《游城南十六首》中之一首。

诗以简洁的笔墨描绘了一幅城南晚春图。

前两句泛写春景。晚春时节，城南花盛草茂。草尖上、树枝上的鲜花似乎知道了春天即将归去的消息，都抓紧时机享受为时不多的春光，竭尽全力显示自己的风采。

后两句笔墨一转，专写杨花榆荚。杨花榆荚都是白色的。本来就无艳少香，不红不紫，却还不懂得应守住枝头，利用春光，而是漫天随风乱飞。

诗所写的，本是春天的一般景色，但由于诗人运用了拟人化的手法，赋草木予灵魂，使无知者变有知，无情者变有情，因而所写之景顿显活跃热闹，"斗"字不仅突出了草木的有知，还使晚春百花争艳的场面跃然纸上。"无才思"是杨花榆荚与草树比较的结果，承上启下，比拟自然。

然而也正是由于作者用了拟人化的手法，因而引起了历来注家读者对诗旨的百般猜测。诗中究竟有无寄讽？有何寄讽？有人认为诗批评浪掷光阴者，有人认为作者在揶揄那些没有文才的人，其他的猜测还很多。

不过既然难以达诂，在此也不妨就韩愈对杨花榆荚的态度作一点推测，韩愈另一首《晚春》诗云："谁收春色将归去，慢绿妖红半不存。榆荚只能随柳絮，等闲撩乱走空园。"虽然这首诗中韩愈对杨花榆荚的态度也同样的令人感到扑朔迷离，但如将两诗合观，似乎可以看到，诗人也许有一点"哀其不幸，怒其不争"之意。别的花都是司春者的宠儿，随春而来，春色被收去时，它们也去了。榆荚柳絮却不能跟去，又不红不紫，无芳菲可斗，然而它们又不争气，走空园还走得撩乱，漫天乱飞，真是无才思。

本诗描写景物，抓住晚春季节特点，准确生动。各句意义明白，堪称是一首富于奇趣的小诗。

（钱仲联　沈金浩）

佳句
- 草树知春不久归，百般红紫斗芳菲。

凉州词三首（其一）

原文

边塞　　唐·张籍

边城暮雨雁飞低，芦笋初生渐欲齐。无数铃声遥过碛，应驮白练到安西。

内　容　诗歌描写唐朝驼队运载白练给吐蕃的事，表达了作者对无能的唐统治者的愤慨之情。

特　色　缘事布景，委婉多讽。

注　释　芦笋：芦苇长出的芽。碛：沙漠。白练：白色的丝织品。

赏析

这是张籍写的为数不多的边塞诗之一。唐代的凉州，是西北的重镇。自代宗广德元年（763）以来，吐蕃连年侵袭骚扰，占据西北数十州，凉州亦在被占之列。德宗即位后，遣使与吐蕃讲和，承认被占州县为合法。面对这种情状，诗人深为不满，写下了《凉州词》三首，此为其一。前二句写景。塞外春迟，边陲荒漠之地，阴云低垂，暮雨飞洒，大雁低飞，给人一种低沉、压抑之感。近处，沼泽地的芦苇，抽枝长叶，"欲齐"未齐。远近层次极为分明，通过此景色之描写，既带给读者以荒寒之感，又点出了时令节气。三、四句写驼铃声远远地从沙漠上经过，这驼队一定是运载白练到安西都护府去的啊！当时除吐蕃占领西北一些州郡外，那里还有回纥等强族，肃宗乾元以来，回纥强迫唐王朝以马易绢，每匹马要换四十缣，动至数万匹，而马皆驽瘠无用。这种屈辱的不等价交易，实际上是掠夺。诗人着一"应"字，把沉痛、辛酸的感情，表达得清晰明了，而对统治者无能的愤慨，也尽在不言之中。这种揭露委婉含蓄而又发人深省，难怪白居易说其"风雅比兴外，未尝著空文"（《读张籍古乐府》）了。

（朱宏恢）

宫词二首（其二）

原文　　宫廷　　唐·张籍

　　黄金捍拨紫檀槽，弦索初张调更高。尽理昨来新上曲，内官帘外送樱桃。

内　容　诗歌揭露了宫廷生活的奢靡。
特　色　曲折深婉，留有回味。
注　释　捍拨：弹奏琵琶用的拨子。理：奏起。内官：宦官，太监。

赏析　唐诗人王建以善写宫词著称，其百首宫词，为人们揭示了当时社会生活中鲜为人知的一面，流传极广。和王建同时的诗人张籍，也曾写宫词二首，对宫廷生活的奢靡作了揭露。这是其中一首。

诗中写一个宫女在演奏琵琶。她用来拨动琵琶弦索的"捍拨"是用黄金制成的，琵琶上的弦槽是用名贵的紫檀木做的。诗人从她手中的乐器写起，进一步写她调整弦索，弹奏出高昂的声调，在空中缭绕。第三句更进一步，写她所奏之曲，乃是"昨日"才由乐官新谱而献奏圣上之曲，可见围绕着琵琶女的演奏，得有多少人为之付出精力！前三句写宫女之调弦，末一句忽转为送樱桃，从而为前三句抹上了一个宫中生活的背景，使人将这一宫女同整个宫中生活联系了起来，但又不曾多说，且又属之于"帘外"，给人留下了充分的回味余地。

"历览前贤国与家，成由勤俭破由奢"，作者是想告诉我们这一道理的。但他没有义愤填膺地指斥，而是从宫女的琵琶说起，留给读者去想，这种曲折深婉的表现手法，不是比明说更能引起读者的思考，留下深刻的印象吗？

（朱宏恢）

酬朱庆馀

原文　　论诗　　唐·张籍

越女新妆出镜心，自知明艳更沈吟。齐纨未是人间贵，一曲菱歌敌万金。

内　容　这首诗高度评价了朱庆馀的诗作，同时也表达了自己的诗歌主张。

特　色　通篇用比，词约意丰。

注　释　镜心：镜中。更：却，反而。沈吟：低头默想，迟疑不决。纨：

很细的丝织品。敌：相当，抵得上。

赏析 朱庆馀是中唐诗人，宝历进士，官秘书省校书郎。据《唐诗纪事》记载："庆馀遇水部郎中张籍知音，索庆馀新旧篇什，留二十六章，置之怀袖而推赞之。时人以籍重名，皆缮录讽咏，遂登科。"（《唐诗纪事》卷四十六）当时朱庆馀对自己的作品还不放心，作《闺意》一篇以献曰："洞房昨夜停红烛，待晓堂前拜舅姑。妆罢低声问夫婿，画眉深浅入时无？"（《唐诗纪事》）于是张籍酬答了这首诗，对朱庆馀的诗作了高度评价，也提出了自己对诗歌的看法，从此朱庆馀的诗名就流传海内了。

佳句
• 齐纨未是人间贵，一曲菱歌敌万金。

朱诗以闺房情事来隐喻考试及第之事。他把自己喻作新娘，把张籍比作夫婿，把舅姑比作主考官。"画眉深浅入时无"，是以借喻方式问自己文章是否合式。而张籍的酬答也顺着朱诗的比喻说下去。开头两句说，吴越一地的女子梳洗后，在铜镜中照出了新妆。她们虽自知容貌明媚艳丽，可是矜持中仍有不安。这两句既赞扬了朱的诗才，同时也风趣地道破了他在尚未为世人所知时的特有心理。三、四两句则是对朱的诗风的品评，同时也表现了自己的主张。那种历来认为贵重的齐地素绢，未必见得是真贵，而采菱女子唱的一曲菱歌，倒抵得上万两黄金呢！言下之意是：朱庆馀的诗，不追求外表的涂饰，而以自然清新取胜，自是诗中的佼佼者，比起那些富贵气十足的诗来，当然要好得多。

比喻尤其是隐喻，有时比直接发表议论更能引起人们形象的思索，达到议论所不能达到的效果。巧妙而确切的比喻是不容易的，何况是接着别人的比喻说下去。通篇对所要表达的东西不露一字，双方自然心领神会，读者也不禁拍案叫绝，这是要有相当的艺术功力的。

（朱宏恢）

秋 泉

原文 　　写景　　　唐·薛涛

冷色初澄一带烟，幽声遥泻十丝弦。长来枕上牵情思，不使愁人半夜眠。

内　容｜这首诗借咏秋泉表达作者求偶不得的愁苦情怀。
特　色｜婉蓄不露，缠绵幽怨。
注　释｜使：让。愁人：指薛涛。

赏析　薛涛，中唐时女诗人，成都名妓，"工绝句，无雌声"（《唐音癸签》一〇二七卷）。《宣和书谱》曰："妇人薛涛，成都倡妇也。以诗名当时，虽失身卑下，而有林下风致，故词翰一出，则人争传以为玩。"

唐代女诗人六百余，成就较著者有薛涛、李冶、鱼玄机数人，涛居其首。王建赞曰："扫眉才子知多少，管领春风总不如！"（《寄蜀中薛涛校书》）

此为写景诗，约作于薛涛退隐浣花溪时，

表达求偶不得的愁苦情怀。首句以"冷色"领起,既反映秋景之萧瑟,秋水之寒凉,又道出作者孤栖之心境。"冷色"是此诗之基调,统领全篇。而"烟"字又写出泉水蒸腾,一片雾霭迷茫的景象,它笼罩在秋泉之四周,亦弥漫在作者的心际。第一句写视觉感受,秋景已蒙上了作者浓重的感情色彩。第二句写听觉感受,泉声从远处传来,叮当作响,有如弦乐之和鸣,十分优美动听。但用"幽声"来形容,暗示它在诗人的耳里不是动听娱心,而是幽咽难堪。开端二句从声、色两方面写秋泉,造成一种悲怆的氛围,从而引出三、四句:"长来枕上牵情思,不使愁人半夜眠。""牵情思",一作"牵愁思"。这幽咽之声,在夜深人静时,那样清晰,使愁人更加难寐。诗人对秋泉之怨责,不言而喻。其实,诗人不眠,并非为秋泉所扰,而是"愁人心中有秋泉耳,与耳畔嘈切何关!"(黄周星《唐诗快》)

诗以写景始,以达情结。一、二句融情于景,婉蓄不露;三、四句景动情怀,缠绵幽怨。

(苏者聪)

逸闻

薛涛幼时随父入蜀,后为乐妓。聪慧知书,善作小诗,而当时成都市面上的笺纸一般较大,她就创制了一种小巧的深红小笺,不仅美观,而且携带方便,受到人们的欢迎,"薛涛笺"便由此得名。居成都浣花溪,与当时的文人雅士如元稹等多有往来,并常应召在官府的宴会上侍酒赋诗。她的机警敏捷常受到人们的称赞。王建《寄蜀中薛涛校书》:"万里桥边女校书,枇杷花里闭门居。扫眉才子知多少,管领春风总不如!"称呼乐妓为校书,也是从薛涛开始的。

(王晓丹)

经夫差庙

原文 　　怀古　　　唐·陈羽

姑苏城畔千年木，刻作夫差庙里神。冠盖寂寥尘满室，不知箫鼓乐何人。

内　容　此诗描写夫差庙的荒凉景象，抒发时过境迁、今不如古的凄怆之情。

特　色　凄婉幽古，沉郁细约。

注　释　寂寥：寂静冷落。

赏析　怀古是陈羽诗中的重要题材之一。怀念春秋吴国旧事的，除了本首外，还有《吴城览古》《姑苏台怀古》二首。

春秋时吴国旧都姑苏城（原吴县，今属苏州），是鱼米之乡，佳丽之地。吴王夫差报了父仇，打败越国，但被胜利冲昏头脑，筑楼馆，蓄吴姬，耽乐酒色，招来身亡国破之灾。"姑苏城畔千年木，刻作夫差庙里神"，带给我们古老的千年之久的历史回忆。人世沧桑，兴国之君变成亡国之神，人们刻木雕成神像用作供奉，夫差庙已被作为历史陈迹遭到冷落。"寂寥""尘满室"，揭示人们对历史遗训的忘却。神庙如此荒凉，则庙前的箫鼓又究竟取娱何人呢？作者以此寄托了兴亡盛衰的思索，感慨良深。

唐"安史之乱"后，借古讽今的咏史怀古诗，与陈羽同属贞元时期的刘商、朱湾、刘长卿、李端等诗人就时有所作。他们的发思古之幽情，其实不过是落寞现实的折光和投影。其托古兴寄也从盛唐的慷慨苍凉，转为凄怆幽咽了。盛唐七绝兴象玲珑，婉媚流转，在这个时期也变得细约沉郁了。

（黄炳辉）

西塞山怀古

西塞山怀古

原文 怀古 唐·刘禹锡

王濬楼船下益州,金陵王气黯然收。千寻铁锁沉江底,一片降幡出石头。人世几回伤往事,山形依旧枕寒流。今逢四海为家日,故垒萧萧芦荻秋。

内 容 诗歌主要描写了东吴割据势力灭亡的历史,讽刺和警告了中唐封建割据的藩镇势力。

特 色 一气呵成,天巧偶发。

注 释 怀古:凭吊古迹,抒发感情。楼船:大型战船。王气:指帝王事业的景象。收:消歇。寻:古代八尺为一寻。降幡:表示投降的旗帜。石头:指石头城,即金陵。枕寒流:靠近长江。寒流,指长江。故垒:指六朝时修筑的防御工事。

赏析 本诗不从眼前景物落笔,而是先简略地描写了发生于西塞山一带的一场惊心动魄的鏖战,展示出一幅气势磅礴的历史风云画卷。"王濬"是西晋大将。晋武帝要灭吴国,命他从益州率水军沿长江顺流而下,直取金陵。"楼船"是一种高大的战舰。"下"字置于"益州"之前,使之与"楼船"紧相承接,这就渲染

佳句
- 王濬楼船下益州,金陵王气黯然收。
- 人世几回伤往事,山形依旧枕寒流。

出一种浩浩荡荡、居高临下的进军气势。这与次句吴国"王气黯然"而"收"的没落景象形成鲜明对照。颔联写吴军抵御的失败。"千寻铁锁"是吴军在险要地带设置的拦江铁链,用以阻挡晋师。王濬用火炬、麻油烧断铁链,然后千舰竞发,舳舻相望,很快打到金陵城下。吴主孙皓不修德政,不重人事,把国家安危系于几根铁链,因而铁链"沉"入江底,吴国也就不得不打出

"降幡"，在历史的长河中永远"沉"没了。以上四句一气呵成，而孟子"固国不以山谿之险"（《公孙丑·下》）的思想极为自然地得到了艺术体现。

"人世几回伤往事"一句，承上启下，把读者的思想轻轻带回现实。作者巧妙地把眼前的西塞山比作一个阅尽古今兴亡的枕流高卧的隐士，就像《晋书·孙楚传》所说的那样："所以枕流，欲洗其耳。"西塞山厌闻世事，哪管人间争斗？而历史上的"英雄"们偏偏对西塞山特加青睐，总想凭借它的险峻称王图霸，因而难免要受到它的嘲弄。"今逢四海为家日"，以欣喜口吻褒美当世。前人谓"今逢"两字有"居安思危之遥深"（方扶南《兰丛诗话》）。"故垒"是六朝英雄们的战守遗迹，"萧萧"状其冷落荒凉，芦荻逢秋，更增其索漠衰败的凄怆之感。写得故垒如此不堪，不仅可以使当世藩帅睹之夺气，亦足以使后世的野心家为之寒心。

就通篇而言，前半一气呵成，后半天巧偶发，而以才气、卓识贯串其间；诗人将事语、景语、情语揉结一片，复将怀古、慨今、垂诫后世融为一体。全诗纵横开阖，夭矫变化，盛意迭出，余味曲包，是唐人七律中不可多得的神品。

（吴汝煜）

逸 闻

一次，刘禹锡游览了京城中的玄都观，有诗云："紫陌红尘拂面来，无人不道看花回。玄都观里桃千树，尽是刘郎去后栽。"当局者听后十分不悦，于是再次贬谪到荒凉的播州，经人说情才改贬至连州。数年后当他再次被召回京，他又来到玄都观，看到道观早已荒废，感而赋诗云："百亩中庭半是苔，桃花净尽菜花开。种桃道士归何处？前度刘郎今又来。"权贵听闻后，愈加厌恶他了。他后来做过太子宾客，后世称"刘宾客"。

（王晓丹）

酬乐天扬州初逢席上见赠

原文　　　　叙旧　　　　唐·刘禹锡

巴山楚水凄凉地，二十三年弃置身。怀旧空吟闻笛赋，到乡翻似烂柯人。沉舟侧畔千帆过，病树前头万木春。今日听君歌一曲，暂凭杯酒长精神。

内　容　这首诗表达了作者因遭受政治打击长期远贬异地的不平心情，同时表现出诗人积极向上的精神境界。
特　色　诗情哲理，互渗相融。
注　释　巴山楚水：泛指贬谪过的地方。怀旧：怀念老朋友。君：您，指白居易。歌一曲：指白居易的《醉赠刘二十八使君》诗。凭：凭借。长：增长，振作。

赏析　敬宗宝历二年（826）冬，刘禹锡由和州刺史奉召回洛阳，与罢苏州刺史返京的白居易相遇于扬州。白居易写了《醉赠刘二十八使君》诗，刘禹锡就写了这首酬答诗。

白在赠诗中说："亦知合被才名折，二十三年折太多。"二十三年指刘被贬官离开朝廷的时间。事实上到写诗时为止，刘离开朝廷只二十二年，因时令已入冬季，即使马上回朝，也已到了次年，故预为计入一年。刘诗首联顺着白诗而来，"凄凉""弃置"等词应和了白居易对他的同情，并包含着无穷的感慨。颔联是就"凄凉"一词而言的，旧日的朋友如王叔文、柳宗元等人都悲惨地死去，自己空有怀旧之情，而损失已经无法挽回。"闻笛赋"是指西晋文人向秀为悼念无罪被杀的嵇康而作的《思旧赋》。因赋中有"听鸣笛之慷慨兮，妙声绝而复寻"两句，故云。"烂柯人"原指晋人王质。相传王质进石室山砍柴，见两童子下棋，一局才终而身边的斧柄（柯）已烂。回到家乡，方知过了百年。事见《述异记》。作者借此抒写了物是人非、世道沧桑之感。颈联是就"弃置"而言的。长期贬官,"弃置"南荒,内心当然痛苦,但并没有因此而意志消沉。他宣告:即使自己成了"沉舟"和"病树",世界仍然美好。"千帆过""万木春"的景象足以使人振奋,所以尾联自然而然地提出了"长精神"的问题。与白居易的赠诗"举眼风光长寂寞,满朝官职独蹉跎"相比,这一联豁达、开朗得多,所以历来被广为传诵,白居易深服其神妙,说:"在在处处应当有灵物护之,岂唯两家子侄秘藏而已。"(《刘白唱和集解》)

本诗为刘禹锡创作道路上的一个重要转折标志。此后仕途逐渐顺利起来,与达官贵人的唱和之作成为诗歌的主要部分,而富于下层人民生活气息的好诗相应减少了。 (吴汝煜)

竹枝词二首(其一)

原文 初恋 唐·刘禹锡

杨柳青青江水平,闻郎江上唱歌声。东边日出西边雨,道是无晴还有晴。

内　容 诗歌写一对初恋情人的相会及其微妙的心态变化。
特　色 谐声双关,韵味深厚。
注　释 竹枝词:巴渝民歌中的一种,以笛、鼓伴奏,同时起舞,声调婉转动人。郎:旧时女子对情人的称呼。唱歌声:我国西南地区,男女恋爱时用唱歌来表情达意,因此有唱歌声。

赏析 本篇作于朗州(今湖南常德),属于黄庭坚所说的"湖湘竹枝"。声调与夔州竹枝微有区别。

石 头 城

诗中写一对初恋情人颇具戏剧性的相会及其微妙的心态变化。春到江畔，绿柳如烟。碧蓝的江水平铺千里。这时江畔一对初恋的情人无意中互相发现了对方。情郎佯作不知，故意唱起了一支动人的歌。女郎侧耳细听，初时尚觉不关于己，渐渐听出声声传情，心中充满了爱情的喜悦。刘禹锡以其追光摄影之笔，截取了这个爱情的小插曲。他抓住眼前"东边日出西边雨"的实景，移入了女郎乍疑乍喜的复杂心情，借助汉语特有的谐声双关手法，用天气的"晴"与"不晴"，谐和对方的"有情"与"无情"，把两种不相关的事物巧妙地统一在意境之中，造成了一种旖旎妩媚的诗美。情郎的黠慧可爱，女郎的天真纯洁，都被写活了。

谐声双关是我国民歌中习见的表现手法。《诗经·旄丘》："琐兮尾兮，鹠鹠之子。"据张西堂《诗经六论》说："鹠鹠"谐"流离"。汉魏六朝民歌中这类例子更多，如《读曲歌》："余花任郎摘，慎莫罢侬莲。""莲"谐"怜"，"怜"即爱；《子夜歌》："桐树生门前，出入见梧子。""梧子"谐"吾子"，等等。相比较而言，本诗的谐声双关用得更为贴切自然，韵味浓厚。（吴汝煜）

佳句
- 东边日出西边雨，道是无晴还有晴。

石头城

原文　　吊古　　唐·刘禹锡

山围故国周遭在，潮打空城寂寞回。淮水东边旧时月，夜深还过女墙来。

内　容｜慨叹古城今昔，抒发盛衰之感。

特　色	虚景藏情，寄有于无。
注　释	周遭：周围。此指周围的城墙。女墙：城墙上面呈凹凸形的矮墙。

赏析　这首诗是《金陵五题》中的第一首，《金陵五题》组诗写于长庆四年至宝历二年（824～826）任和州刺史时。此诗泛咏古城今昔，为总写。首句点出石头城的险要形势。"故国"即故城，指石头城，"周遭在"是说城墙四堵完好地保存着。全句对石头城的具体形状和景象不着刻画，只是准确地选择了"故国""周遭"等浑朴的实词，暗暗透出作者的内心活动：六朝统治者为了利用山川地形来建立和巩固自己的统治地位，可谓煞费心机。次句以喧豗奔腾、汹涌澎湃的江潮与寂寞的空城进行对比，借以衬托出石头城今日的无限凄凉冷落。山川地形帮了六朝统治者什么忙呢？诗中没有直说，但形象的本身已经足以说明问题。

佳句
・山围故国周遭在，潮打空城寂寞回。

世人为年寿所囿，古今界限虽比较分明，却往往忙于当世之务而昧于鉴古。而对于月亮来说，它是跨越古今的，因此诗人要请月亮作为古今的见证者。"旧时月"指历史长河中之月，"夜深还过女墙来"之月指今人眼中之月。古今的治乱得失和兴亡变化，月亮看得清清楚楚。诗人特别把今人眼中的月亮称为"旧时月"，是为了增加吊古的情韵，逗引读者去回顾六朝兴亡的历史，以作为现实政治的借鉴。

据小序，作者写作此诗时并未到过金陵。诗中意境全由虚景构成。这些虚景是诗人从间接经验中提炼出来的。它较之实景更能包孕诗人的主观情思和审美理想，更能引发读者的想象力，因此谢枋得说此诗"意在言外，寄有于无"（《唐诗品汇》卷五十一）。在作者，以六朝历史为背景，通过亘古为斯的自然现象和不断变更的人事相对照，抒发盛衰之感，并隐喻有国家兴亡"在德不在险"的教益；在读者，可以结合各自的生活经验而各有会心。从这个意义上说，"意在言外，寄有于无"不仅对我们探讨虚景藏情的艺术特点有启示，而且还深刻道出了本诗传诵不衰的艺术奥秘。

（吴汝煜）

乌衣巷

原文　　　　吊古　　　唐·刘禹锡

朱雀桥边野草花，乌衣巷口夕阳斜。旧时王谢堂前燕，飞入寻常百姓家。

内　容　诗歌描写乌衣巷的现况，抒发人世沧桑之感。
特　色　看似寻常，用笔极曲。
注　释　乌衣巷：在今江苏南京市东南，三国时吴国卫戍石头城的军营所在地，因士兵皆着乌衣而得名。斜：斜照。寻常：普通。

赏析　这是《金陵五题》的第二首。朱雀桥是秦淮河上的大桥（一说是浮桥），位于朱雀门外，为当时的交通要道。从前人来人往，车水马龙，好不热闹！而现在只有野草在开花。乌衣巷位于秦淮河南岸，靠近朱雀桥。东晋时这里住着王导、谢安等豪门贵族，他们出舆入辇，何等气派！如今只剩下一道残阳的余晖。诗人抓住野草开花和夕阳西下两组荒凉衰飒的景物和同昔日繁华有关的两个地名，构成一种意象化的喻示：时光流逝，人世变迁，盛极一时的王、谢贵族，由于他们自身的腐朽，终于在历史上销声匿迹了。

本诗后半是千古传诵的名句。其含意

佳句
· 旧时王谢堂前燕，飞入寻常百姓家。

历来有两种不同的理解。一说是从前在王、谢堂前筑巢的燕子，现在因王、谢深宅荡然无存，只好飞入普通的老百姓家。如谢枋得说："世异时殊，人更物换，高门甲第，百无一存。唯朱雀桥、乌衣巷之花草夕阳如旧。不言王、谢宅第之变，乃云旧时燕飞入寻常百姓之家，此风人之遗巧也。"（《唐诗品汇》）另一说认为燕子来寻故巢，而旧时的王、谢厅堂，已变成今日的普通人家。如施补华说："若作燕子他去，便呆。盖燕子仍入此堂，王、谢零落，已化作寻常百姓矣。如此则感慨无穷，用笔极曲。"（《岘佣说诗》）细按二说，虽然微有不同，但都不直说王、谢已为百姓家，而托兴于燕，因此都是耐人寻味的。一年一度飞来的燕子肯定不是东晋旧物，乌衣巷中的宅第也肯定不是东晋旧宅，诗人却仍称之为"旧时燕""王谢堂"，正是为了沟通古今，暗示出王、谢衰落的迅速。燕子重来，仍识故处，而昔日豪华的权贵早已被今日的"寻常百姓"所取代，这就给人以物是人非之感。诗中用曲笔难，在寻常之景和寻常的表述中用曲笔尤难。本诗寄慨遥深，正是运用曲笔十分成功所致。

（吴汝煜）

卖炭翁

原文　　宫市　　唐·白居易

卖炭翁，伐薪烧炭南山中。满面尘灰烟火色，两鬓苍苍十指黑。卖炭得钱何所营？身上衣裳口中食。可怜身上衣正单，心忧炭贱愿天寒。夜来城外一尺雪，晓驾炭车辗冰辙。牛困人饥日已高，市南门外泥中歇。翩翩两骑来是谁？黄衣使者白衫儿。手把文书口称敕，回车叱牛牵向北。一车炭，千余斤，宫使驱将惜不得。半匹红纱一丈绫，系向牛头充炭直。

卖炭翁

内　容　这首诗通过卖炭翁的不幸遭遇，揭露了宫市为害于民的恶行。
特　色　对比衬托，含蓄深刻。
注　释　烧炭：用加热的办法把木材加工成炭。苍苍：灰白色。营：经营，谋求。翩翩：轻快的样子，这里形容宫使傲慢而轻狂的样子。骑（jì）：骑马的人。黄衣使者白衫儿：黄衣使者与白衫儿均指宫廷派出的专为统治者掠夺人民财物的人。敕（chì）：皇帝的诏令。回车：调转车头。纱、绫：这两种丝织品在中唐可作为货币使用。直：同"值"，即价值。

赏析

《卖炭翁》作于元和四年（809），是《新乐府》五十首之一，有序云："苦宫市也。"宫市者，宫廷购物之谓也。旧制，宫廷所需之物由官府承办，向民间采购。至德宗贞元末年改由太监直接办理，常有数百人遍布繁华市区，叫做"白望"，看到需要物品，口称"宫市"，强掠入宫，给价极少。还要勒索"门户钱""脚价钱"。《新唐书·食货志》："有赍物入市而空归者。每中官出，沽浆卖饼之家，皆撤肆塞门。"可见这一弊政为害之烈。本篇所咏，就是一个典型的事例。

白居易在《新乐府》总序中说："凡九千二百五十二言，断为五十篇。篇无定句，句无定字，系于意，不系于文。首句标其目，卒彰显其志，《诗三百》之义也。"白居易讽喻诗的卒彰显志，自有其继承《诗经》的美刺讽谏的传统之处，但多数有略无余韵、失之浅露的毛病。《卖炭翁》在表现手法上异于他篇，采用了对比衬托，便觉含蓄深刻。首先，是烘炭、卖炭的艰辛与失炭轻易的对比。老翁长年在终南山中伐薪烧炭，两鬓苍苍，十指黑黑，烟熏火燎，满面灰尘，历尽艰苦，备尝辛酸。其之所以如此，为的是"身上衣裳口中食"。为此，他"心忧炭贱愿天寒"，他在"夜来城外一尺雪"后，"晓驾炭车辗冰辙"，日高雪化，泥里水里，牛困人饥……可炭呢？非但没有善价卖出，反而被黄衣使者白衫儿巧取豪夺，只给了"半匹红纱一丈绫"，老翁将何以蔽体？如何度日？在对比中，宫市为害于民的恶行已昭然若揭。其次，又以主人公的希望与失望加以对比。老翁卖炭来时是充满希望的。他心忧炭贱，企盼天寒。天真的寒了，大雪盈尺，冰辙崎岖，他全不以为意，因为他的希望本就寄托在这天寒地冻之时。可是，他的希望却破灭了。卖炭翁被抢掠后的反应，诗人没有写，但读者是能体味到的，全诗在字面上也灵活地运用了对比衬托："两鬓苍苍"突出年迈体弱，"满面尘灰"突出伐薪烧炭的艰辛劳苦，两者对比，突出了老翁的不幸命运；又以夜来"一尺雪"，路上是"冰辙"，对比"身上衣正单"，更使人感到老翁的"可怜"。此外如"牛困人饥"和"翩翩两骑"的对比，"一车炭，千余斤"和"半匹红纱一丈绫"的对比，都突出了"宫市"的残酷，揭露深刻，讽刺有力。

《卖炭翁》没有"卒彰显其志"，在情节发展的高潮中收束全诗，含蓄深刻，振聋发聩，扣人心弦。　　　　　　　　　（高志忠）

画竹歌（并引）

原文　　画艺　　唐·白居易

协律郎萧悦善画竹，举世无伦。萧亦甚自秘重，有终岁求其一竿一枝而不得者。知予天与好事，忽写一十五竿，惠然见投。予厚其意，高其艺。无以答贶，作歌以报之，凡一百八十六字云。

植物之中竹难写，古今虽画无似者。萧郎下笔独逼真，丹青以来唯一人。人画竹身肥拥肿，萧画茎瘦节节竦。人画竹梢死羸垂，萧画枝活叶叶动。不根而生从意生，不笋而成由笔成。野塘水边碕岸侧，森森两丛十五茎。婵娟不失筠粉态，萧飒尽得风烟情。举头忽看不似画，低耳静听疑有声。西丛七茎劲而健，省向天竺寺前石上见。东丛八茎疏且寒，忆曾湘妃庙里雨中看。幽姿

远思少人别,与君相顾空长叹。萧郎萧郎老可惜,手颤眼昏头雪色。自言便是绝笔时,从今此竹尤难得。

内　容　这首诗赞颂萧悦高超的画竹技艺。
特　色　体物入微,脉络清晰。
注　释　协律郎:掌管音律的官员。自秘重:对自己的画很珍重。天与:天生。贶(kuàng):赠给。丹青:丹砂和青䨼,可作颜料。这里作画工的代称。竦:挺直高耸。死赢垂:瘦弱,无生气。从意生:意指成竹在胸,意在笔先。碕岸:弯曲的岸。婵娟:姿态美好。筠粉:竹节上附着的白粉。萧飒:即潇洒。风烟情:竹子在风烟笼罩下的情态。省:记得。湘妃庙:在今湖南省洞庭湖君山上。湘妃庙有名竹,叫湘妃竹。湘妃,舜二妃娥皇、女英。相传二妃没于湘水,遂为湘水之神。远思:远韵。绝笔:停笔。

赏析　本诗收入《白香山诗集》卷十二。从作者另一首《醉后狂言酬赠萧、殷二协律》诗的首联"余杭邑客多羁贫,其间甚者萧与殷"来看,这首《画竹歌》约作于白居易任杭州刺史期间(822~824)。这是一首七言古体诗,也叫七言歌行。所谓古体,是相对于到唐朝发展成熟、趋于定型的绝句(每首四句)、律诗(每首八句)这种近体诗而言的。比较说来,古体诗句数多少不限,不严格讲究平仄对仗,押韵可以转换,比近体诗自由得多。

白居易本着儒家的诗教传统,主张诗文"为时而著,为事而作"。要使老妪都能埋解。所以他的诗作以明白如话、通俗易懂为特色,与李贺歌诗奇丽巧曲的风格正好相反。这首《画竹歌》只是描写一幅图画,写得平实质朴,然而,却有自己的特色,这就是层次分明,脉络清晰,记叙、描绘与议论相互交错。

本诗一共二十六句,从内容的逻辑结构上可以分作三部分。开头八句为第一部分,概括萧悦画竹技巧的与众不同;第九至第二十二句是第二部分,具体描写萧悦所画的《翠竹图》,是此诗的主体部分;末四句是第三部分,由画说到人,点明画家年老绝笔,此画更是难得。第一部分又分作两层,头四句为一层,点明萧悦是有史以来最佳的竹子画家。头两句诗人发表议论,为介绍画家作铺垫;三、四句以肯定判断语气推崇画家。次四句为第二层,进一步叙述萧悦所画竹子与众不同之处。前二句从比较的

> 佳句
> · 人画竹身肥拥肿,萧画茎瘦节节竦。
> · 婵娟不失筠粉态,萧飒尽得风烟情。

角度,写萧悦所画竹身的特色;后二句从比较的角度,写萧悦笔下的竹枝竹叶的特异之点。这层四句相对第一层是具体叙写,但与第二部分比较则仍是概括叙写。第二部分也可分两层,从"不根而生从意生"至"低耳静听疑有声"八句为一层,总写萧悦绘赠作者的《翠竹图》,点明竹子生长的地点(水塘岸侧)、数量(两丛十五茎),描述了竹子美丽的姿态和潇洒的风韵(筠粉态,风烟情),介绍了诗人对画幅的观感(不似画,疑有声),照应本诗开头第三句"萧郎下笔独逼真"。从"西丛七茎劲而健"至"与君相顾空长叹"六句又是一层,进而分写"西丛七茎"和"东丛八茎"翠竹同中稍异的风貌:西丛劲而健,如"天竺寺前石上竹";东丛疏且寒,"似湘妃庙里雨中竹"。殿以诗人观赏画幅后的感叹("幽姿远思少人别"),这感叹也是一种议论。

这首叙画诗,乍一看似乎质朴无华,其实是"看似寻常最奇崛,成如容易却艰辛"(王安石《题张司业诗》)。它层次如此分明,脉络如此清晰,使人很自然地想起白居易另一篇脍炙人口的说明文《荔枝图序》,全文只用了九十五个字,便把荔枝的产地,树形,叶、花、果实和果实的壳、膜、肉、核的形状,果汁的味道及其色、香、味易变的特点,叙说得井井有条,简明生动。可见作者事先对写作对象的观察了解是细致入微的。这些很值得我们后人学习借鉴。

(丘幼宣)

长恨歌

原文

死恋　　唐·白居易

　　汉皇重色思倾国,御宇多年求不得。杨家有女初长成,养在深闺人未识。天生丽质难自弃,一朝选在君王侧;回眸一笑百媚生,六宫粉黛无颜色。春寒赐浴华清池,温泉水滑洗凝脂;侍儿扶起娇无力,始是新承恩泽时。云鬓花颜金步摇,芙蓉帐暖度春宵;春宵苦短日高起,从此君王不早朝。承欢侍宴无闲暇,春从春游夜专夜。后宫佳丽三千人,三千宠爱在一身。金屋妆成娇侍夜,玉楼宴罢醉和春。姊妹弟兄皆列土,可怜光彩生门户;遂令天下父母心,不重生男重生女。骊宫高处入青云,仙乐风飘处处闻。缓歌慢舞凝丝竹,尽日君王看不足。渔阳鼙鼓动地来,惊破霓裳羽衣曲。九重城阙烟尘生,千乘万骑西南行。翠华摇摇行复止,西出都门百余里。六军不发无奈何,宛转娥眉马前死。花钿委地无人收,翠翘金雀玉搔头;君王掩面救不得,回看血泪相和流。黄埃散漫风萧索,云栈萦纡登剑阁。峨嵋山下少人行,旌旗无光日色薄。蜀江水碧蜀山青,圣主朝朝暮暮情;行宫见月伤心色,夜雨闻铃肠断声。天旋地转回龙驭,到此踌躇不能去;马嵬坡下泥土中,不见玉颜空死处。君臣相顾尽沾衣,东望都门信马归。归来池苑皆依旧,太液芙蓉未央柳。芙蓉如面柳如眉,对此如何不泪垂?春风桃李花开日,秋雨梧桐叶落时。西宫南苑多秋草,落叶满阶红不扫,梨园弟子白发新,椒房阿监青娥老。夕殿萤飞思悄然,孤灯挑尽未成眠,迟迟钟鼓初长夜,耿耿星河欲曙天。鸳鸯瓦冷霜华重,翡翠衾寒谁与共?悠悠生死别经年,魂魄不曾来入梦。临邛道士鸿都客,能以精诚致魂魄;为感君王展转思,遂教方士殷勤觅。排空驭气奔如电,升天入地求之遍;上穷碧落下黄泉，两处茫茫皆不见。忽闻海上有仙山，山在虚无缥缈间。楼阁玲珑五云起，其中绰约多仙子。中有一人字太真，雪肤花貌参差是。金阙西厢叩玉扃，转教小玉报双成。闻道汉家天子使，九华帐里梦魂惊。揽衣推枕起徘徊，珠箔银屏迤逦开；云鬓半偏新睡觉，花冠不整下堂来。风吹仙袂飘飘举，犹似霓裳羽衣舞；玉容寂寞泪阑干，梨花一枝春带雨。含情凝睇谢君王，一别音容两渺茫；昭阳殿里恩爱绝，蓬莱宫中日月长。回头下望人寰处，不见长安见尘雾；唯将旧物表深情，钿合金钗寄将去。钗留一股合一扇，钗擘黄金合分钿；但令心似金钿坚，天上人间会相见。临别殷勤重寄词，词中有誓两心知；七月七日长生殿，夜半无人私语时。在天愿作比翼鸟，在地愿为连理枝。天长地久有时尽，此恨绵绵无绝期！

内　容	诗歌叙写李、杨缠绵动人的爱情悲剧，歌颂他们生死不渝的爱情。
特　色	虚实相生，婉转动人。
注　释	汉皇：汉武帝，这里代指唐玄宗。汉武帝宠幸李夫人，而唐玄宗宠幸杨贵妃。倾国：指美女。御宇：指统治天下。丽质：美丽的资质。难自弃：意思为难以被埋没在民间。六宫粉黛：指宫内所有嫔妃。凝脂：指白嫩而润滑的皮肤。金步摇：钗的一种。渔阳鞞（pí）鼓：指安禄山叛军。渔阳，唐郡名，治所在天津市蓟县，是当时范阳节度使安禄山所统辖的八郡之一。鞞鼓，古代军中所用之乐鼓，这里指战鼓。九重城阙：指京城。皇宫门有九重，故称京城为九重城阙。翠华：指皇帝的车驾。委：抛弃，舍弃。翠翘、金雀、玉搔头：都是首饰的名称。肠断：令人极度悲伤。踟蹰：徘徊不进的样子。椒房：以椒和泥涂墙，取其温暖而芳香，为后妃居住的地方，这里指宫中。阿监：宫中女监。青娥：指年轻美貌的宫女。耿耿：微明的样子。碧落：指天上。绰约：形容女子姿态柔美。参差：指仿佛的意思。小玉、双成：都指古代神话中的女子。迤逦：接连不

断的样子。阑干：纵横的样子。凝睇：凝视。长生殿：华清宫殿名，即集灵台。比翼鸟：传说中的一种鸟，古代常以比喻恩爱夫妻。《尔雅·释地》："南方有比翼鸟焉，不比不飞，其名谓之鹣鹣。"郭璞注："似凫，青赤色，一目一翼，相得乃飞。"

赏析　元和元年（806），白居易为周至尉，与友人陈鸿、王质夫相携游仙游寺，话及天宝遗事，相遇感叹，白作《长恨歌》，陈为之配传。自至德元年（756）马嵬兵变，玉环受死至此时整整半个世纪，李、杨的风流韵事已在民间广为流传。白居易乃出世奇才，"深于诗，多于情者也"，其作《长恨歌》乃是根据时人的传说，街坊的演唱，加以艺术提炼，

佳句
- 杨家有女初长成，养在深闺人未识。
- 回眸一笑百媚生，六宫粉黛无颜色。
- 后宫佳丽三千人，三千宠爱在一身。
- 渔阳鼙鼓动地来，惊破霓裳羽衣曲。
- 上穷碧落下黄泉，两处茫茫皆不见。
- 玉容寂寞泪阑干，梨花一枝春带雨。
- 在天愿作比翼鸟，在地愿为连理枝。

以精练的语言，优美的形象，叙事和抒情结合的手法，写出了李隆基和杨玉环回旋曲折、婉转动人的爱情悲剧，歌唱了他们生死不渝的爱情。《长恨歌》的主题就是"长恨"，是由时代的政治悲剧所酿成的"长恨"。

《长恨歌》艺术描写的最大特色是虚实相生，婉转动人。其大端有二：一是史实与虚构相结合。《长恨歌》共一百二十句，与史实相符者殊寥寥，诗人大事铺陈、极力渲染的是李、杨人间天上、生死不渝的情爱。自开头的"汉皇重色思倾国"到"回看血泪相和流"，写玄宗求美，杨妃得宠，李、杨热恋，有意地省略了寿王府邸、度为女冠、被贬归家等史实，这完全是出于表现李、杨的爱情需要才如此的。就连情节发展所必须的安史之乱、马嵬兵变也被诗人用"渔阳鼙鼓动地来"，"六军不发无奈何，宛

转娥眉马前死"几句轻轻带过。这是因为诗人主旨不在描写政治,而是旨在描写爱情,政治的悲剧不过是爱情悲剧的起因而已。《长恨歌》以表现情爱的虚构为主,使全诗情节曲折回环,感情缠绵悱恻,十分婉转动人。二是现实与幻想的虚实相生。这尤其突出地表现在诗的后半部分,玉环死后,玄宗幸蜀,天旋地转,帝辇还都。玄宗在经历了巨大的事变后,念念不忘的不是国势的衰落,而是枉死的贵妃。在蜀时,"蜀江水碧蜀山青,圣主朝朝暮暮情;行宫见月伤心色,夜雨闻铃肠断声"。还都后,"归来池苑皆依旧,太液芙蓉未央柳。芙蓉如面柳如眉,对此如何不泪垂?"睹物而伤情,物是而人非。自春至秋,"春风桃李花开日,秋雨梧桐叶落时",从冬到夏,"迟迟钟鼓初长夜,耿耿星河欲曙天",透骨相思,无法排遣。然而,昼有所思夜无所梦,"悠悠生死别经年,魂魄不曾来入梦",于是,便进入了虚幻的神仙世界,冀求"胜却人间无数"的一相逢,可"上穷碧落下黄泉,两处茫茫皆不见",相会无期,相逢无望。从"忽闻海上有仙山"直至诗的末尾,诗人细腻地描写了死后的杨玉环对明皇的生死之恋。在虚无缥缈的海外仙山,玉环也是时时刻刻不忘她的"汉家天子"的。所以,一旦"闻道汉家天子使"至,便忙不迭地"揽衣推枕起徘徊""花冠不整下堂来"了。"含情凝睇谢君王""回头下望人寰处",都表现出她内心深处对玄宗的无限思念和依恋。但是,望的结果是"不见长安",她只好有求于汉家天子使,"唯将旧物表深情",因为她始终坚信,"但令心似金钿坚,天上人间会相见"的。全诗结尾处的七夕盟誓,进入了情感的高潮,由幻想回溯现实。"七月七日长生殿,夜半无人私语时。在天愿作比翼鸟,在地愿为连理枝。天长地久有时尽,此恨绵绵无绝期!"这里幻想和现实虚实相生,淋漓尽致地刻画了人物的内心世界,使人物的感情更加丰富,形象更加完美,全诗也更加感人肺腑,回肠荡气。

《长恨歌》在我国文学史上的地位是不容忽视的,不论其思

想还是其艺术,都取得了很高的成就。《长恨歌》是古代叙事诗的高峰,它对后来的戏剧、小说的创作也产生了深远的影响。

(高志忠)

琵琶行

原 文

乐伎　　　唐·白居易

　　浔阳江头夜送客,枫叶荻花秋瑟瑟。主人下马客在船,举酒欲饮无管弦。醉不成欢惨将别,别时茫茫江浸月。忽闻水上琵琶声,主人忘归客不发。寻声暗问弹者谁,琵琶声停欲语迟。移船相近邀相见,添酒回灯重开宴。千呼万唤始出来,犹抱琵琶半遮面。转轴拨弦三两声,未成曲调先有情。弦弦掩抑声声思,似诉平生不得志。低眉信手续续弹,说尽心中无限事。轻拢慢捻抹复挑,初为霓裳后六幺。大弦嘈嘈如急雨,小弦切切如私语。嘈嘈切切错杂弹,大珠小珠落玉盘。间关莺语花底滑,幽咽泉流水下滩。冰泉冷涩弦凝绝,凝绝不通声暂歇。别有幽愁暗恨生,此时无声胜有声。银瓶乍破水浆迸,铁骑突出刀枪鸣。曲终收拨当心画,四弦一声如裂帛。东船西舫悄无言,唯见江心秋月白。沉吟放拨插弦中,整顿衣裳起敛容。自言本是京城女,家在虾蟆陵下住。十三学得琵琶成,名属教坊第一部。曲罢曾教善才伏,妆成每被秋娘妒。五陵年少争缠头,一曲红绡不知数。钿头云篦击节碎,血色罗裙翻酒污。今年欢笑复明年,秋月春风等闲度。弟走从军阿姨死,暮去朝来颜色故。门前冷落车马稀,老大嫁作商人妇。商人重利轻别离,前月浮梁买茶去。去来江口守空船,绕船月明江水寒。夜深忽梦少年事,梦啼妆泪红阑干。我闻琵琶已叹息,又闻此语重唧唧。同是天涯沦落人,相逢何必曾相识。我从去年辞帝京，谪居卧病浔阳城。浔阳地僻无音乐，终岁不闻丝竹声。住近湓江地低湿，黄芦苦竹绕宅生。其间旦暮闻何物，杜鹃啼血猿哀鸣。春江花朝秋月夜，往往取酒还独倾。岂无山歌与村笛，呕哑嘲哳难为听。今夜闻君琵琶语，如听仙乐耳暂明。莫辞更坐弹一曲，为君翻作琵琶行。感我此言良久立，却坐促弦弦转急。凄凄不似向前声，满座重闻皆掩泣。座中泣下谁最多？江州司马青衫湿。

内　容	本诗叙写琵琶女悲苦的人生遭遇，表达作者对她的同情，抒发作者的天涯沦落之恨。
特　色	工于叙事，善写声情。
注　释	回灯：重新张灯。拢、撚、抹、挑：均指弹琵琶的指法。霓裳、六幺：均指曲名。大弦：指最粗的弦。嘈嘈：指声音沉重而舒长。小弦：指细弦。切切：指声音急促而细碎。大珠小珠：比喻琵琶声错杂而清脆圆滑。间关：鸟声。拨：弹弦的工具。当心画：收拨时的弹法。教坊：唐代管领音乐杂技，教练歌舞的机构。善才：唐人口语称琵琶师为善才。伏：同"服"，佩服。秋娘：当时长安负有盛名的歌女。缠头：当时风俗，歌舞演奏结束，以绫帛之类为赠。钿头云篦：银钗，一种发饰。击节：打拍子。阿姨：鸨母。老大：上了年纪。重：更加。唧唧：叹息声。呕哑嘲哳：指杂乱而繁碎的声音。翻作：指按照曲调写成歌词。却坐：退回原处，重新坐下。青衫：按唐制，青是文官品级最低（八品、九品）的服色。当时白居易任江州司马，从九品，故着青衫。

赏析　《琵琶行》本题为《琵琶引并序》。序云："元和十年，予左迁九江郡司马。明年秋，送客湓浦口，闻舟中夜弹琵琶者。听其音，铮铮然有京都声。问其人，本长安倡女，尝学琵琶于穆、曹二善才，年长色衰，委身为贾人妇。遂命酒，使快弹数曲。曲罢，悯默。自叙少小时欢乐事，今漂沦憔悴，转徙于江湖间。予出官二年，恬然自安；感斯人言，是夕始觉有迁谪意。因

为长句，歌以赠之，凡六百一十二言，命曰《琵琶行》。"十二"当为"十六"。序中所言应是《琵琶行》之本事，但早就有人指出"长安倡女"并非实有，而是诗人假托，"直欲摅写天涯沦落之恨"（洪迈《寄斋随笔》卷七）。元和十年（815），白居易被贬江州，主要是因为他开罪了当朝权要。诚如蒋士铨《四弦秋》序云："岂以殿中论事，抗直干怒时，虽暂解于裴度一言，而宪宗厌薄之心，究不能释，因而借以出之耶？呜呼！此青衫之泪所难抑制者也。"蒋的说法是符合白居易当时的心境的。但是，"长安倡女"的故事虽属虚构，而其美学价值则不容忽视。

佳句
- 千呼万唤始出来，犹抱琵琶半遮面。
- 转轴拨弦三两声，未成曲调先有情。
- 低眉信手续续弹，说尽心中无限事。
- 大弦嘈嘈如急雨，小弦切切如私语。
- 嘈嘈切切错杂弹，大珠小珠落玉盘。
- 间关莺语花底滑，幽咽泉流水下滩。
- 别有幽愁暗恨生，此时无声胜有声。
- 今年欢笑复明年，秋月春风等闲度。
- 门前冷落车马稀，老大嫁作商人妇。
- 同是天涯沦落人，相逢何必曾相识。
- 今夜闻君琵琶语，如听仙乐耳暂明。

《琵琶行》着力刻画的是琵琶女的形象。全诗八十八句，共分两大部分，第一大部分写琵琶女，占了绝大的篇幅。从"浔阳江头夜送客"到"犹抱琵琶半遮面"，写琵琶女的出场。秋夜茫茫，江头送客，欲饮无乐，醉不成欢。"忽闻水上琵琶声"，空谷传音，主客俱惊，寻声移船，重开酒宴，"千呼万唤始出来，犹抱琵琶半遮面"。由于诗人层层铺垫，步步渲染，在女主人公尚未出场之前已使人感到其身手不凡，从而造成先声夺人之势。自"转轴拨弦三两声"至"唯见江心秋月白"，这一大段描写"长安倡女"的演奏。前六句总写琵琶女在演奏中托心事于乐曲。中间十六句，运用比喻的手法，铺陈排比，细致生动地描写了琵琶女演奏的旋律变化，使读者感受到琵琶曲的优美动听，或昂扬激越,或幽愁暗恨,或如泣如诉,从而成为音乐描写的绝唱。这大段音乐描写并不游离于主旨之外,因为它不仅突现了琵琶女的精妙绝伦的技艺,并且它所流溢的情绪也正诉说着女主人公"心中无限事"的深衷隐曲。"东船""唯见"两句,写听众的反应,突出了演奏的效果。这一段描写琵琶女的精湛技艺,暗示了她的遭遇的不幸。以下从"沉吟放拨插弦中"到"梦啼妆泪红阑干"一段,是琵琶女的自述身世。这一段叙述,补足了"长安倡女"的身世、经历和遭际,使这一形象完整无缺。这一形象尽管是诗人的虚构,却栩栩如生。诗人抵江州前,曾写过《夜闻歌者》:"邻船有歌声,发调堪悲绝。"造境颇与《琵琶行》相类。可见即在虚构的形象中,也凝聚了诗人实际的生活体验。

第二部分从"我闻琵琶已叹息"到诗的结尾,抒写诗人的"天涯沦落"之恨。这一部分的前二十句为一段,叙述诗人的遭遇。诗人此恨是由琵琶女的琴声和身世引发出来的,"我闻琵琶已叹息,又闻此语重唧唧。同是天涯沦落人,相逢何必曾相识"。这一段略京师而详浔阳,侧重抒写了自己的谪官之苦。迁客骚人与"长安倡女"同病相怜,同声相应,遂在邂逅相遇中成为知音。后六句为一段。诗人与琵琶女感同身受,琵琶妙手再献绝技,重新弹奏,不似前声,满座掩泣,司马青衫最湿,诗人和琵琶女的"天涯沦落"之恨一泻无余。在诗中,诗人的自我形象和琵琶女的形象是互相映衬,互相补充的,一如音乐中的和声,协同发出黯然销魂的悲怆乐章。

《琵琶行》全诗首尾详尽,情节曲折,故事完整,形象优美,充分体现了白居易工于叙事的艺术特色。　　　　(高志忠)

赋得古原草送别

原文

送别　　　　唐·白居易

离离原上草,一岁一枯荣。野火烧不尽,春风吹又生。
远芳侵古道,晴翠接荒城。又送王孙去,萋萋满别情。

内　容　诗歌描绘离离春草,抒写深挚别情。
特　色　义兼比兴,笔健意婉。
注　释　赋得:按指定的题目写诗。古原草:就是原来出好的题目。离离:繁茂的样子。原:原野。古道:古老的道路。晴翠:阳光照耀下的绿野。王孙:原指贵族,这里指友人。萋萋:草木茂盛的样子,这里喻指别情。

赏析

从此诗命题可以看出,本诗既要扣紧"草"字生发,又要传达出送别的主旨。两者能否融成一片,就要看诗人的本领了。

前四句取咏物的作法。首句破题描绘出原野上青草茂盛的形态。第二句指明野草秋枯春荣、循环往复的特点,含有生生不已的情味。三、四两句由"枯荣"二字生发,写出野草顽强的生命力。就咏物而言,前四句抓住了芳草的特性,传出了芳草之神,可谓曲尽其妙。

五、六句渐引出"送别"题意。"古道""荒城",点明此处是"古原"。"侵""接"二字,写出春草的蔓延扩展之势,它苍苍茫茫,弥漫于古原之上。这不仅点出送别的环境,而且为最后两句抒发别情,作了铺垫。"又送王孙去,萋萋满别情",这两句出自《楚辞·招隐士》:"萋萋兮春草,王孙游兮不归。""王孙"在这里泛指行者。诗人把萋萋别情和满目芳草连成一片,意谓对友人的相思无处不在,将一路伴随他远行,所谓"离恨恰如春

草,更行更远还生"(李煜《清平乐》),本诗妙在着笔于有意无意之间,留给读者更大的想象余地。

本诗意境浑成,比兴

> **佳句**
> • 野火烧不尽,春风吹又生。

熨帖,既情致深挚而又有勃发生气洋溢其间,无怪乎当时的著名诗人顾况一读此诗,就要对白居易刮目相看了! (曾永辰)

南湖早春

原文　　春日　　唐·白居易

风回云断雨初晴,返照湖边暖复明。乱点碎红山杏发,平铺新绿水𬞟生。翅低白雁飞仍重,舌涩黄鹂语未成。不道江南春不好,年年衰病减心情。

内　容　此诗描写南湖雨后初晴时的早春景色,以乐衬忧,抒发诗人遭遇贬谪的忧闷心情。
特　色　声色俱现,以乐衬忧。
注　释　风回云断:意指风静云散。碎红:小的红色花朵。发:开放。
　　　　　　衰病:衰弱抱病。

赏析　这首七言律诗描写的是初春雨后放晴的南湖景色。据《九江府志》,南湖原名甘棠湖,在九江南门外,俗称南门湖。白居易好游山水,被贬出任江州司马三年半,曾多次到南湖游览,先后写了《南湖早春》和《南湖晚秋》等诗。本诗八句,前六句写景,后二句抒情。观察入微,写得细腻清丽。首句以"风回云断"写雨后初晴的天空景象,次句写初晴的日光返射在湖边,使人感到又暖和又明亮。颔联描写湖边到处点缀着初绽的红杏花,湖面上平铺着新生的绿蘋。颈联写眼前掠过低飞的白雁，耳边又响起黄鹂滞涩的鸣声。末联写诗人观赏南湖景物后产生的心态：不是江南的春景不好，只是自己近年来体弱多病，因而心绪不佳。末联可以和白居易作于同一时期的《琵琶行》中的"我从去年辞帝京，谪居卧病浔阳城"相印证，委婉地透露了作者对贬谪的怨怼情绪。

诗中用"暖复明""碎红""新绿"准确地描绘"早春"景物，用"翅低""仍重""舌涩"准确地描绘了雨后禽鸟的动态。全诗情景相生，动（雁、鹂）静（杏、蘋）相应，红（杏）、绿（蘋）、白（雁）、黄（鹂），色彩缤纷，有声有色，充满青春的生活气息。前六句一路写来，热闹非凡，末二句突然一转，抒发忧闷心情，出人意料。诗人正是以乐景反衬忧郁情绪。这就是古人所说，"以乐景写哀，以哀景写乐，倍增哀乐"，造成反差强烈的艺术效果。正如李白的七绝《越中览古》："越王勾践破吴归，战士还家尽锦衣。宫女如花满春殿，只今惟有鹧鸪飞。"前三句想象越王破吴胜利的景况，写得何等热闹，末句突然一转，回到眼前景象"只今惟有鹧鸪飞"，越发增加了读者怀古的惆怅凄凉之感。

（丘幼宣）

佳句
- 乱点碎红山杏发，平铺新绿水蘋生。
- 翅低白雁飞仍重，舌涩黄鹂语未成。

中　隐

原文　　抒怀　　唐·白居易

大隐住朝市，小隐入丘樊。丘樊太冷落，朝市太嚣喧。
不如作中隐，隐在留司官。似出复似处，非忙亦非闲。
不劳心与力，又免饥与寒。终岁无公事，随月有俸钱。

君若好登临，城南有秋山。君若爱游荡，城东有春园。
君若欲一醉，时出赴宾筵。洛中多君子，可以恣欢言。
君若欲高卧，但自深掩关。亦无车马客，造次到门前。
人生处一世，其道难两全。贱即苦冻馁，贵则多忧患。
唯此中隐士，致身吉且安。穷通与丰约，正在四者间。

内 容	诗歌抒写作者愿作留司官的中隐仕宦观。
特 色	实话明说，赋体见志。
注 释	朝市：泛指名利之场。丘樊：园圃，乡村。出：出仕，做官。处：居家不仕，隐居。《易·系辞上》："君子之道，或出或处。"君子：指才德出众的人。但：只要，表示条件。深掩关：谓深闭屋门。深，谓严密，牢固。掩关，关门。造次：匆忙。冻馁：谓饥寒交迫。

赏析

晋人王康琚作《反招隐》诗，提出"小隐隐陵薮，大隐隐朝市"。白居易在此基础上又写了《中隐》一诗。这首五言古体诗明白如话，无须多加诠释。作者采取赋体，以韵语直陈自己的仕宦观，不用形象比拟装饰。全诗三十二句，可以分为三大段，第一大段是开头六句，亮出自己的观点：大隐在朝市，太嚣喧，小隐在山林，太冷落。不如做东都分司这个闲散官，作者称之为中隐。第

佳句
- 大隐住朝市，小隐入丘樊。

二大段从"似出复似处"至"造次到门前"，共十八句，分为二层，陈说当留司官的好处。从"似出复似处"以下六句为一层，叙述留司官职本身的优点：似出似处，非忙非闲，不劳心力，月有俸钱。从"君若好登临"以下十二句是第二层，进一步具体叙说在东都洛阳当留司官的妙处有五：有山可登，有园可游，有筵可醉，有友可谈，亦可掩门高卧。末八句为第三大段，总结宦途经验，重申自己的折中观点：做个中隐士，处于穷与通、丰与约之间，才能既吉且安。

初冬即事呈梦得

从诗中提到的洛阳留司官来看，本诗约作于唐文宗大和三、四年（829～830），白居易第一次以太子宾客分司东都期间，其时他已经五十八九岁。在此期间，白居易还写了《知足吟》《分司》等诗，也表达了与《中隐》诗相同的思想情绪。白居易因持正不阿，言事激切，生平曾遭到两次贬谪，一次是唐宪宗元和五年（810），39岁时，由左拾遗改授京兆府户曹参军；一次是元和十年（815），44岁时由太子左赞善大夫出贬为江州司马。他又目睹过永贞革新失败（805），柳宗元、刘禹锡等八人被贬为边州司马。二三十年的宦海风波，使白居易走向消极，明哲保身，产生了做一个"中隐士"的想法，这与他的好友元稹在宦途受挫后一改初衷，结交宦官致身显达相比，在消极中仍不失自重。当时士林中有些人沽名钓誉，以当隐士作终南捷径；官场中有些人又以退隐为口头禅，相逢尽道休官去，林下何曾见一人！与这些人相比，白居易的中隐观倒是大实话。

（丘幼宣）

初冬即事呈梦得

原文　　　闲适　　唐·白居易

青毡帐暖喜微雪，红地炉深宜早寒。走笔小诗能和否？泼醅新酒试尝看。僧来乞食因留宿，客到开樽便共欢。临老交亲零落尽，希君恕我取人宽。

内　容　本诗抒写诗人暮年的闲适生活并规劝友人宽以待人。
特　色　随遇取材，贵在于真。
注　释　即事：以当前事物为题材的诗。青毡帐：青色的毡制帷幔。毡，羊毛或其他动物毛经湿、热、压力等作用，缩制而成的块片状材料，可用作铺垫及制作御寒物品等。红地炉：红色的地炉。地炉，就地挖砌的火炉。唐岑参《玉门关盖将军歌》："军中无事但欢娱，暖屋绣帘红地炉。"走笔：谓挥毫疾书。泼醅（pēi）：酿酒。因：就，于是。开樽：举杯（饮酒）。零落：比喻死亡。

赏析　白居易与刘禹锡（梦得）同年同月生，刘长于白。二人定交后情笃意厚，直到临老，始终不渝。晚年，他们同居洛下，诗酒唱和，十分相得，时号"刘、白"。《初冬即事呈梦得》作于开成三年（838），是年白为太子少傅，刘为宾客，皆分司东都。本年白居易所作《醉吟先生传》云："性嗜酒，耽琴，淫诗。凡酒徒、琴侣、诗客，多与之游。游之外，栖心释氏，通学小中大乘法。与嵩山僧如满为空门友，平泉客韦楚为山水友，彭城刘梦得为诗友，安定皇甫朗之为酒友。每一相见，欣然忘归。"这与本诗中的僧来留宿，客到开樽，都是诗人与世不争、与人为善的暮年生活的真实写照。首联写初冬早寒，室外微雪，青毡帐暖，红地炉深，表现出一种冷暖自知、随遇而安的心境。颔联问候老友，请求和诗，邀尝新酒，真心诚意，足见友谊深厚异常。颈联，"僧来乞食因留宿，客到开樽便共欢"，栖心释氏，忘情诗酒，心境恬淡，乐此不疲。尾联，因交亲零落殆尽，临老宽以取人。这既是对梦得解释他对人对事所取的态度，也是对老友梦得的规劝。刘梦得少年气盛，常不让人，被诏归京咏玄都观桃花，语涉讥刺，执政不喜，再次得祸，远谪播州。临老还京，再游京都，高唱"种桃道士归何处？前度刘郎今又来"，仍然傲骨嶙峋，锋芒毕露。乐天"希君恕我取人宽"，正是深知梦得之为人而对其委婉的劝谕。

这首诗平淡无奇，无一句客套，无一字虚假，贵就贵在一个"真"字。可惜的是梦得和诗，《刘宾客文集》不载，可能已经亡佚，无从得见了。

佳句
- 走笔小诗能和否？泼醅新酒试尝看。
- 临老交亲零落尽，希君恕我取人宽。

（高志忠）

古风二首（其一）

原文 　　悯农　　唐·李绅

春种一粒粟，秋收万颗子。四海无闲田，农夫犹饿死。

内　容　诗歌抨击中唐农民遭受残酷剥削的黑暗现实，表达了作者对广大农民的深切同情。

特　色　衬垫反跌，欲擒故纵。

注　释　粟：谷粒。未去皮壳者为粟，已舂去糠则为米。子：植物的种子、果实。四海：犹言天下、全国各处。犹：还是。

赏析

李绅是新乐府运动的倡导者之一，又是写新乐府诗的最早实践者，曾写下《新乐府》二十首，元稹称赞其"雅有所谓，不虚为文"。《古风二首》是其名作。它控诉、抨击了那个畸形社会的不合理现实，可谓"歌诗合为事而作"。

佳句
- 四海无闲田，农夫犹饿死。

本诗开头两句以"春种""秋收"概括了一年的农事，又用"一粒粟"变成"万颗子"来描绘粮食丰收的喜人景象，用语不蔓口出而极富涵括力。诗人意犹未尽，第三句又推进一层，给读者展现了良田万顷的画面。在如此五谷丰登的好年头，人们不禁要问："尽道丰年瑞，丰年事若何？"（罗隐《雪》）诗人用笔至此，急转直下："农夫犹饿死"，触目惊心，出人意料。读者至此，方知前三句原是反衬，诗人不动声色，将丰收美景层层写足，而最后这一反跌就愈是有力。诗人用欲擒故纵、先扬后抑的手法，将"劳者不得食"的社会矛盾尖锐地揭露出来，精警有力，振聋发聩，堪称是一篇十分简练深刻的佳作。

（王海远）

晨诣超师院读禅经

原文 读经　　　唐·柳宗元

汲井漱寒齿，清心拂尘服。闲持贝叶，步出东斋读。真源了无取，妄迹世所逐。遗言冀可冥，缮性何由熟？道人庭宇静，苔色连深竹。日出雾露余，青松如膏沐。澹然离言说，悟悦心自足。

内容 这首诗写作者读佛经时对禅理的认识和体会。
特色 目击道存，直指心源。
注释 超师：僧人名。贝叶书：经书名。真源：佛教的真谛。遗言：指佛典。缮性：修身养性。道人：指超师。

赏析 柳宗元是唐代著名的文学家，也是哲学家和政治家。他的一些哲学著作表现了朴素的唯物论思想，但他同时又是个信仰佛教的人。这首诗就表现了他在读佛经时对禅理的一些认识和体会。

全诗可分四层。首层四句叙事。一、二句写汲取新鲜清澈的井水漱口，以便用洁净的口齿唇舌来读禅经。同时又清心寡欲，汰除百虑，拂去衣服上的世尘。此为读经前之准备，做到真心诚意、内外洁净。三、四句正写读经，诗人心神安闲地手持贝叶经，徐步迈出东斋而读。四句诗一气呵成，如行云流水，表现出对禅经的虔敬之情。

二层四句转入议论，写读经中的体会与思考：世人对佛性真源了无所取，却碌碌追逐于虚妄的世事，这是何等的荒谬可笑！诗人进一步想到：释家之遗言尚可通过冥思而领悟，而佛性之修缮又当如何熟练地实行？诗人边走、边读、边思索，忽而被超师

院的环境所深深吸引，这就自然转入第三层。

三层四句为写景。超师庭院如此静谧，青苔的绿色通连于深深的竹林之中，朝日初出，雾露消散之余，青松苍翠欲滴，如同膏沐所濡，如此境界乃真能动禅心者。至此又自然逼出末层二句。

末层以二句总束全诗。诗人于此情此境中，不期然而然地获得了禅悟之喜悦。禅宗本来注重通过日常的事项达到直觉的领悟，此诗思理正与此冥契，诗人仿佛于青松翠竹、朝日碧苔的景观中，恍然而有目击道存的感悟，于是感到恬然自足。全篇到此，戛然而止，但又余味无穷。

综观全诗，夹叙夹议，事、理、景、情层层推衍，互相生发，各层转接自然，毫不板滞，真如曲径通幽，引人入胜。

（张兴璀）

登柳州城楼寄漳汀封连四州刺史

原　文　　　　　登览　　　唐·柳宗元

城上高楼接大荒，海天愁思正茫茫。惊风乱飐芙蓉水，密雨斜侵薜荔墙。岭树重遮千里目，江流曲似九回肠。共来百越文身地，犹自音书滞一乡。

内　容	诗歌通过景物描写，抒发了诗人遭受迫害后的愤慨和深切怀念友朋的情谊。
特　色	意境阔远，赋中有比。
注　释	漳：漳州，在今福建省漳州市。汀：汀州，在今福建省长汀县。封：封州，在今广东省封开县。连：连州，在今广东省连

州市。**接**：目接，看到。**大荒**：旷远荒僻之地。**惊风**：急风。**重遮**：层层遮住。**千里目**：这里指远眺的视线。**江**：指柳江。**九回肠**：愁肠反复翻转，比喻忧思郁结难解。汉司马迁《报任少卿书》："是以肠一日而九回。"**犹自**：仍然是。**音书**：音信。**滞**：阻隔。

赏析

元和九年（814），柳宗元和刘禹锡、韩泰等王叔文集团的重要人物自贬地奉召回京。朝廷中有的执政大臣赏识他们的才能，想让他们在朝任职，由于阻力太大，结果在元和十年他们

佳句
- 城上高楼接大荒，海天愁思正茫茫。
- 岭树重遮千里目，江流曲似九回肠。

又被分别调到边远州郡当刺史，韩泰为漳州刺史、韩晔为汀州刺史、陈谏为封州刺史、刘禹锡为连州刺史、柳宗元为柳州刺史，

"官虽进而地益远"（《资治通鉴》卷二三九）。这一年的六月，柳宗元到达任所之后不久，登上城楼远览，写下这首诗，通过景物描写，抒发了遭受迫害后的愤慨心情和深切怀念友朋的情谊。

开端直扣题面，从登楼写起。"城上高楼接大荒，海天愁思正茫茫"，城楼地势极高，视野开阔，四望目接南方荒僻区域，因而百感交集，愁思像海阔天空一样茫茫然。首联意境阔远，足以包举全诗情思和景物；登高远望，还蕴涵着忆念远方挚友的情

意,"有神无迹"。颔联专写夏日景物:"惊风乱飐芙蓉水,密雨斜侵薜荔墙。""芙蓉",荷花;"薜荔",蔓生香草;"飐(zhǎn)",吹动。夏日,惊风吹动水中的莲荷,密雨斜打着墙上的香草,这些眼前景,是诗的表层意义,运用了"赋"的手法。这联诗"赋中有比",诗人以芙蓉、薜荔象征自己和朋友们,惊风、密雨,象征打击迫害进步人士的腐朽势力,在诗句里,寄寓着仕途风波险恶的深深感慨,这是诗的深层意蕴。诗人运用比兴手法,抓住夏日景物的特征,妙在"不露痕迹"(纪昀《瀛奎律髓》)。颈联转入怀友。重重岭树,遮住了远望的视线;曲折江流,恰似一日九回的愁肠。这一联对仗工巧,巧妙地抒写了远望挚友不及而从心底生出的忧伤的愁思,它与首联勾连,是"海天愁思"的重要部分。尾联诗意归结到诗题"寄漳汀封连四州刺史"上。"共来百越文身地","百越",即百粤,福建、广东一带少数民族的泛称;"文身",身上刺花纹,是古代南方少数民族的习俗。朋友们再次一同被贬到僻远的南方来,音书阻隔,消息难通,更增添刻骨铭心的思念和烦乱难抑的愁思。

  柳宗元的诗律比韩愈细密,到了柳州以后所作诸诗,尤臻神妙。本诗是代表作之一。发端悲壮,有笼罩全篇之势,与杜甫《登楼》"花近高楼伤客心"一联,同一机杼。颔、颈联律对精切,虽细密而极古雅,虽严整而极流动,再则赋中有比,寓情于景,不粘不露,使全诗的意境阔远、浑成。(吴企明)

酬曹侍御过象县见寄

原文 　　酬赠　　唐·柳宗元

　　破额山前碧玉流，骚人遥驻木兰舟。春风无限潇湘意，欲采蘋花不自由！

内　容　这首诗运用兴寄写法，寄寓作者的悲怨之情。
特　色　因物起兴，藉《骚》寄意。
注　释　酬：诗文赠答。碧玉：形容水色的湛深明净。骚人：诗人，这里指曹侍御。木兰舟：原指用木兰树造的船，一般用作对船的美称，并非实指木兰木所制。不自由：是说采蘋花相赠的愿望无法实现。

赏析　这首诗运用兴寄的写法，于二十八字的短章中，于有限的景和情中，寄寓无限的《离骚》之意。

　　一、二句叙事，叙述曹侍御驻舟于象县破额山前的柳江之上。而在此叙事中，生发出动人的情和景。青山碧水，木兰芳舟，景是优美的；骚人遥驻，寄诗相赠，情是深厚的。美景感发了骚人的芳馨之思。十四字是景也是情。

　　三、四句抒情，抒酬答之情。这情固然是曹侍御的赠诗引起，同时也是春风、蘋花感发出来的。十四字是情也是景。全诗四句，情与景始终是水乳交融的。

　　一、二句所写，是曹侍御赠诗引起的诗人的想象。赠诗带给诗人的，是碧玉流的美景和温馨的友谊。感情虽深，却是平静的。三、四句所写，是诗人欲采蘋花相赠，却不能如愿。心境由平静转为激动。平静的美景和真挚的友情引起诗人无限的感伤，其故不在赠诗，亦不在春风与蘋花，而在诗人本就怀着一颗伤痛的心。整首诗都是这伤痛的心在外物感发下的呻吟。

"春风无限潇湘意",此诗的神韵,就在这七个字中。"潇湘",屈子行吟之地。前面的"骚人",明写曹侍御,实为渲染出《离骚》特有的气氛。"碧玉流"和"木兰舟",景和物这样优美,这也是《离骚》式的写法。故"无限"二字所含蓄的,不但是春风潇湘之景无限,而且是潇湘之意无限。这无限的潇湘之意,就是《离骚》之意。《史记·屈原贾生列传》说:"屈平正道直行,竭忠尽智以事其君,谗人间之,可谓穷矣。信而见疑,忠而被谤,能无怨乎?屈平之作《离骚》,盖自怨生也。"柳宗元参加永贞革新,遭到迫害,沉废终生。当此"万死投荒"(《别舍弟宗一》)之时,可谓穷极。忠而被谤,能无怨乎?故此诗乃是作者借助《离骚》的意境,寄托自己悲怨的感情。而《离骚》所引发的,是治国的理想,是人格的尊严,是志行的高洁,是贤士的沉沦,是奸邪的乱政,是国势的衰败。确乎是"无限"的悲情怨意!

至于"欲采蘋花不自由"的感伤,乃是对"无限意"的一点透露。盖"无限"之意,不可说,不能说,不堪说。采花酬赠,人情之常,尚不自由,则处境与心境之可怖可悲,不是情见乎辞吗?由末句回思前三句,那无限的《离骚》怨情,也就如海如江,激荡于诗人胸中,涌溢在读者眼前。　　　　(王炎平)

江　雪

原文　　　　写景　　　唐·柳宗元

千山鸟飞绝,万径人踪灭。孤舟蓑笠翁,独钓寒江雪。

内　容　诗歌描绘了一幅寒江独钓图,表现了诗人孤高、峻洁的品格。
特　色　不写本面,意境清峭。

注　释　飞绝：飞尽。蓑笠翁：穿着蓑衣戴着斗笠的渔翁。独钓寒江雪：渔翁独自在寒江的雪中垂钓。

赏析　宋张舜民说："诗是无形画。"（《跋百之诗画》）当然，并不是所有的诗，都可以入画，只有那些富有画意，读后如像置身于画图中一样的诗，才是无形画。比如杜甫"花远重重树，云轻处处山"（《涪江泛舟送韦班归京》），便是可以入画的诗。柳宗元写在被贬永州期间的《江雪》诗，意境清峭幽美，诗中有画意，是五言绝句中的"绝唱"，所以历代传诵不已。

《江雪》诗，二句写山中雪景，二句写寒江雪景，在江雪的大背景中，有一个渔翁在独自垂钓。"千山""万径"，形容空间的阔远寥廓，"鸟飞绝""人踪灭"，形容漫天大雪妆裹"千山"，覆盖了整个大地，飞鸟绝迹，行人的脚印都消失掉。这二句诗，不写本面，只字不提"雪"，却写"对面、旁面，须如睹影知竿乃妙"（刘熙载《艺概》）。通过大雪下降所产生的后果描写雪景，取得"象外之象"的美学效果，读后宛然雪景如在目前，顿生寒意，给人以强烈深刻的艺术感受。第三、四句诗，仍承上文写雪景，不过已

佳句
- 独钓寒江雪。

从山中转到江上。诗人在寒江上点缀孤舟和渔翁，渔翁穿着蓑衣，戴着斗笠，说明大雪仍然不断地下着。远山与近水，皑雪与澄江，千山与孤舟，构成一幅寒江独钓图，创造了新奇如画的诗境。

绝句构意，妙在"借端托寓"，尤妙在"有神无迹"。《江雪》诗思致高远，在清峭的诗境里，蕴含着诗人孤高、"倨野"的品格，以及与严酷的政治环境抗争的不屈精神，寄寓他遭受迫害后的愤慨，表现出一个具有进步思想、有志于政治革新的封建知识分子的襟怀、精神和品格。这便是本诗的内在意蕴。深沉的意想和如画的景色，水乳般交融起来，不露痕迹，达到"意境融彻"

的完美的艺术境界，因而全诗虽然仅仅只有二十个字，但是意含言外，景出句外，语短意长，诗味隽永，具有强烈的艺术魅力。

（吴企明）

渔　翁

原文　　　　　行船　　　　唐·柳宗元

渔翁夜傍西岩宿，晓汲清湘燃楚竹。烟销日出不见人，欸乃一声山水绿。回看天际下中流，岩上无心云相逐。

内　容　本诗描写诗人闲适恬淡的渔翁生活，表达了渴求自由的愿望。
特　色　雅洁清峭，简古清幽。
注　释　渔翁：这里指作者。清湘：澄清的湘水。销：同"消"，消失。
　　　　　欸乃一声：即渔歌一声。唐时民间渔歌有《欸乃曲》。

赏析　柳宗元被贬永州之日，写下这首诗。诗人当日的心情，在他写给朋友的信里，说得很清楚："行歌坐钓，望青天白云，以此为适，亦足以老死无戚戚者。"（《与杨诲之第二书》）《渔翁》诗，诗趣盎然，神韵驰荡，是诗人当日生活的真实写照，充分体现出"寄至味于淡泊"（苏轼《书黄子思诗集后》）的柳诗风格。

《渔翁》是一首七言短古，诗脉明晰，意象绵连。首二句，写渔翁"夜"宿"西岩"，晓汲江水，燃竹早炊之事。"湘江""楚竹"，言明地域。待到炊烟和晨雾消散日出时，四周已寂无人影，欸（ǎi）乃一声，棹橹摇动，渔舟已融进青山绿水中去了。三、四两句，其境其韵，与钱起的《湘灵鼓瑟》"曲终人不见，江上数峰青"，有同工之妙。船向湘水中流行去，回望西岩，远在天际，只有岩上的白云互相无心地追逐。"无心云"，语出陶潜

395

《归去来兮辞》:"云无心而出岫。"结尾二句,写望云的举动,有奇趣,绝非闲笔,它们呼应开端,拍合全篇,诗人陶情于山水之间、渴求自由的心愿,意含象外。

本诗题为《渔翁》,渔翁成为诗思发生、发展的主体。渔翁就是诗人的化身。渔翁的情思,一旦与清秀明丽的湖湘山水景色相"撞击",心境与美景相融彻,便造成本诗清峻的意境,诗境中融入了诗人闲适恬淡的思想情趣,雅洁清峭的审美个性,超然于世外的神韵,便洋溢于字里行间。在简古清幽的诗歌语言中,包蕴着浓至、深远的诗味,似淡而实美,耐人讽咏。

佳句
- 烟销日出不见人,欸乃一声山水绿。
- 回看天际下中流,岩上无心云相逐。

本诗有一桩公案,是由宋代诗僧惠洪挑起的。他在《冷斋夜话》里引录苏轼的话,说:"其尾二句虽不必亦可。"历代诗论家也多所评论,大抵不出"删好"或"不删好"两派意见,各有理由。可是,惠洪《冷斋夜话》的记载,连宋人都不相信,陈善《扪虱新话》卷八就有"《冷斋夜话》诞妄"之语,晁公武《郡斋读书志》也有"多夸诞,人莫之信"的评说,因此,苏轼是否说过可删的话,令人怀疑。况且,本诗的宗旨,正在结尾二句,诗境中有着闲适、孤寂的情趣和渴求自由的内在意蕴,完全符合柳宗元被贬永州时的思想实际。从原作完整和意境完美的角度出发,还是以不删为宜。

(吴企明)

掩关铭

原文 箴规 唐·卢仝

蛇毒毒有形,药毒毒有名。人毒毒在心,对面如弟兄。

美言不可听,深于千丈坑。不如掩关坐,幽鸟时一声。

内　容　诗歌告诫世人对世间的伪善作风保持警惕。
特　色　博喻层递,质朴斩截。
注　释　铭:文体的一种。幽鸟:栖于深邃处的飞禽。

赏析

为文刻于器物之上,称述生平功德,使传扬于后世,或用以自警,谓之铭。卢仝《掩关铭》虽有自警意,但归根到底是一首刺世疾邪之作,旨在告诫世人对世间的伪善作风保持警惕。

诗的前半部分用蛇毒、药毒来比人心之毒:蛇虽毒,但因为是有形的,容易引起人的警惕;药虽毒,但因为各有名目,也易于识别;而人心之毒,由于既不具形,又无名目,隐藏在内心深处,教人防不胜防,因而比毒蛇、毒药更可怕。不仅如此,人心之毒还常以伪善的面貌出现,当其向别人下毒手时,表面上却装出亲如兄弟,使人丧失警惕,这就更危险了。毒蛇、毒药是"物",人心之毒属"心",所以从表现方法看,这是一种比喻。诗人连用这两

佳句

・人毒毒在心,对面如弟兄。

个比喻,揭示出人世间伪善作风的本质,它是比毒蛇、毒药更厉害的一种精神毒素。冯梦龙《警世通言》中有"边蛇口中草,蝎子尾后针。两般犹未毒,最毒负心人"之语,用意相同。前四句中有三句以"毒"字作成迭字嵌于其中,醒目而有力,增强了表达效果。第五、六句进一步剖析"美言"之可畏。"美言"指徒具动听外表的花言巧语,即口是心非、口蜜腹剑之类,它的陷人于罪,比千丈深的陷阱还要可怕。这就是白居易《天可度》诗所写的"天可度,地可量,唯有人心不可防"。人心之毒的表现形式及危害如此,善良人当知警戒。这两句是全篇的警策。诗人开出的药方是:"不如掩关坐,幽鸟时一声。"掩关(关,门闩。掩关,关门)独坐,可以远祸;幽鸟时鸣,可以悦耳——宁听鸟鸣而不听人言,反衬出作者对"美言"的深恶痛绝。

唐人诗中多议论首推杜甫,到韩愈得到发展,成为以文为诗的重要手段之一。此诗通篇都是议论,等于以诗歌形式来说理;但由于议论是以形象、凝练的语言出之,是诗人真情实感郁结之后的自然喷发,所以既有理性的说服力,又有艺术的感染力。而质朴、斩截的文字正是格言本色。

(杨 军)

武功县中作三十首(其十六)

原文 宦情 唐·姚合

朝朝眉不展,多病怕逢迎。引水远通涧,垒山高过城。
秋灯照树色,寒雨落池声。好是吟诗夜,披衣坐到明。

内 容 本诗写作者对官场生活的厌恶,表达对清美闲居的园林生活的热爱。

特 色 清冷幽峭,诗思入微。

注 释 朝朝:每天。眉不展:喻指忧愁。逢迎:迎接,接待(上级官吏)。

赏析 姚合诗和贾岛诗相近,风格清冷幽峭,他的诗善于从微观方面反映卑宦心情和所见不同地区的独特景色,用字推敲很费心力,故曾有"选字诗中老,看山屋外眠"(《闻居晚夏》)的诗句。他长于五言律诗,这首诗是他中进士后到武功县(今陕西武功)做县尉时所写《武功县中作》三十首中的第十六首。

唐代文人多不愿做县尉这一卑下的官吏,武功县当时又是荒僻的小县。姚合到任后很是寂寞。诗的首联就点明县尉的苦况,说:"朝朝眉不展,多病怕逢迎。"一早起来就要朝见县令,迎侍上官,尽管自己有病,也要折腰逢迎,所以眉头不展。表现自己懒于应付当时官场的人际关系。

领联:"引水远通涧,垒山高过城。"极写城小事闲,经营宅第,引水远自山涧,假山造得比小城的城墙还高,这是为了屏除人事的烦苦而寻求山水的情趣。他的另一首诗写:"吏来山鸟散,酒熟野人过。"也是写自己贪恋的是山野情趣。

颈联:"秋灯照树色,寒雨落池声。"句法很特殊,句意即秋灯照树之色,寒雨落池之声。这里表现了他闲居中的审美感觉。这两句不仅承上联,进一步说明所经营的园林之美;而且开启了下联写吟诗不眠的意思,衔接十分自然。

于是尾联云:"好是吟诗夜,披衣坐到明。"只有经营了自己的山斋,一夜披衣安坐吟诗到晓才能摆脱尘嚣,忘记为吏之苦况。《武功县中作》诗中还有:"移山入县宅,种竹上城墙。""秋凉送客远,夜静咏诗多。"都和这首诗境界相近。领、颈联:"引水远通涧,垒山高过城。秋灯照树色,寒雨落池声。"充分体现诗人追求山丘园林清美趣味的个性。诗的描写是极其真挚而又幽美的,风格清冷幽峭,由此看来,姚合不愧为中唐自成一家的五言诗代表人物。

佳句
- 好是吟诗夜,披衣坐到明。

(王达津)

扬州春词三首(其一)

原文　　　风土　　　唐·姚合

广陵寒食天,无雾复无烟。暖日凝花柳,春风散管弦。
园林多是宅,车马少于船。莫唤游人住,游人困不眠。

内　容｜诗歌赞美了美丽的扬州春景。

特色 | 即目入诗，写景如绘。
注释 | 凝：指阳光集中照射。管弦：这里指管弦所奏出的美妙音乐声。

赏析 姚合诗最善于写不同地域的不同景色，也最善于刻画春夏秋冬不同时节的不同感受，他的诗题往往把写诗的具体时节记下来，如《寒食》《春晚雨中》《秋日有怀》和《扬州春词》等。

佳句
- 暖日凝花柳，春风散管弦。
- 园林多是宅，车马少于船。

这首诗的首联，写扬州寒食节的晴朗天气，传达出扬州令人喜爱的情状。扬州是古广陵郡治，旧称广陵。古代寒食节，在清明前两天，这天禁止用火，不能炊饭，所以称为寒食，自然一城清爽没有烟气。首联已写出扬州宜人的天气了。

颔联进一步写寒食风光："暖日凝花柳，春风散管弦。"是说扬州花繁柳茂，暖洋洋的阳光，集中映照在花柳上，和煦春风阵阵吹送士女的管弦声。这二句写出扬州柳暗花明、弦管纷纷的美。

颈联一转，更集中反映扬州和别的城市不同的特点："园林多是宅，车马少于船"。扬州园林当时还胜于苏州，但园林原是高官显宦所经营的宅第，所以说："园林多是宅。"而作为濒江城市的扬州，城内港汊交错，人家多傍河沟居住，人们大半靠船来往，所以说："车马少于船。"这两句是极为精确的描绘，也正是姚合诗所擅长的。如他的《送殷尧藩侍御游山南》诗："人家连水影，驿路在山峰。"《送董正字武归常州觐亲》诗："楚樯收月下，江树在潮中。"《送陈稠赴江陵从事》诗："江村竹树多于草，山路尘埃半是云。"都是描绘有风味的地方特色的。

尾联云："莫唤游人住，游人困不眠。"总结出扬州之美令人目不暇接的情况，使全诗风格浑然一致。意思是说无须唤人去扬州住，游人到了扬州，风光处处引人，使人晚上不能入睡。此句用反诘语进一步赞扬了扬州之美。

不过姚合欣赏扬州的审美角度，主要在自然赐予扬州的这一面，和杜牧"春风十里扬州路"诗异趣。《扬州春词》一共三首，第二首有句云："竹风轻履舄，落露腻衣裳。"第三首有句云："市鄽持烛入，邻里漾船过。有地惟栽竹，无家不养鹅。"都属于自然赋予的美。但也写到士女弦管笙歌，这首诗写："春风散管弦。"第三首结句写："春风荡城郭，满耳是笙歌。"因为没有这一点就不成其为扬州了。

全诗即目入诗，写景如绘，令人想见其时扬州城的情状。

（王达津）

遣悲怀三首

原文　　悼亡　　唐·元稹

谢公最小偏怜女，自嫁黔娄百事乖。顾我无衣搜荩箧，泥他沽酒拔金钗。野蔬充膳甘长藿，落叶添薪仰古槐。今日俸钱过十万，与君营奠复营斋。昔日戏言身后意，今朝皆到眼前来。衣裳已施行看尽,针线犹存未忍开。尚想旧情怜婢仆,也曾因梦送钱财。诚知此恨人人有,贫贱夫妻百事哀。闲坐悲君亦自悲,百年都是几多时?邓攸无子寻知命,潘岳悼亡犹费词。同穴窅冥何所望,他生缘会更难期。惟将终夜长开眼,报答平生未展眉。

内　容　此诗叙述与亡妻难以割舍的情爱,抒发诗人对亡妻的悲苦思念之情。

特　色　情事交织,缠绵真切。

注　释　偏怜女:特别疼爱的女儿,这里指韦丛。乖:违反,不顺。荩:即荩草,一年生草本植物。泥:软缠,即以柔言索物。藿:豆叶。仰古槐:仰仗古槐树落叶来增添柴火。营奠:备办祭品。营斋:请僧道超度灵魂。施:施舍。行看尽:看看将要完了。同穴:指合葬在一起。窅(yǎo)冥:幽暗的样子。缘会:相会的缘分。他生缘会,意为来生再做夫妻。

赏析　此诗选自《元稹集》卷九,是元稹悼亡诗中最为世人称赞的三首七律。

元稹的原配夫人韦丛,是太子少保韦夏卿的幼女,自贞元十九年(803)嫁到元家,过了几年恩爱清贫的生活,于元和四年(809)病逝。这组诗是在安葬韦氏之后,元稹于监察御史分务东台任上写的。这时他的生活有所改善,自然会思念亡妻,并以贫贱夫妻未能同享富贵安乐为憾。

佳句
- 顾我无衣搜荩箧,泥他沽酒拔金钗。
- 野蔬充膳甘长藿,落叶添薪仰古槐。
- 诚知此恨人人有,贫贱夫妻百事哀。

这三首诗,题作《遣悲怀三首》,即一而再、再而三地驱遣对亡妻的怀念,抒发诗人对亡妻驱不去也遣不开的悲苦思念之情。三首诗各自独立成章,又相互有着联系,既可以分开来赏评,也可以三首连在一起读。

第一首,首联从引用典故作比写起,以回忆的方式,正面叙述与亡妻生前的情爱。谢公,东晋宰相谢安,最爱侄女道韫。韦夏卿死后赠左仆射，也是宰相之位，故元稹把妻比作谢道韫那样出身门第高的小姐，把自己比作春秋时齐国贫士黔娄，说妻自从嫁给他，便诸事不顺利。中间四句，抓取日常生活中极为琐碎的细节，专就贫贱夫妻柴米生活实写。妻看到他没有衣裳穿，搜尽草编的箱子为他找衣服；耐不过他的软缠多磨，拔下头上的金钗让他买酒喝，以此写亡妻的温柔贤淑和对自己无微不至的体贴。粮食不够吃了，用野菜豆叶充饥，还吃得很香甜；燃料缺了，便指望古槐的落叶补充，以此写亡妻能安贫治家。这四句文情并佳，为此诗之名句。末两句是说妻死以后，他在监察御史之外，还分务东台，薪俸有增加，而妻已亡故，不能共享富贵，只好祭奠时多供祭品，请僧道来超度她的亡灵。

　　第二首承接第一首追忆亡妻生前的贤德，转而写到对亡妻逝后的哀思。很可能韦丛生前开玩笑说过死后要把衣裳分送别人的事，此诗便用这个意思开头，朴实自然，句句叙事，句句抒情。中间四句是元稹向亡妻诉说她死后之事，已经按她生前的嘱咐，把衣裳快分送光了，只是未敢打开针线匣，怕看到她的针线更思念她，又想到她旧日顾念婢仆的恩情而怜惜婢仆，也曾因梦中看到她而为她送过纸钱。这四句也是围绕着夫妻生活中的旧事，实实在在写出睹物伤情之态，句句真切感人。末两句是元稹的感叹：固然夫妻死别是人人不可避免的，而贫贱夫妻事事都会引起无限的悲哀。这是元稹的肺腑之言。

　　第三首是元稹从妻子的早逝，发出对人生无常的感叹。首联由妻子早逝，联想到百年是寿之大齐，也就是人生的极限，自己即使能活百年，又有多少时间呢？用一个反问语说明人生之短暂。中间四句是就邓攸、潘岳之事感慨。邓攸是西晋人，曾在兵荒马乱中为拯救侄儿而丢弃自己的儿子，后其妻未孕，邓未纳妾，终身没有子嗣。潘岳，西晋诗人，曾作《悼亡诗》三首，为世人传诵。韦丛死时，元稹也无子，直到51岁时，才由后妻裴氏生得一子。但写这首诗时，元稹的心还在韦丛身上，他没有想

到再婚的事，所以才用邓攸作比，以为自己也得像邓攸那样命里注定无子，潘岳写过传世的悼亡诗，同样得死去，自己也写了许多悼亡之作，同样也将变成多余的了。由此，他想到夫妻死后的合葬，可是死后无知，即使同穴又有什么意义呢？想待来世与韦氏再成夫妻，则更为渺茫。这四句写元稹的思绪，生和死都想与妻相聚的深情，层层深入，真切地表露了他忠实于亡妻的一片真诚。末两句写最实在可行的悼亡之举，乃是终夜不眠地想着她，以此寄托哀思，报答她生前的不顺心。

　　这三首诗将叙事和抒情糅合在一起，直接叙述与亡妻难以割舍的情爱，并抒发失去她之后的哀思，缠绵真切。三首诗在写作上均善于运用平淡浅显的语言，抓取富有典型性的生活细事，表达无限眷恋之情，自然而深厚。"顾我无衣搜荩箧，泥他沽酒拔金钗"，极富形象地把夫妻之间的恩爱，活脱脱地写出来，使人可以看到"顾我"的眼神和"泥他"的多磨之态，具有生动的艺术魅力，也可见作者用笔之精巧。此外，元稹能结合生活的真实写照，重视自己的实际生活体验，不矫揉造作，自然入妙，也是使这三首诗成为千古名篇的重要原因。

（冀　勤）

逸　闻

　　元稹与白居易最为亲密，即使各遭贬谪、相隔万里也互寄诗篇、唱和赠答，世称"元白"。据说，有一次元稹离京办事，白居易游览慈恩寺时想起元稹，就作了首诗寄给他，云："花时同醉破春愁，醉折花枝当酒筹。忽忆故人天际去，计程今日到梁州。"当时，元稹果然到了梁州地面，也寄诗给白居易，云："梦君兄弟曲江头，也向慈恩院里游。驿吏呼人排马去，忽惊身在古梁州！"千里神交，若合符契，可见二人情意之深。

（王晓丹）

行 宫

原文 　　　　宫怨　　　唐·元稹

寥落古行宫，宫花寂寞红。白头宫女在，闲坐说玄宗。

内　容 诗歌写诗人的盛衰之感，抒宫女的哀怨之情。
特　色 衰飒悲凉，凄艳动人。
注　释 行宫：古代京城以外供帝王出行时居住的宫室。寥落：冷落，空虚。

赏析 此诗写盛衰之感，抒哀怨之情，极衰飒，极悲凉，而又点缀丽词，显出凄艳之美。

"寥落"出盛衰，而以宫花之红衬映。寂寞之宫花，则又补足行宫之寥落，盖唯余宫花红也。"红"之热烈中愈见清冷。"寂寞"既写宫花和行宫，又引起三句之宫女，盖行宫、宫花与宫女皆寂寞也。"白头宫女在"，此乃行宫之历史见证人也。宫女皆青春入宫者，而今却已白头。"白头"二字，含宫女数十年之悲酸，亦含行宫今昔之巨变。当年青春女子入宫时，行宫并不寥落，宫花亦不寂寞。如今则行宫寥落矣，宫花寂寞矣，红颜白头矣。时间迁逝中，世事与人生之变化，皆含蓄在"白头"二字中。不仅此也，宫花虽寂寞而仍红，宫女则寂寞而又白头矣。行宫寥落，宫花寂寞，世事及物象固悲，而皆不及人生之可悲也。故宫花虽寂寞而以"红"出之，虽写实，亦愈见出宫女白头之可哀也。"白头宫女在"，一个"在"字，言宫女之在，实不幸也。盖数十年之寂寞岁月，刻刻难挨也。此"在"字又引起末句，"闲坐说玄宗"。点明白头宫女乃玄宗时入宫，即唐世极盛时入宫。"闲坐"乃寂寞之态，唯说玄宗乃寂寞中之事。何以唯说玄宗？盖昔犹可说，今则不可说也。所说玄宗时事，应包括玄宗时宫女入宫之风采及希冀，与其入宫以后之幽怨；也包括玄宗时之歌舞繁华，以及国运时势之盛衰变化。安史之乱以后，整个唐朝后期，朝廷中、社会上，都好论玄宗朝事。诗以"行宫"命题，并写寥落之行宫与

> 佳句
> · 寥落古行宫，宫花寂寞红。

寂寞之宫人，则其意不是只表现宫女之哀怨可知。此诗既有《上阳白发人》之伤悼宫人意，又有《连昌宫词》之感慨盛衰意。寥寥二十字中，意蕴如此丰富。而出之以白描，得自然浑成之妙；间之以丽语，有无限低回之意。二、四两句，尤含不尽之韵致。其艺术造诣，实不在刘禹锡《石头城》《乌衣巷》之下。在唐人绝句中，可列入第一流的精品。

（王炎平）

闻乐天授江州司马

原文　　　　友谊　　　　唐·元稹

残灯无焰影幢幢，此夕闻君谪九江。垂死病中仍怅望，暗风吹雨入寒窗。

内　容　这首诗写听到好友白居易遭贬消息之后的悲哀。
特　色　语浅情深，情景交融。
注　释　幢幢：摇曳不定。君：您，指白居易。谪：贬谪，指古代官吏因罪而被降职或流放。怅望：怅惘地想着。

赏析　如果不了解元稹与白居易之间有着怎样的友谊，便无法真正理解和欣赏这首绝妙的七言小诗。

这首诗是元和十年（815），在一个凄风苦雨的秋夜，身患疟

疾、重病垂危的元稹，突然听到好友白居易遭贬时写下的。这一年，元稹先在春天贬为通州（今四川达州）司马，秋天，白居易又遭诬陷贬为江州（今江西九江）司马。两个志同道合、有着共同政治理想和文学主张，友情始终不渝的挚友，一前一后受到打击排斥，离开京都长安，他们的心境是凄凉悲伤的。

这首诗的语言浅显，明白如语，朴素自然，表达的感情却很诚挚深沉。四句紧紧围绕着诗题，极写听到好友遭贬消息之后的悲哀。首句描绘当时的情景，一盏灯油将尽的残灯，影影绰绰，似灭未灭，已无焰光了。这个景象笼罩下的氛围是凄清悲哀的，它先把整首诗的悲伤基调烘托出来。次句叙述元稹就在这个夜晚听到白居易贬至九江的消息，这是一句平铺的叙述，却不着痕迹地透露出作者的悲哀心情。第三句写自己病得要死，一点气力也没有了，只能伤心地怅望，他本该闭目安心休息，但因这个令人震惊的消息，使他无法闭起眼睛，只能眼睁睁地愣在那里，是悲伤，还是愤恨？作者没有写。通过这一描画，把不易表达的"物伤其类""兔死狐悲"的感情，朴素而形象地写了出来，含不尽之情，见于言外，给读者留下充分想象的余地。结句与首句呼应，以哀景抒哀情，突出了作者心境之悲哀和境遇之凄清，实在是一首情景交融、语浅情深的动人诗篇。

这首诗在流传中出现过不同文字，主要是第三句的"仍怅望"，明人马元调整理的元白长庆集合刻本和清人彭定求等编的《全唐诗》都作"惊坐起"，此三字似是后改，所强调的是作者闻友遭贬的震惊情状，意义似嫌浅露。因为，元稹在此之前便深知居易屡陈政事已激怒权贵，像自己一样遭贬是迟早会出现的事，并不感意外和突然。只是在重病之中听到这个消息，增添了一个新的打击，但不至于使他"惊坐起"，何况发疟疾一类的病，且病至垂死，很难想象猛然一下坐起来的样子。而"仍怅望"三字，则在震惊之外还多出一份怨恨，以至病得要死，还在默默的悲伤之中。元稹总是淡淡的几笔，便把情与景紧密地交织在一起,景中有情,"残灯""暗风""寒窗"都预示着一种凄苦的悲哀,激荡着读者的心灵。惟其如此,白居易才在收到此诗后说:"此句他人尚不可闻,况仆心哉!至今每吟,犹恻恻耳。"(《与元微之书》)可见,白居易被此诗中的深情所打动。　　(冀　勤)

赠别杨员外巨源

原文　　伤别　　唐·元稹

忆昔西河县下时,青衫憔悴宦名卑。揄扬陶令缘求酒,结托萧娘只在诗。朱紫衣裳浮世重,苍黄岁序长年悲。白头后会知何日?一盏烦君不用辞。

内　容　叙写身世,感慨人生。
特　色　意尽语中,韵在言外。
注　释　青衫:唐制,文官八品、九品服以青。憔悴:黄瘦。《国语·吴语》:"使吾甲兵钝弊,民人离落而日以憔悴,然后安受吾烬。"揄扬:赞扬。结托:结交依托。晋陶潜《神释》:"结托善恶同,安得不相语。"朱紫:谓红色、紫色官服,是古代高级官员的服色或服饰。浮世:人间,人世。旧时认为人世间是浮沉聚散不定的。苍黄:匆忙而慌张。岁序:岁月。

赏析　此诗选自《元稹集》卷二十一。

元稹在青少年时期便结识比他年长的诗人杨巨源,他们同往永寿寺观赏牡丹,同游大安亭,多是在"青衫憔悴宦名卑"的时候。他们彼此无话不谈,连元崔初恋,杨巨源也深晓内情,为此还写过一首有名的绝句《崔娘诗》:"清润潘郎玉不如,中庭蕙草雪消初。风流才子多春思,肠断萧娘一纸书。"其中萧娘即指元稹自传体小说《莺莺传》中的崔女,可见元稹与杨巨源交情之深。长庆三年

（823），元稹在当过几个月宰相遭到纷纷指责被贬为同州刺史之时，心情很郁闷，杨巨源这时已是虞部员外郎，他在老朋友失意之时，不忘旧情，特地到同州看望元稹，两人相见不免抚今追昔，感叹人生之多舛，这首诗就是在杨巨源离开同州时，元稹写下的送别诗。

"西河"指河东道，亦即元稹初入仕的河中府蒲州（今山西永济）一带。首联追忆在蒲州初入仕时，身份还很卑下。颔联进一层说，那时地位虽低，但还能从陶令那里求酒喝，想结交崔女就写诗给她。"陶令"可能是指杨巨源，"萧娘"所指与杨诗同。言外之意，那时的生活很自在。颈联又进一层说后来官做大了，也穿起品位高的朱紫衣服受到社会的重视，反倒感觉不自在了，

佳句
- 揄扬陶令缘求酒，结托萧娘只在诗。
- 朱紫衣裳浮世重，苍黄岁序长年悲。

年复一年地悲伤不已。尾联落笔在赠别上，说：咱们都老矣，以后哪一天能再会呢？莫要推辞，再喝上一杯。

这是一首很直率的抒情诗，意尽语中，却韵在言外，说出的少，没有说出的多，读后使人感到元稹已经喝醉，可是还要喝，他的心在哭。他见到老朋友，正是需要有朋友在身边的时候，他再也按捺不住自己委屈、郁闷、压抑的心情，把几十年来所历所感，择其最富代表性，又为老友所深知者，直率地和盘托出，不着一点修饰的痕迹，把用的典故也融化在诗里，几乎看不出用典，寻味起来，便觉得情意无穷。

（冀　勤）

小胡笳引

原文　咏物　唐·元稹

雷氏金徽琴，王君宝重轻千金。三峡流中将得来，明窗拂席

幽匣开。朱弦宛转盘凤足,骤击数声风雨回。哀筝慢拍董家本,姜生得之妙思忖。泛徽胡雁咽萧萧,绕指辘轳圆滚滚。吞恨缄情乍轻激,故国关山心历历。潺湲疑是雁鹏鹕,舂撞如闻发鸣镝。流宫变徵渐幽咽,别鹤离飞猿欲绝。秋霜满树叶辞风,寒雏坠地乌啼血。哀弦已罢春恨长,恨长何恨怀我乡。我乡安在长城窟,闻君房奏心飘忽。何时窄袖短貂裘?臙脂山下弯明月。

内　容　本诗歌咏金徽琴及姜宣的弹琴技艺,抒发深沉的怀乡之情和保家卫国的心声。

特　色　比喻通感,意识流荡。

注　释　王君:指王推官。历历:清晰的样子。潺湲:流水声。

赏析　此诗选自《元稹集》卷二十六。题下有小注云:"桂府王推官出蜀匠雷氏金徽琴,请姜宣弹。"日本花房英树、中国台湾薛风生及南京卞孝萱等人编元稹《年谱》,均未提到此诗的写作情况,但从题注看,很可能是元稹在元和四年(809)以监察御史身份奉使东川时,听姜宣弹金徽琴后才写的。这是一首咏物抒怀的新乐府诗。

全诗二十四句,内容可分三段:头六句咏金徽琴;中间十二句描状姜宣的弹奏;末六句写听后引起的感慨。

《乐府诗集·琴曲歌辞三》引李肇《国史补》曰:"唐有董庭兰,善沈声(沈辽有小胡笳)、祝声(祝家有小胡笳),盖大小胡笳云。"胡笳本指胡人卷芦叶为吹笳,奏哀怨之音,唐琴师董庭兰仿胡人的胡笳曲弹琴,有大小胡笳之称。金徽是指琴面上用金作的指示音节的标志,这种琴很名贵,所以得到王推官的珍爱。

开头六句,正面写琴的名贵,从制作者、收藏者和它的来历写起,需要在明窗净几之上打开深藏着的琴匣,琴有红色的弦,琴面上有宛转盘聚的凤凰,猛击它几声就好像风雨回荡一般。"骤击"这个动作,把琴的观赏者的惊喜之态写得栩栩如生。

中间十二句,写弹琴者名叫姜宣的人,善于用董庭兰的小胡笳曲来弹奏,声似哀筝,拍子缓慢,令人生悲。"泛徵"是指按照音节标志弹奏的嘘声,也就是没有歌词而摇曳的泛声。姜宣弹奏虚声像胡雁的鸣叫,手指像辘轳一样圆转不停。"滚滚"指相续不断。像是把恨和情埋藏起来,又突然转而为低沉幽咽,一种思乡之情油然而生,故乡的山山水水在心中历历可见。琴声像水的缓流声,又像大雁和野鸭的叫声。"鹏鹈(pìtí)",形同鸭的水鸟。琴声像撕裂皮骨、刀割物体的剥离声和发响的箭声。"砉䂻(xūhuō)",指破裂声。"镝(dí)",指箭头。"流宫变徵渐幽咽"句是说姜宣弹琴从大的宫声变成尖的徵声,像暗暗哭泣的声音,如同夫妻永别,又像猿将死时的叫声。这是用世间最悲怆的声音来形容姜宣所弹琴声有令人撕心裂肺般悲伤的效应。"别鹤"是用商陵牧子作《别鹤操》的典故。接下去又用四季中悲凉的景象形容琴声,像秋霜满树、落叶随风飘零,又像暮春杜鹃鸟的啼叫,冬天里冻僵的小鸟跌落在地上,都是凄惨的景象。

末六句,是就琴声抒怀,写诗人听后的感想。元稹没有停留在琴声上,而是透过琴声的苍凉悲怨,寄托了自己的怀乡之情。他以为人生最深的恨莫过于恋乡了。"我乡安在",说明听琴或写此诗时作者身在他乡。"长城窟",汉乐府有《饮马长城窟》,写思妇想念远人:"青青河边草,绵绵思远道。远道不可思,宿昔梦见之。梦见在我旁,忽觉在他乡……"此诗"我乡安在长城窟",或指他在思乡而想到妻也在思念他。于是从长城窟联想到边塞,又与弹琴联系起来,使他感到了姜宣弹小胡笳的胡音,心思已经飘动不定,好像随时会穿起戎装,像汉将霍去病骑出陇西,在臙脂山(在今甘肃山丹县东南)下,弯弓箭击匈奴了。

可见此诗意义不限于咏琴和表现姜宣精湛的弹琴技艺,而是借琴声抒发保卫家国的心声和深沉的怀乡之情,所以格外感人。

这首诗在写法上善于运用比喻,如描状弹琴指法像辘轳一般灵活圆转,以实物作比,增强了形象性。又如形容弹奏的琴声,以"胡雁""鹏鹈""发鸣镝"等动态物象作比,以形写声,把不易捕捉的苍凉哀怨之声比作易于感受的视觉形象，调动起通感效应，沟通弹者与听者的情思，也激起了读者的想象，艺术效果极佳。末六句述听后感，写法颇有意识流的特点，由胡音写到思乡，由思乡写到长城窟，这里又有双关，一指乐府诗，由此联想到思妇；一指边塞，由此又联想到射胡，这种从诗题放开写的结尾亦颇见巧思。总之，这首诗与李白《听蜀僧濬弹琴》描写弹琴和《春夜洛城闻笛》抒写闻笛之感，有异曲同工之妙。　　（冀　勤）

送无可上人

原文　　　送别　　　唐·贾岛

圭峰霁色新，送此草堂人。麈尾同离寺，蛩鸣暂别亲。
独行潭底影，数息身边树。终有烟霞约，天台作近邻。

内　容｜本诗写送别无可的留恋之情及凄清之感。
特　色｜独造奇景，诗思入僻。
注　释｜上人：对僧人的敬称。霁色：晴朗的天色。同：一起。蛩（qióng）：蟋蟀。息：停止，停息。烟霞约：指出家归隐之约。烟霞，烟雾，云霞。这里泛指山水、山林。天台：山名，在浙江省天台县北，佛教天台宗亦发源于此。

赏析

无可系贾岛堂弟。幼时，二人同入空门，弟兄感情甚厚。无可亦有诗名。后来贾岛因得到韩愈的赏识，还俗求仕。此诗即写于贾岛长安应举落第，与无可寄居长安西南圭峰草堂寺期间。无可欲南游庐山西林寺，贾岛以此诗赠别。

首联点明题意。雨后初晴，山色清新，正欲兄弟结伴游赏山景，无可却要只身出游。聚散苦匆匆。遗憾之情，溢于言表。孤寂之感，隐于言外。

送无可上人

颔联写对无可的留恋之情和送别时的凄凉之感。古以驼鹿尾为拂尘,因称拂尘为麈尾。魏晋时名士清谈,好持麈尾,此处以拂尘来烘托云游四方的无可的风度之飘逸。而一个"同"字,则写明二人边清谈边送行的情景。在对无可高蹈远俗、"物外常独往,人间无所求"(黄庭坚《题摩诘画》)的欣赏和羡慕中,透露出他对无可深深的眷恋之情。"蛩鸣"表明了分别之时,正当清秋。万木摇落、

> **佳句**
> · 独行潭底影,数息身边树。

气象萧森的秋天,本来就令人愁思绵绵,心绪郁结。此时送别亲人,诗人不由得凄然神伤。蛩鸣之声,又进一步渲染了气氛,仿佛一切都呼应着他忧愁孤独的心声。

颈联写诗人送别无可以后,独自回草堂寺的情景。读来更觉凄怆动人。因独行而只有水中身影相伴,而"影遭碧水潜勾引"(杜甫《漫兴》),连唯一可以相随的身影也深深地落在潭底,距离那么远。一种失落感由此表出。"数息身边树",一则是因屡屡回头怅望无可远去的身影,二则又何尝不是因顿失依傍所产生的孤独感,使诗人下意识地要寻找某种支持和依靠。贾岛曾在此一联后自注云:"两句三年得,一吟双泪流。知音如不赏,归卧故山秋。"可见,贾岛是在对自己深层情感的深刻体验中,镂心地吟成这一联诗句的,此联确也写出了他孤危瘦怯的独特情感,可谓独造奇景,诗思入僻。

尾联是贾岛在伤别以后的自我安慰:离别的痛苦是暂时的,总有一天,我们兄弟能重新相会。屡试受挫的抑郁愤懑,使贾岛重萌再度出家之念。他曾与无可相约再归佛门。"终有烟霞约"即表明了他的这一意愿,同时也呼应并点明了颔联中的"暂别"之意。在出仕和归隐之间,贾岛始终彷徨不定。即使谋到一官半职之后,他也并未忘怀佛门的清静绝尘。在《送罗少府归牛渚》诗中,他曾写道:"作尉长安始三日,忽思牛渚梦天台。"但他终于没有能泯灭尘心,实现与无可的烟霞之约,到底还是苦苦地在

宦海之中挣扎到最后。

贾岛此诗着力通过对景物和自我形象的描绘来表现出内心深处最真切的情感，由此而把对从弟无可的一往情深写得凄切感人。

（周 蕙）

逸闻

贾岛作诗十分刻苦，是著名的苦吟诗人。他经常骑着一头跛脚驴子独自外出寻找灵感。有一次在路上得句"鸟宿池边树，僧推月下门"，吟哦之中，又觉得"敲"字比"推"字好，就在驴背上引手做起推敲的姿势，却不觉一头撞上了京兆尹韩愈的仪仗队。了解事情的经过后，韩愈非但没有怪罪他，反而坐在马上考虑很久，说："还是'敲'字更好。"这样，两人就成了朋友。推敲字句的苦吟精神，也使贾岛的某些诗歌幽僻晦涩。传说他在参加进士考试时，被皇帝斥为"僻涩之才，无所采用"，并被称为"举场十恶"，受到重罚。（王晓丹）

忆江上吴处士

原文 怀友 唐·贾岛

闽国扬帆去，蟾蜍亏复圆。秋风生渭水，落叶满长安。
此地聚会夕，当时雷雨寒。兰桡殊未返，消息海云端。

内　容｜这首诗表达诗人对远方友人的深深怀念之情。
特　色｜运思委曲，跌宕回旋。
注　释｜处士：指隐居林泉不愿做官的人。蟾蜍：代指月亮。南朝梁·刘昭注："羿请无死之药于西王母，姮娥窃之以奔月……姮娥遂托身于月，是为蟾蜍。"后用为月亮的代称。兰桡：小舟的美称，这里代指吴处士。唐太宗《帝京篇》之六："飞盖去芳园，兰桡游翠渚。"殊：犹，尚。消息：音信。

忆江上吴处士

赏析 这是一首怀念远方朋友的诗。全文紧紧扣住一个"忆"字,即"忆"了与友人分别时的惆怅,又"忆"了别后对友人的怀念;运思的婉转,使诗作曲折有致,情深味长。

首联回顾与友人相别时的情景。"闽国"写友人去的是遥远的福建一带地方。"扬帆去"呈现出一幅动人情景:征帆一片悠悠消逝在浩渺烟波里,令人情思萦纡。"蟾蜍"句以月的几度圆缺表明离别的时间之久,以示对吴处士的思念之深。

第二联是贾岛诗集中最负盛誉的佳句。这一联诗境清旷,文字自然浑成,简朴流畅。渭水之滨乃当日别离之所,此番再造,竟已秋风萧瑟。搔首远望,秋风生波,归帆无影,惆怅之情,充塞胸臆。诗人将之凝聚于一联:"秋风生渭水,落叶满长安。"秋风秋水和漫天落叶给人以寒意和飘零感,更使客居长安的诗人黯然销魂。这里,诗人在写景中所显示出来的主观情感极为深沉,饶有韵味。

第三联复写诗人在凄凉和孤独中再次重温旧谊。当初在此地长谈不倦,盛夏夜雷雨带来惬意的清凉更添意兴。这就自然而然地引出了最后一联:多么希望再有这样的聚会。可是,既没有吴处士的归舟,

佳句
- 秋风生渭水,落叶满长安。

也不见天涯海角有消息传来。对友人的苦苦相思,不知什么时候才有个了结。今后还得度过多少思念的岁月呢?此情此景,怎不令人"瞻望弗及,泣涕如雨"(《诗经·邶风·燕燕》)?

王昌龄在《文镜秘府论》中指出,落句"常须含思,不得令语尽思穷"。本诗这一结句可谓语已尽而思未穷。

全诗围绕一个"忆"字反复叙写,在对自然景物所进行的高度情感化的艺术处理中凸现出诗的主旨,诗人的艺术表现是十分成功的。

(周 蕙)

寄朱锡珪

原文　　　云游　　　唐·贾岛

远泊与谁同，来从古木中。长江人钓月，旷野火烧风。
梦泽吞楚大，闽山厄海丛。此时樯底水，涛起屈原通。

内　容　诗歌通过对朱锡珪遨游行踪的描写，表现了他扫灭尘心、遗世独行的超迈气概和高卓襟怀。

特　色　以行显志，物色写情。

注　释　厄：限止，阻挠。樯：指帆船。

赏析　朱锡珪其人不详。从诗中所写看来，大概是一位失意于仕途而自隐于江湖山林的高人。本诗的显著特点是通篇以朱锡珪遨游江海的具体行踪来显示其精神风貌。黑格尔认为，人的"每一个动作后面都有一种情致在推动它"(《美学》)。此诗正是以实求虚地在对人物行动的描述中传达出人物的情志。而贾岛对其人高蹈出世的不胜向往之情，也暗隐其中。

首联以"远泊"和"古木"写出朱离群索居、与世隔绝的隐居生活，表明这是一位逸怀浩气、超然乎尘垢之外的高人。"与谁同"之问表现出诗人对朱锡珪的亲切关怀，在说明其独来独往于深林大泽的行踪的同时，又包含有将其引为同调之意。

第二联为贾岛集中向负盛誉的警句之一。这二句诗写友人江边旷野中的夜钓和野炊。诗句简洁纯净，寥寥十个字就勾勒出一幅气象清华、境界幽独的夜景图。"长江"句写静态，而静中有动。月光下的江水波光粼粼，显得清明寥远。"旷野"句写动态，动而愈静。一点篝火在茫茫黑暗中忽忽闪动，更衬托出夜的杳渺幽邃，苍茫静寂。这一联诗句是对朱锡珪自摒于尘俗的由衷赞美。

第三联写朱锡珪的具体行踪。唐时,南方广大地区还不甚开化,人们将其称为"瘴疠之地"而视为畏途。朝廷也总是把南方作为官员的贬谪所和罪犯的发配地。但朱锡珪却似乎对这些野蛮荒僻的地方

- 长江人钓月,旷野火烧风。
- 梦泽吞楚大,闽山厄海丛。

有一种特殊的爱好。势欲吞楚的浩渺的云梦泽,丛岭叠嶂直逼大海的闽地山区,都成为他的游历之所。从他对世俗生活的逃离之远和厌弃之深中,自可感受到他那睥睨一世、摆脱万象的超脱胸怀和愤世嫉俗、倔强兀傲的个性风采。

末联推想此刻的朱锡珪正以一席孤帆在楚地追踪当年屈原的足迹。至此,这位友人高举远遁、飘然绳检之外的出世之态给人留下了深刻的印象。诗篇以朱锡珪未曾结束的漫游生涯作结,给全诗增添了言近意远的余韵。

本诗打破自然时空,通过朱锡珪任情纵性、放浪山水的一幅幅画面,凸现出其人扫灭尘心、遗世独行的超迈气概和高卓襟怀。

(周 蕙)

访隐者不遇

原文　　　　**访友**　　　唐·贾岛

松下问童子,言师采药去。只在此山中,云深不知处。

内　容	诗歌通过一问一答展示的山中清景,表现出隐者超俗高洁的品格。
特　色	舍形取神,神余象外。
注　释	童子:指隐者的弟子。言:说。师:指隐者。

 贾岛是中国古典诗史上以"苦吟"而著名的一位诗人,其诗风常因刻镂过甚而显得奇僻枯涩。但本诗却不事雕琢,写得本色天然,平易近人,似脱口而出。诗虽仅有逸笔草草的几道白描,但诗境气象浑穆,简明深永,可谓"遇之匪深,即之愈希"(司空图《诗品》)。

诗中直接出现的形象是诗人与童子,但更能引起人们审美关注的,是二者看似无所用意的一问一答之间所展现的那一幅峻洁幽旷的山川清景。青松郁郁,白云悠悠,色彩素洁淡雅,展示的境界深邃寥远。尤其是白云的不定质的形态,给人以烟云缭绕的飘忽空灵之美。这个一尘不染、与喧闹纷逐的人间彻底隔绝的空间俨然是一个理想化了的艺术灵境。

但真正使这幅意境空濛幽远的水墨画具有生命情调的,是那位形在画外、神在画内的"隐者"。大泽深山古性情,画面上山川的淳古淡泊,正是这位隐者抱朴含真的心灵的物象化体现。挺立的青松象征着其孤傲高洁的人格,缥缥缈缈的白云又令人想见其飘飘欲举的仙风道骨。诗人更以"采药"表现出这位山中高士遨游岩栖、不食人间烟火的方外生涯。作为一个具体的人物,隐者的形象是模糊的。但作为一种超脱的人生理想的载体,这位隐者以静穆的深山峻岭所展现出来的精神风貌则又是真切可感的。诗人对这位隐者的无限敬仰之情曲折地表现出他倦于尘俗生涯,欲在山林之美中追求自然人生的生活理想。

本诗用笔简易幽澹,给人留下了自由驰骋想象的广阔空间。对诗作所写的真正主人公"隐者"所采取的舍形取神的艺术表现手法,使此诗产生了神余象外的艺术意蕴。 (周　蕙)

李凭箜篌引

原文　　箜篌　　唐·李贺

吴丝蜀桐张高秋，空山凝云颓不流。江娥啼竹素女愁，李凭中国弹箜篌。昆山玉碎凤凰叫。芙蓉泣露香兰笑。十二门前融冷光，二十三丝动紫皇。女娲炼石补天处，石破天惊逗秋雨。梦入神山教神妪，老鱼跳波瘦蛟舞。吴质不眠倚桂树，露脚斜飞湿寒兔。

内　容　这首诗描绘李凭弹奏箜篌的绝妙技艺。

特　色　天外奇想，摹绘神理。

注　释　箜篌：一种弦乐器。丝、桐：都是制作箜篌的材料。高秋：深秋，暮秋。颓：堆集、凝聚的样子。江娥啼竹：湘水的女神，即古帝舜的妃子娥皇、女英。传说舜死，二妃痛哭，泪珠洒在竹上，竹上尽是斑痕。素女：传说中古代神女，或言其善于弦歌。《史记·孝武本纪》："泰帝使素女鼓五十弦瑟，悲，帝禁不止，故破其瑟为二十五弦。"中国：指唐长安城。昆山：即昆仑山，传说山上多玉石。泣露：滴露。十二门前：指长安。十二，形容数量多或程度深。南朝齐·王融《望成行》："金城十二重，云气出表里。"二十三丝：指李凭所弹有二十三弦的箜篌。动紫皇：感动天神。紫皇，道教传说中最高的神仙。《太平御览》卷六五九引《祕要经》："太清九宫，皆有僚属，其最高者，称太皇、紫皇、玉皇。"逗：引出。神妪：神妇。据《搜神记》记载，有神妪名成夫人，好音乐，能弹箜篌。教神妪：教神妪弹奏。吴质：即神话中在月中砍桂树的吴刚。

赏析　此写梨园弟子李凭弹奏箜篌，是唐代诗歌中描写音乐的著名作品。

首句"吴丝蜀桐",渲染箜篌制作之精美,"高秋"点明时间,"张"写安置箜篌的动作,琴既张而人未出,意在先声夺人。二、三两句"空山凝云颓不流,江娥啼竹素女愁",可理解为乐声之美妙,浮云为之凝滞,湘娥素女为之怅然触动愁怀。而第四句出现李凭是"倒点题",也可理解为李凭善弹箜篌,技艺精湛高超、名传遐迩,不但响遏行云,而且连传说中善于鼓瑟的湘娥、素女也受到了极大的感染:啼竹愁哭。诗直到第四句才点出演奏者李凭,因诗人之意原不在人物自身,而在妙肖其出神入化的弹奏技艺。

后十句,写李凭弹奏之妙。五、六两句"以声写声",正面追摹,以"昆山玉碎""凤凰叫""芙蓉泣露""香兰笑"等奇思妙想,比拟乐声之入于幽微,人间闻所未闻。最后八句,通过八种意象组合,极力摹写箜篌所产生的动天地、泣鬼神的音乐效果。前二种写人间事,谓乐声煦如春光,消融了长安十二门前的"高秋"轻寒;弦歌之妙,

> 佳句
> • 女娲炼石补天处,石破天惊逗秋雨。

连宫中君王亦为之倾动。此句与杨巨源《听李凭弹箜篌》"君王听乐梨园暖,翻到云门第几声"意同,而翻空出奇,技法高出一筹。后六种意象分别写音乐对"女娲"新补的"天"、善弹箜篌的"神妪"、深渊"老鱼"、幽壑"瘦蛟"、月中"吴质"和"玉兔"所产生的感染力。其结果是:女娲新补的天因惊破而逗漏秋雨;神山乐仙听得如痴如醉;深渊的老鱼为之跳波;潜于幽壑的瘦蛟为之起舞;吴质倚桂树,听得不能成眠;月宫玉兔蹲伏不动,忘了露水打湿纤毛。诗以音乐效果旁衬弹奏之妙,其落想之大胆超奇,辞采之瑰丽诡谲,实在令人拍案叫绝。

清方扶南《李长吉诗集批注》以为,此诗堪与白居易《琵琶行》、韩愈《听颖师弹琴》媲美,均为"摹写声音至文"。然白、韩诗大抵以"珠落玉盘""勇士赴敌""儿女语"拟声,运思不离

日常经验；李诗则以"昆山玉碎""凤凰叫""香兰笑"拟声，意象脱落凡俗故常。前者诗中出现的听众为陪客及白、韩本人；后者诗中出现的听众为女娲、神妪、老鱼、瘦蛟、吴质、寒兔。故一凡乐，一仙乐；一凡诗，一仙诗。吴汝纶誉此诗"通体皆从神理中曲曲摹绘，出神入幽，无一字落恒人蹊径"（高步瀛《唐宋诗举要》），的是确论。

（曹　旭）

雁门太守行

原文　　边塞　　唐·李贺

黑云压城城欲摧，甲光向月金鳞开。角声满天秋色里，塞上燕脂凝夜紫。半卷红旗临易水，霜重鼓寒声不起。报君黄金台上意，提携玉龙为君死。

内　容　诗歌描写唐军与叛军间的一次残酷的鏖战，歌颂将士们誓死报效国家的决心。
特　色　意境悲壮，设色浓妙。
注　释　摧：毁坏。金鳞：铠甲上的鳞片被月光照射闪耀着金光。燕脂：指鲜血。凝夜紫：在夜里凝成了紫色。临：到，抵达。易水：地名，在今河北省易县。声不起：声音低沉不扬。玉龙：指宝剑。

赏析　《雁门太守行》是乐府古题，该诗颂扬洛阳令王涣的德政，内容与雁门太守无关；梁简文帝萧纲开始用它写边地征战的内容。李贺运用这个古题，承袭萧纲诗意，反映唐代元和年间河北易水地区平叛将士与叛军的一场鏖战，热情讴歌唐军将士们为维护祖国统一而英勇奋战的精神。

全诗用八句七古的形式，以巨大的艺术腕力，概括了战斗的全过程。前二句,总写敌我双方的形势。首句写叛军围城,人马众多,频繁驰突,尘土飞扬,犹如黑云高压城垣,真有摧城破关的气势。刘辰翁评曰:"起句奇。"(《笺注评点李长吉歌诗》)它是我国诗史上的千古名句。次句写守城将士的军威,他们身穿铠甲,坚守城堞,严阵以待,月光照在铁衣的鳞片上,闪耀着金色的光波。威武的诗歌形象,深刻地透示了守城将士临危不惧、从容镇定的内心世界。"向月",一作"向日",不同的版本文字,引出一段争论来。王安石说:"方黑云压城,岂有向日之甲光?"杨慎则举出自己目睹围城上空有黑云的亲身经历,批评荆公"宋老头巾不知诗"(《升庵诗话》)。细味诗意,似以"向月"为宜。三、四句分别就"听"和"见","白天"和"夜晚"等方面,用侧笔描写战斗的悲壮激烈。

【佳句】
· 黑云压城城欲摧,甲光向月金鳞开。

满天的角声,回荡在秋空中,鏖战正在进行;夜晚,战斗暂时结束,战场上洒满鲜血,凝成紫色。这里暗用"紫塞"成语,崔豹《古今注》:"秦筑长城,土色皆紫,故曰紫塞。"本诗形容染血的边塞土地。五、六句描写援军的活动。援军在夜风中行进,为了防止发出声响,所以半卷红旗;夜寒霜重,所以鼓声低抑不响。他们临近易水,支援守城的将士。最后二句,点明主题。"黄金台",故址在今河北省易县附近,战国时燕昭王所筑,他在台上放置千金,招纳天下贤士。"玉龙",宝剑,本诗泛指一切兵器。因为形势危急,所有参战的将士们都披坚执锐,决一死战,以报答君王的知遇之恩。

　　李贺诗"法《离骚》,多惊人句"(王文禄《诗的》),李贺学骚,不用骚体形式,却在气韵、意蕴上远绍屈原,得其精髓。本诗正是运化屈原《九歌·国殇》的诗意,用武毅雄杰的形象,悲壮苍凉的意境,表现唐代平叛将士在危急形势下的誓死精神,读来激动人心。毛先舒指出"设色浓妙"是李贺乐府诗的一大特色(《诗辩坻》)。本诗便是运用色彩浓重的语言,如"黑云""金鳞""燕脂""紫色""红旗"等,渲染战争的紧张、险恶、肃杀、苍凉的氛围,构成一幅有声、有色、有动、有静的战斗画面,增强诗歌的艺术表现力,这与构思独异、意象新奇相融合,使全诗呈现出"瑰奇"的风貌来。传说李贺带了诗卷去谒见韩愈,当时韩愈正准备睡觉,他打开诗卷,首先读到的是《雁门太守行》,精神为之一振,睡意全消,立即穿衣见李贺(《唐摭言》)。这首诗,能撼动"文章巨公"韩愈的心灵,可见它确实具有惊人的艺术魅力。

(吴企明)

梦　天

原文

游仙　　　　唐·李贺

　　老兔寒蟾泣天色,云楼半开壁斜白。玉轮轧露湿团光,鸾珮相逢桂香陌。黄尘清水三山下,更变千年如走马。遥望齐州九点烟,一泓海水杯中泻。

内　容　诗歌描写梦游月宫的幻想境界,表现了诗人大小相对的辩证时空观。

特　色	着想灵动，由高视低。
注　释	梦天：梦游天上。老兔寒蟾：古代神话中说月宫里有玉兔和蟾蜍。壁斜白：意谓月光斜照着云壁。玉轮：指月亮。鸾珮：雕着鸾凤的玉珮，这里代指嫦娥。桂香陌：桂花飘香的道路。陌，道路。黄尘：指陆地。清水：指海洋。更变：更替变化。如走马：形容变化之快。齐州：古时指中国。泓：形容水的深广，这里用作量词。

赏析　同有着一种认为神仙世界的瞬间相当于人世间漫长时间的时间观一致的是，唐诗中也还有着一种认为神仙世界的极小空间相当于人世间极为阔大空间的空间观。李贺的这首《梦天》诗就表现了这样一种观念。

　　诗的前四句写诗人梦游入月宫：天色阴沉，蓦然飘下一阵细雨，仿佛是月宫中的玉兔和蟾蜍哭泣时洒下的泪水。一会儿雨停了，月亮又从云缝中钻了出来，皎洁的光斜射着重叠的云，好像映照着层楼之壁。刚刚下过雨的天空，不是还有水汽吗？月亮从云朵中轧过，怕要被打湿了吧？以上是开头三句的诗意，写雨后月色，可谓着想灵动，其尤妙者乃在"轧露湿团光"五字。露在地上，而此诗谓天上水汽为露者，是视天上为有地也，月亮行空本无凭依，既谓"玉轮"，则自然引申出可供碾过之地，有地则有露，有露则团光可湿也。这一思路妙就妙在把地上事物的逻辑写入天上物事，因而使天上物事活现出一种地上的情趣，显得生动可亲；地上的情趣则因从天上的物事中透出，而变得奇诡可喜。似在情理之外又似在情理之中，所以它不平常，十分新鲜，但又并不走向荒诞。第四句"鸾珮相逢桂香陌"，写诗人进入月宫路遇仙女，透出一种宁馨的韵味。

　　诗的后四句描写由月宫上俯瞰人世间的景象：仙人麻姑曾对王方平说："已见东海三为桑田，向到蓬莱，水又浅于往昔会时略半也。"（葛洪《神仙传》）此诗"黄尘清水三山下"一句，即化用麻姑语意。"三山"即秦皇汉武所企往的海中三神山：蓬莱、方丈、瀛洲。"黄尘清水"，谓黄尘生于清水之中，此句云在月宫中眼看着沧海正逐步变成桑田。沧海桑田的变化就人世间而言，其时间是极为漫长的，"小年不及大年"（《庄子·逍遥游》），凡人是看不到这种变化的。既然已入月宫的诗人和仙女能够看到沧桑之变正在进行，那么沧桑变化期间年代之更替，在他们眼中自然如同走马般的急速了。李贺的《天上谣》对这一点写得更加显豁一些："东指羲和能走马，海尘新生石山下。"李贺正是将两种时间流逝的节拍，强烈而鲜明地对照起来，从而产生了奇幻的艺术效果。

同"黄尘"二句相一致的是，"遥望"二句则对两种不同的空间尺度作了对比。"遥望齐州九点烟"是说由月中俯视，九州大地细若点点烟尘。取由高而下这样一个角度落笔，前人已有，如阮籍所云："泰山成砥砺，黄河为裳带。"（《咏怀诗八十二首》其三十八）郭璞所云："四渎流如泪，五狱罗若垤。"（《游仙诗》其十三）均是由极高而甚低地俯视下来，从而使地上巨大的山河变为渺小。当然，李贺"遥望"二句比之阮、郭这几句站得更高，因此不只是山河而是整个中国大地全部成了比"砥砺""裳带""泪流""罗垤"更细小得几乎快没有了的烟尘。李贺此句之妙倒还不在于比之阮、郭在高度的想象上百尺竿头，更进了一尺，

> **佳句**
> ·黄尘清水三山下，更变千年如走马。
> ·遥望齐州九点烟，一泓海水杯中泻。

而在于它映衬下一句"一泓海水杯中泻"时，所表现的一种不同于阮、郭的空间观念。月宫与九州的悬隔既如此之大，小小的一杯水倾去不是应该飘洒得不见踪影了？不，却是汇成了一片汪洋大海，可见小杯容量之大，神仙世界中极小的空间可以化为凡人世界极大的空间。这种空间观念的核心，正是存在着两种不同的空间尺度，没有不同的空间尺度，这种小之变大是不可能的。想象力均十分高妙的阮籍、郭璞、鲍照都没有表现过这样一种空

间观念。不深入到这一层,我们就难以对李贺这首诗有更深层的理解。

(王锺陵)

天上谣

原文 游仙 唐·李贺

天河夜转漂回星,银浦流云学水声。玉宫桂树花未落,仙妾采香垂珮缨。秦妃卷帘北窗晓,窗前植桐青凤小。王子吹笙鹅管长,呼龙耕烟种瑶草。粉霞红绶藕丝裙,青洲步拾兰苕春。东指羲和能走马,海尘新生石山下。

内　容 这首诗描绘天上仙人的生活景象,抒发沧海桑田的人生悲慨。
特　色 多级联想,想象奇特。
注　释 回星:运转的星星。玉宫:月宫。垂:挂。秦妃:指秦穆公之女弄玉,传说她后来成了仙女。王子:指王子乔,周灵王的太子,传说他善吹箫,后来成为仙人。青洲:即青邱,传说中的仙洲。兰苕:兰花。羲和:太阳神。海尘:海底扬起的尘土,这里指陆地。

赏析 这首诗以"天上谣"为题,描绘天上仙人虚无缥缈的景象,极尽驰骋想象之能事。头两句写夜晚从地上仰望天上银河的所见所想,次八句写想象中的天上仙境和仙人的行动,末二句写天上红日飞驰,地上沧海扬尘,隐含沧海桑田的人生悲慨。

多级联想,多重比喻,是李贺歌诗的艺术特色之一。本诗第二句就运用了多级联想和多重比喻。"银浦流云学水声",遥望星空呈现一道白色光带,宛如银色河流,这是一种联想,一种比喻。这种联想是由星空光带的形色与河流相似而引发的,可称之为直观联想。一般人常规范围的联想就到此为止。李贺则不然,他进而揣想,既然星空光带皎洁如银河,河水流动,自然潺潺有声。这是二级联想,二重比喻。这种由银河的光色而联系到它的声音的联想,可称之为推理联想。李贺类似的诗句,还有《秦王饮酒》中的"羲和敲日玻璃声"。这样构思的诗句,在李贺之前似乎不曾有过。

想象奇特,出人意表,是李贺歌诗的又一艺术特色。本诗第八句"呼龙耕烟种瑶草",就体现了这一特色。此诗第三、第四句:"玉宫桂树花未落,仙妾采香垂珮缨。"写的是月宫景色和嫦娥的动态。第五、第六句:"秦妃卷帘北窗晓,窗前植桐青凤小。"描写秦女弄玉在仙界的景况。第九、第十句总写天上仙女的衣饰和流连光景的乐事。"粉霞",指粉霞似的衣衫。"绶",丝带。"步拾",边走边拾。

佳句
- 天河夜转漂回星,银浦流云学水声。
- 东指羲和能走马,海尘新生石山下。

这六句描写的内容不过是世俗生活的翻版,都没有超出人事范围。唯有"呼龙耕烟种瑶草",想入非非,确能写出仙家生涯。你看:这里役使的是神龙,耕作的是烟云,栽种的是瑶草。真是此物只应天上有,人间哪得一回看。充满虚无缥缈的仙气,令人驰神遐想,飘飘欲仙。这样奇特的想象力,在李贺之前,除了《庄子》《楚辞》和李白的一些诗篇以外,恐怕是无人能与李贺相比了。

(丘幼宣)

浩 歌

原文 感怀 唐·李贺

南风吹山作平地,帝遣天吴移海水。王母桃花千遍红,彭祖巫咸几回死。青毛骢马参差钱,娇春杨柳含细烟。筝人劝我金屈

卮，神血未凝身问谁？不须浪饮丁都护，世上英雄本无主。买丝绣作平原君，有酒惟浇赵州土。漏催水咽玉蟾蜍，卫娘发薄不胜梳。羞见秋眉换新绿，二十男儿那刺促。

内　容	诗人慨叹人生苦短，表示自己应当及时自勉。
特　色	词丽意曲，透过一层。
注　释	浩歌：放声高歌。天吴：水神名。《山海经·海外东经》："朝阳之谷，神曰天吴，是为水伯。"彭祖：传说中的人物，因封于彭，故称。传说他善养生，有导引之术，活到八百高龄。巫咸：古代传说人名，黄帝时人。《太平御览》卷七九引《归藏》："昔黄神与炎神争斗涿鹿之野，将战，筮於巫咸。"骢马：毛色青白的马。参差：错杂不齐的样子。钱：指圆形斑点。屈卮：有曲柄的酒杯。神血未凝：精神气血尚未坚固，指青年时期。身问谁：此身献给谁。问，赠送。浪饮：恣意狂饮。赵州土：平原君故土。漏：滴漏，古时计时器。玉蟾蜍：玉制的蟾蜍形的盛水器。卫娘：汉武帝皇后卫子夫，以头发浓美著称。秋眉：衰白的眉毛。新绿：指鲜亮乌黑的眉毛。那：奈何。刺促：局促，指不得志。

赏析　李贺诗大部分是乐府诗，其中有的是沿用古题，如《雁门太守行》，有的是自制新题，如《天上谣》，有的是改易古题，如改《公无渡河》为《公无出门》。本诗也是由乐府古题《长歌行》改易而成，主旨也相似，乃咏叹人命无常，应当及时自勉。

佳句
- 王母桃花千遍红，彭祖巫咸几回死。

这首诗写的是，在一个春光明媚的日子，在一个有歌伎侑酒的宴席上，诗人触景生情，产生了联翩的浮想。全诗可分四段，每段四句。头段四句说，南风把高山渐渐吹成了平地，上帝派水神天吴移走了海水。那三千年才开一次花的王母蟠桃，已经红过一千回了。那两位活了几百岁的彭祖、巫咸，也死去活来过好几回了。前两句写空间的变化巨大，后两句写时间的推移无穷。这一段借陵谷变迁、沧海桑田、仙人几度死生,说明世间万物没有常驻不变之理,人又岂能长生!次段四句的大意是,在柳色含烟的初春,我骑着有青白花斑的骏马去踏青赴宴。弹筝的美人捧着金杯来劝我:血肉之躯哪能永固长保呢?还是及时行乐,开怀畅饮吧。第六句"娇春杨柳含细烟",以"娇"写春,不仅切合初春时令,而且将之意态化了。"含细烟"准确鲜明地描摹出初春的柳色。用"娇春"不用"新春""阳春",用"细烟"不用"淡烟""轻烟",足以见出李贺遣词的独创性。确如古人所评"只字片语,必新必奇"(李维桢《昌谷诗解·序》)。第三段四句的意思是,劝同席会饮的丁都护,不必因为排遣怀才不遇的愤懑而滥饮(一说"丁都护"即"丁督护",此处指边听歌曲边饮酒,亦可通)。世上的英雄本来就难遇明主,现在已经没有平原君那样礼贤下士的人了。我情愿为平原君绣像供奉他,到他的墓上浇酒祭奠,以示景仰之意。末段四句是写流光飞逝,时不待人,看那侑酒的卫娘,头发已经稀疏得难以梳理了。联想到自己的乌发也出现了白丝(李贺十八岁以前就有了白发),我这个二十来岁的青年男子,应当及时努力,奋发有为才是,哪能这样坐守困厄呢(类似的感慨,李贺在《致酒行》中也表露过:"少年心事当挈云,谁念幽寒坐呜呃?")!从末句"二十男儿那刺促"来看,这首诗大约是李贺二十岁,客居长安时所作。

  词丽意曲,是李贺歌诗艺术的一个特色。如本诗末段首句"漏催水咽玉蟾蜍",意思不过是"光阴易过",诗人却用借代手法,以铜壶滴漏,"漏催水咽"来曲折表达,而且用了"玉蟾蜍"一词,就使全句立刻产生光华射眼的艺术效果。全诗还用了"千遍红""青毛骢马""金屈卮""新绿"等众多表色彩的词语,给诗篇披上了五色斑斓的华丽外衣。

  句意跳跃突兀,是李贺歌诗艺术的另一个特色。如本诗头段末联"王母桃花千遍红,彭祖巫咸几回死"之后,忽然接上"青毛骢马参差钱,娇春杨柳含细烟",句意之间跳跃很大,显得非

常突兀。第二段与第三段之间,第三段与第四段之间,也都有这种句意跳跃突兀的现象。这种跳跃突兀,构成了李贺诗"奇"和"曲"的艺术特色。

透过一层构思,言人所未能言,这更是李贺诗艺术一个重要的特色。如本诗第四句:"彭祖巫咸几回死。"类似的诗句还有:"几回天上葬神仙。"(李贺《官街鼓》)对于长生和神仙的虚妄不可信,前人诗文中多已涉笔。但在表述的方法技巧上,李贺却有很大的独创性。世人都侈谈神仙长生,李贺偏说神仙也会死,而且不止死一回,而是"几回死"!这种思考方法,就是透过一层,超出一般人通常的想法。禅宗六祖慧能作偈说:"菩提本非树,明镜亦非台。本来无一物,何处染尘埃!"传得了五祖的衣钵。慧能作这个偈也是运用了透过一层的构思方法:你神秀说:"身是菩提树,心如明镜台。时时勤拂拭,勿使染尘埃。"他慧能偏偏把菩提、明镜,连同身心和尘埃都来个彻底否定,道是"本来无一物"。这样一来,又有什么沾染可言呢!李贺这种透过一层构思的方法是和慧能的偈子颇相类似的。

(丘幼宣)

秋　来

原文

感怀　　　　　　　唐·李贺

　　桐风惊心壮士苦，衰灯络纬啼寒素。谁看青简一编书，不遣花虫粉空蠹。思牵今夜肠应直，雨冷香魂吊书客。秋坟鬼唱鲍家诗，恨血千年土中碧。

内　容　这首诗写秋夜感怀，抒发了封建时代知识分子怀才不遇的牢愁。

特　色　多用借代，鬼气染色。

注　释　壮士：诗人自称。络纬：虫名，俗名纺织娘。青简：指书籍。花虫：蛀虫。粉空蠹：蛀虫把书籍蛀空，留下蛀屑。吊：慰问。书客：诗人自称。鲍家诗：指鲍照的《代蒿里行》，诗中用死者的口吻抒写对人生的恋慕和对死亡的怨恨。

赏析

　　秋风吹来，惊动了青年人的心：时光又流逝了！对着残灯，听着促织在秋夜里啾啾地鸣叫，感到苦闷得很。有谁来看我的作品，不让蠹鱼把它蛀空呢？今晚思绪牵缠，把人的肠子都要拉直了。在秋雨中竟然有鬼魂来吊问我这个著书人，就像那才鬼在坟里还吟唱诗句，他含恨入土的千年尸骨一定不甘泯灭，会化成碧玉。

　　这首诗给读者展示了一幅秋夜感怀图，以凄清幽丽的意境，抒发了封建时代知识分子怀才不遇的牢愁。

　　这首诗反映的思想情绪，同李贺在《南园十三首》（其六）中所写的完全一样："寻章摘句老雕虫，晓月当帘挂玉弓。不见年年辽海上，文章何处哭秋风？"《南园十三首》（其五）中也表达了这种愤慨："请君暂上凌烟阁，若个书生万户侯？"对封建王朝重武轻文，知识分子受冷遇，发泄不满。

巧用借代,是李贺诗的艺术特色之一。本诗用"桐风"指代秋风,暗示梧桐叶落秋已深,更加形象化。次句用"寒素"指代秋夜,给读者以色感("素")温感("寒"),内涵更为丰富。

佳句
- 谁看青简一编书,不遣花虫粉空蠹。

人们通常都用"愁肠百结"来形容忧愁之重,本诗第五句,李贺偏用"思牵今夜肠应直"来形容,连九曲回肠都被愁思拉直了,忧愁之多之重可以想见。这里用的也是透过一层的表现方法。

(丘幼宣)

帝子歌

原文　感事　唐·李贺

洞庭帝子一千里,凉风雁啼天在水。九节菖蒲石上死,湘神弹琴迎帝子。山头老桂吹古香,雌龙怨吟寒水光。沙浦走鱼白石郎,闲取真珠掷龙堂。

内　容　诗歌写一个宗室女子入道观为女冠的事,讽刺唐统治者推崇道教以致女冠伤风败俗。

特　色　象征比拟,造语奇特。

注　释　帝子、雌龙:均代指女冠。帝子,原指娥皇、女英,传说为尧的女儿。这里指女冠。九节菖蒲石上死:这里喻指父母亡故。九节菖蒲,古代传说中的仙草。北魏郦道元《水经注·伊水》:"石上菖蒲,一寸九节,为药最妙,服久化仙。"白石郎:传说中的水神,此指与女冠关系暧昧的男子。《古乐府》:"白石郎,临江居。前导河伯后从鱼。"

赏析　读这一首诗,首先要弄清楚它写的是什么内容。清人王琦的解说是："此篇旨趣全仿《楚辞·九歌》。"清人姚文燮在集注中则认为："元和十一年秋，葬庄宪皇太后。时大水，饶州奏漂失四千七百户。贺作此讥之。"按李贺此诗内容与《九歌》中的《湘君》《湘夫人》都不甚吻合，至于姚氏所论，更是失于穿凿。那么，这首诗写的到底是什么呢？要知道，道教崇奉老子为太上老君，老子姓李，因此唐朝好几个皇帝都推崇道教。唐高宗加封老子为太上玄元皇帝，唐玄宗时命令两京及诸州立庙奉祀老子，一时道观林立。道士可以蠲免赋税，不少人以道观为逋逃薮。也有妇女出家当道姑的，甚至帝王宗室的女儿也入道观修炼。女诗人鱼玄机也曾入道观，与诗人温庭筠、李郢篇什唱酬。李商隐的诗作中还记录了他和女冠的暧昧关系。这些年轻貌美的女子聚集在道观里，日子一长，不免招蜂引蝶，演出许多风流剧来。当时不少女道院成了变相的青楼妓馆。

明了这一历史背景，不难看出，李贺这首诗写的是一个宗室女子入道观为女冠的事。全诗分两段，每段四句。头段四句是说，在一个秋天，一个宗室女子因为父母亲亡故（"九节菖蒲石上死"），出家遁入道观为女冠（"湘神弹琴迎帝子"）。首句当作"洞庭秋色一千里"，"帝子"疑有误。末段四句则是写，这个宗室女子在道观里寂寞难耐凄凉（"雌龙怨吟寒水光"），后来遇上个英俊郎君，不免投桃报李起来（"沙浦走鱼白石郎，闲取真珠掷龙堂"）。

全诗采用象征比拟手法，写得很形象化。在铸词锻句方面，本诗体现了李贺一贯的艺术特色。一是拟人化："山头老桂吹古香"，把桂树写活了。二是好押"死"字韵："九节菖蒲石上死"。三是好用"古""老"等形容词："山头老桂吹古香"。四是好用"悲""怨"等词语。这些词句共同织成衰飒悲凉之雾，笼罩全篇，给读者以深刻的情绪感染。

(丘幼宣)

秦王饮酒

原文 感事 唐·李贺

秦王骑虎游八极,剑光照空天自碧。羲和敲日玻璃声,劫灰飞尽古今平。龙头泻酒邀酒星,金槽琵琶夜枨枨,洞庭雨脚来吹笙。酒酣喝月使倒行,银云栉栉瑶殿明,宫门掌事报一更。花楼玉凤声娇狞,海绡红文香浅清,黄娥跌舞千年觥。仙人烛树蜡烟轻,青琴醉眼泪泓泓。

内 容 诗歌通过写秦王彻夜纵酒狂欢之事,讽刺唐德宗荒淫无度。
特 色 烘云托月,奇丽巧曲。
注 释 秦王:秦始皇,这里代指唐德宗。骑虎游八极:喻指领兵四处征战。八极,八方极远之地。劫灰:劫火的余灰。这里指战火。龙头:柄端刻有龙头形的酒勺。槽:琵琶上端的旋架。枨(chéng)枨:琵琶声。雨脚:雨点。栉(zhì)栉:排列整齐严密的样子。千年觥:祝寿的酒杯。觥,饮酒器。泪泓泓:泪眼汪汪。

赏析 本诗题目为"秦王饮酒",但内容与秦始皇毫不相关。那么,这位秦王指谁呢?唐人诗歌中好用秦皇汉武喻指本朝皇帝,如杜甫《兵车行》中有句:"边庭流血成海水,武皇开边意未已。"白居易《长恨歌》起句:"汉皇重色思倾国,御宇多年求不得。"这个武皇和汉皇都是指唐玄宗。清人姚文燮认为,唐德宗〔李适(kuò)〕性刚暴,好宴游,未即位时尝封雍王,雍州正是秦地,故本诗秦王指德宗。考德宗即位前曾任兵马大元帅,平定史朝义之乱,又以关内元帅出镇咸阳,抗击吐蕃。笔者认为,姚氏此说可从。

此诗十五句,可分为两部分。头四句为一部分,写秦王的赫

赫武功；后面十一句极写秦王荒淫无度，作长夜之饮，寄托讽喻，是本诗的主体。头两句"秦王骑虎游八极，剑光照空天自碧"，以"骑虎"和"剑光照空"等夸张的形象，描写秦王武功赫赫，威慑四方。首句写秦王的武勇神威，次句写军容之盛。次两句"羲和敲日玻璃声，劫灰飞尽古今平"，写秦王经过几年的征战，实现了国家太平。第三句以日神羲和驾日车运行的形象写时间的推移。这一句也是运用多级联想、多重比喻的构思方法，由日的光明联想到光亮的玻璃，再由玻璃敲得响，进而联想敲太阳也会发出像敲玻璃那样的声音。

> **佳句**
> • 羲和敲日玻璃声，劫灰飞尽古今平。

从第五句至结尾，写秦王彻夜纵酒狂欢。这部分又可分作三层。"龙头泻酒邀酒星，金槽琵琶夜枨枨，洞庭雨脚来吹笙"为第一层，写秦王在琵琶、笙管的音乐声中聚众夜饮。首句着一"泻"字，表现饮酒量之大，漫无节制，次句用"金槽"写乐器之豪华。第三句的"洞庭雨脚"，"洞庭"借指用湘竹制成的笙管，"雨脚"形容众多乐工吹笙时左右摆动笙管，那一排排笙管仿佛斜风中摇曳的雨线一般。"酒酣喝月使倒行，银云栉栉瑶殿明，宫门掌事报一更"为第二层，写秦王酣饮通宵达旦。"酒酣"句想象奇特，是浪漫主义写法，写秦王恣饮取乐，唯恐夜短，恨不得喝令明月倒转，以延长夜晚时光。"银云栉栉"描写拂晓时候天边出现的鱼鳞状云片，形象非常准确。"瑶殿明"点明夜色消退，天已大亮。"宫门"句写明明东方已白，管事的宫监还向醉昏的秦王谎报才是一更时间。"花楼玉凤声娇狞，海绡红文香浅清，黄娥跌舞千年觥。仙人烛树蜡烟轻，青琴醉眼泪泓泓"是第三层，写灯烛已尽，唱歌、舞蹈、献酒的妃嫔、宫女们都已经醉眼蒙眬。"花楼"句写歌唱一夜的宫女已经声嘶力竭，"娇狞"即娇弱。"海绡"句写绣有红色花纹的鲛绡舞衣经过漫漫长夜，衣上的香气越来越淡薄了。"黄娥"句用"跌舞"极写跳了一夜舞的宫娥疲惫不堪，向秦王献酒时显得步履踉跄。"仙人"句写烛尽烟微,夜阑欲曙。"青琴"句写妃嫔们又累又醉,泪水盈眶。"青琴",古神女,借指宫嫔。

这首诗最大的艺术特色,是运用了烘云托月法。诗题是"秦王饮酒",除了开头四句正面写秦王的威武功业之外,作者并没有正面写秦王如何滥饮淫乐。而是从侧面铺写如何奏乐,直到天明犹未啜饮,歌舞的宫嫔如何声嘶力竭,脚步踉跄,泪眼泓泓,让读者自然想见,秦王更是酩酊烂醉到何等程度了。此外,诗中还交互运用了形容、比拟、象征、借代、夸张、多级联想、多重比喻种种表现手法,充分体现了李贺诗歌奇丽巧曲的艺术风格,堪称为李贺的代表作。

(丘幼宣)

南园十三首(其一)

原文 惜花 唐·李贺

花枝草蔓眼中开,小白长红越女腮。可怜日暮嫣香落,嫁与春风不用媒。

内 容 诗歌描写南园的美丽春景,寄托了诗人感叹容华易老的思想情绪。

特 色 形象比拟,借景传情。

注 释 草蔓:草藤,这里指蔓生的草本花。小:少。白:指白花。长:多。红:红花。越女:指春秋时越国美女西施,这里泛指美女。

赏析 这是李贺《南园》组诗十三首的头一篇。南园大约在诗人的家乡昌谷。组诗第四首首句说"三十未有二十余",可以推知,这一组诗当作于诗人从长安回乡,家居昌谷时。头十二首都

南园十三首（其一）

是七言绝句，末一首是五言律诗。组诗描写了南园的春景和夏景，村妇采桑、缫丝等农事活动，诗人自己居乡读书、垂钓、种菱、收石蜜、种瓜等闲寂生活。表达了诗人不甘闲寂，想弃文习武，求取功名的意向；抒发了封建时代知识分子怀才不遇的忧愤。比起李贺其他诗作，这十三首写得比较平直明白。

这首七言绝句，描写了南园的春景。借好花朝开暮落的形象，寄托了诗人感叹容华易老，年命短促，时不我待的思想情绪。这是李贺诗歌中反复咏叹的一个主题。首句"花枝草蔓眼中开"，花枝是主，草蔓是宾，草蔓在这里只起陪衬作用。"眼中开"，意为刚刚看见花儿开放，为第三句写日暮花落伏笔。次句"小白长红越女腮"，用比拟手法写盛开花朵的浓丽娇艳，有如美女白里透红的面颊。"小白长红"写花色红多白少。一般写法是以花喻人，李贺这一句却是以人喻花，别有新味。第三句"可怜日暮嫣香落"，以"嫣香"指代美花；"可怜"即可惜；点明"日暮"，与首句"眼中开"呼应。这句说：可惜才到傍晚，美丽的香花就凋谢坠落了。末句意思不过是落花被春风吹得到处飘荡

佳句
- 可怜日暮嫣香落，嫁与春风不用媒。

罢了，但诗人构思巧妙，运用拟人化手法，写成"嫁与春风不用媒"，颇有调侃意味。难怪清人方扶南在这一句下面批道："佳，好句。却不可袭。"此诗以惜花、惜春为主旨，表现了李贺诗中常有的青春情调，不过较之他的其他诗作，本诗更显得活泼明快。清人姚文燮凿定李贺每一首诗都是托古讽今，指陈时事，寄寓孤忠哀激之情，他诠释此诗说："元和时，皇室诸王嫁女不以时，上知其弊，诏封诸王六女为县主，委中书、门下、宗正、吏部，选门第人才者嫁之。贺作此诗，伤其前此之芳姿艳质不得佳偶，至此日暮色衰，始得听其自适，恐未免委曲以徇人耳。"（《昌谷集注》）这样曲解，就未免是郢书燕说、穿凿附会了。

（丘幼宣）

金铜仙人辞汉歌

原文　　　　　　　咏史　　　唐·李贺

　　魏明帝青龙元年八月，诏宫官牵车西取汉孝武捧露盘仙人，欲立置前殿。宫官既拆盘，仙人临载，乃潸然泪下，唐诸王孙李长吉遂作《金铜仙人辞汉歌》。

　　茂陵刘郎秋风客，夜闻马嘶晓无迹。画栏桂树悬秋香，三十六宫土花碧。魏官牵车指千里，东关酸风射眸子。空将汉月出宫门，忆君清泪如铅水。衰兰送客咸阳道，天若有情天亦老。携盘独出月荒凉，渭城已远波声小。

内　容　诗歌叙写金铜仙人被魏明帝迁出汉宫的故事，抒发了诗人对国运衰微、仕进无望的怨愤心情，也讽刺了唐统治者追求神仙迷信的虚妄行为。

特　色　移情于物，幽深诡谲。

注　释　潸然：流泪的样子。土花：苔藓。将：与。君：指汉武帝。客：指金铜仙人。天若有情天亦老：意谓此情此景连苍天也要为之伤感而衰老。渭城：秦都咸阳，汉改名渭城县，这里指长安。波声：指渭水的涛声。

赏析　《金铜仙人辞汉歌》是一首"奇事奇语"的奇诗，刘辰翁认为这首诗"非长吉不能赋，古今无此神妙"（《笺注评点李长吉歌诗》）。然而，它的主题究竟是什么？历来众说纷纭。杜牧的《李长吉歌诗叙》，很值得我们注意，他说："贺能探寻前事，所以深叹恨古今未尝经道者，如《金铜仙人辞汉歌》《补梁庾肩吾宫体谣》（即《还自会稽歌》），求取情状，离绝远去笔墨畦径间。"他的话，不啻是我们探入诗人心灵、把握诗篇题旨的一把钥匙。

金铜仙人辞汉歌

李贺主要生活在唐宪宗元和时代。当时,藩镇割据,宦官专权,政治腐败,国势衰微;宪宗李纯又迷信神仙,耽于丹药,追求长生不老。诗人入长安三载,目睹种种黑暗现实,自身又受到达官贵人的排挤冷落,报国无路,雄才难展。他百感交集,义愤填膺,"探寻前事",从建立过赫赫帝业的汉武帝身上,取得了历史鉴照。汉武帝铸造金铜仙人,服饮朝露玉屑,冀求长生,终成泡影,这个事实,启迪了诗人的诗思,作为"唐诸王孙"的李贺,凭借着魏明帝搬迁金铜仙人的故事,写下这首咏史诗,寄寓了自己的深深感叹。

> **佳句**
> ·衰兰送客咸阳道,天若有情天亦老。

诗篇并没有从"金铜仙人"落笔,却宕开一笔,先从汉武帝发端。"茂陵",是汉武帝的陵墓所在地;"刘郎",即汉武帝刘彻。"秋风客",有双重含义,既是说刘彻写过《秋风辞》,其诗意境悲凉,为本诗定下了悲凄的基调;又是说具有雄才大略的汉武帝亦不过是秋风中的过客。次句"夜闻马嘶晓无迹"承上文,申足"秋风客"的诗意。刘彻当年叱咤风云,因此在他的陵墓前,夜晚似乎还可以听见战马奔腾嘶鸣的声音,但是到了白天,便看不到一点痕迹。汉武帝早已谢世,汉宫里画栏旁的年老的桂树,依然散发着清香,而庭院台阶上,处处长满了苔藓,一派荒凉景象。开端四句诗,写出刘彻追求长生而难以长生,写出汉室衰微,所以,无名氏评点说:"铜驼荆棘之情,言之显然。"(明于嘉刻本《李长吉诗集》)

金铜仙人是在汉代鼎盛时期建造的,而今,武帝久殁人世,汉室由盛转衰,乃至亡了国,它也被魏明帝拆迁,无怪铜人要"潸然泪下"。有了首四句的铺垫,"魏官牵车"以下八句描写金铜仙人出都的全过程,便不显得突兀。"东关",长安东城门,魏都邺城在长安之东,搬迁铜人必出东关。"酸风",风本无酸甜之别,这是说尖利的寒风直射眼眸,使之发酸。"清泪如铅水",铅性重,泪水沉重,象征心情沉痛。人既然是铜铸的,那流出的泪水定是"铅水",由某一物性联想引申出另一物性,充分表现出诗人艺术想象力的丰富新奇。铜人受过汉武帝的恩宠,目睹过汉代昌盛的景况,一旦被拆迁出京,况且只有天上的旧时月色"汉月"陪伴它出宫,这不能不勾引起它依恋、怀旧的情怀。"衰兰送客"二句,描写铜人离开京城的时候,路边的枯萎兰草为它送行,渲染了孤寂凄冷的氛围,与铜人内心的极度悲怆相适应。至此,诗人将全诗感情的喷发,推到了最高潮,于是发出了"天若有情天亦老"的呼喊。最后,以"携盘独出月荒凉,渭城已远波声小"两句结穴,李贺离开了铜人"留于灞垒"(《魏略》)的原记载,想象出铜人逐渐远去的情景,深化了全诗荒凉、悲凄的意境,更好地摅写了自己在唐室国运衰微,仕进无望,被迫离开长安时的怨愤心情,也寄寓着诗人对追求神仙迷信的虚妄行为的深刻讽刺。

本诗想象奇特,艺术构思不同凡响。运用移情的艺术手段,在形象描绘中注入了诗人强烈的主观情感,使物人格化,赋予无情之物"铜人""衰兰"以丰富的人的感情,"无情者变为有情"(王琦《李长吉歌诗汇解》)。并辅之以"奇绝无对"的语言和环境氛围的烘托,创造了奇异变幻、深沉怨愤的诗歌境界和"幽深诡谲"的艺术风貌,将物性和人情、历史故事和现实人生融为一体,确实道出了前人所未尝经过的艺术意境,产生了惊人的艺术力量,这便是千百年来《金铜仙人辞汉歌》广为流传的真正原因。

(吴企明)

昌谷北园新笋四首(其一)

原文 咏笋 唐·李贺

箨落长竿削玉开,君看母笋是龙材。更容一夜抽千尺,别却

昌谷北园新笋四首(其一)

池园数寸泥。

内　容	此诗描写新竹的形态和长势,寄托诗人的美好憧憬和远大抱负。
特　色	象征比拟,托物抒怀。
注　释	箨:竹笋皮。包在新竹外面的皮叶,竹长成逐渐脱落。抽:长出。别却:离开。

赏析　这是李贺《昌谷北园新笋》组诗四首的头一首。这四首诗都是七言绝句,以新笋为题材,描写新生竹子的秀美,抒发了自己观赏新竹时的感受。

　　这首七言绝句描写破壳而出、刚从笋生成的新竹的形态和长势,寄托了诗人的憧憬。大意是说:笋壳脱落了,崭露出修长的竹身,绿茵茵的,润滑光洁,简直是一根新琢成的绿玉竿。你看它所从生的大笋,就知道它会长成一根好竹材。只要一个夜晚,它就能上长千尺。到那个时候,它就摆脱了脚下这一小块土地,冲霄直上,凌云屹立了。头一句写眼前所见的新竹,用美玉来形容指代这根竹子,不仅准确形象地描摹了新竹的色相,而且以典雅的用语表达了诗人的赞美之情,与第二句中的"龙材"相呼应。第二句写新竹的前身——大笋,由此悬想这根新竹将会成长为出类拔萃的大材。末两句写想象中新竹的发展前景,寄托了诗人上进腾达的美好愿望。第三句用了夸张手法,着一"抽"字,便把竹子拔节上长的气势表现出来了,显得生动有力。

佳句
- 更容一夜抽千尺,别却池园数寸泥。

　　竹笋的别名叫龙孙。李贺是唐朝皇帝宗室郑孝王李亮的后裔,正是以龙子龙孙自居。本诗作者以新竹象征自己,在诗里寄托了诗人怀瑾握瑜、青云直上的抱负和希望。从诗题和诗意来看,这首诗大约在李贺十八岁时作,当时他家居昌谷,尚未到都城长安。诗中充满乐观情绪,颇为踌躇满志。特别是本诗末二句的意境，令人想起杜甫《望岳》的末联："会当凌绝顶，一览众山小。"它们都蕴涵了诗人对前途的百倍信心，只是两诗的情味不尽相同罢了。

（丘幼宣）

官街鼓

原文 时流 唐·李贺

晓声隆隆催转日，暮声隆隆呼月出。汉城黄柳映新帘，柏陵飞燕埋香骨。碓碎千年日长白，孝武秦王听不得。从君翠发芦花色，独共南山守中国。几回天上葬神仙，漏声相将无断绝！

内　容｜这首诗描写时光之流逝，否定长生不死之观念。
特　色｜造句奇特，意境奇诡。
注　释｜从：听凭。翠发：黑而有光泽的头发。漏声：古代计时器的滴水声。相将：相与。

赏析 唐时京城每条主要街道街隅皆悬鼓，诗题"官街鼓"则指此。唐人承魏晋南北朝，具有强烈的时流心理感，这种时流心理感是采用一种神话的形式在诗歌中表现出来的，可以李贺此诗为例。

此诗以"官街鼓"作为飞光的象征。日为鼓声催转，月为鼓声呼出。"汉城"指京城长安。"黄柳映新帘"者，谓春色又至。"柏陵"指皇家陵墓。"飞燕"，汉成帝后妃名赵飞燕，诗中用以指称嫔妃。"碓碎"，敲碎。"孝武秦王"指汉武帝和秦始皇。"听不得"者，谓鼓声敲碎了千年长日，求仙的秦皇汉武早已死去，听不到这种鼓声了。"从君翠发芦花色，独共南山守中国"，是说听凭人们头发由翠黑变为如芦花的白色，只有官街鼓声伴着南山长久地守在长安。"几回天上葬神仙,漏声相将无断绝",则云天上神仙也要死,唯有漏声无断绝!

全诗写时光之流逝,其最为警策奇特之语乃在"几回天上葬神仙"一句。此句否定了任何长生不死的观念,这是魏晋以来理性主义的迁逝感对以直线延伸的时间观为核心的神仙思想的亵渎和颠覆,从而使这首诗对时流之长的表现和对于人之必死这一观念的强调,超过了汉末以来的任何一首诗,然而,同汉末魏晋南朝写迁逝的诗赋相比,感情却是分外地平静了。阮籍、潘岳、陆机、陶潜、江淹等人曾对时光迁逝所发的悲痛的吟唱,在这儿化为一种冷静的表达,正是因为这种冷静,李贺方才能跳出个人以至人间的角度,将天国和人间统一起来去看待时间之无尽的流逝。没有审视之冷静,那就难以在时间之流面前将凡人和神仙,亦即是将此岸世界和彼岸世界统一起来。正是从这一点出发,李贺方才在中国诗歌史上创造了前所未有的奇诡意境。(王锺陵)

> 佳句
> ・几回天上葬神仙,漏声相将无断绝!

金陵怀古

原文　　怀古　　唐·许浑

玉树歌残王气终,景阳兵合戍楼空。松楸远近千官冢,禾黍高低六代宫。石燕拂云晴亦雨,江豚吹浪夜还风。英雄一去豪华尽,唯有青山似洛中。

内　容 诗歌借写六朝灭亡的历史悲剧,表达作者对走向颓落的晚唐国运的忧虑与感慨。

特　色 笔力沉酣,气局悲凉。

注　释　玉树：南朝陈后主所作歌曲《玉树后庭花》的省称。终：尽，消失。景阳兵合：意指隋军兵围陈朝景阳宫。松楸：松树和楸树，常种在墓地。冢：坟墓。六代：即六朝，三国东吴、东晋和南朝的宋、齐、梁、陈，相继建都金陵（今南京），史称为六朝。豪华：指昌盛显耀。

赏析　《古今诗话》中有这样一段记载："舒州三祖山，因芰荷萝蔓峭壁间，得诗，乃杜牧之《金陵怀古》云：玉树歌残王气终……"（《宋诗话辑佚》）看来宋人是十分推崇这首诗的，竟把这首诗的出现描绘得如此神奇，只是此诗并非杜牧所作，岳珂曾亲得许浑真迹，并录于《宝真斋法书赞》中，故为许浑所作无疑。

陈后主是历史上极其奢靡昏庸的一个皇帝，执政期间，初惧贻危，后稍安定便"耽荒为长夜之饮，嬖宠同艳妻之孽，危亡弗恤，上下相蒙。众叛亲离，临机不寤。自投于井，冀以苟生"（《陈书·后主本纪》）。此诗正是取陈后主的亡国悲剧怀古讽今。全诗从《玉树后庭花》发端告诉人们，在靡靡之音中，隋军铁蹄已近景阳宫，戍楼失守，陈的一代国运也随之结束，后主所迷信的"王气在此"，只不过是自欺欺人而已！在晚唐诗人中，"声律之熟，无如浑者"（田雯《古欢堂集·杂著》）。这首诗首联即用对偶格，工整可观，尤以上下句末"空"字与"终"字属对，洵为妙笔，诗人左抽右旋，便将悲剧的大幕徐徐拉开。

佳句
- 玉树歌残王气终，景阳兵合戍楼空。
- 英雄一去豪华尽，唯有青山似洛中。

颔联"松楸远近千官冢，禾黍高低六代宫"二句，写诗人登高望远，透过古都荒凉历乱的山河陈迹，追抚历史的创痛。展示在诗人眼前的正是当时朝朝琼树、夜夜璧月之地，而如今满殿千官、数朝贵胄，尽成荒冢野鬼；六宫台殿连同紫气皇祚，咸委禾黍积莽。这里诗人橡笔挥洒，一联之中牢笼起几个世纪的人事殂落,以历史衬映着现实,意境格外凄寂悲凉。

颈联"石燕拂云晴亦雨,江豚吹浪夜还风",诗人将透视历史的深沉目光转而蒿目时艰。诗中两句分别化用了两个优美传说。据《湘中记》:"零陵有石燕,得风雨则飞翔,风雨止,还为石。"《南越志》:"江豚似猪,居水中,每于浪间跳跃,风辄起。"诗人妙手点化,着手成春,借雨浪兴止变化,生动地表现出江河日下的时代变迁:似曾记得的晴朗天空已经不复存在,暴雨正滂沱;沉沉黑夜的平静又能有几时,狂飙已骤起!"拂云""吹浪"在诗中十分传神,使"石燕"翻云覆雨、江豚卷浪兴风的形象栩栩如生。"亦""还"两个虚字看似随手牵来,毫不经意,但置于诗中,使词气稍稍冗漫弛缓,更透露出诗人的牢落心绪。

许浑一生历经德宗至宣宗八朝之君,可谓正是从"晴亦雨"的中唐走向夜色浓重的晚唐,又亲眼目睹着晚唐"夜还风"的彻底颓落的现实。他是一个清醒的士子,当"山雨欲来风满楼"(《咸阳城西楼晚眺》)时,便敏锐地感到时代陵替之必然。这首诗的尾联两句清楚地表达出这种预见:"英雄一去豪华尽,唯有青山似洛中。"从全诗结撰来说,诗人似乎在回应首联,"英雄"

指称六代之君。然而细细品味末句不难发现，诗人的思绪忽从眼前"青山"联想到遥远的唐王朝东都洛阳，这意识的驰动正包含着诗人深刻的思想和沉哀茹痛的感慨：英雄一去，豪华殆尽，衰败的唐皇朝还能苟延残喘几天呢？对于诗人来说，金陵"山似洛阳多"（李白《金陵三首》）只是感觉到的形似，而两个历史上政治中心命运的趋同则是理解到的内在联系。

许浑是世局中人，他太善于洞察时势，于是便有了更多的悲哀。他无意补天更无力回天，于是只能在叹息中虚宕时光——也只能以叹息收束这首缅怀历史的诗篇。

许浑平生写诗，多涉怀古，最为后人肯定，影响也最大。如元辛文房《唐才子传》云："浑乐林泉，亦慷慨悲歌之士。登高怀古，已见壮心，故为格调豪丽，犹强弩初张，牙浅弦急，俱无留意耳。至今慕者极多，家家自谓得骊龙之照夜也。"从这首诗确可窥其"慷慨悲歌之士"风貌一斑。然而"格调豪丽"，于他诗可以印证，就本诗说，则显然以笔力沉酣、气局悲凉为特色。正因为如此，那泣之以血的哀毁更给人以强烈的悲剧美的感染和启悟。

（罗时进）

凌歊台

原文　　怀古　　唐·许浑

宋祖凌歊乐未回，三千歌舞宿层台。湘潭云尽暮山出，巴蜀雪消春水来。行殿有基荒荠合，寝园无主野棠开。百年便作万年计，岩畔古碑空绿苔。

内　容　诗歌以古今盛衰的对比描写，揭示人生短暂与自然永恒的矛盾主题。

凌歊台

特　色　借题生发,偶对琢炼。

注　释　行殿:行宫。荒荠:蒺藜。合:会集,这里有丛生的意思。寝园:即陵园。古代帝王陵墓上有寝殿,故名。《汉书·韦玄成传》:"而昭灵后、武哀王……各有寝园,与诸帝合,凡三十所。"野棠:果木名,即棠梨,俗称野梨。

赏析　这是一首怀古诗,以古今盛衰的对比描写,揭示人生短暂与自然永恒的矛盾主题。

凌歊(xiāo)台在安徽当涂县西,刘宋时曾在此修筑行宫避暑。首联写宋祖昔登此台,游乐不已,三千歌舞,何其繁奢。这里宋祖泛指刘宋皇室,方回以宋祖特指刘裕,谓刘裕起于布衣,为节俭之主,指"三千歌舞"近于诬,未免过于拘泥(见《瀛奎律髓》卷三)。

颔联写登台远望所见,湘潭云尽,暮山突兀,巴蜀雪消,春水东来。这四个极具动感的景观描写,除了表现出空间的高远旷野之外,更给人以时间上的推进延伸之感。正是这日复一日的云聚云散,年复一年的雪积雪消,将过去的繁盛与今天的荒芜相连接,其中隐含了人世间所发生的一切沧桑巨变。

佳句
・行殿有基荒荠合,寝园无主野棠开。

颈联即转写凌歊台如今的荒芜。行殿故基,荒荠已合;寝园无主,野棠乱开。这一切正向人们诉说着昔日的繁盛,而如今荒荠野棠犹占春色,当年豪华事业却转瞬无存,于此对比之中,更加强了古今之感。古今盛衰的巨变,自然而然地引发出稍纵即逝的人世与绵延永恒的自然的矛盾。这二联偶对琢炼,气象高远而又感慨深沉。尾联化用李白《凌歊台》"欲览碑上文,苔侵岂堪读"的诗句,总括全诗。

(徐　俊)

咸阳城西楼晚眺

原文　　　吊古　　　唐·许浑

一上高城万里愁,蒹葭杨柳似汀洲。溪云初起日沉阁,山雨欲来风满楼。鸟下绿芜秦苑夕,蝉鸣黄叶汉宫秋。行人莫问当年事,故国东来渭水流。

内　容　这首诗写秋天傍晚作者登上咸阳城楼远眺时的感慨,寄寓对行将崩溃的晚唐命运的担忧。

特　色　寓情于景,深含理趣。

注　释　蒹葭:芦苇。绿芜:绿草地。芜,杂草丛生。苑:古称养禽兽、植林木的地方,这里指帝王或贵族的园林。故国东来渭水流:意谓故国渭水依然向东流去,而人事已非。

赏析　题一作《咸阳城东楼》。"咸阳"是秦、汉都城,在唐代隔渭水与京都长安相望,旧址在今陕西省咸阳市东窑店。这首诗写秋天傍晚作者登上咸阳城楼远眺时的感慨。

诗中说:一登上高楼就百感交集,愁绪万端。一眼望去,蒹葭苍苍,杨柳依依,秋水长天,仿佛汀洲风光。"汀洲",水中的小洲。从一个"似"可以知道诗人眼前并无小洲。极目远眺,只见一片乌云从磻溪谷间涌起,夕阳从慈福寺后沉落;狂风灌满了城楼,一场大雨即将到来。在这秋天的暮色苍茫中,鸟在草丛中乱飞,蝉在枯枝上鸣叫;可是,谁能想到这里就是当年幽深、雄伟的秦苑、汉宫的旧址呢?前朝之事我们就不必去问了;今天东来咸阳,感到没有改变的,就只有那渭水依然不停地滔滔流去。"行人",指包括作者自己在内的旅人。"当年事",指秦、汉的灭亡。

这首诗是围绕着首句点出的"愁"字来展开的。诗人所以愁肠百结，是担忧唐王朝行将崩溃的命运。他从当时政局的腐败、社会的动荡中已经看到了唐王朝每况愈下、大乱不远的某些征兆。"山雨欲来风满楼"，正是诗人心中感受到的时局危机的一种形象体现。许浑是在愁情久已郁结心头总想得以排遣的心绪支配下登上西楼的。可是，谁知登高望远，苍茫百感，反而勾引起他的万般愁思，所以诗中说"一上高城万里愁"。由于满怀忧愁，因此这时所看到的一切客观景物似乎都带有诗人的主观愁情；既然景中含情，那么写景也就是抒情了。诗中的"云起""日沉"，"山雨""风楼"，"鸟下绿芜""蝉鸣黄叶"，以其暗淡的色彩和空漠、寥落的氛围，显示出一种淡淡的哀愁。风是无形的，所谓"风满楼"，虽"满"而实无一物，这就更突现了落寞的境界。

佳句

- 溪云初起日沉阁，山雨欲来风满楼。

最后一句"故国东来渭水流"是写眼前的"景"——河水滔滔滚滚地向东流去；但这"景"中又饱含着诗人的"情"——渭水东流，无始无终，诗人登楼远眺，那"万里"之愁无休无止！所以这既是客观景物的写实，又是诗人主观情思的映现。景是实写的，情是虚写的；景有限而情无限。景是客观存在的，谁都可以见到；而情是一种内心体验，别人无法捉摸。现在诗人将自己的愁情客观化、对象化，使读者从具体的形象中去感受自己体现于诗中的情思。这样写，或许能增强诗篇艺术表现上的美感效应。这种不直接抒情，而把自己的感情寄寓于景物，借景物来言情的写法，在旧体诗词中是常常被运用的。例如李白两首送别诗中有这样的句子："孤帆远影碧空尽，唯见长江天际流。"（《黄鹤楼送孟浩然之广陵》）"挥手自兹去，萧萧班马鸣。"（《送友人》）两者都不直接抒情，可是，我们从孤帆远影、江水奔流、马鸣萧萧这些景象中却感受到了依依不舍的惜别之情。

"山雨欲来风满楼"揭示了社会生活的一个普遍规律，即社会现实中某种事物在发生巨大变革前，总会显示出某些征兆来的。它告诉我们：要以敏锐的观察力、感受力去注意社会生活中那些预示将有突发事件产生的现象，从而做好必要的应变准备。这也可以说是我们从这句诗的意象中所能悟到的一种道理。这就是"理趣"。再进一步看，这首诗所道及的秦汉相继灭亡、唐朝岌岌可危的史实，本身还蕴涵着沧海桑田、兴衰荣枯的感慨。就这一点讲，或许能在更高的层次上给予人们以哲理的思考。

（查良圭）

登金山寺

原文

咏寺　　　　　唐·张祜

古今斯岛绝，南北大江分。水阔吞沧海，亭高宿断云。
返潮千涧落，啼鸟半空闻。皆是登临处，归航酒半醺。

内　容　诗歌描写作者登金山寺时所览壮美阔大的景色，表达了观览山水的愉悦之情。
特　色　气象阔大，意渗景外。
注　释　绝：独特。醺：醉。

赏析

张祜（hù）以宫词于元和中得名。李群玉有《寄张祜》诗，称其"越水吴山任兴行，五湖云月挂高情"，"昔岁芳声到童稚，老来佳句遍公卿"。可知张祜喜爱山水云月，曾在吴越一带漫游过，他在当时有一定的诗名，所以李群玉此诗结末许之甚高："如君气力波澜地，留取阴何沈范名。"阴指阴铿，何指何逊，沈指沈约，范指范云，均为南朝著名诗人。以南朝诗人相许，在唐代是一种流行的称赞方法。张祜曾与苏绍之、灵澈上人以及后来为杜牧所追怀的沈下贤等人交游，因喜爱丹阳曲阿之地

登金山寺

而筑室卜隐于此。在整个唐代诗人中,张祜是写润州(今江苏镇江)风光最多的诗人,润州的名胜在张祜诗中大多有很好的表现。

佳句
- 古今斯岛绝,南北大江分。
- 水阔吞沧海,亭高宿断云。

这是一首咏金山的诗。镇江风光独绝江南在于三山一江。三山指北固山、金山、焦山,或在江中或临江干。金山,《全唐诗》中多见题咏,直至宋代,文人们仍爱题咏金山。

此诗气象阔大,首句便有沉雄之韵。"古今"二字,劈首即先写出一种悠远之情。"斯岛"指金山,金山原在江中,现虽已与南岸相连,但镇江人民的口谚中至今仍有"乘船上金山"。"绝"字,既写出山在江中且山形陡峻之形绝,亦暗寓金山寺超拔于世俗外之意绝。次句"南北大江分"承首句中"岛"字而来。岛既在江中,江以岛而分南北矣!此句之气概洵足以与首句相配。张祜另有一首《题润州金山寺》,其颈联曰:"树色中流见,钟声两岸闻。"以"树色""钟声"写岛之在江中,可作此诗首二句的注脚来读。

三、四两句:"水阔吞沧海,亭高宿断云。"仪征、扬州与润州之间的一段江面,古称扬子江,江面极为辽阔,远水与天相连。由于江面极阔,人们的瞬间感受发生了这样一个错觉,不是江水东流入海,而是沧海为东流之江水所吞。以瞬间感受用活动词,由此创造出一个新鲜奇崛的意象,这是南朝以来即有的技法,唐宋更光大之。"亭高宿断云",是以亭高见山高,这是由一物及一物的写法,"断云"者,片云之谓也。不说亭高入云,而谓片云停宿于亭,则此亭之高可渟滀(tíngchù)八方、涵蕴四虚矣。

"返潮千涧落,啼鸟半空闻",这两句同三、四句一样,仍是一写水阔一写山高,不过换了物象。"返潮"者,因山在江中,山中之涧水乃同大江之水相接。江水涨潮,涧水满溢;江水退潮,涧中石出。"千涧"二字,由涧水之多写山之阔、江之广。而啼鸟闻于半空,则平添一脉灵动的意韵。山之上空,有飞云依扬,有山鸟啁啾,云鸟无心,可任生得性,水阔千涧,则意蕴遒迈。景中蕴意,意渗景外,心性之修养于此得之矣!

故最后二句以酒醺结穴。"皆是登临处"者,云金山处处可游也。"归舫",指由金山寺返回润州。心既陶然,则举觞而至于半醺,半醺正饮者之最佳状态,由此可见游者之愉悦。

总之,气象阔大为全诗之境界,而意渗景外则为此诗之主要技法。

(王海峻)

题润州鹤林寺

原文　　咏寺　　唐·张祜

古寺名僧多异时,道情虚遣俗情悲。千年鹤在市朝变,来去旧山人不知。

内　容　诗歌叙写人生之短暂、悲愁,表达对市朝变异的落寞之情。
特　色　脱略形似,虚远空灵。
注　释　市朝:指争名逐利之所。这里指争名逐利的人世。

赏析　润州南郊为京口风景之又一佳处,山峦叠翠,迤逦错落,涧流鸣玉,竹疏坡缓,有招隐、竹林、鹤林三名刹,《全唐

题润州鹤林寺

诗》中多见题咏。此诗所咏鹤林寺，也是不少唐代诗人的常往之地。在这首诗中，历史感是以援用神话典故的方式来表现的，所以诗虽短却有深度。

题咏佛寺，不免叙尘世之繁杂、人生之苦辛而慕山林之清逸、方外之解脱。然而，难得有将此种意向和寺名密切扣合起来的作品，而这一首诗的可贵恰恰在于此。

首句"古寺名僧多异时"，发端即就寺、僧之异时而述迁逝之悲。次句进而讲解脱曰："道情虚遭俗情悲。""道情"者，入道之情。"道"这一概念之在中国，每一种学派都加以援用，有黄老之道，有周公孔孟之道，还有佛之道，等等。这儿指的是佛道。入道之人以"虚"遭愁，"虚"者，空无之理。佛言四大皆空，人形皆四大元素（地、水、火、风）聚合而成，元非我有，我亦原无，而不入道之人，即诗中所谓"俗情"者，五情六欲无法斩断，故见迁逝而生悲切。这二句可谓虚起。

第三句扣住诗题鹤林寺之"鹤"来写。据《搜神后记》云，有丁令威者学道于灵虚山，其后化鹤归辽东，盘旋而歌曰："有鸟有鸟丁令威，去家千年今始归。城郭如故人民非，何不学仙冢累累。"这是一则著名的仙话。张祜此诗"千年鹤在市朝变"

> 【佳句】
> • 千年鹤在市朝变，来去旧山人不知。

句，就字面上是说鹤林寺之长在而人世代变，就其深层意思则是援用上述仙话，对照仙凡生存时间之差异以突出人生之短暂。在意脉上，这是承首句"异时"二字而来的，一种悲凉的意味深蕴其中，但不作淋漓之表露，只是淡淡地点出，而在这淡中有着深的含蕴。

末句"来去旧山人不知"，旧山指鹤林寺一带的山，此句说即使山中鹤真的飞来又复飞去，也没有人认识它了，因为市朝已经过多年的变迁，犹如丁令威之飞归辽东止于城门华表之上，人不识之，一少年反欲援弓而射。一种落寞的情怀于此流溢而出。

张祜以入道之人自许乎？其来往于旧山而人不之识也。这儿有着一种意念中的叠加：由寺名鹤林而幻化出千年归鹤，由千年归鹤又化出入道虚遣之人，鹤寺常在旧山之现时景况，复迭化入辽东鹤归而人们已非的意味。悲中有遣，而遣中仍悲；落寞中有虚远，而虚远又复归于落寞。

全诗写得十分空灵。前二句虚起虚承，第三句一转，稍一扣"鹤"，复又远离于佛寺之写而抒慨。此诗脱略形似之写，纯从意神上落笔，虚远空灵而有深长之慨。读毕此诗，虽不知该寺院之景象形貌，而深得鹤林之神髓矣！所以这是一首佳构，历来却未为人们所注意。

（王鍾陵）

题金陵渡

原文 夜景 唐·张祜

金陵津渡小山楼，一宿行人自可愁。潮落夜江斜月里，两三星火是瓜州。

内 容 这首诗写在金陵渡口隔江远望瓜州的夜景，抒发思乡之情。
特 色 视界空远，简练浑融。
注 释 津渡：渡口。一宿：一夜。行人：出门在外的人，这里指作者。
星火：指远处闪烁的灯光。

赏析 这是张祜的一首名诗，写在润州西津渡口隔江远望瓜州的夜景。此诗所说的"金陵"指镇江。李绅大和八年（834），他从越州出发，途经苏州、无锡、常州、润州、扬州、淮阴至洛阳，一路上写诗数十首。其中有一首题云《却到金陵登北固亭》，北固为京口三山之一，故此"金陵"非润州莫指。唐诗中"金陵",多有指今江苏镇江者。李绅《宿瓜州》诗有"烟昏水郭津亭晚,回望金陵若动摇。冲浦回风翻宿浪,照沙低月敛残潮。柳经寒露看萧索,人改衰容自寂寥。官冷旧谙唯旅馆,岁阴轻薄是凉飙"。这是写从润州渡江而至瓜州停宿回望江景,其第二句所云"金陵"又明指润州。

"金陵津渡",当是指润州的西津渡。宋人秦观的《金山晚眺》中曾留下过这一地名,其诗前半云:"西津江口月初弦,水气昏昏上接天。"钱锺书《宋诗选注》注云:"'西津'就是西面摆渡口。"其实,西津渡是个专名,并非泛称,秦观诗中因为字数的限制省去了一个"渡"字。西津渡与一长石街名小码头者相连。今修复有"古西津渡"古迹区,上有元代石塔和晚清时之英国领事馆遗址。"小山楼"者,指山上之旅宿处,西津渡旁依蒜山,正对云台山。蒜山在南朝甚为有名,颜延之存诗中即有《车驾幸京口侍游蒜山作》一首,鲍照存诗中也有《蒜山被始兴王命作》。刘桢《京口记》云:"蒜山无峰,岭北临江。"清顾祖禹《读史方舆纪要》曰,蒜山在镇江"府西三里江岸上",可见直到清初,长江还是逼近蒜山的,现在已经向北移了许多。上述鲍照诗云"临迥望沧洲",可见蒜山上可以远眺。不管张祜所宿"小山楼",是在云台山上,还是在蒜山上,总之都是临江高处。

同样是写旅愁,李绅的《宿瓜州》由于视点不高,故诗之境界远不如张祜此诗。"烟昏水郭津亭晚",表明李绅所处在水边渡口的亭子里,同张祜之在小山楼上不同,所以张、李二诗虽都写潮落月斜,张诗则有"两三星火是瓜州"的远景描写以拓开意境,而李诗则没有远景相衬,因为他站的位置望不甚远,只见回风翻浪而已!故张祜诗予人以境界感,而李绅诗则未形成境界。

境界形成与否,除了视点高低所导致的眼界不同外,还有一个艺术提炼的问题。李绅诗写景细碎,抒情过直,所写物象多而未融。张祜诗则意象简练,首句交代地点、方位,次句写事明情,三、四句放笔写远望,远望之景又是一浑然整体。次句点出旅愁，三、四句融情入景，夜色之迷离与行人之旅愁织成一片：落潮涛动，旅愁难眠，夜江辽阔，万籁俱寂。静夜易感，行人之思乃伴涛声而飞越。天上一弯孤冷的斜月，则凄凄地给江面罩上了一层迷蒙的色调。

佳句
- 潮落夜江斜月里，两三星火是瓜州。

远方那点点的灯光那样引人，是低垂天幕上的星光浸入江中幻化为灯光渔火？还是江中的灯光渔火幻化为天上的星光？水天一片，不复分辨，也无须分辨。星光使人念远，灯光令人怀家，于是灯光又仿佛像亲人的眼光，宁静地瞅着你，而游子之离思乃尽在不言中。在这一幅夜江远望图中，情、事、景水乳交融。

当然，话还得说回来，这并不是说张祜的艺术才能高于李绅，因为二人所依凭的空间出发点不同。所谓"文章本天成，妙手偶得之"，是说身处一个好的时空环境中，对于"妙手"写出好文章是十分重要的。自瓜州南渡，舟行江中，天水茫茫，远望南岸，江天背景上映出错落青山，黛色浮云，宛如一幅青绿山水画，而自润州北渡瓜州，则唯见江流渺渺水天弥广矣！南有山而北平芜，此乃张祜垂名之作得"江山之助"（刘勰《文心雕龙·物色》）者哉！

（王锺陵）

游云际寺

原文 咏寺 唐·章孝标

衫袖拂青冥，推鞍上翠屏。尘埃辞马尾，城阙入窗棂。
云领浮名去，钟撞大梦醒。茫茫山下事，满眼送流萍。

内容 诗歌写诗人登上云际寺时对佛理的体悟。

| 特　色 | 扣题生发，曲说暗寓。 |
| 注　释 | 领：引。浮名：虚名，指功名。流萍：飘荡的浮萍。 |

赏析　　此首所咏佛寺名曰"云际"，全诗即扣住此寺名展开。

首句"衫袖拂青冥"。青冥，青天，衫袖拂青天则诗人已入于云际也。一开头先将结果说出，次句再作回溯："推鞍上翠屏。"翠屏指山，鞍代马。首联这种逆挽句式的好处在于诗之发端即惊人，予

佳句
• 茫茫山下事，满眼送流萍。

人以一种强烈的印象。若依时间顺序先述次句再续首句，则如由坡登山，其势缓矣。颔联："尘埃辞马尾，城阙入窗棂。"前承次句，后承首句。下界凡尘愈益远离于马尾，马渐高也。这比直说马愈登愈高要巧妙。城阙入于窗棂，意为从窗棂中可以远眺城阙，则诗人之在寺中明于不言之中。这二句的好处都在不直说，而是绕一下弯子说得更深入，这叫直旨曲说、正意旁衬。

颈联："云领浮名去，钟撞大梦醒。"扣住佛寺之景写体悟。云之飘散如功名富贵心之消去，朗天如同净心。佛寺之钟鸣，惊醒俗人大梦。佛教教义中本有人生如大梦之说，故此句非泛用比喻，而是寓有佛教义理的。尾联："茫茫山下事，满眼送流萍。"以山下事反衬山上寺。"茫茫"二字，妙在既扣合由上视下之迷蒙难辨，又可用以状世事之繁多。"流萍"者，一状其碎小，二状其转瞬即逝。世事繁多碎小，故曰"满眼"。"送"者，目观而远之也，表现出超然其上的情态。世事繁多而山寺宁静，凡下碎小而悟解超旷，尘务流逝而佛性亘如。每一个词都暗寓着一个反衬面。

总之，从构思上说，此诗以高下自然之位置，别方内方外之两种境界，巧扣"云际"之寺名。从技法和造句上说，直旨曲说和暗寓反衬为此诗之主要特色。

看了这首诗千万别以为作者真的悟入佛理了，唐代诗人之谈

佛，不少仅是装门面而已。心中明明热切于功名，而嘴上却偏偏说得很超然。章孝标本人曾在京城苦熬过六年，博得及第。他的"六年衣破帝城尘，一日天池水脱鳞"（《初及第归酬孟元翊见赠》）二句，就道出了这件事。章孝标及第后有诗给友人云："及第全胜十改官，金鞍镀了出长安。马头渐入扬州郭，为报时人洗眼看。"（《及第后寄广陵故人》）一副得意神态，以致遭到李绅的讥嘲："假金方用真金镀，若是真金不镀金。十载长安得一第，何须空腹用高心。"（《答章孝标》）

　　这首诗颇见使力，因而它在艺术上既达不到自然纯净、决不使力而深水渊茂的境界，也不可能形成一种大气磅礴的文势。这首诗的优缺点是这样紧紧地同作者的人格个性密合着。（王锺陵）

逸闻

　　诗人李绅在淮南做官时，一次春日里下雪，当时章孝标正在座。李绅听说过章孝标的诗名，就请他赋诗助兴。章孝标大笔一挥就立刻写成了，李绅看后大为称赏，并将他推荐给主管进士考试的人。不久章孝标果然及第了，赶回家庆贺前，得意扬扬地写了首诗寄给朋友，说："及第全胜十改官，金鞍镀了出长安。马头渐入扬州郭，为报时人洗眼看。"李绅恰巧看见了这首诗，就立即写了首绝交诗给他，说："假金方用真金镀，若是真金不镀金。十载长安得一第，何须空腹用高心。"章孝标读后，十分惭愧。　　　　（王晓丹）

游山南寺二首（其一）

原文　　　　游寺　　　唐·殷尧藩

　　山中尽日无人到，竹外交加百鸟鸣。昨日小楼微雨过，樱桃花落晚风晴。

游山南寺二首(其一)

内　容　这首诗描绘了山南寺清幽明丽的风景。
特　色　移步换形，清幽明丽。
注　释　尽日：从早到晚。

赏析　全诗以"游"字挈领。首句"山中尽日无人到"，诗人从山行道中落笔，以简练的笔墨写出环境的静谧。"无人到"，点出环境的偏僻与佛寺的深幽难觅。"尽日"，是从时间的角度，重笔渲染山寺的远离尘俗。这是春游中所见的第一景。当诗人沿着山间小路，移步前行时，忽有鸟声传入耳际："竹外交加百鸟鸣。"寻声而望，一片青青的竹林隐隐可见。由"无人"而有"鸟鸣"，景象一变。"交加"，极言鸟之多，也言鸟之叫声欢快，而鸟之自由自在的鸣叫，又暗中回应"无人"，为山的静谧从反面作衬托，所谓"鸟鸣山更幽"（王籍《入若耶溪》）是也。"鸟之鸣"与"山之静"相得益彰，无前者则后者成为死寂；无后者则"交加鸣"便无从显现。诗人的匠心于此可见。拾级而上，辗转而至寺楼前。"昨日小楼微雨过"，是写小楼的雨景。从眼见之景忽而变为悬想之景，变实为虚，用笔摇曳生姿。"樱桃花落晚风

佳句
・山中尽日无人到，竹外交加百鸟鸣。

晴"，因一夜风雨，吹落的樱桃花洒满一地，诗人的眼光离开寺楼，落在地上的残红上，景象又一变。如果说樱桃花被风雨摧落，在诗人心中尚留下一丝惆怅与惋惜，那么当他凭山远眺，见到西山晚晴时，其不快则又为欣慰所取代。"晴"字是全诗的点睛之笔，此"晴"因"昨日"之"雨"而设，更倍觉珍贵。它如同油画中的聚光点，有了它整幅画面便充满了暖色和生机。"晚风晴"三字暗示了夕阳，其景又一变矣。

全诗写景，移步换形，一步一景。虽未点明"游"字，而于景物的迭次变换中，"游踪"已历历可见。诗人以敏锐的观察力和高超的表现力，调遣声、色、光交相映衬，描绘出一幅清幽明

丽的风景画。

本诗题为游寺而不写寺，全写山景，在写佛寺的诗中，是为创格。

（钟元凯　李正春）

湘弦曲

原文　　　　祭神　　唐·庄南杰

楚云铮铮戛秋露，巫云峡雨飞朝暮。古磬高敲百尺楼，孤猿夜哭千丈树。云轩辗火声珑珑，连山卷尽长江空。莺啼寂寞花枝雨，鬼啸荒郊松柏风。满堂怨咽悲相续，苦调中含古离曲。繁弦响绝楚魂遥，湘江水碧湘山绿。

内　容　这是一首祭神曲，描写了充满鬼趣的祭神的过程。
特　色　意境幽眇，断绝理路。
注　释　珑珑：拟声词，这里形容车轮辗地发出的声音。寂寞：空虚无物。怨咽：哀伤呜咽。

赏析　《湘弦曲》是一首类似李贺《神弦曲》《蜀国弦》的祭神曲，诗中楚魂可能指湘君、湘夫人。这是一首写巫鬼、具有鬼趣、奇特而不见思维蹊径的作品。

《湘弦曲》四句一解，首四句写神降的环境，下四句写神来，结四句写神去。

首四句："楚天铮铮戛秋露，巫云峡雨飞朝暮。古磬高敲百尺楼，孤猿夜哭千丈树。"这是写祭神时的光景，诗人首先写楚天秋露，变无声为有声，露下竟像戛击万物般铮铮有声。巫山之云巫峡之雨，朝暮在飞，这也形容出"巫山巫峡气萧森"（杜甫诗）的情状。"古磬高敲百尺楼"是巫祝敲着古传泗滨之磬，在百尺高楼之上，形容处境极高极幽。而夜晚神来时，则听到离群独处的哀猿，在千丈之高的树上啼哭。四句以露浓雨暗的萧瑟楚天、高楼击磬的清响以及高树孤猿的哀啼，写出鬼趣森然的神来环境。

下四句写神之来："云轩辗火声珑珑，连山卷尽长江空。莺啼寂寞花枝雨，鬼啸荒郊松柏风。"前二句意思是湘妃之来乘云车（轩，有帷之车），车轮辗地生火，轮声隆隆作响。所过之处似连山都卷尽而长江为之空，这是形容神的从骑很多，声势浩荡。后二句写由远至近，由动至静，说眼前神降之处，是莺啼寂寞无人之境，花枝上洒了阵雨，唯闻鬼在荒郊中呼啸，荒凉的千松万柏中起了悲风。

结尾四句是送神曲："满堂怨咽悲相续，苦调中含古离曲。繁弦响绝楚魂遥，湘江水碧湘山绿。"《楚辞·九歌·少司命》："满堂兮美人，忽独与余兮目成。""悲莫悲兮生别离，乐莫乐兮新相知。"前二句写众人送神时怨咽而悲哀难以遏止，苦调中含有如《少司命》那样的古离曲。后二句总括的讲神已归去，用繁弦响断，表明祭神结束，而楚魂湘妃已经远去了。末句用钱起《省试湘灵鼓瑟》诗句："曲终人不见，江上数峰青。"只写"湘江水碧湘山绿"（碧指江水深处，绿指江水浅处）。看到湘江水，就能够想起这位湘神，这是一种长相思的境界。

全诗断绝理路，形象华美，与李贺《湘妃》也有近似的地方，如该诗的"巫云蜀雨遥相通"，与本诗的"巫云峡雨飞朝暮"就是相仿佛的。李贺和庄南杰诗，都远本《楚辞》，庄南杰这首诗就颇多依傍《九歌》之处（如《少司命》《山鬼》）。　　（王达津）

雁门太守行

原文　　　边塞　　　唐·庄南杰

　　旌旗闪闪摇天末，长笛横吹虏尘阔。跨下嘶风白练狞，腰间切玉青蛇活。击革摐金燧牛尾，犬羊兵败如山死。九泉寂寞葬秋虫，湿云荒草啼秋思。

内　容　诗歌写边塞将士英勇击败敌军的一次激烈鏖战，表达了对牺牲将士的悲悼和同情。

特　色　思出理外，用字奇警。

注　释　旌旗：旗帜的总称。这里指战旗。天末：天的尽头。燧：点燃。

赏析　《幽闲鼓吹》说李贺以诗篇献韩愈，第一篇就是《雁门太守行》。庄南杰这篇《雁门太守行》，显然是学李贺的。《旧唐书·李贺传》说："当时文士，从而效之。"庄南杰当是其中的一个，庄南杰诗刻画形象是十分奇丽的，诗不涉理路不落言筌，构思往往出人意外。

　　这首诗是写边塞的战争，写战士英勇奋战，入侵之敌人一败涂地。诗的首二句："旌旗闪闪摇天末，长笛横吹虏尘阔。"意思是旌旗高举，在天际闪闪摇荡。王昌龄《青楼曲》有"旌旗十万宿长杨"句。"摇"字很生动，李贺诗也常用，如《吕将军歌》"榼榼银龟摇白马"，《感讽六首》"玉妆鞍上摇"等。长笛即羌笛；横吹，在马上横吹聚众，而胡骑云集，尘土飞扬，广阔得没有际畔可寻。唐人喜用"虏尘"或"胡尘"代表少数民族的入侵部队，胡骑大举进攻，烟尘蔽天。这一段写敌我双方对峙，敌军来势汹汹。

　　次二句说："跨下嘶风白练狞，腰间切玉青蛇活。"这是写我

雁门太守行

方将士的雄姿。首句描绘骏马嘶风，马匹像白练，庾信《哀江南赋》写侯景的兵南下攻梁时说："青袍似草，白马如练。"练是指练帛，丝织品。而将士腰间则是挂着能切玉如泥的龙泉宝剑，

佳句
• 跨下嘶风白练狞，腰间切玉青蛇活。

青蛇指剑的形象像青蛇。这两句用字也仿效李贺，如"狞"字是勇猛的样子。李贺《秦王饮酒》："花楼玉凤声娇狞。""活"字形容在战场上宝剑使用得非常灵活，是诗人们少用的字，但李贺《秦宫》诗也用"活"字作韵脚云："秦宫一生花底活。"

下二句写战士追奔逐北，入侵之敌全军覆灭："击革摐金燧牛尾，犬羊兵败如山死。"上句是说战士击鼓鼙，敲金钲，并且火焚牛尾，像战国田单用火牛阵一样，冲击敌军。胡骑兵败如山倒，全线崩溃。这里的"革"与"金"，都是代字，又用古字"燧"作"焚"的代字。"死"的用法更特殊，易"山倒"为"山死"，这是出乎常理之处。"死"字也是李贺诗常用字，如"酒客背寒南山死"（《河南府试十二月乐词》），"不惜倒戈死"（《平城下》）等。这些都显示出庄南杰诗在艺术表现手法上模

仿李贺之处。"犬羊"是古代对入侵的少数民族士兵丑化之词。

结二句写："九泉寂寞葬秋虫，湿云荒草啼秋思。"是写古战场，我方也牺牲了很多将士，死者已经无知，仿佛九泉下埋葬的只是秋虫，即寒螀（促织），在坟穴中生活，在鸣叫声中传出一种悲秋的哀思。这是把寒螀声拟人化了，正是作者凭吊战场，产生悲悼战士的哀思，故意借秋虫来表达对战士的无人顾恤的同情。这二句诗境界萧瑟悲凉，类似李贺"秋坟鬼唱鲍家诗"（《秋来》），"嗷嗷鬼母秋郊哭"（《春坊正字剑子歌》）。"秋思"一词李贺《昌谷》诗也用过，他说家乡一带"光洁无秋思"，即无令人感秋悲秋的事物，而庄南杰则用于边塞战场上，两诗的情调正好相反。

这首诗虽不及李贺《雁门太守行》那样充满奇情豪思，沉郁顿挫，但也是寄思深远，用语用字精警，功夫很深的。　　（王达津）

阳春曲

原文　　春游　　唐·庄南杰

紫锦红囊香满风，金鸾玉轼摇丁冬。沙鸥白羽剪晴碧，野桃红艳烧春空。芳草绵延锁平地，垅蝶双双舞幽翠。凤叶龙吟白日长，落花声底仙娥醉。

内　容　此诗描写唐代三月士女春游的盛况。
特　色　色泽浓丽，通感成像。
注　释　丁冬：拟声词。幽翠：深绿，指葱茏的草木。白日：白昼，白天。仙娥：指士女。

赏析　庄南杰的《阳春曲》是以色彩浓重的画笔描写唐代三月

士女春游的盛况。这类描写士女生活的诗篇也常见于李贺诗中。

曲的开端二句:"紫锦红囊香满风,金鸾玉轼摇丁冬。"写士女春游车马纷红,香风扑鼻。第一句是写人,士女佩紫锦、红锦香囊,香风满路。《世说新语·假谲》云:"谢遏年少时,好着紫罗香囊",此即士女都佩香囊的明证。下句写车马,金鸾是指车轼下悬的鸾铃,玉轼是玉车前面的板,乘车人可以倾身用双手扶持来对看到的人或经过贤人家门时表示敬意。这句就是说金鸾铃悬在玉的车轼下摇动,叮咚作响。

次四句写春游所在郊野风光。第三、四句写水边和桃花林。"沙鸥白羽剪晴碧,野桃红艳烧春空",是说沙滩上生活的白鸥,在江上飞时,双翼点水好像在剪断日光下的碧波。这句用"剪"字,全从形象思维着眼。第四句写野外的桃花林红艳如火,像在春天的空际燃烧,"烧"字很妙,比白居易《忆江南》中"日出山花红胜火"形象还生动。第五、六句写芳草地,是宴饮所在。"芳草绵延锁平地","锁"字很奇特,是说绵延无际的芳草,整个地锁住了大地。"垅蝶双双舞幽翠",写这里幽隐的绿丛中常见双双蛱蝶飞舞。"幽翠"这一新颖词语也出于李贺,李贺《洛姝真珠》诗,就有"兰风桂露洒幽翠"语。这四句写出游冶之地令人陶醉的景致。

结二句写士女春游最后的欢宴,亦即写士女娱乐达到顶峰。"凤叶(协韵的协)龙吟白日长,落花声底仙娥醉",这是写宴会

佳句
· 沙鸥白羽剪晴碧,野桃红艳烧春空。

中用龙笛长吟,用凤笙(或箫)协韵,而这一天的白天也像特别长,落花本无声,但花雨纷纷,就像有声音一样,在落红如雨下,如仙女一样的贵族女郎也喝醉了!

这首诗色泽浓厚,图像新奇,充分表现了视觉和听觉的美感。又能巧用"剪"字、"烧"字,把静的景色变为动的景色。又利用感觉上视觉向听觉的转移,把无声写成有声等等。综上所

述，可以说诗人的审美感受十分敏锐。庄南杰虽存诗不多，但不愧为学李贺诗的诗人中的佼佼者。

（王达津）

伤歌行

原文

感怀　　唐·庄南杰

兔走乌飞不相见，人事依稀速如电。王母夭桃一度开，玉楼红粉千回变。车驰马走咸阳道，石家旧宅空荒草。秋雨无情不惜花，芙蓉一一惊香倒。劝君莫谩栽荆棘，秦皇虚费驱山力。英风一去更无言，白骨沈埋暮山碧。

内　容　此诗写诗人对人生短暂、富贵无常的悲慨。
特　色　象征比拟，寓意于象。
注　释　兔：传说中月中有玉兔，因以兔指月亮。乌：古代神话传说太阳中有三足乌，因以"乌"为太阳的代称。夭桃：艳丽的桃花。夭，通"妖"，艳丽。红粉：指美貌女子。车驰马走咸阳道：意谓人们还在不停地争名夺利。咸阳道，即咸阳古道，汉、唐时从京城往西北经商或从军的必经之地，在今陕西省咸阳市。惊香：指花香迅速衰败。莫谩：不用，不必。谩，莫，不要。栽荆棘：喻指算计，动心计。荆棘，泛指山野丛生多刺的灌木，这里比喻心计。唐孟郊《择友》："面结口头交，肚里生荆棘。"英风：奇伟杰出的气概，这里犹言英雄。

赏析　这首七言古体诗沿用了一个久经吟咏的传统主题。作者所伤感的东西，无非是：时光如电，人生短暂，富贵无常，任你是帝王将相，到头来终归是白骨一堆。所谓"纵有千年铁门限，终须一个土馒头"。表达了人生虚无的观点和悲观伤感的情绪。全诗十二句，每四句一换韵并表达一层意思。作者采用象征比拟手法，寓意于形象。首句以玉兔、金乌指代月、日，第三、四句借"王母夭桃"表达仙家方七日，人世已千年的意思。这四句写日月飞逝，人事无常，容颜易老，生命短促。次四句借西晋富豪石崇宅第破败荒凉的景象，寓意富贵不能长保。末四句借功业煌煌的千古一帝——秦始皇终究不免殂谢，劝诫世人莫要枉费心力，人生到头来不过是一场虚幻。传说秦始皇作石桥，欲渡海

佳句

- 王母夭桃一度开，玉楼红粉千回变。

看日出处。当时有神人为之驱石下海，石去不速，神辄鞭之，石皆流血，至今此石悉为赤色。本诗第十句中的"驱山"指此。

庄南杰这位诗人，声名不显，人们不太熟悉他。《全唐诗》卷四百七十收庄南杰诗五首，这五首诗确是"诗体似长吉"。从题材、思想、用词、造句到表现方法、艺术风格，处处都见出模拟李贺的痕迹。庄南杰也是好用古乐府题目作诗；也好感叹时光易逝，人生短促；也喜欢运用形象比拟、象征、借代等表现方法；也爱用啼、哭、悲、怨、狞、死、鬼、魂等字词；也爱押"死"字韵（如《黄雀行》："争树争巢入营死。"《雁门太守行》："犬羊兵败如山死。"）。有些诗句的结构和神理酷肖李贺的歌诗，如："楚云铮铮夏秋露"，"孤猿夜哭千丈树"，"云轩碾火声珑珑"，"鬼啸荒郊松柏风"，"繁弦响绝楚魂遥"（庄南杰《湘弦曲》），只是在奇丽巧曲方面，庄南杰还逊李贺一筹。　　　　（丘幼宣）

宫人斜

原文　　　　　　　宫怨　　　唐·雍裕之

几多红粉委黄泥，野鸟如歌又似啼。应有春魂化为燕，年来

飞入未央栖。

内　容	此诗写宫女的悲哀。
特　色	虚实相生，哀怨动人。
注　释	宫人斜：古代宫人的墓地。红粉：胭脂和铅粉，都是女子的化妆品，这里指美貌的女子。

赏析　这首七绝是宫词。"宫人斜"是唐代宫人的坟墓。首句"几多"喻其众也。据《汉武帝故事》说："上起明光宫，发燕赵美女二千人充之，建章、未央、长乐三宫，皆辇道相属，悬栋飞阁，不由径路。"这些燕赵美女，来时都是绝世的红颜佳丽、娥眉粉黛，但年复一年，终于萎落成了黄泥。红粉成为黄泥之变，已足令人悲伤，更何况"野鸟如歌又似啼"的声音，在荒林古冢中，在草野泽薮中，像唱着昔日圆润清脆的歌，更像为女子一生不幸的结局而哭啼。这野鸟是宫女之魂所变化而成？"野鸟"意象所蕴涵的离散失落、栖身无所的寓意是显豁的。"应有"二字是设词，又是连接前二句和后二句的关纽词。作为设词，诗人呼唤着女子的游魂归来；作为关纽词，诗人又从宫女的执拗迷恋处着笔，透露出更深的悲剧意味。未央宫始建于汉初，王莽新朝末毁，唐会昌年间重修。唐人喜借汉指唐，未央宫又跨越汉唐千年左右。从埋葬宫女的"宫人斜"，到落荒的"野鸟"，再到执迷依恋未央宫的"燕子"，虚实相生，遂使宫人的哀怨越发凄楚动人。

　　唐诗的宫词，有确指也有泛指。如稍晚于雍裕之的元和时诗人张祜擅长于写宫词，其《宫词二首》写开元中沧州歌妓何满子，为确指。这首《宫人斜》则概括了历史上宫女们的群体哀怨，比起别的宫词更富有深广的意蕴。

（黄炳辉）

潇湘游

原文　　　　　游湘　　　　唐·刘言史

　　夷女采山蕉,缉纱浸江水。野花满髻妆色新,闲歌欸乃深峡里。欸乃知从何处生? 当时泣舜肠断声。翠华寂寞婵娟没,野篁空余红泪情。青烟冥冥覆杉桂,崖壁凌天风雨细。昔人幽恨此地遗,绿芳红颜含怨姿。清猿未尽鼯鼠切,泪水流到湘妃祠。北人莫作潇湘游,九疑云入苍梧愁。

内　容	诗歌主要叙写关于舜的令人断肠的传说,描写了充满悲凄色彩的潇湘,表达了诗人对舜的无限叹惋之情。
特　色	美丽恢赡,情致绵邈。
注　释	欸乃:即《欸乃曲》。寂寞:引申指辞世。冥冥:迷漫。凌:迫近。

赏析　刘言史,是一个被湮没了的中唐诗人。晚近的一些文学史著作,如游国恩等主编的《中国文学史》,中科院文研所编的《中国文学史》,刘大杰的《中国文学发展史》,陆侃如、冯沅君的《中国诗史》等,均只字未及,仅郑振铎的《插图本中国文学史》有不足百字的简介。前人选本,除清刘云份《八刘唐人诗》外,刘作入选的也较罕见。如《唐诗别裁集》《唐诗三百首》《中晚唐诗叩弹集》等等,均不列刘诗。近人的选注读本,包括搜罗颇广的《唐诗鉴赏辞典》也都付之阙如。历代诗评家评论刘作的亦少。清马石亭《秋窗随笔》就有"惜其作不多得"之叹。其实刘诗多达千首,《新唐书·艺文志》载,《刘言史歌诗》亦有六卷。后虽大多已散失,但《全唐诗》录存的,也尚有七十九首之多。皮日休称赞他"所有歌诗千首,其美丽恢赡,自贺(李贺)

外,世莫得比"(《皮子文薮·刘枣强碑文》)。严羽也说:"大历以后,吾所深取者,李长吉、柳子厚、刘言史、权德舆、李涉、李益耳。"(《沧浪诗话》)

湘江,发源于广西兴安的海洋山,北流入湖南,纵贯全省而入于洞庭。潇水,发源于湖南南端的九疑山,北流至零陵而汇入于湘。所以,古代诗人总是潇湘并称而意指湘水。又因湘水为湖南境内最大的河流,又常以之泛指湖南。如郑谷《淮上与友别》就说:"数声风笛离亭晚,君向潇湘我向秦。"本诗诗题,显然兼具二意:漫游于湖南之境,徜徉于湘江之畔。

"夷女采山蕉"四句,诗人把所见、所闻画成了一幅有山、有水、有人物、有声响,色彩明艳的立体图画。"夷女",指少数民族女子。在山中浓绿的芭蕉丛中,少数民族姑娘们在采摘黄澄澄的山蕉。江边,她们正把经过细细地分擘、缉续而成的缕缕麻纱浸入清清的江水漂洗。她们的发髻上插满了野花,犹如作了一番全新的打扮,显得格外的风姿绰约。而在不见人影的深峡里的江水上,却又伴随着咿呀的橹声,传来了悠扬婉转的芦歌。诗人的手法是高妙的。第一句写山上,第二句写水边,这是分述。第三句写装饰,这是合写。有山有水有人物,把夷女们的劳动场面写得那样活泼、明媚。我们仿佛可见她们轻盈灵巧的动作,窈窕美貌的身影和洋溢着青春气息的欢快。第四句是生发,妙在见物不见人。"欸乃",行船橹声也,黄山谷以为乃湖中芦歌声也,这里是兼而有之的。画外来音,深谷传声,韵味足,使人格外感到回肠荡气,悠悠神往。

这江上的"欸乃"之声从何而来的呢?于是与这山山水水有关的关于舜的古老传说便进入了诗人的脑海。这就是当年潇湘二妃(尧的女儿,舜的妻子)娥皇、女英为丈夫之死而肝肠欲断的悲泣声啊!舜为国事巡视南方,不幸途死于苍梧之野,即潇水上游的九疑山畔。噩耗,使她们痛不欲生,悲痛的泪水,洒遍了江边的竹林,染成斑斑竹纹,从此长留人间。这就是"湘妃竹"之由来。不幸湘波无情,乘船覆没,她们终于没能赶到苍梧,永远地饮恨于滔滔的湘水之中。诗中"翠华"是天子旗盖,指舜。"婵娟"是美好之女,指二妃。舜独葬于苍梧(即九疑山),能不寂寞?妃长逝于湘水,能无长恨?此恨绵绵,永无弥补之期。所以说野生的湘妃竹徒然多情地留下斑斑红泪的印痕,只能倍增人们的悲感而已。

于是,在诗人眼中,此地一切景象,无不因"昔人幽恨"所"遗"而含凄状。冥冥青烟覆盖了杉林桂树,细细风雨,包围了凌天崖壁,绿的芳草,红的花瓣,无不呈现含怨的姿态。江边,那令人泣下的清猿哀号,不绝于耳;深山,那声如儿啼的鼯鼠悲鸣,倍感凄切。那滔滔的江水,不就是永世长流的泪水吗?它

佳句
- 翠华寂寞婵娟没,野篠空余红泪情。
- 北人莫作潇湘游,九疑云入苍梧愁。

们一直流到了江边的湘妃祠,传达着永恒的悲痛。这一段前二句触景生情,表达出无限叹惋。后六句移情入景,渲染出强烈氛围。

"北人莫作潇湘游,九疑云入苍梧愁"。舜生于妫水(今山西永济),当然是"北人"了,他如今孤寂地长眠于九疑山中。而诗人也是北人呀!面对着云雾沉沉的似乎永远被忧愁笼罩着的苍梧之山,怎能不怅触无已呢!

诗人以"夷女"的喜,反衬自己的悲,写得情思跌宕,绵邈不绝。诗的结尾,也会唤起读者的无限感触,我们会想到以舜之明于为君,以二妃之笃于为情,都赍恨以殁,苍天何在?不仁何甚?从而从诗篇的神话之境步入人间,推想到更多的人间缺憾。

至于本诗十分注意于词采的华美,色泽的鲜明,绘影传情的精致,则诚如皮日休所说充分体现了他"美丽恢瞻"的特色。

(吴立人)

观绳伎

原文　　　　走索　　　唐·刘言史

（潞府李相公席上作）

泰陵遗乐何最珍？彩绳冉冉天仙人。广场寒食风日好，百夫伐鼓锦臂新。银画青绡抹云发，高处绮罗香更切。重肩接立三四层，著屐背行仍应节。两边丸剑渐相迎，侧身交步何轻盈！闪然欲落却收得，万人肉上寒毛生。危机险势无不有，倒挂纤腰学垂柳。下来一一芙蓉姿，粉薄钿稀态转奇。座中还有沾襟者，曾见先皇初教时。

内　容　这首诗描绘杂技女艺人令人叫绝的走索技艺，同时也表达了诗人对开天盛世的缅怀之情。
特　色　雕金篆玉，牢奇笼怪。
注　释　冉冉：形容轻盈柔媚美好。天仙人：指杂技女艺人。寒食：即寒食节，在清明前一日或前二日。先皇：指唐明皇李隆基。

　早在汉代，就已有杂技艺术表演的记载，有吞刀、吐火、走索、跳丸、寻橦（顶竿）、冲狭（钻圈）等等，总称为"百戏"（见张衡《西京赋》）。隋大业二年（606）炀帝杨广曾在东都洛阳组织过一次规模宏大的会演，演出场地绵亘八里，沿途塔起看棚，表演不分昼夜，参演艺人多达三万之众（见韩渥《海山记》）。入唐，玄宗李隆基于教坊中特设鼓架部，作为杂技艺术的专设机构，勤政楼前，经常大张酺宴，罗列百戏，纵士庶观看。举凡山车、旱船、寻橦、走索、丸剑、角抵、戏马、斗鸡，无不毕备。"观者达数千万众，喧哗聚语"，到"莫得闻鱼龙百戏之语"的程度（见段守节《乐府杂录》、郑处诲《明皇杂录》、郑

繁《开天传信记》)。但有唐一代,诗人叙写杂技艺术的篇什却不多,作生动描绘的尤觉罕睹。所以,刘言史的《观绳伎》之作,所谓凤毛麟角,就弥足珍贵了。

诗人这首诗是在潞府李相公席上,观看"百戏"演出时的即兴之作。潞府李相公兴许就是与诗人从少年时就结下深厚友谊的后来被任为山南东道节度使的李夷简。但因史料不足,我们尚无法确指,好在与诗篇无大关涉,可暂付阙如。这首诗以工笔重彩描绘杂技女艺人令人叫绝的走索技艺,同时也表达了诗人对开元盛世的缅怀之情。

全诗分三个部分。开首四句着重介绍绳伎的由来,演出的时日、环境。诗人巧妙地在介绍绳伎来历的同时,把它从众"乐"之中突现了出来。泰陵,是玄宗的墓葬所在,在今陕西蒲城县东北的金粟山。诗人所"观"的表演,乃是玄宗时所遗的艺术。强调"泰陵遗乐",正是诗人面对遗乐,油然而起的缅怀之情的流露,与诗尾遥相呼应,给诗增添了一种深层的内涵。"彩绳冉冉天仙人",既是对"何最珍"的作答,又是对走索女艺人的第一笔特写式的正面描绘。彩绳冉冉,凌空高架,绳上艺人,轻盈作态,确有恍若天仙之感。广场之上,寒食之节,风和日丽,一百多个身穿簇新锦衣的鼓手,一齐擂响了大鼓,场面十分壮观。

在这宏大的场景中,诗篇进入了第二部分,开始了对走索姑娘整个表演过程的细腻刻画。诗人首先以他特有的"美丽恢瞻"(皮日休《刘枣强碑文》)的语言,勾勒了走索女郎的美的形象。她们银画插发,青绡裹头,乌发如云,绮罗遍体,而芳香的气息,则因她们身在高处,更易弥散。她们的表演又是何等沉着,尽管围观者重肩接立,一层又一层,但她们在绳上却舒徐自如,穿着带齿的木屐,倒背着走"路",还应和着鼓点的节拍。从"两边丸剑渐相迎"开始的六句,则由舒徐转向惊险,着力刻画姑娘们令人担心惊怕的险技。丸剑是抛丸弄剑,表演者两手快速地连续抛接若干弹丸或短剑。白居易《立部伎》一诗有"舞双剑，跳七丸"之句，可见抛的数量还相当多，这在平地就不易，更何况还在凌空绳上，还要两头相迎，边行边抛。从东汉张衡在《西京赋》中有"跳丸剑之挥霍，走索上而相逢"两句看来，这在唐代也已是"传统节目"了，但无疑是有了发展，你看"侧身交步何轻盈"，一根绳上居然可以侧身相让，交肩换步，轻轻巧巧地通行无阻，还一边抛接着丸剑。故意做出的险姿，更是令人胆寒。"闪然欲落"，在演者固然是故作姿态，纵收自得，在观者则不免惊为失措，毛孔生寒了。诗，当然不应该也不要求罗列一切，所以，诗人在写了一绝、一险之后，以"危机险势无不有"一句话，总括种种险技，以"倒挂纤腰学垂柳"一种造型，代表一切造型，"下来一一芙蓉姿，粉薄钿稀态转奇"，演出结束后的姑娘，个个如芙蓉出水，娉婷多姿，又且只是薄施粉黛，略加钗钿，清丽脱俗，端庄柔婉，使人无法想象她们是身怀绝技、智勇兼备的艺人，此所以为"奇"。对于整个表演，诗人用笔正如皮日休所说的"雕金篆玉，牢奇笼怪"。用相当华美的词语刻画出美的场景，美的形象，美的气息和美的演出。

但诗人的诗，给予读者的还不止于此。结尾两句"座中还有沾襟者，曾见先皇初教时"。诗人以不无冷隽的笔触，写下了曾经盛世，亲见"先皇"之人的心态。面对遗乐犹存，盛世难再的状况，抚今思昔，自不免泣下沾襟了。　　　　（吴立人）

王中丞宅夜观舞胡腾

原文　　　舞蹈　　　唐·刘言史

石国胡儿人见少，蹲舞尊前急如鸟。织成蕃帽虚顶尖，细氎胡衫双袖小。手中抛下蒲萄盏，西顾忽思乡路远。跳身转毂宝带

王中丞宅夜观舞胡腾

鸣,弄脚缤纷锦靴软。四座无言皆瞪目,横笛琵琶遍头促。乱腾新毯雪朱毛,傍拂轻花下红烛。酒阑舞罢丝管绝,木槿花西见残月。

内　容　诗歌描摹了舞胡腾的优美舞姿。
特　色　层层铺叙,烘托反衬。
注　释　尊前:在酒樽之前,这里指酒筵上。细氎(dié):细棉布。转毂(gǔ):飞转的车轮,这里比喻身体旋转迅速。遍头:指曲调。雪朱毛:(因跳胡旋舞使新毯上的毛被弄掉的)红色绒毛如雪花般在空中飘飞。酒阑:谓酒筵将尽。

赏析　乌兹别克共和国的撒马尔罕一带,古时称康国,早在中古时期即与中国交通。显庆三年(658),唐王朝于其地置大宛都督府,康国与中原的联系更加密切。康国民族能歌善舞,其所属石国舞蹈最为著名,当时有大批舞蹈家东到京师献技,他们跳的那种以旋转动作为主的舞蹈被称作胡旋舞或舞胡腾。胡旋舞那热烈奔放的风格与盛唐蓬勃向上的时代精神正相符合,于是迅速风靡朝野,成为娱宾遣兴的重要形式。刘言史《王中丞宅夜观舞胡腾》,就是一场胡旋舞实况演出的生动记录。

全诗从欣赏者的角度着笔,采用分镜头式的层层铺叙的方法,完整地再现了王中丞宅夜观舞胡腾的全过程,把读者带入有强烈异域情调的艺术氛围之中。开头两句写作者对胡旋舞的第一印象:演员形象奇特——是距京师万里之遥的"石国胡儿",其外貌、装束与中原汉人迥然不同;舞姿奇特——双膝弯曲,姿势低,功夫在脚上、腿上,节奏快——急如飞鸟,看得你眼花缭乱。接着就从两方面展开,作进一步刻画:看装束,头戴一顶织成的虚顶蕃帽,身着细布窄袖胡衫。这在四周峨冠博带的观众眼里无疑会感到十分新奇,也给读者留下鲜明印象。"手中"以下四句,是诗人对一组舞蹈语言的理解和描摹:抛盏、西顾,大概寄寓"乡思"之情;跳身转毂、弄脚缤纷,一连串的动作和造型，让观者目不暇接。诗人在王武俊中丞宅第看到的胡旋舞是不是表现"乡思"的主题，我们今天不能确知；但他被胡旋舞强烈的主观抒情色彩所感染，得到美的享受却是肯定的。我们不妨对照一下大诗人白居易《新乐府·胡旋女》中的类似描写："弦鼓一声双袖举，回雪飘摇转蓬舞。左旋右转不知疲，千匝万周无已时。"相比之下，白诗毫无气韵和神采。不是白居易缺少艺术鉴赏力，而是他把这种西方传入的艺术新品视作"迷君眼""惑君心"的异端，极力加以排斥，故笔端挟有冷漠和反感。

"四座"以下四句是对周围气氛的渲染，用以烘托胡旋舞的优美动人。四座目瞪口呆，看得入迷，说明观众被征服了。横笛、琵琶，伴奏的乐器具有民族特色，而"遍头促"三字则又显示出曲调的独特。唐宋大曲的解数叫"遍"，每套大曲由不同名目的许多遍组成。"遍头促"即曲调变化多，转换也快，借以烘托舞姿的变幻多端。"新毯雪（如雪飘飞）朱毛"，与上文"弄脚缤纷"呼应，气氛的热烈不难想见。而红烛下泪，暗示夜深，这样就把胡旋舞酣畅淋漓的艺术效果表现得无以复加。"酒阑舞罢丝管绝，木槿花西见残月"，最后两句是余韵。这是美酒的满足，是妙舞的陶醉，是激情宣泄后的安宁，无声而清冷的静场反衬出歌舞夜宴场面的热烈；木槿、残月，又巧妙地补出物候和时辰，给读者留下更多的回味。

（杨　军）

题祖山人池上怪石

原　文　　　　咏石　　　唐·张碧

　　寒姿数片奇突兀，曾作秋江秋水骨。先生应是厌风雷，著向江边塞龙窟。我来池上倾酒尊，半酣书破青烟痕。参差翠缕摆不

落,笔头惊怪粘秋云。我闻吴中项容水墨有高价,邀得将来倚松下。铺却双缯直道难,掉首空归不成画。

内　容　此诗歌咏祖山人池上怪石,突出地表现了其怪异之处。
特　色　一字生发,恢奇幻诞。
注　释　突兀:高耸的样子。缯:古代丝织品的总称。

赏析　张碧是唐德宗贞元时期的诗人,其诗学李白,其七言歌行尤有李白遗风,感情充沛,想象丰富,语言清新豪放,富有浪漫主义色彩。这首《题祖山人池上怪石》就体现了这个特点。

全诗十二句,每四句一层,层层递进,结构谨严。

第一层写怪石来历。第一句"寒姿数片奇突兀",直扣诗题,突出其怪,"寒"字当头起笔,如石破天惊,出人意表。此石何以如此突兀奇异,至今凛凛寒气,森然逼人?第二句随即点明,原来它是秋江中嶙峋而立的瘦骨。巨石中流矗立,横澜阻浪,激起涛声如雷。正为这"风雷"破坏了祖山人的宁静,才把它"著向江边"。"塞龙窟"一语,设想奇特,使这块怪石蒙上了神秘、怪异的色彩。

这里诗人运用了倒插起笔的手法。先写怪石之奇异,次接怪异之成因,再写"著向江边"之由,写出怪石来历。这种手法,一起笔就着力刻画石之怪异奇特,扣人心弦。杜甫题画诗亦善用此法。如《奉先刘少府新画山水障歌》的开头为"堂上不合生枫树,怪底江山起烟雾"。《画鹘行》起笔为"高堂见生鹘,飒爽动秋骨"。此诗亦用此先声夺人的手法。

中间四句写观赏、书题。"我来池上倾酒尊",而不知不觉至于"半酣",又情不自禁挥毫泼墨,书字题石,更见倾心之态。而这千年怪石苍藓缠绕,莓苔缀生,秋云朵朵,粘连笔头。此构想奇崛,石之色相、风神,无不毕现。

最后四句写邀人画石。观赏不足又题书之!题书不足又请人描画之,虽水墨价高,仍不远千里以求之。迤逦写来,愈觉石之

可爱。但怪石着实奇异,非人力之可及,画家也只能"直道难"、"不成画",不得不"掉首空归"。

　　这首诗通篇以观者的心理感受来表现石之怪奇。全诗紧扣一个"怪"字生发。"秋水骨""塞龙窟"是其"怪";池上倾酒、半酣挥毫为其"怪";惊笔头、掉首归也是因其"怪"。全篇以烘染之法,层层写出,遂将一天然之石化为恢奇幻诞的艺术形象,由此亦可见张碧学太白的成功之处。

(张　钧)

写意二首(其一)

原文　　　逸情　　　唐·牟融

　　寂寥荒馆闭闲门,苔径阴阴屐少痕。白发颠狂尘梦断,青毡冷落客心存。高山流水琴三弄,明月清风酒一樽。醉后曲肱林下卧,此生荣辱不须论。

内　容　这首诗描写了诗人清高隐逸的情怀。
特　色　称心而出,随意涉笔。
注　释　寂寥:冷落萧条。阴阴:幽暗。高山流水:琴曲名。内容即据《列子·汤问》所载伯牙与钟子期的故事谱写。弄:演奏一遍称一弄。

赏析　这是一首描写清高隐逸情怀的诗。诗人以晓畅自然的语言,坦诚真率而又优美地表现了超尘脱俗的心态,怡情自然,风神朗俊。

　　首二句以"寂寥"状"荒馆","闲门"而又常闭,极写环境的僻静清幽。本应生在无人行走的阴湿之处的青苔,如今却铺盖了庭院小径,而小径上也很少屐痕。人迹罕至,毫无骚扰,又多

写意二首（其一）

一层静谧。这幽僻的环境与主人的恬适心情互为表里，显现了主人之远离尘网，超然物外。

"白发颠狂尘梦断，青毡冷落客心存"，"青毡"喻指士人先代遗物（见《晋书》卷八十《王羲之传》），此谓家道衰落，滞沉下僚。这两句写出高隐之心，至死不渝。虽鬓发染霜，仍一如既往，别人视为颠狂，我则乐此不疲。名缰利锁早已斩断，荣华富贵不过南柯一梦。因此，虽生活艰苦而隐志愈坚，清操自励，不改初衷。

"高山流水琴三弄，明月清风酒一樽"，写诗酒自娱，自得其乐的生活情趣，主人公超脱潇洒的形象也呼之欲出。白天，抚琴长吟，抒怀写意；夜晚，把酒临风，邀月共饮，超然物外，其乐无穷，独居而情不孤，遁世而志旷达。诗人陶然神往之情，溢于言表。

"醉后曲肱林下卧，此生荣辱不须

> **佳句**
> ·高山流水琴三弄，明月清风酒一樽。

论"，那一醉酩酊，曲肱当枕的神态；那林塘清静，梦乡幽远的闲适；那不预世事，宠辱皆忘的情怀，处处流溢出诗人的赞叹和向往。

这首诗明快洒脱，自然天成，形象明朗，意象显豁。诗人随意涉笔，无意求工，而自然流走，全无板滞之感。用典如"青毡""高山流水"，自铸新意，不见斧凿痕迹。景语中自见主人公的性格。诗人称心而出，信口而道，依感情的自然流淌结撰成篇，行云流水，舒卷自如，是本诗的显著特色。

（张　钧）

念昔游三首（其三）

原文　　　游寺　　　唐·杜牧

李白题诗水西寺，古木回岩楼阁风。半醒半醉游三日，红白花开山雨中。

内　容　这首诗描写昔游水西寺的情景。
特　色　笔断意连，俊逸空灵。
注　释　回岩：连绵起伏的山峰。回，迂曲，曲折。岩，山峰。红白花：指红花和白花。

赏析　这是诗人回忆往年在宣州游踪组诗中的一首。宣州曾是大诗人李白流连憩泊过的地方。本篇将忆昔游与忆古人融为一体，并由此借景抒情、用事抒感。

首句点明"水西寺"是自己十分追念的昔游之地，因为这也是李白醉心流连过的地方。此寺在宣州泾县水西山中，"凡十四院，其最胜者曰华严院，横跨两山，廊庑皆阁道，泉流其下"（《江南通志》）。李白游宣州是在其晚年失意之时，杜牧作此诗时心情境遇与之相似。起笔怀古寓慨，格调高远。

次句"古木回岩楼阁风"，凝练地勾勒了山寺古木参天，楼阁凌空，山风满楼的特征，虽然是追忆之笔，写来却犹如重临其境。一、二句之间似乎无什么关联，而这句景物描写实际上却是从李白《游水西简郑明府》一诗化出的。李诗中有云："清湍鸣回溪，绿竹绕飞阁。凉风日潇洒，幽客时憩泊。"联系首句"李白题诗"云云，这两句就有一种笔断意连的韵致。

佳句
- 半醒半醉游三日，红白花开山雨中。

三、四句转而写诗人在同一优美意境里对李白的神往冥合。"半醒半醉游三日，红白花开山雨中"，不就像李白诗中"幽客时憩泊"那种流连胜景以消忧的情形吗？诗人在花丛、古木、回溪、阁道间漫步，似醉若醉，愁怀尽释，显得多么飘逸。

杜牧化用李白诗的优美意境以抚慰失意心绪，并以追忆昔游的方法加以表达，既得李白诗清新俊逸的风神，又显得无限空灵，在晚唐诗中可说是独标高格的。　　　　　　　（周建国）

过华清宫绝句三首（其二）

原　文　　　　咏史　　　唐·杜牧

新丰绿树起黄埃，数骑渔阳探使回。霓裳一曲千峰上，舞破中原始下来。

内　容　直咏安史之乱，讽刺唐玄宗昏庸淫乐而导致中原沦陷。
特　色　境生象外，欲擒故纵。
注　释　新丰：地名。骑：骑马的人，这里指探使。渔阳：地名，当时为安禄山老巢所在地，在今天津市蓟县。千峰：指骊山群峰。破：使之破碎。

赏析　本篇直咏安史之乱，无情地揭示了唐玄宗淫乐无度为动乱之起所埋下的祸根。作者用形象绁绎哲理的方法，把这一历史教训表现得笔墨酣畅。

天宝十四年（755）安禄山反状已露，皇太子及宰相屡言禄山反，玄宗尚自昏庸不辨。杜牧诗原注有这样的说明："帝使中使辅璆琳探禄山反否？璆琳受禄山金，言禄山不反。"诗的首二句便是描写探使从渔阳经新丰急急忙忙赶回长安的情景，参读原注,人们可看到玄宗的昏聩糊涂,也可感受到山雨欲来前的紧急气氛。

三、四句写玄宗听信谎言,恣情淫乐,

· 霓裳一曲千峰上,舞破中原始下来。

遂导致安史乱起中原破碎的结局。"霓裳"句言玄宗杨妃终日歌舞,《霓裳羽衣曲》震荡于千峰之上,"舞破"句言直至歌舞弄得中原沦陷,玄宗等人才仓皇下山出逃。"下来"喻其乐极生悲,从此成为历史上的匆匆过客。一"上"一"下",先扬后抑,讽刺极为有力。这两句在修辞上是夸张、双关、比喻的合用。

本诗从历史画卷里绅绎出来的教训是严肃深刻的。作者将史论寓于具体的意象之中,运用多种修辞手法,寓慨深沉地表达了他对这一历史事件的见解与思考,从而使诗境生于象外,发人深省。

(周建国)

润州二首(其二)

原文

唐·杜牧

谢朓诗中佳丽地,夫差传里水犀军。城高铁瓮横强弩,柳暗朱楼多梦云。画角爱飘江北去,钓歌长向月中闻。扬州尘土试回首,不惜千金借与君。

内　容　诗歌赞美润州人杰地灵、繁华险要,抒发怀才不遇的感慨。
特　色　层层用典,气俊思活。
注　释　强弩:劲的弓,硬弓。这里皆指能开硬弓的射手。弩,用机械发箭的弓。梦云:一般指美女,也指幽会之事,这里指前者。战国楚·宋玉《高唐赋》:"昔者先王尝游高唐,怠而昼寝,梦见一妇人,曰:'妾,巫山之女也,为高唐之客,闻君游

润州二首（其二）

高唐，愿荐枕席。'王因幸之。去而辞曰：'妾在巫山之阳，高丘之阻，旦为朝云，暮为行雨，朝朝暮暮，阳台之下。'旦朝视之，如言，故为立庙，号曰朝云。"后因以"梦云"指美女，亦指幽会之事。画角：军中所用的一种有彩绘的吹奏乐器，功用如同现在的军号。

赏析　《润州二首》似为杜牧后期重游江南时所作。其一有云："向吴亭东千里秋，放歌曾作昔年游。"作者早年居淮南节度使牛僧孺幕，常往来于润州（今江苏镇江）与扬州之间。此时旧地重游，抚今追昔，心情是复杂的。

佳句
- 谢朓诗中佳丽地，夫差传里水犀军。
  城高铁瓮横强弩，柳暗朱楼多梦云。

首联从润州的人文历史叙起。南朝齐·谢朓《入朝曲》云："江南佳丽地，金陵帝王州。"春秋时此地属吴国，史载吴王夫差军中"衣犀之甲者"甚众，这支带甲之军以勇悍著称。

颔联再对润州此时的繁华险要加以赞美。"城高"句下原注："润州城，孙权筑，号为铁瓮。"而润州弩手在唐军平乱御敌中曾屡建奇勋。"柳暗"句则化用谢朓诗"迢递起朱楼""垂杨荫御沟"诸句。杜牧素有大志，自负知兵。诗前半层层用典，赞美此处城坚兵精，富庶繁华，寓慨实深。

颈联微露忆旧之意。这画角哀鸣，钓歌清唱是多么熟悉。声飘江北，勾起了作者对当年在润、扬二州岁月的回忆。

尾联点明"扬州"，回忆前尘，感慨无穷。作为一时豪俊的诗人满腹经纶，本有志用世，不意仕途坎坷，多年来只是在诗酒风流中聊以自遣。当年在牛僧孺幕时，其《扬州》诗就自言："骏马宜闲出，千金好暗游。"后期的《遣怀》诗则自称"十年一觉扬州梦"。诗人面对形胜繁华，自慨怀才不遇，颇有不堪回首之意。

史事用典是游览、咏怀这类诗常用的手法。唯此诗于层层用典中怀古忆旧，多情善感，忽赞江山形胜，忽悲岁月蹉跎，思绪飞动，挥洒自如，却无凑泊獭祭之嫌。《吟谱》曰："杜牧诗主才，气俊思活。"于此也可略窥一斑。

（周建国）

江南春绝句

原文  春日　　　　唐·杜牧

千里莺啼绿映红，水村山郭酒旗风。南朝四百八十寺，多少楼台烟雨中。

内　容　这首诗描绘江南秀丽春景，抒发历史兴亡之感。
特　色　阔大英拔，轻倩秀艳。
注　释　水村：水乡。山郭：山城。酒旗：酒店门前悬挂的小旗，作为酒店的标志。楼台：这里指寺院建筑。

赏析　杜牧少年登第后曾数度宦游江南，对江南山水风物有很深的感情，对南朝遗迹亦常怀兴衰之感。本诗既描绘了江南春景的秀丽多彩，也抒发了作者的历史兴亡之感，词约意丰，意境深邃。

诗写景怀古，情景相生。前二句即展现了江南春景广袤千里的阔大境界：啼莺、绿树、红花处处显示出春景的明媚秀丽，水村、山郭、飘扬的酒旗更俨然展现出一幅意趣盎然的风俗画。诗人对江南山水风物的爱怜已洋溢于楮墨间。

如果说诗只是赞美江南山水风物，那还是未解其中味的。第三句特意点出"南朝"二字，便给所绘景物着上一层历史色彩；"四百八十寺"言彼时崇佛之盛而并无夸饰。《南史·郭祖深传》曰："都下佛寺，五百余所，穷极宏丽。"结处借迷离悠远的景物

抒发吊古伤今之情，那烟雨濛濛中的佛寺楼台自会使人联想起南朝悲恨相续的历史。

《李调元诗话》云："杜牧之诗，轻倩秀艳。"本篇写江南景物轻盈倩巧、秀美艳丽，主导风格是优美的。但境界阔大，又可说是寓优美于宏壮。作者通过悠远迷离的景物以抒怀，虽较为含蕴仍透示出一种英拔之气。

佳句
- 南朝四百八十寺，多少楼台烟雨中。

（周建国）

赤　壁

原文　　　　　咏史　　　唐·杜牧

折戟沉沙铁未销，自将磨洗认前朝。东风不与周郎便，铜雀春深锁二乔。

内　容｜这首诗歌咏赤壁之战的历史作用，表达了作者对国家兴亡的慨叹。

特　色｜以小见大，反说著意。

注　释｜戟：古代兵器名。合戈、矛为一体，略似戈，兼有戈之横击、矛之直刺两种作用，杀伤力比戈、矛为强。将：拿。铜雀：即曹操所建铜雀台，是他晚年享乐的地方。

赏析　三国时的赤壁古战场在今湖北蒲圻西北长江南岸。此诗当是会昌年间杜牧官黄州刺史时（842～844）所作。黄州城外有赤鼻矶，作者借题抒感。北宋苏东坡在黄州时作《赤壁赋》情况亦正类斯。

全诗采用以小见大的手法。开头从一柄断戟推想当年赤壁大战的激烈。次句七字中连用"将""磨""洗""认"四个动词把诗人低回沙滩的情形刻画得宛然如见。从这一连串动作中，我们

可以想象出作者怀古兴感,思绪万千。这样,又为三、四句咏史议论蓄势。

"东风不与周郎便,铜雀春深锁二乔"是历来脍炙人口的咏史名句,其精妙首先在于以形象表达了出奇立异的议论。其次,这一抒情性的议论又是通过修辞上的反说来突出正意的。诗设想假如周瑜火攻不成,曹操将率军渡江灭吴。这样更反衬了赤壁之战对于奠定三国鼎立之势的重要意义,读来令人倍感新颖奇警。最后,"铜雀"一句在艺术处理上仍是采用以小见大的手法。大乔、小乔分别是东吴孙策、周瑜的夫人。曹操若收纳二乔于铜雀台,自意味着东吴的破灭。这一手法的运用使全诗浑然一体,也使一首小诗取得了包蕴宏富的效果。

佳句

- 东风不与周郎便,铜雀春深锁二乔。

(周建国)

泊秦淮

原文 行旅 唐·杜牧

烟笼寒水月笼沙,夜泊秦淮近酒家。商女不知亡国恨,隔江

泊秦淮

犹唱《后庭花》。

内　容	本诗写作者夜泊秦淮所见所闻,表达了对晚唐国运的忧虑。
特　色	贴景入神,深邃浑成。
注　释	烟笼寒水月笼沙:互文见义,意为烟笼寒水笼沙、月笼寒水笼沙。秦淮:即秦淮河。商女:以歌唱为生的乐伎。江:指秦淮河。

赏析　秦淮河流经金陵城(今江苏南京)入长江,六朝时最为繁华。至晚唐时沿河两岸仍是酒家林立,为豪门贵族游宴之地。诗人泊舟秦淮,在月色朦胧中闻得沿岸酒肆里传来的靡靡之音,写下了这首忧时伤怀的名作。

首句用细腻的笔触描绘夜泊秦淮的背景气氛。诗用两个"笼"字将烟雾、寒水、淡月、白沙等物组合成一幅迷茫幽静的图景。如喻守真所说:"用迭字,贴景入神。"(《唐诗三百首详析》)这句不仅点出夜泊之景,而且也为烘染出诗人忧时伤世的心情提供了背景。

次句进而叙写夜泊秦淮的情景。"近酒家"三字承上启下,那是烟水迷茫,月色朦胧之下的酒家,诗后半的"商女""亡国恨""后庭花"俱由此连贯而下。

佳句
- 商女不知亡国恨,
  隔江犹唱《后庭花》。

"商女不知亡国恨,隔江犹唱《后庭花》",是议论、抒感的警句。从全篇结构看,因"酒家"而引出"商女",又因"商女"唱"亡国"之音而引出"后庭花",一气呵成,意境浑成。作者再用"不知""犹唱"四字加以绾结,既为商女开脱,又将锋芒指向那些醉生梦死的听客,措辞委婉而有骨力。

全诗所展示的时间空间是深广悠长的,它把过去、现在、未来贯串了起来,启发人想象思考。金陵曾是六朝金粉之地,《玉树后庭花》为陈后主所作,南朝统治者早已在《后庭花》的靡靡之音中结束了他们败亡相继的可耻历史。如今，达官贵人们又复纵情声色，重奏前朝的亡国之音，结果如何呢？诗人忧国之深，运思之密使诗的意境更显得深邃浑成。

（周建国）

题宣州开元寺

原文 题寺　　唐·杜牧

南朝谢朓城，东吴最深处。亡国去如鸿，遗寺藏烟坞。
楼飞九十尺，廊环四百柱。高高下下中，风绕松桂树。
青苔照朱阁，白鸟两相语。溪声入僧梦，月色晖粉堵。
阅景无旦夕，凭栏有今古。留我酒一樽，前山看春雨。

内　容 这首诗描绘了开元寺美丽如画的自然景观，抒发了作者的历史兴亡之感。
特　色 拗峭高绝，语闲思深。
注　释 亡国：已灭亡的东吴、东晋、宋、齐、梁、陈等六朝各国。坞：四面高中间凹的地方。两相语：两只白鸟相向啁啾。粉堵：粉墙。

赏析 杜牧尝自称"苦心为诗，本求高绝"（《献诗启》），本篇写景如画，秀色清音皆着我之色彩。诗人以俊迈劲直之笔写其深情，读来清新可喜。

诗作于开成三年（838），时杜牧应宣歙观察使崔郸之辟任宣州（今安徽宣城）团练判官。诗人当时常去古刹开元寺登临游赏，杜集中对此寺有不少赋咏之作。

全诗分为三个层次。首四句怀古寓慨为第一层。宣城是南齐诗人谢朓任太守的地方，又是三国时东吴重镇，可称得上文物之邦。然六朝旧事如飞鸿远去无踪，唯有古寺尚藏于烟雾濛濛的山中。这种感喟不禁令人想起其《江南春绝句》里的："南朝四百八十寺，多少楼台烟雨中。"

中间八句为第二层，细致描绘了山寺的建筑规模及四周风景。寺楼高耸，廊庑环绕。"楼飞""廊环"二句用具体数字形象地写出寺院建筑的宏伟庄严。"高高""风绕"二句布景错落有致，桂香松风，别有野趣。"青苔""白鸟"二句，既见其古老悠久，更觉赏心悦目。诗人流连胜景，不觉暮色已临，月光静映粉墙，溪声可助僧梦，诸物皆着我之色彩，实则反映了作者自得其乐的闲情逸兴。

佳句
· 亡国去如鸿，遗寺藏烟坞。

结四句为第三层。其于朝夕游赏之际，忽悟及风景不殊而凭栏观景者有古今之异。最后，诗人欲以美酒俊赏来抚慰这淡淡的人事代谢的哀愁。

此诗所表现的感情很复杂，有对历史文物、自然景观的赞美，有对前朝兴衰、人生无常的感喟。然而，诗歌透出的是亮色，给人以慰藉愉悦。诗人那出乎寻常的健笔把自己的复杂感情作了有力的表达，体现了拗峭而又洒脱的特色。（周建国）

山　行

| 原文 | 游山 | 唐·杜牧 |

远上寒山石径斜，白云生处有人家。停车坐爱枫林晚，霜叶红于二月花。

内　容	诗歌描绘了美丽的深山秋景，传达出作者的喜悦心情。
特　色	笔逆局展，心与物会。
注　释	白云生处：指山之高远处。坐：因为。霜叶：经霜的枫叶。

赏析 这是一首游览写景诗,短短四句写出了深山秋景独具之美。当然,这里也有诗人精神世界的投影。

佳句
· 停车坐爱枫林晚,霜叶红于二月花。

诗围绕"山行"层层展开。"远上寒山石径斜",开篇点题。"寒"字表明时届深秋,"斜"字以示石径掩映,行路尚远。而行人在这环境气氛中的兴致之高和渐行渐远之状都可细味而知。次句再展新境。"人家"远处深山,屋舍间飘浮着几片白云。深山人家,远离尘嚣该是令人羡慕的。行人于景物次第写来,而又唱叹有情。至此,诗已将"山行"之"行"写足。

三、四两句在前面全景式描写的基础上妙用逆笔加以映衬。诗摄取"停车"静观一抹斜阳之下枫叶流丹的景物,笔逆局展,意境更深入一层。结句"霜叶红于二月花"的由衷赞美实是心与物会。诗人赞美红枫傲霜耐寒的品性,正显示了其豪爽峻拔之气。这一充满诗情哲理的警句传唱千古,同其中蕴涵的那种鼓舞人心的力量是有关的。

《唐诗品汇总序》称"杜牧之豪纵",持较本诗,十分切合。在晚唐以阴柔秀美为主的诗坛上,杜牧诗英俊豪纵,反映了其独特的精神风貌与审美趣味。

(周建国)

秋 夕

原文 宫怨 唐·杜牧

银烛秋光冷画屏,轻罗小扇扑流萤。天阶夜色凉如水,坐看牵牛织女星。

内容 这首诗写一个宫女孤寂、凄苦的生活。

秋　夕

特　色　布景设色，结句耐思。

注　释　银：色白如银。画屏：有画饰的屏风。流萤：飞来飞去的萤火虫。天阶：石阶。

赏析　此诗堪称一幅生动传神的宫怨人物画。作者采用映衬的写法来表情达意，极富象外之致。

诗的基本结构是前后各以一个场景配合人物的一个动作，由此将几个具体意象组合成一幅含意深藏的画面，读者自可超以象外，得其环中。

诗前半先展现宫室内华丽精致的陈设。"银烛""罗扇""画屏""流萤"等物不仅带有后宫幽冷的色彩，而且秋扇见捐的意象就令人想起汉成帝时失宠的班婕妤。"冷"字既显示深宫的幽冷，又衬示人物的凄凉苦闷。"扑"字静中见动，写其苦中作乐而愈见其凄苦。

佳句

- 天阶夜色凉如水，坐看牵牛织女星。

诗后半再写一个场景配合上面所写人物的一个动作，使意味更为深长。夜已深沉，后宫台阶上月光如水，宫人久久徘徊月下已感受到一番凉意，她却毫无睡意，只是静坐着凝望天河中的牵牛织女星。《艇斋诗话》曰："星象甚多，而独言牛女，此所以见其为宫词也。"如果说整首诗是一幅意味隽永的图画，那么结处凝望牛女星的动作便是这幅画中的传神阿堵，最为含蓄耐思。作者无须作明白表述，其写人状景已将人物及作者自己的感情渗透在画面背后，读罢令人浮想联翩，余味无穷。

（周建国）

清 明

原文 清明 唐·杜牧

清明时节雨纷纷，路上行人欲断魂。借问酒家何处有，牧童遥指杏花村。

内　容　这首诗描写了清明节特有的风土人情。
特　色　新境再现，豪俊洒脱。
注　释　断魂：形容哀伤、愁苦。

赏析　这是一首描写社会生活和风土人情的诗歌，历来广为传诵，为人喜爱。清明节慎终追远，祭扫祖坟，这在中国传统文化上具有特殊的意义。诗人取此为题，在这一时节所具的凄迷美丽的特定气氛中注入俊逸爽利的情采，表现了他对生活的热爱。

"清明时节雨纷纷，路上行人欲断魂"。诗一开头就典型集中地塑造了这一时节特定的环境气氛。那是花红柳绿，雨丝风片的春天，而路上行人则在细雨纷纷中来来往往哀思难禁。春景是

> **佳句**
> ·借问酒家何处有，牧童遥指杏花村。

优美的，人们的感情是纯洁美善的。这既不同于古诗中常见的以哀景写哀，又有别于王夫之所说的"以乐景写哀"（《姜斋诗话》卷上），而是杜牧的意境独创。

诗后两句"借问酒家何处有，牧童遥指杏花村"，新境再展，宛然入画。行人在细雨纷纷中寻问何处有酒家，或为借酒消愁，或为节哀自重。诗中牧童这一"指"，使境界全出。循着牧童所指，行人见到远处杏花烂漫的村头一面酒帘在望，心头自会感受到一种难以言传的慰藉。这就将原先的哀愁气氛转引到一个新的

境界。杜牧在这类题材中也能不袭故常，表现出豪俊洒脱的风神，确实是卓尔不群的。

（周建国）

访友人幽居二首（其一）

原　文　　　　　　　　**访友**　　　　唐·雍陶

　　落花门外春将尽，飞絮庭前日欲高。深院客来人未起，黄鹂枝上啄樱桃。

内　容｜诗歌描写友人幽居处的景色，表现出主人公超然物外的人生态度。

特　色｜以景衬人，以宾托主。

注　释｜幽居：隐居，不出仕。

赏析　历来描写隐居幽处生活的诗，往往从纵情山水、弹琴赋诗、饮酒自怡等方面着笔；这首绝句却从主人公百无聊赖的慵倦情态着眼，实属别具一格。

　　前二句先从友人门前写起：门外落花满地；庭前柳絮飞舞。一种春意阑珊的环境气氛已轻轻托出，给人一种了无意兴的感受，也是对下句日高"人未起"的无精打采、悠闲懒散的精神状态的最好烘托。这里"日欲高"的"欲"字用得好，"欲"中有明显的时间催逼感，突出"人未起"的迟延。

　　后二句转写友人"深院"，有幽隔感，友人自锁深院，正过着回避世事的生活。客人登门拜访，主人不相迎接却只顾贪睡，诗人用这样有背常礼的态度巧妙地写出了两人交谊之纯之深，熟不拘礼，活脱地揭示了人物的精神面貌。我们从这自睡自醒的随意中，看到了主人所持乃万事不关心的那种超世拔俗的高士态

度。主人睡着，客人当然不应打扰，便静坐等候，一面随意瞧瞧，这时但见一只黄鹂在枝上啄食樱桃，多么安详自在！诗人

佳句
· 深院客来人未起，黄鹂枝上啄樱桃。

以黄鹂的轻捷可喜点缀环境，使之充满生趣，烘托主人的适意安闲。对比"门外"的缭乱气氛，院内院外，不亦两界相隔？于此，友人幽居的自得之乐，主客之间不拘形式的交谊，尽在不言之中了。

（竹文）

逸闻

雍陶工于辞赋，出身贫寒，蜀乱时离乡。为人恃才傲物，不屑与亲戚乡里往来。他的舅舅曾寄诗给他说："地近衡阳虽少雁，水连巴蜀岂无鱼？"责怪他从不与家中通信。雍陶得诗后很惭愧，从此通问不绝。他做雅州（今四川雅安）刺史时，城外有一座情尽桥，是离人分别时送行的地方。雍陶不满意桥名，便取古乐府《折杨柳》的题目，将桥改名为折柳桥，并题诗其上云："从来只有情难尽，何事呼为情尽桥？自此改名为折柳，任它离恨一条条。"一时间广为传唱。（王晓丹）

喜梦归

原文　　　思归　　　唐·雍陶

旅馆岁阑频有梦，分明最似此宵希。觉来莫道还无益，未得归时且当归。

内　容　诗歌表达了作者的思归之情。
特　色　议论入诗，以喜写悲。
注　释　岁阑：岁暮。阑，晚。宵：通"宵"，夜间。且：姑且，暂且。

喜梦归

赏析 一般写归梦的诗作大都通过对迷离恍惚、如真似幻的梦境描写来表达凄恻缠绵的乡愁。但雍陶此作却一反常态，诗中既丝毫未涉及梦中的具体情境，也没有表现归思萦绕的惆怅，而只是对做梦这件事情本身发了一通议论。

首句非常理智地分析了近来夜里常有梦的客观原因：旅馆之中，岁暮之时，自然多思乡之情。情思凝结，自然栩栩入梦。第二句语义一转，先抑后扬地突出了"喜"因：这一个晚上做的梦很稀罕，因为早晨回想起来，梦境竟是那么逼真。第三句又发议论，但这句议论表现了对梦境的无限留恋。梦固然是虚幻的，但并非毫无意义，正如前人评岑参《春梦》诗所言："片时春梦，遥忆之情，顿时可慰，谁谓梦境无凭哉！"（《历代诗评注读本》上）末句才最后点明题意，诗人喜滋滋地回味不尽的梦原来是一场归乡之梦。虽然并非真归，"未得归时且当归"，总不失为一种自我精神安慰。

表面看来，诗中的感情似乎很单纯：因归梦历历如真而喜之不尽。但若细想，却感到事情似乎不那么简单。古语有云："长歌当哭，远望当归。"无论如何，梦中归总是一种虚幻的精神满足，一种无可奈何的自我解嘲。再看看诗人在其他诗作中所表现的乡思客愁："别远心更

苦"（《送客遥望》），"自缘身是忆归人"（《送蜀客》），乡思很浓，别愁很重。可见本诗中所表现的达观洒脱不仅是暂时的，而且实际上正深蕴着无限的离愁别恨。这样，我们便懂得诗人的以喜写愁，正是为了加强艺术效果而采取的特殊手法。

议论入诗最易流于空泛枯燥，但这首诗的议论因为饱含着丰富的情感因素，并具有"文外重旨"，所以取得了成功。（周　蕙）

天津桥望春

原文　　　　　　　　　　**望春**　　　唐·雍陶

津桥春水浸红霞，烟柳风丝拂岸斜。翠辇不来金殿闭，宫莺衔出上阳花。

内　容：诗歌描写天津桥明丽的春景，抒发作者的历史沧桑之感。
特　色：缩虚入实，文婉旨宏。
注　释：翠辇：帝王的车驾。

赏析　天津桥为洛阳城南洛水上的一座桥，有名的上阳宫即建于桥北。"洛城今古足繁华"（雍陶《洛中感事》）。作为东都，洛阳在初、盛唐期间盛极一时。唐前期的历代帝王，从唐高宗到唐玄宗，都曾频幸洛阳，并以上阳宫为行宫。所以上阳宫经一再营建而豪华富丽之极。安史之乱后，帝王们不复东幸，洛阳宫苑两遭兵燹，逐渐荒废。生于晚唐年间的雍陶，在一个春和景明的日子里来到天津桥上时，那种风景不殊，而举目有山河之异的忧时感旧之情不禁油然涌上心头。诗中所写，看来不过是眼前所见之景，"以浅求之，若一无所怀，而字后言前，眉端吻外，有无尽藏之怀，令人循声测影而得之"（王夫之《古诗评选》卷四）。雍陶把自己满腔欲言难言之情,都融化进了这首词近意远、文婉旨宏的诗篇之中。

全诗紧紧地扣住一个"望"字,诗人以自己视觉的流动渐次展开天津桥畔明丽的春景。首句表俯视,第二句写环视,第三、四句为仰视。在诗中出现的种种物象无不呈现出绮艳华美的气派。而水之流漾、霞之回荡、柳之飘扬、莺之飞翔所显示的动感,又使人感受到这一派春色的生机勃勃。

佳句
- 翠辇不来金殿闭,宫莺衔出上阳花。

然而,与自然景物的欣欣向荣恰成反照的,是人事的萧条索寞。翠辇不来和金殿紧闭,给人以大煞风景之感,时代的盛衰消息由此逗露而出。诗人又巧妙地抓住宫莺这一微细之物,从一个非常独特又极为自然的角度"缩虚入实,即小见大"(钱锺书《谈艺录》),把今昔之感进一步渗透进诗篇之中。这一句笔调极为轻灵风雅,它举重若轻地把诗人的吊古伤今之情表达得非常深沉。宫莺不知世道的沧桑之变,依旧衔花飞来飞去。宫莺越是活泼欢快,越令人感觉到"寥落古行宫,宫花寂寞红"(元稹《行宫》)的悲哀。等待着洛阳、等待着天津桥和上阳宫的,还将会是什么样的命运呢?

"夫意以曲而善托,调以杏而弥深"(蔡小石《拜石山房词序》),诗人将自己的社会历史悲感隐藏在一片纷红繁绿之后,曲折委婉、不露芒角,其艺术构思是很高明的。

(周 蕙)

宿黄花馆

原文　　　　　客居　　唐·杨发

孤馆萧条槐叶稀,暮蝉声隔水声微。年年为客路无尽,日日送人身未归。何处迷鸿离浦月？谁家愁妇捣霜衣？夜深不卧帘犹卷，数点残萤入户飞。

内　容　诗歌描写衰败的秋景，抒发作者的乡关之思。
特　色　情景浑融，错综唯意。
注　释　微：微弱。浦月：谓江河水中之月。捣：捶。

赏析　首联从空间、时间、视觉、听觉和心里感觉等方面"提掇出紧关物色字样"（明李东阳《怀麓堂诗话》），成功地渲染出一个典型的秋天的环境。秋天的萧条之感不仅以孤馆的冷落、槐叶的凋零表现出来，而且也可从蝉声和水声中"听"出：秋声之来，已不复有往日的活力和气势，而主人公的沉闷慵倦之情亦溢于言表。第二联由景物转向人事，由状物态而叙心态。这一派枯索残败的秋景，又和客游不归的身世之感交织在一起，更令人意绪阑珊。

颔联、颈联分别从空间的广漠和时间

> **佳句**
> •年年为客路无尽，日日送人身未归。

的漫长两个方面表现出诗人心情的愁闷沉重和意绪的迷茫落寞。第三联写黄昏后更为凄凉的夜色。"鸿雁"在古典诗作中具有特定的意蕴，一般都用以传达乡愁和归思。如韦应物《闻雁》诗："故园渺何处？归思方悠哉。"本诗也是如此，写鸿之迷途，正是写客子之离乡远游。捣衣更是一种含义明确的人事活动："寒杵捣乡愁。"天上迷鸿嘹唳，人间杵声回荡，一时之间，仿佛整个天地都为一种沉沉的愁意所充塞。末联收视反听，回写室内。人之深夜不寐，可见思绪遥长。残萤入户，极写客房之寂寞。这种情景，正与"夕殿萤飞思悄然，孤灯挑尽未成眠"（白居易《长恨歌》）之意相似。诗作景中有情，情中有景。

诗作在表现秋景的萧瑟和羁旅的孤寂之中，更弥散出一种浓重的颓唐迷茫的意绪。作者仕途尚顺，人生经历算不得坎坷。他自有报国之心，但终究只能与世推移，随俗浮沉。他也不乏优游时光的逸兴,但总不免宦海险恶之忧和人生如梦之感。作者那莫名的忧伤颓靡,是晚唐时世衰颓国运寝微的时代氛围在他心灵深处投下的浓重阴影。诗作情景浑融、错综唯意的艺术手法把作者这种特殊的情绪色调表现得似轻还重、似淡而浓。 (周 蕙)

越中寺居

原文 野游 唐·赵嘏

迟客疏林下,斜溪小艇通。野桥连寺月,高竹半楼风。
水静鱼吹浪,枝闲鸟下空。数峰相向绿,日夕郡城东。

内 容|这首诗描绘寺庙清幽恬静的美景。
特 色|景清意闲,空灵淡远。
注 释|迟客:指作者自己。因其留恋风景迟迟不归故称。疏林:稀疏的林木。通:通过。

据宋计有功《唐诗纪事》卷五十六记载,赵嘏《长安秋望》诗中"残星几点雁横塞,长笛一声人倚楼"句曾令杜牧倾倒,"吟咏不已,因目嘏为赵倚楼"。清人翁方纲在《石洲诗话》卷二中也评曰:"赵嘏五七律,亦皆清迥,许(浑)之匹也。"本诗写得"疏奇俊爽"(《金圣叹选批唐诗》),韵味清朗,是诗人的自家风味。

首联写通往寺庙的行径,表现出对林泉清景的流连之情。因玩赏疏林的清旷风光,迟迟不归,更乘兴驾艇溯流于萦曲的小溪。颔联、颈联承前续写来到寺庙所见,文势自然流利。山野间的小桥,半遮寺楼的竹林,扑面而来的清风和静水细浪,无鸟空枝,一切都显得那么清幽恬静、疏淡闲逸。一片风景就是一片心情。这一片景物的空间并置,在意象的横向叠加中产生出一种清淡之美,衬托出诗人那种淡泊萧散的情怀。末联写回望,进一步表现出诗人那种超然物外的悠闲情态。在结构上,与首联相呼应。回望郡城,只见几驼青峰相向伫立,是它们日夕漠视着郡城的碌碌红尘。此一联虽不逮李白"群峭碧摩天,逍遥不记年"(《寻雍尊师隐居》)的神韵超迈,也稍逊"曲终人不见,江上数峰青"(钱起《省试湘灵鼓瑟》)的气韵天成,但自有其悠然闲远的情趣。

> **佳句**
> ・野桥连寺月,高竹半楼风。

文宗大和初年,诗人元稹镇浙东,赵嘏为结交元稹而往游其门。本诗就是赵嘏盘桓越中期间所作。虽然赵嘏热衷功名,但当他以诗人的审美素养真正沉浸到山水清韵、林泉高致中时,也写出了一些空灵淡远、清圆熟练的佳作。此诗写红尘之外,白云当中,大有闲闲日月,是一首好诗。(周 蕙)

伤 思

原文　　咏荷　　唐·李群玉

八月白露浓,芙蓉抱香死。红枯金粉堕,寥落寒塘水。
西风团叶下,叠縠参差起。不见棹歌人,空垂绿房子。

内　容　诗歌描绘寥落、残败的芙蓉之景,寄托作者坎坷不遇的身世之感。

特　色　两层意象,楚辞色彩。

注　释　红、金粉:代指不同颜色的荷花。寥落:冷落。棹(zhào)歌:行船时所唱之歌。

赏析　这是一首十分美丽的诗,然而要深切理解这首诗,我们

伤 思

应对李群玉的身世有个大致的了解。

李群玉是湖南澧州人,性格旷逸,赴举一上而止,唯以吟咏自适,直到裴休为相时方以诗论荐,授弘文馆校书郎。故李群玉死后,诗人周朴吊云:"群玉诗名冠李唐,投诗换得校书郎。"(《吊李群玉》)

- 八月白露浓,芙蓉抱香死。

然而李群玉得官未几,即乞假归而卒。这其中的原因,他的朋友方干在《过李群玉故居》中曾有透露:"讦(jié)直上书难遇主,衔冤下世未成翁。"大约李群玉以讦直之性上书而获罪,不久即郁闷死去。

在《伤思》这首诗中,李群玉便透进了他的身世感受。首句"八月白露浓",使人想起《诗经·郑风·野有蔓草》中"零露瀼瀼"的意境。然而《野有蔓草》所写乃"邂逅相遇""有美一人"的欣乐,李群玉此诗则写"芙蓉抱香死"的哀伤。"香"喻指美好的志节、才能。开头这二句,以浓丽的辞藻写出了一种哲人其萎的凄伤。

"红枯金粉堕",指荷花萎落。"寥落寒塘水",是说本来碧叶相连、红花映日的莲塘,现在因"芙蓉抱香死"而冷落了。美人逝去,那辽旷的水面徒然给人以阵阵寒意。

五、六句继续对寒塘水加以描写:"西风团叶下,叠縠参差起。"縠(胡),绉纱一类的丝织品。叠縠,形容水面的波纹。读着这二句,我们立刻想起《楚辞·九歌·湘夫人》中"嫋嫋兮秋风,洞庭波兮木叶下"的美丽诗句。

最后二句:"不见棹歌人,空垂绿房子。""绿房子"指莲蓬,荷花虽已萎落,而莲实留了下来,但在寥落的寒塘中它也只能徒然地低垂着,四望哪有划船唱歌的人前来采摘啊!只有愁人的西风吹送着旋落的木叶,水纹向着远方在扩散,惆怅而寂寞。

联系李群玉的经历来说,这首诗中的身世之感是十分清楚的。抱香的芙蓉暗喻着怀有志节和才能的诗人自己,"红枯金粉堕"的诗句,又正映现着他的坎坷不遇。西风寒塘的描写,则是他伤时而郁闷心情的流露。全诗仅于诗题《伤思》上点明此诗系抒怀之作,而在诗的描写中则纯任客观,不作一浅露之语,不著一主观抒情议论语,因而全诗不仅形象完整而且境界浑融,读之有味。全诗有两层意象:一层是荷花,一层是诗人的身世情怀。前者写物工细为秀,后者寓意深永为隐。"隐秀",正是本诗艺术上的显著特点。

李群玉还写过一首《新荷》,由于缺乏寄托,全诗了无余味。诗曰:"田田八九叶,散点绿池初。嫩碧才平水,圆阴已蔽鱼。浮萍遮不合,弱荇绕犹疏。半在春波底,芳心卷未舒。"此诗巧状新荷之态,刻画尖巧,着力于形似之功,但全无含蕴,故一览即尽。如果我们想找两首诗来代表两个不同时代的诗风的话,《新荷》和《伤思》便正是典型的例子。《新荷》注重客观刻画,着力于巧言切状、即字知时,这是南朝诗风。而《伤思》诗则在对物的刻画中,融有情思,流出远韵,这才是唐诗的风貌。这样二首所咏植物相同却反映了不同时代诗风的作品,出现在一个诗人的篇什中,有趣的反映了唐代诗人受南朝诗风影响之深,生动地表明了唐诗是如何从南朝诗风中发展、升华出来的。

除了两层意象这一点外,此诗还有一个特点,即有强烈的楚辞色彩。那浓丽的辞藻,香草美人的比喻,惆怅的情调,抒情主人公志节、才能的出众,以及对内

心痛楚的娓娓倾诉,这一些在中国诗歌史上都是属于《楚辞》一线的特色。《伤思》诗由于具有了此种特色,而有了更加深广的意蕴,从而渗透了作者身世之感的抱香死的"芙蓉",乃上升为失意而坚贞的士人形象的写照。

后来,南唐中主李璟《山花子》词的开头两句:"菡萏香销翠叶残,西风愁起绿波间。"应该说便正是李群玉此诗的一个浓缩,其意境、形象均来源于此诗。王国维《人间词话》,称赞李璟这二句"大有众芳芜秽,美人迟暮之感"。王国维所看到的正是李璟这二句诗的喻义。然而如果将王国维的评语同李群玉这首《伤思》联系起来看,则此种喻义便更加明显了。

李群玉存诗中还有一首《晚莲》,同这首诗的意境有些近似:"露冷芳意尽,稀疏空碧荷。残香随暮雨,枯蕊堕寒波。楚客罢奇服,吴姬停棹歌。涉江无可寄,幽恨竟如何?"这首诗以晚莲芳意之尽写残香枯蕊之幽恨,楚客无荷花以装饰奇服,吴姬见荒凉景象亦停止棹歌,涉江者亦无花可摘以寄远,表现了一种繁华逝去的寂寞之感。但在艺术表现上,此诗一方面既不如《伤思》之纯任客观、浑融不露,另一方面又不如其点染之有致。

总之,《伤思》是李群玉几首咏荷诗中最好的一首。从这三首诗艺术优劣的比较上,我们可以悟出一首好的咏物诗应该是妙融寄托于细致客观的物象描写中,而不致一直露之词,并且其内在意蕴亦当脱凡小而就远大。

(王锺陵)

竞渡时在湖外偶为成章

原文　　　　　**风俗**　　　唐·李群玉

雷奔电逝三千儿,彩舟画楫射初晖。喧江雷鼓鳞甲动,三十六龙衔浪飞。灵均昔日投湘死,千古沉魂在湘水。绿草斜烟日暮时,笛声幽远愁江鬼。

内　容　本诗写龙舟竞渡的热闹场面及作者对屈原的缅怀之情。
特　色　对立组合,对比醒目。
注　释　晖:日光。鳞甲:代指龙舟。灵均:指屈原。战国时期的楚国诗人,字灵均。湘:此代指汨罗江。汨罗江是湘江支流。

赏析　这是一首写竞渡而思致较为别致的诗。

竞渡俗称赛龙舟,是中国民间的传统习俗,梁宗懔《荆楚岁时记》曰:"五月五日竞渡,俗为屈原投汨罗日,伤其死,故并命舟楫以拯之……州将及士人悉临水而观之。"

全诗由两个部分构成,前四句是对竞渡的描写,这是一个异常热烈的场面。当初夏的旭日在湖上洒下万道金光时,三千名精神抖擞的精壮健儿正准备就绪,三十六只龙舟一字排开,船身油漆一新,色彩鲜艳夺目,船首龙头昂起,船尾彩旗招展。突然,鼓声一响,众舟竞发,如箭离弦,如电掣天。船身急速向前冲刺,激起高高的水浪。一眼望去,像是龙首衔着灿烂的浪花在飞驰。

佳句
• 喧江雷鼓鳞甲动,三十六龙衔浪飞。

各船都擂起大鼓为自己的划手调整节奏,加油助威。岸上观者如潮,呼声震天。如此热闹的场面,诗人只用四句三十六字,即已描写得淋漓尽致,使人如同身临其境。比起《隋书》的"迅楫齐驰,棹歌乱响,喧振水陆,观者如云"那段文字来,这里的描写更具诗的特色。

在准确生动地描写了竞渡场面以后,诗人并没有到此停笔,使诗歌流于单纯的场面描写,而是笔锋一转,由竞渡生发联想,写出诗的下半部分。龙舟赛罢,欢乐的人群陆续离去以后,喧闹了一天的湖面又复归平静。西边的太阳快要落山了,除了湖上的袅袅水汽之外,远处的几缕炊烟在斜阳中冉冉升腾。这时,晚风中飘荡起一曲幽怨的笛声。这吹笛的人是谁,也许是诗人自己,也许不是,甚至纯属诗人的幻觉。当众人心满意足地离去后,他却仍然心事重重:本来是为了拯救、追怀屈原而划龙舟的,现在还有几个人真正关心这一活动的意义呢?屈原的孤魂永沉江水,而历史,却仍负载着芸芸众生浑浑噩噩地时移代换。有谁真正理解屈原?也许只有这笛声是忠魂的知音,能唤起江中鬼魂的深深的愁怨。诗在缅怀屈原的孤忠的同时,字里行间还透露了诗人深刻的孤独感和对历史、对人生的淡淡的失望。

　　全诗描写简练生动,联想意义深远。将两个气氛完全不同的场景组合在一起,对比十分醒目。中间转折看似突然,实则甚为自然。由竞渡而想起屈原,由此再写笛声。马融《长笛赋》曰:"龙鸣水中不见己,截竹吹之声相似。"龙舟之龙仅仅是个形象,现在龙舟竞罢,真正的江中之龙也许倒被唤醒了。龙、笛声、江鬼的幻现,使诗境中出现了神秘幽怨的气息。本来,中和的笛声可使"屈平适乐国"(《长笛赋》),现在恰恰是幽怨的笛声,它使江鬼也愁绪满怀。似龙之鸣的笛声的出现,有效地将龙舟、江鬼和诗人等联系了起来。

(沈金浩)

成名后作

原文　　抒怀　　唐·卢肇

　　桂在蟾宫不可攀,功成业熟也何难。今朝折得东归去,共与乡间年少看。

内　容　诗歌写作者折桂后的志得意满的欢愉心情。

特　色　通体作比,简练完整。

注　释　桂:月宫中的桂树。这里喻指登科。蟾宫:月宫。折:即折桂,谓科举及第。乡间：指家乡，故里。古以二十五家为间，一万二千五百家为乡。

赏析 中晚唐时期，诗人以折桂比登科者甚众，如白居易有"折桂名惭郄，收萤志慕车"（《和春深》）之句，杜牧有"北阙南山是故乡，两枝仙桂一时芳"（《赠终南兰若僧》）之句，等等。卢肇此诗的与众不同之处，在于它不是一般的以桂为喻，而是用配以蟾宫背景的月中桂为喻，形象更为鲜明。诗人一不做，二不休，干脆一喻到底，遂使登科前对及第的思慕（"桂在蟾宫不可攀"）、成名后的志得意满（"功成业熟也何难"，意即折桂不难）以及想象中的炫耀乡间年少（"折得东归去"）等抽象的心理活动，都借一枝桂的比喻，物化为可见、可攀、可持归、可传观的具体形象，遂使一个寻常的比喻放射出奇异的光彩，成为托物寓意的成功例证。

卢肇《及第后江宁观竞渡》诗有"向道是龙刚不信，果然夺得锦标回"之句，《及第后送潘图归宜春》诗有"三载皇都恨食贫，北溟今日化穷鳞"之句，诗人显然长时间沉浸在成名的亢奋状态中，情不自禁地对此津津乐道，这容易使人联想到孟郊《登科后》"春风得意马蹄疾，一日看尽长安花"的情态。这类作品反映旧时贫士十年寒窗终于博得科第时心花怒放的精神状态，可谓真实，但诗的格调却不能算高。

（杨　军）

梦游仙

原文　　　　记梦　　　　唐·项斯

　　梦游飞上天家楼，珠箔当风挂玉钩。鹦鹉隔帘呼再拜，水仙移镜懒梳头。丹霞不是人间晓，碧树仍逢岫外秋。将谓便长于此

地，鸡声入耳所堪愁。

内　容｜诗歌描写梦中美好的仙境，表达了作者对理想境界的追求。
特　色｜驰情入幻，起法突兀。
注　释｜珠箔：即珠帘。丹霞：红霞。碧树：绿色的树木。岫：峰峦。

赏析　游仙和记梦，都是古代诗人们感兴趣的题材。因为只有在对这一类内容的表现中，情感丰富而浪漫的诗人们才得以最大限度地摆脱现实的束缚和压抑，在幻想中满足自己在现实生活中不可能实现的精神需求。项斯的这首诗不仅写梦，而且是游仙之梦，他驰情入幻，眩艳逞奇，摘葩织藻地虚构幻境，也正是为了寻求心灵的慰藉。

"梦游飞上天家楼"，诗篇一开头就直叙其梦，这种似嫌突兀的语句显示出诗人的不胜惊喜之情。"珠箔""玉钩"已初步展示出天堂中金门玉户、桂殿兰宫的富丽堂皇。

颔联写对天宫中仙家生活的近察。富有灵性的鹦鹉见诗人走近，便发声呼唤仙子出来拜见客人，而那位美丽的水仙却正懒懒地对镜理妆。鹦鹉的殷勤和仙子的娇慵组成了一幅极富情趣的生活画面。"水仙"的传说见晋王嘉《拾遗记》卷十记载：屈原自沉后，楚人相传其神灵游于天河，谓之水仙。此处暗含着屈原式的悲愤，所以"懒梳头"与诗末的"所堪愁"恰成呼应。

颈联写对天宫自然景致的观赏。"不是人间"写出了天庭的绝胜于人间。而"碧树仍逢岫外秋"则写天庭与人间的相似之处，令人感觉亲切喜悦。"丹霞"和逢秋的"碧树"构成天宫五彩缤纷、鲜丽绝艳的迷人景观，诗人不禁陶醉其间。

正当诗人在这个理想的空间里逍遥游荡，满心欢喜地打算长于此地时，一声鸡啼在刹那间便把他唤回人间，使这一切美景顿时化为乌有。诗人立即痛苦地意识到他必须回到他极不愿意复归的现实之中。

仕途的淹滞和晚唐时世的衰颓，使诗人深感生不逢时，因此久欲辞世:这在他的诗中屡屡溢于言表,如"人间久未容"(《忆朝阳峰前居》),"经时不耻归"(《归家山行》),"行逢卖药归来客,不惜相随入岛云"(《山行》)等。本诗翻空造奇,生动地展示出诗人对理想境界的美好追求和这种追求终归于幻灭的心灵历程。

(周蕙)

逸闻

项斯,性情疏旷,曾于杭州径山朝阳峰上建草庐,结交品行高洁之人,披鹤氅、戴花冠,就松荫、枕白石,吟诗作对,过了三十多年的隐居生活。后来以诗卷谒见杨敬之,希望得到引荐。杨敬之十分赞赏,赠诗云:"几度见诗诗总好,及观标格过于诗。平生不解藏人善,到处逢人说项斯。"从此声名大振。"说项"也从此成了为人说情的成语。

(王晓丹)

锦 瑟

原文 悼亡 唐·李商隐

锦瑟无端五十弦,一弦一柱思华年。庄生晓梦迷蝴蝶,望帝春心托杜鹃。沧海月明珠有泪,蓝田日暖玉生烟。此情可待成追忆,只是当时已惘然!

内容 这首诗为作者悼念爱妻王氏并回顾自己生平之作。
特色 以物寄情,造意深邃。
注释 锦瑟:瑟上花纹如锦,故曰锦瑟。无端:无因。华年:盛年。蓝田:山名,即玉山,在今陕西省蓝田县,该地出产美玉。玉生烟:暗喻美好的往事如烟雾般消散无痕。

赏析 《锦瑟》是晚唐著名诗人李商隐诗篇的弁首,可能暗寓

着诗人最佳之作或毕生文艺思想纲领的意味,是历来"无题"诗中的翘楚,也可以说是中国古典爱情诗中的绝唱。

关于《锦瑟》的本事,历来众说纷纭:有的说是诗人为恋令狐家爱姬而作;有的说是诗人悼念李德裕贬死南荒而作;有的说这一首律诗中四联分别揭示了"适""怨""清""和"四种艺术风格,有以诗论诗之意;有的说李商隐为嗟叹自己毕生的遭际坎坷;有的说是他晚年回顾生平,用诗歌写下这么一个不平凡的自我小结;有的说是悼念亡妻王氏。我的浅见,过去是认为属于生平回顾,但兼有悼亡之意;近年来则认为以悼念他爱妻王氏为主,但兼含生平回顾,即由于和王氏联姻,被卷进党争漩涡,以致坎坷终生,百端怅触。毕生总结和悼念亡妻这两者之间,本来毫无矛盾,相反的却蕴藏着千丝万缕的内在联系。这正因为,李商隐是处于牛、李党争峡谷中的诗人,由于偶然的机缘,偏偏和一位被认为是李党的节度使王茂元的女儿结了亲,这就给他的毕生的政治境遇带来了诸多不幸。所以,当诗人抒写那种十分怆痛的、人天寥廓的爱情悲剧时,他往往会联想到他的亡妻和自己所共同遭遇到的、卷入党争险浪中的一对无辜受害者的不幸命运。这是一幕伴随着政治悲剧而俱来的爱情悲剧。

作为《锦瑟》意象整体的核心是"思华年",也就是李商隐对于业已消逝的美的缅念,希望之火在寂寞中燃烧的执著心情。这种心情有一种"内驱力",使得诗人在历尽天涯蓬转,返回家乡郑州后,感到有一种强烈的创作冲动。他要把自己毕生"流莺飘荡"的生活、生离死别的遭遇和错综复杂的感情,通过苦苦回忆,通过意象剪裁,再通过艺术的浮想和幻觉,把那些在时空上依依相似、脉脉相通的一鳞半爪联系起来。当意象的主要部分突出了的时候,当经过剪裁的意象凝缩了的时候,李商隐这段生死恋的回忆,就发生一种超越于它本身的具体的"华年"现实图景,表现为诗人的一种锲而不舍的美的追求的创造力,表现为以"流莺"自喻的诗人的心灵颤动了。

长期隐伏在李商隐心灵深处的,自然是他的如梦如烟的一段"华年"生活。安定城楼的壮怀极目,娶了王氏后住在岳父家崇让里时那萦人心曲的宅内牡丹,天涯漂泊的幕府生涯,特别是悼亡后触目惊心的锦瑟……一次回忆接连着一次回忆,一次回忆搅拌着一次回忆,而其中印象最深刻的,最能涵盖着其他意象的,不能说不是锦瑟了。锦瑟,是他妻子喜爱的乐器,然而,今天是物在人亡了。再说,古瑟,本应为五十弦,而时行的却减其一半,成为二十五弦,恰说明不合时宜。就从这一个内涵丰富的乐器展开浮想,李商隐不仅缅念起亡妻,更为自己的不为世用以至投闲家居而感到无比怆痛。锦瑟声声,经过诗人的谛听和凝注,居然发现了一弦一柱发出不同的音响,联想到一个年头有着一段不同的经历。就这样,小小的焦点转为扩大,并从聚焦点而化为散焦点了。他回顾起包罗万象的"华年",其中真不知包含着多少生离死别、家国悲辛!及至颈联的"庄生晓梦"和"望帝春心"一涌而出,突然转折,扑面而来时,诗人就从原来对"华年"的回思,一转而为当前华年幻灭的悲哀之感。于是,诗人不能再对"华年"意象作详审的谛视了。他觉得这爱情的晓梦,就好像庄周幻化为蝴蝶,不知自己化为蝴蝶,还是蝴蝶化为庄周,这已经引起幻灭的迷茫之感。此外,他还觉得,他的悼亡悲剧,又像战国时古蜀国君主望帝死后化为杜鹃的故事。杜鹃声声悲啼,鸣失国之痛,和自己的失去青春、失去爱侣,恰恰有相似之处。梦境恍惚,极言魂魄相通,但终于重泉杳渺,这和诗人的另一首悼亡名作《正月崇让宅》所写的在旧宅中夜间依稀见到亡妻,甚至和她一起歌唱的幻想情景相通。悲啼千古,表示海可枯,石可烂,诗人的深情不渝。前者表现因幻灭而心情迷茫,后者表现虽幻灭而意志坚贞。

写到这儿,好像是山穷水尽了,可在作者笔下却翻起了一迭波澜。在一切幻灭意象中,"某种潜在的细节会突然唤起他的注意,这细节打破了他构图的平衡"。潜在的细节是什么?原来是诗人把他所神驰的古代传说中的五色斑斓的画卷,不知不觉地卷拢起来。他毕竟不甘于幻灭!

他要上下而求索,化为青鸟去探看蓬山。

他要让黄莺的眼泪湿透最高处的花枝,湿透苍穹。

他要把自己的生离死别向上天倾诉,获得上天的同情。

于是出现了:化为珍珠的人鱼眼泪,沐浴着月光辉照。埋在蓝田中生起轻烟的暖玉,受到阳光的煦拂。就在这一刹那间,节奏转为从容,感情的流程也变得松弛而宽广了。出于模糊意识的这一个转折就好像峰回路转,把诗人幻灭的悲哀化为"华年"的心理永恒的自誓。尽管月下鲛人的眼泪很凄冷,但皓魄当空,该又如何高洁!美玉诚然是埋在土中,但她却永远使人感到阳光照耀下的温

佳句
- 锦瑟无端五十弦,一弦一柱思华年。
- 庄生晓梦迷蝴蝶,望帝春心托杜鹃。
- 此情可待成追忆,只是当时已惘然!

暖。饱和着突变的、显示为模糊意识的这一腹联,实际上表现了诗人的审美的最深层次:尽管面对着幻灭而彷徨,但仍然坚持着对美的不懈追求。屈原是"虽九死其犹未悔",李商隐则是"徒劳恨费声",明知"徒劳",却仍然要"费声",要追求。

可惜的是,李商隐毕竟是脆弱些了。他的"暖玉生烟"的插

曲终于又转眼消逝了。在诗的结尾，诗人停止了他的追求，表示不管自己如何苦心回顾，一切终于都幻灭了。过去情景毕竟已成过去，任凭千番百次地缅想也都是徒然了。——其实，"当时"，在"华年"之时，也早就使人"惘然"；而今缅忆，其"惘然"就更不用说了。

从全诗看，诗人有意识地表现他爱情（还有政治生活的）的幻灭之感，但其间，却又横溢出一种对"幻灭"具有分裂作用的潜意识的审美追求。

这种审美追求表现为一个孤独者的沉思。李商隐诚然是感到"华年"业已破灭了，在过去早已感到如梦如烟、惘然若失了，但他毕竟还是要呕心沥血地写下这首诗来；同时，在"成追忆"的前面，又郑重地加了"可待"二字，说明在纵使深感无从追忆的同时，却偏偏还是要通过想象的活力为那些失落的旧梦多少增添一丝夕阳的光照。就让残烛在寂寞中燃烧吧。由此，我们可以从这首诗中看出李商隐的经验世界与想象世界互为推移从而展开的双向结构活动。"庄生晓梦"和杜鹃啼血原都是诗人过去不止一次的遭遇，可从现在回想起来，却混合着"一弦一柱"的无穷坚韧情绪和人格美的光辉永远无从灭没的自信。梦虽残而未了，幸福虽已破灭，可还是要叫唤春阳、时空中的彼岸。这就给华年的追忆增添了缠绵婉约的韵味，也就是黄庭坚自我体验过的一种所谓"心似蛛丝游碧落"的境界了。昔日的"华年"为诗人提供了辽阔的回想。这使诗人从与锦瑟有关的佳人消殒中推想到整个人生悲剧的况味，因而，就不止于悼亡的恋歌，而更是为"我亦举家清"（《蝉》）的人生唱出的庄严哀歌。

（吴调公）

乐游原

原文

感怀　　唐·李商隐

向晚意不适,驱车登古原。夕阳无限好,只是近黄昏。

内　容｜这首诗写盛时易逝,抒发了作者愁苦哀伤的心情。
特　色｜悲喜无端,抑扬有致。
注　释｜不适:不愉快。古原:即乐游原,又名乐游苑,是长安城南的风景区。

赏析

诗是语言的艺术,它的困难在于如何克服概念的限制,调动起语言的全部潜力来表现人的情感世界的斑斓色彩和生动流程。光说"言不尽意"还不免消极,要说"意在言外"才真正懂得了诗人的甘苦。这里的"意"当然不是一般所说的在语言外壳包裹下的抽象理念,而是含意绪、意欲、意愿等在内的,无限丰富而又充满活力的感性内容。在一首诗里,还得把这些活跃的力量有节奏地表现出来。诗的语言正是凭借着这个内涵无尽的"意",才变得灵动起来,从而具有引人入胜的魅力。

这首小诗的第一句就恰从"意"写起。这里给了我们一个提示,即与其说诗人充当的是乐游原的导游,倒不如说他是扮演了自己精神世界的导游,其目的是要让我们去他的心灵深处寻幽探胜。诗里有三个用语:"向晚""夕阳"和"黄昏",从概念上说几乎是同义反复。一首仅仅二十个字的小诗,接连用了三个同义词,不觉得重复累赘吗?可是我们读了却只觉得言简意赅,回味无穷,原因是它们在诗里不只代表了时间概念,而且还表现了"意"的不同层次,它们以层递的方式写出了一个完整的心理过程。第一句中的"向晚"本来只是一个时间的说明,可是它和

"意不适"紧紧相连,就与主人公的精神活动发生了关系。为什么向晚时分会不适意呢?究竟在哪儿感到不对劲、不痛快呢?诗人没有说。也许,像"愁困薄暮起"这一类无端的触绪,连诗人自己也未必说得清。但是我们却在向晚时分的迷蒙天色里,分明感受到了一

• 夕阳无限好,只是近黄昏。

种朦胧的意绪,这种意绪虽然难以言传,却又教人没精打采,挥之不去。为了排遣它,故而有第二句的驱车登原之举——乐游原在这里只是主人公消释愁怀,浇胸中垒块的酒杯罢了。第三句写登原所见,其情之所钟,只在"夕阳"一景。如果仅从写景的角度看,这一句似乎太平淡无奇,可是我们却觉得它在这儿仿佛有一种爆发的力量,突然间喷薄而出。这是为什么呢?原因是在绚烂多彩的夕阳和灰色的人物意绪之间,存在着一种对比关系,正是这种前后的强烈反差,才给了第三句以飞跃的力量。"夕阳无限好"不啻脱口而出,省却多少铺陈描状,胜于千言万语。这不仅仅是对夕照的瑰丽景观的一般概括,而且更表现了主人公在"意不适"的精神委顿之际,突遇大自然生命感召时的惊喜和欢欣。这是陷于困境者得救的欢呼:仿佛在这一瞬间,光明照彻了昏晦,色彩取代了单调,枯萎之花重新开放,生命的意义又被唤起和照亮。对于失落在苦闷深渊中的人来说,有什么比这片时的解放更令人感到快意呢!诗人惊异于这个新的发现,无怪乎他要情不自禁地发出如此冲动的呼喊了!因此,这里的"夕阳",乃是以感性的神往消释了此前出现的恼人意绪。苦闷是晚唐流行的世纪病,而"夕阳"恰在这一时期成为诗歌中活跃的意象,其奥秘在这里也不难窥见一二。不过较之其他诗人所写的:"心羡夕阳波上客""向陵鸦乱夕阳中"(温庭筠《溪上行》《开圣寺》),"夕阳空照汉山川""夕阳唯见水东流"(韦庄《中渡晚眺》《忆昔》)等等,李商隐此句最为斩截明快,因而也就成为其中最著名的代表。然而,感情的美虽然眩目,毕竟是倏忽易逝的,诗的

末句就又跌回到清醒的理性意识上来。"只是近黄昏"不止包含了一个人所共知的经验事实，而且还有失落的痛苦。谁不希望美能长驻呢？可是好景往往不长，反教人倍感惆怅和哀伤！诗的三、四两句转折得非常之快，刚刚还在雀跃欢呼，转眼间又变得黯然神伤。如果说"夕阳"是从感性上表达了对希望之火熊熊燃烧的无限向往，那么"黄昏"则是从理性上意识到希望终归落空的无可奈何地叹惋。这样，在本诗中"向晚""夕阳""黄昏"就成为主人公心理流程的三个标志，它

们以抑——扬——抑的内在节奏，完成了"伤逝"的主题，而且活画出那种悲喜无端、朦胧和清醒交织、希望和幻灭并存的苦闷者的心态。这才是真正的诗的语言，因为它能在诗人指顾之间，把我们的生命活动化为无尽的言说，凭借着它，我们既体认了自己，也体认了别人。

（钟元凯）

夜雨寄北

原文　　　　　　**离思**　　唐·李商隐

君问归期未有期，巴山夜雨涨秋池。何当共剪西窗烛，却话

巴山夜雨时。

内　容	这首诗抒写诗人对妻子的相思之情。
特　色	跳宕回旋，虚实交融。
注　释	君：对人的尊称，相当于"您"。这里指诗人的妻子。何当：何时。却话：追叙，回头叙说。却，回溯。

赏析　这首诗，题目一作《夜雨寄内》（洪迈《万首唐人绝句》），当是诗人在入梓州幕府期间所作。诗题中既着一"寄"字，自然就有以诗代简的意味。《古诗十九首》有云："客从远方来，遗我一书札。上言长相思，下言久离别。"说得直截了当，表现了诗人质朴爽朗的作风；而李商隐的这首诗同样是抒写相思离情，却要曲折蕴藉得多，读来更令人回味不尽。

　　离别之后有千言万语，从何说起好呢？诗人把笔墨集中在"归期"这个焦点上，全诗都围绕这一点生发和展开。首句只是说滞留在外、归期未卜，诗人却设为主客问答，把相忆相思的双方一并拈出，这样的处理使诗一开始就有了双方的感情交流，而下文的"共剪"也便有了着落。第二句承上诉说归去无计的难堪，却纯用景语出之。在这异乡客地，在这不眠之夜，又恰遇淅淅沥沥的秋雨下个不停。雨在秋天是很平常的景候，而在今夕此地，它却使人别有一番滋味。古人对时序的迁逝变化本来就十分敏感，而秋天因为临近岁暮就更容易引起徂落消逝的感伤。

佳句
- 何当共剪西窗烛，却话巴山夜雨时。

风雨送秋凉，于是连带秋风秋雨也和悲愁结下了不解之缘。李商隐是个对雨有着特殊感情的诗人，在他的诗里曾多次出现雨，如"一春梦雨常飘瓦"（《重过圣女祠》）、"红楼隔雨相望冷"（《春雨》）、"楚天长短黄昏雨"（《楚吟》）、"月榭故香因雨发"（《银河吹笙》）、"留得枯荷听雨声"（《宿骆氏亭寄怀崔雍崔衮》）等等，更何况是客地逢秋雨呢？其间那种寂寥凄寒的况味自不难体会。

而"涨秋池"这一补笔，又似放大了雨的声响，使夜变得更加喧扰不安。"涨"字在此处颇传神，揆之以当时情势，与其说这是临池目测之所见，不如说它是"听"出来的。着此一笔，则雨势之大、时辰之长，尽在不言之中；而主人公充满骚动不安的缭乱心绪，也被烘托而出，一如那秋池水满，禁不住横流外溢了！同样写雨夜无眠，温庭筠《更漏子》词云："梧桐树，三更雨，不道离情正苦。一叶叶，一声声，空阶滴到明。"是以单调稀疏的声响烘托人物百无聊赖的离情；本诗却从动荡处着笔，映衬出主人公纷至沓来的情思。而其恼人之处，不正就是由于"归无期"吗？

诗的后二句，忽由今夕之索寞推想来日重逢之欢乐，拓出新境。从思理上说，这一飞跃乃是由思归心切推衍而成，而由今夕过渡至来日之夜，又显得十分自然。一别经年，两地相思，一旦重逢，快如之何！烛短须剪，言夜已深；两人"共"剪，言兴正浓。杜甫《羌村三首》（其一）云："夜阑更秉烛，相对如梦寐。"这里虽无老杜那般历经生死乱离后恍若隔世的悠悠之感，却也同样包含了互诉别情但恨日短的体验。整个画面至此由凄迷寂寥一变而为明亮温馨。无疑，诗的后两句乃是由前两句反拨而成的一片神化之境，而其神采所照之处，又赋予了巴山夜雨以全新的意义。"巴山夜雨"在诗中曾两度出现，如果说第一次是现实环境的具体写照，主要体现为触情起兴的观感价值；那么第二次在对旧日情事的回忆中，凸现出来的则是它的情感价值。那一个雨夜虽然早已逝去，那一遍感情上的体验却无法教人忘怀。它使人体会到真的喜悦，从而把温暖隽永的情味永远地留给了我们。

这首诗以时间的跳宕回旋为经线，以"巴山夜雨"的复迭呼应为纬线，一经一纬，组成了虚实交融的画面，全诗在沉郁之思中又表现了富有展望的人生态度，加上轻捷明快的用笔，形成了明朗乐观的基调，给人以启示和鼓舞。所有这些，都是使本诗引人入胜的重要方面。

（钟元凯）

天　涯

原文　　　　　　感伤　　　　　唐·李商隐

春日在天涯，天涯日又斜。莺啼如有泪，为湿最高花。

内　容｜这首诗抒写春日的羁旅之愁。
特　色｜层层递进，愈转愈悲。
注　释｜日又斜：指日暮。

赏析　"春日"二字所象喻的，是蓬蓬勃勃的生气，是欣欣向荣的物象，是万紫千红的景观。自然界的春日，是万物的青春期。人生中的春日，是绮怀与诗思并茂之时。春之所在，即希望所在，生命所在，爱与美之所在。可是，诗笔一转，接出"在天涯"三字。"天涯"二字所感发的，是羁旅之愁，是飘零之苦。春日不当在天涯而偏在天涯，在天涯不堪逢春日却偏逢春日。感伤之情，借着这五个字，凄然吟出。

"天涯日又斜"，重复"天涯"二字，见出愁绪之郁结。春之日而在天涯，已属不堪，何况又当日之斜时！庾信《哀江南赋序》云："日暮途远，人间何世！"日之暮为一日之将尽，象喻人生之将尽；途之远则归时为无期，象喻希望已无望。故天涯日暮之悲，为人生之大不幸。

"莺啼如有泪"，从来燕语莺声，最能愉悦人心。"两个黄鹂鸣翠柳"，一片春光因此活泼生动。然而在商隐听来，则不但莺声如哭，而且竟是悲泪欲零。这是诗人以我之心观物，故物皆着我之色彩。这是一颗感伤的诗心正在啜泣！

"为湿最高花"，花是春的精神，是美的象征。春之色彩，春之气息，春之梦思，春之诗情与画意，就主要体现并寄托在春之花上。古今有多少诗人歌咏春花。在文化史上，春花已经成为了美的载体和爱的载体。可是在这首不过二十字的小诗中，"花"却是最后出现的。

这是画龙点睛之一字。盖"春日"出而"花"已掩映欲出矣，"莺"声出则"花"已烂然在目矣。《子夜四时歌》云："春林花多媚，春鸟意多哀！""哀"，感动之意，谓春鸟之鸣，感发人之春心。春林之艳，无过于花。春鸟之鸣，无过于莺。春莺与春花，是春日最为明丽的美景。相传顾恺之画龙，不肯点睛，说是点睛则龙会上天。此喻画艺臻于神境。商隐迟迟点出"花"字，在艺术上虽然有着为画龙点睛的妙用，但在诗人自己，却是由于不忍之心。

春之美，在于花之美。春之可伤，在于花之可伤。春光易老，花期苦短。当春日之暮，诗人最关切的，实无过于花。

"最高花"，这是最高枝上的花。高树已多悲风，何况是最高枝上的花！当春日之暮，最易凋零的，不就是这最高花吗？诗人寄语黄莺：伤春的鸟啊，把你伤春的泪，洒向这最高花吧！这是诗人内在感情的外化，是诗人为最高花一掬同情之悲泪！

"最高花"所象喻的，是最美好的事物，最美好的才情。"最高花"的命运所象喻的，是世间最美好的，偏是最不幸、最可伤的。商隐以绝代之诗才，生于唐之末世。他在天涯飘零中的境遇，恰似春暮之最高花。故对最高花的伤悼，即是诗人自我的伤悼。此种伤悼，因为和春光不永之自然现象，韶华易逝之人生现象，以及世事多难之历史现象相合，而具有普遍的意义，故能感动历代的无数读者。

故"花"字出时，诗人的悲情已达于极点。由是诗心不堪其苦，哀鸣至此遂绝。这是此诗点睛之一字，亦是此诗绝笔之一字。

此诗涵容之情，极丰富，极沉痛。首句用对照而又转折之笔，将春日之美好与天涯之凄苦连在一起，悲情已足震栗人心。

接着重复"天涯"二字，强调悲情，而以"日又斜"将悲情递进一层。第三句莺声如哭，悲情又进一层。第四句泪湿花枝，悲情遂臻极致，而沉痛之诗心再不堪苦吟。这样层层递进，愈转愈悲，二十字之短章有尽，而诗人之悲心无穷。

冯浩《玉谿生诗集笺注》引杨致轩评此诗曰："意极悲，语极艳。"拈出了此诗艺术上的又一特色。艳语，谓"春"，谓"日"，谓"莺"，谓"花"。春之时，日之丽，莺之娇，花之媚，皆美好之物象。然以飘零之人，在天之涯，感春将尽，日已暮，莺有泪，花欲谢，则唯有哀吟而已。故愈艳而愈悲。可谓口角噙香，而悲心成灰矣。

（王炎平）

杜工部蜀中离席

原文

忧生　　唐·李商隐

人生何处不离群？世路干戈惜暂分。雪岭未归天外使，松州犹驻殿前军。座中醉客延醒客，江上晴云杂雨云。美酒成都堪送老，当垆仍是卓文君。

内　容　诗歌抒写诗人对动乱世事和自己凄苦身世的悲慨。

特　色　错综开合，沉郁顿挫。

注　释　干戈：干和戈是古代常用武器，这里指战争。雪岭：即雪山，主峰在康定，绵亘出川西为大雪山脉。此地是唐帝国和吐蕃的分界，常发生兵事。天外使：指派往边地处理边事的使者。松州：今四川阿坝藏族羌族自治州松潘县，因有甘松山，故名。殿前军：本是皇帝宫廷中的禁卫军，这里指神策军。安史之乱起，边防将领为了多得粮饷，往往奏请所部军队直属中央管辖，称为"神策行营"，即神策军。延：连接。当垆：卖酒。

杜工部蜀中离席

赏析 这首诗，是诗人在唐宣宗大中六年（852）离开成都时，于别宴上写的。诗人以错综的笔法，融合叙事、写景、抒情和议论，表现动乱的世局，莫测的世情，凄苦的身世，绝望的心境。

首句感叹人生别离，作旷达语。然以别离为人生普遍的缺憾自慰，实为无可奈何。故超脱是表面的。次句感叹世局动乱，而于此动乱之世局中离别，则别后之世事与人事均杳不可知，岂不痛惜！这两句既分写人生与世局，又以"惜暂分"三字绾合在一起，伤乱亦伤离。诗人一开始就渲染出浓重的悲剧气氛，于诗句的错综及开合中，见出感情的起伏和沉重。

三、四句承"世路"。"未"字和"犹"字，说明边境干戈历时已久。鉴往知来，则动乱将无已时。第五句承"人生"，写离席上情景。这是酒席上常态，暗寓人世上常态。盖醉醒杂呈，酒席间如此，人世间何尝不如此。而别离之苦，世局之忧，唯醒者系心。则诗人所负荷的痛苦，竟无可以告诉于人。第一句的"离群"，是普遍的，故不妨作旷达语；这一句的独醒，是自悲自伤，无可解脱，故尤为沉痛。第六句宕开一笔，由席上写到江上，以天象之晴雨不定，扣"世路干戈"，既寓世局多变，又寓世情莫测。诗人在酒席间固然有孤独感，而于世局与世情亦怀绝望感。这两句在叙写席上事和江上景中，将人生、世事之可伤可叹，推进一层。末二句扣"蜀中"。以为诗人有及时行乐之意，固然

> 【佳句】
> • 座中醉客延醒客，江上晴云杂雨云。

不对；以为诗人讥刺"座中醉客"，亦误。盖"当垆"既然"仍是卓文君"，则是"司马相如"仍困辱于风尘中也。第七句是说，成都美酒固可送老，然离别在即，何能送老！况且"文君"仍在"当垆"，才士依然沉沦，虽欲美酒送老，岂可得乎！"当垆仍是卓文君"七字，将世事与身世之可伤绾合一处，于百感交集中结束全篇。诗是完了，而百感交集之悲情，仍沉沉地压在诗人心

上，也沉沉地压在读者心上。

诗的主旨，是悲世事和身世。首句于叙事中寓议论并抒情，次句于叙事中抒情。三、四句于叙事中议论，将世事之可伤推进一步。五、六句于叙事写景中抒情并议论，将人生、世事之可伤再推进一步。末二句于议论中抒情，"当垆仍是"四字，身世沉沦之苦，怀才不遇之痛，世局之可忧，世路之多艰，世情之可叹，一齐迸发出来，悲哀至极，发为凄厉的绝唱。全诗以旷达语始，以悲愤语结。诗人的悲情，在交错着叙事、写景、抒情、议论的诗句中，层层推进。在诗笔的开合曲折中，诗情起伏跌宕，得杜诗沉郁顿挫之致，称得上是一首学杜诗的成功之作。

（王炎平）

无题二首（其一）

原文 　　　　　　　恋歌　　　唐·李商隐

　　昨夜星辰昨夜风，画楼西畔桂堂东。身无彩凤双飞翼，心有灵犀一点通。隔座送钩春酒暖，分曹射覆蜡灯红。嗟余听鼓应官去，走马兰台类转蓬。

内　容　这是一首恋歌，抒写诗人对意中人深切的思念之情。
特　色　精工富丽，想象奇巧。
注　释　画楼：雕梁画栋的楼。桂堂：香木构建的厅堂。分曹：分组。嗟：感叹，慨叹。兰台：即秘书省。转蓬：草名。秋枯根拔，遇风飞旋，故又名"飞蓬"。蓬，叶形似柳叶，边缘有锯齿，花外围白色，中心黄色。

赏析　这首诗当是李商隐于开成四年（839）春天在秘书省做校书郎时所作。因为诗里说"走马兰台类转蓬"，《旧唐书·职官

无题二首（其一）

志》："秘书省，龙朔（高宗年号）初改为兰台。"那么兰台即秘书省。他走马兰台就是做校书郎。又说"类转蓬"，像蓬草被风吹走，说明他感觉到自己在秘书省的官做不长久，就会被调走的，果然，就在这年，被调去做弘农（今河南灵宝）县尉。他在长安做校书郎时，可能住在他丈人王茂元在京城的房子里，当时王茂元在许州（今河南许昌）做忠武节度使，不在长安，但他的长安住宅里住有王家的亲戚。作者从中碰到了一位女子，是他以前相识的，所以他在其二里说："闻道阊门萼绿华，昔年相望抵天涯。""阊门"，指苏州。"萼绿华"，仙女名。这是说，这位从南方来的女子，美如仙女，他在昔年就相望，可是远在天边。现在忽然遇见了，所以写了这首诗。

首联"昨夜星辰昨夜风，画楼西畔桂堂东"，是说在昨夜的星光和好风中，他在画楼西边、桂堂东边看到了她。这里用了两个"昨夜"，写出这是不同寻常的星光和风，这是昔年想望已久，现在可以看到她时的星光和风，这个"昨夜星辰昨夜风"，特别应该珍惜。不过一见以后，她可能有女伴在一起，一起到画楼上去了。他不能上去，所以颔联说"身无彩凤双飞翼，心有灵犀一点通"。灵犀亦叫通犀，是犀牛角，中央色白，通两头。说明他跟她不但相识，并且是心心相印的。于是他在楼下想象她在楼上的宴会情景。颈联"隔座送钩春酒暖，分曹射覆蜡灯红"，说她在楼上与许多人宴会，在宴会上分为两曹，即分为两队，作藏钩之戏。一队队员是把一个可以握在手内的钩隔座传给自己队内

> **佳句**
> • 身无彩凤双飞翼，心有灵犀一点通。

的队员，让另一队队员猜钩在谁手，以猜中为胜。"射覆"是一队把一样东西盖住了，让另一队的人猜，猜中为胜。在"春酒暖""蜡灯红"中藏钩、射覆，为宴会助兴。他既不能上楼去参加欢宴，是不是在宴会后再可以会见她呢？可惜官府在卯刻击鼓，卯刻相当于早上五点到七点，即在七点前他该到官府去应

卯,自己又要很快被调走,所以要会见她的机会很少,尾联表达了这种怅惘的感情。

这首诗通过了昨夜的相见,写出了相见时的情景,相见时的地点,用来表达作者缠绵的情思。颔联写出可望而不可见的情思,用"彩凤""灵犀"作比,既设色工丽,又构思奇妙。用"灵犀"作比,比心心相印,是一个巧妙奇特的创造性比喻,具有动人的力量而成为传诵的名句。接下去写想象楼上的宴会,生动而与情景结合。末句写自己为小官而奔走,类转蓬的身世,写出身世之感。这种感触,好像跟上面写出对她的情思关系不大,实际上正说明以他的身世很难有亲近她的机会,更表达他对她的思念。这首诗写得精工富丽,圆转流美,感慨深切,成为《无题》诗中的名篇之一。

(周振甫)

无题四首(其二)

原文　　　　陈情　　　唐·李商隐

飒飒东风细雨来,芙蓉塘外有轻雷。金蟾啮锁烧香入,玉虎牵丝汲井回。贾氏窥帘韩掾少,宓妃留枕魏王才。春心莫共花争发,一寸相思一寸灰。

内　容　这首诗借写作者的失恋,间接地表达出他希望被推荐去翰林院供职的想法。

特　色　透入一层,用喻奇巧。

注　释　飒飒:风声。啮:咬,衔。玉虎:雕有玉虎的辘轳。掾:官府中佐助官吏的通称。春心:指男女之间相思爱慕的情怀。发:开放。

赏析　这首诗是《无题四首》中的第二首。张采田《玉溪生年

无题四首（其二）

谱会笺》把这四首诗定在大中五年（851）作，那年李商隐在徐州武宁节度使卢弘止幕府里做幕僚，卢弘止病死了，他回到长安，求令狐绹推荐。令狐绹推荐他做太学博士。他不愿做太学博士，因此写了这四首诗，向令狐绹陈情，希望令狐绹推荐他进翰林院去做官。因此，这首诗（其二），表面上是写自己的失恋。尾联"春心莫共花争发，一寸相思一寸灰"，即爱情不要发生了，相思已经化成灰了，失恋了，对方已经不爱他了。但这四首诗是一组，这一组诗的主题在第四首里点明，即"东家老女嫁不售"，他自比东家老女，嫁不出去。他已经做过好几次幕僚，为什么还说嫁不出去呢？他在《无题四首》的第一首里点明："刘郎已恨蓬山远，更隔蓬山一万重。"冯浩注："唐人每以比翰林仙署。"

> **佳句**
> • 春心莫共花争发，一寸相思一寸灰。

即唐朝人把翰林院比作蓬莱山。李商隐想请令狐绹推荐他入翰林院，把他比作出嫁的人。因此，他把在幕府里当幕僚，入京补太学博士，都比作老女嫁不售。因为进入翰林院，就有机会替皇帝起草诏书，参与谋议，替唐朝设计旋乾转坤的中兴计划。他在《安定城楼》诗里说："欲回天地入扁舟。"他想在旋乾转坤以后再坐船回乡隐居。当时令狐绹入相，可以推荐他入翰林院，可令狐绹就是不肯推荐。李商隐18岁时，令狐绹的父亲令狐楚就赏识他的文才，聘他到幕府里当幕僚，就跟令狐绹在一起。所以他这次入京，就住在令狐绹家里，写诗向令狐绹陈情。

首联："飒飒东风细雨来，芙蓉塘外有轻雷。""飒飒"本来是形容秋风声，这里称"飒飒东风"，春天里有秋天的意思。他住在令狐绹家里，听见令狐绹上朝回来，在荷花池塘外传来令狐绹的马车声。"轻雷"指马车声。颔联："金蟾啮锁烧香入，玉虎牵丝汲井回。"令狐绹家的门锁上装有金属制的蟾，咬住锁，指令狐绹对他的深闭固拒，但他烧香，香烟可以从金蟾口的锁内透进去。井深不好打水，井的辘轳上装有玉虎，但转动辘轳牵动绳

子还可把井水打上来。这是说,你虽然对我深闭固拒,我还是"烧香入""汲井回"地写诗向你陈情。

颈联:"贾氏窥帘韩掾少,宓妃留枕魏王才。"这里用了两个典故。晋代的韩寿,在大官贾充手下当幕僚,贾充的女儿看他年轻貌美,爱上了他(见《世说新语》),因称"韩掾"。留枕,魏陈思王曹植的《洛神赋》写洛水女神宓妃爱曹植的才华,把一个枕头留给曹植。这一联说,贾女因韩掾年轻貌美才爱他,宓妃因曹植多才才爱他。可是他在令狐绹眼中已经老丑了,已经无才了,所以不再欣赏他了。他要请他推荐入翰林院,已经没有望了。尾联是说,他好比已经被对方抛弃了,他的爱情不要再同春花一起开放,已经成了死灰了。即希望已经完全没有了。这里借写失恋的诗来表达他失望的痛苦心情。

这首诗在艺术上的特色,一是深一层写法,不说金蟾啮锁,不肯开门,玉虎镇井,无法打水,却说,虽金蟾啮锁,也要烧香透入;虽玉虎镇井,也要牵绳打水,表达自己的急切心情。二是用反衬手法,不说对方嫌自己老丑无才,却说韩掾少而得贾女爱,魏王才而得宓妃枕。三是衬托手法,不说对方抛弃自己,说自己心灰,来衬出对方的抛弃自己。这首诗同样写得情思缠绵,设色工丽,比喻奇巧而创新。

(周振甫)

隋 宫

原文 咏史 唐·李商隐

乘兴南游不戒严,九重谁省谏书函?春风举国裁宫锦,半作障泥半作帆。

内容 这首诗描写隋朝史实,讽刺和批判了隋炀帝骄奢淫逸、祸国殃民的恶行。

特 色	见微知著,婉而多讽。
注 释	戒严:在战时或其他非常情况下,所采取的严密防备措施。九重:即九重深宫,皇宫。省:明察。帆:船帆。

赏析 晚唐国势衰微、江河日下,诗人们往往以咏史的方式总结历史兴亡的教训,借古喻今,以唤起时人的警觉。李商隐的咏史诗以委婉托讽见长。他的诗善于选择切入史事的角度,每每从未经人道的细节处着眼,因小见大,言近意远。这首绝句可谓一例。

"隋宫"指隋炀帝南游江都(今江苏扬州)时在当地所建的行宫。李商隐另有一首七律《隋宫》,主要以今昔对比的手法,借时过境迁的巨变来讽刺炀帝的繁华迷梦;本诗却只从昔日的史实着笔。和历史上其他的昏君相比,炀帝尤以好巡游而著称,据《隋书·炀帝纪》载:"上御龙舟幸江都,始于大业元年(605)八月,后至义宁二年(618)三月。"十三年间,三次巡幸江都,居京时间仅一年。此诗即由"南游"这一点切入。全诗围绕"骄""奢"二字生发。前二句重在写一"骄"字。诗以"乘兴"发端,将其出游的目的暗暗托出;继以"不戒严"状其骄慢不可一世之态。《晋书·舆服志》有"车驾亲戎,中外戒严"之语,意谓天子系社稷安危于一身,稍有不慎,国势倾危,故輂跸出巡,必须戒备森严以防不测。炀帝当政之时,正值天下大乱的前夕,然而他却高枕无忧,浑然不觉。第二句以设问口气反挑,进一步写出炀帝轻侮天下的昏态。连朝臣函封的谏章都竟然不屑一顾,可见国事朝政已尽被他置于脑后。诗的前两句以反话正说的手法,写亡国之君而俨然有太平天子之慨,着语不多而讽意已出。

诗的后两句重在写一"奢"字。诗人借锦帆一事加以点化,运思却别出手眼。炀帝南游时特制龙舟楼船,以锦缎作帆,所过之处,香闻十里。诗人吟咏多用此事,如温庭筠有"百幅锦帆风

力满,连天展尽金芙蓉"(《春江花月夜词》),李商隐又有"玉玺不缘归日角,锦帆应是到天涯"(七律《隋宫》)。前者是以富艳的词采铺陈其奢侈之致,后者是以冷嘲的口吻揶揄其梦想成空。本诗却独独拈取裁制宫锦这一细节来写,似无关宏旨,却自有"称文小而其指极大,举类迩而见义远"(《史记·屈原传》)的艺术效果。"春风"似随笔点明季节,实则另有深意。试想时当春季,农事正兴,一年衣食之计端赖于此,而此时举国上下,却都在忙于裁制宫锦,这该是何等荒唐!"障泥",指垫在马鞍下用来挡蔽两边尘土的马鞯。这里说的是用华贵的宫锦来做马鞯和船帆,以为皇帝南巡时水陆兼程所用。倾天下之劳力以供一人之嬉游,夺百姓之口食以饱一人之私欲,于此则不仅可见其穷奢极侈之状,而且更可见其祸国殃民之烈。因此,这两句字面上不着一字评骘,而在客观描述中却深化了主题。精警的立意和新颖的视角相结合,大大加强了本诗讽刺和批判的力量。

　　李商隐的咏史诗常以"荒淫"和"失国"作为对比的两极,如《北齐二首》里的"小怜玉体横陈夜,已报周师入晋阳""晋阳已陷休回顾,更请君王猎一围"等,都在上下文的直接对照中表现出强烈的讽刺。此诗却只就一面说,而将其败亡的后果略去。这是因为殷鉴不远,炀帝覆亡的历史事实已为人所共知,无须具言。而这种变明比为暗比的写法,又为本诗增添了婉而多讽的意味。

(钟元凯)

落　花

原文　　落花　　唐·李商隐

高阁客竟去,小园花乱飞。参差连曲陌,迢递送斜晖。肠断未忍扫,眼穿仍欲稀。芳心向春尽,所得是沾衣。

内　容　这是一首咏物诗,伤悼落花,寄寓感伤。
特　色　移情于物,物我融汇。
注　释　迢递:连绵不绝的样子。斜晖:傍晚的阳光。肠断:即断肠,形容极度思念或悲痛,这里指极度悲痛。眼穿仍欲稀:虽然极力远望,飞花仍越飘越少。芳心:指花蕊,俗称花心。

赏析　这是一首咏物诗,采用了移情于物的艺术方法。花飞之景,于客去之后始觉,是因为静寂中方才注意到落花,孤独中方才惊心于落花。叙事写景中,已经移情于景。故乱飞之落花中,分明伴有诗人的感情。

客自然是要去的,着一"竟"字,似乎无理,而不忍于客去之情如见。落花自然是纷乱的,着一"乱"字,似乎平常,而触目惊心之情方显。高阁客去,是人事之繁华消散,小园花飞,是自然之春色凋零。人与物既同样可伤,则落花之景与诗人之情不唯交会,而且在同样的命运中相惜相怜。而于此相惜相怜中,诗人伤悼落花之情与同自伤之情,也就愈加深沉。

"参差",状落花飘飞之态,"连",状落花不断之景。不断的落花,连接花枝与曲陌,飘舞的落花,显出婉娈依依的情态。落花固不得不落,而实不忍于落。这样写落花,情与态都拟人化了。最妙的是"连"字,明写连接花枝与曲陌,暗寓落花牵动了诗人的心。正是诗人不忍花落之情,移于落花,才显现为落花依依之景。

"迢递送斜晖",从时间上着笔,写日暮花飞之景。"迢递",明写花瓣不住地落,暗伤芳华不断地逝去。"斜晖",既渲染出黄昏凄清之境,又用一个"送"字,写出落花不忍于芳华之逝,而又无奈于芳华之逝。这里,落花和斜晖固是相惜相送,而诗人的心,亦与落花和斜晖相惜相送。三、四句从落花着笔,而落花中分明伴有诗人的感伤。

五、六句是从诗人方面来写。诗人惜花，故不但不忍扫花，尤其盼望花能留住。可是，诗人虽不忍于扫，落花仍簌簌不断地落。未忍扫花时，诗人已经肠断，则"仍欲稀"时，情何以堪！这两句抒情，极为沉痛。"未忍扫"中，已有落花的形象；"仍欲稀"中，寓含落花的悲情。不但情由景生，而且情中仍有景在，我中仍有物在。

　　"芳心向春尽"，是写花，也是写人。向春尽的，是花之心，也是人之心，是花的青春，也是人的华年，是自然的春色，也是人事的繁华。"所得是沾衣"，是落花沾衣，也是落泪沾衣，落花沾衣，是花依人，落泪沾衣，是人惜花。至此，花与人融为一片。分不清哪是落花，哪是诗人。而落花之可伤，诗人身世之可悲，与乎世事之可叹，也就在这十个字中，一齐传达出来。

　　这首诗，句句有花，亦句句有人。景语皆情语，情语亦景语。在情与景、物与我的交相融汇中，表现出一种凄恻迷离的意境，寄寓着惘然自失的悲情。王国维《人间词话》提出的"有我之境"，求之于诗，这一首应为上乘佳作。

（王炎平）

无　题

原文　　相思　　唐·李商隐

　　相见时难别亦难，东风无力百花残。春蚕到死丝方尽，蜡炬成灰泪始干。晓镜但愁云鬓改，夜吟应觉月光寒。蓬山此去无多路，青鸟殷勤为探看。

内　容　这是一首情诗，表达了诗人对意中人缠绵不尽的相思。
特　色　旧喻推新，缘情设幻。
注　释　东风：春风。百花残：百花凋零。晓：天亮，早晨。镜：照镜。

无 题

云鬓改：意思指青春的容颜逐渐消失。云鬓，年轻女子的鬓发丰盛如云，故称云鬓。蓬山：即蓬莱山，相传为仙人所居，这里指对方住处。青鸟：神话中的鸟，为西王母的使者，这里借指传递消息的人。殷勤：急切地。探看：探望。

赏析 在李商隐所写的为数众多的无题诗中，这也许是流传最广的诗篇之一。诗人在悲剧性的爱情遇合中迸发出至死不渝的执著追求，而诗中所抒发的绵邈深情又是通过明朗不尽的形象和语言表现出来的，这或许就是它深入人心的主要原因之所在吧？

诗的首句以不胜依依的咏叹领起全篇。两个"难"字的回环复沓，曲折层深地传达出无限低回的深情。魏文帝曹丕《燕歌行》（其二）云："别日何易会日难"，意谓人生苦短，聚少散多；这里却翻进一层说：正因为相会不易，别离就更为难堪。"别易会难"还只是以时间的长短为背景，说的是别时匆匆，此后重逢却遥遥无期，这一句则以爱情的阻隔为背景，透露出欢少恨多、相知而又不能相得的巨大隐痛。可是，短暂之欢会乃以"相见"前的苦苦思慕和"别"后的无尽相思为代价，则它给主人公带来的感情上的沉重负荷已分明可见。这内心的巨大创痛，这沉郁深长的叹惋，是不由得不教人"天若有情天亦老"（李贺《金铜仙人辞汉歌》）的，故第二句即以东风无力、百花凋零的春光已老的景象，作为主人公黯然销魂的陪衬和呼应。"悲莫悲兮生别离，乐莫乐兮新相知"（《楚辞·九歌·少司命》），诗人在这里以情景相生之笔，为离别的难堪渲染了伤今悼往的沉重气氛，而别恨竟能使风云动容，则其强烈的程度也不言而喻了。

首联既已写尽"若不堪忧"的情状，颔联两句忽又振起，发为激越之音。这里用了"春蚕"和"蜡炬"两个喻象，以蚕"丝"谐音相"思"，以蜡"泪"象征离情。若孤立而言，这两个意象并非是李商隐首创，它们早在南北朝时期就已出现了，如《子夜歌》里的"春蚕易感化，丝子已复生""理丝入残机，何悟

不成匹",庾信《对烛赋》里的"铜荷承泪蜡"等。但李商隐却赋予了旧喻以新的生命。诗人把春蚕吐丝的柔美和蜡炬燃烧的热烈组合在一起,又以"到死""成灰"这些极惨淡的字眼与之连用,便在相反相成中造成触目惊心的强烈效果,再加上"方尽""始干",更把语气强调到了无以复加的地步。那是一种不惜以生命作为爱的奉献的告白。当诗人宁取死亡作为明证,从而向对方献上自己的一瓣心香时,这种感情是何等的炽烈,这种信念又是何等的执著!这两句以殉情之想,将爱情升华为一种重于个体生命的存在,升华为一种超越了生死厉害的强大精神力量。这是李商隐超越前人之处,也是这两句诗赢得了无数读者的奥秘所在。

诗的后四句写别后的无尽思念。颈联纯从对方着笔,悬想对方由"晓"至夜的别愁离情。"晓镜"言女子晨妆,其中自有为悦己者容的意向在,"夜吟"言女子无眠,对月生情,不容不发而为吟咏。"云鬓改"写佳期难再、青春蹉跎的苦闷,极言愁之深,"月光寒"写流连忘返,不知夜之既深的企盼,极言情之专。"但愁"出以肯定的语吻,表现出莫逆于心的相知之深;"应觉"出以存问的口气,则又沁透出温存体贴的无限柔情。诗人不说

佳句
• 春蚕到死丝方尽,蜡炬成灰泪始干。

自己如何朝思暮想,却说对方如何为相思所苦,这样就把一己的独往之思,化为了两情的迎面会合。这两句全是推己及人的想象之词,可是写来却具体逼真,历历如在眼前,可以说是实情的虚化、虚景的实化,而主人公刻骨铭心的相思也在这虚实的辩证交织中表现得饶有风致而韵味隽永。

诗的尾联,承上作进一步的生发。诗人为对方的痛苦而深感不安,于是嘱托神话传说中的青鸟,作为信使给对方送去诸许慰藉,以安慰晓愁夜寒之人。"蓬山"即蓬莱仙山,这里喻指女子住所。"蓬山"和"青鸟"的设词,为全诗平添了要眇的情致。"蓬山此去无多路"一句,即所思不远之意,千里犹如咫尺,因

两心未尝须臾相离也。何况诗人既要托青鸟"殷勤探看",原是不妨强调"无多路"的。如果说诗的颈联是缘情设幻,那么尾联就更是幻中之幻。诗人一往情深,耽于幻象之中而不能自已,我们则但觉无往不在的体贴之情而忘却其幻。李商隐自是痴于情者,这首诗从"相见时难别亦难"入手,最后却仿佛逾越了困难,使它变得不在话下,这就是爱情的力量。只要心有灵犀相通,不管外界如何雨横风狂,爱情之花永不会衰败,这首诗便是一个演示和明证。

(钟元凯)

嫦　娥

原文　　孤寂　　唐·李商隐

云母屏风烛影深,长河渐落晓星沉。嫦娥应悔偷灵药,碧海青天夜夜心。

内　容　诗歌借写嫦娥的孤寂之怨,抒发诗人寂寞悲苦之情。
特　色　意象寓情,联想丰融。
注　释　云母屏风:古代室内一种贵重的陈设。长河:银河。嫦娥:神话中的月中女神。传说她原是后羿的妻子,因偷吃了后羿从西王母处得到的不死之药奔入月宫,成为月中仙子。夜夜心:指孤寂之心。

赏析　这首诗的好处,在于以意象寓情。

从字面看,这诗是从孤独的她的眼中,去看嫦娥。

夜已深了,将要燃尽的红烛,以它昏黄的光,照着她的身影,投在云母屏风上面。那是一个孤影!屋外,银河渐渐隐没,晓星渐渐消失,黎明就要来临。想那嫦娥,此刻应在后悔偷吃了仙药,独个儿飞离了人间吧。那碧海一样的青天,无边无际,就

仿佛那孤寂的芳心,在无休止地夜夜哀怨着呢!

　　这诗的第一句,写她顾影自怜。第二句,写她通宵不寐。三、四句,通过她对嫦娥的理解,托出她的苦于孤独的深沉的悲哀。

　　这似乎是一首明明白白的诗。然而题为"嫦娥",却是写"她"。难道诗人描写嫦娥的跨越古今的孤独感,仅是为了表现"她"的幽怨么?实际上,这是一首诗人倾诉自己情怀的诗。自屈原以来,借美人香草抒情言志,成为古典诗歌创作的传统手法。诗人的寂寞太深太沉,任何语言都不足以表达,于是借用特定的形象(嫦娥)和特定的境界(碧海青天)来寄托自己无限悲苦的心,让读者不是通过语言而是通过意象去细细体会寂寞的况味。像这样不是通过语言直接抒情而是通过意象间接托寓,其效果远远超出语言的直接含义之外。因为意象耐人寻味,引人遐思,由此产生丰融的联想。诗人的感情因而显现为无限的深广,深广到读者虽能感受,却难于界定。这样,读者所受的感动,也就异乎寻常的深。

> **佳句**
> ·嫦娥应悔偷灵药,碧海青天夜夜心。

　　"碧海青天夜夜心",这是人生无比的寂寞,无比的伤痛。不但无爱,并且无邻。不但在身边的环境里是寂寞的,而且在浩茫的宇宙中也是寂寞的。不但在今生之世是寂寞的,而且在过去之世和未来之世也没有知己。这样一种超时空的无比的寂寞感,岂是语汇中那些赋予寂寞含义的辞藻所能表达的?然而这七个字所描绘的意象,却将之准确而充分地表达出来了。它以绝美的形象(嫦娥),诉哀婉的怨情,有如屈子笔下含情凝眺的精灵(《山鬼》),其所具有的感染力,实足以摇撼人心。

(王炎平)

无题二首（其一）

陈情　　唐·李商隐

凤尾香罗薄几重，碧文圆顶夜深缝。扇裁月魄羞难掩，车走雷声语未通。曾是寂寥金烬暗，断无消息石榴红。斑骓只系垂杨岸，何处西南待好风。

内　容　诗歌写诗人希望被推荐进翰林院的努力没有成功，表达了对上层统治者压抑人才的无奈与愤慨。
特　色　拟女传心，曲折透露。
注　释　月魄：指月亮。寂寥：寂寞冷清。金烬：指灯芯的余火。斑骓：杂毛色的马，这里指代诗人自己。

赏析　大中五年（851）春天，李商隐向令狐绹陈情，希望令狐绹推荐他入翰林院，令狐绹不肯推荐。到了七月，柳仲郢任东川节度使（今四川三台），请李商隐去做节度书记。李商隐在向令狐绹言别前，再一次陈情，倘令狐绹肯推荐他进翰林院，他就不到东川去了。令狐绹还是不肯推荐，所以他只好到东川去了。

首联："凤尾香罗薄几重，碧文圆顶夜深缝。"他把自己比作待嫁的姑娘，正在替自己做嫁妆，用薄的凤尾花纹的香罗，重叠起来缝制圆顶的婚帐。颔联："扇裁月魄羞难掩，车走雷声语未通。"他当时还是住在令狐绹家里，听到令狐绹下朝回来车子走的声音像轻雷。他自比待嫁姑娘，裁制了像满月的团扇也难掩娇羞，写出待嫁姑娘的神情。但他听到令狐绹回来的车声，可是令狐绹不来看他，不交一语。颈联："曾是寂寥金烬暗，断无消息石榴红。"他曾经是一个人寂寞地待在房里，等令狐绹来，一直等到蜡烛烧完了。"金烬暗"，烛花也熄灭了。令狐绹还不来。过去他这样等待过,现在又这样等待。"石榴红",石榴开红花,也指用石榴花酿成的酒,见《梁书·扶南国》。石榴红又指好消息。令狐绹不来,断定没有好消息了,即他希望令狐绹推荐的希望又落空了。尾联:"斑骓只系垂杨岸,何处西南待好风。""斑骓",

> **佳句**
> • 曾是寂寥金烬暗,断无消息石榴红。

杂毛色的马,只系在有垂杨树的岸上。垂杨指柳树,即他只有去投靠柳仲郢,到东川去。东川在长安的西南。到何处去呢?只有等西南来的好风送自己到西南去了。

这首诗在艺术上的特点,是一种寄托写法,借一个待嫁姑娘来寄托自己的心情。一开头不是写自己在想什么,在做什么,而

是从待嫁姑娘自制嫁妆写起。写这位姑娘能自制婚帐,能自制团扇。她用的是极为贵重的凤尾香罗,衬出这位姑娘的心灵手巧,从名贵的凤尾香罗中,也暗衬这位姑娘品格的高贵,更写出这位姑娘的娇羞。他用这位姑娘在待嫁时的作为,使人想到他为了准备进入翰林院,做着很好的准备工作。这首诗又善于借景物来表达情思。不写令狐绹不来看他,不跟他说话,只从"车走雷声语未通"

里透露出来。不仅这样，从车声和语未通里，又透露出他的等待的心情。不说他多次等他，等到夜深不来，现在又是这样等，只说"曾是寂寥金烬暗"。从"曾是"里透露出曾经是这样，现在又是这样。从"金烬暗"里透露出等到深夜。从"石榴红"里指喜讯。从"斑骓只系垂杨岸"里表达只好去投靠柳仲郢了。所有的情意，都通过具体景物或事件来透露，耐人寻味。　　（周振甫）

谒　山

原文　　　　　时流　　　唐·李商隐

从来系日乏长绳，水去云回恨不胜。欲就麻姑买沧海，一杯春露冷如冰。

内　容　这首诗表达了人们想留住时光的美好愿望。
特　色　想象假设，翻进一层。
注　释　胜：尽。麻姑：神话中仙女名。传说东汉桓帝时曾应仙人王远（字方平）召，降于蔡经家，为一美丽女子，年可十八九岁，手纤长似鸟爪。蔡经见之，心中念曰："背大痒时，得此爪以爬背，当佳。"方平知经心中所念，使人鞭之，且曰："麻姑，神人也，汝何思谓爪可以爬背耶？"麻姑自云："接侍以来，已见东海三为桑田。"（晋葛洪《神仙传》）

赏析　这首诗同李贺《梦天》的后四句一样，前二句写时间，后二句写空间。李贺《梦天》就仙人的角度写时间变迁，故见四节代周之如走马，而李商隐此诗则就人间写日月之更替，故生"水去云回"系日乏绳的感慨。因为传说麻姑说过她已见沧海三为桑田的话。所以诗人忽发奇想：要向麻姑买下沧海，似乎沧海一经买下，大约就可不再变为桑田了，时间的流逝仿佛也就可以停止了。比李商隐晚一些时候的司空图写过一首《杂言》诗云："乌飞飞，兔蹶蹶，朝来暮去驱时节。女娲只解补青天，不解煎胶粘日月。"乌指日，兔代月。日月朝来暮去，驱动四时八节迅转如轮，诗人乃上责女娲补天而未用胶粘住日月，似乎日月不动，时间也就可以静止了。李商隐和司空图这二首诗所写乃同一种情怀和思路。抽象的时间流逝既以时标——大如沧桑之变，小如日月之运来表示，于是似乎时标不动，时流也就不动了。

李商隐、司空图这二首诗在艺术表现上是相当新颖的，在他们之前文学史上还没有出现过类似的想象，但其表达的停日止月的这种思想则魏晋南朝诗中所在多是。李商隐此诗的价值在于表现了一种大之可以变小的观念。沧海可以纳于一杯之中，浩渺波涛可以化为些许清冷春露。此种观念的核心仍然是存在着两种不同的空间尺度。更为值得注意的是，李商隐此诗中存在着这样一种意脉：由时间之流的无法停止而转向空间的纳大于小，而在空间的纳大于小中又仍有着时间的因素融化于内，因为买下沧海是想阻止沧桑的变迁。这儿正是有着对空间和时间的统一及其转化，以及对"空间的真理性是时间"（黑格尔《自然哲学》）的十

> **佳句**
> • 欲就麻姑买沧海，一杯春露冷如冰。

分朦胧而直觉的猜测，如果时空观念是绝对割裂的话，买下沧海即可停止时流的想象是难以产生的。不理解这首诗所表现的时空观念，我们就难以理解这首诗新颖性之根源。

从艺术表现上说，前二句是说的现实，后二句以想象假设之词翻进一层，大大拓展了诗意，此种句法在唐人七绝中是比较多见的。

（王锺陵）

利州江潭作（原注：感孕金轮所）

感怀 唐·李商隐

原文

神剑飞来不易销，碧潭珍重驻兰桡。自携明月移灯疾，欲就行云散锦遥。河伯轩窗通贝阙，水宫帷箔卷冰绡。他时燕脯无人寄，雨满空城蕙叶凋。

内　容 这首诗于今昔不同之意象中，忆昔伤今，寄寓作者忧世之心及身世之恨。

特　色 意象托寓，奇丽哀婉。

注　释 兰桡：小舟的美称。移灯：移去灯盏，这里指熄灭"自携明月"之光。疾：快速，急速。河伯：传说中的河神。他时：昔日，过去。燕脯：燕肉干，传说龙嗜食之。蕙叶凋：香草蕙兰的叶子凋谢。

赏析

此诗明写唐代社会上关于则天母感龙交而生则天的传说。"金轮"即"金轮圣神皇帝"，乃武则天称帝以后之尊号。"神剑"，用《晋书·张华传》关于双剑化为双龙的故事。"碧潭"即利州江潭。"驻兰桡"，谓则天母泊舟于此。"明月"，珠也，龙含珠为幻。"行云"，用巫山神女事，谓则天母。"散锦"，传说龙交则锦鳞皆张。这四句写清题目及自注。表面上看，是写一个传说。可是，"神剑飞来"，气势何等不凡！故此四字，实暗寓则天为龙种。"不易销"，谓则天帝业已成历史上不朽之奇迹。次句特着"珍重"二字，见出诗人景仰之意。三、四句具体而形象地描写龙交情事，丽而不亵。诗人的态度是庄重的，内中寓有他对则天地位及治绩的肯定。五、六两句，想象龙宫奇丽之景。七句写则天祠庙。"他时燕脯"，用《梁四公记》所载罗子春兄弟赍烧燕献龙女的故事，写昔时享祀情况。"无人寄"，写今日冷落情况。

此句诗意，分作两截，今昔对照，掉转全篇。末句写利州城萧条景象，后四句中，想象中龙宫之华美，与现实中利州及祠庙之荒凉相映，景观的变化含寓着感情的变化。在景观的鲜明对比中，表达出感情上强烈的起伏。写利州江潭之龙宫，是因为利州江潭为感孕则天之所在。故此华丽之龙宫，实暗喻则天之世国势兴盛；而则天庙及利州城之荒凉，则暗喻商隐之时唐运衰落。国运极盛衰之变，诗情尽跌宕之致。

全诗八句。前六句于叙事写景中寓怀思昔时盛世之情，后二句于叙事写景中寓感伤今时衰世之意。怀昔为的伤今，伤今所以怀昔。故怀思昔日之盛为陪衬，感伤今时之衰才是主旨。第七句承转，有千钧之笔力。

崔珏《哭李商隐》云："虚负凌云万丈才，一生襟抱未曾开！"诗人一生蹭蹬，漂泊使府。当其怀思金轮盛世之际，自不免感念则天之奖掖人才。当日国运之隆与人才之盛，是二事也是一事。如今国势之衰落与贤士之沉沦，是二事也是一事。"雨满空城蕙叶凋"，是伤时势，也是伤身世。是悲国运，也是悲文运。

商隐此诗以奇丽之辞叙写传说，迷离闪烁中，显现出惝怳而凄迷之情致。采丽而语幻，辞婉而意哀，读来不禁悱恻之思，而凄伤之情深矣。

诗的余韵因此而袅袅不绝。

（王炎平）

芙　蓉

原文　　　咏荷　　唐·温庭筠

刺茎澹荡碧，花片参差红。吴歌秋水冷，湘庙夜云空。
浓艳香露里，美人清镜中。南楼未归客，一夕练塘东。

内　容	本诗歌咏浓艳而又凄冷的晚秋池荷，并以荷喻己，寄托自己怀才而不为世用的身世遭遇。
特　色	虚实相间，物我感通。
注　释	芙蓉：荷花的别名。澹荡：荡漾。美人：喻指荷花。清镜：喻指澄净的荷塘水。未归客：作者自称。练塘：地名。

赏析　诗人咏物，表现为对物的审美观照，乃是心灵与物象沟通的产物。因而咏物之作既要曲尽物象妙处，又不可拘泥于物象，即所谓"不即不离"。这里关键在于捕捉物我感通的契合点。唐大中十四年（860），温庭筠在襄阳任巡官，不久失意东归。途羁江陵时，贫病交侵，惨愁殊甚，面对那浓艳而又凄冷的晚秋池荷，诗人似乎从对象中看到了自己，遂发为吟咏。

一、二句点题，因物赋形，写出芙蓉自然状态。"澹荡碧"，从水波动态中写出水色，复从水的映照中写出芙蓉之色："参差红"。诗人起笔就抓住了物我感通的契合点：冷艳。依着这感情指向，三、四句从物象跳开，驰骋想象，着力渲染空冷的气氛。"吴歌"即吴地民歌，被采入乐府，称吴声歌曲，其中有《采莲曲》之目，生动活泼。"湘庙"，相传娥皇、女英从舜投湘水死后，人们在湘江畔立庙祭祀。湘江一带多芙蓉，晚唐诗人谭用之《秋宿湘江遇雨》诗中即有"秋风万里芙蓉国"之句。作者身居荆楚，触物联想，以"吴歌""湘庙"，构成凄艳空冷的境界，以与自己的心绪相对应。这里环境与心境融为一体，空灵婉曲，意蕴丰富。五、六句宕回芙蓉，但与前两句写芙蓉的自然形态不同，以作者的自我感觉渲染对象的冷艳。"浓艳"回照次句的"红"，写艳丽的芙蓉笼罩在被香气熏染的晚露里，这不分明也是浓妆艳抹的佳人之写照吗？所以下句依势将暗喻明朗化，"美人清镜中"，用美人临镜比芙蓉照水。前句语出柳宗元《咏芙蓉诗》"薄彩寒露里"，作者易为"浓艳香露里"，却不只在酷好侧艳，而是使"浓艳"与"空冷"两种境界形成强烈反差以突出感觉。

温庭筠才华艳发,尤擅文辞。经常当筵属对,语惊四座,曾有"温八叉"之誉。但屡试不中,更以生性疏放,受尽白眼。而今又贫病交逼,身世遭际历历心头。"浓艳香露""美人清镜",芙蓉在空冷寂寥中的孤芳自赏,顾影自怜,正与诗人绝才惊艳,不为时用的心境相感通。因此,在以美人喻芙蓉中又暗含着自喻,构成多重意象,旨意遥深。末两句点出观物主体。"南楼"位于江陵东南,唐张九龄曾登楼赋诗。依诗意作者羁江陵当客于此。整整一个傍晚诗人在澄净如练的荷塘边徘徊。诗在这种清寂孤冷的情境中收笔,眷眷深情,尽在不言之中。

一、二句正写芙蓉,是实笔;三、四句宕开,用虚境渲染;五、六句即物喻人,打通身世,突出感觉,又是实中有虚;末两句揭出观物主体,暗示了物我感通的关系。全诗设色浓丽而情调凄凉,形成冷艳的艺术风格。

(魏中林)

瑶瑟怨

原文 离思 唐·温庭筠

冰簟银床梦不成,碧天如水夜云轻。雁声远过潇湘去,十二楼中月自明。

内 容｜诗歌抒写一个女子的别离相思之苦。
特 色｜以景蕴情,虚实相渗。
注 释｜簟:竹席。

赏析 瑶瑟是饰以美玉的瑟。在古典诗词中,瑟往往同女子别离的怨情相联系,以至成为一种沉积了特定意义的具象符号。如李商隐的《锦瑟》,贾至《长门怨》中"深情托瑶瑟,弦断不成章"等。诗题"瑶瑟怨"却只字不提瑟,只是借以标示女子怨思的诗旨。

首句正面写女主人相思状态。"冰簟银床",卧具的素净雅致衬托出人的洁容玉貌。它只是诉诸读者的想象,比起直接的形象描摹要含蓄丰富。"梦不成"意味深厚。心虽然相知,无奈两情相思在现实世界里欢会难期,思之至极,便托于梦境,故借梦写相思成为古典诗词中的常见手法。女主人公不敢有耳鬓厮磨的奢望,退而求诸虚幻的梦,希企一慰孤寂的心灵。而今竟连梦也成空,这就透过一层,婉曲地写出了女主人的两重失望。别离之久远,怨思之深切,情感之笃厚尽含于这淡淡勾出的辗转反侧之中。下三句写景,使首句揭示的情思潜流于画面意象,而画面的构成又受动于女主人的意绪。次句展示了一幅清丽澄澈,淡云微抹的夜月景色,既空阔又纤柔,同女主人公孤寂凄冷的心境与悠远绵渺的相思丝丝关合。三句承"碧天",从听觉着笔,写夜空

佳句
· 雁声远过潇湘去,十二楼中月自明。

中远来又远去的雁声。万籁俱寂的夜空里,雁鸣声隐隐传来,当头划过,又渐渐消逝,它牵动着女主人的悠悠孤怀,语未及人而人物情态却隐然可想。同时静夜雁鸣,以动衬静,益见其静。"潇湘去"似随意揣想,实则揉汇了湘灵鼓瑟和衡阳雁去的传说,含有所思者去而不返的多重联想。末句"十二楼中月自明"半设虚境,半取实景,创造为空灵潆澈的境界。"十二楼"为仙人所常居。这里暗寓女主人居处,是首句"冰簟银床"实境的升华。"月自明"尤富意味。离人对月,自然是渴盼团圆的象征,而月却不解人意,只顾一味独自照临。对月"自明"的无情抱怨,益见人的情浓。

全诗除首句点出人物外,其余三句皆写景以蕴含情思,整个画面统一于女主人别离之怨的意绪中,水晶般透明的画面和幽微朦胧的情绪交织一体,柔美和谐,极耐品味。

(魏中林)

碧涧驿晓思

原文

旅思　　唐·温庭筠

香灯伴残梦，楚国在天涯。月落子规歇，满庭山杏花。

内　容｜这首诗写作者行旅中的思乡之情。
特　色｜融情入景，意象跳跃。
注　释｜晓：清晨。残梦：零乱不全之梦。楚国：此处借指诗人故乡。

赏析　作者旅次于叫做"碧涧驿"的一处驿所，清晨醒来，恍然若有所感，抬眼望见驿外景致，遂挥就成这首小诗。

"香灯伴残梦"，起句写清晨乍醒时情状，表现出似醒非醒，已觉复迷的朦胧状态。行旅之人极易梦见故乡、亲人。孤灯伴宿，行旅凄冷之感油然言外。次句"楚国在天涯"，写思的内容。诗取钟仪、

佳句
・月落子规歇，满庭山杏花。

屈原故实，传统上将思念乡国称为"楚怀"，故"楚国"在这里借指故乡，这句是梦境与现实的对照。作者在梦中回到温暖的故乡，一觉醒来却发现仍置身于这与故乡悬隔天涯的"碧涧驿"，不禁发出一声轻叹，流溢出缕缕失落孤寂的意绪。

前两句写梦觉状态和思乡之情，后两句从思绪中宕出，即目直寻于驿外。景致：清晨，弦月隐去，子规鸟也停止了一夜的啼鸣；冷冷晓色中，山杏花开满驿舍庭院。"子规"即杜鹃鸟，因其啼声犹如"不如归去"，又称"思归"，为古典诗词里常用以代表思乡的物象。"月落子规歇"写清晓景致，却暗示了整整一夜作者在乡梦中辗转的情状。这句即景蕴情已极婉曲，而末句"满庭山杏花"更淡得不见痕迹。似乎只是感觉的格外鲜明，那一院

的山杏花开得触目照眼，令人顿生新异之感。但这新异中又透出作者的若有所思：这里的山杏花如此怒放，故乡又该是怎样一番景致呢？异乡异地，目寓美色的欣悦中，浅浅沁出几丝远隔故乡的遗憾。

　　这首诗的情与景、景与景之间并没有紧密的外在联系，跳跃幅度很大。作者依主体思绪的潜在制约，即目会心，结撰成篇，免去一切勾连过渡的痕迹，因而造成淡远朦胧的意境。这种手法在词中更为多见，用于诗中则别有情味。　　　　　　（魏中林）

商山早行

原文　　　　　　行旅　　唐·温庭筠

晨起动征铎，客行悲故乡。鸡声茅店月，人迹板桥霜。
槲叶落山路，枳花明驿墙。因思杜陵梦，凫雁满回塘。

内　容　这首诗抒写在商山旅途中的怀乡愁思。
特　色　情景相生，意象叠加。
注　释　铎（duó）：铃铎，指挂在马颈下的响铃。悲：思念。茅店：简陋的山村客店。槲：落叶乔木。枳：常绿灌木，枝多刺，开白花。

赏析

商山在今陕西商州东南。唐宣宗大中末年，作者离长安途经此处，感于旅途愁思，写了这首诗。诗用顺叙手法，首联点"早行"，颔、颈两联移步换形，在"行"中扣"早"写景，尾联回溯乡梦。全诗形象鲜明，意绪颇具典型性，景物描写尤新警过人，因而历来为诗家称道。

清晨起来，一片车马的铃铎声表明旅人们在准备上路，自己

也该动身了。离家乡越来越远,一种思乡悲怀油然潜上心头。"晨起"以听觉概括"早行"气氛,连带起自己的思乡之情,开篇点题,突出"悲"的心绪,是下面写景的情感指向。

颔联"鸡声茅店月,人迹板桥霜"是脍炙人口的名句。如果用现代诗歌艺术眼光看,这两句诗体现了"意象叠加"的典型特色。意象是注入了诗人情感的物象,这两句诗中的意象既是典型的"早行"景物,又有一种凄清孤寂的意绪,是上句"悲"情的延伸。典型意象选择之后,更在于组合的方式。两句诗剔尽说明意象之间联属关系的字词,只将单纯由名词构成的意象叠排起来,构成感性鲜明的画面,斯谓"叠加"。这种组合的特点在于避免判断连属等

> 佳句
> ·鸡声茅店月,人迹板桥霜。

逻辑关系的干扰而影响艺术的直觉把握。鸡声、茅店、弦月、人迹、板桥、晨霜,它们直逼读者的视觉,进而通过感觉移转,同孤独的早行者的悲情产生共鸣。这些物象饱蕴了诗人主体的情感,所以说"意象具足"。又由于它们的组合"不用一二闲字",只是宽泛地给读者以某种情绪和情感的感受,并不限制读者在此基础上自由的审美创造,这样就能充分调动起读者的想象力和思维潜力,从而产生"含不尽之意,见于言外"的艺术效果。下两句写上路所见:去冬的槲叶纷纷落在山路,白色的枳花映衬得"驿墙"格外显眼。以上四句从"晨起"后动身开始写景,移步换形,一句一景。

"早行"的清冷孤独不禁使人重忆起昨夜温暖的梦境。末两句以"因思"顺势一转,回想春天水暖禽嬉的故乡杜陵之景色,同旅途景色形成对比,也照应补充了次句的"客行悲故乡"。就全诗来看,于景于情,同样是"意象具足"。

(魏中林)

官仓鼠

原文 讽喻 唐·曹邺

官仓老鼠大如斗,见人开仓亦不走。健儿无粮百姓饥,谁遣朝朝入君口?

内　容｜本诗讽刺抨击了封建社会里大小官吏掠夺成性,劳动人民无以为生的现实。
特　色｜两重对比,尖新明快。
注　释｜健儿:指士卒。遣:使。朝朝:每天。

赏析　本诗构思新奇可喜,不落窠臼。

诗人在诗中用了一明一暗两重对比的手法。第一层是人与鼠的对比,写出人不如鼠。这里一面是"大如斗"的"官仓老鼠"在洋洋自得地饱食积粟,另一面守卫疆土的战士和广大百姓却在忍饥挨饿,两者不啻有天壤之别。这个对比至为显明,直接点出了诗的主旨。第二层是经过诗人艺术加工的诗中之鼠和生活中的鼠的对比,"官仓老鼠""大如斗"的体态和"见人开仓亦不走"的无所顾忌的壮胆,与生活中昼伏夜动、体小胆怯的鼠又迥然不同,显然前者是艺术夸张,诗人有意通过变形加强讽刺的力量。这是未见诸文字的暗比。由这两重对比,作者不仅形象地揭露了荒唐的现实,而且表达了自己强烈的愤怒之情。

诗的最后更深入一层,从鼠害为烈的现象进一步追究其根由。一个"谁"字,从鼠又直指怂恿其猖狂为害的主子。如果说诗中的"鼠"借喻贪官污吏,那么不言而喻,其主子便是封建社会的最高统治者。诗人的批判是锋芒尖利而不留情面的。从这里也可看出晚唐讽喻诗风格特色之一斑。

(王海远)

卢卓山人画水

原文 　　画水　　唐·方干

　　常闻画石不画水，画水至难君得名。海色未将蓝汁染，笔锋犹傍墨花行。散吞高下应无岸，斜蹙东南势欲倾。坐久神迷不能决，却疑身在小蓬瀛。

内　容　诗歌赞美卢卓山人画水的绝妙技艺。
特　色　发唱惊挺，意生象外。
注　释　至：极，最。蹙：逼迫，追逼。决：分辨，判断。

赏析　晚唐诗人方干是贾岛、姚合诗派的追随者，其诗风直率平浅，少用典故，多平实之句，然亦不乏对自然风物的独特赏会。集中颇多题画诗，看来对此道颇多会心。这首七律即为一首题画诗。

　　卢卓山人擅长画水。晚唐画坛在山水花鸟范围内，画家多刻求一技，或水、或虫、或鸟，各擅一时之盛。如孙位专绘龙水，龙孥水汹，千江万状；张南本独专画火，炎炎之势，惊仆游僧。卢卓山人则孙位之流亚。然而水不如山石好画，一般即以虚空为水，而专以水为中心，不以云霞渲染、山石烘托，似乎无从着墨。故此诗首联即云："常闻画石不画水，画水至难君得名。"以顶针的修辞造成贯通直下的语气，发唱惊挺、先声夺人。颔联即展现卢卓画水的绝艺："海色未将蓝汁染。"点出非北宗青绿山水画，乃南宗水墨画，以水墨画海水，更形其难。对句却云："笔锋犹傍墨花行。"笔蕴波涛，只随墨花翻舞。墨花对蓝汁，天然妙对，而虚词"犹傍"对"未将"，一正一反，相映成趣，全联也因此显得灵动而有韵味。卢卓画海水的独诣之处即在于动荡中透现波涛，方干正是抓住这一神髓加以刻画，再现了卢卓画水之绝艺。如果说颔联偏重于再现，则颈联乃着力于表现，表现海水的浑浩无涯雄伟阔大："散吞高下应无岸。"俯仰上下，周览四方，无高无下，无边无涯。天地六合，皆在笔下。而对句"斜蹙东南势欲倾"，又动态地显示出海水由西北倾向东南的宏阔态势，惊心骇目，这正是一种壮美。谁说方干诗只是"小巧"呢。（宋葛立方《韵语阳秋》云："方干诗，清润小巧。"）水已写尽，下面宕开一笔，写山："坐久神迷不能决，却疑身在小蓬瀛。"小蓬瀛指海中仙山，此言不辨是画是实，只觉身在蓬瀛仙山。且以仙山衬托海水，是画面无山而觉有山，化实为虚，由画境入化境，达到情景交融，意生象外的艺术效果。对卢卓画水之称美臻于极致，全诗至此亦戛然作结。

　　这首诗语言平实朴素，风格平浅直率，颇能代表贾岛、姚合一派诗风。

（孙维城）

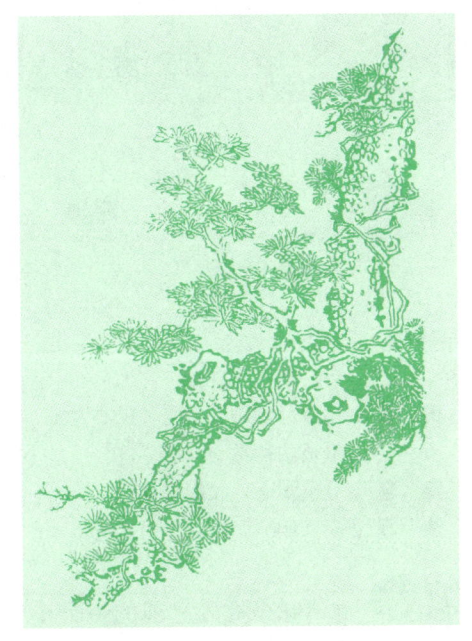

于秀才小池

原文　　　　　咏池　　　唐·方干

一泓潋滟复澄明，半日功夫劚小庭。占地未过四五尺，浸天唯入两三星。鹢舟草际浮霜叶，渔火沙边驻小萤。才见规模识方寸，知君立意象沧溟。

内　容　这首诗刻画了于秀才的小水池，表达了诗人对于秀才心怀远大抱负的称赏。

特　色　见微知著，尺幅奇趣。

注　释　劚（zhǔ）：砍，这里指挖。方寸：极言短小。沧溟：大海。

赏析　此诗咏于秀才庭前的一个小水池。首句倒起，呈现于读者眼前的是一泓潋滟澄明的秋水。次句补叙，小庭前这一小水池是主人花了半日工夫挖成的。颔联二句描摹池之小：占地——不过四五尺而已，实在因家贫庭小，容不得稍大一点的，浸天——只能见到两三颗星星。以天宇之阔，星辰之繁，可怜小池只映得出些许。天地对举，相映成趣，令人油然想到《庄子·秋水》中的那只坎井之蛙。颈联描绘小池上的景物：那浮动着的几片霜叶，仿佛是荡在岸边的小船，那闪烁的萤火虫，便像是沙滩上点燃的渔火了。一双慧眼，竟能在尺幅小景中发现这等奇趣，想象奇巧，比喻生动，大有化腐朽为神奇之效。尾联承颈联顺势而下，揭示题旨，小池规模虽小，主人的立意却很远大，言外之意是虽今日屈身卑室，岂知明日不一飞冲天，搏击沧溟耶？咏人小池，归结到对人怀抱的称赏，而这称赏又是由眼前景物自然引发，让人感到合情合理。方干还有一首《路支使小池》："广狭偶然非制定，犹将方寸像沧溟。一泓春水无多浪，数尺晴天几个星。露满玉盘当半夜,匣开金镜在中庭。主人垂钓常来此,虽把鱼竿醉未醒。"首联和颔联袭用《于秀才小池》的尾联和颔联,像是前者的复制品。至于以玉盘、金镜状小池已涉俗滥,而醉垂渔竿,也是熟闻习见之语。二首之中,自以此首为佳。

《于秀才小池》的刻画工巧,还容易让人联想到宋人的两首小诗,一首是朱熹的《观书有感》:"半亩方塘一鉴开,天光云影共徘徊。问渠那得清如许,为有源头活水来。"一首是杨万里的《小池》:"泉眼无声惜细流,树阴照水爱晴柔。小荷才露尖尖角,早有蜻蜓立上头。"前者并不实咏小池,而是托物寓意,抒发他读书的心得体会,但由于作者毕竟是思想家,故蕴涵于小诗中的深邃哲理,能给人以启迪。后者描绘天然小池,也能给人以美感。而方干隐居会稽镜湖,终身不出,流连风物和发牢骚是他作品的两大主题,他对优美景物的心领神会常常和他追求名位的热衷情绪连在一起。由于生活天地的狭小,就使得他的作品的题材和风格比起钱起来显得更为单薄和单调。

(杨 军)

赠天台叶尊师

原 文　　　道士　　　唐·方干

莫见平明离少室,须知薄暮入天台。常时爱缩山川去,有夜自携星月来。灵药不知何代得,古松应是长年栽。先生暗笑看棋者,半局棋边白发催。

内　容　本诗赞颂了叶尊师的超脱凡尘,同时流露出作者对国事蜩螗的无比感慨与忧郁。

特　色　用事切题,写人寄慨。

注　释　平明:清晨,天刚亮。少室:山名,在河南省登封市西北。薄暮：傍晚。天台：即天台山，在浙江天台县北。

 晚唐诗人方干当时声名颇盛而功名不就，遁迹会稽，人称"官无一寸禄，名传千万里"（孙郃《哭玄英方先生》）。故其思想颇多矛盾，一方面不能忘情于功名；另一方面，江河日下的社会状况和自己的遭遇，又使他慨叹世事如棋局，而留心释道。这首诗就表现了后一种思想。

诗赠叶尊师（道士）。七律首联不要求对仗，这儿却以对仗始，以时间的朝夕流动对比空间的跨越转换，暗示仙家的妙用。颔联出句即承上总括为"常时爱缩山川去"。缩，指道家缩地术。《神仙传》："费长房有神术，能缩地脉。"对句"有夜自携星月来"，更写出进退星月的功夫，亦是道家壶中日月的传说。至此，叶尊师的神仙体态已经描摹殆尽。然而叶尊师的道行从何而来呢？颈联吟道："灵药不知何代得，古松应是长年栽。"服食灵药，故能羽化成仙，而古松长栽，既写出尊师的寿比古松，又暗示出尊师的松骨鹤颜，神仙体貌。最后更以道教传说作结："先生暗笑看棋者，半局棋边白发催。"《述异记》记载王质入山采樵，观两童子对弈，局终而柯已烂。后人以之比喻世事变化如同棋局。本诗虽以之赞颂叶尊师的超脱凡尘，却也流露出对国事蜩螗的无比感慨与忧郁。

这首诗用语平浅，但最大的特点是用事贴切不露。因为是送道士的诗，故全用道教故事，如缩地、壶天、服药、观棋等，切合人物身份，而且用事自然不露、如盐着水。

（孙维城）

登甘露寺

原文 登临 唐·周繇

盘江上几层，峭壁半垂藤。殿锁南朝像，龛禅外国僧。
海涛舂砌槛，山雨洒窗灯。日暮疏钟起，声声彻广陵。

内　容　本诗描写甘露寺之景，抒发闲适超脱之情。
特　色　神形兼备，情辞俱达。
注　释　彻：响彻。

赏析　这是一首登临赋情之作。甘露寺在今江苏镇江北固山上。相传是三国甘露年间所建，后经唐李德裕扩建。"盘江上几层，峭壁半垂藤"，首联正叙登临，写山寺环境。一水横卧，一壁耸峙。枕压江曲，依凭绝壁，写出寺的虎踞雄峻；江盘山高，崖峭悬藤，写出寺的幽邃苍古。"殿锁南朝像，龛禅外国僧"，写入寺观览。上

佳句
· 殿锁南朝像，龛禅外国僧。

句写寺的历史悠久，言其纵贯；下句写寺的影响深远，言其广博。龛（kān），供奉佛像的石室或柜子。悠悠时空，湛湛禅理，吐纳人世风云，俯仰自然沧桑。首、颔二联，由外貌入其精神，把甘露寺的神情状态、气韵仪度尽数写出。颈、尾二联，则重在写景，以景结情。"海涛舂砌槛，山雨洒窗灯"一联，虽为写景，实则借景寓情。舂（chōng），冲撞，此联是说脚下涛头阵阵，日日冲击，岁岁激槛，古寺依然在江边屹立，岩上山雨萧萧，朝朝洒窗，山僧依然在禅房吟诵。斜阳里暮钟声声响彻广陵，那淳厚自在闲适的疏钟，仿佛在轻轻叩开人们的心扉。

（张永鑫）

仙子洞中有怀刘阮

原文　　恋情　　唐·曹唐

不将清瑟理霓裳，尘梦那知鹤梦长。洞里有天春寂寂，人间无路月茫茫。玉沙瑶草连溪碧，流水桃花满涧香。晓露风灯零落尽，此生无处访刘郎。

内　容　本篇写仙子对刘晨、阮肇二人的深切思念。
特　色　宕笔写景，层层剥笋。
注　释　理：弹奏。寂寂：寂静无声的样子。玉沙：白沙。瑶草：仙草。

赏析　这是一首借仙话题材写的爱情诗。诗人所处的是国运衰微的晚唐，时代的精神状态已从昂扬奋进一变而为颓唐消沉。诗人们不满现实却又回天乏力，其心态便从郁闷、愤懑发展到或佯狂自负，纵情声色，或遁入仙境，幻想遗世独立。曹唐写有大量的游仙诗。然而，正如其做了道徒而难终持一样，他的游仙诗中，往往含有浓厚的尘世色彩。本篇写仙子对刘晨、阮肇二人的思念，其构思承另篇《仙子送刘阮出洞》中的"惆怅溪头从此别，碧山明月闭苍苔"而来。

首二句以闲置的瑶瑟，写仙子懒散的心境，曲写思念之情。"霓裳"，即《霓裳羽衣曲》，舞曲名。女为悦己者容，瑟为知音者理。既无取悦赏识的对象，故无心理瑟了。"尘梦"，指人间刘阮对仙子的思念，"鹤梦"，借辽东老鹤对故园的眷念，暗示仙子对人间情郎的怀恋之情。"长"字，既道出仙凡二界的时间差异，也揭示着仙子寂寞难熬的凄苦心态。他的另一首游仙诗云："与君一别三千岁，却厌仙家日月长。"可作印证。又，"梦"字还隐约透出夜的气息，为下文的月色暗中铺垫。三、四两句以仙境中春光寂寂曲写仙子对人间欢爱的向往和思而不得的惆怅。"春寂寂",写孤寂;"月茫茫",是仙子眺望人间所见,"海上生明月,天涯共此时"(张九龄《望月怀远》),好在月光能跨过仙凡间的重障,捎去一片温馨的思念。在对洞中春、人间月的景色描绘中,仙子那意欲下凡、怎奈人间无路的愁苦心理得到了充分展现。五、六两句,诗人宕开一笔,转而写景:溪草碧,桃花香。景物依旧,只是不见了当年同玩共赏的刘郎和阮郎。写景实为伤情,这是背面敷粉的写法。清人刘熙载《艺概》云:"以乐景写哀,一增其悲哀",此之谓乎?末二句卒章显志。孤灯相伴,形单影只,不知不觉中天已揭晓。风过露落灯熄,留下一串惆怅伤感的寂寞。诗蓄势至此,发而为一声浩叹:"此生无处访刘郎。"那片痴情,那份相见无期的绝望,以一泻千里之势喷薄而出,震撼人心。文章至此戛然而止,余韵悠悠。

全诗以时间为线索,在仙凡二境的对照中,化虚为实,层层剥笋,越剥越深,仙子孤寂、企盼而绝望的内心世界被刻画得淋漓尽致。

(钟元凯 李正春)

题曹溪祖师堂

原文　　禅堂　　唐·贯休

皎洁曹溪月,嵯峨七宝林。空传智药记,岂见祖禅心。
信衣非苧麻,白云无知音。大哉双峰溪,万古青沈沈。

内　容　此诗歌颂六祖慧能在曹溪宝林寺传道的事迹。
特　色　因堂写人,结有余味。
注　释　嵯峨(cuóé):山势高峻。沈沈:深沉,幽深。

赏析　贯休,晚唐诗僧,但他写有关佛教的诗并不多。这是他

的一首题于禅宗六祖慧能的影堂的诗，还很有诗味。慧能是曹溪一派祖师，他在广东曲江曹溪的宝林寺传道，祖师堂是供奉他的影像的地方。寺在双峰山旁，曹溪就在山下，所以又名双峰溪。

诗的首二句云："皎洁曹溪月，嵯峨七宝林。"是写曹溪和宝林寺的。皎洁的曹溪月亮下照寺中，象征着佛教要求信者的心一如朗月的空静。嵯峨高大的七宝禅林，在月光下呈现。七宝为金、银、琉璃、玻璃、珍珠、玛瑙、车渠等七种宝物（各经说法有不同），即所谓七宝楼台，佛寺可称林或丛林。所以这里说七宝林。

次二句云："空传智药记，岂见祖禅心。"是说只能看到六祖传经以智慧医治凡人烦恼的讲经，而六祖已涅槃，不能见到六祖禅静的心。禅宗不立文字，佛心之皎洁，非凡人所知，他的《道中逢乞食老僧》诗也讲："心似白莲那得知。""智药记"指六祖弟子们记的《六祖大宝坛经》，这是说：禅宗语录只是一些启发性语言，而不能心印相传，六祖的禅心无法亲自领会了。

五、六句云："信衣非苎麻，白云无知音。"是说从来禅宗以衣钵相传，五祖弘忍把衣钵传给了六祖慧能。信衣，柳宗元《曹溪大鉴禅师碑》中称为信具，即作为佛教传心证明的衣钵，只是一种工具，这种衣，不在于它是苎麻所作的布衣，而是指明慧能大彻大悟具有了佛性。慧能得到弘忍所传衣钵后，也并不是马上传道的，他隐藏在南海一带，"人无闻知"（《曹溪大鉴禅师碑》），过了十六个年头、估计可以传教了，才到曹溪开始讲道。因此此诗才说："白云无知音。"贯休用这二句诗写出了六祖接受衣钵和传经过程的传记。

最后两句总结并赞美了曹溪六祖传下禅宗的功绩，但他不是直叙，而是用双峰溪来比况，说："大哉双峰溪，万古青沈沈。"翻译起来就是："伟大的双峰山溪啊，青沈沈地万古长存。"结句供人想象，是说六祖的功德和溪山一样永存，有无穷的意味。

（王达津）

书石壁禅居屋壁

> **逸闻**
>
> 唐末钱镠自称吴越王,当时贯休住在灵隐寺,便投诗拜见,诗云:"满堂花醉三千客,一剑霜寒十四州。"钱镠大喜,但他心怀着篡逆之心,遣使下谕要贯休改成"四十州"才能接见。贯休性急躁,答道:"州是难添,诗也难改。我不过是孤云野鹤,哪片天空不可翱翔!"当日就收拾衣钵,拂袖而去。
>
> (王晓丹)

书石壁禅居屋壁

原文　　　　　禅居　　　唐·贯休

赤旃檀塔六七级,白菡萏花三四枝。禅客相逢只弹指,此心能有几人知。

内　容｜诗歌写禅居之景和禅客的生活,充满了浓郁的禅趣。
特　色｜简笔写景,禅意传心。
注　释｜菡萏:即荷花。禅客:参禅之僧。

赏析　贯休的小诗,能写出禅趣,他的长篇诗比较粗拙,而近体诗是有不少诗意较浓的。

这是他题在一所名为石壁禅居的寺院屋壁上的诗。古佛寺有的称寺,有的称林,有的称院,还有称精舍的,谢灵运就有《石壁精舍还湖中作》诗,这里把寺院称为禅居,大约是一个不很大的寺院。

第一句诗"赤旃檀塔六七级",是写寺里有红色檀香木作的塔,高七级。旃檀,热带产的檀香树,有赤、白、紫多种。佛寺本来也称香刹,所以用檀香木作塔。

第二句诗"白菡萏花三四枝",是说寺里有白莲花池,池里

开有白莲花三四枝。首句在于写香,这句在于写洁,佛经上说白衣观音在白莲花中,佛经重视莲花,而白莲是最为纯洁的。

  第三句诗"禅客相逢只弹指",则是说信奉禅道来礼佛的禅客,在路上相逢只弹弹手指表示一种欢喜和鼓励禅悟之意,却不说话。为什么不说话呢?因为禅宗是注重会意,而不注重语言的。《宗门杂录》说世尊登座,拈花示众。摩诃迦叶微笑。于是世尊说微妙法门,不立文字,教外别传,就去教导迦叶。微笑和弹指都表示对禅道的一种相互理解。

  第四句诗"此心能有几人知",是陡然转折,是说虽然禅客志同道合来参拜佛祖,而真正悟道的心能有几个?"此心"是指禅心、佛心,意思是能彻底悟空是不容易的。他的《送僧归翠微》诗,有句云:"不知何岁月,即得到师心。"师心也是指这种禅心,他认为这种禅心是不容易得到的。

  贯休这类句子还很多,都是想学得禅心的,如《题师颖和尚院》诗云:"师院清无敌,师心智不知。"两句恰恰正相当于这绝句的四句,意思即是说禅院之清香净洁是无比的,但最高境界的禅心却又是难以得到的,有大智慧,还不能知。

(王达津)

江南行

原 文　　　　　舟行　　　唐·罗隐

  江烟湿雨蛟绡软,漠漠远山眉黛浅。水国多愁又有情,夜槽压酒银船满。细丝摇柳凝晓空,吴王台榭春梦中。鸳鸯鸂鶒唤不起,平铺绿水眠东风。西陵路边月悄悄,油碧轻车苏小小。

内 容　诗歌描绘了水乡泽国细雨霏霏的春景,抒发了作者内心不尽的忧愁。

江南行

特　色｜浓丽跳荡，沉郁凄迷。
注　释｜漠漠：灰蒙蒙。银：指月光。

赏析　这是诗人自苏州归钱塘的记行之作。诗人按照行旅路线，笔濡丹青，先画吴中。此行适逢春雨飘飘，更显出苏州滋润绸缪的魅力。诗开头一、二句便着力表现水乡雨景。"江烟"，写水面风吹轻雨，好像笼罩了一层烟雾。"蛟绡"，用梁代任昉《述异记》卷下的一个典故。传说，南海中有蛟人室，水居如鱼，不废机杼，所织即为"蛟绡"。这里诗人借以形容水面细雨如织，飘飘洒洒。船继续向前行驶，诗人回眸远山，又见一番动人的情景：山峦连绵重叠，碧色一新，仿佛芳心女郎用青黛浅浅画出的秀眉，与江烟湿雨，汩汩流川融成一片，形成了一幅幽眇凄迷的山水图。诗人以一己情心愁眼，感受到了茫茫水国的清姿绰约，含情蕴愁，蓦然间触发了多年困顿场屋、怀才不遇的幽怀，于是乎便于月光满船之中压槽（酒槽）取酒，以醉遣愁了。

拂晓时分，船已远远离开了苏州，诗人却顾所来径，但见两岸杨柳被微风轻轻摇曳，在朦胧的月色中仿佛是一纸剪影。"细丝摇柳凝晓空"一句，诗人用"摇"字写其动感，用"凝"字摹其静态，前者是细致观察的效果，后者是远远一瞥的印象，对举表达，十分形象生动。"吴王台榭春梦中"，"吴王台榭"代指苏州，"春梦"一语多义，既切行旅的季节，杏花春雨，最生好梦，又指遥离苏州，吴中风情皆已入梦，同时也暗示吴都昔日歌台舞榭，风流繁盛，也不过是一场幻梦，历史兴亡，逝者如斯！诗人写到这里，悲凉的感情潮水在心头涌动。

接着诗笔转入对钱塘江的描绘。正值春水泱泱，水面自然特别宽阔，恰如在浙中大地"平铺"开来一般，在碧嶂翠树掩映下显得格外秀绿。这是水鸟的极乐世界，尽管舟过楫击，船人频唤，鸳鸯、鸂鶒（xīchì）还是怡然自眠。这个"眠"字在诗中一石双鸟，正投上句"春梦"之榫，又巧妙地逗出了下句另一种

"长眠"："西陵路边月悄悄，油碧轻车苏小小。"西陵即今钱塘江对岸萧山县西兴镇（一说乃今杭州孤山西泠桥一带），它与南齐一代名妓苏小小的名字紧紧相联。这一句就是取意《钱塘苏小小歌》："我乘油碧车，郎乘青骢（cōng）马，何处结同心，西陵松柏下。"（《玉台新咏》卷十）临冢而思冥魂，已称阴郁，而素月流灭，夜色未尽，四处寂静，悄无声息时的悼亡就更加凄惶了。全诗到这里，完整地衔接起了苏杭旅程中的风景以及一路的悲凉，诗人在反复咀嚼着那属于末世文人墨客特有的忧患和惆怅，也给读者留下了一片苦涩。

（罗时进）

感弄猴人赐朱绂

原文　　刺时　　唐·罗隐

十二三年就试期，五湖烟月奈相违。何如买取胡孙弄，一笑君王便著绯。

内　容　诗歌尖锐地嘲讽了唐末统治者不惜人才、荒淫昏聩的腐朽行为。

特　色　对比嘲讽，尖锐泼辣。

注　释　朱绂（fú）：红色官服。唐制，四品官穿深红色，五品官穿浅红色。就试：指参加科举考试。烟月：云雾笼罩的月亮，这里代指故乡迷人的风景。奈：无奈。胡孙：指猴子。弄：玩耍。

赏析　《全唐诗》此诗题后有注："《幕府燕闲录》云：唐昭宗播迁，随驾伎艺人止有弄猴者。猴颇驯，能随班起居。昭宗赐以绯袍，号'孙供奉'，故罗隐有诗云云。"可见此诗是作者有感于当时一件真实而荒唐的事情而写的。

罗隐原名"横"，在晚唐社会江河日下之时，他仍然希望能

够横空出世,"执大柄而定是非"(《谗书·重序》),以达到"佐国是而惠残黎"(袁英《重刻罗昭谏集跋言》)的目的。然而,他从宣宗朝至僖宗朝旰食宵衣,含辛茹苦,十次参加进士考试,皆被招权纳贿的"执柄"者无端落去,一气之下,遂改名为"隐"。对于大唐帝国末世皇帝的荒淫昏聩,不重人才,对于官僚缙绅贪婪成性,败坏吏治,以及宵小之徒钻营拍马、窃取官职等现象,诗人扼腕而叹:"斯亦天地间不可人也!"(《投知己书》)这首就是深感人的价值彻底失落的泄愤之作。

全诗采用对比手法。一、二句写自己科场蹭蹬,佗傺失志。十二三年是概数,实际上诗人"十上不中第"前后达二三十年。在这漫长的岁月中,他一直奔波在通往京师的大道上。"五湖"指太湖流域。诗人是浙江新城(今富阳)人,故得自谓"家住五湖"(《归五湖》)。"相违",背井离乡也。五湖烟月,最称胜境。诗人不恋美丽的桑梓风光,长年赶考在外,更显得折桂心切,出仕志热。然而,诗人反复摩挲的却是一个由失望连缀的念珠。一个"奈"字,和盘托出内心的懊悔与愤懑。

三、四句诗人对比"孙供奉"受赐之事抒发感慨。唐制,五品服浅绯,四品服深绯,地位是比较显要的。而"孙供奉"著绯,既非仕途考课迁秩,亦非行伍建功奖赐,却是因调弄猴子取乐君王而轻易得之的。"何如买取胡孙弄"是反观自身的悲叹,也是对昭宗皇帝的讽刺:一代帝王在国家残破、民不聊生之际,竟还是如此抛弃人才志士,垂青于游戏之人,这个社会必然已走到了它的尽头,无法挽回其灭亡的命运了。

这首诗,嘲讽尖锐泼辣,感情沉郁冷峻。对比手法的运用,使不经之事显得更加荒诞,诗人心中的愤懑也显得更加强烈,大大增加了作品的批判力量和艺术感染力,在晚唐现实主义诗歌创作中别为一帜。

(罗时进)

题磻溪垂钓图

原文　　　　　　题图　　　　　唐·罗隐

吕望当年展庙谟,直钩钓国更谁如。若教生在西湖上,也是须供使宅鱼。

内　容　此诗抨击了唐末镇海节度使钱镠的使宅鱼虐政。
特　色　移古就今,借题发挥。
注　释　展:施展。如:形容词后缀,犹然。教:使。

赏析　薛雪在《一瓢诗话》中说:"罗昭谏为三罗(隐、邺、虬)之杰,调高韵响,绝非晚唐琐屑,当与韦端己同日而语。"其实,罗隐与韦庄颇不相同。韦庄虽也有不少悯时伤离之作,但对现实的态度却是消沉颓放的,诗风凄婉,具有浓重的末世情调。罗隐则敢于以金刚怒目的姿态,对腐朽的黑暗势力作愤怒的抗争,在强烈的批判和尖锐的讽刺中显示出他思想的光辉,正因如此,鲁迅先生赞美他"并没有忘记天下",称之为"一塌糊涂的泥塘里的光彩和锋芒"(《小品文的危机》)。

题磻溪垂钓图

罗隐的"没有忘记天下",突出地表现在他"警当世而戒将来"(《谗书》重序)的创作主张上。本诗便是体现这一主张的讽刺之作。

殷末纣王失政,吕望隐迹西岐,渔钓于今陕西宝鸡市东南现称璜河的磻溪之上。但他名为垂钓,实为待时,所以民间相传,钓丝之下竟为直钩。他终于因垂钓而遭逢文王昌,施展经纶,开创了成周大业。由此,磻溪垂钓便被后世传为佳话,历来画师也都乐于再现这一题材。

诗人挥毫欲题的,便正是这样的画幅。但就诗人而言,却又志不在图,画面图像对他仅是一种触发,他的意绪所指,乃在攻评唐末镇海节度使钱镠的一项弊政。钱镠其人,以劫掠起家,在镇压黄巢起义和藩镇交哄之中,崛起于两浙,盘踞于余杭,成了一方强镇。他赋税苛繁,刻意盘剥,达到令人发指的程度,史称"虐用其人(民)甚矣"(《五代史记》)。在杭城,课税而外,他又指令西湖渔民日纳鲜鱼数斤以为供奉,称作"使宅鱼"。弄得渔民不胜其苦。诗人对此,早就骨鲠在喉。垂钓的画面,引起了他丰富的联想,题图又为他倾吐积愫提供了机会,于是诗人摒弃了题图之作的常规,以画为因,借题发挥,通过假设联想,移易时空,别出新意。而在艺术上,也就呈现了移古就今,巧为搭截,图题之间,若即若离,议中含讥,讥议相生,藏直露于婉曲的特色。为题图诗、讽刺诗开辟了一个新的境界。

诗从评议画中人物入手,首句从画外落笔,追述吕望的功业。"庙谟"是指对国家大政的谋划。当年,文武以西陲小邦而鼎革殷商,肇创成周,实赖吕望为之庙谟。所以诗句虽戛然而止,诗意已不言自明。次句则紧扣画面,赞叹吕望的志趣,"直钩钓国"者,志不在鱼而在国也。身处草莱而志在济世,实非常人可及,故用"谁如"加以强调。"更"字之妙,在于一石二鸟,覆盖前后。

本诗先从画外落笔,是颇具匠心的:一、吕望垂钓之所以成

为佳话被引入画幅,就因为他因此而建立了功勋。否则鱼钓者万千,独拳拳于吕望者何也?画外落笔,首赞功业,既突破了画面,又体现了画意。二、首句述功,别有深心。吕望之所以得展雄略,岂非因得遇文王之故,否则老死于草莱之中,更何功业之谈?因而,赞吕望,即所以赞文王。赞文王,即隐隐树起了一个与钱镠适成对比的明君形象,为辛辣的讽嘲作铺垫。次句褒扬志趣,当然也非泛笔。盖意在告诫渔樵之中大有贤者存在,正不容以草民而忽之。

可见,首联对吕望之扬,正为次联对钱镠之抑蓄势。讽嘲之意,妙在含而不露,须待与下联合璧之后,才能豁然。

下联诗笔陡转,开出新境。首先诗人出人意外地以移古就今之法,提出了一个大胆而巧妙的假设,把诗引向了他要抨击的现实。诗人假设,如果吕望不是生活于两千年前的殷末而是当时的唐末,不是隐迹磻溪而是打鱼西湖,所遇不是文王而是钱镠,则情景将为如何?然后诗人根据钱镠的虐政,作出了合乎逻辑的推断:"也是须供使宅鱼。"推断之合理,恐怕连钱镠本人也无法不予认可。然而试想,在钱镠治下,历史上的杰出人物,竟也不免伛偻进奉,觳觫献鱼,岂不令人啼笑皆非,可悲可愤而又可笑。以太公之贤,尚不免于供奉,则使宅鱼之弊又岂仅是对财货的勒索,它将使人于失笑之后引起深思,发出喟叹。

本诗对钱镠其人,对使宅鱼其政,搭击之力,可谓如迸霜刃;嘲谑之态,也形于楮端。然而对于二者的非议,又都正面不着一字,所以说它是藏直露于婉曲。就全诗看,又是藏讥讽于评议推断之中,初读见议而不见其讥,细品则所议即为所讥。讽刺辛辣而无剑拔弩张之状,痛心疾首而又有幽默之情,此所以为佳作。

《全唐诗》于题后附注云:"隐题此图,遂蠲其征。"可见此诗确实收到了"警当世而戒将来"的实效。如果我们认定到罗隐就因为"善讥"才得罪公卿,坎坷一生;进入晚年,而且正投托

于钱镠幕下,却敢于向自己的投托者举起"投枪",就更不能不钦佩他的胆识和勇气。

(吴立人)

汴河怀古二首(其二)

原 文　　　怀古　　唐·皮日休

尽道隋亡为此河,至今千里赖通波。若无水殿龙舟事,共禹论功不较多?

内 容 诗人在诗歌中一反陈说,客观地肯定了隋炀帝开凿运河这一水利工程的历史功绩。

特 色 落去铅华,议论通达。

注 释 赖:依靠。通波:谓水相通,这里指大运河。禹:古代部落联盟的领袖。又称大禹、夏禹、戎禹,原为夏后氏部落领袖,奉舜命治理洪水,领导人民疏通江河,兴修沟渠,发展农业。据传治水十三年中,三过家门不入。后被选为舜的继承人,舜死后即位,建立夏代,后世视为圣王。

赏析 汴河,又称汴渠,在古汴梁(今河南开封)达淮水之间,是大运河首开之段,唐诗常以汴河代指运河,此作亦沿用了这一通称。在隋劳民最繁,唐代文人尤其是晚唐文人多以炀帝滥用民力、荒淫极欲为教训戒惧当权,林林总总的"汴河怀古"几乎千篇一律地由此而论隋亡。

皮日休面对运河感情是复杂的。潺潺流去的汴水给人以深沉的逝川之感,两岸绿柳随风轻曳,似乎在追叙当年锦帆南下的奢靡,而大河上下百舸争流,又在切实地证明着南北沟通的舟楫之利。这功过是非该如何评说?

作者没有人云亦云,落笔便把"隋亡为此河"作为偏见提

出。"尽道"二字以示千喙一唱。第二句则以事实反诘。他曾在《汴河铭》中比较详细地阐述过这方面的看法,其云:"隋之疏淇、汴,凿太行,在隋之民不胜其害也,在唐之民不胜其利也。今自九河外,复有淇、汴,北通涿郡之渔商,南运江都之转输,其为利也博哉!"诗中"至今千里赖通波"是这一理性认识的形象化表述。至今,说明自隋开河,泽被后世时间之久;"千里"言南北地域,以见受惠斯河的空间之广;"通波"二字形容长河浩渺,川流不息,透露出嘉尚之意,一个"赖"字,论定运河对有唐一代国家统一与经济发展的意义,如老吏断狱,确论难易。从隋亡至晚唐,国计民生时时饱享其交通之利,却又人人痛斥为炀帝暴政,作者一反陈说,客观肯定这一水利工程的历史意义,创为新见,振聋发聩。

三、四句作者翻过一层,展开议论。对于隋炀帝当年御龙舟穷奢极欲游幸江都这一历史,无论谁也无可回避,作者同样深表痛恶。"水殿龙舟事"即指责其荒淫作乐之罪。至于开河之利已有肯定在前,这里又将其"共禹论功",甚至认为开凿运河的治水功绩简直不在大禹之下,如此极论,足以骇世惊俗。而"若无"一语揭示出一段秽行,如釜底抽薪,一下子使炀帝从治水兴利的高度上重重地摔落下来。设问语气显得咄咄逼人,难以置喙。

这首诗议论峭刻而辩证通达,落去铅华,字里行间闪烁着理性的光彩,令人涵濡讽咏,颇耐寻味。作者之所以面对运河发为歌咏,能如此自启堂奥,不落"隋亡为此河"的窠臼,其原因就在于他的思维视角由君主劳民伤财、生活淫靡的一个侧面射向了政治、经济、文化等更为广阔的领域。(这一点只要读一读《皮子文薮》中的许多散文便可了解。)因而,他较同时代的知识分子更多哲人式的思考,而不是诗人式的抒情。从这一意义上说,他的《汴河怀古》与其说是"诗人之诗",毋宁说是"哲人之诗"了。

(罗时进)

上　清

原文　　　　　咏仙　　　唐·陆龟蒙

玉林风露寂寥清，仙妃对月闲吹笙。新篁冷涩曲未尽，细拂云枝栖凤惊。

内　容　本诗描写仙妃在上清吹笙的情景，反映了作者企图摆脱晚唐黑暗污浊的社会现实的思想。

特　色　意境岑寂，诗趣清寥。

注　释　玉林：仙境中的森林。篁：竹子。

赏析　这是一首咏仙诗。《云笈七签·上清源流经目注序》说："上清者，宫名也。明乎混沌之表，焕乎大罗之天……乃众真之所处，大圣之所经也。"以南岳夫人魏华存为第一代真人。上清经系后来经梁陶弘景发挥，至唐代衍为茅山派，影响极大。诗人此作以"上清"为题咏仙，自然是受到茅山道风的浸淫，但诗中"上清"并非指道派、宫殿或楼观，而是指为灵宝天尊（亦称太上道君）所治的上清仙境，是道教所称"三清"之一，谓"禹余天"。唐人奉道，向往神仙，是常作"骑龙却忆上清游"（沈彬《忆仙瑶》）的幻梦的。

凡仙暌隔，尽管神游八极之表，但要真正画出天中仙境绝非易事，无非随手拈来王母、麻姑、许飞琼……的故事来敷衍一番。此作描写上清仙妃采用的原型是神话传说中的弄玉。《列仙传》卷上《萧史》说，弄玉是秦穆公的女儿，当时有一位善于吹箫的萧史，箫声动听，能将孔雀白鹤引来庭院，驻足谛听。弄玉暗自喜爱，穆公后便将弄玉嫁给了萧史，他每天教弄玉吹箫模拟凤凰鸣叫，不几年大有长进，凤凰闻声竟然翩翩而至。穆公因而

建了一座凤台,让弄玉夫妻居住在上面。过了几年,在一个早晨夫妻双双随凤凰成仙而去。这是一个神奇而美丽的传说,唐人咏仙也多取为诗料。在那到处弥漫着道教神仙气氛的时代,诗人对此亦耳熟能详,提起诗笔,只悄悄将笙箫置换,加以冥思玄想,便生动地描绘出一幅诱人的上清胜境。

一、二句诗人描写仙妃吹笙的情景,上句着重于一个"清"字。玉林的枝丫上挂满了晶莹的露珠,在月光照耀下闪闪烁烁,随风洒落,润物无声,仙境显得愈加清净寂寥,澄澈辽远。此情此景使仙妃顿生冷落无依之感,于是拿起笙管对月吹弄起来。诗人着一"闲"字,意蕴丰富,既明仙境之平和,亦示仙妃仪态之萧闲,物境人情,皆得趣味,可谓一字珠玑。

三、四句渲染仙妃吹笙的效果。新篁,即新竹,此句表面说笙是由新竹制成的,吹奏起来曲调不免冷涩,而结合前两句描写的情景不难看出,其"冷涩"正是仙妃心境凄寂的曲折表现。仙妃吹奏的是什么呢?不言而喻,那便是凤鸣之声。清音飞出,一曲未尽,高栖枝头的凤凰便被惊醒了。"云枝",谓玉林枝丫插入云端,纯为想象之词,然而对于焕乎大罗之天(在神仙世界的三十六重天中,最高一层为大罗天,其次即三清天)的"上清"来说,却又是切于其境,合情合理的。"细拂",形容笙调轻轻,而这细微之音竟能引起"凤惊",一方面说明仙妃操千曲而后逼真,另一方面说明上清过于岑寂。

这首诗将虚无缥缈的神仙之境描写得如此不杂尘嚣、洁净无瑕而又略带冷涩和悲凉,是唐代宗教文化的影响,也是作者企图摆脱晚唐黑暗污浊的社会现实而又无可奈何的心理折射。由于作者以诗人之灵心慧质来写仙境,故此作仙趣中渗透着浓厚的诗情。

(罗时进)

新　沙

原　文　　刺时　　唐·陆龟蒙

渤澥声中涨小堤，官家知后海鸥知。蓬莱有路教人到，亦应年年税紫芝。

内　容　这首诗辛辣地讽刺了晚唐官府横征暴敛、贪得无厌。
特　色　严冷风趣，想象新奇。
注　释　新沙：海边新积出的小沙洲。税：征税。紫芝：真菌的一种，也称木芝，似灵芝，道教以为仙草。

赏析　在晚唐社会一塌糊涂的泥塘里，陆龟蒙的小品文以其"光彩和锋芒"（鲁迅《小品文的危机》）引人注目，而他的许多绝句亦如小品文，尖锐泼辣，妙机迭出。

全诗四句，讽刺当时官府横征暴敛，贪得无厌，在艺术表现上很有特色。先看一、二句："渤澥声中涨小堤，官家知后海鸥知。""渤澥"，海的别称。诗人说，海湾终年潮涨潮落，在重复不停的涛声中海滨逐渐淤积起一道小小的沙堤，官府闻讯后，立即把征敛的大网撒向了这块新沙地。这里诗人巧妙地将大自然的缓慢变化与官府的急不可耐形成了鲜明的对比。值得玩味的是，诗题为"新沙"，但首句中诗人不说"涨新沙"而称"涨小堤"，强调淤积面积之小，便衬托出官府的贪得无厌。不过，如果仅是通过对比，所引起的感情无非是愤恨、厌恶、鄙夷等，这当然无疑起到了艺术感染作用，但诗人所追求的不止如此。他擅长讽刺，富于幽默感，常常在作品中写反话，"于严冷中见风趣"，"在不经意中涉笔成趣"（林纾《春觉楼论文》）。试看，大海是海鸥的世界，它们不是振翅翱翔于茫茫云水之间，便是在海滨沙滩

饮啄嬉戏,那潮水涨落的节律,海边的纤微变化,它们应当最熟悉,按照人们正常的经验,这片小堤的最先发现者当然是海鸥。但偏偏不是这样,而是"官家知后海鸥知",这便使人感到极其可笑,深化了对为了生存不得不向新沙地拓耕的农民的同情,以及对官府敲骨吸髓,残酷剥削农民的愤慨。

诗的三、四句"蓬莱有路教人到,亦应年年税紫芝",作者展开新奇的想象,进一步镂刻官府实施苛政无孔不入的贪婪面目。据《十洲记》说:"方丈洲在东海中心,群仙不欲升天者皆往来此洲,仙家数十万,耕田种芝草。"蓬莱是与方丈、瀛洲并称的三座神山之一,在诗中作为仙境的代称。按照常人之见,那是一个不染尘俗的世界,众仙悠然极乐,莳植灵芝以得长生,自然没有苛捐杂税的骚扰,也绝无人间那纷纷纭纭的非分欲望。但诗人说,仙境之所以没有人间征敛之繁,并非乐园之耕不在税捐之列,只是因为仙境尘世无所通,烟涛微茫信难求。这帮官家也实在是无奈了,不然那遍地的紫色灵芝也要年年纳税呢!这两句诗似乎想落天外,近乎荒谬,但有前列的征税新沙的事实在,这种奇思假想又显得十分合理、自然,它更生动地说明:哪里只要官府猿臂可及,哪里便无法避免暴敛重税。

这首小诗通篇无一尖啸裂帛之词,仿佛在轻松地笑谈一桩怪事,但感情十分冷峻。极度的夸张和新奇的想象,入木三分地描绘出晚唐吏治腐败、苛政暴猛的一个侧面,讥刺嘲谑中显示出很强的思想和艺术的力量。

(罗时进)

台　城

原文　　　怀古　　唐·韦庄

江雨霏霏江草齐，六朝如梦鸟空啼。无情最是台城柳，依旧烟笼十里堤。

内　容　诗歌描写台城所见之景，感慨六朝的灭亡，寄寓对唐王朝衰微的伤悲之情。
特　色　意境空濛，正反交炼。
注　释　台城：在今南京市玄武湖边。烟笼：指垂柳如烟，笼罩长堤。

赏析

晚唐诗人韦庄身逢末世，饱受颠沛，故其诗多感时伤逝。尤其怀古咏史类诗，常借古人酒杯，浇自己心中块垒，对唐室盛衰不胜今昔之感。《台城》可谓这类诗之代表。

这是一首七言绝句，短短二十八字却包孕丰厚，既寄兴无端又出语平淡，全在以景衬情，意境幽远。首句描写江雨、江草，连用两个"江"字，造成连贯语气，而感慨已微含其中。雨霏霏与草齐齐，乃一派迷离之景，使人感受到一丝惆怅，虽描景，已有情。接写鸟啼，以一"空"字透射出诗人之情，再加以"六朝如梦"，则感慨溢出字面。六朝指吴、晋、宋、齐、梁、陈，均都金陵，故亦暗切金陵。"如梦"直抒胸臆，感叹繁华易逝。这两句渲染雨霏、草齐、鸟蹄，烘托六朝如梦，景为情设，情借景生。接下两句谓台城柳树，烟笼十里，郁郁葱葱，而冠"无情"二字，触目惊心！物是人非之感于反衬中磅礴而出。

古典诗词讲究情景交融。此诗一则以江雨、江草作正面烘

佳句

・江雨霏霏江草齐，六朝如梦鸟空啼。

托,一则以烟柳十里作反面映衬,正反交炼,相摩相荡,造成一种空濛的意境美。 (孙维城)

中和二年(882),韦庄来到洛阳。目睹了战乱带来的残破景象和苦痛,第二年他写成了长诗《秦妇吟》,以一位经历战乱的妇女的叙述,反映了长安陷落后的情形。这首长诗在当时流传很广,使得韦庄名噪一时,被称为"《秦妇吟》秀才"。但是诗中"内库烧为锦绣灰,天街踏尽公卿骨"一联,深深刺痛了公卿大臣。韦庄为防他人中伤,撰成家诫,不允许在家里挂《秦妇吟》的幛子。他的弟弟韦蔼在为他编的集子《浣花集》中也没有收入,以致此诗长期失传。后来在敦煌石窟中发现了手抄本,《秦妇吟》才得以重现于世。 (王晓丹)

不第后赋菊

原文 咏菊 唐·黄巢

待到秋来九月八,我花开后百花杀。冲天香阵透长安,满城尽带黄金甲。

内 容 这首诗咏赞菊花,吐露诗人将发动"黄巾起义"的非凡志向。
特 色 象征类比,意象奇丽。
注 释 不第:参加科举考试未被录取。杀:凋谢。透:渗透,弥漫。

 黄巢有两首有名的咏菊诗,都是用托物拟人的象征手法吐露自己非凡的抱负志向。这一首据郎瑛《七修类稿》引《清暇录》所记,是黄巢落第后所作。然而我们从诗中看到的却不是一个下第举子落魄失意的身影,而是一个未来起义领袖叱咤风云的英姿。诗为咏菊,但却不是一般文人那种寓意或寄理的咏物诗,

这种咏物诗,诗人自我置身所咏之"物"以外,作着哲理的观照咏叹,用笔不免故作隐晦曲折,而黄巢这首诗却完全把自我写了进去,我即菊,菊即我,直以"我"的第一人称口气冲口倾吐,这是一首菊花精神的赞歌,又是一篇豪气凌云的英雄自我的内心独白。

诗人无疑是把自己的姓"黄"同自我与清香冲天的金菊联想到了一起,但也更因为黄色是农民起义的象征(详下),又使他把金菊同农民起义军联想到了一起。全诗就在这种"黄色"意象的象征比类中含蓄展开,步步写菊,步步写人,象征的表层意象与深层意蕴水乳交融为一体。前二句"待到秋来九月八,我花开后百花杀",写出了菊花与"百花"不同的傲霜斗寒的品格。九月初九的重阳节有赏菊的风俗,又被称为菊花节。有人以为诗不说"九月九"而说"九月八",是为了叶韵。其实古人过重阳节,在九月初九前一、二日便作粉面蒸糕相互馈送,九月八日已赏菊,大点菊灯,如同元夕,谓之"赏菊灯"。《武林旧事》上说:"禁中例于八日作重九排当,于庆瑞殿分列万菊,灿然炫眼,且点菊灯,略如元夕。"何况黄巢在这里也并不是咏重阳节或菊花节,无须凑韵,倒是妙句天成。"待到秋来九月八",是说等到近重阳菊花盛开的时节。黄巢在春试中落第,百花竞艳一时的"春天"不属于他了,他的起义推翻唐王朝的大志已决,所以他盼望金色的"秋天"到来。到那时百花凋零,独有菊花竞相开放,那正是"黄天"的世界。一个"我花",显得何等坚定、自信,这两句诗表层意象是写诗人企盼"百花"死、"我花"开,"春天"去、"秋天"来的急迫心情,其深层内涵却是含蓄地道出了当年黄巾军起义所呼喊的"苍天已死,黄天当立;岁在甲子,天下大吉"口号。黄巾军大起义正是以黄色为起义的象征,他们以黄巾裹头。而菊者,吉也,重阳戴菊花、饮菊酒,正取其"大吉"之意。人人头簪黄菊,不就是暗指那黄巾裹头的起义军吗?"我花"盛开的"秋天",也就是"天下大吉"的"黄天"起义日子的

来临。

接着二句"冲天香阵透长安,满城尽带黄金甲",如果单从咏菊来看,也可以说是石破天惊的奇句,道前人所未道:整个长安都城都开满了披带黄金盔甲的菊花,阵阵馥郁的清香直冲云天。想象之奇,在古今咏菊中堪称独步。然而诗人的真意却是在歌颂未来农民起义的轰轰烈烈,如火如荼。这里最引人注目的是"冲天""长安""黄金甲"三个象征意象。后来黄巢举行起义,自称"天补平均大将军""冲天大将军"(一作"冲天太保均平大将军"),攻入长安建国号为"大齐"。"大齐"就是大平均、大齐均。而东汉黄巾军恰正是利用了《太平经》中的平均思想举行起义的,所谓"太平"就是最大的平均,《太平经》说:"太者,大也。""平者,乃言其治太平均。"可见"冲天香阵"正是指这个未来的冲天平均大将军自己,而"满城尽带黄金甲"便是指披挂盔甲的"黄巾军"(农民起义军)了。纤纤幽人高士之花,在这里第一次成了威武的起义战士之花。

全诗意象奇丽,含蓄不露,但又质朴晓畅,具有一股充沛的刚健醇厚之气,含蕴不尽。不是一个英雄气质的诗人,是写不出这样上乘的咏菊诗的。

(景 南)

咏田家

原文　　悯农　　唐·聂夷中

二月卖新丝,五月粜新谷。医得眼前疮,剜却心头肉。
我愿君王心,化作光明烛。不照绮罗筵,只照逃亡屋。

内　容　诗歌反映了唐末农民遭受惨重剥削的情况,表达了诗人对百姓的深切同情。
特　色　言简意足,比喻显豁。
注　释　粜(tiào):卖出。剜却:用刀挖去。绮罗筵:指豪富人家华美的筵席。

赏析　《咏田家》是聂夷中的代表作。有人将此诗与柳宗元的《捕蛇者说》相提并论,认为"言简意足,可匹柳文"(《唐诗别裁集》)。

诗的首两句写农民在蚕种始生的二月"卖新丝",在秧苗方插的五月"粜新谷"。"卖新丝""粜新谷",也即"卖青"。指的是农民迫于赋敛重压,不得已地将尚未到收获时节的农副产品预先贱价抵押出去。紧接着二句,诗人用"剜肉医疮"这一形象化的比喻,深刻地

揭示了农民难以存活的悲惨境遇,使人不难联想,其结局必然是"殚其地之出,竭其庐之入,号呼而转徙,饥渴而顿踣","非死则徙尔"(柳宗元《捕蛇者说》)。这个比喻通俗浅显而又深刻贴切,很有说服力。

诗的最后四句,诗人忍不住直陈己见:他呼吁皇帝将恩泽普降大地,不要只顾笼络那些达官贵人,更要体恤那些不得不离乡背井逃亡在外的"流民"。当然,诗人之"愿",并未成为现实。事实上,包括皇帝在内的封建统治集团,代表的仅是极少数豪富阶层的利益,他们互相勾结,鱼肉百姓,以致形成"绮罗筵"与"逃亡屋"两极分化的严重社会问题。因此,指望"君王"开恩只能是幻想。但这首诗却从一个侧面,反映了晚唐农村濒于破产的现实,并且鲜明地表达了诗人对包括"逃户"在内的广大农民的深切同情,这是具有进步意义的。

(王海远)

早 春

原 文　　春怀　　唐·司空图

伤怀仍客处,病眼却花朝。草嫩侵沙短,冰轻着雨消。
风光知可爱,容发不相饶。早晚丹丘去,飞书肯见招?

内　容｜诗歌描写可爱的早春之景,表达诗人归隐之志。
特　色｜绾系紧密,转折随意。
注　释｜饶:宽恕。丹丘:传说中神仙所居之地。

赏析　司空图为晚唐著名诗人,此诗写他于早春之时,触景动怀,意欲归隐。全诗情景交融,随意转折,逐层见意,浑然一体。

诗为五律,每联一层,共四层。首联为叙,客处在外,本足伤怀，又加病眼，伤如之何？阴历二月十五为百花之节，是谓花朝。百花灿然却只有病眼相对，惆怅何似？

领联为诗人引以为自豪之名句，描写精细传神，充满诗情画意，"草嫩侵沙短，冰轻着雨消"。春草鲜绿，透沙地而出，虽仍是短短嫩芽，

佳句
• 草嫩侵沙短，冰轻着雨消。

但有无限生机。冰层轻薄，着雨即消，足见虽为早春，却已春意盎然。青青嫩草，稀疏黄沙，薄薄的冰，均具体而细微，"侵沙""着雨"，"短"与"消"皆为轻轻之动作，极有神韵。

颈联为议，由景入情。春景实在可爱，而自身年事渐高，形容憔悴，鬓生华发，若不及早归隐，岂不有负于山中之大好春光？诗意至此，便自然而然地逼出尾联："早晚丹丘去，飞书肯见招？"早晚之间，即当归隐，潜身丘壑，脱离凡尘，即便朝廷诏书飞至，又岂肯应招而出乎？

通篇绾系紧密，又转折随意，值得一读。

（张兴璀）

瑶　池

原文

咏史　　唐·胡曾

阿母瑶池宴穆王，九天仙乐送琼浆。漫矜八骏行如电，归到人间国已亡。

内　容	诗歌写周穆王因游乐而亡国的事，表达作者对人间帝王纵欲荒淫的规讽之意。
特　色	浅近通俗，规谏讽喻。
注　释	瑶池：古代传说中昆仑山上的池名，西王母所居。九天：神名。《史记·封禅书》："九天巫，祠九天。"漫矜：无拘无束。

赏析 胡曾作有《咏史》诗一百六十首（据《全唐诗》所收），《瑶池》为其中之一。

《左传》中曾记载，周穆王肆心纵欲，想要遍游天下。大臣认为这将耗伤民力，乃进行劝谏，穆王也能够纳谏。但战国时的著作《穆天子传》中则说他乘八骏西游，与西王母宴于瑶池。后世小说和道教故事乃加以附会，说穆王得到仙术，有神异之迹。胡曾此诗将他当作反面角色，说他只顾游乐，以致亡国（这并不合乎史实，穆王无亡国事）。从中不难看出作者对人间帝王纵欲荒淫的规讽之意。

比胡曾稍前，著名诗人李商隐也有七绝《瑶池》，诗云："八骏日行三万里，穆王何事不重来？"注家以为系讽刺晚唐皇帝迷信神仙而作。以诘语作结，意味冷隽，其艺术性胜过胡曾此首。

胡曾《咏史》诗大多如此首一样，较为浅俗。正因其浅俗，且多至百余首，合而观之，可作诗体的历史故事、传说来看待，甚至可作为历史启蒙读物，故旧时倒是流传很广的，讲史小说中引用颇多。

（杨 明）

变体诗

原文　　舟行　　唐·章碣

东南路尽吴江畔，正是穷愁暮雨天。鸥鹭不嫌斜两岸，波涛欺得逆风船。偶逢岛寺停帆看，深羡渔翁下钓眠。今古若论英达算，鸱夷高兴固无边。

内　容　诗歌抒写作者的退隐之志。
特　色　事用一边，韵协双线。
注　释　鸱夷：即春秋时吴国范蠡之号。固：一定。

赏析 章碣行旅中途次吴江（吴淞江的别称），因思春秋时范蠡尝在这东南一带泛舟归隐，感而赋此。

诗人生当晚唐季世很不得意。首联叙写途次吴江，暮雨增愁的情景。"路尽""穷愁"，无不是由作者主观心境烘染而成的意象，映照出乱世诗人在穷途末路、日暮雨愁下的特殊心情。

中间两联触景生情，兼含比兴。鸥鹭在斜雨飘打下回翔于江岸，波涛汹涌阻遏着逆风行舟。或许诗人是为生计而漂泊奔波吧，长期的流落不遇摧折着他的用世之心。舟行中看到岛寺使他对佛门净土不禁神往，岸边悠闲垂钓的渔翁也会令他羡慕不已。

历史与现实让他悟出了自己的归路，尾联推崇鸱夷子范蠡，表明向往独善退隐之志。

范蠡故事为晚唐人所习用，但诗人们所强调的不是发愤图强、复国兴邦的范蠡，而往往是退隐避世、独善自身的鸱夷子。诗人们将典故按自己的审美经验加以引申改造，这是晚唐诗歌颇可注意的一个特点。本诗是有代表性的一例。

这首律诗在用韵上还有一个特点。律诗单句不必用韵，此诗却押了"畔""岸""看""算"四个仄声韵。这样全诗就形成单、双句两条押韵线。作者自称为变体律诗。联系杜牧作拗体绝句，李商隐作"当句对"诗，温庭筠作"双声"诗来看，可见晚唐诗人在探索诗律方面所作的努力。

（周建国）

未展芭蕉

原文　　　　　　咏物　　　唐·钱珝

冷烛无烟绿蜡干，芳心犹卷怯春寒。一缄书札藏何事，会被东风暗拆看。

| 内 容 | 诗歌形象地描绘了春寒中未展芭蕉的美好形态。
| 特 色 | 不着题字,形神兼备。
| 注 释 | 一缄:一封。书札:书信。

赏析 中唐以后,咏物诗渐以避题字为习惯作法。所谓避题字,就是诗中各句要避免出现与题目点出的所咏之物相同的字。这使文字游戏者必然生出些谜语般的无聊之作,但对于真正的诗人,却无疑是踏进了广阔的艺术想象的领域,去开拓光景常新的境界。晚唐诗人钱珝此作,正是通过对初萌未展的芭蕉的描绘,创造了一个前所未有、涵濡深厚的艺术形象,堪称咏物诗作中的佳构。

"冷烛无烟绿蜡干",首句一喻双边,一则写其形状,一则写其色泽。由未展芭蕉想到蜡烛,只稍稍置换变形,似并不烦神思,"烛无烟"与"蜡干"几如同语反复,亦极平常语,然而吟味至再,便能体会到诗人独特的匠心。蜡烛的骄傲在燃烧、照耀,冷而无烟,不禁令人生出一份同情。绿蜡敛翠,仿佛一个

佳句
· 冷烛无烟绿蜡干,芳心犹卷怯春寒。

妙龄少女亭亭玉立,又令人生出一份喜爱。这一比喻亦凡亦奇,准确地表达了诗人对所咏之物独有的感受,而"冷"字恰好切于早春时分,"绿"字伏笔,以待呼唤后文之"东风"。冷寂的氛围与绿色的生机在这里形成反差,这正是诗人的心营意造。

"芳心犹卷怯春寒",此承上句设喻。未展开的芭蕉形如卷轴,最里一层谓之蕉心,诗人称为"芳心",洵为妙极。如果说"绿蜡"翠脂凝绿、娉娉婷婷还只是给人一种少女形象的暗示的话,"芳心"一语则直接将未展芭蕉给予了人格化的女性美的揭示。如同刚走出天真年龄的少女,充满了浪漫、充满了遐想,一瓣心香希望采孕大千世界的七彩阳光,这刚从飞雪中走出的芭蕉也充满了对烟花春景的向往,企冀着向天地、向未来一展芳心。

但春寒料峭，却使她生出几分怯意，那流馨芳心只得犹卷待时。此处诗人着"犹"这一虚字，颇具功力，沉吟曼咏中表现出如情窦初开的少女般的娇怯含羞，人格化的刻画中渗透着诗人的一腔温情。

三、四两句另设一喻，别开生面。古时书札大都作卷筒形，正与尚未展叶的芭蕉相似，诗人据此取譬。从上面少女芳心之喻折入此处未拆书札之喻似乎脱榫难投，但读时却又绝无扦格之感，这便是诗笔赓续间潜气暗转之妙了。蕉心犹卷与书札犹卷是形似上的潜气，少女的芳心包孕与密意缄藏是神似上的潜气。意脉处处相属，读来自然浑然一气。诗写到这里，作者改换语调，用"藏何事"设问，活泼灵动中显出几分善意的俏皮。少女的心思最难度测，偏爱藏之书札，缄之愈久愈严，则愈神秘愈美妙，但有心人还是急于了解密缄于其中的美好情愫。"会被东风暗拆看"是一种希望，也是一种信心。随着春寒消尽，融融春风以其大自然的伟力，必然会暗暗拆开这"书札"，那时，这少女般的芭蕉必将伸出如扇之叶来拥抱万紫千红的春天了。句中一个"会"字随口吟来，却极见推定之意，令人不容置疑。"暗"字表现出时序的渐变状态，体物之细，措语之巧，拓展、升华了诗的意境。

这首诗充分发挥了丰富而优美的联想，使所咏之物形神皆备，浑融为一，真可谓"不着一字，尽得风流"。读者阅读全诗，如同在与一位芳心少女直接对话。诗笔所至，巧喻迭出，沾溉后人甚多。宋贺方《答方回诗》中"深思总似丁香结，难展芭蕉一片心"句显然化用了这首诗。《红楼梦》第十八回写贾宝玉为怡红院题诗，因"绿玉春犹卷"一句不妥犯愁，宝钗便搬出"冷烛无烟绿蜡干"的名句帮助宝玉将"绿玉"改为"绿蜡"，并称道钱珝此作，即使"金殿对策"亦不可忘。可见其传播之久，影响之大了。

（罗时进）

贫　女

原文　　　不遇　　唐·秦韬玉

蓬门未识绮罗香，拟托良媒益自伤。谁爱风流高格调，共怜时世俭梳妆。敢将十指夸针巧，不把双眉斗画长。苦恨年年压金线，为他人作嫁衣裳！

内　容　本诗写一个贫女的不幸人生的独白，寄寓了诗人怀才不遇的感慨。
特　色　独白抒情，言用见体。
注　释　风流：美好的神态和举止。斗：比赛，争胜。

赏析　这是一个贫家女子心酸的自白：我是穷苦人家的女孩子（蓬门：茅屋的门，以示家境的贫穷；这里指代贫女），从未穿过漂亮、华贵的绸缎衣服；心想托个可靠的媒人去说亲，可是这样做只能更加使我伤感。在这个世上，谁会去喜欢一个品格高洁的女子呢？又有谁能和我共爱俭朴的梳妆呢？论针线活，我谁都敢比；谈打扮，我不想和任何人争胜。最令人痛恨的是年年月月干不完的刺绣活，这无非是为有钱人家的女子赶制出嫁的衣裳！"压金线"，刺绣时，须用指头压着丝线。

　　这个女子鄙弃时俗、不露才华、自矜自重、勤劳质朴。诗人对她的品性表示赞扬，对她的不幸处境和难言之痛给予同情。对她的赞扬，句句道出诗人怀才不遇的感慨：贫女是"年年压金线"，诗人是年年为别人写诗作文、献计献策。贫女的"拟托良媒"，又正是写出诗人的无人汲引。秦韬玉曾从僖宗避乱到四川，在宦官田令孜府中当幕僚，这首诗很可能就是他在做幕僚时郁郁不得志的内心写照。

"自白"是独自抒发情感、表明心迹的一种方式;独自表白,并非是有意想让人知道,这样,一个人平时不轻易外露而深藏心底的那些思想、企求,能得以宣泄。在封建时代,一个未出嫁的贫女想找媒人说亲而又担心"自伤",这种思想感情是很隐秘的,只有独处自语时才有可能吐露衷曲。再如,对自己不同流俗的高洁品性的表白,对"为他人作嫁衣裳"愤恨情绪

的透露,用自白的方式也更能毫无障碍地得到最深层的展示。独自表白是直抒胸臆,是心声的自然流泻,它不必依傍空间的其他条件,为此可以淡化对人物活动的具体环境之描写。我们读这首诗,除了听到贫女的自怨自诉之外,看不到对她身后的背景作任何描述。

另外,诗虽写贫女的不幸,却又寄托着诗人自身的哀怨。能做到这一点也并不容易,诗人必须使贫女与自身两个形象之间发生感应并从中找到一定的契合点,才能由此及彼,使作品的题旨得到深刻有力的表现。诗人有所寄托,无疑拓宽了诗的意境,丰富了诗作的思想内涵。这就像是一种复调音乐,给听众以一种多层次旋律美的艺术感受。我们朗读这首诗,既能感到贫女形象之如在眼前,又能从贫女的形象中幻化出诗人的身影来。

诗题是《贫女》,但诗中无一"贫"字。也就是说,诗人刻

画贫女的形象，并不直言其"贫"，而是通过她独特的爱好、情思、品性和物质生活条件等方面的情况来体现"贫"。因为"贫"，她才"未识绮罗香"，她才"俭梳妆"，她才"为他人作嫁衣裳"。这里不直指本意，只言作用或影响，使读者需要经过自己

佳句
- 敢将十指夸针巧，不把双眉斗画长。
- 苦恨年年压金线，为他人作嫁衣裳！

的思考才能领悟诗句所要表达的本体，这样写能使诗作变得诗情浓郁、隽永有味。

"为他人作嫁衣裳"是千古不朽的名句，后世已概括为成语"为人作嫁"。这句诗所以具有历千年而不衰的艺术魅力，主要就在于它借助于独特的视觉形象（一个衣着朴素的贫家女子在茅屋里忍着哀痛，为别人赶制华贵的衣裳），揭示出在人生沧海的沉浮中失意者依附他人苟活的普遍心态。文字符号的抽象性，使鉴赏者在读到这句诗时，沟通了自身的经历（在坎坷世途中挣扎过的人们，或许都有过类似"为人作嫁"的感受），激起了情感上的共鸣。朱彝尊《静志居诗话》引的两句话说得好："唐诗色泽鲜妍，如旦晚脱笔砚者；今诗才脱笔砚已是陈言。"如同本诗这种能揭示超越时空的普遍情态，是产生唐诗"新鲜感"的一个主要原因。

(查良圭)

赠日东鉴禅师

原文　　　　　　僧人　　　唐·郑谷

故国无心渡海潮，老禅方丈倚中条。夜深雨绝松堂静，一点山萤照寂寥。

内容　诗歌描写日本东鉴禅师在唐学佛修行的清寂生活。

赠日东鉴禅师

特　色　刻意取境，用常得奇。

注　释　故国：指东鉴禅师的祖国日本。寂寥：寂静无声。

赏析　郑谷平素好结契山僧，集中有不少与禅客赠答酬唱之作。这首七绝刻意摹写一位日本僧人在唐学佛修行的清寂生活，不同于郑谷诗中常见的那种轻巧清快格调。

日本于唐文宗开成三年（838）停止派出遣唐使。此后，日本僧人入唐求法改乘商船，仍往来不绝。东鉴禅师是一位留唐不归的僧人。诗一、二句说这位入唐多年的老禅师无心渡海归国，他正在中条山的寺院方丈内修定修慧，叙写"清婉明白，不俚而切"（《唐才子传》卷九），勾勒了一位虔敬向佛，甘于寂寞的僧人形象。

三、四句进而摄取其坐禅寂定一瞬间

佳句
- 夜深雨绝松堂静，一点山萤照寂寥。

的情景加以点染，极清寂幽冷之致。"夜深"之时，"雨绝"之际，"松堂"之地，妙在用一"静"字将三者组合为一整体，顿觉意象一新。结句"一点山萤照寂寥"，用细微之物以动衬静，更将诗境臻于空无寂静的禅定境界。

此诗以明白清快的语言，刻意取境，故能用常得奇，在郑谷诗中别具一格。皎然《诗式》谓作诗"取境之时，须至难至险，成篇之后，观其气貌，有似等闲，不思而得，此高手也"。本诗的成功正在于此。

（周建国）

逸闻

唐时僧人齐己带着诗卷前去拜谒郑谷，其中有一首《早梅》云："前村深雪里，昨夜数枝开。"郑谷说："如果说'数枝'，那就不算早了，不如改成'一枝'更好。"齐己觉得很有道理，不觉下拜说："您真是我的'一字师'啊。"

（王晓丹）

鹧鸪

原文

鹧鸪　　　　　唐·郑谷

暖戏烟芜锦翼齐，品流应得近山鸡。雨昏青草湖边过，花落黄陵庙里啼。游子乍闻征袖湿，佳人才唱翠眉低。相呼相应湘江阔，苦竹丛深春日西。

内　容　诗歌主要咏鹧鸪（zhègū）凄哀动人的鸣声，寄寓游子羁旅之愁。

特　色　旁处取影，跳脱流利。

注　释　烟芜：云烟弥漫的草地。翠眉低：意指女子哀伤流泪。翠眉，用黛螺画过的眉。

赏析

这首咏鹧鸪诗是郑谷的代表作，诗家因之誉其为"郑鹧鸪"。

鹧鸪生于南方，其鸣声凄哀，摹声辞如"钩辀格磔"，俗以为极似"行不得也哥哥"。本诗首联赋咏鹧鸪形貌习性，谓其锦翼鲜丽齐整，性喜温暖，嬉戏于草丝，品流近于山鸡。咏物即贴切合物，移易不到它处。以下各联借物言情，亦赋亦兴，就其鸣声备极渲染衬托，含凄耐思。

青草湖在洞庭湖东南，黄陵庙居湘江入洞庭处，为祀帝舜二妃之地。这一带原是富于浪漫悲剧色彩的地方。在"雨昏""花落"的凄迷氛围里，那鹧鸪哀啼不禁令人想起行吟泽畔的屈原，投湘江而死的娥皇、女英。沈德潜曰："咏物诗刻露不如神韵，三、四语胜于'钩辀格磔'也。"（《唐诗别裁集》）同样，五、六语再从人们因声起感来衬示鹧鸪声的凄哀动人。乍闻袖湿，才唱眉低，所谓伤心人各有怀抱，内中蕴含多少难言之情。而游子乍闻的是鹧鸪声,佳人才唱的是当时流行的《鹧鸪词》。颔、颈两联工秀轻灵,虽未具体摹写其鸣声,却从历史传说及因声起感落想,备极托物言情之致,此可谓善于由旁处取影。

结联看似赋,实寓比兴。鹧鸪在夕阳黄昏中相呼相应寻找归宿,而他乡游子将漂泊到何时呢?此处所寓含的正是一种羁旅孤寂的心情,金圣叹看出其中"深得比兴之遗"(《圣叹选批唐才子诗》),可谓独具慧眼了。

此诗咏物不凝滞于物,却处处让人感到切合所咏之物,跳脱流利,含蕴丰富,为晚唐七律名篇之一。　　　　(周建国)

七　夕

原　文

唐·崔涂

年年七夕渡瑶轩,谁道秋期有泪痕?自是人间一周岁,何妨天上只黄昏。

内　容　本诗以天上的时间节拍抒写牛郎、织女幸福的爱情故事。
特　色　意境清新,翻案笔法。
注　释　瑶轩:指仙车。自是:本来是。一周岁:一周年。

赏析

牛郎、织女七夕相会,是一个吸引诗人的题材。陈代宫廷诗人以此题材热热闹闹地写过一阵子诗,不过他们所着力的是从苦心刻画中见出巧思,风格佻小刻炼,而崔涂此诗则着意于别出新意,并不在字句上用力,意境清新,风格浑成而流转。崔涂一反关于牛郎、织女一年才得一会因而心情悲切的传统看法,从天上与人间具有不同的时间流逝节拍这一观念出发,指出人间过了一年,天上其实才到黄昏之时。崔涂的意思是说所谓牛郎、织女的每年七夕相会,不过是每天黄昏的见面罢了。牛郎、织女并非一年见一次,而是夜夜都在一起的,又怎么会有泪痕呢?崔涂以天上的时间节拍去写天上的人和事,比之人们习惯于用人间的时间节拍去写神仙,应该说在识见上确实高出了一个很大的层次,其中包含着将特定存在和特定时间统一起来那样一种卓越的直觉。

由于神仙世界是人们想象的产物,神

佳句

- 自是人间一周岁,何妨天上只黄昏。

仙生活大体上不过是达官贵人生活的折射,因此神仙和凡人就都被认为生活在同一个时流之中,他们使用着同一个时标概念——"年"。当神仙世界和凡人世界具有两种不同时间节拍的观念破土而出以后,便在这两个世界之间裂出了一道深深的界沟。

崔涂这首诗虽是咏的神仙故事,但从其翻案的笔法和七绝的体裁上看,则应归于咏史诗一类中。自中唐开始,以七绝写翻案的咏史诗便逐渐成为一种风气,此风晚唐尤炽。这类诗突出地表现了当时士人中活跃着一种独立思考的精神,其写作态度一般都很严肃,以表现自己的真知灼见为目的。崔涂此诗正是颇有严肃意味的对于时间观念的一种沉思,而在艺术表现上则如前所述采用了翻案的写法。

(王锺陵)

吹笙引

原文　　　听笙　　　唐·王毂

娲皇遗音寄玉笙,双成传得何凄清。丹穴娇雏七十只,一时飞上秋天鸣。水泉迸泻急相续,一束宫商裂寒玉。旖旎香风绕指生,千声妙尽神仙曲。曲终满席悄无语,巫山冷碧愁云雨。

吹笙引

内　容　这首诗描绘了美妙动听的笙声，以及给人带来的美感享受。
特　色　听声类形，以形写声。
注　释　娲皇：即神话传说中的女娲。丹穴：传说中的山名。《山海经·南山经》："丹穴之山有鸟焉，其状如鸡，五采而文，名曰凤凰。"一束：指笙管之类的乐器。因用若干根竹管和一根总吹气管制成，故称。宫商：本指五音中的宫音与商音，这里泛指玉笙吹奏出的乐曲。旖旎：柔和美好。

赏析　唐诗中有不少抒写听乐曲之感受的名作。王毂《吹笙引》是继韩愈《听颖师弹琴》、白居易《琵琶行》、李贺《李凭箜篌引》诸诗后的又一佳作。此诗以丰富的想象、精当的比喻，表现和丰富了乐声给人带来的美感享受。

佳句
- 旖旎香风绕指生，千声妙尽神仙曲。

这首乐府诗着重描写了乐曲演奏的变化过程及音乐形象的具体可感性。开头二句借神话传说来陈述笙的起源及仙人吹笙的故事。相传炼石补天的女娲始作笙簧，后来董双成得道成仙，传得女娲遗音，自吹玉笙，驾鹤升天。而她吹出的乐曲又是多么凄清动人。神奇的传说使诗的意境显得瑰丽缥缈，引起人们无穷的遐想。以下每两句一层运用多种比喻来摹写音乐的旋律变化。

本诗的若干比喻似亦在韩愈、白居易、李贺诸人的诗歌中出现过，难能可贵的是它们经过本诗作者匠心独具的改造，以崭新的形象表现出来。"丹穴"二句以雏凤凌空飞鸣比喻玉笙的齐奏竞喧。玉笙的奏鸣使诗人想象到丹穴成群的雏凤振翅竞喧，那形象是多么瑰奇鲜丽。听声类形，进而引起诗人对各种形状的想象。"水泉"二句以泉水迸泻、寒玉裂开比喻笙音的激越清脆。"旖旎"二句以香风绕指比喻笙音的婉转柔和，不绝如缕。"曲终"二句再以云雨凝愁、玉山冷碧来形容乐曲动人的效果。这里通感手法的运用是非常出色的。作者运用生动而丰富的比喻，把难以触摸的乐声化为具

体可感的形象,将视觉、听觉、触觉、嗅觉等融成一片。

此外,本诗在表现乐曲演奏时,层次清楚,过程分明,结构完整。诗由赋陈传说导入,乐曲始而齐奏竞喧,变而为激越清脆,再变而为柔和婉转,终至于如云雨凝愁、玉山冷碧,无声胜于有声,全诗十分确切地显现出音乐所具有的流动性和跳跃性,避免了单调平板。

(周建国)

逸闻

王毂未中进士前,写了一首《玉树曲》,其中有"君臣犹在醉乡中"的句子。这首诗大力地鞭挞了那些尸位素餐的权贵达人,很受人们的欢迎,一时间广为传唱。有一次,一个王毂认识的人被无赖无故殴打,王毂前去救援。他大声呵斥道:"不要无礼!我便是'君臣犹在醉乡中'的作者。"无赖听后,惭谢而退。

(王晓丹)

卖残牡丹

原文　　　咏物　　　唐·鱼玄机

临风兴叹落花频,芳意潜消又一春。应为价高人不问,却缘香甚蝶难亲。

红英只称生宫里,翠叶那堪染路尘。及至移根上林苑,王孙方恨买无因。

内　容 本诗歌咏残牡丹,以花喻人,抒发自己遭受冷遇的不平之情。
特　色 浑然一体,不即不离。
注　释 红英:红花,这里指牡丹。翠叶:这里代指牡丹。王孙:指贵族。无因:没有机会,没有办法。

赏析 鱼玄机遭李亿遗弃后,被遣至咸宜观为道姑,因感孤寂之苦，遂广结交以求知音。但终至无依，故诗以残牡丹自喻。此诗作于为道姑时。

开端二句直抒对牡丹临风凋零之兴叹。"频"字写落花之多，以见作者伤感之重。花落春去，芳意殆尽，年华亦随时光而流逝，不觉是"又一春"了，诗人惜花伤怀，感慨无限。

牡丹，天姿国色，花中之富贵者也，唐代誉之为国花，价值昂贵。白居易有诗述它："一丛深色花，十户中人赋。"（《买花》）柳浑也曾说："近来无奈牡丹何，数十千钱买一棵。"（《牡丹》）故一般人难以问津。三、四句寓意较深，以牡丹作比，自视甚高，以为自己既有美貌又有才华，凡夫俗子不敢攀近。赞语中颇有几分自得之意。

在诗人看来，如此名贵之花，本应生长在宫中，护以栏栅，倍加爱惜，视为珍宝。可是，它却被弃在路旁，遭人践踏，其际遇极为不堪，诗人对其不幸深为哀怜。回顾自己平生，始被遗弃，后遭沦落，又何尝不与牡丹之命运相似？之所以如此，实因妾妓之社会地位卑下。如果更换门庭，移植宫苑，得皇帝青睐，就会身价百倍，贵族公子可望而不可即了，故诗人最后愤愤写道："及至移根上林苑，王孙方恨买无因。"由于牡丹之处境不同，其境遇竟有天壤之别，诗人为残牡丹不平，亦是为己悲慨。

全诗句句是写牡丹，又句句是叹己，惜花怜人，浑然一体。把咏物抒怀写得如此不即不离，实在是高手。

（苏者聪）

送人游吴

原文　　　风土　　　唐·杜荀鹤

君到姑苏见，人家尽枕河。古宫闲地少，水港小桥多。

夜市卖菱藕,春船载绮罗。遥知未眠月,乡思在渔歌。

内　容	这首诗描写姑苏的水城风貌。
特　色	诗篇亲切,清丽脱俗。
注　释	君:相当于"您"。枕河:把房屋建在河边,有的房屋部分架在河面上。绮罗:这里指身着绮罗的美丽女子。

赏析　苏州是一座古老的城市,早在春秋时期,吴王诸樊就定都于此,姑苏山秀出于其西南,因山得名,所以又称"姑苏"。古城之建,远在吴王阖闾登基之初(前514)。至唐,已是"人稠过扬府,坊闹半长安"(白居易《齐云楼晚望偶题十韵》)的雄州大郡。

杜荀鹤当然是到过苏州的。所以,当友人准备游吴之际,他兴致勃勃地以诗相送,那诗,也俨然成了导游。

首句要言不烦,以"君到姑苏见"领起全诗。"见",与"望"不同。"望"是有所专注,"见"则随意纵目,触目成"见"。它表明,诗人介绍的种种,在苏州将随意可见,正不必过为搜求。以"君"开端,恍如交谈,自然增加了诗篇的亲切意味。

从第二句起,诗篇开始了对水城风貌的具体介绍。水城的最大特色当然是水多。且不说苏州大城以外,河湖相连,密如蛛网;大城四周,内濠外濠(护城河),清波绕绿。城内河道也是大河三横四直,为经为纬,分流六纵十四横交贯全城。街坊民宅,无不倚河而筑,临水而居。"人家尽枕河",真是对这种情况作了最凝练最确切的概括。

对"古宫闲地少,水港小桥多"这一联,连一向对杜荀鹤加以贬抑的清代诗评家余成教也不得不赞为"佳句"(《石园诗话》)。两句都是从数量出繁华。一句反出,一句正出。前句着眼于城建。"闲地"的"少",就因为营建的多。用"古宫"作具象,在读者心目中唤起的形象,就将是崇楼危阁,朱户丹楹,倍

送人游吴

觉壮观繁富,人烟辐辏。后句着眼于交通。作为通都大邑的苏州,"多"的不是大街小巷,车马填衢,而是条条"水港",座座"小桥"。构成的意境,简直有点儿诗意荡漾了。而且出句那么自然,对偶那么工整,在森严的格律中运转自如,举重若轻。诗人所说的"古宫",是阖闾宫。其实,他是城中之城,周围十二里,陆门有三,水门有二,是极为恢弘的。可惜,一焚于秦,再焚于明。如今,只有"皇废基""皇宫后"这样的巷名来让后人依回凭吊了。

颈联分写两种情景。"夜市卖菱藕",写买卖交易的热闹。不写日市,而写夜市,正是为了强调商业经济的繁荣:夜犹如此,遑论白日。从夜市的活跃,可以想见市廛交易昼夜不息的热闹景象。独取菱藕,因为二物皆出于水,是江南水乡所特有而为姑苏地区所盛产,地方特色鲜明。声声叫卖,又具吴侬软语仿佛可闻之趣。"春船载绮罗",写放舟游春的热闹。绮罗满船,着装华贵,居民之富

佳句
- 君到姑苏见,人家尽枕河。
- 古宫闲地少,水港小桥多。

庶可知,轻罗薄纨,少女之曼妙可见,"春",更使人想到春风骀荡,河山如画的江南美景,想到三月初三,仕女踏青的古老习俗。美的景,美的人,构成了一幅美的春游图。而出必舣舟,绫罗遮体,不又正是这江南水城、丝绸之府的最典型的标志吗?

当然,诗无达诂,把"春船载绮罗"视为堆绸积锦,整装待运也未尝不可。但这种理解,一举而有四失:已写夜市,又写日市,两句同写商贸,比起前面的一句一意,移步换景,未免显拙。而且,以夜市包孕日市的构思之妙,当然也将随此理解而并归消失,此其一。饲蚕两季,织锦全年,不全待于春;装船发货,也绝不会非春莫属。"春"字之用,竟成赘笔,此其二。绮罗锦绣的形象,出之以堆叠,板滞苍白,风光尽失,与上句之灵动气象,未免不称,此其三。风土之诗,必须有物有人,才能情致宛宛。设如此解,则唯有风土特产,不见人情习俗,岂非败

593

笔？此其四。所以，按此理解，既有损诗意，也低估了诗人的艺术才能。

现在，让我们回到诗篇，看看诗人是怎样收束全诗的吧！

也许，正是郊游之笔把诗人之思引向了姑苏之郊了吧！在尾联，诗人为我们织出了一幅清丽秀美，诗意浓浓的夜月渔歌图。明镜似的，珍珠似的，撒布于苏城四郊的大湖小泊，哪一处没有渔钓，哪一处不闻渔歌呢？清夜，月光如水，渔歌隐隐。谁能够安然而眠，辜负良宵呢？也许这淡淡的夜月，静静的清宵，会使友人在陶醉之中勾起一缕淡淡的乡思吧！何况还有悠扬婉转的渔歌在耳畔低低倾诉呢？——而这，"我"是"遥知"的啊！

（吴立人）

乱后逢村叟

原文　　悯民　　唐·杜荀鹤

经乱衰翁居破村，村中何事不伤魂！因供寨木无桑柘，为点乡兵绝子孙。还似平宁征赋税，未尝州县略安存。至今鸡犬皆星散，日落前山独倚门。

内　容　诗歌写一个村叟悲惨的遭遇，揭露了晚唐社会的黑暗现实。
特　色　寓情于叙，词浅旨深。
注　释　点：征调。平宁：太平时候。州县：代指州县的官吏。安存：安抚存恤。

赏析　《乱后逢村叟》，又题《时世行》，和同题的《山中寡妇》可谓姊妹篇，但这首诗展示的无疑是一个更为惨痛的人间悲剧。

"经乱衰翁居破村"，起句即就题入笔，点醒题面，此之为明起。"破村"为兵燹之灾的后果,点"乱后"。"衰翁",高年老翁,身衰力颓。乱后幸存,他将何恃而生,能居住下去吗?起句就引起读者诸种悬念。

第二句总起二、三两联,为具体展开作引。丧魂失魄,极度伤感,谓之伤魂。"何事不伤魂"就是件件桩桩无不使人伤心欲绝。以反问句式予以强调,有震人心弦之力。回应上

文,又有加深"破"字印象之效。刻画人物,更见内心痛苦之深。

第二联,述战乱给予老翁的深创剧痛。上句写"家破"。"因供寨木无桑柘",为了供应军队构营筑寨,老人家的桑柘被砍伐一空。古以农桑为本,耕织为业。无桑无柘,则饲蚕供织之业尽废。诗人一以概全,概括而又具体地写出了"家随兵尽屋空存"(见诗人又作《题所居村舍》)的惨状。与尾联"至今鸡犬皆星散"遥相呼应,暗示了村叟将何以为生的可怕未来。下句写"人亡"。战争不仅毁了老人的家业,也夺去了他亲人的生命。"点"是强征入伍,"绝"是悉数阵亡。子绝孙亡,明告读者,八旬老翁将无所依靠,老翁心灵的创痛又何能忍受。

第三联,诗人把笔触移到了乱后。诛求无已的统治者"还似平宁征赋税"。横征暴敛,不异于往昔,其虎狼狼贪,真莫此为甚。课赋纳税,本所以理民,现在是"州""县"略求"安存"

而不得，吏治之腐败，社会之黑暗动荡又宛然入目。这一联似叙似议，亦叙亦议。

尾联收束，绝好笔力。前句以"鸡犬皆星散"，一无所有，为前文作结。有起有结，笔势谨严。后句以"蒙太奇"式的特写镜头，推出村叟孤独而又沉痛的形象，言有尽而意无穷。景象、氛围、人物、意绪，无一不妙：红日西垂，暮霭笼野，白发飘萧，悄然倚门，怅望前山，痴痴欲绝。他在望什么，想什么呢？虽说幸存，孤身何依？赋税逼来，虎口何脱？日薄西山之景，又将勾起何种心情呢？

就全诗而论，本诗以叙为干，没有单独的抒情之笔，然而所爱所憎，深情重恨又全见于叙事之中，此之谓寓情于叙。诗人用语不雕琢、不藻饰、不用典，通俗易懂，不尚工巧而其工自见。诗风平易而诗意不凡。露而不藏，浅而不俗。　　　　　（吴立人）

再经胡城县

原文　　酷吏　　唐·杜荀鹤

去岁曾经此县城，县民无口不冤声。今来县宰加朱绂，便是生灵血染成。

内　容　诗歌通过诗人在胡城县的两次见闻，揭露了封建官僚虐杀平民的血腥罪行。

特　色　巧设悬念，隐喻见义。

注　释　县宰：县官。生灵：百姓。

赏析　唐代末造，君昏于上，臣嚣于下，朝政黑暗，吏治腐败，种种暴行，无不令人发指。《再经胡城县》就是针对唐末黑暗的吏治而予以挞伐的诗篇。诗人通过自己在胡城县（今安徽阜阳）的两次见闻，愤慨地揭露了封建官僚虐杀平民的血腥罪行。

诗题"再经"，就颇见匠心。"再经"二字必与"初经"有关。那么，初经见闻又是什么呢？这就为诗篇引入"初经"，两相对照，预于题中设伏。而一题入目，就使读者悬念丛生，急于求解。可见命题之妙。

起句"去岁曾经此县城"，看似平平，但章法绝佳。如话家常却又一字难易。出笔用"去岁曾经"，则今年之来当然已属"再经"，轻扣了题面，又极为自然地交代了两次经历相隔的时间。指县城而称"此"，表明诗人已在胡城。交代时间而称"去岁"，可见发吟正在今日。于今日而先从往时说起，必定此时此地的所见所闻不能不使诗人联想到往时此地的所见所闻。而抚今追昔，必定是今昔交感，良多感慨。今昔何见？感慨伊何？正是读者急于要知道的。于是文情在读者焦灼的悬念中自然地渡入下文。

二、三两句，一追昔，一抚今，分写两次见闻。对于"初经"见闻，诗人以高度概括而又不失具象的语言，大全景式地推出了一个令人骇然的群众场面："县民无口不冤声。"以一县之众，而至于人人喊冤，原因是什么？造冤者何人，为什么能跋扈至此？理民者何在？为什么充耳而不闻？诗人都没有说。他把读者留在新的悬念和种种猜测之中，另行起笔去写时隔一年的"再经"见闻。写"再经"见闻，视焦集中在"县宰"身上，特写式地强调了他的官服变化。"朱绂"是红色的品服。在唐代，这是四品官员的服饰。而唐代上县的县令才是从六品上阶，中下县县令只是从七品下阶。一个县令而朱绂加身，当然是破格晋升大获殊荣的了。奖功罚过，乃情理之常。但县宰之大功是什么呢？于前无征，于后不见，还是要读者去猜测。

应该说，二、三两句的选材布局，作者是作了精心结撰的。前句重在所闻，后句重在所见，闻见相生，行文不见板滞。上句

只写县民,有意撇开县宰,下句只写县宰,有意不提县民,两相组合,错综互补,使"初经""再经",两次见闻,县民、县宰,两种情状,融为一个整体,文笔极见精劲。然而组合所得,却又矛盾丛生,彼时所闻与此际所见竟如此的不相协调,不可推理和不可思议。于是作者又把读者引入了更深的悬念与猜测之中。从民冤沸腾,哀号盈野看,县宰不是贪酷万端直接置民于水火的民贼,就是昏聩糊涂、颠倒黑白乃至为虎作伥,置民冤于不顾的昏官。如此则应受严惩,何谈殊荣?从朱绂加身,荣膺晋爵推测,则县宰当为关心民瘼,理政有方的良臣。但在他治下,不是竟弄到冤及万民,无口不呼的程度了吗?夫岂良臣之所为?"去岁""今来",最长不过一年,更何能幡然改弦,化浊为清,大伸民冤以至于建立殊勋呢?不然的话,就是因虐民有功而晋爵了,这结论未免令人心颤。

然而诗人盘马弯弓,引而不发的正是为把读者导入此种心境。然后,诗人以惊心触目之句,坐实了这个既属意中而又毕竟意外的结论:"便是生灵血染成。"一袭殷红的朱绂,就是以千万冤民殷红之血染成的啊!在此,诗人不用明喻的"如",而用暗喻的"是",把本体和喻体写成相合的关系,力度更强,语气更肯定,对于揭露统治者的吃人本质更为有力。

诗的结句,结束了读者的悬念,但远没有结束读者心灵的震颤。从殷红的朱绂,读者会想到早被冤死者的血,正被虐杀者的血,以及随县宰之升迁而在更大范围内将被摧残者的血。从县宰之荣升,会想到他的同列,他的赏识者,想到整个统治机构,想到魔怪狂舞的世界,会在低回不胜之中诅咒这悖逆不情而又真实存在的人间地狱。而这正是本诗艺术力量之所在。 (吴立人)

社 日

原文 社日　　唐·王驾

鹅湖山下稻粱肥，豚栅鸡栖半掩扉。桑柘影斜春社散，家家扶得醉人归。

内　容 诗歌描写农村社日富足欢乐的生活景象。
特　色 实境直寻，俯拾得趣。
注　释 鹅湖山：山名。江西省铅山县北荷湖山，有湖，多生荷。晋末有龚氏者，畜鹅于此，因名鹅湖山。肥：旺盛。桑柘：农家种植的可以养蚕的树木。

赏析 钟嵘《诗品序》有云："观古今胜语，多非补假，皆由直寻。"王驾此诗，可谓"遇之自天""俯拾即是"（司空图《诗品》），极直寻之妙，得自然之趣。此诗质朴明快的诗句既不敷彩，又不费力，平平写来，"取语甚直，计思匪深"（司空图《诗品》），读来却令人感觉心恬意适，情深兴浓。

首句是全境描绘，但见山清水绿，湖多潋滟，田畴中稻粱长势旺盛。一个"肥"字，亦见出诗人内心的喜悦。接着，由全景描绘推为近景描绘：从农家半开半掩的柴扉中望进去，有猪圈和鸡埘，圈里猪满，埘里鸡欢，一派自给自足的气氛洋溢其间。一、二句为静景描写，清新、宁静中透着丰年在望的农家欢乐。

三、四句写人。"桑柘影斜"指日头西斜，时已下午。"稻粱""豚栅""鸡栖""桑柘"，皆乡野风物，用"桑柘影斜"标明时间，更添村野之味。日影已斜，也说明诗人游兴之浓。诗中只道"春社散"，可是人散归来，笑语喧哗的情景却直入想见之中。春社的场面和活动，诗人没有明言，只是用"家家扶得醉人归"

一语让人去体会社日村民欢宴聚饮、痛快喝酒,以致烂醉的情景。

古代农村在每年春秋两季都要举行一次祭祀土神的仪式,以祈求人寿年丰,是谓春社和秋社。社日期间,农民自行集会,开展各种民间游艺活动,并集体欢宴,热闹非常。但诗人却有意识地避开对野讴市舞、鼓吹揭天的喧阗嘈杂场面的描写,使社日的欢乐与田园村居闲静安适的总体氛围相协调,从而加倍渲染出农家的怡然自得之乐。

佳句
- 桑柘影斜春社散,家家扶得醉人归。

(周蕙)

耕叟

原文 悯农 唐·齐己

春风吹蓑衣,暮雨滴箬笠。夫妇耕共劳,儿孙饥对泣。
田园高且瘦,赋税重复急。官仓鼠雀群,共待新租入。

内 容 诗歌描写一对老年夫妇辛勤耕作却无法维持生计的情景,反映了唐末农民惨遭剥削的黑暗现实。
特 色 言辞剀切,质朴无华。
注 释 鼠雀:喻指不劳而获的唐统治阶级。

赏析 唐末农村经济彻底崩溃,广大农民生活痛苦不堪,时刻在死亡线上挣扎着。面对现实,许多诗人写下了如《橡媪叹》(皮日休)、《咏田家》(聂夷中)、《山中寡妇》(杜荀鹤)等许多反映民生疾苦的杰出作品。齐己的这首诗可与同时代诸家现实主义佳构相颉颃。

诗一开头写耕叟劳动之勤苦。作者选取的是春雨淅沥、暮色苍茫时的一个片断。春风寒透蓑衣,冒雨而耕已到天晚。开头二句就刻画了农家春耕抢种、不误农时的勤劳辛苦的情景。第三句交代耕作者,如此劳苦耕作的不仅是老农一人,他的妻子正和他一起并力劳作。照理,这对老夫妇夙兴夜寐、风雨无阻地劳动是足以养家糊口的了,但是结果怎样呢?"儿孙饥对泣"一个特写镜头,概括了耕叟一家的贫困生活。三、四句放在一起,形成一个反差的效果,指控了不公的现实。由于诗一开头将老农夫妇的辛劳作了交代、渲染,蓄势已足,故而"饥对泣"的情景尤其催人泪下,悲愤难平!

"田园高且瘦"以下四句诗笔向深处挖掘。是什么原因造成农民严重饥馁的呢?"田园高且瘦"是说所耕为缺少灌溉、荒芜瘦瘠的高坡之地,这种情况本身就是晚唐土地兼并给农民带来的苦果。而战争频仍,国境日蹙,逃亡日剧,人户锐减,统治者又加倍地进行赋税剥削,"重复急"写出苛捐杂税名目之多,征敛之繁。然而,这些赋税最终又归于何处了呢?作者篇末以极其冷峻的笔调写道:"官仓鼠雀群,共待新租入。"这是一个绝妙的讽刺和鞭挞。聂夷中《田家》(其二)用"六月禾未秀,官家已修仓",形容统治阶级贪婪无极、急不可耐,可谓尖刻。而这里说,春风刚刚吹过，尚在播种季节，官家已等待新租入仓了，笔锋更加犀利，言辞更为剀切。令人玩味的是，作者并没有直接说"官家待新租"，而称所待者为鼠雀也，表面指责赋敛管理松弛，内中却暗示出这帮催逼税租的官家实属贪官蠹役，是一群地道的"硕鼠"！

齐己这首诗言辞简约，质朴无华，意到笔随，却以如泣如诉的感情力量深深打动读者。与皮日休、聂夷中、杜荀鹤等诗人相比，这位早入佛门，"自封修药院，别下著僧床"，常常"夜过修竹寺，醉打老僧门"（辛文房《唐才子传》卷九）的沙门，能如此直面痛苦的现实，关切民瘼，悯农疾官，是更值得注意和称道的，从某种意义上说，这是晚唐现实主义诗风复兴的更好的佐证。　　（罗时进）

逸闻

齐己幼年时父母双亡，因此出家为僧。为寺中放牛时，常常拿小竹枝在牛背上比画着作诗，寺中的长老们都很惊讶。一次，齐己路过宜春时，以诗拜谒郑谷，云："自封修药院，别下著僧床。"郑谷回答说："好是好，只有一字不太妥当。"过了几天，齐己又来了，说："改成'别扫'如何？"郑谷十分欣赏，从此二人结为诗友。　　（王晓丹）

题山水图答大愚

原文　　题画　　唐·荆浩

恣意纵横扫，峰峦次第成。笔尖寒树瘦，墨淡野云轻。
岩石喷泉窄，山根到水平。禅房时一展，兼称苦空情。

内　容　诗歌表达了诗人山水画的画意。
特　色　诗写画意，瘦硬盘结。

注释 扫：画，指挥笔作画。次第：依次。禅房：僧人居住的房屋。

赏析 荆浩能诗善画，他应邺都青莲寺僧大愚之请，画了一幅山水画，并写了这首题画诗，以酬大愚的《乞荆浩画》一诗。大愚的诗向荆浩提出对画的具体要求："六幅故牢健，知君恣笔踪。不求千涧水，止要两株松。树下留盘石，天边纵远峰。近岩幽湿处，惟藉墨烟浓。"这个要求包括了画什么景物，画面布局，笔势用墨，神韵气象等。荆浩在这首酬答诗中则再现了自己的画意。主体景物是松树：她生长在岩石缝中，缝中喷出一条狭窄的山泉，盘结的松根露在泉水上，在松树的四周，没有奇花异木，只有她瘦硬的躯干，尖削的枝叶，孤单、寂寞地在一片荒原上，或许唯一抚慰她的是飘忽不定的淡淡浮云和渐渐远去模糊不清的山峦和峰巅。这里写到了主体景物和作为背景的景物之间纵横错落的布局。而这个布局的实施则是用"恣意纵横"的笔势，浓淡相宜的用墨来完成的。

晚唐司空图提倡"韵外之致"，"味外之旨"，"象外之象，景外之景"。崇尚空灵的意境，成为晚唐诗的审美追求。这首诗的神韵气象就在于"兼称苦空情"中的"苦空"二字。佛教认为"凡界"是"苦"，"法界"为"空"。荆浩笔下的松树，躯干瘦硬，暴根于水，枝叶尖削，四周寂寥，无不渗透一个"苦"字。但是松树底下是川流不息的泉水，顶上是飘游不定的浮云，又符合佛理的不生不灭，运行不止的"空"。"兼称苦空情"是说画意与大愚的禅趣契合无间，表现了画家的用心所在。

荆浩的画，融合唐以来张璪、吴道子、李思训、王维的特点，是疏体和皴体的结合，神、妙、奇、巧，形成了雄伟峻拔的风格，这首诗的风格也如他的画。

（黄炳辉）

灵溪老松歌

原文　　　　咏松　　　唐·卢士衡

灵溪古观坛西角，千尺鳞皴栋梁朴。横出一枝戛楼阁，直上一枝扫寥廓。白石苍苔拥根脚，月明风撼寒光落。有时风雨晦暝，摆撼若黑龙之腾跃。合生于象外峰峦，枉滞乎人间山岳。安得巨灵受请托，拔向青桂白榆边安著。

内　容　本诗咏歌了一株栋梁之材的老松，寄托了诗人希望人才能被赏识的愿望。

特　色　大笔挥写，形神兼备。

注　释　寥廓：辽阔的天空。晦暝：昏暗，阴沉。象外：谓尘世之外。安得：用来表示愿望，相当于哪里。白榆：指天上的星星。《乐府诗集·陇西行》："天上何所有，历历种白榆。"

赏析

本诗咏歌了一株老松。诗由两个部分组成，前半部分写松的形神，后半部分言诗人之意愿。

灵溪有两条，一在浙江龙游，一在浙江天台，此应指天台县西北部的灵溪。"古观"，古老的道观。诗以写松之位置起笔，老松生长于古观之坛的西角。次句，"千尺"言松之高，鳞皴可见松之老。"皴"（cūn），本意是皮肤因冻而裂，这儿指树之龙鳞状粗纹。张揖《广雅》曰："松多节皮，极粗厚，远望如龙鳞。"这样高的松树，自然可谓是未经锯斧的栋梁之材了。此松并不婆娑摇曳，亭亭如盖，而是竖长之枝直冲云霄，横出之枝戛然独挑楼阁之外，树根深深地扎入坚硬的白石中，周围长满了苔藓。月光下，深青色的松枝在风中舞动，落下阵阵寒光。在天昏地暗，狂风猛雨到来的时候，更像是黑龙腾跃。"黑龙"一喻，又回应上文"鳞皴"。这些描写，笔墨奇诡雄伟，写松之地点、树形，既传神，又传形，且处处不离题目中的"老"字。在描写了松的形神后，诗人直率地表示了对松树现状的惋惜及希望：此松非等闲平凡之树，它被置于人间山岳，实在冤枉，诗人多么希望主司万物的"巨灵"能接受他的请托，把它一举拔离凡境，到尘世之外与天上的桂树白榆在一起。"青桂"指月中桂花树，"白榆"谓天上繁星，用这些传说中的仙境物象结尾，便进一步深化了全诗神奇的意境。

古人咏物，多有寄托，此诗或亦如此。诗人大概是在借松喻可作国家栋梁的人才，诗人希望人才能被赏识。

我们看汉代石刻，常见其因材赋形，略作修裁，便栩栩如生，且风格雄放，元气淋漓。本诗写松，语言粗犷，不事安排雕炼，"横出""直上"的纵横挥洒，中间六字、八字句的插入，都使读者不仅能通过语意感受到松的壮伟，还能从其形式中感受到松的腾挪之态。产生赏汉石刻一般的效果。

（沈金浩）

寄人二首（其二）

原文　　　　怀人　　　唐·张泌

酷怜风月为多情，还到春时别恨生。倚柱寻思倍惆怅，一场春梦不分明。

内　容｜诗歌抒写春日对情人的深切思念之情。
特　色｜虚起实收，回环倒叙。
注　释｜春时：春光明媚。惆怅：因失望而伤感、懊恼。

赏析　此诗一题为唐人张佖作，但历来多以为张泌所作，此处取后一说。张泌为唐末诗人，今存诗极少，此诗写怀人之思，为

其代表作。

　　作者在同一题下共有两首诗。据此诗题"寄人",当是指寄赠情人。

　　诗写作者与情人别后,在春日怀念情人,夜间梦中与之相会,醒后倚柱寻梦的情形。

　　诗之首句平起,以"酷怜"二字点出对情人思念之深切。"怜",爱。"多情"生发下文;"风月"有二义:一指美景,二指男女情爱,本诗取后义,故以"多情"称之。次句写春恨,正是春天,才极易引动对情人的相思之情。此亦为下文做梦之缘由。

　　诗之下半部作者写出实事,方令人恍然:原来他昨晚做了一场美好的春梦,梦中与情人相会,今日正倚柱寻思呢。"倚柱寻思"一句是理解全诗之关键,其中既寓有对甜蜜梦境之回味,而"倍惆怅"三字则更进一层,还写出了好梦难寻的迷惘失落之态,这与上文"酷怜风月"同为痴情者之传神写照。

　　作者写寻梦怀人,却并不先点明梦,而是先渲染对情人的思恋之深,尔后点出寻梦,此乃回环倒叙之法,读来别有风味。

(宋效永)

　　张泌与邻居的女儿浣衣关系要好,用情专一,后来由于多年不见,夜必梦之。曾作诗云:"别梦依依到谢家,小廊回合曲阑斜。多情只有春庭月,犹为离人照落花。"可见张泌对浣衣情深意浓。　　(徐中原)

春晚谣

原　文　　　　　　　　离思　　　　唐·张泌

雨微微,烟霏霏,小庭半拆红蔷薇。钿筝斜倚画屏曲,零落几行金雁飞。萧关梦断无寻处,万叠春波起南浦。凌乱杨花扑绣帘,晚窗时有流莺语。

内　容	诗歌抒写女子在春晚对戍边丈夫的深深思念。
特　色	声情并茂,蕴藉流丽。
注　释	霏霏:指浓密盛多。半折:大指与二指伸张开时的距离。钿筝:嵌金为饰之筝。萧关:唐边关地名,在今宁夏回族自治区固原市东南。这里代指边关。南浦:南面的水边,这里指送别之地。

赏析　这是一首思妇诗。全诗约可剖为两部分。上部分五句写离人;下部分四句写离情。《春晚谣》一开始便以春雨濛濛、春烟霏霏、春院深深、蔷薇迟迟的浓春烟景,使人产生一种粘湿腻烦、迷惘失落的感觉,又从雨微、烟轻、庭小、花半开中产生一种深隐细密、不遂人意的感觉。首三句写室外、写春景,为引入后二句写室内、写离人张本。视线渐进,但见钿筝尘封,斜倚曲屏;画屏雁飞,零落参差。一位带有淡淡哀愁和深深压抑的思妇形象已跃然纸上。于是转入下半部分。室内的思妇正倚窗凝望

佳句

• 凌乱杨花扑绣帘,晚窗时有流莺语。

啊,又是一年一度的春晚!犹记南浦泪别,春波万叠,春草碧色,迢递天际。征夫一去,踪影难觅,离魂朝朝,梦断边关。如今又是满眼一庭烟雨、一室柳絮的季节,又是满耳点点滴滴、阵阵莺语的时分,离愁绵绵,别恨叠叠,此情此绪,能不肠断!

　　王士禛《倚声集序》曾说:"善读诗者,由声以考义。"刘师培《字义起于字音说下》也说:"就声求义,而隐谊毕呈。"《春晚谣》以选韵来烘托诗情。上半部分"微""霏""薇""飞"相押,因其清亮,具有轻倩幽清之感,与春景相合。下半部分"处""浦""语"相押,因其浑重,具有痛伤沉重之感,又与离愁相切。因之,《春晚谣》借助字音、用韵的表情作用,收到了

声情并茂、含蓄蕴藉的艺术效果。　　　　　　　　（张永鑫）

春　怨

原文　　　　　闺怨　　　唐·金昌绪

打起黄莺儿，莫教枝上啼。啼时惊妾梦，不得到辽西。

内　容 本诗写女子在春天思念边地征戍的男子。
特　色 回溯前缘，句句推逼。
注　释 教：使。妾：旧时女子自称的谦词。辽西：在今辽宁省义县西。

赏析　金昌绪的作品《全唐诗》仅存此篇。而这首玲珑短制却历来为人们所喜爱，足称传世之作。

由结句可知，全诗写女子在春天思念边地征戍的男子，这个主题并不鲜见。但作者将这一传统主题浓缩于"黄莺"与"惊梦"的关系上，通过步步悬疑推逼，环环相扣的结构方式，使全诗一气蝉联而下，运意新颖而又集中紧凑。

全诗紧扣"春怨"写女子心态。首句以一动作突起，顿启疑窦：树上的黄莺"干卿何事"，非要打起不可？突兀的行为当寻求合理的解释，于是逼出次句"莫教枝上啼"。春光明媚，黄莺婉转，须是赏心悦目，因此这一解释非但不能释疑，反增一重迷惑；何以独对黄莺的啼鸣如此怨恨？这样又顺理成章，紧承上句"啼"字，推逼出"啼时惊妾梦"一句，进一步道出原因。至此，前面显示着怨恨动作的"打起"便落在一"梦"字上，可见其"梦"的不同寻常，绝非泛泛的春睡不足。读者当然要索求，是个怎样的梦呢？势已蓄足，末句以"梦"的内容彻底消释了读者的疑惑，全诗在戛然而止时豁然开朗。

从篇法看，四句诗因果逐层相依，但前三句又是为第四句蓄势的。二、三句对首句的解释说而不破，第四句待水到渠成，托出底蕴，正是全篇的结穴处。

就时序言，"惊梦"在前，"打起"在后，所以全诗是从回溯前缘入手的。至于本诗通过思妇怨恨黄莺惊梦所包孕的社会意义则不待赘言而自明了。

（魏中林）

题龙阳县青草湖

原文　咏湖　唐·唐温如

西风吹老洞庭波，一夜湘君白发多。醉后不知天在水，满船清梦压星河。

内　容　本诗抒发了诗人对秋悲的豁达超脱情怀。
特　色　行笔矫逸，轻灵缥缈。
注　释　西风：指秋风。星河：天河，银河。

赏析　唐温如，生平事迹不详。《全唐诗》保存了他唯一的这首小诗，给我们留下了他那流动的人生思绪中的瞬间镜头。

"龙阳县"在今湖南省汉寿县。"青草湖"，又名巴丘湖，即

古云梦泽。北连洞庭，南接潇湘，束纳汨罗之水，每夏秋水泛，与洞庭合一。唐人常将"洞庭""青草"相提并论，如杜甫《宿青草湖》："洞庭犹在目，青草续为名。"本诗则直接以"洞庭"代称"青草"。

  从诗题看，这是一首纪游之作。一、二句抒发悲秋之感。"春秋代序，阴阳惨舒，物色之动，心亦摇焉"（刘勰《文心雕龙·物色》），这首诗将因秋而生的悲凉之感凝聚在一个"老"字上。西风骤至，木叶摇落，夏日的繁茂被萧索凋零的秋景代替。那温馨宁静的洞庭湖水虽然浩渺如故，但轻轻漾起的涟漪漂着枯草和落叶，不禁使人沉哀郁勃，引发起生命律动与自然运动的

佳句
- 醉后不知天在水，满船清梦压星河。

同构感兴，从物华衰飒中看到苍老的容颜。然而，诗人这种充满生命意识的悲秋情怀不是直接道出，而是把"老"态寄寓在神话传说中的湘君形象上。据传，湘君（娥皇、女英二妃）闻舜南巡死于苍梧，奔丧不及，泪下竹斑。这是一个哀感顽艳的故事，本身已使人悲切了，而诗人更展开奇特的想象，说桃夭灼华的湘君感于秋色，一夜之间变得白发苍苍。这里，诗人独运匠心在作品中投上一层浓厚的悲愁色彩。

  如果作品沿着这条思路如此这般地写到底，恐怕难称好诗，"悲秋"这首歌毕竟过于古老，于是，诗人在三、四句掉转笔锋。是啊，天道悠长，人寿短促，何必戚戚于忧患，为那莺飞鸿归，春去秋来萦怀不释？于是诗人提壶上船了，趁着月色，尽情酌饮，西风吹了一天已经疲倦，夜晚湖面平静阒寂，星云河汉，璀璨闪耀，映在广袤无垠的水面，使人如同进入神仙世界。诗人醉了，醉于酒，醉于那幻觉中的世界。

  诗中对于"醉后"的描写十分讲究。"不知"二字是说醉得快，醉得酣。"清梦"切于"天在水"的场景。梦本无形，却说"满船"，梦亦无重量，却说"压星河"，皆具体可感，笔笔传神。

诗人已经忘乎所以,对秋哀的超拔,对尘俗的摆脱,及其摆脱超拔后解颐怯烦的情趣,尽在这轻灵缥缈的梦境中了。然而,诗人这不染秋色,不带尘累行为的潜在心态是什么呢?换言之,是什么样的现实力量将诗人推向仿佛神仙的境界呢?诗中未著一字,就好像故意留给后人一个谜,而这首诗偏偏又是诗人唯一的传世之作,难道诗人是要留给后人一个永恒的谜吗? (罗时进)

哥 舒 歌

原文 边塞 唐·西鄙人

北斗七星高,哥舒夜带刀。至今窥牧马,不敢过临洮。

内 容 这首诗歌颂了哥舒翰的勇武神威和功高于世。
特 色 比兴映衬,一石二鸟。
注 释 临洮:在今甘肃省岷县,秦始皇修长城以临洮为起点。

赏析 这是一首西北边疆地区人民赞颂哥舒翰的民歌。"西鄙",即西北边境。此歌在当地人民中传唱,作者已不可考。从当时的形势推断,当为汉族人。

哥舒翰,盛唐名将,为突骑施首领哥舒部落的后裔,世居西安。天宝年间,哥舒翰曾有数年防守西北边疆。当时,吐蕃经常侵夺骚扰,哥舒翰曾多次率部出击,保障了西北边境的安宁。据《新唐书·哥舒翰传》载:"吐蕃候积石军麦熟,岁来取,莫能禁。"一次,吐蕃五千人马来扰,哥舒翰率部"驰至麋斗,虏骇走,追北,悉杀之,只马无还者"。哥舒翰本人亦曾"持半段枪迎击,所向辄披靡"。天宝十二年(753)秋,哥舒翰为陇右节度使,击败吐蕃贵族军队,"收黄河九曲,以其地置洮阳郡,筑神

策、宛秀二军"。"由是，吐蕃不敢近青海"。当地人民为歌颂这次胜利，唱出了这首歌。

　　诗的第一句，以北斗七星比喻哥舒翰保卫边境功高于世，新奇而又确切。孔子曰："譬如北辰，居其所而众星拱之。"（《论语·为政》）北辰即北极星，比喻天子；此处之北斗七星即孔子所谓众星，比喻肱股之臣，此处喻哥舒翰。以北斗拱辰状哥舒翰藩卫之功，赞美颂扬之至。这一句同时亦是烘衬之笔。天高气爽，繁星满天的夜景，为下文哥舒翰的出场创造了威严静肃的环境气氛。虚实兼用，一石二鸟，简洁明快，沁人心脾。

　　第二句"夜"字承前而写。两句相合，写出哥舒翰夜月挥戈的雄姿。

　　后两句以吐蕃贵族军队的胆寒退缩不敢入寇反衬哥舒翰的勇武神威。"至今""不敢"，足见哥舒翰的余威震慑多年。对方一败涂地之后，余悸在心，多少年后，听到哥舒翰的名字，仍是胆战心惊。不用写战场上的殊死拼杀，不用写战斗的辉煌胜利，哥舒翰所向披靡，威震敌胆的英武形象，已跃然纸上。西鄙人免受侵扰之苦暂获安宁的喜悦和对哥舒翰的感激之情，溢于言表。

　　这首《哥舒歌》，感情坦诚真率，语言朴素清新，风格豪放刚健，深得北朝民歌之神髓。　　　　　　　　（张　钧）

题故翠微宫

原文　　题寺　　唐·骊山游人

　　翠微寺本翠微宫，楼阁亭台几十重。天子不来僧又去，樵夫时倒一株松。

内容　诗歌描写翠微寺由盛及衰的变化，寄予作者对唐王朝昔胜今衰的感慨。

特　色｜侧面表现，小中见大。
注　释｜倒：伐倒，砍倒。

赏析　唐高祖武德八年（625），于终南山造太和宫。太宗贞观间改名翠微宫，元和间废为佛寺。这是唐代可以确指的"翠微宫"和"翠微寺"。但建于山间的宫殿也可泛称翠微宫，由本诗所署作者为"骊山游人"推知，这里所说的"故翠微宫"不指终南山太和宫，而指骊山华清宫。

华清宫，开元十一年（723）初创时名温泉宫，天宝六年（747）更名为华清宫。它依山而建，气势宏丽，天宝年间唐玄宗和杨玉环经常游幸于此，是唐王朝鼎盛时期的见证。大中诗人郑嵎有百韵长诗《津阳门》记华清宫今昔盛衰甚详。杜牧《过华清宫》称"山顶千门次第开"，此诗"楼阁亭台几十重"并非夸张。诗的首句交代翠微宫的变迁史：今之翠微寺者，即昔之翠微宫也，皇宫而废为佛寺，语气中已透出无限沧桑之慨。次句揭示其规模的宏伟壮丽：即使废为佛寺，仍保有昔日作为皇家宫殿的气派。第三句就楼阁亭台的主人来写：故翠微宫在两度易主之后，现在已人去楼空，谁也不来了。史载，华清宫自安史之乱后，不复有皇帝前往游幸，"天子"既然"不来"，一座宫殿交骊山持国寺、石瓮寺僧尼守护；此后百十年沧桑变化，今并寺"僧"也"去"了，其荒凉圮废正如《津阳门》所描绘的："红楼绿阁皆支离。""奇松怪柏为樵苏。"末句"樵夫时倒一株松"描写传神，寓意深长。"时倒一株"，则樵夫不时而至，所"倒"已非一株两株，将"倒"亦不限一株两株。"一片花飞减却春"，"一叶落知天下秋"，故宫之松竟可任意而"倒"，略无顾忌，唐王朝气数已尽，于此略见。

此诗之于《津阳门》，犹元稹《行宫诗》（五绝）之于《连昌宫词》（四十五韵七古），两首绝句均仅举一斑，用笔洗练概括；两首古诗则全面展示，极尽铺排之能事。而就从一个侧面表现唐

王朝由盛而衰、寄寓作者今昔之慨言,又都是小中见大。

(杨 军)

赠歌姬

原文 　　人物　　唐·崔仲容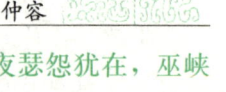

　　水剪双眸雾剪衣,当筵一曲媚春辉。潇湘夜瑟怨犹在,巫峡晓云愁不稀。皓齿乍分寒玉细,黛眉轻蹙远山微。渭城朝雨休重唱,满眼阳关客未归。

内　容　这首诗描摹歌姬的容貌仪态与柔声曼唱,同时流溢着游子孤独怅惘的心绪。
特　色　典故隐照,反衬作结。
注　释　黛眉:黛画之眉。蹙:指眉头皱拢。

赏析　这首诗以刻画渲染的手法,描摹歌姬的容貌仪态与柔声曼唱,同时流溢着游子孤独怅惘的心绪。

　　起句用特写推出歌姬的容貌衣饰。人眼最能传神,故写容貌不泛泛概括,而专注于"双眸"。"水"状其明亮,下落"剪"字,那双目交睫流盼的神情脱颖逼现,正是李贺"一双瞳仁剪秋水"句意。"雾剪衣"形容衣裙的轻而薄,仿佛裁"雾"制成。写衣当在衬人,穿着雾一般轻曼的衣服,人也飘飘欲起,似乎凌波仙子踏水而来。水、雾属柔,用以描摹歌姬,便烘托出娇媚婀娜的风姿。次句写她当筵歌唱,点出环境身份。三、四句承次句,分借《楚辞·远游》中"湘灵鼓瑟"和宋玉《高唐赋》"巫山云雨"的典故,极写歌声的美妙与魅力,仿佛湘妃哀怨的瑟音犹在耳畔,竟使巫山云雾深受感动而凝聚不散。"怨""愁"两字不独契合典故内容，也分明浸渍着作者的感情。合典故所包含的湘娥与巫峡神女隐照歌姬，令人产生多重联想。这两句虽以侧笔渲染歌声，意蕴却极丰厚。前四句由人及歌，写歌同时衬人。五、六句又纵笔宕回到人，精细刻画歌姬的容貌，逆接首句。以"玉"状"齿"，以"山"状"眉"并不新鲜，但将"乍分""轻蹙"嵌入其间，则传神入微地曲达出缓声低唱的万方仪态，富有舒匀柔曼的动感。前四句是分写容饰与歌声，这两句则是将容饰与歌唱糅合起来，在歌唱启齿蹙眉的表情中写容貌，这就避免了呆板的静态刻摹，而使之神情毕现。歌姬"当筵一曲"唱的是什

佳句
- 水剪双眸雾剪衣，当筵一曲媚春辉。

么呢？由末两句可知是王维的《渭城曲》，其末句云"西出阳关无故人"。既然歌姬"当筵一曲"有"媚春辉"之妙，该是百听不厌，何以云"休重唱"呢？原来满座听众都是远离家乡的未归之客。歌姬的演唱深深触发了举座未归之客的落寞思绪，由情不能堪而不忍再听。这里一方面借隐括王维诗意表现作者牢愁，与三、四句的"怨""愁"同一意脉，另一方面，又是以反衬手法渲染歌姬演唱的动人魅力。

从容貌服饰到演唱神态，从以歌衬人到以听者感情的不堪承受来反衬歌声，多重的刻画渲染，使歌姬柔美的形象意态逼现目前。

（魏中林）

金缕衣

原文　　**惜时**　　唐·无名氏

劝君莫惜金缕衣，劝君须惜少年时。有花堪折直须折，莫待

无花空折枝。

内　容	诗歌劝勉人们要珍惜青春时光。
特　色	直陈咏劝,复沓回环。
注　释	金缕衣:曲调名,又称《金缕曲》。直须:应当。

赏析　青春易逝,少年不再。悠渺的时空和有限的生命中,个体存在的人该如何把握一生中最美好的时光?本诗的主旨鲜明而单纯:珍惜青春这一共同的人生感受被投注于回环复叠,纡缓有致的直陈咏叹中,令读者产生了强烈的情感共鸣。难怪这四句歌词,能历久弥新,至今犹作为友朋间相互劝勉的格言而流传不衰。

前两句以"劝君"领起,"莫惜"与"须惜"对举,句式整饬重叠,流溢出挚迫恳切的情态。"金缕衣"而"莫惜",说明当别有珍贵者在,这就为下句张本。顺理成章,"须惜少年时"点出全诗主旨。"莫惜"与"须惜"命意相反,前者否定,是为了后者的肯定。一再"劝君"的句式下,荣华富贵与青春时光以"惜"字为中心的反正往复,形成旋律迂回的咏叹,极富以情动人的魅力,也于整饬中显出变化。

"少年时"何以值得珍惜?诗中撇开不道,下两句顺手拈出折花作为比喻,进而咏叹"惜少年时"的主旨。因而,就前两句与后两句的关系看,又形成层次间的复沓回环。后两句"有花"与"无花","须折"与"空折",用字重叠,节奏短促,意义相对,复沓中又见错落动宕,增强了劝咏的力度。既以"有花"

佳句
- 劝君莫惜金缕衣,劝君须惜少年时。

喻"少年时",而花开易落,自然暗示着青春易逝,所以,末句实际回扣次句,申明了"须惜"的理由,否则会留下"空折枝"的遗憾。

全诗在真率直陈的劝咏当中,节奏由上联的纡徐到下联的急促,热情颂扬了青春与欢爱,体现着人对生命历程加以把握的愿望。

(魏中林)

荆南席上咏胡琴妓二首(其一)

原文　　　**音乐** 五代·后唐·王仁裕

红妆齐抱紫檀槽,一抹朱弦四十条。湘水凌波惭鼓瑟,秦楼明月罢吹箫。寒敲白玉声偏婉,暖逼黄莺语自娇。丹禁旧臣来侧耳,骨清神爽似闻韶。

内　容　这首诗歌咏胡琴声之美妙动听。
特　色　顺势递承,多重渲染。
注　释　红妆:代指胡琴妓。槽:弦乐器上架弦的凹格子,这里代指胡琴。抹:弹琴的动作。朱弦:乐器上红色的丝弦。丹禁旧臣:指作者自己。丹禁,指帝王所住的紫禁城,这里指朝廷。天子所居曰禁,以丹涂壁故曰丹禁,亦曰紫禁。侧耳:头部向一边倾斜,以便听清楚。

赏析　王仁裕官后唐秦川节度判官期间曾奉使南平(亦称"荆南"),在南平王高从诲宴席上赏胡妓弹琴,写了这首诗,故又题《奉使荆南高从诲筵上听弹胡琴》。全篇从不同侧面描状渲染了琴乐的美妙动听。

诗用顺序手法,首句排出弹琴前的阵势。"齐抱"说明操琴者不止一人。一队浓妆艳裹的琴妓款步筵前,将名贵的紫檀木做的琴斜抱怀中。这一句虽平直谓来,却有一种静场气氛,未曾拨弦,已先势夺人。次句顺势递承,写众妓玉指横扫朱弦,琴音划然迸起。"一抹"照应"齐抱"。"胡琴"为传自西北少数民族的乐器,古时泛指琵琶、五弦、箜篌等擦弦乐器。这里何指,作者未道。"四十条"亦举约数,均不必深究。首联正面渲染,颔联紧扣乐声,借典故从侧面极力烘托琴音的总体效果;擅长鼓瑟的湘娥和精于吹箫的弄玉听到这琴音竟也自愧不如,敛手作罢,那琴音的美妙与操琴者的高超技艺,自然尽在其中了。颈联又从正面以音拟音,用"玉声""莺语"具体状其音色。"寒敲白玉""暖逼黄莺",由听觉触发而构成感觉和视觉形象,曲达琴音的清脆与柔婉。尾联"丹禁旧臣"点出听琴主体。《韶》传为虞舜乐名。孔子称韶乐"尽善尽美",并闻《韶》而"三月不知肉味"。作者说自己像被琴音洗涤了一番,有如闻《韶》一样感到"骨清神爽",这又是从听琴主体的总体感觉效果状写琴音的"尽善尽美"。

  首联重在演奏前的准备动作,造成声势,后三联紧扣琴音效应,结构上顺序而下,每一联又变换角度,使全诗在整饬中有变化,构成对胡妓弹琴的多重渲染。

(魏中林)

题金山

原文   咏山 五代·南唐·韩垂

  灵山一峰秀,岌然殊众山。盘根大江底,插影浮云间。
  雷霆常间作,风雨时往还。象外悬清影,千载长跻攀。

内 容 诗歌赞美金山,寄托诗人不偶凡俗、清节高峻的人格理想。
特 色 取径独辟,以意造象。
注 释 殊:不同。跻攀:攀登。跻,登,上升。

赏析 在《全唐诗》中,韩垂仅存此首诗《题金山》。长久以来,此诗未引人注意,其实写得很好。

在唐五代人的咏金山诗中，此诗取径独辟，它不作任何一点具象描写，抛却形似的追求，仅勾勒一个粗粗的轮廓，然而这一轮廓却是那样的不寻常且带有一种象征的意味。

首句"灵山一峰秀"，发端即揭出一"灵"字，此字是全诗构思之基点。"一峰秀"者，表其独立拔尘之状，所以次句接云："岿然殊众山。""岿然"者，高耸之貌；殊众山者，一离平俗也。三、四两句对次句加以生发："盘根大江底"，写其挺立江中，江中之山甚少，此见出"殊"字；"插影浮云间"，则写其高。不曰插峰而曰"插影"者，不仅是为了状写其高而难见之貌，更是为

> **佳句**
> ·盘根大江底，插影浮云间。

了给岿然高山抹上一层灵幻的色彩。五、六两句即泼墨加浓这一色彩："雷霆常间作，风雨时往还。"岿然灵山故当有雷霆风雨施于其间也。末二句标出"象外"二字，为全诗主旨之结穴处。"象外"者，万象之外，亦即尘俗之外，故云"悬清影"，清影正远离尘俗之姿。一"悬"字照应了第四句的"插"字。深入一层看，"象外"，又可谓具象之外，具象之外则有虚灵矣！"清影"，山而谓影，影而曰清，淡之玄之，此正可谓虚灵之山。此虚灵之山乃金山之神也。这是经过诗人意向渗透了的金山形象，是诗人主体所营构的客体，它已是一种象征了。诗人在此象征中寄托了不偶凡俗、灵变异常、内充雄力、清节高峻的人格理想。"千载长跻攀"者，诗人正是要攀缘这一高境界。

然而，此诗中的上述寄托确如羚羊挂角无迹可求，不细心地读进去是难以体会的。这大约正是此诗被长久埋没的原因。然而只要我们从其独辟的蹊径切入下去，体味这一脱略形似的意神造象，便可以明白这确是一首好诗。

尤其重要的是，唐代的审美追求是在精工的外形刻画中蕴有深情远神，这是对南朝文贵形似文风的扬弃和升华。脱略形似作为一种自觉的艺术追求，要到元代方才抬头，然而其渊源在唐五

代即已孕育了。张祜的《题鹤林寺》是一个例子，此诗又是一个例子。同张诗不同，此诗在脱略形似的同时却又作了一些虚灵的染色，依据作者之意神造成了一种象征的形象。这种技法向着"变形"这一艺术范畴已大大地跨进了一步，而脱略形似是必然要走向变形和夸诞的，因此这首诗更是中国文艺很久以后一种发展趋势的先兆，有着重要的美学史意义。

（王鍾陵）

述国亡诗

原文 感愤　五代·后蜀·花蕊夫人徐氏

君王城上竖降旗，妾在深宫那得知。十四万人齐解甲，宁无一个是男儿？

内　容｜诗歌揭露和谴责投降君臣及将士的腐败无能。
特　色｜语果意断，悲愤激越。
注　释｜君王：指五代后蜀主孟昶。妾：花蕊夫人自称。解甲：放下武器，投降。宁：难道。

赏析　此诗钟惺《名媛诗归》作《口占答宋太祖》。

花蕊夫人，是五代后蜀主孟昶之宠妃。孟是一个荒淫腐败的君主，偷安蜀地一隅二十余年，好游宴，不务政事，国防松弛，致使将不知兵，士无斗志。乾德三年（965）宋太祖赵匡胤从汴京（今河南开封）发兵，攻入成都，后蜀土崩瓦解，孟昶奉表投降，与花蕊夫人一道被掳至汴。太祖单独召见花蕊夫人，问：你深受孟昶宠爱，如今他已亡国，你为何不殉节，反而降我？花蕊夫人立即口占此诗作答。

首句直截了当说明后蜀灭亡之由，是因"君王""竖降旗"，断送了后蜀。语意明朗，口气率直。第二句："妾在深宫那得知。"一笔宕开前意，作为深宫中的弱女子，不涉政事，哪会知道亡国之事，意即自己不应负亡国之责。这既是为己申辩，亦是对传统偏见的批判。

> **佳句**
> ·十四万人齐解甲，宁无一个是男儿？

过去往往把亡国罪责加于女子，视其为"祸水""尤物""不祥之物"。如商亡，归罪于妲己；西周亡，归罪于褒姒；吴亡，归罪于西施；安史之乱，归罪于杨贵妃；如今后蜀亡，势必又要罪责花蕊夫人了。而此句针锋相对，一翻前案，为女子遭冤受屈深表不平。

紧接描写投降场景："十四万人齐解甲。"宋伐后蜀仅数万人，而孟昶则拥有十四万军队，以多临少，竟不战而降，把后蜀拱手送给了宋，诗人为君臣将士感到羞愤。用一"齐"字，揭示其腐朽，可谓神笔。钟惺曰："笑尽十万人，只在齐字，说得截然，使宋太祖亦不敢自骄矣。"（《名媛诗归》）

最后紧逼一句："宁无一个是男儿？""宁无"，一作"更无"，句意谓这十四万人难道没有一个是男子吗？此句语果意断，与第二句紧相照应。诗人以见证人的身份、铁的事实，对投降君臣及将士的腐败无能进行了无情的揭露和谴责。

花蕊夫人因长期生活在宫中，对以皇帝为首的统治集团的腐败有深刻的了解与清醒的认识，故对宋太祖突如其来的挑战能作出冷静的思考与坚决的回击。薛雪赞曰："何等气魄！何等忠愤！当令普天下须眉一时俯首。"（《一瓢诗话》）

全诗直抒胸臆，悲愤激越。

（苏者聪）

佳句索引

相顾无相识,长歌怀采薇。…………………………《野望》
芳草无行径,空山正落花。…………………………《还山宅》
寂寂寥寥扬子居,年年岁岁一床书。………………《长安古意》
他乡千里月,歧路九秋风。…………………《送光禄刘主簿之洛》
别后青山外,相望白云中。…………………《送光禄刘主簿之洛》
雨雪关山暗,风霜草木稀。…………………………《赠苏味道》
雪暗凋旗画,风多杂鼓声。…………………………《从军行》
宁为百夫长,胜作一书生。…………………………《从军行》
幡旗如鸟翼,甲胄似鱼鳞。…………………………《战城南》
画栋朝飞南浦云,朱帘暮卷西山雨。………………《滕王阁》
闲云潭影日悠悠,物换星移几度秋。………………《滕王阁》
紫雾香烟渺难托,清风明月遥相思。………………《江南弄》
海内存知己,天涯若比邻。……………………《送杜少府之任蜀川》
无为在歧路,儿女共沾巾。……………………《送杜少府之任蜀川》
猿啼秋风夜,雁飞明月天。…………………………《巫山怀古》
今年落花颜色改,明年花开复谁在?………………《代悲白头翁》
年年岁岁花相似,岁岁年年人不同。………………《代悲白头翁》
月生西海上,气逐边风壮。万里度关山,苍茫非一状。
……………………………………………………《关山月》

佳句索引

近乡情更怯,不敢问来人。 …………………《渡汉江》
岭猿同旦暮,江柳共风烟。 …………………《新年作》
可怜闺里月,长在汉家营。 …………………《杂诗三首(其三)》
阳乌出海树,云雁下江烟。 …………………《早发平昌岛》
积气冲长岛,浮光溢大川。 …………………《早发平昌岛》
江畔何人初见月?江月何年初照人?人生代代无穷已,江月年年只相似。不知江月待何人,但见长江送流水。 …《春江花月夜》
击剑起叹息,白日忽西沉。 …………《登蓟丘楼送贾兵曹入都》
前不见古人,后不见来者。 …………………《登幽州台歌》
丘陵徒自出,贤圣几凋枯。 …………………《岘山怀古》
不知细叶谁裁出,二月春风似剪刀。 ………《咏柳》
少小离家老大回,乡音未改鬓毛衰。
 …………………………………《回乡偶书二首(其一)》
海上生明月,天涯共此时。 …………………《望月怀远》
醉卧沙场君莫笑,古来征战几人回。 …《凉州词二首(其一)》
潮平两岸阔,风正一帆悬。 …………………《次北固山下》
海日生残夜,江春入旧年。 …………………《次北固山下》
欲穷千里目,更上一层楼。 …………………《登鹳雀楼》
羌笛何须怨杨柳,春风不度玉门关。 …《凉州词二首(其一)》
当路谁相假,知音世所稀。 …………………《留别王侍御维》
开轩面场圃,把酒话桑麻。 …………………《过故人庄》
春眠不觉晓,处处闻啼鸟。 …………………《春晓》
野旷天低树,江清月近人。 …………………《宿建德江》
微禄心不屑,放神于八纮。 …………………《赠张旭》
更吹羌笛《关山月》,无那金闺万里愁。 ……《从军行七首(其一)》
撩乱边愁听不尽,高高秋月照长城。 ……《从军行七首(其二)》
青海长云暗雪山,孤城遥望玉门关。 ……《从军行七首(其四)》
秦时明月汉时关,万里长征人未还。 ………《出塞二首(其一)》

洛阳亲友如相问，一片冰心在玉壶。………………………………
　　　　　　　　　　　　　　　　《芙蓉楼送辛渐二首（其一）》
荷叶罗裙一色裁，芙蓉向脸两边开。………《采莲曲二首（其二）》
忽见陌头杨柳色，悔教夫婿觅封侯。………………………《闺怨》
竹径通幽处，禅房花木深。………………《题破山寺后禅院》
山光悦鸟性，潭影空人心。………………《题破山寺后禅院》
林表明霁色，城中增暮寒。…………………………《终南望余雪》
闲门向山路，深柳读书堂。……………………………………《阙题》
泉声咽危石，日色冷青松。………………………………《过香积寺》
明月松间照，清泉石上流。………………………………《山居秋暝》
白云回望合，青霭入看无。…………………………………《终南山》
分野中峰变，阴晴众壑殊。…………………………………《终南山》
草枯鹰眼疾，雪尽马蹄轻。……………………………………《观猎》
江流天地外，山色有无中。………………………………《汉江临泛》
郡邑浮前浦，波澜动远空。………………………………《汉江临泛》
大漠孤烟直，长河落日圆。………………………………《使至塞上》
空山不见人，但闻人语响。……………………………………《鹿柴》
独坐幽篁里，弹琴复长啸。……………………………………《竹里馆》
涧户寂无人，纷纷开且落。……………………………………《辛夷坞》
红豆生南国，春来发几枝？……………………………………《相思》
独在异乡为异客，每逢佳节倍思亲。……《九月九日忆山东兄弟》
劝君更尽一杯酒，西出阳关无故人。………《送元二使安西》
流血涂野草，豺狼尽冠缨。…………《古风五十九首（其十九）》
蜀道之难，难于上青天！……………………………………《蜀道难》
蚕丛及鱼凫，开国何茫然。…………………………………《蜀道难》
上有六龙回日之高标，下有冲波逆折之回川。………《蜀道难》
一夫当关，万夫莫开。………………………………………《蜀道难》
天生我材必有用，千金散尽还复来。………………………《将进酒》
古来圣贤皆寂寞，惟有饮者留其名。………………………《将进酒》

长风破浪会有时，直挂云帆济沧海。……《行路难三首（其一）》
五月天山雪，无花只有寒。笛中闻折柳，春色未曾看。………
　　　　　　　　　　　　　　……《塞下曲六首（其一）》
举头望明月，低头思故乡。…………………《静夜思》
白发三千丈，缘愁似个长。……《秋浦歌十七首（其十五）》
名工绎思挥彩笔，驱山走海置眼前。…………………
　　　　　　　　　　　　《当涂赵炎少府粉图山水歌》
桃花潭水深千尺，不及汪伦送我情。………《赠汪伦》
五岳寻仙不辞远，一生好入名山游。…《庐山谣寄卢侍御虚舟》
登高壮观天地间，大江茫茫去不还。…《庐山谣寄卢侍御虚舟》
海客谈瀛洲，烟涛微茫信难求。………《梦游天姥吟留别》
安能摧眉折腰事权贵，使我不得开心颜。…《梦游天姥吟留别》
故人西辞黄鹤楼，烟花三月下扬州。…………………
　　　　　　　　　　　　　《黄鹤楼送孟浩然之广陵》
蓬莱文章建安骨，中间小谢又清发。俱怀逸兴壮思飞，欲上青天揽明月。………《宣州谢朓楼饯别校书叔云》
抽刀断水水更流，举杯消愁愁更愁。………………
　　　　　　　　　　　　《宣州谢朓楼饯别校书叔云》
举手弄清浅，误攀织女机。…………《游泰山六首（其六）》
凤凰台上凤凰游，凤去台空江自流。……《登金陵凤凰台》
吴宫花草埋幽径，晋代衣冠成古丘。……《登金陵凤凰台》
飞流直下三千尺，疑是银河落九天。…………………
　　　　　　　　　　　　　　《望庐山瀑布二首（其二）》
两岸猿声啼不住，轻舟已过万重山。………《早发白帝城》
旧苑荒台杨柳新，菱歌清唱不胜春。………《苏台览古》
战士军前半死生，美人帐下犹歌舞！……《燕歌行（并序）》
拜迎长官心欲碎，鞭挞黎庶令人悲。………《封丘作》
青枫江上秋帆远，白帝城边古木疏。…………………
　　　　　　　　　《送李少府贬峡中王少府贬长沙》

绿窗明月在,青史古人空。 …………《题沈隐侯八咏楼》
昔人已乘黄鹤去,此地空余黄鹤楼。黄鹤一去不复返,白云千载空悠悠。 ………………………………………………《黄鹤楼》
恬澹无人见,年年长自清。 …………《咏山泉》
会当凌绝顶,一览众山小。 …………《望岳》
七星在北户,河汉声西流。 …………《同诸公登慈恩寺塔》
俯视但一气,焉能辨皇州? …………《同诸公登慈恩寺塔》
饮如长鲸吸百川。 ……………………《饮中八仙歌》
天子呼来不上船,自称臣是酒中仙 …《饮中八仙歌》
脱帽露顶王公前,挥毫落纸如云烟。 …《饮中八仙歌》
高谈雄辩惊四筵。 ……………………《饮中八仙歌》
夜阑更秉烛,相对如梦寐。 …………《羌村三首(其一)》
吏呼一何怒,妇啼一何苦。 …………《石壕吏》
万国尽征戍,烽火被冈峦。 …………《垂老别》
丹青不知老将至,富贵于我如浮云。 ……《丹青引赠曹将军霸》
但看古来盛名下,终日坎壈缠其身。 ……《丹青引赠曹将军霸》
书贵瘦硬方通神 ……………………《李潮八分小篆歌》
清新庾开府,俊逸鲍参军。 …………《春日忆李白》
渭北春天树,江东日暮云。 …………《春日忆李白》
香雾云鬟湿,清辉玉臂寒。 …………《月夜》
随风潜入夜,润物细无声。 …………《春夜喜雨》
野径云俱黑,江船火独明。 …………《春夜喜雨》
白日放歌须纵酒,青春作伴好还乡 …《闻官军收河南河北》
即遣花开深造次,便教莺语太丁宁。 …《绝句漫兴九首(其一)》
庾信文章老更成,凌云健笔意纵横。 …《戏为六绝句(其一)》
古墙犹竹色,虚阁自松声。 …………《滕王亭子》
雨洗娟娟净,风吹细细香。 …………《严郑公宅同咏竹得香字》
两个黄鹂鸣翠柳,一行白鹭上青天。 …《绝句四首(其三)》
怅望千秋一洒泪,萧条异代不同时。 …《咏怀古迹五首(其二)》

波漂菰米沉云黑,露冷莲房坠粉红。·········《秋兴八首(其七)》
关塞极天唯鸟道,江湖满地一渔翁。·········《秋兴八首(其七)》
晒药竹斋暖,捣茶松院深。··················《寻戴处士》
柴门闻犬吠,风雪夜归人。················《逢雪宿芙蓉山主人》
苍苍竹林寺,杳杳钟声晚。·····················《送灵澈上人》
匹马风尘色,千峰旦暮时。··········《晚次苦竹馆却忆干越旧游》
遥看落日尽,独向远山迟。··········《晚次苦竹馆却忆干越旧游》
野猿偷纸笔,山鸟污图书。············《过从弟制疑官舍竹斋》
忽如一夜春风来,千树万树梨花开。····《白雪歌送武判官归京》
轮台九月风夜吼,一川碎石大如斗,随风满地石乱走。·········
··································《走马川行奉送出师西征》
为言地尽天还尽,行到安西更向西。·················《过碛》
谁能绝人命,以作时世贤。··············《贼退示官吏(并序)》
曲终人不见,江上数峰青。···················《省试湘灵鼓瑟》
姑苏城外寒山寺,夜半钟声到客船。··············《枫桥夜泊》
心事数茎白发,生涯一片青山。······················《归山》
春城无处不飞花,寒食东风御柳斜。·················《寒食》
柳塘春水漫,花坞夕阳迟。·················《酬刘员外见寄》
寂寞空庭春欲晚,梨花满地不开门。·················《春怨》
远物皆重近皆轻,鸡虽有德不如鹤。··················《杂感》
他时画出白团扇,乞取天台一片云。··············《送邢台州济》
碑沈字灭昔人远,谷鸟犹向寒花啼···············《题琅玡上方》
檐前数片无人扫,又得书窗一夜明。··················《霁雪》
高蹄战马三千匹,落日平原秋草中。··················《塞下曲》
往来潮有信,朝暮事成非。·················《登润州芙蓉楼》
野园随客醉,雪寺伴僧归。····················《过钱员外》
声名恒压鲍参军,班位不过扬执戟。··················《赠康洽》
步出东城风景和,青山满眼少年多。··················《赠康洽》
看毕初为局,归逢几世孙。······················《仙山行》

野渡逢渔子,同舟荡月归。·················《山居即事》
秋风人渡水,落日雁飞天。·················《扬子途中》
欲持一瓢酒,远慰风雨夕。···············《寄全椒山中道士》
冥冥花正开,飏飏燕新乳。·················《长安遇冯著》
春潮带雨晚来急,野渡无人舟自横。·········《滁州西涧》
欲将轻骑逐,大雪满弓刀。······《和张仆射塞下曲六首(其三)》
早知潮有信,嫁与弄潮儿。···················《江南曲》
不知何处吹芦管,一夜征人尽望乡。·······《夜上受降城闻笛》
快活枕石头,天地任变改。·················《粤自居寒山》
谁言寸草心,报得三春晖。···················《游子吟》
春风得意马蹄疾,一日看尽长安花。·············《登科后》
望夫处,江悠悠。化为石,不回头。·············《望夫石》
山石荦确行径微,黄昏到寺蝙蝠飞。···············《山石》
李杜文章在,光焰万丈长。···················《调张籍》
蚍蜉撼大树,可笑不自量。···················《调张籍》
白雪却嫌春色晚,故穿庭树作飞花。···············《春雪》
草树知春不久归,百般红紫斗芳菲。···············《晚春》
齐纨未是人间贵,一曲菱歌敌万金。·············《酬朱庆馀》
王濬楼船下益州,金陵王气黯然收。···········《西塞山怀古》
人世几回伤往事,山形依旧枕寒流。···········《西塞山怀古》
东边日出西边雨,道是无晴还有晴。······《竹枝词二首(其一)》
山围故国周遭在,潮打空城寂寞回。···············《石头城》
旧时王谢堂前燕,飞入寻常百姓家。···············《乌衣巷》
人画竹身肥拥肿,萧画茎瘦节节竦。···········《画竹歌(并引)》
婵娟不失筠粉态,萧飒尽得风烟情。···········《画竹歌(并引)》
杨家有女初长成,养在深闺人未识。···············《长恨歌》
回眸一笑百媚生,六宫粉黛无颜色。···············《长恨歌》
后宫佳丽三千人,三千宠爱在一身。···············《长恨歌》
渔阳鞞鼓动地来,惊破霓裳羽衣曲。···············《长恨歌》

上穷碧落下黄泉，两处茫茫皆不见。	《长恨歌》
玉容寂寞泪阑干，梨花一枝春带雨。	《长恨歌》
在天愿作比翼鸟，在地愿为连理枝。	《长恨歌》
千呼万唤始出来，犹抱琵琶半遮面。	《琵琶行》
转轴拨弦三两声，未成曲调先有情。	《琵琶行》
低眉信手续续弹，说尽心中无限事。	《琵琶行》
大弦嘈嘈如急雨，小弦切切如私语。	《琵琶行》
嘈嘈切切错杂弹，大珠小珠落玉盘。	《琵琶行》
间关莺语花底滑，幽咽泉流水下滩。	《琵琶行》
别有幽愁暗恨生，此时无声胜有声。	《琵琶行》
今年欢笑复明年，秋月春风等闲度。	《琵琶行》
门前冷落车马稀，老大嫁作商人妇。	《琵琶行》
同是天涯沦落人，相逢何必曾相识。	《琵琶行》
今夜闻君琵琶语，如听仙乐耳暂明。	《琵琶行》
野火烧不尽，春风吹又生。	《赋得古原草送别》
乱点碎红山杏发，平铺新绿水蘋生。	《南湖早春》
翅低白雁飞仍重，舌涩黄鹂语未成。	《南湖早春》
大隐住朝市，小隐入丘樊。	《中隐》
走笔小诗能和否？泼醅新酒试尝看。	《初冬即事呈梦得》
临老交亲零落尽，希君恕我取人宽。	《初冬即事呈梦得》
四海无闲田，农夫犹饿死。	《古风二首（其一）》
城上高楼接大荒，海天愁思正茫茫。	《登柳州城楼寄漳汀封连四州刺史》
岭树重遮千里目，江流曲似九回肠。	《登柳州城楼寄漳汀封连四州刺史》
独钓寒江雪。	《江雪》
烟销日出不见人，欸乃一声山水绿。	《渔翁》
回看天际下中流，岩上无心云相逐。	《渔翁》
人毒毒在心，对面如弟兄。	《掩关铭》

好是吟诗夜，披衣坐到明。……《武功县中作三十首（其十六）》
暖日凝花柳，春风散管弦。……《扬州春词三首（其一）》
园林多是宅，车马少于船。……《扬州春词三首（其一）》
顾我无衣搜荩箧，泥他沽酒拔金钗。……《遣悲怀三首》
野蔬充膳甘长藿，落叶添薪仰古槐。……《遣悲怀三首》
诚知此恨人人有，贫贱夫妻百事哀。……《遣悲怀三首》
寥落古行宫，宫花寂寞红。……《行宫》
揄扬陶令缘求酒，结托萧娘只在诗。……《赠别杨员外巨源》
朱紫衣裳浮世重，苍黄岁序长年悲。……《赠别杨员外巨源》
独行潭底影，数息身边树。……《送无可上人》
秋风生渭水，落叶满长安。……《忆江上吴处士》
长江人钓月，旷野火烧风。……《寄朱锡珪》
梦泽吞楚大，闽山厄海丛。……《寄朱锡珪》
女娲炼石补天处，石破天惊逗秋雨。……《李凭箜篌引》
黑云压城城欲摧，甲光向日金鳞开。……《雁门太守行》
黄尘清水三山下，更变千年如走马。……《梦天》
遥望齐州九点烟，一泓海水杯中泻。……《梦天》
天河夜转漂回星，银浦流云学水声。……《天上谣》
东指羲和能走马，海尘新生石山下。……《天上谣》
王母桃花千遍红，彭祖巫咸几回死。……《浩歌》
谁看青简一编书，不遣花虫粉空蠹。……《秋来》
羲和敲日玻璃声，劫灰飞尽古今平。……《秦王饮酒》
可怜日暮嫣香落，嫁与春风不用媒。……《南园十三首（其一）》
衰兰送客咸阳道，天若有情天亦老。……《金铜仙人辞汉歌》
更容一夜抽千尺，别却池园数寸泥。
………………《昌谷北园新笋四首（其一）》
几回天上葬神仙，漏声相将无断绝！……《官街鼓》
玉树歌残王气终，景阳兵合戍楼空。……《金陵怀古》
英雄一去豪华尽，唯有青山似洛中。……《金陵怀古》

行殿有基荒荠合，寝园无主野棠开。……………《凌歊台》
溪云初起日沉阁，山雨欲来风满楼。………《咸阳城西楼晚眺》
古今斯岛绝，南北大江分。水阔吞沧海，亭高宿断云。………
………………………………………………………《登金山寺》
千年鹤在市朝变，来去旧山人不知。………《题润州鹤林寺》
潮落夜江斜月里，两三星火是瓜州。…………《题金陵渡》
茫茫山下事，满眼送流萍。…………………《游云际寺》
山中尽日无人到，竹外交加百鸟鸣。……《游山南寺二首（其一）》
胯下嘶风白练狞，腰间切玉青蛇活。……………《雁门太守行》
沙鸥白羽剪晴碧，野桃红艳烧春空。………………《阳春曲》
王母夭桃一度开，玉楼红粉千回变。………………《伤歌行》
翠华寂寞婵娟没，野篆空余红泪情。………………《潇湘游》
北人莫作潇湘游，九疑云入苍梧愁。………………《潇湘游》
高山流水琴三弄，明月清风酒一樽。………《写意二首（其一）》
半醒半醉游三日，红白花开山雨中。……《念昔游三首（其三）》
霓裳一曲千峰上，舞破中原始下来。…………………………
………………………………………《过华清宫绝句三首（其二）》
谢朓诗中佳丽地，夫差传里水犀军。城高铁瓮横强弩，柳暗朱楼
多梦云。………………………………………《润州二首（其二）》
南朝四百八十寺，多少楼台烟雨中。……………《江南春绝句》
东风不与周郎便，铜雀春深锁二乔。…………………《赤壁》
商女不知亡国恨，隔江犹唱《后庭花》。……………《泊秦淮》
亡国去如鸿，遗寺藏烟坞。……………………《题宣州开元寺》
停车坐爱枫林晚，霜叶红于二月花。………………《山行》
天阶夜色凉如水，坐看牵牛织女星。………………《秋夕》
借问酒家何处有，牧童遥指杏花村。………………《清明》
深院客来人未起，黄鹂枝上啄樱桃。………………………
………………………………………………《访友人幽居二首（其一）》
翠辇不来金殿闭，宫莺衔出上阳花。…………《天津桥望春》

唐 诗

年年为客路无尽，日日送人身未归。………………《宿黄花馆》
野桥连寺月，高竹半楼风。………………………《越中寺居》
八月白露浓，芙蓉抱香死。………………………《伤思》
喧江雷鼓鳞甲动，三十六龙衔浪飞。……《竞渡时在湖外偶为成章》
锦瑟无端五十弦，一弦一柱思华年。……………《锦瑟》
庄生晓梦迷蝴蝶，望帝春心托杜鹃。……………《锦瑟》
此情可待成追忆，只是当时已惘然！……………《锦瑟》
夕阳无限好，只是近黄昏。………………………《乐游原》
何当共剪西窗烛，却话巴山夜雨时。……………《夜雨寄北》
座中醉客延醒客，江上晴云杂雨云。……………《杜工部蜀中离席》
身无彩凤双飞翼，心有灵犀一点通。……………《无题二首（其一）》
春心莫共花争发，一寸相思一寸灰。……………《无题四首（其二）》
春蚕到死丝方尽，蜡炬成灰泪始干。……………《无题》
嫦娥应悔偷灵药，碧海青天夜夜心。……………《嫦娥》
曾是寂寥金烬暗，断无消息石榴红。……………《无题二首（其一）》
欲就麻姑买沧海，一杯春露冷如冰。……………《谒山》
雁声远过潇湘去，十二楼中月自明。……………《瑶瑟怨》
月落子规歇，满庭山杏花。………………………《碧涧驿晓思》
鸡声茅店月，人迹板桥霜。………………………《商山早行》
殿锁南朝像，龛禅外国僧。………………………《登甘露寺》
江雨霏霏江草齐，六朝如梦鸟空啼。……………《台城》
草嫩侵沙短，冰轻着雨消。………………………《早春》
冷烛无烟绿蜡干，芳心犹卷怯春寒………………《未展芭蕉》
敢将十指夸针巧，不把双眉斗画长。……………《贫女》
苦恨年年压金线，为他人作嫁衣裳！……………《贫女》
夜深雨绝松堂静，一点山萤照寂寥。……………《赠日东鉴禅师》
自是人间一周岁，何妨天上只黄昏。……………《七夕》
旖旎香风绕指生，千声妙尽神仙曲。……………《吹笙引》
君到姑苏见，人家尽枕河。………………………《送人游吴》

古宫闲地少,水港小桥多。…………………《送人游吴》
桑柘影斜春社散,家家扶得醉人归。………《社日》
凌乱杨花扑绣帘,晚窗时有流莺语。………《春晚谣》
醉后不知天在水,满船清梦压星河。………《题龙阳县青草湖》
水剪双眸雾剪衣,当筵一曲媚春辉。………《赠歌姬》
劝君莫惜金缕衣,劝君须惜少年时。………《金缕衣》
盘根大江底,插影浮云间。…………………《题金山》
十四万人齐解甲,宁无一个是男儿?………《述国亡诗》

事类索引

（一）天候节情

1. 云 雨
春游值雨 …………………………… 张　旭 / 73
春夜喜雨 …………………………… 杜　甫 / 234

2. 春 景
春　晓 ……………………………… 孟浩然 / 83
绝句漫兴九首（其一） ……………… 杜　甫 / 237
晚　春 ……………………………… 韩　愈 / 353
南湖早春 …………………………… 白居易 / 382
江南春绝句 ………………………… 杜　牧 / 484
天津桥望春 ………………………… 雍　陶 / 496

3. 游 春
阳春曲 ……………………………… 庄南杰 / 464

4. 伤 春
早　春 ……………………………… 司空图 / 576

5. 秋 景
葛山潭 ……………………………… 孙　逖 / 92
山居秋暝 …………………………… 王　维 / 117

秋　泉 …………………………………………… 薛　涛/358

6. 冬　日
初冬即事呈梦得 ………………………………… 白居易/385

7. 雪　景
终南望余雪 ……………………………………… 祖　咏/111
霁　雪 …………………………………………… 戎　昱/294
春　雪 …………………………………………… 韩　愈/351
江　雪 …………………………………………… 柳宗元/393

8. 节　序
九月九日忆山东兄弟 …………………………… 王　维/134
清　明 …………………………………………… 杜　牧/492
七　夕 …………………………………………… 崔　涂/587
社　日 …………………………………………… 王　驾/599

（二）山川游览

9. 名　山
终南山 …………………………………………… 王　维/119
峨眉山月歌 ……………………………………… 李　白/159
庐山谣寄卢侍御虚舟 …………………………… 李　白/162
望　岳 …………………………………………… 杜　甫/203
题金山 …………………………………………… 韩　垂/618

10. 江　海
汉江临泛 ………………………………………… 王　维/122
望庐山瀑布二首（其二） ……………………… 李　白/179
咏山泉 …………………………………………… 储光羲/201
滁州西涧 ………………………………………… 韦应物/313
题金陵渡 ………………………………………… 张　祜/454
潇湘游 …………………………………………… 刘言史/469
于秀才小池 ……………………………………… 方　干/550

635

11. 湖 泊
题龙阳县青草湖 ················· 唐温如 / 609

12. 山 行
鹿　柴 ······················· 王　维 / 126
蜀道难 ······················· 李　白 / 139
山　行 ······················· 杜　牧 / 489

13. 舟 行
次北固山下 ···················· 王　湾 / 71
宿建德江 ······················ 孟浩然 / 85
早发白帝城 ···················· 李　白 / 180
渔　翁 ······················· 柳宗元 / 395
江南行 ······················· 罗　隐 / 558
变体诗 ······················· 章　碣 / 578

14. 美 景
野　望 ······················· 王　绩 / 1
绝句四首（其三） ··············· 杜　甫 / 244

15. 夜 景
春江花月夜 ···················· 张若虚 / 52
枫桥夜泊 ······················ 张　继 / 276

16. 纪 行
还山宅 ······················· 杨师道 / 6
过从弟制疑官舍竹斋 ············· 张　谓 / 260
扬子途中 ······················ 柳中庸 / 303
山　石 ······················· 韩　愈 / 338
越中寺居 ······················ 赵　嘏 / 499

17. 登 览
登幽州台歌 ···················· 陈子昂 / 61
登金陵凤凰台 ·················· 李　白 / 177

18. 楼　阁

滕王阁 ……	王　勃 / 30
登蓟丘楼送贾兵曹入都 ……	陈子昂 / 59
登鹳雀楼 ……	王之涣 / 75
题沈隐侯八咏楼 ……	崔　颢 / 196
黄鹤楼 ……	崔　颢 / 198
同诸公登慈恩寺塔 ……	杜　甫 / 206
登润州芙蓉楼 ……	崔　峒 / 297
登鹳雀楼 ……	畅　当 / 314
登柳州城楼寄漳汀封连四州刺史 ……	柳宗元 / 389
咸阳城西楼晚眺 ……	许　浑 / 448

（三）社会时事

19. 纪　实

石壕吏 ……	杜　甫 / 218
闻官军收河南河北 ……	杜　甫 / 236
卖炭翁 ……	白居易 / 368

20. 愤　世

秋浦歌十七首（其十五） ……	李　白 / 154

21. 悯　民

古风二首（其一） ……	李　绅 / 387
杜工部蜀中离席 ……	李商隐 / 520
咏田家 ……	聂夷中 / 575
乱后逢村叟 ……	杜荀鹤 / 594
耕叟 ……	齐　己 / 600

22. 讽　世

贼退示官吏（并序） ……	元　结 / 271

23. 刺　政

寒食 ……	韩　翃 / 281

杂　感	鲍　防	/287
读东方朔杂事	韩　愈	/348
官仓鼠	曹　邺	/547
感弄猴人赐朱绂	罗　隐	/560
新　沙	陆龟蒙	/569

24. 边　塞

从军行	杨　炯	/26
战城南	杨　炯	/29
关山月	崔　融	/41
凉州词二首（其一）	王　翰	/68
凉州词二首（其一）	王之涣	/78
从军行七首（其一）	王昌龄	/94
从军行七首（其二）	王昌龄	/96
从军行七首（其三）	王昌龄	/97
从军行七首（其四）	王昌龄	/99
出塞二首（其一）	王昌龄	/100
古塞下曲	陶　翰	/109
使至塞上	王　维	/124
塞下曲六首（其一）	李　白	/150
燕歌行（并序）	高　适	/188
白雪歌送武判官归京	岑　参	/261
轮台歌奉送封大夫出师西征	岑　参	/263
走马川行奉送出师西征	岑　参	/265
塞下曲	戎　昱	/295
和张仆射塞下曲六首（其二）	卢　纶	/317
夜上受降城闻笛	李　益	/321
凉州行	王　建	/334
凉州词三首（其一）	张　籍	/354
雁门太守行	李　贺	/421

| 雁门太守行 | 庄南杰/462 |
| 哥舒歌 | 西鄙人/611 |

25. 乱 离

| 羌村三首（其一） | 杜 甫/217 |
| 垂老别 | 杜 甫/220 |

26. 宫 怨

春 怨	刘方平/285
宫词二首（其二）	张 籍/355
行 宫	元 稹/405
宫人斜	雍裕之/467
秋 夕	杜 牧/490

27. 亡 国

| 述国亡诗 | 花蕊夫人徐氏/620 |

（四）人物心态

28. 仕 宦

封丘作	高 适/193
登科后	孟 郊/329
武功县中作三十首（其十六）	姚 合/398
再经胡城县	杜荀鹤/596

29. 隐 逸

归 山	张 继/278
临海所居三首（其三）	顾 况/291
粤自居寒山	寒 山/322

30. 妇 女

江南行	张 潮/70
春女怨	薛维翰/108
游子吟	孟 郊/327
贫 女	秦韬玉/582

31. 歌 姬

| 赠歌姬 | 崔仲容 / 614 |

32. 僧 道

过融上人兰若 …………………………… 綦毋潜 / 91
送灵澈上人 ……………………………… 刘长卿 / 257
赠天台叶尊师 …………………………… 方　干 / 551
题曹溪祖师堂 …………………………… 贯　休 / 555
书石壁禅居屋壁 ………………………… 贯　休 / 557
赠日东鉴禅师 …………………………… 郑　谷 / 584

33. 游 仙

古风五十九首（其十九）………………… 李　白 / 136
游泰山六首（其六）……………………… 李　白 / 176
仙山行 …………………………………… 耿　沣 / 301
天上谣 …………………………………… 李　贺 / 426
上　清 …………………………………… 陆龟蒙 / 567

34. 咏 史

金铜仙人辞汉歌 ………………………… 李　贺 / 438
过华清宫绝句三首（其二）……………… 杜　牧 / 481
赤　壁 …………………………………… 杜　牧 / 485
隋　宫 …………………………………… 李商隐 / 526
瑶　池 …………………………………… 胡　曾 / 577

35. 怀 古

巫山怀古 ………………………………… 刘希夷 / 36
岘山怀古 ………………………………… 陈子昂 / 63
苏台览古 ………………………………… 李　白 / 183
滕王亭子 ………………………………… 杜　甫 / 241
咏怀古迹五首（其二）…………………… 杜　甫 / 247
题琅玡上方 ……………………………… 顾　况 / 293
经夫差庙 ………………………………… 陈　羽 / 360

西塞山怀古 ……………………………	刘禹锡 / 361
乌衣巷 …………………………………	刘禹锡 / 367
金陵怀古 ………………………………	许　浑 / 443
凌歊台 …………………………………	许　浑 / 446
乐游原 …………………………………	李商隐 / 513
汴河怀古二首（其二）…………………	皮日休 / 565
台　城 …………………………………	韦　庄 / 571

36. 言　志

赠程处士 ………………………………	王　绩 / 4

37. 感　遇

浩　歌 …………………………………	李　贺 / 427
秋　来 …………………………………	李　贺 / 431
帝子歌 …………………………………	李　贺 / 432
秦王饮酒 ………………………………	李　贺 / 434
伤歌行 …………………………………	庄南杰 / 466
成名后作 ………………………………	卢　肇 / 505

38. 咏　怀

将进酒 …………………………………	李　白 / 144
行路难三首（其一）……………………	李　白 / 147
秋兴八首（其七）………………………	杜　甫 / 250
中　隐 …………………………………	白居易 / 383
天　涯 …………………………………	李商隐 / 518
无题四首（其二）（飒飒东风细雨来） ……………………………………	李商隐 / 524
无题二首（其一）（凤尾香罗薄几重） ……………………………………	李商隐 / 535
利州江潭作 ……………………………	李商隐 / 539

39. 闲　适

竹里馆 …………………………………	王　维 / 127

写意二首（其一） ················· 牟　融/478

40. 杂感
嫦　娥 ······························· 李商隐/533

41. 禅趣
题破山寺后禅院 ··················· 常　建/107
观壁画《九想图》 ················· 包　佶/268
孟城坳 ······························· 裴　迪/269

（五）恋爱婚姻

42. 恋情
采莲曲二首（其二） ··············· 王昌龄/104
竹枝词二首（其一） ··············· 刘禹锡/364
无题二首（其一）（昨夜星辰昨夜风） ··· 李商隐/522
无　题（相见时难别亦难） ········ 李商隐/530

43. 相思
江南弄 ······························· 王　勃/32
望月怀远 ···························· 张九龄/67
相　思 ······························· 王　维/132
长恨歌 ······························· 白居易/373
仙子洞中有怀刘阮 ················· 曹　唐/554

44. 闺情
子夜吴歌·秋歌 ···················· 李　白/153

45. 闺怨
杂诗三首（其三） ················· 沈佺期/49
闺　怨 ······························· 王昌龄/105
江南曲 ······························· 李　益/320
春　怨 ······························· 金昌绪/608

46. 离思
望夫石 ······························· 王　建/337

夜雨寄北 ………………………………… 李商隐/515
瑶瑟怨 …………………………………… 温庭筠/542
春晚谣 …………………………………… 张　泌/606

47. 伉　俪
月　夜 …………………………………… 杜　甫/232

48. 悼　亡
遣悲怀三首 ……………………………… 元　稹/401
锦　瑟 …………………………………… 李商隐/508

（六）师友交际

49. 交　友
赠汪伦 …………………………………… 李　白/161
赠康洽 …………………………………… 李　端/299
过钱员外 ………………………………… 司空曙/298
长安遇冯著 ……………………………… 韦应物/310
闻乐天授江州司马 ……………………… 元　稹/406

50. 寻　访
寻戴处士 ………………………………… 皇甫冉/254
和虞部韦郎中寻杨驸马不遇 …………… 独孤及/290
访隐者不遇 ……………………………… 贾　岛/417
访友人幽居二首（其一） ……………… 雍　陶/493

51. 酬　答
酬二十八秀才见寄 ……………………… 郎士元/279
酬刘员外见寄 …………………………… 严　维/284
酬乐天扬州初逢席上见赠 ……………… 刘禹锡/363
酬曹侍御过象县见寄 …………………… 柳宗元/392

52. 送　别
送光禄刘主簿之洛 ……………………… 李　峤/ 22
送杜少府之任蜀川 ……………………… 王　勃/ 34

643

留别王侍御维 ……………………	孟浩然 / 80
芙蓉楼送辛渐二首（其一）…………	王昌龄 / 102
送　别 ………………………………	王　维 / 113
送元二使安西 ………………………	王　维 / 135
黄鹤楼送孟浩然之广陵 ……………	李　白 / 171
宣州谢朓楼饯别校书叔云 …………	李　白 / 172
送李少府贬峡中王少府贬长沙 ……	高　适 / 195
送邢台州济 …………………………	皎　然 / 288
赋得古原草送别 ……………………	白居易 / 381
送无可上人 …………………………	贾　岛 / 412

53. 怀　人

春日忆李白 …………………………	杜　甫 / 230
忆江上吴处士 ………………………	贾　岛 / 414
寄人二首（其二）……………………	张　泌 / 605

54. 离　愁

赠别杨员外巨源 ……………………	元　稹 / 408

55. 寄　赠

赠苏味道 ……………………………	杜审言 / 24
赠张旭 ………………………………	李　颀 / 86
寄全椒山中道士 ……………………	韦应物 / 308
寄朱锡珪 ……………………………	贾　岛 / 416

56. 伤　吊

乐大夫挽词五首（其四）……………	骆宾王 / 18
哭晁卿衡 ……………………………	李　白 / 186

（七）生活习俗

57. 都　市

长安古意 ……………………………	卢照邻 / 12
石头城 ………………………………	刘禹锡 / 365

润州二首（其二） ··· 杜　牧 / 482

58. 农　村

回乡偶书二首（其一） ···································· 贺知章 / 65
过故人庄 ··· 孟浩然 / 81

59. 居　处

阙题 ·· 刘眘虚 / 112
山居即事 ··· 戴叔伦 / 302
宿黄花馆 ··· 杨　发 / 497

60. 亭　园

宿晋安亭 ··· 卢照邻 / 10

61. 寺　观

过香积寺 ··· 王　维 / 114
题醴陵玉仙观歌 ·· 护　国 / 324
登金山寺 ··· 张　祜 / 450
题润州鹤林寺 ·· 张　祜 / 452
游云际寺 ··· 章孝标 / 456
游山南寺二首（其一） ···································· 殷尧藩 / 458
念昔游三首（其三） ······································· 杜　牧 / 480
题宣州开元寺 ·· 杜　牧 / 488
登甘露寺 ··· 周　繇 / 553
题故翠微宫 ·· 骊山游人 / 612

62. 祭　祀

湘弦曲 ··· 庄南杰 / 460

63. 宴　饮

安德山池宴集 ·· 上官仪 / 7
饮中八仙歌 ·· 杜　甫 / 211

64. 纪　梦

梦游天姥吟留别 ·· 李　白 / 165
梦　天 ··· 李　贺 / 423

梦游仙 …………………………………… 项　斯/506

65. 迁　逝

代悲白头翁 ………………………………… 刘希夷/ 38
秋怀十五首（其六）………………………… 孟　郊/331
北邙行 ……………………………………… 王　建/336
官街鼓 ……………………………………… 李　贺/442
谒　山 ……………………………………… 李商隐/537
金缕衣 ……………………………………… 无名氏/615

66. 田　猎

观　猎 ……………………………………… 王　维/120

67. 风　俗

扬州春词三首（其一）……………………… 姚　合/399
竞渡时在湖外偶为成章 …………………… 李群玉/503
送人游吴 …………………………………… 杜荀鹤/591

68. 行　旅

早发诸暨 …………………………………… 骆宾王/ 20
早发平昌岛 ………………………………… 沈佺期/ 51
玉华宫 ……………………………………… 杜　甫/209
逢雪宿芙蓉山主人 ………………………… 刘长卿/255
过　碛 ……………………………………… 岑　参/267
碧涧驿晓思 ………………………………… 温庭筠/544
商山早行 …………………………………… 温庭筠/545

69. 旅　怀

新年作 ……………………………………… 宋之问/ 48
静夜思 ……………………………………… 李　白/151
晚次苦竹馆却忆干越旧游 ………………… 刘长卿/258

70. 归　思

渡汉江 ……………………………………… 宋之问/ 46
喜梦归 ……………………………………… 雍　陶/494

（八）生物器用

71. 动　物

鹧　鸪 ································· 郑　谷/586

72. 花　卉

白牡丹 ································· 裴士淹/ 93
辛夷坞 ································· 王　维/129
南园十三首（其一） ······················ 李　贺/436
伤　思 ································· 李群玉/500
落　花 ································· 李商隐/528
芙　蓉 ································· 温庭筠/540
不第后赋菊 ····························· 黄　巢/572
未展芭蕉 ······························· 钱　珝/579
卖残牡丹 ······························· 鱼玄机/590

73. 草　木

咏　柳 ································· 贺知章/ 64
严郑公宅同咏竹得香字 ···················· 杜　甫/242
灵溪老松歌 ····························· 卢士衡/604

74. 用　物

明河篇 ································· 宋之问/ 42
桃竹杖引赠章留后 ························ 杜　甫/222
慈恩寺石磬歌 ··························· 卢　纶/315
和虞部卢四汀酬翰林钱七徽赤藤杖歌 ········ 韩　愈/342

75. 食　物

昌谷北园新笋四首（其一） ················ 李　贺/440

（九）艺术百戏

76. 音　乐

听安万善吹觱篥歌 ························ 李　颀/ 88

听蜀僧濬弹琴	李　白 / 184
省试湘灵鼓瑟	钱　起 / 273
从萧叔子听弹琴赋得三峡流泉歌	李　冶 / 325
琵琶行	白居易 / 377
小胡笳引	元　稹 / 409
李凭箜篌引	李　贺 / 419
吹笙引	王　毂 / 588
荆南席上咏胡琴妓二首（其一）	王仁裕 / 617

77. 歌　舞

| 王中丞宅夜观舞胡腾 | 刘言史 / 474 |

78. 杂　艺

| 观绳伎 | 刘言史 / 472 |
| 题祖山人池上怪石 | 张　碧 / 476 |

79. 画　艺

当涂赵炎少府粉图山水歌	李　白 / 155
奉先刘少府新画山水障歌	杜　甫 / 214
丹青引赠曹将军霸	杜　甫 / 225
卢卓山人画水	方　干 / 548
题磻溪垂钓图	罗　隐 / 562
题山水图答大愚	荆　浩 / 602

80. 书　艺

| 李潮八分小篆歌 | 杜　甫 / 228 |
| 怀素上人草书歌 | 任　华 / 304 |

81. 诗　艺

戏为六绝句（其一）	杜　甫 / 239
调张籍	韩　愈 / 344
酬朱庆馀	张　籍 / 356

82. 题　赞

| 晨诣超师院读禅经 | 柳宗元 / 388 |
| 掩关铭 | 卢　仝 / 396 |

 # 跋

  本书的内容提要及字词解释,是由我所指导的博士研究生徐中原同学承担的。逸闻则是由我所指导的硕士研究生王晓丹同学搜集整理的,并已由她署名。
  特此说明。

王鍾陵